LA VALSE DES TULIPES

DU MÊME AUTEUR

LA VALSE DES TULIPES, Actes Sud, 2020 ; Babel noir n° 275.

Titre original :
La danza de los tulipanes
Éditeur original :
Plaza y Janés, Barcelone

ISBN 978-2-330-16579-6

IBON MARTÍN

LA VALSE DES TULIPES

roman traduit de l'espagnol
par Claude Bleton

BABEL NOIR

1

19 octobre 2018, vendredi

Santi jette un dernier coup d'œil dans le rétroviseur avant d'activer la fermeture des portières. Plus personne sur le quai. Il dépasse les dernières maisons de Gernika et sous ses yeux, de chaque côté de la voie, se profile le tracé délicat des collines. Çà et là, des demeures solitaires ajoutent des touches de blanc et de rouge. C'est un monde paisible, beau, où de temps en temps s'insinuent le bleu de la mer Cantabrique et le jaune pâle des roseaux.

Un pêcheur, son panier en osier à l'épaule et le cigare au bec, attend l'ouverture de la barrière du passage à niveau pour continuer son chemin. Santi actionne le sifflet de la locomotive pour le saluer, et l'homme lui répond d'un geste de la main. Plus loin, c'est une femme aux hanches larges qui relève la tête, dans son potager bien entretenu, pour regarder le train. Le machiniste imagine qu'elle scrute les wagons, à l'affût d'un visage familier. Elle le trouve certainement, tout le monde se connaît, ici.

— Merci, murmure Santi presque intérieurement.

Après avoir été vingt-deux ans conducteur de métro à Bilbao, la compagnie l'a promu en le nommant sur la ligne de l'Urdaibai. C'est la plus belle de tout le réseau, et la plus tranquille. Après l'obscurité des tunnels sous la ville et l'agitation des quais aux heures de pointe, la solitude de cette ligne entre les maremmes et les villages assoupis est un baume de paix.

Santi respire à fond. La vie lui sourit.

Il aime ce monde, un territoire qui suit encore le rythme de la nature. En plein XXIe siècle, ce sont encore les marées qui commandent en Urdaibai. Qui tracent les contours d'une carte où la mer et la terre s'enlacent harmonieusement.

Mollement bercé par les cahots du train, l'esprit de Santi s'envole vers son foyer. La situation s'arrange. Il y a eu une période difficile entre Natalia et lui, mais tout redevient comme avant. Ils vont bientôt fêter leurs vingt-cinq ans de mariage, et il tient à marquer le coup.

La voie réclame son attention. Un cormoran, noir comme la nuit, s'envole au passage du train et plonge dans les eaux vertes qui s'étendent maintenant devant lui. Quelques secondes plus tard, l'oiseau émerge, un poisson argenté au bec, qu'il secoue vivement, peut-être pour solliciter les acclamations des rares voyageurs.

Tout cela plairait beaucoup à Natalia. Un instant, Santi l'imagine assise à côté de lui dans la cabine. C'est contre toutes les règles, mais juste une fois, ce n'est pas grave. Sa femme le mérite ; lui aussi, après vingt-deux années sous la grande ville. Il est bien placé pour lui expliquer la beauté qu'il contemple tous les jours, aux commandes du train régional.

Natalia… Natalia… Rien ne compte davantage dans sa vie. Il n'a personne d'autre à aimer, pas d'enfant. Le dernier obstacle a été franchi et maintenant il peut de nouveau rêver de vieillir auprès d'elle. Son regard, son sourire…

Son visage lui apparaît de l'autre côté de la vitre, fondu dans le paysage, et il lui sourit, bien sûr. Elle aussi, elle aime ses projets.

La vision est si réaliste que le machiniste cligne des yeux pour revenir à la réalité.

Il les rouvre et Natalia est toujours là, assise sur une chaise, au milieu de la voie.

En regardant plus attentivement ses lèvres, Santi comprend que ce n'est pas un sourire. Elle crie. De toutes ses forces. Malgré les bruits du roulement, le conducteur l'entend.

Tout se déroule très vite, mais Santi a l'impression de le vivre au ralenti. Implacable, le train dévore la distance qui les sépare.

— Non ! Natalia, non ! Sors de là ! hurle le machiniste en actionnant le freinage d'urgence.

Un crissement métallique et pénétrant accompagne la secousse qui ébranle le convoi. Derrière la porte de sécurité, on entend les plaintes de quelques voyageurs, surpris par le coup de frein.

Dans les yeux de sa femme, Santi lit une terreur comme il n'en a jamais vu. Ses propres yeux n'expriment sans doute pas un message plus rassurant. Il est trop tard. Un train ne peut pas s'arrêter net. Natalia est condamnée.

— Sors de là ! crie Santi en se prenant la tête à deux mains. – Sa voix est brisée, déchirante. – Allez, sors de là !

En vain. Les cordes qui attachent Natalia à la chaise l'empêchent de bouger. Elle ne peut que hurler. Et attendre que le train de son mari mette un terme à sa route.

2

19 octobre 2018, vendredi

— Prêt ? Ça ne va pas être agréable, le prévient Julia en actionnant le frein à main.

Sur le siège du passager, Raúl acquiesce avec un air de circonstance. Les accidents ferroviaires sont particulièrement crus ; les trains sont implacables quand un corps humain croise leur chemin.

Les gouttes qui s'accumulent sur le parebrise adoptent le ton bleu des gyrophares de la voiture-patrouille qui protège la scène des éventuels curieux. Les deux *ertzainas** échangent un regard résigné avant de descendre. Ils savent ce qui les attend : explorer la voie pour trouver des indices et des restes humains. Et, bien sûr, l'essentiel dans ces cas-là : identifier la victime et prévenir la famille. Il n'est déjà pas facile de sonner à une porte et d'annoncer le décès d'un être chéri, mais c'est pire d'évoquer l'hypothèse d'un suicide. Comment expliquer à une personne que son fils, sa sœur ou son mari a choisi une route qui

* Les mots basques en italique sont dans le glossaire en fin de volume. *(Toutes les notes sont du traducteur.)*

va inévitablement provoquer chez ses proches des sentiments de culpabilité difficiles à surmonter ?

Julia sent la pluie sur son visage. L'hiver est en avance. Où est passé le vent du sud si fréquent à cette période ? Au moins, pense-t-elle en se tournant vers le ciel, il reste encore deux ou trois heures de jour. Une lumière grise et éteinte, mais de la lumière quand même. On n'affronte pas de la même façon une scène désagréable en plein jour ou à la lueur des lampes.

— Le mari est là. Il est effondré, annonce l'agent en uniforme qui surveille les lieux.

— Le mari ? s'étonne Julia en fronçant les sourcils. Qui l'a prévenu ?

— Personne. Il était déjà là quand nous sommes arrivés. C'est le machiniste.

Julia et Raúl, tous les deux en civil – c'est courant chez les agents qui enquêtent –, se regardent sans cacher leur étonnement. Pourquoi choisir le train conduit par son mari pour s'ôter la vie ? Ils se penchent pour passer sous le ruban en plastique qui délimite la scène et se dirigent vers cet homme en uniforme de la compagnie Euskotren, assis sur un muret en béton, qui pleure, l'air désespéré.

— Pas moyen de le convaincre de nous suivre, explique un des infirmiers qui s'occupent de lui.

— Natalia… Pourquoi elle ? Natalia… balbutie le conducteur.

Le train, un régional à voie étroite où prédomine le blanc, assiste muet à ses lamentations, à quelques pas de là. Dans l'air flotte l'odeur caractéristique de métal et de rouille qui entoure les accidents de chemin de fer.

Julia lui pose la main sur l'épaule.

— Toutes nos condoléances. Ce ne sont pas des moments faciles.

Elle déteste avoir l'air de réciter une formule de politesse : en réalité elle pense tous les mots qu'elle prononce. Ils lui raclent la gorge et elle a du mal à enfiler deux syllabes de suite.

Le machiniste hoche la tête et essuie ses larmes sur la manche de sa veste.

— Elle était assise au milieu de la voie, gémit-il, le regard perdu. Qui a pu… ?

Les larmes l'empêchent de continuer.

— S'il vous plaît, vous devez nous suivre, insiste l'ambulancier.

Un ertzaina revient à pied de la fin du convoi. Ses pas résonnent sur le ballast.

— On l'avait attachée à une chaise, dit-il en joignant ses deux poignets. Là, et aux chevilles.

À ces mots, tous les sens de Julia se mobilisent. Voilà qui change tout. Il ne s'agit plus d'un suicide.

— Assassinat, souffle-t-elle avant de chercher le regard de son collègue.

Raúl prend des photos de la locomotive. D'où elle se trouve, Julia ne peut pas voir l'avant, mais elle n'a aucun mal à imaginer la tache de sang.

— Je n'ai pas pu freiner, pleurniche le conducteur.

— Où est-elle ? demande Julia à l'homme en uniforme qui vient de leur donner l'information.

— Là-bas, à quatre-vingts mètres d'ici. Elle est entière.

Julia lui adresse un regard de reproche pour son manque de tact. Puis elle se tourne vers le machiniste :

— Nous allons arrêter celui qui a fait ça.

— Je n'ai pas pu freiner. Je n'ai pas pu, balbutie l'homme.

— Suivez-les, dit Julia en lui montrant les ambulanciers. – Les sept passagers qui étaient dans le train passent devant eux, visiblement secoués ; deux agents et plusieurs infirmiers encadrent l'évacuation. – On va prendre soin de vous. Quand ça ira mieux, nous passerons vous voir.

Elle se dirige vers le lieu d'impact et compose le numéro du commissariat. Il faut demander à Silvia, la psychologue qui souvent les accompagne et informe les familles, d'aller à l'hôpital.

— Et si ce n'était pas le mari ? observe Raúl quand il l'a rejointe.

Julia comprend l'allusion. Elle aussi s'est posé la question. Le choc d'avoir écrasé quelqu'un peut rendre flou le visage de la victime et y calquer à sa place celui d'une personne proche. C'est peut-être le cas. Mais ça ne change pas grand-chose : une femme a été froidement assassinée sur une voie de chemin de fer.

— Nous n'allons pas tarder à le savoir, soupire Julia. – Elle imagine la scène : le bruit du convoi qui s'approche, les vibrations des rails, la sensation d'être pieds et poings liés, face au monstre métallique qui se précipite implacablement sur elle. – Ce qu'a éprouvé cette femme a dû être horrible.

— Natalia, précise Raúl, se rappelant le nom que le conducteur a prononcé.

— Nous allons vite savoir s'il s'agit d'elle, dit Julia en saluant de la main l'agent en uniforme posté devant le corps.

— Elle est entière, dit-il en guise de salut.

— Oui. On nous l'a déjà dit, coupe Julia en se penchant sur le corps.

La chaise a été brisée quand le train est passé dessus, mais la victime n'a subi aucune amputation. L'impact est néanmoins visible sur le visage et un peu partout sur le corps.

— Elle a été projetée, commente son collègue.

Julia remarque que la victime tient une fleur dans la main droite. Elle a perdu des pétales, mais pas au point de la rendre méconnaissable. C'est une tulipe. Une belle tulipe rouge qu'on distingue à peine au milieu du sang qui a envahi la veste en jeans de la femme assassinée.

— Bizarre, murmure-t-elle. Elle tenait cette fleur si fort que malgré le choc elle n'a même pas lâché prise.

Julia attend que Raúl ait photographié la tulipe pour la saisir par la tige. Il faut la mettre dans un sachet. Elle pourrait être une pièce à conviction.

— Ah, merde, elle est collée ! Voilà pourquoi cette femme ne l'a pas lâchée… On l'a collée à sa main. – C'est du jamais vu ; elle frisonne de la tête aux pieds, caresse les cheveux de la victime comme si elle essayait de reconstituer son visage, lui rendre l'aspect qu'elle avait avant qu'on lui arrache la vie aussi brutalement. – Qu'est-ce qu'on t'a fait ? Qui t'a mise là ?

Elle secoue la tête. Aucune réponse à attendre. Elle se redresse en soupirant. Quelques heures plus tôt, elle saluait le jour nouveau en surfant sur les vagues de la plage de Mundaka, et elle était loin de se douter que sa journée s'achèverait de façon aussi tragique.

— Voici le médecin légiste, annonce son collègue.

L'ertzaina ne répond pas. Elle avance entre les rails jusqu'au lieu précis de l'impact, et trouve un pétale rouge sur la voie, à l'emplacement où se trouvait la chaise. Elle devrait le mettre dans un sachet, encore une pièce à conviction.

— C'est quoi, ce truc ? s'étonne-t-elle soudain.

Un ruban adhésif maintient un objet doré contre un des poteaux de la suspension caténaire.

Elle s'approche et se reconnaît sur l'écran. Découvrir sa tête ébahie sur ce portable la déconcerte. Le signal de l'enregistrement clignote.

— Bon Dieu, mais… ?

— J'ai le portefeuille, annonce Raúl en s'approchant. Qu'est-ce que c'est ? Que fait ce téléphone ici ?

Julia ne l'écoute même pas, horrifiée et fascinée par l'écran de cet appareil.

Une mélodie la sort de son hébétude. Elle la reconnaît. C'est son propre portable. Machinalement, elle glisse la main dans sa poche. C'est un appel du commissariat.

— Oui ?

— Nous avons du nouveau. Le crime a été transmis en direct sur Facebook. Tout Gernika est bouleversé.

Julia avance la main vers le portable fixé au poteau et appuie sur une touche pour interrompre l'émission. Puis elle retire la bande adhésive et introduit l'appareil dans un sachet en plastique. Elle n'a jamais vu une chose pareille. La tulipe, la chaise sur la voie, la retransmission… C'est machiavélique.

Son collègue lui montre une pièce d'identité.

— Il s'agit réellement de la femme du machiniste…

Natalia Etxano. – Il lit à haute voix. – Née en 1961. Cinquante-sept ans.

Julia y jette un coup d'œil. La photo lui rappelle quelque chose.

— Natalia Etxano, répète-t-elle, pensive. – Elle a déjà entendu ce nom. – Merde, bien sûr, c'est la femme de la radio…

— Putain, la présentatrice de Radio Gernika !

Natalia n'est pas une citoyenne ordinaire, c'est la journaliste vedette, celle qui a l'émission matinale la plus écoutée dans la région de Gernika. Julia s'inquiète. Elle voit déjà la presse épier le moindre de ses mouvements et demander sans cesse où en est l'enquête. Là, ça ne va pas être facile.

— Et merde ! s'exclame-t-elle et se frappant le front.

Elle vient de prendre conscience d'un petit détail. D'un petit détail qui va tout compliquer.

3

20 octobre 2018, samedi

Un tour de clé, et la porte s'ouvre. Elle n'est pas verrouillée. Ane prend un air dégoûté. Donc, son frère est là. Il n'y a pas deux semaines qu'Andoni a emménagé chez elle, mais elle a l'impression qu'il est là depuis des années. Avant son arrivée, cet appartement qui donne sur la place, devant le port de Pasaia San Juan, lui semblait être un endroit idéal.

— Patience, se sermonne-t-elle.

Après avoir vécu seule pendant cinq ans, il n'est pas facile de partager son espace. Le pire, c'est qu'elle avait insisté pour qu'il vienne, quand elle avait appris que son frère et sa mère s'engueulaient en permanence.

Maintenant, elle le regrette, bien sûr.

Ce n'est pas agréable, quand on rentre du commissariat, fatiguée, de trouver Andoni vissé devant la télé à plein volume avec une série de Netflix. Comment peut-il passer des heures entières à gober tous les épisodes les uns après les autres en fumant comme un pompier ? Il n'est même pas foutu d'ouvrir la fenêtre pour chasser les odeurs de tabac… Quand il s'agit de tabac, car lorsque ses moyens le lui permettent, ce sont des joints qu'il grille avec entrain.

Cestero a été jeune, elle aussi. Diable, elle l'est encore, et il lui est aussi arrivé de consommer un peu plus que du tabac, mais la moindre des choses est d'aller fumer sur le balcon pour ne pas incommoder la personne qui vit sous le même toit.

Elle essaie de se détendre, de prendre les choses du bon côté, mais un coup de poing en forme de fumée l'agresse quand elle pousse la porte.

— Je suis de retour, dit-elle en guise de bonsoir, et elle se mord la langue pour ne pas piquer une crise.

— Ça va, le boulot ? Au fait, Ibai et Manu sont là. On va commander des pizzas pour dîner. Si ça te dit… répond la voix de son frère, au fond du salon.

Cestero tord le nez en ôtant ses chaussures de travail. Elle pense à ses parents. Héberger son frère n'a sans doute pas été une bonne idée. Il a dix-neuf ans, neuf de moins que Cestero, qui a tenu jusqu'à l'âge de vingt-quatre ans au domicile familial.

— Dînez tranquilles. Je vais aller grignoter un truc dans le coin, lance-t-elle en remettant ses chaussures.

Elle redescend les marches quatre à quatre. Sur la place, l'air frais et chargé de sel dans ses fosses nasales la réconcilie avec le monde. Olaia, une de ses meilleures amies, sinon la meilleure, lui adresse un salut, devant la porte de l'Itsaspe, un des bars de cette place maritime, aspirant les dernières bouffées de sa cigarette roulée. Un peu plus loin, Nagore, une autre inséparable d'Ane Cestero, gesticule au téléphone.

— J'en ai par-dessus la tête de l'avoir à la maison,

explose l'ertzaina, dont la main indique un niveau très au-dessus du crâne.

— Moi j'en suis ravie, on te voit plus souvent, réplique Olaia en l'embrassant très fort.

— Ce n'est pas vrai, proteste Cestero.

Mais elle sait que son amie a raison. Avant qu'Andoni emménage, il lui arrivait de ne pas ressortir quand elle rentrait du travail. Maintenant, en revanche, elle descend au bar tous les soirs pour éviter les disputes. Certains jours elle dîne d'un sandwich et de quelques *pintxos*, et remonte quand il est temps de se mettre au lit.

— Et il compte rester longtemps ?

Cestero hausse les épaules.

— Pour toujours, je suppose. Il a autant que moi le droit d'y être. C'est la maison de notre grand-mère, pas la mienne. L'ennui, c'est qu'avant on s'entendait très bien. C'est même moi qui lui ai proposé de s'y installer.

Nagore revient. Elle a fini son coup de fil.

— Elle ne t'a pas raconté ce qui s'est passé samedi ? demande celle-ci en donnant une petite bourrade à Olaia.

— Ne me dites pas que pour une fois que je ne fais pas la fête j'ai raté un truc important ! s'étonne Cestero.

Olaia rit tout bas.

— Je suis sortie avec un mec.

L'ertzaina est bouche bée.

— Ah ! Et tu le regrettes ?

— Penses-tu !

— Alors… ?

Cestero a envie d'en savoir plus. Depuis qu'elle a eu sa première copine à l'âge de seize ans, son amie ne sort plus qu'avec des filles.

Amusée, Nagore hoche la tête.

— Un beau mec, dit-elle en feignant d'être choquée. Cette garce me l'a soufflé. On discutait toutes les deux avec lui et au lieu de me le laisser elle l'a embarqué. Je n'en ai même pas vu la couleur…

— D'accord, on a fait des choses… Mais vous ne voulez quand même pas que je vous donne les détails, petites curieuses !

— Alors, te voilà bisexuelle ?

— Tu déconnes ! Moi, dès que je vois une femme… C'était une folie d'un soir. La première et la dernière.

Nagore cligne de l'œil à Cestero.

— C'est bon pour nous, ça ! Au moins, elle ne risque plus de nous les faucher.

L'ertzaina éclate de rire. C'est vrai, chaque fois qu'elles partent en goguette, Olaia attire tous les regards. À la loterie de la génétique, elle a touché le gros lot… Elle n'a pas besoin de courir ni de ramer pour emballer le premier jupon qui passe à sa portée. Cestero se moque de ne pas avoir un physique de mannequin : trop petite, des cheveux frisés pas terribles, mais elle se sent sûre d'elle, surtout depuis qu'elle a déniché cette pince qui lui permet de se lisser les cheveux.

— Tu l'as changé, non ?

Olaia montre l'anneau que Cestero s'est mis aujourd'hui à la narine droite.

— Oui, j'en avais marre de l'étoile. Je l'ai depuis presque deux ans.

— C'est chouette. Ça se voit mieux. Et celui du sourcil, génial… ! Avec les piercings et le tatouage du dragon, tu es irrésistible. Si j'étais portée sur les filles, je te draguerais, plaisante Nagore, en adressant un clin d'œil à Olaia.

Nouveau rire de Cestero, qui passe la main sur le tatouage de son cou.

— Pourquoi y voir un dragon à toute force ? C'est Sugaar, l'époux de la déesse Mari. Vous devriez vous intéresser un peu plus à la mythologie basque.

— Elle sait très bien qui est Sugaar. Elle dit ça pour te faire enrager, réplique Olaia au milieu des rires. Tu nous l'as répété quatre-vingts fois !

L'ertzaina pousse la porte du bar.

— Venez, on va se prendre un demi. J'en ai marre de vous entendre jouer les stylistes.

— Et moi qui allais te dire que j'adore tes cheveux raides, annonce Olaia en la prenant par l'épaule.

— Moi, je trouve que tu n'es pas mal du tout avec des frisettes, renchérit Nagore.

— Ah, que vous êtes pénibles… Vous allez me laisser tranquille ! Au fait, Olaia… Où en est le groupe ? s'inquiète soudain l'ertzaina.

L'enthousiasme avec lequel elles avaient créé The Lamiak deux ans auparavant est-il toujours au beau fixe ? Enfin guérie d'une entorse au poignet qu'elle s'est faite lors d'une escalade, elle grille d'envie de reprendre les baguettes et sa batterie. Elle a les bras rouillés…

— Rien n'est encore sûr, mais j'ai presque signé pour deux concerts, répond Olaia avant de lever l'index d'un air sévère. Il faut reprendre les répétitions, je me passerais bien d'être ridicule comme la dernière fois, où on a failli être virées à coups de pied du De Cyne Teyna.

— Pour de vrai ? Deux ? C'est plus que toute l'année passée ! applaudit Nagore.

— Le double, rit Cestero. Bon, on se retrouve quand, pour répéter ?

Elle n'a pas fini de poser sa question que son téléphone se met à sonner.

— Ne décroche pas, ma vieille. On t'appelle toujours à des heures impossibles. C'est samedi !

— Ce n'est peut-être pas pour le boulot, se défend l'ertzaina en le sortant de sa poche.

Le numéro qui s'affiche sur l'écran l'oblige quand même à s'excuser auprès de ses amies, et elle sort sur la place pour éviter les oreilles indiscrètes.

— Ane Cestero, dit-elle, l'appareil à l'oreille.

Pourvu que ce soient de bonnes nouvelles. Le détenu a peut-être décidé de passer aux aveux.

— Ane Cestero ! imitent ses amies en rigolant.

Elles trouvent qu'elle répond au téléphone comme dans les films américains.

— Salut, Cestero. C'est Madrazo. Tu es chez toi ?

La voix de son chef.

L'ertzaina se tourne vers la façade aux poutres vertes, sur la place plongée dans la pénombre. La lueur instable et bleutée qu'on voit à la fenêtre du salon est celle de la télé allumée.

— Plus ou moins, dit-elle en grimaçant. Pourquoi ? Il y a du nouveau ? Il a parlé ?

— Penses-tu ! Il reste bouche cousue. Ce con va être mis à la disposition de la justice sans qu'on ait pu lui arracher un mot. – Madrazo marque une pause qui donne le temps à Cestero de s'interroger sur la vraie raison de son appel. – J'espère que tu as envie de changer d'air. Lundi, tu vas à Gernika.

Cestero fronce les sourcils.

— En Biscaye ? Ce n'est pas notre zone.

— C'est justement pour ça que tu dois y aller.

— Tu n'es pas très clair.

— Je sais. Viens au commissariat et je te raconte tout.

— Maintenant ?

Olaia sort du bar et agite la main pour capter l'attention de Cestero.

— Je te commande une bière ? Tu parles trop, tu dois avoir la bouche sèche !

L'ertzaina fait un geste de refus et son amie la foudroie du regard. On lui reproche de ne jamais décrocher de son travail, même pour partager tranquillement quelques bières.

— Oui, tout de suite. C'est urgent, insiste son chef.

— Tu ne peux pas me le dire au téléphone ? J'allais prendre un verre avec la bande.

Madrazo marque un temps avant de répondre.

— Tu as entendu parler du crime du train. Tu sais, le machiniste qui a écrasé sa propre femme…

— Bien sûr. On ne parle que de ça.

— Oui, et nous aussi on doit en parler. Alors rapplique au plus vite. Tu ne crois quand même pas que je suis au boulot en plein week-end par plaisir ?

Le regard de Cestero s'évade sur l'embouchure et suit une traînière qui fend les eaux au loin, devant les digues d'Antxo. Dans l'obscurité, elle distingue à peine le mouvement rythmique des rames. Dès que les jours raccourcissent, les entraînements nocturnes ont souvent lieu dans les eaux du port.

— Accorde-moi une heure.

— La moitié.

L'ertzaina soupire avant de remettre le téléphone dans sa poche. Elle a besoin d'une bière bien fraîche.

— Ne me dites pas que vous ne m'en avez pas commandé une ! plaisante-t-elle en poussant la porte du bar.

4

20 octobre 2018, samedi

— Trente-sept minutes… Merci, Ane.

Madrazo est dans son bureau. Cestero referme la porte et s'assied sur une des deux chaises qui lui font face. Pas de baiser de bienvenue. Ils sont collègues, le chef et sa subordonnée, le reste est du passé.

— Un de ces jours, Olaia et Nagore vont te les faire bouffer ! lui lance Cestero sur le ton d'une fausse colère, son index pointé sous la table. Que je ne puisse même pas prendre un demi tranquillement avec elles, ça commence à les soûler…

— Tu parles ! Elles m'aiment plus que toi, plaisante l'officier.

Ses yeux noirs sont toujours aussi irrésistibles. Et cette frange pétrie de sel et de soleil… La marque du surfeur, comme le bronzage permanent et les muscles sculptés par les vagues.

— Bon, je t'écoute. Tu ne m'as pas convoquée pour qu'on parle de mes copines ? réplique Cestero, qui lutte contre son envie de sauter de sa chaise et de passer de l'autre côté du bureau.

Ce n'est pas la première fois qu'elle doit réfréner cette impulsion. Madrazo lui plaît. Et c'est réciproque. Ils ont vécu deux années intenses. Tout avait commencé comme un jeu, mais à la fin les attentes n'étaient plus les mêmes. Peut-être à cause de la différence d'âge. Cestero avait vingt-huit ans quand ils avaient cessé de se voir, et son chef presque quarante. L'absence d'engagement convenait très bien à Ane. Sexe, concerts, confidences… Elle passait du bon temps avec l'officier. Jusqu'au moment où il en avait demandé davantage.

Pour Cestero, pas question de projets d'avenir ni de vie commune. Et ce fut la fin. Elle croit encore entendre Olaia et Nagore lui reprocher d'avoir quitté un mec aussi classe.

Madrazo pousse une feuille de papier vers elle. Un schéma dessiné, plutôt simple, en forme d'arbre inversé. En titre, un sigle inconnu :

USHN

— De quoi s'agit-il ? Et pourquoi il y a mon nom ?

— À compter d'aujourd'hui, tu fais partie de l'Unité spéciale d'homicides notoires. Et non seulement tu en fais partie, mais… tu la diriges.

Cestero dévisage son chef d'un air incrédule. Son supérieur lui en a parlé il y a quelques semaines. Une unité constituée d'agents spécialisés dans la résolution de crimes multiples ou ayant un fort retentissement médiatique. Ce qui n'était encore qu'un projet semble soudain avoir gravi plusieurs échelons.

— Et le crime de Gernika est notre première affaire… ?

— Exactement. La mort de Natalia Etxano a été le coup de pouce pour créer le groupe que tu vas diriger.

— Parce que la victime est une journaliste connue ?

— En partie. Ou bien c'est un prétexte. Natalia n'était pas seulement une personnalité de la radio, elle était aussi la maîtresse du commissaire de Gernika. Cela oblige à nous méfier de lui, et de tous les agents qu'il dirige.

— J'ai lu que la journaliste était mariée.

— Lui aussi. Néanmoins, leur relation durait depuis quelque temps, et ils ne devaient pas se cacher beaucoup, tout le commissariat est au courant.

Cestero se penche de nouveau sur la feuille. En lisant son nom en haut de l'arbre, elle ne peut réprimer une sensation de vertige. Certes, ce n'est pas un groupe nombreux. De son propre nom partent trois branches. Elle ne connaît qu'un seul des ertzainas qui seront sous ses ordres.

— Aitor Goenaga, lit-elle à haute voix. – Si elle avait pu choisir son équipe, c'est le premier collègue auquel elle aurait pensé, peut-être le seul. – Qui sont les autres ?

— Tu as entendu parler de Txema Martínez, de Bilbao ?

— Il n'était pas parti à Interpol ?

— On vient de le réincorporer. Un brave type, peut-être un peu fier. Ne te laisse pas marcher sur les pieds. Tu es au-dessus de lui. C'est toi qui diriges le groupe.

L'ertzaina contemple la vague gigantesque qu'un minuscule surfeur chevauche sur le mur d'en face. Elle a un petit pincement au cœur. Jusqu'alors, elle n'a jamais dirigé une enquête. Mais il fallait bien que ça arrive, et sa récente promotion au rang de sous-officier implique cette responsabilité.

— Et le quatrième ? dit-elle en lisant le croquis. Heu, la quatrième. Julia Lizardi. Qui est-ce ?

— Une agente de Gernika. Elle doit être bonne. L'an passé elle a résolu l'affaire des plongeurs assassinés. On me l'a recommandée. Et il semble qu'elle soit de ma race, c'est une surfeuse.

Cestero hoche la tête. Avoir dans l'équipe un membre de la zone semble avisé. Ça facilitera les déplacements sur le terrain, et ça aidera à être mieux accepté par le commissariat où ils vont travailler.

— Qui a choisi l'équipe ?

— Moi. Deux de la Biscaye et deux du Guipúzcoa, pour ne pas heurter les sensibilités. Tu sais comment ça fonctionne.

La sous-officière approuve. Toujours ces maudits équilibres géographiques…

— Personne de Vitoria, remarque-t-elle.

Madrazo hausse les épaules. Il ne répond pas. Inutile, Cestero connaît la réponse. Là-bas, ils ne se plaignent jamais.

— Nous dépendons d'Erandio ou d'ici ? demande-t-elle en pensant aux commissariats centraux de la Biscaye et du Guipúzcoa.

— En principe, de moi. Ici, nous avons plus d'expérience dans ce genre d'affaires, c'est pourquoi on m'a demandé de tout organiser. Cette unité que nous venons de créer ne sera opérationnelle que lorsque les circonstances l'exigeront. Le reste du temps, vous travaillerez dans vos commissariats respectifs.

— Autrement dit, nous nous regrouperons uniquement s'il y a un crime bien pourri.

Madrazo confirme.

— Homicides multiples, crimes en série, victimes connues… Les affaires qui génèrent un sentiment d'insécurité, tu piges ?

Cestero soupire. Ce n'est pas bon signe. Panique signifie presse, et presse signifie pression. Il faudra garder la tête froide dans de telles circonstances.

— Qui est Silvia ? demande-t-elle en lisant le dernier nom sur la feuille.

— La psychologue. Choisie par les collègues de la Biscaye. Elle collabore souvent avec eux. Elle a l'air très douée pour tracer des profils psychologiques. Elle vous aidera à mieux comprendre l'esprit de l'assassin.

— Tu crois que c'est le commissaire ?

Madrazo hausse les sourcils, qui disparaissent sous sa frange blonde.

— Olaizola ? J'espère que non. Mais c'est à toi de le découvrir. Il ne va pas te dérouler le tapis rouge. Cette intromission dans son fief n'est pas de son goût, surtout si tu as des doutes sur son éventuelle implication.

La sous-officière se tourne de nouveau vers le poster. Soudain, elle a l'impression que la vague va déferler dans la pièce.

— On commence quand ?

— Lundi. À Gernika à neuf heures. Ah, encore un détail… La région est très affectée. Vous aurez sans arrêt la presse sur le dos. Traite-la avec tact si tu ne veux pas avoir de problèmes.

Cestero se lève et hésite : faut-il le remercier d'avoir pensé à elle, ou claquer la porte parce qu'il lui a compliqué la vie en quelques minutes ?

— Merci, murmure-t-elle finalement.

Madrazo évacue la question d'un geste, et la rappelle au moment où elle va quitter le bureau.

— Ane !

Elle se retourne, la main sur la poignée.

— Montre-leur que tu es la meilleure. Il y en a marre que tu sois toujours sous la loupe parce que tu es sortie avec ton chef. Et attends-toi à entendre que je t'ai offert le poste… Qu'ils aillent se faire foutre. Il n'y a pas d'ertzaina plus douée que toi pour ce boulot. Tu as une chance de le prouver. Saisis-la.

5

22 octobre 2018, lundi

Une minute avant neuf heures, Ane Cestero et Aitor Goenaga poussent la porte du commissariat de Gernika. Elle n'a pas souvenir d'avoir jamais été aussi ponctuelle au travail, mais comme elle amène aussi son collègue, elle ne peut pas se permettre le moindre retard. Il l'a obligée à se lever une heure plus tôt que prévu, pour parer à toute éventualité.

Ane retire la capuche de son ciré, esquisse un sourire et montre sa carte à l'ertzaina de service à l'accueil. Aitor présente aussi la sienne.

— *Egun on*. Je crois que nous sommes attendus.

L'homme acquiesce à contrecœur et compose un numéro intérieur.

— Au bout du couloir à droite, dit-il d'un geste en attendant la communication. Julia, ceux du Guipúzcoa sont là. Oui, ils arrivent… De rien.

Les ertzainas s'engagent dans le couloir. Une femme se dirige vers eux : le balayage blond californien lui encadre le visage, à première vue anguleux, mais agréable. Elle a une allure sportive. Est-ce l'effet de ses épaules bien droites ? La quarantaine ? Quasiment.

— Sous-officière Cestero, agent Goenaga ? – La main qu'elle tend est fraîche. – Bienvenue à Gernika. Je suis l'agente Lizardi, Julia Lizardi.

Les présentations et les échanges polis sur l'état de la route prennent quelques instants. L'expression de Julia s'assombrit soudain. Elle baisse les yeux et semble beaucoup moins à l'aise. Cestero se demande ce qui se passe quand la voix d'un nouvel arrivant résonne dans son dos.

— J'ai manqué quelque chose ?

— Et voici le sous-officier Txema Martínez, présente l'agente en s'avançant pour lui plaquer deux baisers. Comment ça va, Txema ?

Le policier l'embrasse à son tour sans cacher un sourire plutôt forcé.

— Pas aussi bien que toi… Tu es ravissante, dit-il, incapable néanmoins de soutenir son regard. – Puis il se tourne vers Ane et Aitor. – C'est vous qui venez du Guipúzcoa ?

— Sous-officière Cestero et agent Goenaga, présente Julia.

— Aitor. Appelle-moi Aitor, je t'en prie.

Txema dévisage Cestero. Le tatouage dans le cou, les piercings dans le nez et le sourcil semblent retenir son attention.

— Tu es bien jeune pour ton grade, non ?

Elle comprend que ce n'est pas un compliment.

— Preuve que je suis très bonne, réplique-t-elle, bien décidée à ne pas se laisser marcher sur les pieds.

On pourrait même se demander si Madrazo ne lui doit pas son poste ? Qui serait son supérieur aujourd'hui sans l'habileté de Cestero à résoudre les affaires les plus compliquées ?

Txema a un sourire sans joie. Il a environ quarante-cinq ans, et porte une cravate qui l'étrangle. C'est peut-être normal à Interpol, mais c'est un peu bizarre dans un commissariat de l'Ertzaintza, la police autonome basque.

— On commence ? Je vous résume ce que nous avons, reprend Julia.

Fini, le temps des présentations.

— La célèbre et puissante journaliste qui a peut-être autant d'ennemis que Gernika compte d'habitants…, précise Txema en posant sa valise. Il n'y a pas de machine à café, ici ?

Julia se tourne vers un renfoncement, dans le couloir.

— Elle est en panne depuis des mois, et on ne l'a pas encore récupérée. Allons au bar. C'est mieux, un peu de vie sociale en dehors de ces murs.

Cestero les écoute à peine. Quelque chose l'inquiète dans cette affaire.

— Le mari a-t-il eu le loisir de la placer sur la voie et de retourner prendre son train ?

— Le mari ? – Julia est interloquée. – Je l'ai vu sur place. Il était effondré. Le train n'a pas eu le temps de s'arrêter. Cet homme ne s'ôtera jamais de la tête ce qui s'est passé vendredi sous ses propres yeux.

Cestero ne s'avoue pas vaincue :

— Il y a des rumeurs, plutôt fondées, selon lesquelles Natalia lui était infidèle. Nous ne pouvons écarter une vengeance du mari. Bien sûr, son alibi a l'air en béton. Il faudrait voir ce qu'il a fait dans les minutes qui ont précédé l'accident. Y a-t-il eu un arrêt inhabituel ? Il y en a sûrement une trace quelque part.

Aitor se racle la gorge pour attirer son attention. Il n'a pas l'habitude d'intervenir sans en demander la permission.

— La retransmission en direct du crime suggère une vengeance. Une personne que la journaliste a livrée en pâture à la vindicte populaire dans son émission, et qui a organisé son exécution publique, un spectacle effroyable.

Il rougit quand il parle. Les autres l'ont peut-être remarqué, mais pas Cestero. Une réaction fréquente chez cet homme au beau visage juvénile qui a dépassé la quarantaine. Deux sympathiques fossettes à la commissure des lèvres renforcent cette impression.

— Un bûcher de sorcières en plein XXIe siècle, complète Cestero. – Dans le bar où ils prennent leur café, on ne parle que de cela ; on dirait que tout Gernika a vu la séquence de l'accident, et la ville est réellement consternée. – Nous pouvons voir l'enregistrement ?

— Vous devez le voir, corrige Txema en donnant de l'emphase à l'injonction. J'ai demandé qu'on le visionne photogramme par photogramme, au cas où quelque chose nous aurait échappé. Julia, tu l'as sous la main ?

L'agente confirme et les invite à la suivre jusqu'à son ordinateur. La salle de l'Unité spéciale est comme toutes les salles de commissariat. Trois longues tables, quatre postes de travail sur chacune d'elles. Julia s'arrête à la première et tourne l'écran vers ses collègues.

— Vous travaillerez ici, dit-elle en désignant la table. On l'a libérée pour que vous puissiez l'occuper en permanence.

La séquence commence par une image de la victime assise au milieu de la voie. Dans un premier temps, Natalia semble assoupie, sûrement sous l'effet d'une drogue. La séquence dure quelques secondes. Ensuite, elle essaie de se libérer. La chaise oscille sur les traverses et la bouche de la journaliste s'ouvre et laisse échapper un cri guttural qui oblige Julia à baisser le volume des haut-parleurs. La ria de Mundaka, au cœur de la Réserve de la biosphère d'Urdaibai, décline ses bleus intenses entre les arbres qui encadrent la scène. Un décor soigné qui émerveillerait n'importe quel réalisateur.

Cestero sent son propre pouls s'accélérer à chaque nouveau cri d'angoisse. Comme au cinéma, elle est sûre qu'un imprévu va faire échouer un crime planifié au millimètre : la chaise va tellement bouger qu'elle va l'écarter du trajet de la locomotive, ou bien Natalia va se libérer des liens qui l'immobilisent.

— C'est brutal, murmure-t-elle.

— Putain de fils de pute… renchérit Aitor et détournant les yeux de l'écran.

— Fils, ou fille… ? rectifie Julia.

— Non. Je parie que c'est un homme. Les femmes ne tuent pas de façon aussi violente. Nous sommes plus délicates. Le poison… – C'est une femme qui parle, elle est arrivée sans qu'on l'ait remarquée, petite, comme Cestero, et si mince qu'on dirait une fillette, mais elle a dépassé la trentaine. – Je me présente, Silvia, la psychologue.

Elle tend la main.

— Il y a toujours des exceptions, dit Cestero, le regard fixé sur l'intense couleur rouge de la tulipe que tient la victime.

Une image troublante : la tendresse d'une fleur au milieu de l'horreur.

Les trépidations du train envahissent soudain les haut-parleurs. Le visage de Natalia est de plus en plus déformé, elle sait que sa fin est écrite.

— L'arrivée du mari, commente Julia quand le sifflement insistant du chemin de fer couvre presque entièrement les cris.

Tout va très vite. La rame entre dans le champ et se précipite sur la victime. Les couleurs du train régional remplissent l'écran, et les grincements des freins saturent les haut-parleurs. Puis il ne reste que la voie. La voie et un pétale de tulipe bercé par la brise. Rien d'autre, hormis le silence sépulcral et la solitude de la mort.

Pendant quelques instants, aucun policier n'ouvre la bouche. Cestero a l'impression que des griffes lui serrent la gorge. Elle a vu beaucoup d'horreurs pendant ses cinq années d'ertzaina, mais à ce point, jamais.

— Cette femme a dû souffrir énormément, murmure Julia d'une voix brisée.

Cestero approuve. Le pétale valse toujours sur les traverses.

— Combien de gens ont vu cette vidéo ? demande-t-elle quand elle parvient enfin à articuler un mot.

— Cent huit mille. Les réseaux sociaux l'ont retirée au bout de quarante minutes, mais c'était déjà la vidéo la plus retransmise dans tout le pays, explique Txema.

Cestero soupire, dégoûtée. Le morbide, toujours le morbide. C'est tout simplement affreux.

— On recherche quelqu'un de très dangereux. Vous vous en rendez compte, j'espère ?

— Qu'a dit le médecin légiste ? l'interrompt Txema.

Julia prend le dossier marron posé sur la table et l'ouvre :

— Polytraumatisme. Une grande quantité d'os brisés, entre autres le temporal et l'occipital. Elle est morte sur le coup. Nous attendons l'analyse toxicologique, mais je ne serais pas étonnée qu'on l'ait droguée.

— Il suffit de voir les images. Elle dormait quand on l'a assise à cet endroit, déclare Txema.

— On recherche peut-être plus d'un assassin. Il n'est pas facile de faire cela tout seul, suggère Julia.

Tout en parlant, l'ertzaina appuie de nouveau sur la touche "envoyer". Les cris sont aussi bouleversants que la première fois.

— Cela correspond davantage à un profil typiquement psychopathe. La tulipe, la retransmission… C'est un loup solitaire, froid et calculateur. N'oublions pas qu'il avait beaucoup d'éléments à coordonner. À commencer par les services des machinistes. Il n'a pas choisi n'importe quel train, remarque Silvia.

— Bonne synthèse. Je n'en changerais pas une virgule, reconnaît Cestero.

Elle aime la souplesse de Silvia.

— D'accord avec vous. Il agit seul, sous l'impulsion de la haine, renchérit Aitor.

— Ta chef n'a pas parlé de haine, corrige Txema.

Cestero se mord la langue pour ne pas lui répliquer. À quoi rime ce "ta" ? Txema ne la considère-t-il pas comme la chef de tous ? La cohabitation de deux sous-officiers dans un même groupe, surtout dirigé par une femme, ne va pas être facile. C'est regrettable, mais Cestero sait qu'il en est ainsi avec beaucoup de ses collègues, et Txema n'est pas une exception.

— Qu'as-tu à dire sur la fleur ? dit Cestero à Silvia.

— Ce n'est pas une signature ordinaire. Les tulipes symbolisent l'organisation, ce sont des fleurs qui ne laissent pas de place au hasard, toujours semblables, avec leurs six pétales. Il n'y a pas deux roses pareilles, ni deux chrysanthèmes, contrairement aux tulipes. Nous pourrions avoir affaire à quelqu'un de très méthodique.

— Ce qui nous compliquerait la tâche, indique Txema en claquant de la langue. Mieux il prévoit, moins il nous laisse d'indices.

Silvia acquiesce avant de poursuivre.

— Pas seulement. Ce qui nous intéresse d'abord, c'est que la tulipe est une fleur associée à la tristesse, à la suite d'un désamour ou d'une amitié trahie.

— Si je te suis bien, celui qui a mis Natalia au milieu de la voie aurait pu être un ancien amant ? suggère Cestero en pensant au commissaire.

— Ou un ami qu'elle a délaissé, ou un fou dont l'amour qu'il éprouvait pour la journaliste n'a jamais été payé de retour… objecte Julia.

Aitor toussote légèrement.

— Il essaie peut-être de transmettre un message. Au XVIIe, les peintures qui rappelaient que tout est éphémère en ce monde étaient très populaires. La vie est brève, tôt ou tard nous mourrons tous. Les tulipes étaient considérées comme un élément essentiel dans ce genre de tableau.

— Mauvais signe ! commente Julia.

— C'étaient des œuvres d'art porteuses d'un message,

justifie Aitor. Il y en a une très belle, de l'école flamande, au musée des Beaux-Arts de Bilbao.

La psychologue fronce les sourcils et approuve avec conviction.

— Nous aurions affaire à un assassin qui apprécie la valeur à la fois esthétique et symbolique de leur signature.

Cestero a l'esprit ailleurs.

— À quelle fréquence les trains passent-ils sur les lieux de ce crime ? demande-t-elle.

— Le convoi qui circulait en sens contraire est passé à cet endroit précis vingt-deux minutes avant l'impact, qui a lieu à la seconde minute de la retransmission. Ce qui a donné à l'assassin vingt minutes pour tout mettre en place : la chaise, le portable… intervient Julia en consultant ses notes.

Quand le train écrase Natalia Etxano une deuxième fois, Cestero éteint l'écran.

— On ne peut pas rester ici comme des ahuris toute la matinée. Il faut se bouger ! Savons-nous où il l'a abordée ? Où elle a été vue pour la dernière fois ?

Julia secoue la tête.

— Il faudrait parler au mari et à ses collègues de la radio, suggère Txema.

— Et fouiller le logement de la victime. On y trouvera peut-être une lettre de menaces. Et ses mails, les réseaux sociaux… ajoute Cestero. Aitor, va à Radio Gernika. Fouille dans les papiers de la journaliste. Vois qui pourraient être ses ennemis. Les plus récents, mais aussi les vieilles blessures encore à vif. Julia, va parler avec le mari. Txema et moi, on se charge de la vie personnelle.

— La vie personnelle de qui ?

Cestero se mord les lèvres et se retourne, comme ses collègues. Depuis qu'elle a mis le pied dans ce commissariat, elle s'attend à ce moment, mais pas de cette façon aussi soudaine.

— Luis Olaizola, commissaire de Gernika. Bienvenue. J'espère que nous allons contribuer à ce que vous vous sentiez comme chez vous.

Il tend la main à tous, sauf à Julia et à Silvia, qu'il voit tous les jours.

Il a un visage aimable, des formes arrondies et un air sain qui s'étend jusqu'à sa vaste calvitie. Cestero lui trouve des points communs avec Olentzero, le charbonnier populaire qui apporte les cadeaux de Noël aux Basques. Mais pas question de se fier aux apparences, cet homme n'est pas ravi de les voir ici. Leur présence signifie un désaveu cuisant de la part de ses supérieurs. Qui affecte aussi les agents qui, à leur poste de travail, sur les autres tables, observent discrètement la rencontre.

— Merci, répond Cestero avec un sourire contraint.

Elle n'aime pas le ton trop cordial du commissaire. Elle se tourne vers ses collègues de l'équipe, qui se contentent de hocher la tête.

Le commissaire pose délicatement la main sur l'épaule de Cestero pour attirer son attention.

— Je sais pourquoi vous êtes ici. La brillante Unité spéciale d'homicides notoires… – Soudain, plus aucune trace d'amabilité sur son visage. – Natalia et moi, nous avons eu une aventure. Je ne le nie pas. Gernika est tout petit et nous manquions de discrétion. Mais il y a longtemps que nous avions cessé de nous voir. Ces derniers mois, nous avions des relations normales, sans plus. Je vous demande de ne pas fouiller dans cette direction. Je n'ai rien à voir avec sa mort. Je suis le premier à la pleurer et à souhaiter qu'on résolve cette affaire dans les plus brefs délais.

— Pourquoi l'a-t-on tuée ? demande Cestero de but en blanc.

Olaizola pince les lèvres – une grimace de chagrin – et secoue la tête.

— J'y ai réfléchi, reconnaît-il. Ces derniers mois, elle s'en prenait beaucoup aux pêcheurs qui braconnaient les coquillages, de pauvres diables qui, à la faveur de la nuit, ramassent des mollusques dans la ria sans permis. De temps en temps, on fait une descente, mais c'est compliqué, l'Urdaibai est plein de recoins où se cacher… Franchement, j'ai du mal à croire que quelques kilos de coques puissent être derrière un meurtre aussi sauvage.

Cestero est d'accord. Le choix du train conduit par le mari de la victime pour l'assassiner semble répondre à des motifs plus personnels.

— Il y a aussi l'affaire du trafic de drogue, intervient Julia. – Ce qui lui vaut une vive dénégation du commissaire. – Dans son émission, la victime dénonçait un réseau de narcotrafiquants dans notre zone…

Le commissaire lui coupe la parole :

— Nous avons intercepté les vedettes censées livrer la drogue, et nous n'avons jamais trouvé un gramme de stupéfiant à bord. J'en suis venu à penser qu'en répandant ces rumeurs dans son émission, elle cherchait avant tout à ternir mon image.

Cestero approuve. Dans son esprit s'entrechoquent deux hypothèses : le dépit amoureux et le règlement de compte d'une bande de narcos. Toutes les deux peuvent expliquer un crime planifié de façon aussi macabre. Cependant, quelque chose ne cadre pas.

— Ne venez-vous pas de dire que votre relation avec la victime était normale ?

— C'est une façon de parler, reconnaît le commissaire. Et tutoie-moi, je t'en prie. Nous sommes collègues.

— Combien de temps êtes-vous restés ensemble ? demande Aitor.

— Natalia et moi ? Je ne sais pas. Deux ans, peut-être un peu plus.

— Et quel a été le motif de la rupture ?

Olaizola lance un coup d'œil à la ronde pour s'assurer que personne n'écoute la conversation. À l'évidence, parler de lui le gêne beaucoup plus que de parler des coques.

— Raisons personnelles. Chacun de nous était marié, et la situation devenait intenable. Il fallait trancher dans le vif, et on a pris la décision de ne plus se voir.

— D'un commun accord ?

Le commissaire redresse le menton et déglutit. Cestero a l'impression qu'il a du mal à contenir ses larmes.

— Nous reprendrons cette conversation à un autre moment, si vous voulez bien… dit Olaizola avant de se retirer.

L'homme s'éloigne dans le couloir. Les épaules affaissées, la démarche traînante…

— Il faudra enquêter sur lui aussi. Sans faire de vagues, mais il le faudra, murmure Cestero. – Txema approuve en fronçant le nez, et rajuste son nœud de cravate. – Il va falloir enquêter sur beaucoup de gens, soupire-t-elle avant d'interroger du regard le reste de l'équipe. On s'y met ?

6

22 octobre 2018, lundi

Julia sonne et échange un regard avec Silvia. La psychologue esquisse un sourire pour lui redonner courage. Traiter en suspect un homme qui vient de perdre sa femme, c'est dur. Si elle avait pu choisir, l'ertzaina aurait préféré une autre des tâches réparties entre les membres de l'équipe.

— Quel temps pourri… hein ? râle la psychologue en refermant son parapluie.

L'ertzaina lui renvoie une grimace compréhensive. Il y a presque deux mois qu'elles n'ont pas vu le soleil. Ajouter à cela les pluies, il y a de quoi perdre le moral.

— Pour demain, les prévisions sont meilleures, dit-elle en insistant sur la sonnette.

— Meilleures ? Tu parles… ! Ici, meilleures, ça veut dire qu'il ne va pas pleuvoir pendant une demi-journée et que ça va reprendre pendant deux semaines, décrète Silvia en essuyant ses lunettes avec un mouchoir en papier. J'ai bien envie de retourner à Palencia.

On entend des pas derrière la porte.

— Cette année, c'est pire que d'habitude, dit Julia pour la rassurer.

— La précédente aussi, et celle d'avant. Mon compagnon me le répète sans arrêt depuis que je vis dans son pays, depuis trois ans ! se lamente la psychologue.

Elle n'a pas fini sa phrase que la porte s'ouvre.

— Bonjour. – Les cernes du conducteur sont le signe d'une nuit blanche, ainsi que son regard hébété ; il s'écarte pour les laisser entrer ; un tas de paperasses recouvre la table de la salle à manger. – Excusez le désordre. Je ne retrouvais pas l'assurance-vie de Natalia. Je ne me rappelais même pas auprès de quelle compagnie elle l'avait prise... Nous ne nous attendions pas à une chose pareille !

Il se tourne vers le tableau qui préside, sur le mur du fond. La victime les observe : un portrait qui la montre plus jeune que les photos qui illustrent les articles sur sa mort. Le mari a une moue de tristesse.

— Vous avez pu dormir un peu ? demande Silvia.

— Non. Chaque fois que je ferme les yeux, je la revois. J'entends ses cris comme si j'étais à nouveau sur les rails... C'est horrible. On sait qui a fait ça ?

— On y travaille, répond Julia.

L'homme, coudes sur la table, fixe un nœud dans le bois.

— Il y a cinq ans, j'ai écrasé un jeune homme dans le métro, et il y a douze ans une fille à la gare de Plentzia. Des suicides. C'est affreux. Ça ne sert à rien d'activer le frein et ils le savent. Le pire, c'est l'impact et le craquement des os. Il faut crier très fort pour ne pas les entendre... J'étais bouleversé. J'avais même failli démissionner. J'ai fini par m'en remettre. Mais l'histoire de

Natalia, ça va m'enterrer. Je le sais. Cette fois, je ne m'en relèverai pas.

Julia voit que c'est un homme à jamais brisé.

— Je peux vous poser quelques questions ?

Le conducteur lui lance un regard atone, et ses épaules se tassent.

L'ertzaina se racle la gorge pour s'éclaircir la voix.

— Comment décririez-vous votre relation avec Natalia ?

Santi se tourne vers le portrait de sa femme. Un tremblement presque imperceptible affaisse la courbe de ses lèvres.

— La relation d'un couple normal. Nous avons traversé une mauvaise passe, c'est vrai, mais maintenant tout allait bien, murmure-t-il avant de se perdre dans un sanglot.

Julia jette un coup d'œil sur les photos encadrées qui occupent les étagères autour du poste de télévision. Trois d'entre elles montrent Natalia Etxano dans des contextes différents, toujours souriante, dégageant un magnétisme sans pareil. Seule la quatrième photographie représente Santi. Le machiniste tient un énorme poisson par la queue. Rien d'anormal dans ces images, à part un détail : ils ne sont ensemble sur aucune photo. Aucune. Dans cette pièce, pas un seul moment, pas un seul voyage, pas un seul événement où le couple s'accorde un souvenir commun.

— Parlez-moi du jour du crime, demande l'ertzaina. Donnez-moi votre emploi du temps depuis la première heure jusqu'au moment où vous avez pris les commandes du train.

Le jour de l'assassinat, Santi a pris son petit-déjeuner tout seul, en écoutant sa femme à la radio, comme tous les jours. Il a les larmes aux yeux quand il mentionne que c'était la dernière fois qu'il entendait sa voix avant le drame du train. Ensuite, il a rangé la maison et préparé à manger.

— J'ai déjeuné seul : Natalia m'avait prévenu qu'elle aurait du retard. Elle avait un rendez-vous, pour son boulot. Elle avait toujours des déjeuners et des interviews avec des journalistes... Après, je suis allé à pied à la gare, et le reste, vous le savez... J'ai pris les commandes du train et me suis retrouvé nez à nez avec ma femme au milieu de la voie.

Un soupir interrompt ses explications.

Julia consulte une carte de la zone et localise rapidement les deux lieux qui l'intéressent le plus dans cette histoire. La gare où a eu lieu la relève des conducteurs est à dix minutes au maximum en voiture du lieu du crime. Assez pour placer la victime sur les lieux de l'impact et retourner à Gernika à temps pour prendre son service.

— Natalia n'a pas dit qui elle devait rencontrer ?

— En général, elle ne le disait pas. Je ne le lui demandais pas non plus. Ça concernait son travail.

— Votre femme aimait les fleurs ?

L'homme n'a pas besoin de réfléchir pour répondre.

— Non. Je ne lui en offrais jamais. Si vous jetez un coup d'œil sur la terrasse, vous constaterez que nous avons très peu de plantes ; celles qui sont là se débrouillent toutes seules.

Julia interroge la psychologue du regard. A-t-elle une question ?

D'un mouvement de tête presque imperceptible, Silvia répond par la négative.

— Votre femme avait-elle des soucis, ces derniers temps ? Savez-vous si elle avait reçu des menaces ? Était-elle bizarre dans les jours qui ont précédé le crime ? demande l'ertzaina.

— Non. Tout semblait normal. Elle croulait sous le travail, mais c'était toujours comme ça ! Elle aimait les choses bien faites. Elle avait de grosses responsabilités, précise-t-il sans quitter des yeux la Natalia Etxano à l'huile accrochée au mur. – Ses traits se décomposent soudain et il plonge la tête dans les mains. – Comment est-il possible qu'elle ne soit plus là ? Natalia… !

Julia déglutit. Impossible de continuer. En tout cas aujourd'hui.

— Je suis désolée d'avoir ravivé votre chagrin. Nous n'allons pas vous accaparer plus longtemps. Merci de nous avoir reçues dans ces moments difficiles.

— Pardonnez-moi, je ne vous ai même pas proposé un verre d'eau, dit Santi en se reprenant pour les raccompagner.

Dans le couloir, les visiteuses débitent des formules de politesse.

— Appelez-moi si vous avez besoin de parler, dit Silvia en prenant congé, la main sur le bras du conducteur.

— Ou si vous pensez à quelque chose qui puisse nous conduire à une piste. N'importe quoi. Une remarque de Natalia qui semble hors de propos, un appel à une heure tardive… N'importe quoi, ajoute Julia.

Elle déteste être toujours celle qui apporte la touche d'inhumanité.

Le machiniste plisse les yeux, songeur. Il s'est arrêté au milieu du couloir, devant la porte d'une chambre où règne une odeur de draps récemment changés.

— Natalia a eu un amant, qu'elle a quitté il y a quelques semaines. Cet homme n'a pas cessé de l'appeler depuis lors.

— Le commissaire Olaizola, demande Julia.

Le geste affirmatif de Santi ne laisse aucun doute.

— Que sa position ne vous empêche pas d'aller jusqu'au bout, demande-t-il d'un air suppliant.

— Il sera interrogé comme toute autre personne. Je vous en donne ma parole, assure l'ertzaina.

— Ce type était assommant. Il ne supportait pas que Natalia l'ait quitté.

— C'est elle qui a mis un terme à cette relation ?

— Oui, bien sûr. C'est Natalia. Elle a compris qu'elle m'aimait.

L'esprit de Julia voyage jusqu'à la solitude de cette voie. Le pétale de la tulipe valsant au gré de la brise, l'odeur de rouille, le portable lui renvoyant sa propre image... Plus elle visualise la scène, moins elle voit son commissaire attacher froidement la présentatrice à une chaise.

— Connaissez-vous la raison de cette rupture ?

Le mari la regarde d'un air blessé.

— Bien sûr : elle ne voulait plus me faire du mal. N'est-ce pas suffisant ? Nous étions un couple heureux jusqu'à ce que ce type croise son chemin.

— Évidemment, excusez-moi. – Julia hésite à poser d'autres questions, elle ne veut pas raviver la douleur d'un homme qui vient de voir son propre train écraser sa conjointe, mais elle n'est pas là pour compatir, en tant que policière, elle a besoin d'informations ; elle se tourne vers Silvia, qui ferme les yeux pour lui donner l'autorisation de continuer, autorisation dont en réalité elle n'a pas besoin. – Combien de temps sont-ils sortis ensemble ? Je veux dire…

Santi l'arrête d'un geste.

— Je sais ce que vous allez dire. Pendant combien de temps ils m'ont planté les cornes ? Plus d'un an, peut-être deux. Je ne m'en souviens pas, mais depuis dix mois cette liaison était l'objet de tous les potins, à Gernika. On les voyait ensemble sans la moindre retenue. J'ai même pensé que notre histoire était finie et qu'elle me quitterait pour lui.

— Comment vous sentiez-vous ? lui demande Silvia.

— Mal. Très mal.

Ses mots se brisent, et il baisse la tête.

— Décrivez-moi ça. Colère, haine, que ressentiez-vous exactement ?

Santi a les lèvres qui tremblent. Il reprend un peu d'assurance.

— De l'impuissance. J'étais effondré. Je ne voyais pas où étaient mes torts, et Natalia avait du mal à me parler. Elle était toujours dehors, au travail.

Julia et Silvia se regardent. Ou bien c'est un grand acteur, ou bien il n'a pas l'air violent.

— C'est tout pour aujourd'hui. Merci, dit l'ertzaina.

Elle a l'impression que tout n'est pas sorti, mais elle ne veut plus importuner le conducteur.

— Merci à vous, dit Santi en essayant de sourire.

— Je ne m'attendais pas à le voir aussi en forme, remarque Julia quand elles se retrouvent dehors. Il n'est pas courant qu'un proche de la victime puisse parler avec autant de sagesse, alors qu'elle est morte depuis si peu de temps.

— Ne t'y trompe pas, explique la psychologue. Ce sont les médicaments. Il est bourré d'anxiolytiques jusqu'aux yeux. Tu n'as pas remarqué comme il était somnolent ? Le contrecoup viendra plus tard.

— Son deuil te paraît sincère ?

— Franchement, oui. Est-il l'auteur d'une vengeance aussi macabre ? Là, je réponds non. Certains indices empêchent peut-être de le mettre hors de cause, mais cet homme n'a pas le profil d'un assassin froid et calculateur. Tu as vu l'adoration avec laquelle il regardait le portrait de sa femme ? Merde, ce salon est un autel dédié à la victime. Le mari n'en est qu'un appendice.

L'ertzaina approuve mollement en ouvrant la portière de la voiture. Ce ne serait pas la première fois qu'un assassin joue si bien son rôle qu'on finit par le prendre pour la victime et non pour le bourreau.

7

22 octobre 2018, lundi

Le poids que Cestero porte sur les épaules s'allège dès qu'elle pousse la porte du bar. Il n'est pas facile de glaner des informations sur le commissaire Olaizola, et encore moins sur sa liaison avec Natalia Etxano. Les agents sous ses ordres préfèrent ne pas trop parler. D'ailleurs, ils ne savent pas grand-chose. Seulement qu'ils ont été amants pendant assez longtemps, et qu'ils n'ont pas cherché le moins du monde à se cacher. Le motif de la rupture ? Aucune idée. La seule certitude, c'est que Luis Olaizola est très affecté par cette séparation.

Aitor n'a pas beaucoup plus avancé. Il a écouté les enregistrements des dernières émissions de la présentatrice, et a compris qu'elle s'en prenait à tout et à tous : elle pouvait aussi bien protester contre la spéculation immobilière et le tourisme effréné, qu'accuser l'Ertzaintza d'abandonner la ria aux braconniers et aux narcos.

Prétendus trafiquants de drogue, ramasseurs de coquillages hors la loi... À la tombée de la nuit, la ria d'Urdaibai semble mener une vie très éloignée du paradis vert que vendent les dépliants touristiques.

— Une bière bien fraîche, s'il vous plaît, demande Cestero en s'accoudant au comptoir.

Ses pieds balaient la sciure qui recouvre le sol et qui rappelle à l'ertzaina les vermouths dominicaux de son enfance. Il ne reste pas grand-chose de cette époque. Les normes d'hygiène ont chassé les copeaux, et l'éducation va éliminer les serviettes en papier et les cure-dents jetés n'importe où.

Les quatre hommes au visage tanné qui occupent l'extrémité la plus proche de la machine à sous la dévisagent avec curiosité. Les verres à moitié pleins et la mine éméchée de certains plus que d'autres montrent qu'ils font leur tournée quotidienne. Tous les soirs le même rituel : un *txikito* dans chaque bar jusqu'à ce que l'heure du souper les rappelle chez eux. Elle en entend un qui chuchote :

— La police !

Cestero regarde ses propres vêtements. Une veste de jogging grise et un jeans tellement usé qu'on voit davantage les déchirures que le tissu. Aucun signe distinctif de la police. Est-ce inscrit sur son visage ? Ou alors les seuls étrangers qui fréquentent cet établissement proche du commissariat ne peuvent être que des ertzainas. Oui, c'est sans doute cela.

— Donnez-moi aussi un sandwich d'omelette au thon, demande-t-elle en s'apercevant que le temps de dîner approche.

Il y a une heure qu'Aitor est parti à Mundaka. C'est là, dans le petit village marin où est née Natalia Etxano, à une douzaine de kilomètres du commissariat, qu'ils ont réservé l'hôtel. Son collègue demandera qu'on lui monte quelque chose dans sa chambre, un sandwich ou une salade. Il ne l'a pas dit, mais Ane sait qu'il souhaite rester seul, pour appeler Pasaia. Elle n'a aucun mal à imaginer son sourire niais, car l'appel vidéo le rapproche virtuellement de ses adorées Leire et Sara. Le pire, c'est Antonius : quand il apparaît dans le cadre, avec ses aboiements et ses coups de langue frénétiques, l'ertzaina lui parle comme à un de ses enfants. Dans ces cas-là, Cestero ne peut s'empêcher d'avoir honte pour lui.

— Je vous prépare un *pan con tomate* ? demande le serveur.

C'est un homme sans âge, le genre d'homme chez qui une calvitie précoce accorde une maturité qu'il est loin d'avoir. Ses yeux se plissent de façon sympathique, comme s'il venait de fumer un joint et qu'il était dans les vapes.

— Non, merci.

Elle ne sait pas de quoi il parle, de tomate crue comme chez les Catalans, ou de sauce tomate comme on en propose aux enfants qui n'aiment pas manger ? Peu importe, elle veut juste un sandwich à emporter dans les maremmes sans que son estomac se révolte.

Qui est capable de tuer pour une poignée de mollusques ? Cestero secoue la tête. Cela n'a aucun sens. L'hypothétique trafic de drogue semble être un mobile beaucoup plus consistant, même si Txema n'a trouvé dans les dossiers aucune trace d'un trafic de drogue en Urdaibai.

Et il y a le commissaire…

Il est clair que sa liaison extraconjugale avec la victime avait mal tourné. Ce n'était sans doute pas facile, pour une personne habituée à commander et à être obéi, de voir sa réputation ternie par les propos que Natalia déversait sur lui chaque matin à la radio. Sans parler du dépit, bien sûr.

Elle boit une gorgée de bière. Fraîche, très fraîche, comme elle l'aime. Et bien servie. Le serveur sourit devant l'air approbateur de l'ertzaina quand elle a vidé son verre.

— La même !

Elle en a besoin. Elle veut décompresser, oublier pendant quelques instants les mille et une hypothèses qui lui traversent l'esprit.

Pendant qu'elle boit la première gorgée de son deuxième verre, cette fois avec moins de précipitation, la porte s'ouvre sur un nouveau client. Beaucoup plus jeune que ceux qui additionnent les tournées, mais Cestero lui donne une dizaine d'années de plus qu'elle. La quarantaine. À première vue, pas très séduisant, mais elle ne peut nier le charme sauvage de sa barbe de plusieurs jours, aussi noire que ses yeux, et les pendants qu'il porte à chaque oreille. Un pirate.

— Le sandwich, annonce le serveur en le posant sur le comptoir.

— Merci.

Le nouveau venu commande une bière double malt et tripote son portable pendant quelques instants. Puis il lève les yeux et s'approche de l'ertzaina en souriant.

— On ne t'a pas fait ça dans le coin.

Cestero comprend à son regard qu'il parle du tatouage qu'elle a dans le cou.

— Comment le sais-tu ?

Elle a un ton distant, mais son sourire invite l'inconnu à continuer.

— Je sais tout. Mais j'ignorais qu'une policière pouvait avoir des tatouages dans une zone visible…

Cestero fronce les sourcils.

— D'où sors-tu que je suis policière ?

L'autre éclate de rire. Il a une denture très blanche qui contraste avec sa barbe.

— Ne t'ai-je pas dit que je sais tout ?

L'ertzaina jette un coup d'œil circulaire. À part le quatuor du fond, qui s'apprête à changer de bar pour continuer ses tournées, il n'y a que deux filles plutôt jeunes qui prennent un café, assises à une table. Elle se sent observée. Tout le monde saurait donc qu'elle est ertzaina ?

L'inconnu pose l'index dans le cou de Cestero et étudie le tatouage de près.

— Du bon travail, mais j'aurais fait beaucoup mieux.

L'ertzaina s'écarte, gênée. Elle sait reconnaître les dragueurs dans les bars.

— Maintenant, tu vas me dire que tu es un tatoueur.

— Tu connais sûrement mon atelier. À deux rues d'ici, près du fronton. Alkimia Tattoo.

— C'est là que tu travailles ?

Bien sûr qu'elle le connaît. Elle a même pris le temps de regarder sa vitrine.

— Il est à moi. Et je te félicite pour ce dragon. Franchement, je n'ai jamais vu un travail de cette qualité par ici. À part le mien, bien sûr, ajoute-t-il avec un petit rire. Excuse-moi, je ne me suis pas présenté. Je m'appelle Raúl.

Et il l'embrasse.

— Ane, dit Cestero en l'embrassant à son tour. Et ce n'est pas un dragon. C'est Sugaar.

— Sugaar ? Le serpent mâle géant qui vit dans la grotte de Baltzola ? Je croyais qu'il n'avait pas de pattes.

Ce n'est pas la première fois que Cestero entend cela.

— C'est de la mythologie. Ça dépend qui le dessine. Il n'y a pas de vérité suprême.

— Je ne vais pas te contredire… J'ai exploré cette grotte un tas de fois et je n'ai jamais vu l'époux de la déesse Mari. Peut-être a-t-il des pattes, peut-être pas.

Cestero observe son nouvel ami avec une curiosité croissante. Spéléologie, tatouages, mythologie… Au bout de quelques phrases, ils s'étaient trouvé un tas de goûts en commun. Mais la spontanéité de Raúl ne risque pas d'éteindre sa méfiance. Si un inconnu l'aborde dans un bar, en général il a une idée derrière la tête. Elle aussi, quand elle sort le soir, elle n'est pas du genre à attendre que ces messieurs fassent le premier pas. Bien sûr, cette fois il peut s'agir d'une simple curiosité liée à son travail. Mais son instinct lui crie que le tatoueur a une idée derrière la tête. Sexuelle ? Pourquoi pas ? Ou qui concerne sa condition de policière. Elle doit rester sur ses gardes.

— Je ne t'avais jamais vue. On t'a mutée à Gernika ?

Cestero est incapable de soutenir son regard pénétrant, qui semble lire dans ses pensées. Trop d'intérêt pour son travail. Quelle est l'étape suivante, demander sur quelle affaire elle travaille et qui est le suspect ? Elle hésite. Raúl essaie peut-être de remplir le silence avec le premier sujet qui lui passe par la tête.

— Tu considères comme acquis que je suis une ertzaina, et je n'ai pas encore ouvert la bouche.

Le tatoueur a une grimace moqueuse.

— Peu importe, laisse tomber. Qui t'a tatoué Sugaar ? Ça non plus, tu ne veux pas me le dire ?

Les minutes suivantes dissipent la tension. Tatouages, piercings… Cestero apprécie la conversation de Raúl. Ils parlent la même langue. Une bouffée d'air frais après une journée épuisante.

— Je peux t'inviter à prendre un verre ? À moins que les flics ne boivent pas ?

— Ça, il faut le demander à un flic… le défie Cestero.

— Tu es toujours aussi hostile ?

L'ertzaina pose un billet de vingt euros sur le comptoir.

— C'est moi qui paie. Mes consommations et la sienne.

Raúl essaie de protester, mais Cestero lui interdit de sortir son portefeuille.

— Pourquoi ne passes-tu pas à l'atelier ? Je compléterai ce tatouage.

— Compléter ? Ne disais-tu pas qu'il est très bien ?

— Il lui manque quelque chose. Viens à Alkimia et je le finirai.

Le patron pose la monnaie sur le comptoir.

— Attention à Raúl, il court plus vite qu'un lièvre, plaisante-t-il en clignant de l'œil.

— Ouais, je m'en suis aperçue.

L'éclat de rire du tatoueur est contagieux.

— Ne l'écoute pas, ici c'est plutôt lui qui agit en douce, se défend-il en tapotant l'épaule du serveur.

— Moi ? Tu ne crois pas que j'ai ma dose avec une femme et trois enfants ? Comme si j'avais du temps pour moi !

Cestero s'amuse beaucoup. Cette situation la ravit. C'est la dernière chose à laquelle elle se serait attendue après une journée comme celle-ci, loin des amies qui l'aident à oublier son travail.

— Tu connaissais l'Urdaibai ? lui demande Raúl pendant que le serveur s'éloigne pour s'occuper d'un client.

— C'est une autre façon de me demander si je suis de la police ?

— Allons... proteste le tatoueur avec une grimace de lassitude. Tu es ertzaina et tu viens de l'extérieur. Si tu étais d'ici, on se connaîtrait. Tu as des piercings et des tatouages... Tu serais venue à mon atelier.

L'ertzaina confirme sans pouvoir dissimuler un sourire :

— Tu ferais un bon policier. En effet, je n'étais jamais venue ici.

Raúl ne cache pas sa satisfaction de voir sa théorie confirmée.

— Quand as-tu un moment de libre ? Ça te dirait, une visite de la ria sur l'eau, un petit tour en barque ? Un ami peut m'en prêter une. Ce n'est pas un yacht de luxe, mais les vues sont imprenables. Et si tu aimes piquer une tête...

— Je serais ravie d'accepter ton invitation, mais je ne sais pas si ça va être possible.

Elle se garde bien de préciser qu'elle n'aime pas beaucoup la mer. La seule embarcation où elle n'est pas malade, c'est la navette qui relie en un peu moins d'une minute les deux ports de la baie de Pasaia. Parce qu'elle s'y est habituée. Elle déteste cette sensation de vulnérabilité qu'elle éprouve quand elle n'est pas sur la terre ferme.

Raúl prend un air contrarié.

— Tu sais quoi ? Je connaissais Natalia Etxano. Pour ses cinquante ans, elle est venue pour que je lui tatoue une fleur de lotus. Je m'en souviendrai toujours, car à ce moment-là il n'était pas courant d'avoir des clientes de cet âge. Natalia était peu conventionnelle dans tous les domaines. Elle ne s'est jamais trop souciée de ce que les autres pensaient d'elle.

Cestero fronce les sourcils et se détourne pour que Raúl ne puisse lire la confusion sur son visage.

Comment ce type qu'elle vient de rencontrer sait-il qu'elle travaille sur l'affaire de la journaliste assassinée ? Elle lui poserait volontiers d'autres questions sur la victime, mais ce serait se dévoiler.

Elle boit une longue gorgée de bière pour cacher son trouble et consulte encore sa montre ; les aiguilles ont à peine bougé mais il est temps de s'en aller. C'est elle l'enquêteuse, c'est elle qui mène les conversations. Pas question qu'elle s'installe sous la loupe de l'interlocuteur.

— Je dois partir, s'excuse-t-elle en vidant le contenu de son verre et en prenant son sandwich, encore intact.

— Comme ça, subitement ? proteste le tatoueur.

Cestero hausse les épaules. Maintenant, c'est elle qui esquisse un sourire énigmatique. Il bafouille, propose de l'accompagner, essaie de retarder son départ, mais l'ertzaina se contente de secouer la tête. Puis elle pousse la porte et se perd dans la nuit pluvieuse.

8

22 octobre 2018, lundi

La sortie de bain tombe sur les marches taillées dans le rocher. L'air vif de la nuit automnale enveloppe aussitôt Julia et caresse chaque centimètre de sa peau nue. Elle descend, marche après marche, jusqu'à la mer qui enlace ses chevilles. Celle-ci est froide, plus que la veille. Et la baisse thermique va durer plusieurs mois, jusqu'à ce que la température atteigne huit ou neuf degrés début mars.

Peu importe. C'est exactement ce qu'elle veut. Elle a besoin de se fondre dans la nature, de se réconcilier avec le monde, d'oublier les horreurs qu'elle rencontre dans son travail quotidien. Elle descend dans l'eau jusqu'à la taille. Alors, elle respire à fond et plonge dans l'océan, que tout le monde ici appelle le Cantabrique.

En quelques brasses souples, elle s'éloigne de la crique rocheuse. La houle se creuse, hors de la protection des rochers. Elle continue de nager et s'enfonce dans l'obscurité.

Son esprit lui demande d'aller plus loin, plus vite… Elle veut se débarrasser de l'image de Natalia Etxano, dont les cris angoissés, retransmis par les haut-parleurs de l'ordinateur, résonnent encore dans ses tympans, et de ce visage déformé par la terreur, qui la hante.

Mais elle aura beau nager, elle ne pourra pas y échapper, alors elle s'arrête et se met sur le dos. Il ne pleut plus. Le ciel est toujours couvert, la lune n'existe pas. Elle doit bien être quelque part, derrière les nuages épais. Les vagues, la houle qui s'accentue en se rapprochant de la plage où elles déferlent, la bercent doucement. Son corps ne pèse rien, il flotte sur la mer qui la revêt d'une froide parure de soie.

Elle ferme les yeux et revoit Natalia Etxano ; elle et sa souffrance. L'ertzaina entrouvre les paupières pour poser les yeux sur les nuages bas. Elle ne peut se laisser affecter à ce point par les enquêtes. Il faut les chasser de son esprit quand elle quitte le commissariat. Si elle ne peut s'en débarrasser même lors de sa baignade quotidienne, elle va devenir folle.

— Je dois y arriver, songe-t-elle tout haut.

Mais elle n'y parviendra pas ce soir. À la rigueur, elle peut oublier Natalia, mais pas Txema. Son retour l'a remuée. Plus qu'elle ne l'aurait souhaité. Quatre ans, deux mois et six jours se sont écoulés, et pourtant la blessure saigne comme au premier jour.

— Qu'il aille se faire foutre ! crie-t-elle de toutes ses forces dans la solitude marine.

Puis elle se remplit les poumons et plonge aussi profond qu'elle le peut. La douleur de la pression sur les tympans lui indique que c'est suffisant. Elle laisse échapper l'air et entend les bulles remonter. Elle attend quelques instants dans cette obscurité absolue et, quand le manque d'air lui brûle la poitrine, ses jambes battent l'eau pour remonter à la surface. Elle se sent mieux, même si elle a la certitude que c'est provisoire.

Elle nage vers la côte. Lentement, très lentement, comme une grenouille qui explore sa mare. Mundaka étale ses charmes devant elle. L'ermitage de Santa Catalina, solitaire sur son éminence, marque la limite de la ville maritime à l'ouest, et l'église de Santa María à l'est. Au milieu, les vieilles façades tournées vers le Cantabrique, et un petit port qui dort à cette heure, à la lueur des réverbères.

Tout près, à côté de l'église, la fenêtre éclairée de sa chambre.

Elle a eu beaucoup de chance de trouver cette maison suspendue au-dessus de l'eau, et de convaincre la propriétaire de signer un contrat de location pour cinq ans. Sinon, elle n'aurait pas pu rester. L'étage du dessus est devenu un appartement touristique, comme beaucoup d'autres de la région, et le sien aurait connu le même sort si ce bail ne l'avait empêché.

— J'arrive, annonce-t-elle en pensant à la douche tiède qui l'attend chez elle.

Elle en a besoin pour retrouver la chaleur avant de se mettre au lit. Julia a grandi en Urdaibai, et elle a une relation spéciale avec la mer si proche de ses villages. Sa vie, comme celle de toute la région, suit le rythme de l'eau. Tous les matins, elle chevauche ses vagues pour activer ses muscles et mettre son esprit en alerte. Le soir, elle plonge pour se laver des horreurs de la journée et faire le vide dans sa tête. Cerise sur le gâteau en fin de journée, sorte de point à la ligne avant de se glisser dans les draps et de tout oublier pendant quelques heures.

9

23 octobre 2018, mardi

Le cortège funèbre avance lentement entre les tombes. Malgré la pluie, qui est tombée toute la nuit, Cestero entend le bruit des pas sur le gravier, et un vague murmure, les conversations des gens réunis pour dire adieu à Natalia. Le noir prédomine, mais on voit aussi quelque jeans chez les plus jeunes. Les parapluies apportent une note de couleur. Les fleurs aussi, que les employés des pompes funèbres portent derrière le cercueil.

L'ertzaina a préféré rester à distance. Le premier rang n'est pas pour elle, et sans doute pas davantage pour beaucoup de ceux qui maintenant lui disent adieu et l'ont à peine connue.

Le prêtre lève la main pour réclamer le silence pendant que le mari essaie d'étouffer les sanglots qui, aujourd'hui, marquent son visage. Cestero le distingue à peine dans la foule. Elle estime qu'il y a plus d'une centaine de personnes, peut-être même deux cents. C'est considérable, dans un cimetière aussi écarté auquel on accède par une petite route qui part du centre de Mundaka. Le paysage récompense un tel effort. Peu de cimetières peuvent se vanter d'avoir une aussi belle vue, même si aujourd'hui la brume et la pluie s'obstinent à masquer la rencontre entre la ria d'Urdaibai et le Cantabrique.

La presse aussi est là. L'assassinat d'une collègue a éveillé l'intérêt d'une dizaine de médias. Un photographe erre entre les tombes, mais les autres sont restés derrière la grille. Ils attendent la fin de la cérémonie pour aborder les participants avec leurs appareils et leurs micros.

Cestero perçoit les prières du prêtre, sorte de cantilène incompréhensible. Elle le voit lever le bras, verser de l'eau bénite sur le cercueil, faire le signe de croix. Elle voit les autres répondre en chœur.

Un bourdonnement dans la poche de l'ertzaina la prévient de l'arrivée d'un message. C'est Olaia. Elle lui demande de se remettre à la batterie. Le premier concert est confirmé. À Durango, au Plateruena, dans six semaines.

Cestero fouille dans sa mémoire. Elle est sortie plusieurs fois à Durango. Le Plateruena, le café-théâtre qui occupe les anciens abattoirs. Ne serait-ce pas trop grand pour elles ?

Elle tape un message pour féliciter Olaia du résultat de ses démarches quand une voix dans son dos la surprend.

— Depuis quand allons-nous aux enterrements ?

C'est Luis Olaizola, le commissaire. Son regard exprime un profond chagrin, encore plus grand que la veille, dans les locaux de la police.

— Sait-on jamais, se défend Cestero. S'il s'agit d'un crime passionnel, l'assassin pourrait lui dire adieu avec les autres.

— Il pourrait aussi être ici, sous l'auvent de ce panthéon, murmure Olaizola en se montrant du doigt, l'air résigné.

La sous-officière se retient d'acquiescer.

— Au nom du Père…

On entend distinctement la voix du curé.

— C'est très dur de dire adieu à une personne qui a tellement compté dans votre vie, et surtout de savoir qu'on est sur la liste des suspects de son assassinat, dit le commissaire en essuyant ses larmes. Je dirige ce commissariat depuis des années sans qu'on puisse m'accuser de la moindre irrégularité. Je ne m'attendais pas à cette méfiance de la part de ma hiérarchie.

Cestero ne répond pas. À quoi bon ?

La prière ne dure pas longtemps. Les lamentations du mari et les cris d'"assassin" accompagnent le moment où les fossoyeurs introduisent le cercueil dans la tombe. Puis l'assistance repart par où elle est venue, protégée par ses parapluies et ses murmures. Les journalistes ne perdent pas de temps. Les projecteurs branchés, ils entourent les gens qui quittent le cimetière. Cestero soupire, elle sait que cette pression médiatique sera une constante jusqu'à ce qu'on ait arrêté le criminel.

Quand la grille métallique grince en se refermant derrière les employés des pompes funèbres, Olaizola tourne le dos à Cestero et se dirige vers la tombe. L'image de cet homme sous son parapluie, au milieu des monuments funéraires, est désolante. Il est effondré. Ses yeux humides, ses épaules tombantes ne disent pas autre chose.

Ane Cestero reprend son souffle. L'humidité lui rafraîchit les poumons, pas la tête. Elle ne se sent pas à l'aise, mais elle doit le faire. Elle remonte la capuche de son ciré et abandonne la protection de l'auvent.

— Je te présente toutes mes condoléances, murmure-t-elle au commissaire.

Olaizola ne répond pas. Il regarde la pierre tombale. Le nom de Natalia Etxano et deux dates, celle du jour de sa naissance et celle du jour de sa mort. Sans épitaphe ni évocation baroque. Une tombe parmi d'autres, comme les centaines alignées sans prétention dans la solitude du cimetière. La mort nous rend tous égaux.

— Elle était la plus grande. Tout ce qui arrivait à Gernika passait par ses lèvres. Elle ne s'est jamais dégonflée, quand il a fallu dénoncer au micro les corrompus, si puissants soient-ils.

Les mots du commissaire ressemblent à un adieu.

Cestero l'écoute. Olaizola essaierait-il d'orienter son enquête ? La femme qui dénonçait les corrompus… Cela ouvre beaucoup trop l'éventail des suspects. Combien de temps peut-on attendre avant de se venger ? Des semaines ? Des mois ? Des années ?

Cette question lui donne le vertige.

— Qu'attends-tu pour m'interroger ? lance Olaizola.

La pluie se mêle à ses larmes. La sous-officière mordille le piercing de sa langue avec ses incisives, comme toujours quand ses nerfs risquent de la trahir. Elle comptait lui soutirer des informations de façon informelle, sans lui imposer un interrogatoire en bonne et due forme.

— Allons-y, je t'écoute ! Finissons-en, insiste Olaizola.

Cestero regarde autour d'elle. Des dizaines de croix de pierre, des dizaines de statues de saints qui pleurent sous le ciel noir.

— L'endroit n'est pas idéal, dit-elle en se tournant vers la tombe de la journaliste.

Le commissaire écarte les bras, l'air surpris.

— Pour moi, il n'y en a pas de meilleur. Personne ne peut nous déranger ni nous entendre.

Au moment de prendre son carnet dans sa poche, l'ertzaina se ravise : trop de pluie. Il faudra qu'elle mémorise les réponses.

— Très bien. Mais je n'ai pas beaucoup de questions. Où étiez-vous au moment du crime ?

— Tu.

— Pardon ?

— Je te demande de me tutoyer, je l'ai déjà dit à ton équipe.

Cestero soupire. Elle s'est toujours appliquée à vouvoyer ceux qu'elle interroge.

— Où étais-tu ? corrige-t-elle.

— À la pêche. Seul. Sur mon bateau. Ce n'est pas vraiment un alibi, mais sur le quai j'ai croisé Néstor, un habitant de Mundaka, qui pourra confirmer l'heure à laquelle j'ai appareillé. À mon retour aussi il y avait un homme. Je ne connais pas son nom, il y a quelques mois qu'il amarre son petit bateau de pêche, une *chipironera*, près du mien. On peut le retrouver.

— Combien de temps es-tu resté sur le tien ?

— Environ trois heures.

Le commissaire ne réfléchit pas avant de répondre. Il a eu tout le temps de se préparer à cet interrogatoire. En tout cas, trois heures, c'est suffisant pour débarquer n'importe où, commettre l'assassinat et retourner sur son embarcation. Sa sortie en mer n'est pas du tout un alibi.

— Pourquoi Natalia t'a-t-elle quitté ?

La question est vexante pour le commissaire, qui se tourne vers la tombe avant d'ouvrir la bouche.

— Je t'ai déjà dit que c'était une décision commune.

Il a eu une hésitation. À peine une fraction de seconde, mais Cestero l'a saisie au vol.

— Il y en a toujours un qui quitte l'autre.

Olaizola pince les lèvres et lui lance un regard fier. Il n'a pas l'habitude d'être celui qui répond aux questions.

— Il y a quatre mois de cela... Les gens commençaient à trop parler. Gernika est un foutu village. Notre histoire était devenue un secret de polichinelle. Tu vois le genre, la journaliste de la radio avec le commissaire... C'était invivable. Natalia a dit qu'elle ne voulait plus faire souffrir son mari. Je lui ai proposé d'aller plus loin, de quitter nos conjoints respectifs... Elle n'a pas osé sauter le pas et nous avons cessé de nous voir.

Cestero soupire. Il n'y a plus de séparation d'un commun accord. Maintenant, c'est Natalia qui l'a quitté.

— Et ta femme ? Comment a-t-elle vécu tout ça ?

Le commissaire passe le revers de la main sur une des nombreuses roses qui recouvrent la tombe en secouant la tête.

— Elle ne l'a pas vécu du tout. Ça lui était égal. Il y a trop longtemps que notre histoire est finie. Nous partageons le même toit, comme deux vieux amis, rien de plus. Elle est plongée dans son travail, et moi dans le mien.

— Mais vous vivez ensemble ?

— Ensemble, mais sans mélange. Elle doit avoir des amants. Si son travail lui en laisse le temps, bien sûr.

— Où travaille-t-elle ?

— Elle est avocate au barreau… De grosses fortunes.
— Tu sais qu'il va falloir que je lui parle.

La grimace contrariée d'Olaizola est éloquente, même s'il est bien obligé d'approuver. Il connaît la procédure.

— Natalia ne t'a jamais parlé de menaces ? Elle se sentait en danger ?

— Une personnalité comme Natalia a forcément reçu des menaces, mais elle ne leur accordait sûrement aucune importance. En tout cas, elle ne m'en a jamais parlé. De votre côté, vous avez avancé ?

Cestero se contente de dire non de la tête. Elle ne peut révéler aucun détail de l'enquête à un suspect, tout commissaire qu'il soit. Les questions se bousculent dans sa tête. Comment était Natalia ? Quelles étaient ses relations avec ses collègues ? Comment… ? Elle ne veut pas non plus harceler Olaizola. Pas devant la tombe de la victime. Elle trouve déjà gênant de l'interroger à l'endroit où flotte encore le chagrin des adieux. Les rubans des couronnes parlent de la meilleure des collègues, des cousins qui ne t'oublient pas, des commerçants du marché… Il y a tant de fleurs qu'elles couvrent presque entièrement la fosse. Des roses, des chrysanthèmes, des œillets… Soudain, sa propre salive l'étrangle.

— Merde… Il est venu ici.

Sa main droite désigne un bouquet. Pas comme les autres. Pas sous cellophane, sans ruban ni mot d'adieu. Rien de tout cela.

Un simple bouquet de tulipes. Aussi rouges que celle que Natalia tenait quand le train lui a arraché la vie.

10

23 octobre 2018, mardi

— Non, ce ne sont pas les miennes. Et inutile de chercher ailleurs. Vous ne trouverez ces tulipes chez aucun fleuriste de Gernika.

La vendeuse regarde le bouquet avec mépris.

— Pourquoi ?

Cestero ne comprend pas d'où lui vient une telle assurance.

La fleuriste l'observe avec condescendance. C'est une femme sans âge, très maigre, ce qui la rend plus grande qu'elle n'est en réalité. À moins que ce soit à cause de son dos très raide.

— Vous ne connaissez pas grand-chose aux fleurs, n'est-ce pas ? – Elle marque une pause pour attendre une réponse que Cestero refuse de donner ; alors, la fleuriste pose enfin les rubans rouges qu'elle prépare. – La tulipe fleurit au printemps, et elle est très demandée par les clients. En automne, c'est une aberration. Personne n'en vendrait. Avez-vous déjà vu quelqu'un porter des tulipes sur une tombe à la Toussaint ? Bien sûr que non, jamais.

Cestero déteste le rictus méprisant de cette fleuriste qui grimace chaque fois qu'elle pose les yeux sur l'anneau de son nez. Cestero aimerait tant lui clouer le bec et claquer la porte. Mais les informations d'abord !

— En ce cas, d'où peut provenir ce bouquet ? demande-t-elle en essayant de dissimuler son hostilité.

La vendeuse caresse le pétale d'une tulipe, secoue la tête et hausse les épaules.

— Je parie ma boutique qu'il n'y a pas un fleuriste à cent kilomètres à la ronde qui vende ces tulipes, c'est une variété peu courante.

Maintenant, c'est l'ertzaina qui grimace. Elle ne s'attendait pas à cette réponse.

— De quelle variété s'agit-il ?

Va-t-elle obtenir des informations sur l'origine de ces fleurs ?

— Pas facile à dire… Il y en a des milliers, mais c'est une variété hybride, je peux vous l'assurer. Il pourrait s'agir d'une *Double Early 'Abba'*, ou d'une *'Fire of Love'*…

La prononciation est si parfaite qu'elle semble irréelle. On dirait que cette femme vient de sortir d'un internat d'Oxford.

— Y a-t-il un moyen de savoir quand elles ont été achetées ?

— Laissez-moi voir… – La fleuriste sort une tulipe du bouquet ; d'un air concentré, elle pratique une coupure longitudinale à la base de la tige et l'étudie attentivement ; Cestero assiste avec étonnement à cette autopsie végétale. – Elle est fraîche. Il y a moins d'une journée qu'elle a été coupée. Je dirais pas plus d'une quinzaine d'heures.

L'ertzaina regarde la pendule, en partie dissimulée derrière des plantes. Onze heures. Si la fleuriste dit vrai, ces fleurs n'ont pas été coupées avant huit heures du soir, la veille.

— Comment pouvez-vous le savoir avec autant de précision.

Nouveau regard condescendant :

— Parce que je le sais. J'ai passé ma vie au milieu des fleurs.

Cestero ronge son frein pour ne pas lui sortir la première grossièreté qui lui passe par la tête. Elle ne supporte pas ce genre de personnes.

— Et celle-ci ? dit-elle en lui tendant ce qui reste de la fleur que tenait Natalia Etxano au moment de son assassinat.

La fleuriste répète l'opération.

— Elle est très abîmée, mais elle ressemble à celles du bouquet, et elle a été coupée il y a plusieurs jours.

— Est-il possible qu'elles appartiennent toutes au même bouquet, et qu'elles aient été conservées au frais, dans l'eau ou autrement ?

La fleuriste répond non, sans hésiter.

— Impossible. La tige aurait un autre aspect. Et une autre consistance.

Cestero regrette de ne pas avoir envoyé Aitor à sa place. Il aurait sûrement eu plus de patience pour comprendre comment l'assassin avait eu ces fleurs.

— Un particulier pourrait les avoir cultivées lui-même… ?

— Ce n'est pas facile. Il ne s'agit pas de n'importe quelle fleur. La tulipe est capricieuse, surtout la tulipe d'intérieur. Je serais étonnée qu'un simple amateur puisse obtenir des fleurs d'une telle qualité.

Elle n'a pas fini sa phrase qu'elle est déjà retournée à ses rubans rouges. Le tranchant des ciseaux caresse le ruban en papier satiné pour former ces boucles qui ornent généralement les bouquets des fleuristes.

L'ertzaina récupère les tulipes, mécontente. Elle ne s'attendait pas à quitter la boutique avec plus de doutes qu'elle n'en avait en y entrant.

— Très bien. Merci de m'avoir consacré un peu de votre temps, dit-elle sur un ton involontairement sarcastique.

— J'espère avoir été utile, se contente de répondre la femme sans la raccompagner à la porte.

Quand Cestero entre dans le bar, elle a encore cette impression de défaite. Pourvu qu'Aitor ait avancé un peu plus. Elle cherche son collègue du regard. Il n'est pas encore arrivé.

Le serveur, celui qui servait déjà au comptoir la veille au soir, est devant le percolateur. Il lui lance un regard.

— Ce sera ?

— Un double.

— Allongé ?

— Non, un double. Deux express dans une tasse, quoi !

— À vos ordres.

La machine à sous du fond participe à la conversation en introduisant une mélodie sirupeuse et le tintement métallique de quelques pièces de monnaie dans le bac. L'Asiatique qui actionne les commandes approuve sans manifester une joie particulière.

— Je vais être obligé de t'interdire de jouer, proteste le serveur en haussant la voix pour couvrir le vacarme du moulin à café.

Cestero consulte son portable pour voir si elle a des nouvelles de ses collègues, quand la porte s'ouvre.

— Quelle pluie ! proteste Aitor en enlevant son ciré, qu'il suspend à un crochet, sous le comptoir.

— Et on en a pour la semaine, précise un aveugle installé sur la banquette près de l'entrée.

Les rouleaux de billets de loterie lui couvrent la poitrine comme une cascade multicolore.

— Saloperie de temps ! se plaint le serveur derrière le comptoir. Ça ne donne pas envie de bosser.

— Ah, l'envie, on ne l'a jamais ! se moque l'aveugle.

— Et vous voulez que tout soit vert ! Mais ça a un prix… Ne vous plaignez pas trop, ce n'est que de l'eau. Avant, il pleuvait beaucoup plus, grogne un vieil homme assis à une table.

Il ne se donne même pas la peine de détourner les yeux de la grille de mots croisés de son journal.

— Ce sera ? demande le serveur en s'adressant à Aitor.

— Un thé vert et une portion d'omelette.

— Deux ! renchérit Cestero, se rappelant qu'elle n'a pas pris de petit-déjeuner.

Elle n'en prend jamais au réveil, mais ce matin, c'est la débandade. Pour un peu, elle en ferait son déjeuner.

— Comment ça s'est passé, chez la fleuriste ? demande Aitor.

L'ertzaina soupire.

— Pas très bien. Tout est plus compliqué qu'on ne s'y attendait. Ce n'est pas la saison des tulipes, et elle ne voit pas qui aurait pu les vendre. Et toi, aux pompes funèbres ?

Le garçon dépose sur le comptoir deux petites assiettes fumantes qui mettent Cestero en appétit.

— L'assassin n'est pas allé au cimetière. En tout cas, ce n'est pas lui qui a apporté le bouquet, mais les employés des pompes funèbres. Ils se rappellent parfaitement l'avoir pris au funérarium avec les couronnes mortuaires.

— Il faut voir s'il y a des caméras de vidéosurveillance sur place, dit Cestero.

Peut-être pourrait-on trouver plus facilement l'assassin qu'elle ne l'espérait quelques minutes auparavant.

— J'ai vérifié. Pas une seule. À l'extérieur non plus.

— Merde…

Des liens se font rapidement dans l'esprit de la sous-officière. Elle a l'impression qu'un détail lui échappe. Elle ferme les yeux, en espérant que la mauvaise plaisanterie d'Arguiñano, que la télévision vomit à plein volume, n'a pas pollué ses pensées.

— Celle-là, il l'a déjà racontée au moins trois fois, se lamente le vieux penché sur ses mots croisés.

— Les vieilles dames sont scandalisées par ses blagues salées. À ce rythme, il va finir au tribunal ! réplique l'aveugle.

— Bah ! C'est toujours mieux que les infos… On a du nouveau sur la journaliste ? intervient le serveur.

— Penses-tu ! Et on ne saura jamais rien. Jamais. Cette femme, on voulait la réduire au silence depuis un bout de temps.

Et l'aveugle souligne ses propos en frappant le sol à coups de canne.

Les deux ertzainas échangent un regard. On obtient souvent plus d'informations en écoutant les conversations de bistrot qu'en procédant à un interrogatoire.

— Quand on s'en prend au portefeuille des entreprises de bâtiment et aux politiciens...

— Elle aurait dû avoir un garde du corps.

Pendant le silence qui s'ensuit, Arguiñano enfourne sa tourte aux poivrons de piquillo.

— À quoi bon un garde du corps, elle couchait avec le commissaire ! lance le vieux penché sur son journal.

— Ils n'étaient plus ensemble. Elle l'avait quitté.

— À mon avis, elle était avec lui pour qu'il la protège, dit le serveur en essuyant les verres avec son torchon.

L'homme penché sur le journal émet un petit ricanement.

— Et il ne s'en privait pas. Et quand elle n'a plus couché avec lui, elle a fini sa vie sur une voie de chemin de fer. On ne saura jamais qui a fait ça. Vous savez pourquoi ? Parce qu'ils s'en foutent. C'est le commissaire. Sûr que Natalia en savait trop. Il s'est débarrassé d'elle. Et maintenant, il va s'arranger pour qu'on ne sache rien. Dans deux jours, tout sera oublié.

— À condition qu'on ne colle pas sa mort à quelqu'un d'autre, suggère l'aveugle.

— Comment va Santi ?

— Le mari ? Démoli. Comment veux-tu qu'il en soit autrement ? Il paraît qu'on le bourre de médicaments pour qu'il ne s'effondre pas.

Cestero avale le dernier morceau d'omelette. La conversation a dérivé. Il faut revenir au point de départ.

— Je ne savais pas que Natalia Etxano avait des problèmes avec des entreprises de bâtiment, dit-elle sur un ton détaché.

À côté d'elle, Aitor porte son verre à ses lèvres en regardant le poste de télévision d'un faux air distrait.

— Ça, c'est parce que tu n'écoutais pas son émission, réplique l'aveugle. Avec le musée, ça bouge beaucoup trop par ici. Et elle en parlait tous les jours.

Cestero fronce les sourcils. Elle ne comprend rien.

— Le musée Guggenheim de Bilbao, explique le serveur. Depuis qu'on sait qu'il est question de bâtir une annexe dans le coin, la région est en ébullition.

— Il y a des petits malins qui ont des informations privilégiées et qui achètent des terres agricoles pour trois sous. Le gros lot, messieurs ! s'exclame le vendeur de billets de loterie sur le ton qu'il adopte pour annoncer le tirage du jour.

Cestero interroge son collègue du regard. Il devait passer la veille à Radio Gernika pour récupérer des infos.

— Je dois y retourner. Hier il n'y avait qu'un technicien. Il m'a passé quelques extraits. L'après-midi, ils ont une émission en direct de Bilbao et il n'y a personne de l'équipe de Natalia Etxano dans les locaux, explique Aitor tout bas.

— Ces corruptions ont toujours existé. Vous croyez que les magouilles des politiciens avec les entreprises de bâtiment n'existent que dans le Sud ? plastronne le passionné de mots croisés. Dis donc, Manolo… Animal onirique en sept lettres. Ça commence par un L. Encore elle !

Le serveur se met à rire.

— Ah, ça manque de renouvellement ! C'est le même mot tous les jours… dit-il avant de désigner la télévision d'un coup de menton. Quelle allure ! Ce type est un prodige. Vous avez vu ce qu'il a fait d'une boîte de poivrons et de quelques œufs ?

— Tu oublies la crème, l'huile, les épices… Allons donc, il a ajouté un tas de choses, objecte l'aveugle.

— N'empêche, je mangerais bien ça tout de suite, insiste le serveur.

— Encore un mot : personnage biblique en trois lettres. Ces gens s'imaginent qu'on n'a pas de mémoire. On l'a eu au moins trois fois ces cinq derniers jours.

— Laisse tomber, je te conseille le sudoku. Au moins, tu râleras moins ! réplique le serveur au comptoir.

Aitor désigne la porte d'un geste du menton. Cestero approuve. Ils ne vont rien apprendre de plus. Tout bien réfléchi, leur passage dans ce bar n'aura pas été inutile. Ils ont un nouveau mobile pour le crime.

— Vous êtes flics, n'est-ce pas ? demande l'aveugle en leur barrant le passage avec sa canne.

Cestero se tourne vers son collègue. Il est en civil, comme elle, et ils n'ont même pas le ceinturon avec l'arme réglementaire que portent beaucoup d'agents en civil. Elle en a assez de ce petit jeu.

— Et d'où tu sors ça ? demande-t-elle, décidée à ne pas lui répondre.

— Ça se voit de loin, réplique l'aveugle. Vous ne voulez pas un billet ? Tirage vendredi. Ton téléphone sonne.

C'est sûrement ton mari qui te demande d'en acheter un pour lui.

Éclat de rire général.

Cestero colle son sac contre son oreille. La vibration est évidente. Elle ouvre la fermeture à glissière et regarde l'écran de l'appareil.

— C'est Txema, annonce-t-elle à Aitor. – Elle appuie sur la touche verte. – Cestero à l'appareil. Je t'écoute.

La voix de son collègue est lourde d'anxiété. D'une anxiété qui passe dans la poitrine d'Ane et s'étend rapidement dans tout son être.

Un jour de mai 1985

— Il est joli. Je peux le montrer ?

L'institutrice n'attendit pas la réponse. Elle prit mon dessin et le brandit pour que tout le monde le voie. Elle réclama le silence à trois reprises, en haussant le ton pour que les trente élèves de la classe se calment.

— Regardez comme il est joli. Et bien découpé, pas comme d'autres. Allons, vous avez déjà six ans, et certains petits chevaux seraient mieux réalisés dans la classe des trois ans !

— Le mien est mieux colorié, protesta Itziar, la blonde avec des tresses assise à la même table que moi.

— Oui, Itziar a de très beaux coloriages, reconnut l'institutrice. Et elle n'est pas la seule. Mais certains d'entre vous devront retourner dans la classe des petits s'ils ne s'appliquent pas.

— C'est que mes ciseaux coupent mal ! intervint Lucas en montrant son cheval aux pattes sectionnées.

— Quel hasard ! C'est toujours les ciseaux qui ne coupent pas, les pinceaux qui sont mal faits…

— C'est vrai, insista l'enfant.

L'institutrice me rendit mon dessin. J'étais effrayé, et en même temps très fier.

— Ta mère va être contente, me dit-elle en me passant la main dans les cheveux. – Puis elle haussa la voix. – Allons, dépêchez-vous de finir. Quand ils seront prêts, on mettra un ruban et on écrira un *Zorionak, ama.*

Je pris la peinture bleue. Le petit cheval était presque prêt. Il ne restait plus qu'à peindre les yeux. Je les voulais bleus, comme ceux de ma mère. Puis vinrent les rubans et la sonnerie de la fin des cours.

— Attendez un instant, dit l'institutrice à ceux qui couraient déjà vers la sortie. Cachez le cadeau et ne le donnez pas avant dimanche. Elle sera contente de voir que vous n'avez pas oublié la fête des mères.

En prenant soin de ne pas le froisser, je glissai le cadeau dans mon cartable. Je mourais d'envie de le donner à mon *ama*. Je la réveillerais le dimanche quand il ferait jour. J'avais caché dans un tiroir un chocolat qu'on m'avait donné quelques semaines auparavant lors d'un anniversaire. Je le mettrais sur le plateau que je lui apporterais au lit, avec l'orange pressée. Parce qu'elle commençait toujours sa journée par une orange pressée.

Le grand jour arriva enfin. Mon père n'était pas là. Il n'était presque jamais là, la mer le retenait toujours loin de nous. Quand il rentrait, il me parlait d'un lieu dont le nom me fascinait : Grand Sole. Je lui demandais de m'emmener, et il me répondait en riant qu'un jour nous irions ensemble. Des années plus tard, je découvris ce lieu au nom magique, et constatai que son seul côté magique, c'était son nom.

Comme je le disais quelques lignes plus haut, c'était dimanche, jour de la fête des mères, et je réservais à la mienne un réveil très spécial.

J'eus du mal à tout mettre sur le plateau. Le jus, les toasts, le cadeau préparé en classe… La seule chose qui manquait, c'était le café, je ne savais pas utiliser la cafetière, en outre son sifflement aurait réveillé mon *ama* trop tôt.

J'entrai sans bruit dans la chambre, de fines franges de lumière se faufilaient à travers les persiennes jusqu'au chevet du lit.

Le temps était suspendu, au rythme de sa respiration paisible. Je me retins de m'introduire sous la couverture et de me pelotonner contre elle. C'était une manie de petit enfant qu'elle m'interdisait depuis des années.

— Qu'est-ce que tu fais là, aussi tôt ? me lança-t-elle quand je l'embrassai sur la joue.

Je regardai le réveil sur la table de chevet. Il était presque neuf heures du matin, l'heure à laquelle on se levait habituellement le week-end.

— *Zorionak, ama*… C'est ta fête, aujourd'hui, dis-je en lui caressant le bras qui dépassait des couvertures.

— Ne dis pas de conneries ! grogna-t-elle en retirant son bras et en se retournant de l'autre côté.

Quelque chose se brisa en moi.

— Je t'ai préparé une orange pressée.

Cette fois, ma voix avait du mal à sortir.

— Laisse-moi dormir. Arrête tes idioties.

Mes yeux se remplirent de larmes. Ce n'était pas la fête que j'avais imaginée.

Je regardai mon jus de fruit. Si elle ne le buvait pas tout de suite, les vitamines s'évaporeraient. J'ouvris la bouche pour insister, mais un sanglot ravala mes mots.

Sans doute ai-je pleuré, je ne m'en souviens pas, mais c'est inévitable quand on perd ses illusions. Je passai le reste de la matinée dans la cuisine, assis devant ce plateau préparé avec tant d'attention, dans l'espoir qu'elle ne tarderait pas trop. Espoir qui s'évanouissait à mesure que les heures passaient et que mes jambes s'engourdissaient. Je versai sans doute quelques larmes et laissai retomber mes épaules comme un vaincu. Mais là, je crois que j'affabule. Comment pourrais-je me rappeler tous ces détails, au bout de tant d'années ?

Il était presque midi quand elle arriva à la cuisine. Elle était tout habillée, jolie comme toujours, et elle avait un air sévère.

— *Zorionak*, balbutiai-je.

Pour toute réponse, elle émit un soupir chargé de mépris.

— Souhaite bonne fête à ceux qui ont des choses à fêter. Et fous-moi la paix.

Je pris sur moi de ne pas éclater en sanglots. Je me mordis les lèvres jusqu'au sang et poussai doucement le plateau vers elle.

— Je t'ai préparé…

Elle secoua la tête, avec toujours ce désagréable rictus sur les lèvres.

— Tu ne veux quand même pas que je boive un jus qui a été pressé il y a des heures ? dit-elle en prenant quelques oranges dans le réfrigérateur.

Le bruit du presse-agrume fut le dernier coup de poignard qu'elle me planta dans le dos. Je m'élançai dans le couloir, pour qu'elle ne me voie pas pleurer.

11

23 octobre 2018, mardi

Le visage de la femme est informe. Le sang et la masse encéphalique s'étalent comme un lit de mort autour du crâne fracassé, telle une couche soyeuse et luisante sur le ciment lisse. L'angle impossible de son cou semble moins aigu, à travers les larmes.

Julia se penche sur le cadavre et s'essuie les yeux sur sa manche. L'horreur s'impose, sans délicatesse. La bouche ouverte de la victime, où son cri s'est interrompu, révèle l'angoisse de la chute, et ses yeux sans vie, fixés sur l'infini, expriment un désespoir sans mélange. Le regard perdu de tous les morts que l'ertzaina a contemplés.

— Tu la connaissais ? demande Txema.

Julia secoue la tête en ravalant ses larmes.

— Ça t'affecte encore à ce point ?

L'agente ne répond pas. Devant elle, l'image du corps froid et inerte se superpose à celle de la femme qu'elle était encore quelques heures plus tôt, une personne qui pouvait rire, pleurer, chanter, se réjouir et souffrir. Comment ne pas être triste devant une femme qui a laissé un vide difficile à combler pour ceux qui l'aimaient ?

Comment ne voir en elle qu'un simple épisode de son travail ?

Elle sait que c'est un problème. Elle porte les morts dans une sorte de sac très lourd dont elle ne parvient jamais à se débarrasser. Pas besoin de fermer les yeux pour voir les visages de tous les cadavres qu'elle a vus au cours de sa carrière. Le jeune homme qui s'était jeté du haut d'une falaise à Ogoño, cette vieille qui s'était égarée et qu'on avait retrouvée, flottant dans la ria, la femme que son mari avait criblée de trente-quatre coups de couteau, et celui qui…

— Ce que je ne comprends pas, c'est que cela ne t'affecte jamais, résume-t-elle en étouffant un sanglot.

Txema soupire.

— On est bien obligé de s'habituer. On est des policiers, dit-il, les yeux collés au viseur, pendant qu'il prend la scène en photo. Moi aussi, je suis désolé de voir ça, mais je dois être professionnel. Si on s'implique trop, on n'est pas objectif.

Julia sait qu'il a raison, mais elle ne parviendra jamais à prendre ses distances. Le rêve : laisser toutes ses enquêtes au fond d'un tiroir quand elle a fini son service. Heureusement, la mer l'aide à décompresser. Si elle n'avait pas sa baignade nocturne et le surf, elle deviendrait folle et devrait abandonner ce travail qui la passionne.

— Aucun rapport avec le premier crime, remarque-t-elle en relevant la tête.

Le puits de lumière est rectangulaire, environ quatre mètres sur six. La victime est tombée du sixième étage, arrachant quelques cordes à linge dans sa chute.

— Complètement différent, confirme le sous-officier en rangeant son appareil photo. On avait une préparation minutieuse, et cette fois une improvisation totale. Natalia avait été droguée et amenée sur la voie pour être écrasée par son propre mari. Sans oublier la retransmission par Facebook… Cette fois, rien. On l'a poussée par la fenêtre. On nous a appelés à cause de la tulipe trouvée dans le vase du salon, au milieu d'une douzaine d'œillets desséchés… – Il claque de la langue et secoue la tête. – Merde, ce n'est sûrement pas le même assassin !

— Et pourtant, la tulipe… C'est sa signature. Cette fleur a une signification pour lui.

— Le même… ou les mêmes…, rectifie Txema.

L'agente le foudroie du regard. Lui ou eux, ou même elles… C'est une façon de parler. Pourquoi cherche-t-il toujours à avoir le dernier mot ? Il n'était pas ainsi avant. Ou alors, il veut simplement qu'elle le voie avec des yeux différents.

— Mais on n'est pas à Las Vegas ! Il n'y a pas des meurtres tous les jours. Merde, on est à Gernika ! Deux morts en cinq jours, la même fleur… C'est le même assassin. Ce que je ne comprends pas, c'est pourquoi cette fois il a agi de façon si différente.

— Je n'y vois pas clair non plus. Il faut chercher des liens entre les deux victimes. Nous savons comment elle s'appelle, celle-ci ?

Julia regarde le cadavre, un peu gênée. Une femme d'une soixantaine d'années, habillée simplement, en tenue d'intérieur. Ses cheveux roux blanchissent à la racine. Elle ne peut s'empêcher de se sentir coupable. Penchée sur cette femme depuis un moment, elle ne sait même pas son nom.

— Toi aussi, tu en avais un… remarque Txema en montrant le petit tatouage, à l'intérieur du poignet droit de la victime.

Julia confirme en silence. Elle suit du regard la rose rouge qui grimpe sur son poignet, et s'arrête sur les épines de la tige dessinées sur l'avant-bras.

— Je croyais que tu l'avais oublié depuis longtemps…

En bas du dos, à hauteur de la taille, Julia a un *eguzkilore*, la fleur du chardon sylvestre à laquelle la tradition attribue des vertus protectrices. Les propriétaires l'accrochent à leur porte afin de repousser les créatures de la nuit. Sa ressemblance avec le soleil donne l'illusion qu'il n'y a pas d'obscurité chez eux. Ce qui empêche ces créatures d'entrer. C'était peut-être Alkimia Tattoo, l'atelier de Raúl, presque le seul de la région, l'auteur de ce tatouage.

— Mon Dieu, il l'a donc tuée ! – La voix, pétrie de douleur, vient des étages ; Julia lève la tête et découvre une femme penchée à la fenêtre du troisième. – Araceli, qu'est-ce qu'il t'a fait ?

L'ertzaina interroge son collègue du regard.

— Je croyais que nous étions seuls.

— Nous l'étions. On a sonné partout et personne n'a ouvert. D'où sortez-vous, madame ? Pourquoi n'avez-vous pas ouvert à nos collègues ? lance-t-il à cette femme, qui sèche ses larmes dans un mouchoir à liserés bleus.

La femme se mouche et se frappe le front.

— Nous savions que ça arriverait un jour. C'est un monstre… Il la persécutait. Et c'est une brave femme. Trop brave…

Elle pleurniche, sourde aux questions du sous-officier.

Les policiers se consultent du regard. De qui parle-t-elle ?

— Madame ! Rentrez chez vous. Nous allons monter pour vous parler.

— Elle est morte !

— Rentrez chez vous et fermez la fenêtre, je vous prie.

— Bien sûr qu'elle est morte. Sainte Vierge ! Araceli… !

— Fermez cette fenêtre !

La femme obéit, sans cesser de se lamenter.

— Je monte, dit Julia. Il faut interroger cette femme immédiatement.

— Allons-y tous les deux, décide le sous-officier. Mais d'où sort-elle ? Normalement, les gens de ton commissariat ont sonné à toutes les portes et se sont assurés qu'il n'y avait personne dans l'immeuble. Comment a-t-elle pu entrer ?

Julia ne répond pas.

— On peut enlever le corps ? demande un employé des pompes funèbres quand il les voit apparaître sous le porche.

— Nous avons fini. Si la juge l'autorise… répond Txema en désignant une femme étonnamment jeune qui signe des documents que lui tend le greffier.

La juge Tolosa acquiesce.

— Allez-y. Le médecin légiste a déterminé que la mort a eu lieu entre onze heures et onze heures et quart ce matin. Dans deux jours, nous aurons les résultats de l'autopsie. – Sa main droite désigne la porte de l'immeuble et ses traits se figent : un essaim de journalistes attend de l'autre côté, les caméras prêtes à enregistrer le moindre geste. – Et appelez des renforts pour contenir ces gens. Je ne sortirai pas avant d'être certaine que je peux partir sans qu'ils me harcèlent de questions.

— Depuis quand son mari la maltraitait-il ?

La voisine essaie de parler, mais ses mots passent difficilement. Ses lèvres dessinent une moue enfantine. Elle ne cesse de s'essuyer le nez et les yeux avec son mouchoir.

— José Manuel a toujours été un… – Un hoquet l'empêche de finir sa phrase. – Il a un sale caractère. Il lui crie toujours dessus… Ah, ma pauvre Araceli !

Julia et Txema se consultent. Les cheveux de cette voisine, encore humides, confirment son explication : elle était dans sa salle de bains quand les agents ont sonné à sa porte. Elle reconnaît avoir entendu la sonnette, mais sans lui accorder d'importance. Ce n'était pas la première fois, et ce ne serait pas la dernière, qu'un représentant la dérangerait pendant qu'elle prenait sa douche.

— C'est impensable. Ce n'est pas vrai… Araceli ! s'exclame soudain la femme en se précipitant vers la fenêtre.

Txema s'empresse de la retenir.

— Du calme, je vous prie, dit-il avant de se tourner vers Julia. Il faut qu'un infirmier monte s'occuper d'elle.

La voisine s'accroche au sous-officier, qui lui tapote le dos maladroitement.

— C'était un mari violent. Et voilà… Il l'a fait. Il l'a tuée… Nous savions que ça finirait par arriver. Nous le savions…

— Nous n'avons pas de plainte pour mauvais traitements, l'interrompt Julia.

La voisine hausse les épaules et sèche ses larmes du revers de la main.

— Araceli n'ósait même pas déposer une main courante.

— Et vous ? Vous n'avez jamais appelé le 016 pour dire ce qui se passait deux étages plus haut ? dit le sous-officier.

Devant l'expression de honte et de culpabilité mal digérée de la voisine, Julia se domine à grand-peine.

— Chacun chez soi, balbutie la femme en détournant le regard.

Alors ça, non ! C'est la goutte qui fait déborder le vase.

— Mais vous n'êtes pas moins responsable ! Vous et tous les locataires qui se sont tus pendant qu'il la frappait, s'exclame l'ertzaina, qui sent dans sa bouche toute l'acidité du mépris. Combien de fois avez-vous invoqué ces mêmes excuses ?

— Julia… – Son supérieur lui secoue sévèrement l'épaule et se tourne vers la femme. – La prochaine fois, appelez la police. C'est le devoir de tous de dénoncer les maris violents. Quand avez-vous entendu une dispute pour la dernière fois ?

— Ce matin. Assiettes cassées, insultes, cris… Comme d'habitude…

— Quelle heure était-il ?

La femme plisse les yeux pour calculer.

— À la radio, il y avait le bulletin d'informations de dix heures. J'ai dû monter le volume pour pouvoir l'entendre.

Julia soupire. Monter le volume de la radio au lieu d'appeler le 016…

— Vous avez entendu des menaces ? Quel était l'objet de la dispute ? continue Txema.

— Je vous dis que j'ai dû monter le son ! La raison, aucune importance. Parce qu'il veut de l'argent, parce que le dîner est froid, parce qu'Araceli arrive en retard… L'essentiel, c'est de lui crier dessus et de la frapper.

— Et de la jeter par la fenêtre, grommelle Julia.

— Comment est-il possible que vous n'ayez pas entendu votre voisine tomber ? demande le sous-officier.

La femme hausse les épaules. Et de nouveau, le mouchoir sur les yeux, le nez qui coule.

— Je ne sais pas.

— Où étiez-vous à onze heures du matin ?

— À onze heures ? Je passais l'aspirateur, sans doute.

Julia pince les lèvres et se lève. Ils perdent leur temps avec cette femme. Elle a dit tout ce qu'elle avait à dire. Inutile de continuer à parler avec cette femme. Julia prend son téléphone et appelle le commissariat. Elle demande le chef des opérations.

— Il me faut un mandat d'arrestation pour le mari. Il y a une femme qui témoigne avoir entendu des insultes et des coups au domicile de la défunte. On a sans doute affaire à un cas de violence conjugale.

L'appareil lui renvoie des paroles d'une tonalité métallique. La machine est lancée. L'ordre va être immédiatement diffusé à toutes les unités : priorité absolue, retrouver le mari de la femme assassinée.

12

23 octobre 2018, mardi

— Où est-il ? demande Cestero en entrant dans le commissariat.

Elle faisait sa première inspection de l'appartement d'Araceli Arrieta quand on lui a annoncé l'arrestation du suspect.

Aitor, qui rédige un rapport sur l'ordinateur, se tourne vers elle.

— Première cellule. J'ai pris ses coordonnées. Il est déjà fiché pour détention de stupéfiants, mais pas pour mauvais traitements.

Cestero pose son sac à dos sur le bureau.

— La plupart de ces connards ne sont pas fichés. Il y a encore beaucoup à faire. Quelle société de merde… ! Allons-y, dit-elle en s'engageant dans le couloir.

— Où sont les autres ? demande son collègue en lui emboîtant le pas.

— Toujours chez la victime, ils cherchent des indices et prennent les dépositions des voisins. Il y avait des assiettes cassées par terre, un vrai champ de bataille.

L'agent préposé aux cellules leur ouvre la porte et retourne à son poste de surveillance.

Cestero respire à fond et déglutit. La rage lui crispe la mâchoire et les poings. Aitor, qui s'en aperçoit, pose la main sur son épaule et l'oblige à le regarder dans les yeux.

— Ane, dit-il sur un ton grave. – Et il observe quelques secondes de silence, afin de montrer qu'il s'inquiète pour elle. – Tu n'as pas le droit de l'interroger dans sa cellule.

Cestero serre les dents. Elle connaît le règlement. Il est formellement interdit de solliciter les détenus à l'intérieur des cellules. Tout interrogatoire ou prise d'identité doit avoir lieu dans la salle prévue à cet effet.

— Laisse tomber. Juste une ou deux questions, réplique la sous-officière.

Aitor fait la grimace. Contrevenir aux règles ne lui convient pas.

— Pas d'impair, prévient-il.

Cestero a un sourire forcé, pour le rassurer.

Bien sûr qu'elle ne va pas commettre d'impair. Elle aurait bien envie de flanquer une raclée à ce connard qui vient d'assassiner sa propre femme, mais elle connaît les limites à ne pas franchir.

Elle est claustrophobe, elle le ressent chaque fois qu'elle entre dans une cellule. Elle est écrasée par ces murs nus, sans fenêtre, et par cet espace réduit. Elle n'ose même pas imaginer ce qu'elle endurerait si elle était enfermée là-dedans.

— J'entre seule, dit-elle en se tournant vers Aitor. – Son collègue va pour protester, mais elle ne lui en laisse pas le temps. – Seule, Aitor. Attends-moi dehors.

Le détenu est assis sur la banquette en béton qui sert aussi de couchette. Tête basse, les coudes sur les genoux et le visage entre ses mains.

— Pourquoi ? lance-t-elle brutalement, au mépris des procédures.

— Mais c'est pas moi, merde… ! Comment il faut que j'explique ?

Il écarte les mains et découvre son visage ravagé par les larmes.

— Tu es un foutu macho, José Manuel. Un foutu macho… – Cestero perçoit son amertume dans chacun des mots qu'elle lui crache au visage. – Tellement macho que tu croyais avoir le droit de porter la main sur elle tant que tu voulais ; tellement macho que tu jouissais de la dominer, de l'humilier.

— Vous vous trompez ! s'exclame le détenu en se levant. – Cestero recule d'un pas. – Je ne l'ai pas tuée. Je l'aimais !

— Ce n'est pas ce que disent tes voisins, réplique-t-elle en essayant de maîtriser sa fureur. Que s'est-il passé ce matin ?

— Rien ! Il ne s'est rien passé !

— Des cris, des coups, des supplications… J'ai même récupéré des bouts d'assiettes que tu as jetées par terre. Tu appelles ça rien ? On a des témoins de ce qui s'est passé aujourd'hui chez toi.

— Qui ? Ignacia, Esther, Toña ? se défend l'homme avec une moue de dédain qui contraste avec son regard désolé. Ce sont des sorcières… Des putains de sorcières !

— Assieds-toi ! ordonne Cestero en montrant la couchette.

José Manuel la défie du regard.

— Ce n'est pas moi, grogne-t-il, le visage tout près de celui de l'ertzaina.

Il pue le vin rance, et Cestero réprime une nausée. Elle articule lourdement :

— Assieds-toi !

Elle crispe les poings en voyant qu'il n'a pas l'intention de reculer. Elle sait que si c'était un homme qui l'avait interrogé, le détenu aurait obéi au doigt et à l'œil.

Elle en a la confirmation en voyant son sourire moqueur, qui se fige quand le genou de Cestero se plante dans son entrejambe.

— Je t'ai dit de t'asseoir, merde ! lâche l'ertzaina en le repoussant violemment. Je vais t'apprendre à obéir à une femme.

— Cestero !

Aitor Goenaga l'observe par le judas de la porte.

Le détenu tombe sur le banc, les mains entre les jambes, grimaçant de douleur.

— Je ne l'ai pas tuée, marmonne-t-il en lançant un regard blessé à Cestero. Ces sorcières sont des menteuses.

Malgré la distance, son haleine chargée agresse de nouveau l'ertzaina, qui compte jusqu'à trois pour se calmer.

— Tu es une merde, tu le sais ? dit-elle en s'adossant à la porte. Au lieu d'être reconnaissant à une personne comme Araceli de partager sa vie avec une épave comme toi, tu l'as tuée. Et pas qu'une fois, mais deux. D'abord, tu l'as enterrée vivante, en la rendant malheureuse chaque fois que tu ouvrais la porte, et ensuite en la jetant par la fenêtre.

Le détenu reprend du poil de la bête et hausse le menton.

— Arrête de perdre ton temps. Tu ferais mieux de coincer ce fou à la tulipe. Qu'est-ce que tu attends, qu'il en liquide d'autres pendant que tu bavasses avec moi ?

— Je ne bavasse pas, gros connard, crache-t-elle en le secouant, hors d'elle. Je ne bavasse pas ! Pourquoi tu l'as tuée ? Pourquoi !

La terreur déforme soudain le visage de José Manuel. Les relents d'alcool qui sortent de sa bouche entrouverte attisent la colère de l'ertzaina, qui se met à l'étrangler.

— Ane ! Mais putain, qu'est-ce que tu fous ! Aaaane ! – Aitor a ouvert la porte et saisi la sous-officière pour la séparer du détenu. – Lâche-le !

Cestero recule enfin, la tête près d'exploser. Que s'est-il passé ? Elle regarde ses propres mains, horrifiée par ce qu'elle vient de faire. Sans l'intervention d'Aitor, elle ne se serait peut-être pas arrêtée à temps.

Un jour de juin 1985

Depuis ce fameux jour de la fête des mères, à peine un mois s'était écoulé. L'été frappait aux portes et sur la place s'empilait le bois qui brûlerait quelques jours plus tard, lors de la nuit de la Saint-Jean. On ne permettait pas aux petits, comme nous appelaient ceux des grandes classes, de participer aux préparatifs, mais quand ils étaient ailleurs, on ajoutait au bûcher des branches sèches qu'on ramassait dans la forêt. Les culottes courtes passaient ainsi leurs journées dehors.

Il ne devait pas être très tard quand je sonnai. Il faisait encore jour. Certes, ça ne veut pas dire grand-chose en juin : à l'heure où je me couchais, le ciel était encore bleu… Quoi qu'il en soit, je n'oublierai jamais le sourire qui m'accueillit quand la porte s'ouvrit. Elle était radieuse, tout en elle était lumière.

C'est la dernière fois que je l'ai vue si heureuse.

— Alors, mon chéri, les grands t'ont laissé t'occuper du feu ?

La question était accompagnée d'un baiser sonore sur la joue, et d'une sorte d'embrassade.

J'étais déconcerté par cet accueil : le cadeau intact de la fête des mères gisait toujours sur la paillasse de la cuisine.

— L'*aita* est revenu ?

Mon *ama* s'est mise à rire et m'a caressé les cheveux.

— Non. Dans quelques semaines seulement. Mais je suis sûre qu'il serait ravi d'être ici maintenant.

Je glissai un œil dans la cuisine. Au four gratinaient des macaronis, mon plat préféré. Mais le petit cheval était toujours dans son emballage. Des lettres multicolores souhaitaient une bonne fête à une mère qui ne cherchait toujours pas à savoir ce que contenait ce paquet.

— Tu as sûrement faim, aujourd'hui tu n'as pas emporté de goûter, me dit mon *ama* en m'installant à table.

De nouveau sa main me chiffonna les cheveux avec affection.

Bien sûr que j'avais faim, et bien sûr que je n'avais pas goûté. Cela n'arrivait que lorsqu'elle m'apportait un sandwich à la sortie de l'école, ce qui était de moins en moins fréquent. Heureusement, mes copains avaient un goûter, qu'ils partageaient parfois avec moi. Au moins, mon estomac pouvait prendre son mal en patience.

— Va te laver les mains. Pendant ce temps, je vais remplir ton assiette, dit-elle en ouvrant le four.

Cette odeur de fromage gratiné me mit l'eau à la bouche.

Je courus au lavabo, où même l'eau froide ne calma pas mon euphorie. J'étais heureux, je me sentais aimé et valorisé. Je ne dirais pas que c'était une sensation entièrement nouvelle, mais il y avait longtemps que je ne l'avais pas éprouvée.

— Ça s'est bien passé, à l'école ? me demanda-t-elle quand je revins à table.

Ah, ces macaronis, un délice ! Le fromage doré craquait, comme je l'aimais. Aujourd'hui, ça m'est égal, mais à l'époque c'était pour moi un mets digne d'un roi.

— Très bien. Nous avons organisé un marché en classe. Je m'occupais de la poissonnerie. Je vendais des calmars, des sardines, des moules et des merlans. Ah oui, aussi des gambas ! María disait que c'étaient des crevettes, parce qu'elles étaient toutes petites.

— Comme c'est amusant ! Et qui achetait ?

— Ben… Les autres ! On a passé toute la semaine à peindre et à découper de l'argent en papier, et aussi tout ce que nous vendons. J'ai fabriqué les sardines, les poires et les pièces de vingt-cinq pesetas.

Ma mère m'écoutait avec attention et hochait la tête, avec cet éclat dans les yeux, tellement inhabituel. Mais le cadeau n'était toujours pas ouvert. Je souffrais de voir mes propres lettres lui souhaitant une heureuse fête des mères oubliées à côté du réfrigérateur.

— J'ai une nouvelle à t'annoncer, dit-elle soudain. – Son sourire s'élargit, son visage entier s'illumina. – Tu vas avoir un petit frère.

Je ne réagis pas tout de suite. J'imaginai un bébé plutôt chauve, dans ses langes, sillonnant la maison à quatre pattes et grimpant sur mes genoux. L'idée me plaisait-elle ? Oui, je crois, mais je ne sautais pas de joie.

— Et ce sera quoi, un garçon ou une fille ?

— Je ne sais pas. Que préfères-tu ?

Je haussai les épaules. À vrai dire, cela m'était égal.

— Une fille, dis-je, voyant qu'elle attendait ma réponse.

— Moi aussi, je veux une fille, dit ma mère en se caressant le ventre. Ton père préférerait un garçon. On lui a annoncé la nouvelle aujourd'hui par radio, et il est tout content.

Grand Sole : un soleil de grande taille se dessina dans mon esprit, un soleil orangé qui flottait à faible hauteur au-dessus d'une mer calme. La silhouette d'un bateau se profilait devant lui. Mon père était là, sur le pont, à la tête de ses hommes qui remontaient des filets pleins d'éclairs argentés… La magie des ondes avait dû lui porter la nouvelle et très certainement, ce soir-là, ils trinqueraient avec un bon vin pour fêter l'événement.

— Elle ira dans mon école ?

D'une certaine façon, j'avais toujours envié ceux qui avaient des frères ou des sœurs plus jeunes à protéger quand quelqu'un les embêtait.

— Bien sûr. Tu t'occuperas d'elle ?

Et ma mère se mit à parler comme si elle savait qu'elle aurait une fille. Jusqu'au bout de sa grossesse, on s'habitua tous à parler du futur petit frère au féminin.

— Personne ne lui fera jamais de mal, promis-je.

J'étais ravi d'avoir soudain une mission importante dans la famille.

— Ah, j'en suis ravie, applaudit mon *ama*, et elle m'embrassa en reprenant mon assiette.

Je l'avais tellement saucée qu'on aurait dit qu'elle sortait du placard.

On allait attaquer le dessert quand on sonna. C'était Goyita, la femme qui vivait à l'étage au-dessus. Le genre de voisine qu'on sollicite toujours quand on a besoin de quelque chose. Combien de fois suis-je resté chez elle quand j'étais petit et que mes parents devaient sortir ? Impossible de les compter.

— Félicitations, ma chérie… Quel bonheur ! – J'avais reconnu sa voix dès que ma mère avait ouvert la porte. – Combien de mois ? Oh, ce petit ventre qui commence à gonfler…

— Tu crois ? Moi j'ai plutôt l'impression que ça ne se voit pas encore. Je n'en suis qu'à trois mois et demi… Qu'apportes-tu ? Une brioche ? Entre, entre. Ne reste pas plantée là.

Goyita s'assit à table avec nous et pendant quelques minutes ce fut un déluge de félicitations. Puis elles se levèrent et me laissèrent seul. Je finis la brioche. Un délice, comme tout ce que préparait notre voisine.

— Je vais mettre le berceau ici, près du radiateur, disait ma mère à quelques pas de là.

— Oh oui, bonne idée. Pour qu'il ait bien chaud ! Je vais te donner une couverture qui était à mes enfants. Surtout, qu'il ne prenne pas froid, naître en décembre n'est pas toujours facile…

— Il fera partie des petits de la classe.

Des petits… Avec la saveur sucrée du gâteau plein la bouche, je m'envolai mentalement jusqu'à la cour de l'école. Il n'était pas difficile de visualiser les grands qui embêtaient les plus jeunes. Cela n'arriverait pas avec ma petite sœur, parce que j'obligerais tout le monde à la respecter. Personne n'osait voler le déjeuner ou la balle d'un enfant qui avait des frères ou des sœurs de mon âge.

— Il faudra que j'installe un radiateur dans la salle de bains. Dans la tienne aussi il fait froid ?

Goyita et ma mère continuaient de déambuler dans l'appartement. Où mettre ceci, où mettre cela… Je me rappelle que je trouvais bizarre qu'elles parlent d'un poêle, alors que nous avions les fenêtres grandes ouvertes parce qu'il faisait trop chaud.

Poêles, berceaux, poussettes, biberons… Le monde venait de changer chez nous. Ce qui s'annonçait me donnait le vertige, mais j'étais surtout très content. Comme ma mère, qui le manifestait par tous les pores de sa peau. J'adorais la voir comme ça.

13

23 octobre 2018, mardi

La feuille est doucement bercée par le courant. Ses lobes ont les extrémités marron, desséchées, mais la surface est encore un peu verte. Une feuille de chêne. Comme toutes celles qui tombent aux derniers frissons de l'automne, et recouvrent peu à peu le monde basque d'un épais tapis qui annonce la saison froide.

Cestero ne la perd pas des yeux. En même temps, elle ne regarde aucun point précis. Elle est furieuse contre elle-même, déçue. Si elle ne peut pas contrôler ses impulsions, elle va avoir des problèmes.

— Comment vas-tu ? demande une voix derrière elle.

C'est Aitor.

Cestero hausse les épaules et pousse son sac à dos pour lui faire une place.

— Excuse-moi. Ce n'était pas le meilleur spectacle, reconnaît-elle.

— C'est de ma faute. Telle que je te connais, je n'aurais pas dû te laisser entrer dans la cellule, avoue son collègue en s'installant à côté d'elle, les pieds ballant audessus de l'eau.

— Ce connard m'a fait craquer. Ce genre de mecs me met hors de moi.

Aitor comprend. Ce n'est pas la première fois qu'ils abordent le sujet.

— Ça te touche de trop près.

La feuille de chêne capte à nouveau le regard de Cestero. Elle a parcouru plusieurs mètres sur le canal, et elle sera bientôt hors de vue.

— C'est une merde, lâche la sous-officière en soupirant. Tu sais ce que c'est, de trembler chaque fois que tu entends ton père introduire la clé dans la serrure ?

— Ça doit être horrible, reconnaît Aitor.

Cestero secoue la tête. Son regard erre sur le canal sans se poser sur un point précis. La feuille de chêne est loin.

— Ça n'arrivait pas tous les jours, mais très souvent. Il rentrait tard, après dîner, quand mon frère et moi étions sur le point d'aller nous coucher. – Les larmes et la rage voilent son regard ; les souvenirs de cette époque sont douloureux. – Quand pour tout bonsoir nous n'avions que son silence, nous savions qu'il y avait de l'orage dans l'air.

— Il buvait ?

— Non. Je ne te parle pas d'alcool. C'était le jeu. Il dépensait jusqu'au dernier centime dans les machines à sous. Il buvait sûrement, mais son problème, c'était la ludopathie.

— Il n'y a rien de pire que les addictions.

Un soupir remplit le silence et précède les mots qui se bousculent dans la gorge de Cestero.

— Un mépris insupportable. Tu imagines ça, apporter le dîner à ton mari, qui s'empresse de renverser l'assiette sur le tapis ? Tu aimerais qu'on vide ton livret de Caisse d'épargne et que pour toute explication on t'insulte, on te secoue comme un prunier et on te crache que tout est de ta faute ?

— Quel salaud ! – Aitor porte la main à sa bouche. – Oh, pardon…

— Ne t'excuse pas. C'était un enfer. Ma mère devait faire de l'argent avec les dents pour payer ses dettes de jeu. Le pire, c'était qu'on ne pouvait lui demander des explications, parce qu'il devenait agressif. – L'ertzaina marque une pause. – Toujours la fermer, pour ne pas réveiller la bête. Une belle saloperie d'enfer.

Une rafale agite les roseaux qui bordent le canal. Les aigrettes qui y nichent protestent. Certaines s'envolent et vont se poser quelques mètres plus loin.

— Pourquoi n'y a-t-il pas eu de plainte ?

Cestero se mord les lèvres.

— Je ne sais pas. Pourquoi Araceli Arrieta n'a-t-elle pas porté plainte contre son mari pour mauvais traitements ? Pourquoi les milliers de femmes qui subissent le terrorisme machiste chaque année ne le font-elles pas ?

— Les choses changent.

— À ce rythme, il faudra des siècles pour venir à bout de cette merde. Et d'ici là, des femmes et des enfants paieront les pots cassés jusqu'à la fin de leurs jours. – Cestero pose la main sur son cœur. – Parce que ce sont des choses qu'on n'oublie pas. Ça reste là pour toujours.

Aitor passe le bras autour de ses épaules.

— Je suis désolé, Ane.

La sous-officière hoche la tête.

— Excuse-moi de toujours t'infliger le récit de mes problèmes.

— Allons, à quoi serviraient les amis, autrement ?

Cestero esquisse un pauvre sourire.

— Je regrette ce qui s'est passé dans la cellule. C'était plus fort que moi.

— Cela va rester entre nous.

Sa chef sait que ce n'est pas vrai. Ils n'étaient pas seuls. L'agent chargé de la surveillance a assisté à la scène. S'il la signale dans son rapport, comme l'exige le règlement, elle va avoir de gros ennuis. Pendant quelques minutes, on n'entend que les cris lointains des aigrettes et la danse des roseaux au gré de la brise. Un train s'arrête à la gare, non loin de là ; les ertzainas perçoivent nettement l'annonce de la fermeture des portières, et les trépidations des voies quand le convoi s'éloigne en direction de Mundaka.

— Comment te sens-tu ? Tu as l'air triste, ces jours-ci, demande Cestero.

Aitor libère l'épaule de sa collègue et réfléchit quelques instants.

— Elles me manquent, mais ça va bien.

Cestero sait qu'il parle de Leire Altuna et de la petite Sara.

— Comment va Leire ? Elle a repris son écriture ?

— Elle va mieux. Le temps passe. Sara va bientôt avoir trois ans.

Trois ans. Il y a déjà trois ans de ça… Cestero repasse mentalement sa vie depuis lors. Elle a résolu quelques affaires, on l'a décorée et on l'a promue au grade de sous-officier… Rien d'autre. Ce n'est pas rien pour quelqu'un de son âge, mais elle ne peut parler de réussite que dans le domaine du travail. Sa vie personnelle est toujours celle d'une adolescente qui sort avec ses copines et qui partage un appartement avec son frère.

Elle va aborder la trentaine et elle n'a encore personne avec qui partager sa vie. Les escarmouches du samedi soir n'écrivent pas l'avenir. Ça ne lui manque pas non plus, sa vie de famille lui a appris qu'il vaut mieux être seule que mal accompagnée. Mais elle se demande parfois si elle ne va pas regretter d'avoir tout remis à plus tard.

— J'espère bien la voir quand nous rentrerons, dit-elle pour revenir à la conversation.

— Elle sera ravie. Elle t'apprécie beaucoup.

— Et réciproquement.

Si elle a pris ses distances avec l'écrivaine, c'est uniquement par crainte d'éveiller chez elle de vieilles blessures. La mort du père de sa fille avait été un coup dur pour Leire. Heureusement que c'est une femme forte, heureusement aussi qu'entre-temps Aitor est devenu son ange gardien.

— Nous allons nous marier, dit son collègue.

Le rouge lui monte aux joues et envahit tout son visage.

Cestero le regarde, bouche bée.

— Et vous ne comptiez pas m'inviter ?

Aitor se tourne vers le canal.

— On n'a rien prévu de spécial, juste signer les papiers au tribunal, c'est à peu près tout.

La sous-officière sourit. Elle se rappelle le jour où elle a découvert que son collègue avait un penchant pour Leire. C'était peu après la mort d'Iñaki, le mari de l'écrivaine, et Cestero lui avait recommandé de ne pas brûler les étapes.

— Félicitations... – Elle est vraiment contente pour lui, depuis des années qu'elle travaille à l'Ertzaintza, elle n'a jamais connu un collègue aussi fidèle qu'Aitor. – Je crois qu'il faut des témoins pour un mariage. Comptez sur moi. J'aimerais beaucoup vous accompagner.

Des pas sur les gravillons les obligent à se retourner.

— Vous faites quoi, du tourisme ? demande Txema.

— On nous a dit que vous étiez là, renchérit Julia. Chez le détenu, nous n'avons rien trouvé qui puisse l'accuser d'assassinat. Vous avez du nouveau ?

Cestero laisse son collègue répondre.

— Ce type nie les mauvais traitements, et encore plus le crime, résume Aitor.

Txema plisse les yeux et penche la tête de côté.

— C'est tout ? Il ne s'est rien passé de significatif ?

Aitor échange un regard avec Cestero. C'est évident, Txema est au courant de ce qui s'est passé dans la cellule.

— Heu... commence la sous-officière.

— Rien qui concerne notre affaire, l'interrompt sèchement Aitor.

Txema le dévisage quelques secondes. Puis il se tourne vers Cestero.

— Les violences conjugales, ça peut mettre dans tous ses états, mais le règlement doit être respecté, dit-il sur un ton grave.

Cestero soutient son regard. Elle est entre ses mains. S'il décide de la dénoncer pour ce qui s'est passé dans la cellule, une plainte sera déposée et elle sera écartée de l'affaire. Une occasion en or, s'il veut prendre la direction du groupe.

— Qu'en pensez-vous ? Ce salaud aurait-il pu liquider les deux ? demande la sous-officière, considérant que l'incident dans la cellule est clos, du moins provisoirement.

— Non, seulement sa femme, dit Julia. Il l'a tuée en profitant de la psychose provoquée par l'assassin à la tulipe.

— Je suis de cet avis, dit Cestero.

Txema secoue la tête ostensiblement.

— N'oubliez pas que nous avons cette dispute préalable dont parlent les voisines. Ce qui nous orienterait plutôt vers un homicide impulsif, non prémédité. Néanmoins, il y a cette tulipe dans le pot de fleurs… Ce type est peut-être innocent.

— Un innocent qui maltraite sa femme, corrige Cestero.

— Cela n'en fait pas un assassin. En outre, il n'y a même pas de plainte déposée.

— C'est lui, affirme Cestero.

— Mais comment a-t-il déniché cette tulipe ? demande Txema. Tu as constaté toi-même qu'il est difficile de s'en procurer en cette saison.

La sous-officière reconnaît qu'il a raison. Elle est peut-être un peu trop entêtée.

— Et s'il l'avait prélevée du bouquet que l'assassin avait déposé sur la tombe de Natalia Etxano ? suggère Aitor.

— Ce bouquet était au funérarium depuis la veille. Il a pu la prendre assez facilement, reconnaît Julia.

Txema hausse les épaules.

— Tu devrais la montrer à ton amie la fleuriste. Pour qu'elle calcule quand elle a été coupée, suggère-t-il à Cestero.

La sous-officière soupire. Elle n'a aucune envie de retourner dans la boutique de cette prétentieuse. Pourtant, cette information est nécessaire.

— Autre chose… annonce Txema en tordant le nez. Si la violence conjugale était confirmée, ce ne serait plus notre affaire. Il faudrait la refiler au commissaire et à sa bande.

Le ton méprisant sur lequel il a prononcé ces derniers mots agace Julia :

— Tu es un vrai con.

Cestero échange un regard complice avec Aitor et essaie de retenir un fou rire.

Txema rajuste son nœud de cravate et reprend son souffle.

— Je suis aussi ton supérieur.

Une joyeuse mélodie vient à la rescousse. Julia glisse la main dans sa poche, mais ce n'est pas son portable.

— C'est le tien, Cestero.

Ce n'est pas la première fois que cela leur arrive. Elles ont toutes les deux la même mélodie, installée par défaut. La sous-officière décroche :

— Cestero.

Sur l'écran, le numéro de son chef.

— Dis-moi que ce n'est pas vrai. Comment peux-tu perdre la boule à ce point ? – Dans la voix de Madrazo se mêlent colère et incrédulité. – Merde, Ane, tu me cloues au mur. La Biscaye voulait le mec d'Interpol à la direction de l'équipe, et moi je me suis bagarré pour que ce soit toi…

La sous-officière sent ses cordes vocales se figer. Elle ne sait que répondre. Elle s'attendait à cet appel, mais pas si tôt. Les nouvelles vont vite. Un rideau de larmes s'interpose entre elle et le joli nœud de cravate de Txema. Elle se sent meurtrie, ulcérée, et en même temps coupable d'avoir trahi la confiance de Madrazo.

— Désolée, murmure-t-elle du bout des lèvres.

Elle fait quelques pas pour s'éloigner de ses collègues, dont elle sent les regards fixés sur chacun de ses mouvements.

— Tu risques une mesure disciplinaire, tu le sais ? Quelle idée d'agresser un détenu dans sa cellule ?

— Je ne l'ai pas agressé. Mais…

Son supérieur ne la laisse pas finir. Il n'a pas appelé pour entendre des excuses.

— Ça m'est égal. Il y a des salles d'interrogatoire. Pourquoi ne pas l'avoir emmené dans une de ces salles ? Ce type est un salopard, tout ce que tu veux, mais en tant que détenu il a des droits.

— Je suis désolée, répète Cestero. – Elle se sent vaseuse, voit sa propre mère en larmes, son père l'humilier, et elle-même tassée dans un coin, attendant que l'orage se passe. – C'était plus fort que moi.

L'écouteur marque une pause. Madrazo se tait. Une lamentation stridente jaillit des roseaux de l'autre rive du canal.

— Qu'est-ce que c'est ? Où es-tu ? demande son chef.

— Un oiseau. Typique en Urdaibai.

— Un oiseau ? Je croyais que vous égorgiez quelqu'un. – Nouvelle pause, plus courte, cette fois. – Ane, tu ne peux pas continuer comme ça. Tu es sous-officier, tu dois donner l'exemple. Ton sang chaud va mettre ta carrière en danger. Qu'est-ce que tu cherches, une sanction disciplinaire ? Notre travail est dur, il exige beaucoup de maîtrise. Tu crois qu'on n'a pas tous envie de rouer de coups un mari violent ? Bien sûr que si. Mais on s'en abstient, on contrôle ses émotions. Pourquoi crois-tu que je fais du surf tous les jours ? On a tous besoin d'une soupape de sécurité, avec un boulot qui exige autant de rigueur.

Cestero sait qu'elle va avoir du mal à être à la hauteur. Son sang est en ébullition. Dommage de ne pas avoir sa batterie sous la main pour se défouler. Elle aurait besoin de quelques airs et d'autant de rires avec ses amies pour revenir à la réalité, pour soulager sa tension.

— Qui m'a dénoncée ?

— Je ne sais pas.

Il ne le sait pas, ou il ne veut pas le dire ? C'est la deuxième hypothèse, pense Cestero, mais elle ne lui en veut pas. C'est mieux ainsi. Elle est sûre que c'est Txema, mais ça pourrait venir du commissariat lui-même.

— Vous allez m'écarter de l'affaire ? demande-t-elle, penchée au-dessus du canal.

L'eau calme lui renvoie sa propre image, qui se dilue en mille petits fragments ondoyants quand un gravillon se décolle de sa semelle et brise le miroir délicat. Pendant qu'elle attend la réponse, elle se tourne vers ses collègues, qui regardent ailleurs. Ils ne peuvent entendre la conversation, tant il y a de croassements et de cris autour d'eux, mais pas besoin d'être très malin pour comprendre de quoi il s'agit.

— Tu m'as coincé entre l'arbre et l'écorce. – Madrazo semble maintenant plus contrarié que fâché. – Il m'a fallu entendre que je t'ai proposée comme chef de groupe uniquement parce que tu t'es glissée dans mon lit.

— Je me suis glissée dans ton lit ? s'exclame Cestero, blessée dans son orgueil. Je suis sortie deux ans avec toi et c'est ça le résumé ?

— Ane, ne commençons pas… C'est ce qu'on m'a jeté à la figure à Erandio, je ne résumerais jamais notre relation de cette façon. Dois-je te rappeler que c'est toi qui m'as envoyé sur les roses, parce que tu ne voulais pas t'attacher ?

Cestero serre le poing et respire longuement, essayant en vain de s'insuffler un peu de sérénité.

— J'en ai marre de devoir donner des explications. Je te parie que cela ne t'arrive jamais ! À toi, bien sûr que non, tu es un mec ! Moi, si, tous les jours ! À chaque heure, je dois me justifier. Une femme ne peut pas progresser selon ses propres mérites… Il y aura toujours un doute. Si je dirige cette unité, c'est parce que j'ai couché avec mon chef… On trouve même bizarre que j'aie pu devenir sous-officière si jeune, comme si cela n'avait pas été le résultat d'une candidature interne que n'importe lequel d'entre eux aurait pu déposer.

Son chef tarde à répondre. Cestero l'imagine approuvant, lèvres pincées, comme toujours quand il est d'accord avec elle. Ce n'est pas la première fois, et sûrement pas la dernière, qu'ils ont ce genre de conversation. Ils avaient essayé de garder leur liaison secrète, mais le bruit n'avait pas tardé à courir qu'ils étaient ensemble. Depuis lors, elle a eu droit aux regards soupçonneux, aux commentaires perfides. Et malheureusement, ce sont ses collègues femmes qui lui ont causé les plus grosses difficultés, qui ont sorti les insinuations les plus dures.

— C'est de la jalousie, décrète Madrazo. Ignore !

Ane renâcle :

— Une belle merde !

— Laisse passer le temps, dit son chef avant de nuancer : Un peu de temps.

Cestero caresse ses incisives avec son piercing. Surtout, ne pas dire la première chose qui lui passe par la tête.

— Je suis désolée, pour le détenu. Cela ne se reproduira pas.

Elle sait qu'elle aura du mal à tenir sa promesse, mais elle est bien décidée à la respecter. Pas question de déraper encore une fois.

— Ne me complique pas les choses. Cette fois, je t'ai sauvé la mise. Tu aurais pu être expulsée du corps. Tu as eu de la chance que le responsable de garde n'ait rien consigné dans son rapport, tout est donc non officiel. Dans le cas contraire, tu serais déjà hors jeu. – Madrazo marque une longue pause, de celles qui vous laissent tout loisir de penser. – Tu es la meilleure, Ane. Arrête de déconner.

14

23 octobre 2018, mardi

La paume de sa main droite caresse l'extrémité supérieure des tulipes. Elles sont rouges, d'une intensité comparable à leur fragilité. Elles valsent doucement, au rythme du courant d'air, avec élégance et aplomb. Elles vont bientôt se faner. À la fin de leur cycle vital éphémère, elles auront perdu leurs derniers pétales.

Il doit se dépêcher. Son œuvre n'en est qu'au début et il doit accélérer jusqu'au dénouement. C'est injuste de ne pas avoir le temps de jouir de la grande réussite de sa vie. Mais il n'y a pas d'autre solution, il le savait dès le début.

Il regarde encore une fois les informations sur son portable. Combien de fois les a-t-il regardées, ces dernières minutes ?

Rien, ils n'ont toujours pas établi de rapport entre son travail de l'été passé et celui de ces derniers jours. Il les croyait plus malins, autant les journalistes que les policiers chargés de l'affaire. Pourtant, aucun journal, aucune télévision ne parle de trois victimes : ils s'en tiennent à deux, et, comme si ça ne suffisait pas, ils doutent que la femme qu'il a précipitée dans le vide quelques heures plus tôt soit son œuvre. Pourquoi ne veulent-ils pas lui en attribuer le mérite ?

Il va envoyer cette photo. Bien obligé. Il approche le nez des tulipes. Une odeur si subtile, si attendrissante !

Elle lui rappelle les noix ramassées sur l'arbre, avant maturité. Il n'avait jamais imaginé que leur arôme lui serait si agréable.

Les ciseaux sont froids, le contact n'est pas agréable. Il ne le sera pas non plus pour les fleurs, qui commencent à tomber, victimes de ces lames d'acier, pour former un bouquet généreux. Les larmes lui montent aux yeux, ce n'est pas étonnant. Les sentiments sont en ébullition dans ces moments-là. La tristesse se noie dans l'euphorie, et l'amour dans la haine déchirante.

Il n'est pas facile de les maîtriser, et pas davantage quand s'approchera le dénouement. Cependant, il doit réussir, et il sait qu'il y parviendra. Son œuvre le mérite.

15

23 octobre 2018, mardi

Cestero referme délicatement la portière, comme tout braconnier désireux de ne pas attirer l'attention. Un simple râteau et un seau de plage seront ses compagnons dans les prochaines heures. Ainsi que les odeurs de boue et de sel qui imprègnent tout. La pluie a cédé la place à la brume, des lambeaux subsistent, comme autant de fantômes. La différence de température entre la mer, encore tempérée, et l'air, est un phénomène habituel à cette époque de l'année.

L'ertzaina respire à fond et coince son piercing entre ses lèvres. Elle n'a pas peur, mais elle est tendue. Elle sait qu'en mettant le pied sur le sable elle sera dans l'illégalité et elle a assez gaffé pour aujourd'hui. Pourtant, elle s'est quand même décidée, quand elle a constaté que cela ne servait pas à grand-chose d'observer les braconniers à distance. Son unité ne dispose que de quatre policiers, ils ne peuvent opérer un coup de filet : les braconniers connaissent la ria beaucoup mieux qu'eux. Il y a toujours la possibilité d'appeler à l'aide le commissariat de Gernika, mais tant qu'elle n'a pas définitivement rayé

Olaizola de la liste des suspects, Cestero ne veut surtout pas collaborer avec son équipe. La femme du commissaire a été mise hors de cause : elle est à Madrid depuis plusieurs jours, un alibi qu'elle a pu prouver sans difficulté.

Les blessures consécutives à son comportement dans la cellule et à sa conversation ultérieure avec Madrazo sont encore fraîches. Elle a besoin d'être seule, de mettre de l'ordre dans ses idées et de s'intéresser à des sujets qui empêchent le sentiment de trahison de l'obséder ; et pour cela, rien de tel qu'une immersion solitaire dans la nuit de l'Urdaibai. Avant de quitter l'hôtel, elle a failli prévenir Aitor de ses intentions. Mais elle a écarté cette idée quand elle l'a vu en pleine vidéoconférence avec sa promise. Il y avait Antonius et ses aboiements, bien sûr. Pourquoi l'inquiéter, alors qu'elle ne pense courir aucun danger ? En outre, son collègue aurait absolument voulu l'accompagner, et elle ne tient pas à l'impliquer dans une aventure qui contrevient aux règles.

Le sable s'enfonce légèrement sous les pieds de l'ertzaina.

Les silhouettes des pêcheurs de coquillages sont de plus en plus précises. Aucun n'a remarqué sa présence. Pour attirer leur attention, elle s'approche et se met à fouiller le sol maladroitement avec son râteau.

— Tu n'as pas d'autre endroit où aller ? Tu ne vois pas qu'ici c'est occupé ?

L'ertzaina se réjouit d'avoir atteint son premier objectif : entamer la conversation.

— La ria n'est pas à toi, réplique-t-elle, se reprochant aussitôt sa brusquerie.

Elle doit se montrer fuyante, comme tout braconnier, mais si elle veut soutirer des informations à cet homme, elle doit laisser une porte entrouverte.

Le pêcheur l'observe d'un air de défi.

— Tu n'as pas beaucoup de cervelle ! Ici tu ne trouveras rien. – Il lui tourne le dos et s'éloigne. – Et où comptes-tu aller avec ce seau de gamin ? Si tu dois te sauver, tu peux dire adieu à tes palourdes.

L'ertzaina laisse tomber son râteau et s'empresse de lui emboîter le pas.

— Excuse-moi. Je suis nulle. C'est la première fois que je viens et je suis un peu nerveuse…

Le pêcheur s'arrête et se retourne, plus curieux qu'irrité, et il lui tend la main. C'est un homme d'âge moyen, il a une calvitie avancée, des mains rugueuses et fermes. Malgré le manque de lumière, Cestero ne manque pas de remarquer son air fatigué, l'air de ceux qui ont vu trop souvent la chance leur passer sous le nez.

— On est tous nerveux, le premier soir… Je m'appelle Pedro, se présente-t-il en lui serrant la main. Si tu ne veux pas repartir avec ton seau vide, rapproche-toi du bord. Ici, il n'y a presque rien.

— Merci. Je ne sais pas comment m'y prendre, mais j'ai besoin d'argent. Je suis enceinte et…

Son propre mensonge la prend de court.

— Félicitations, dit l'homme avec un enthousiasme mitigé. J'en ai trois. C'est ton premier ?

— Oui, mon premier. Et je n'ai pas de travail…

La faible lumière orangée renvoyée par les nuages lui permet de voir Pedro hocher la tête.

— C'est ce qui nous amène tous ici. Toute la vie à

bosser dans une fonderie, mais les Russes rappliquent et la rachètent. Tu connais la suite, n'est-ce pas ? Un plan social, pardi ! À la rue, avec une indemnité de merde. Hier j'ai eu un entretien de boulot et on m'a dit que j'étais trop vieux. Trop vieux ! Quarante ans... C'est un peu raide. Et on n'accorde plus de licence pour ramasser les fruits de mer. Ou bien tu viens la nuit, ou bien tu restes les bras croisés.

— Je sais.

— Que veux-tu faire ? Mendier ? Ici, au moins, je gagne ma vie et je peux payer des études à mes enfants.

Cestero n'en revient pas. Avec Pedro, tout sera beaucoup plus facile que prévu. Il suffit d'orienter la conversation sur ce qui l'intéresse.

— Qui t'achète les palourdes ? demande-t-elle. – Le silence du pêcheur montre qu'elle est allée trop vite. – Je veux dire... Quand mon seau sera plein, à qui je peux le vendre ?

La silhouette de deux autres braconniers se découpe au loin, à la limite de la marée basse. Tous les deux très reconnaissables, courbés avec leur petit râteau.

— Ne t'inquiète pas. Je m'en occuperai. Tu me passes ta récolte et demain on règle nos comptes. Mais n'espère pas remplir ton seau le premier soir. La marée va recouvrir ces bancs de sable plus vite que tu ne penses, et tu ne pourras plus ramasser une seule palourde.

— Je préférerais les vendre moi-même.

— En ce cas, cherche un restaurant qui te les achète. Ici, on a chacun nos clients.

— Je pensais que quelqu'un achetait le tout, qu'il s'occupait ensuite de revendre...

Le braconnier émet un petit rire.

— Penses-tu ! Nous ne sommes pas si bien organisés. Ici, chacun pour soi. Allons, donne-moi ton numéro de téléphone, je vais te donner un coup de main.

— Des gens libres, conclut Cestero, dissimulant son échec.

Si personne ne coordonne ces hommes, ou ces femmes, c'est que ce braconnage de nuit ne peut pas être le mobile du crime. Il est peu probable qu'un gros trafiquant de mollusques assassine pour protéger son business, d'autant qu'il s'agit de chômeurs en quête d'une poignée d'euros.

— Ta famille sait-elle que tu es ici ? demande le pêcheur en composant le numéro que Cestero lui a donné. Tu vois ce trou dans le sable ? C'est une palourde. Alors, enfonce le râteau ici.

L'ertzaina fronce les sourcils. Son instinct vient d'émettre un signal d'alarme. Pourquoi cette question ? Soudain, elle regrette de ne pas avoir pris son arme réglementaire.

— Non, je n'ai dit à personne que je venais ici, dit-elle en se penchant pour retourner le sable à pleines mains.

Un toucher étrange, moins granuleux et âpre que celui de la plage, plutôt poisseux et fangeux. Désagréable. Mais ça y est, elle a sa première palourde, arrondie et froide.

— Bravo ! Voilà déjà quelques centimes, s'exclame Pedro en sortant un paquet de Ducados de sa poche. Tu fumes… ? Bien sûr que non, à cause de l'enfant ! Ça vaut mieux. Moi, je devrais arrêter. – Ses deux mains se rapprochent pour allumer sa cigarette, l'une la protège, l'autre tient le briquet. – Ça ne m'étonne pas que tu n'aies dit à personne que tu venais ramasser des palourdes. Il y a des mois que je braconne et personne ne le sait. Ma famille croit que j'assure le service de nuit, à l'usine. Je ne veux pas que mes enfants apprennent que je suis un raté. – Il aspire une longue bouffée, pensif. – Je cherche des palourdes et des coques autant que me le permet la marée basse, et le reste de la nuit, je le passe dans la voiture, à essayer de dormir. À six heures et demie du matin, je pousse la porte de chez moi, comme avant que ces salauds me foutent dehors comme un chien.

Cestero parcourt la maremme du regard. Un autre braconnier s'approche. Il avance en zigzaguant, comme les autres, se baissant sans cesse, presque machinalement.

— Tu n'es pas un raté.

— Si.

— Bien sûr que non. Tes enfants seront fiers de toi.

Pedro laisse échapper un ricanement amer avant d'aspirer une dernière bouffée de sa cigarette. Puis il l'éteint contre la semelle de sa botte et glisse le mégot dans un paquet de cigarettes vide qu'il remet dans sa poche.

— Les enfants ne sont jamais fiers de leurs parents.

L'ertzaina ne peut s'empêcher de penser à sa propre famille. La réalité donne raison au braconnier.

— Au fait, la journaliste assassinée vous menait la vie dure, non ? dit Cestero en se penchant sur une deuxième palourde.

Elle retient son souffle, dans l'attente de la réponse.

— Plutôt. Elle a même réussi à convaincre l'*Ertzaintza* de venir nous contrôler. Dis-moi quel mal on fait, ici ? On ne va pas abîmer la ria parce qu'une poignée de chômeurs a fauché quelques kilos de palourdes et de coques. Mais elle, droite dans ses bottes, elle s'en prend aux pauvres mecs plutôt qu'aux puissants. Comme s'il n'y avait pas de fripouilles à dénoncer, à Gernika... Coup de pot, elle commençait à s'en prendre aussi aux trafiquants de drogue. Eux, ils sont dangereux.

Cestero prend le temps de bien peaufiner sa réponse. Pedro vient de lui offrir une ouverture qu'elle n'a pas l'intention de négliger.

— Je pensais que c'étaient des élucubrations de Natalia. Il y a vraiment des trafiquants, ici ?

— Bien sûr ! Et si on n'y met pas bon ordre, le coin va bientôt ressembler à la baie d'Algeciras, proteste le pêcheur en se penchant pour ramasser une palourde. Il la rince dans une flaque et la donne à Cestero. Tiens, prends-la, sinon tu vas repartir les mains vides.

La sous-officière ne veut pas qu'il change de sujet.

— Les flics n'interviennent pas ?

Pedro soupire.

— Les trafiquants de drogue ont trop de pouvoir. Tu vois ce que je veux dire. Reviens plusieurs nuits de suite et tu pourras le constater de tes propres yeux.

— Tu les as déjà vus, vraiment ? demande Cestero en posant son râteau.

— Et pas qu'une fois ! s'exclame le braconnier, l'index pointé vers l'autre rive de la ria. – Un faible halo orangé, formé de millions de particules d'eau en suspension, auréole chaque réverbère, le reste est plongé dans l'obscurité : un univers d'ombres où s'enlacent la mer et la terre, un labyrinthe de canaux et de maremmes que la brume rend encore plus infranchissable. – Quand tu les vois là-bas, c'est qu'il y a un débarquement.

Cestero ne comprend pas de quoi il parle.

— Je ne les vois pas, dit-elle en plissant les yeux.

Pedro crache par terre.

— Les pêcheurs. Pas besoin d'être un expert pour savoir qu'on ne pêche pas à marée basse. Alors, tu vas me dire : mais que font ces types avec leur canne à pêche en pleine nuit, entourés de plus de sable que d'eau… ?

Ah oui, l'ertzaina les a repérés, postés l'un à côté de l'autre, tous les vingt ou trente mètres.

— Ils se postent là à marée basse. Et quand le niveau de l'eau remonte et permet de naviguer, la vedette surgit à pleine vitesse, passe devant eux et va jusqu'à Gernika.

— Ce sont des narcotrafiquants ?

Pedro a un rire nasal amer.

— Tu connais *Cocaïne Coast* ? Cette série, c'est de la gnognote à côté de ces mecs.

— Et l'Ertzaintza ?

Le braconnier crache encore une fois et reprend une cigarette.

— Les flics ? Ils sont dans le coup, sûrement… ! Qu'est-ce que tu crois ? On les obsède. Je les ai déjà vus parcourir la ria dans la voiture-patrouille. Et je crois savoir qu'ils ont intercepté la vedette à Murueta, il y a quelques semaines. Mais ils ont fait chou blanc, évidemment.

— Et la drogue ?

Pedro hausse les épaules.

— Aucune idée. Ces mecs ont l'art et la manière.

Cestero essaie en vain d'en savoir plus. Ou bien Pedro n'est pas au courant, ou bien il ne veut rien dire à quelqu'un qu'il ne connaît pas.

— Tu crois que ce sont eux qui ont liquidé la journaliste ? demande Cestero en se remettant à fouiller avec son râteau.

— Quand on a tant de pouvoir et tant d'ennemis, ça finit toujours mal, décrète-t-il avant de s'éloigner, la cigarette au bec.

16

24 octobre 2018, mercredi

Le Cantabrique n'est pas particulièrement généreux ce matin. Les vagues qu'il envoie sur la côte sont chiches en hauteur et en quantité. Julia le savait avant de sortir, elle l'a vu de la fenêtre de sa chambre, malgré la nuit noire. Mais elle est quand même venue, attendant stoïquement que la mer lui offre une bonne série. Elle n'est pas la seule. Il y a d'autres surfeurs, allongés sur leur planche. Une demi-douzaine. Elle les connaît presque tous. Ils se lèvent tôt depuis des années pour chevaucher les vagues avant d'aller travailler. À part ce néoprène vert à la planche orangée, sans doute un de ces nombreux Américains qui viennent essayer la fameuse vague gauche de Mundaka, elle pourrait citer tous les noms.

Avant, il y avait plus de filles parmi ces lève-tôt. Estitxu, Lorea, Loli… Elles étaient devenues mères, elles. Maintenant, elle les croise dans le village avec leur poussette, mais plus sur les vagues. En pensant à ces mamans, elle porte instinctivement les mains à son ventre et éprouve une sensation fugace de vide.

Quand lui a-t-on demandé pour la dernière fois si elle n'allait pas s'y mettre ? Il n'y a pas très longtemps. C'est fréquent, ces dernières années. Elle est fatiguée qu'on lui rappelle qu'il lui manque quelque chose. Fatiguée et découragée.

Le pire, ce sont ces gens convaincus qu'être mère est son plus fort désir, et qu'elle doit trouver un compagnon pour sauter le pas.

Et si elle ne voulait pas être mère ?

Tout le problème est là, elle n'a pas encore de réponse à une question qu'elle ne se serait pas posée quatre ans plus tôt. Non, à l'époque elle voulait résolument être mère.

Tandis que son esprit se flagelle, le soleil s'apprête à se lever. On devine l'astre roi à travers les nuages qui coiffent Ogoño, un ciel lézardé qui augure une journée peu pluvieuse. Peu à peu, les couleurs prennent possession d'un monde qui, quelques minutes plus tôt, était encore une triste déclinaison de gris.

— Elles arrivent ! s'écrie Iker, un de ceux qui ne manquent jamais le rendez-vous quotidien avec le Cantabrique.

Le groupe des habitués se consulte du regard et décide que Julia aura le privilège d'inaugurer les vagues aujourd'hui. Parmi les nombreuses règles non écrites qui régissent le surf, existe celle de céder courtoisement les meilleures vagues aux meilleurs surfeurs.

Julia se tourne vers l'île d'Izaro, un plateau rocheux mouillé en pleine mer. C'est vrai. Il semble que les vagues déferlent plus violemment contre les falaises.

Elle regarde sa montre. Il lui reste dix minutes. Le temps de surfer sur une des vagues de cette série avant d'aller travailler.

Elle en a besoin. Pourquoi a-t-il fallu que Txema revienne ? Combien de fois s'est-elle réveillée cette nuit en pensant à lui, imaginant des conversations où elle lui jetait à la figure tout le mal qu'il lui avait fait ? Elle ne veut plus de ça. Elle donnerait n'importe quoi pour qu'il disparaisse, et cette fois pour toujours.

Vraiment ?

Le veut-elle ? Ce n'est même pas certain.

Et c'est très douloureux.

Elle a froid. L'attente devient pénible. Elle nage un peu sur la planche, cherche le meilleur endroit pour ne pas gêner ceux qui sont autour d'elle. En novembre, ce n'est pas difficile. En été, quand des dizaines de surfeurs envahissent la plage, c'est compliqué. Au point que parfois Julia oublie sa passion et s'adonne à la pirogue. Ramer la détend aussi, mais moins que le surf. Enfin, la série arrive. Trois vagues, comme toujours ; trois vagues à plusieurs secondes d'intervalle. En quelques brasses, elle approche de la première. C'est un peu tard. Elle déferle. Elle guide la planche fermement et s'introduit sous l'écume. L'adrénaline coule avec inquiétude dans ses artères. Au bout d'une vingtaine de minutes d'attente, elle ne peut se permettre de manquer la série.

Elle émerge un peu plus loin, et affronte presque aussitôt la deuxième vague. Plus grosse que la première. Très bonne. Cette fois, elle va arriver à temps, elle en est sûre.

— Vas-y, Julia, se dit-elle.

C'est une vague gauche, comme toutes celles de Mundaka. Au bon moment, elle se relève, sur la crête de la vague. Elle a devant elle une descente de plusieurs mètres.

La planche s'élance à toute vitesse, toujours vers la gauche, toujours vers l'avant. Le Cantabrique ne tarde pas à former un tube autour d'elle, elle est à l'intérieur de la mer, au cœur de la vague. La vitesse est vertigineuse, le monde rugit autour d'elle, répand des odeurs de mer et de liberté. Pendant quelques secondes, tout s'arrête, il n'y a plus d'autre réalité que le tube d'eau dans lequel elle a foncé. Et c'est la fin, la vague déferle et se brise dans une écume qui revêt tout de blanc.

Elle est heureuse. Elle sent son pouvoir sur la mer. Elle l'a domptée, comme le cavalier qui affronte un cheval sauvage et le domine.

La montre indique que son temps est épuisé. C'est fréquent : quand le Cantabrique se montre enfin généreux, c'est l'heure d'aller travailler.

Elle nage vers le rivage. La plage est déserte, les promeneurs matinaux ne sont pas encore arrivés. Les premiers sont toujours ceux qui sortent leur chien, viennent ensuite les retraités. Mais pour le moment, il n'y a personne.

Elle marche sur le sable mouillé, laissant les empreintes de ses pieds nus derrière elle.

— Julia !

L'agente se retourne : c'est Aimar Berasarte qui la suit, un journaliste de Radio Gernika. Elle le connaît depuis longtemps, depuis toujours, en réalité. Ils étaient au même lycée, mais ce garçon n'était vraiment pas son genre.

— Il paraît que tu es sur l'affaire de l'assassinat de Natalia, dit Aimar en s'approchant, sa planche sous le bras.

Julia et lui ne sont pas les seuls quadragénaires à surfer. Ces dernières années, beaucoup d'autres, surtout des hommes, ont découvert la passion de chevaucher les vagues.

— On dit ça ?

— Il y a du nouveau ?

— Pas beaucoup.

— Tu me racontes ?

— Je ne peux pas, tu le sais très bien.

— Les gens veulent savoir. Il n'est jamais arrivé un truc pareil dans le coin. Tu n'imagines pas combien d'appels on reçoit chaque jour à la radio… Bientôt, quand mon émission va commencer, les lignes du téléphone seront déjà saturées.

Julia n'a pas besoin qu'il le lui dise pour le savoir. Elle aussi, elle vit en Urdaibai, elle aussi fait ses courses tous les jours et prend son café du matin au bar. La vie à Gernika, Busturia, Mundaka et dans tous les villages de la zone est bouleversée. Forcément, dans une vallée où les nouvelles tournent en général autour du concours de la meilleure tomate ou de la crise des chantiers navals de Murieta ! On ne parle plus d'autre chose et le sentiment d'insécurité est devenu insupportable.

— Vous devriez être plus attentifs à ce que vous publiez, lance Julia.

— Je ne publie rien, je me contente de raconter.

— C'est pareil. Vous profitez de cette merde pour faire de l'audience. Vous jouez le jeu de l'assassin.

— Je transmets simplement les informations qui me parviennent. Donne-moi du concret, de quoi rassurer les gens, et nous serons tous gagnants.

Julia s'arrête et appuie sa planche dans le sable.

— La juge a exigé le secret de l'instruction. Même si je le voulais, je ne pourrais rien te dire.

— Bêtises ! Bien des fois, nous avons des infos sur les enquêtes, en dépit du secret de l'instruction !

— Pas par ma bouche.

— Personne ne saura que c'est toi. Et crois-moi, toi aussi tu seras gagnante. *Gernika Hoy* est l'émission la plus écoutée. Tu sais ce que ça veut dire, si je chante tes louanges au micro ? Que tu deviens la policière la plus populaire de la région, la salvatrice des gens… Qui refuserait une telle promotion ?

L'agente a une grimace de dégoût. Ce qui l'insupporte chez des personnages comme Aimar Berasarte, c'est leur besoin d'acclamations, souvent au mépris de la décence. Ce journaliste était déjà ainsi au lycée et apparemment il n'a pas changé d'un iota.

— Moi, tout ce qui m'importe, c'est de bien faire mon travail, lance Julia.

Aimar ricane.

— Et on a déjà deux victimes. Si ton boulot consiste à remplir l'Urdaibai de cadavres, tu te couvres de gloire.

Julia va pour répliquer, mais se ravise. Ça ne servirait à rien.

— Je t'emmerde !

Et elle reprend sa planche de surf sous le bras.

Le journaliste la regarde s'éloigner avec un sourire.

— Tu es bien jolie, dans ce costume, lance-t-il à haute voix. Très jolie.

17

24 octobre 2018, mercredi

Il y a du bruit. Beaucoup de bruit. Comme toujours dans un bar aux premières heures du matin. Les clients entrent et sortent, le moulin à café ne connaît pas de trêve, et le son de la télévision est trop fort. La femme de la météo annonce des pluies : quelle nouveauté ! Un habitué se plaint de ne pas avoir vu le soleil depuis des semaines, et le serveur derrière le comptoir réplique que c'est plutôt normal en novembre. Mais avant ce n'était pas pareil, c'est à cause des changements climatiques. Tu crois ça ? Allons donc, avant, on vivait dans le crachin toute l'année… ! Aphorismes du matin, conversations de comptoir où on ne se regarde pas, l'un affairé sur la machine à café et l'autre remuant sa cuillère, le regard fixé sur la télévision.

— Allons, ajoute-moi un peu d'eau bénite, ça va nettoyer la tasse ! lance un client en poussant sa tasse vide vers le patron, qui y verse une larme de gnôle.

— Tirage aujourd'hui ! Le grand jour ! Quiconque franchira la porte sans son billet le regrettera ce soir, s'exclame l'aveugle.

Il est à son poste, près de l'entrée, montant la garde pour que personne ne lui échappe.

— Oh, Crespo, tu nous casses les pieds… ! On ne rigole pas avec ce genre de choses. Bon, donne-m'en un, et si c'est le bon, tu vas nous en rebattre les oreilles toute la vie.

Le vendeur de billets s'esclaffe.

— Regardez Venancio. Lui, il sait. Les autres vont au boulot pendant que ce mec se pavane aux Caraïbes avec son yacht.

— Ah, tous les matins la même salade ! Tu pousses un peu ! Bon, file-m'en un. Non, pas celui-ci. Le même qu'à Venancio, il ne faudrait pas qu'il soit le seul à décrocher le gros lot.

— Oh… Voici ma policière préférée…

Son salut est accompagné d'une caresse sur le tatouage de Cestero. Si délicat, si éthéré que l'ertzaina sent se hérisser le duvet sur sa nuque.

Elle se retourne pour protester, mais l'air amusé du tatoueur, qui avance ses deux mains en bouclier pour se protéger de l'orage qui va lui tomber dessus, l'en empêche.

— Prends donc un café et ne dis pas de bêtises !

Elle essaie de dissimuler le sourire qui voudrait affleurer sur ses lèvres.

— Un petit noir, demande Raúl.

— Pour moi, la même chose, s'il te plaît, dit Cestero.

Elle en a besoin. Elle n'a pas beaucoup dormi et elle a les paupières lourdes.

Le serveur se met au garde-à-vous, lâche un "à vos ordres" et sort tasses et soucoupes du lave-vaisselle.

— Engage un assistant. Tu ne vois pas que tu es débordé ? Tu vas être le plus riche du cimetière, lui lance le buveur de gnôle.

L'obsédé de la machine à sous se tourne vers le comptoir.

— Attends qu'arrivent les femmes de la mairie, avec leurs tartines, beurre et confiture… Là, il va être vraiment débordé.

— Les fonctionnaires et leur petit-déjeuner interminable… proteste un inconnu.

— Hé… Attention à ce que vous dites. Y en a marre des légendes urbaines. Vous devriez voir notre rythme de travail. Si on mesurait la productivité de… se lance un autre, attablé devant son journal.

On ne le laisse pas finir. Il est nettement minoritaire.

— Ah, voilà le défenseur des causes perdues… ! Un peu de bon sens, au tribunal, vous vous les grattez à deux mains, se plaint le peintre en salopette blanche qui vient de sortir des toilettes.

Cestero est ravie que l'affaire qui l'a menée en Urdaibai ne monopolise pas les conversations ce matin. Le sentiment d'insécurité est le pire ennemi d'une enquête en cours. Qu'on parle des fonctionnaires, du dernier contrat de l'Athletic ou de la vie chère, tout ce qu'on voudra tant que cela ne contribue pas à semer la panique dans la population.

— Je t'attends toujours. Quand viens-tu, pour que je te le complète ?

La main de Raúl s'approche de nouveau du tatouage de Cestero, mais s'écarte avant de lui effleurer la peau.

— On verra.

— Et la proposition d'un petit tour en bateau, tu refuses aussi ? On pourrait aller à San Juan de Gaztelugatxe, au cap de Matxitxako, à l'île d'Izaro…

Cestero fait la grimace. Elle ne veut pas avouer qu'elle est malade chaque fois qu'elle monte sur un engin flottant.

— Je préfère la terre ferme.

— Un peu d'escalade ?

Voilà qui éveille l'intérêt de la sous-officière.

— On verra, dit-elle en cachant un sourire derrière sa tasse de café.

Il y a des semaines qu'elle n'a pas repris. La dernière fois, sur les parois granitiques de l'Aiako Harria, elle s'est luxé le poignet. La proposition de Raúl lui rappelle qu'elle aime beaucoup ça, mais comment a-t-il pu savoir que c'est le seul sport qu'elle pratique ?

— Définitivement, tu ferais un bon policier, reconnaît Cestero après avoir regardé la corne de ses mains qui l'ont très certainement dénoncée.

— Ah, voilà un oui ! se réjouit Raúl. Alors, quand ?

— Oh, regardez, Gernika ! s'exclame le peintre.

Tous, y compris l'aveugle, se tournent vers la télévision. Les conversations banales se dissipent comme la brume du matin sous les premiers rayons du soleil. L'ertzaina comprend aussitôt que l'inquiétude est là, il fallait juste gratter un peu pour tomber dessus.

— Oh, ton bar, dit quelqu'un au patron. Tu vas être célèbre. Et regarde, la fourgonnette de Venancio. Il était en double file, le mec !

L'interpellé proteste et on se moque de lui. D'après le vendeur de billets de loterie, bientôt cet homme ne se garera plus de travers parce qu'il aura les moyens de s'acheter tous les parkings du village. Pendant ce temps, le présentateur parle d'un étrange lien avec la Galice.

— Et maintenant, on va nous dire que l'assassin, c'est leur président, Manuel Fraga, plaisante quelqu'un.

— Il est mort, imbécile. Ça, c'est une affaire de drogue, je vous le disais depuis le début. Qui va prétendre le contraire, maintenant ?

Cestero essaie d'entendre ce que dit la télévision à travers les conversations croisées.

— Monte le volume, ordonne-t-elle en se tournant vers le comptoir.

— À vos ordres.

Un reporter, sur fond de cathédrale de Saint-Jacques-de-Compostelle, explique que la Galice a connu un crime étrange, il y a plusieurs mois, toujours pas élucidé. Cestero ne voit pas le rapport avec son affaire jusqu'à ce que l'écran montre une femme dans son cercueil. Une tulipe rouge se détache sur le linceul blanc. Personne n'avait accordé d'importance à ce détail jusqu'à ce que, quelques heures plus tôt, un anonyme envoie cette photo à *El Faro de Vigo*.

— Une coïncidence ? se demande le tatoueur.

Cestero ne répond pas. Son esprit cherche des connexions, essaie d'établir les étapes à franchir et déplore les obstacles qui l'attendent. Deux régions, deux corps de police, deux juges…

Elle soupire et sort son téléphone de son sac. Il y a longtemps qu'il sonne.

C'est Txema. Il arrive toujours le premier. À croire qu'on le jette du lit à coups de pied. Il a dû apprendre la nouvelle et veut la mettre au courant.

— Cestero, j'écoute.

— Il y a du nouveau.

— Je viens de voir ça à la télévision, dit la sous-officière en sortant du bar.

— À la télé ? Impossible. On vient de l'apprendre.

— Mais on en parle aux infos !

Le soupir du policier sature l'écouteur.

— C'est toi qui le relâches ou je le libère moi-même ?

Cestero plisse le front.

— De quoi parles-tu ? Qui veux-tu relâcher ?

— Mais enfin merde, le mari violent ! Tu viens de me dire que tu l'as vu aux informations !

— Je crois qu'on ne parle pas de la même chose. Qu'est-ce qui se passe avec ce type ? Toujours en crise ?

La veille, en fin de journée, pendant que Cestero se dirigeait vers les maremmes, elle avait reçu un appel du service de nuit. Dans sa cellule, José Manuel était déchaîné, il se cognait la tête et suppliait qu'on lui donne une dose d'héroïne.

Txema claque de la langue à l'autre bout du fil.

— Penses-tu ! Il dort toujours. Les médecins lui ont administré une bonne dose de calmant. Mais on le voit sur les enregistrements de l'Eroski. C'est vrai, ce qu'il disait. Il a un alibi à l'heure du crime.

Cestero ne peut s'empêcher de penser à sa propre mère.

— Et les insultes, et les coups au domicile d'Araceli, avant qu'elle se précipite dans le vide ?

— Je sais. Mais ce n'est pas une preuve. Le type était au supermarché pendant que sa femme sautait par la fenêtre.

La sous-officière se raccroche à ce qu'elle peut :

— On écarte un peu vite la thèse du suicide : Araceli ne supportait peut-être plus le mépris ! Elle a sauté dans le vide quand elle s'est retrouvée seule dans la maison !

— On a la tulipe sur la scène du crime. C'était un assassinat.

Cestero se mord les lèvres. Il a raison. Il faut le relâcher, et ça lui tord les tripes. Elle ne pouvait imaginer une pire façon de commencer la journée.

— Vas-y, toi, libère-le, dit-elle en soupirant. Et il vaudrait mieux que tu le fasses avant que je le croise dans les couloirs.

18

24 octobre 2018, mercredi

À peine Julia a-t-elle mis les pieds au commissariat qu'elle comprend que quelque chose ne tourne pas rond. Les collègues qu'elle croise dans le couloir lui lancent des regards inquiets.

— Regarde, lui dit Txema en guise de bonjour, tournant vers elle l'écran de son ordinateur.

On lit la colère sur son visage.

L'agente se reconnaît instantanément. Le néoprène noir recouvrant chaque centimètre de son corps, ses cheveux mouillés en cascade sur ses épaules, et la planche de surf sous le bras. Une image qui lui rappelle encore une fois la saveur du sel. Celle de la liberté. Mais le titre qui l'accompagne est ravageur :

LA POLICE S'ADONNE AU SURF
PENDANT QUE LES VICTIMES SE MULTIPLIENT
À GERNIKA

Au-dessus, le logo ne laisse aucun doute. C'est le Twitter de Radio Gernika.

— Quel enfoiré !

— Ta photo est devenue virale : un membre de l'équipe enquêtrice fait du surf au lieu de poursuivre les méchants. Tu imagines l'effet sur les gens de la région. Au moins, tu es très jolie… ajoute le sous-officier en déroulant la page.

Julia voit se dérouler des dizaines de commentaires. Elle ne perd pas son temps à les lire, mais un rapide balayage lui permet de constater qu'aucun n'est agréable. Ceux qui ne critiquent pas le peu d'empressement de la police s'appliquent à encenser une policière soudain devenue une icône sexuelle.

— Il a voulu me faire chanter, mais comme je n'ai pas cédé il a publié cette merde, explique-t-elle, furieuse.

Le sous-officier claque de la langue avant de poser la question :

— Qui ?

— Aimar Berasarte.

Julia lui raconte sa rencontre sur la plage avec le présentateur qui a succédé à Natalia Etxano, son désir d'obtenir des informations interdites aux autres, ses insinuations comme quoi il pourrait dynamiter son image.

— C'est un arriviste. Il l'a toujours été.

À quoi bon entrer dans les détails et expliquer que déjà au lycée il essayait de dominer les autres à n'importe quel prix ?

— Et l'assassinat de Natalia tombait à pic, renchérit Txema. Du jour au lendemain, il est devenu le présentateur de l'émission la plus écoutée de tout l'Urdaibai, avec en prime le côté morbide de l'assassinat de sa collègue.

Il est évident qu'il se moque de piétiner les cadavres qui sont autour de lui.

Quelqu'un entre dans la salle. Cestero, qui suspend son ciré au portemanteau et se met à râler.

— Qu'est-ce qui leur prend, à Radio Gernika ? On ne peut plus faire ce qu'on veut de notre temps libre... ?

— Désolée, murmure Julia.

Ses sentiments oscillent entre la culpabilité et l'irritation.

— Ne te sens surtout pas coupable, lui dit Cestero. – Elle a des cernes profonds. – Je veux tout savoir sur ce type. Et surtout, s'il a un alibi. La mort de sa chef lui a donné la popularité dont il rêvait. Et on dirait qu'il aime les réseaux sociaux... N'oublions pas la retransmission du crime du train, sur Facebook Live.

Silvia vient d'arriver. L'arôme âcre du café qu'elle tient entre ses mains se répand.

— Beaucoup d'assassins adorent les feux de la rampe. Certains sont capables de tout par vanité ou pour occuper le devant de la scène. C'est peut-être son genre, suggère-t-elle entre deux gorgées de café.

Cestero pianote sur la table.

— On se concentre sur lui. S'il veut nous glisser une bombe sous les pattes, elle va lui exploser à la gueule, déclare-t-elle avec décision.

Txema approuve. L'idée lui plaît. Elle plaît aussi à Julia.

— Tu as libéré le mari violent ? demande la sous-officière.

— À l'instant, dit Txema. Que de nouvelles, ce matin ! Une vraie pagaille. Que pensez-vous des nouvelles de Galice ?

— Souhaitons que ce soit une invention pour vendre plus de journaux, et que nous n'ayons pas un assassin qui se balade dans tout le pays, déclare Cestero en tordant le nez. Aitor a contacté la Garde civile. Ce n'est peut-être qu'un hasard. Certains journalistes sont capables de trouver des liens là où il n'y en a pas. Le morbide, ça rapporte.

— Espérons que c'est le cas, murmure Julia.

Jamais elle n'a travaillé sur une affaire ayant des ramifications hors de la juridiction de l'Ertzaintza, mais elle sait que c'est difficile. La bureaucratie ralentit la procédure et embrouille tout.

— La chronologie n'est pas logique, remarque Julia. Si nous sommes en présence d'un tueur en série, il est très étrange qu'il ait laissé passer trois mois entre deux crimes, et seulement cinq jours avant les suivants.

Ils n'ont pas le temps d'en discuter davantage, car Aitor apparaît à la porte du fond.

— Sacrée histoire... Vous allez halluciner, annonce-t-il en s'appuyant sur la table. Tout s'est passé lors d'une fête religieuse. Vous avez entendu parler de la procession des morts ? – Il attend une réponse qui ne vient pas : ses collègues sont tout ouïe. – Moi non plus. Elle a lieu dans un hameau reculé de la province de Pontevedra, Santa Marta de Ribarteme. Son originalité, c'est que des fidèles s'introduisent dans des cercueils pour être transportés à dos d'homme, simulant ainsi leur propre enterrement.

— Qu'est-ce que tu racontes ? C'est vrai ? s'étonne Cestero.

Maintenant, elle comprend l'image du cercueil ouvert qu'on a diffusé dans les médias.

Txema a pianoté quelque chose et plusieurs images de cette lugubre procession envahissent l'écran.

— Il faut vraiment en avoir envie, pour se fourrer là-dedans, commente Julia en regardant ceux qui défilent dans un cercueil sous l'apparence de véritables cadavres.

— La victime est l'une de ces personnes. À la fin de la procession, on a constaté qu'elle était vraiment morte. Et elle avait cette tulipe sur elle.

— Merde ! s'exclame Cestero en s'imaginant la scène.

— On a d'abord pensé à un infarctus ou à un truc de ce genre, mais l'autopsie a révélé un empoisonnement, poursuit Aitor. Tétrodotoxine, le venin du poisson-globe. Il y avait une petite ampoule sous le rembourrage du cercueil. Une aiguille hypodermique s'est chargée de l'assassiner en silence.

— Et elle ne s'est rendu compte de rien quand elle a été piquée ?

Aitor hausse les épaules. Il n'a pu recueillir autant d'informations par téléphone.

Julia regarde Cestero, dans l'expectative. Quel va être le chemin à suivre, maintenant ?

La sous-officière regarde vaguement l'ordinateur, qui continue de montrer la Procession des morts, mais elle semble ne rien voir.

— Demain, j'irai en Galice, annonce-t-elle finalement.

Malgré son ton décidé, elle n'est pas sûre que ses supérieurs pourront donner le feu vert aussi rapidement. La collaboration entre les différents corps de police est délicate.

— Et nous ? demande Txema.

— Vous avez du pain sur la planche, ici. Il y a trop de fronts ouverts. Rencontrez les familles. Nous avons besoin de trouver des points communs entre Natalia et Araceli, et de voir ce qui peut les relier à cette procession. Julia, va voir la famille de la présentatrice ; Txema, celle d'Araceli.

— Et Aitor ? demande le sous-officier d'un air contrarié.

Cestero pince les lèvres. Elle a envie de lui répondre vertement. Mais elle se retient.

— Aitor va s'occuper du présentateur. Et tant mieux s'il fait un peu de bruit : l'autre saura qu'on l'a à l'œil, et réfléchira à deux fois avant de diffamer Julia ou tout autre d'entre nous.

Txema n'en a pas terminé :

— Et toi ? demande-t-il en regardant sa montre.

Son geste laisse entendre que la journée est loin d'être finie.

Julia détourne les yeux, contrariée. À quoi joue son collègue ?

— Moi ? le défie Cestero. Moi je suis toujours à la tête de cette unité, n'en déplaise à certains d'entre vous. – Elle marque une pause, que n'importe quel réalisateur aurait émaillée d'un grincement de dents. – Si tu n'y vois pas d'inconvénient, je vais essayer de voir s'il y a réellement une bande de narcotrafiquants qui opère sur la ria. Ce serait un lien entre les deux victimes, certes ténu, mais c'est toujours ça. Natalia dénonçait le trafic de drogue et Araceli est la femme d'un consommateur. Il ne serait pas étonnant que ce type ait trafiqué pour se payer ses doses et qu'il ait accumulé quelques dettes.

— Un peu tiré par les cheveux, mais c'est mieux que rien, reconnaît Aitor.

— Ce genre de crime cadrerait bien avec le narcotrafic. La peur par la peur, pour contrôler leurs zones d'opération. Et les rias galiciennes conviendraient assez bien à ce genre d'activités. La victime galicienne pourrait être aussi une personne à réduire au silence ou contre qui se venger, et la tulipe, un avis aux navigateurs, argumente Cestero.

— Jusqu'à présent, nous n'avons trouvé aucun indice d'un trafic de drogue à si grande échelle en Urdaibai, proteste Julia.

Elle croit deviner, à l'expression de Cestero, que celle-ci cache quelque chose. La sous-officière ouvre la bouche, s'apprête à parler, et la referme aussitôt.

— Que pensez-vous de l'affaire des terrains pour le nouveau musée ? demande Aitor. – Viendrait-il au secours de la chef en changeant de sujet ? – Certains croient qu'il y a beaucoup d'argent en jeu.

Txema secoue la tête.

— Hum… Cette histoire en Galice semble indiquer une direction bien différente…

— Il y a d'autres éléments, intervient Silvia. Nous avons un assassin méthodique, calculateur, avec une signature et une mise en scène soignées. Ça ne cadre pas avec un constructeur qui tue pour de simples raisons financières.

— Notre devoir est quand même d'enquêter là-dessus, mais sans y passer trop de temps, reconnaît Cestero. Qui achète les terrains ? Qui explore les emplacements possibles ? Tu t'en occupes, Julia ?

L'agente dissimule une grimace : elle n'accueille pas la mission de bonne grâce. Si la sous-officière ne trouve pas que c'est un mobile possible, à quoi bon perdre son temps ?

Cestero se tourne vers Aitor.

— Toi, tu continues de suivre la piste du commissaire. Nous ne pouvons l'écarter pour la seule raison qu'il n'y a pas de lien apparent avec la deuxième victime. A-t-il reçu un paquet ces derniers jours ? Ces tulipes ont bien dû arriver à Gernika d'une façon ou d'une autre. Julia… tu ne sais pas si Olaizola est un amateur de jardinage ?

— Ça ne l'intéresse pas. Il ne parle que de pêche. Il est plus mer que terre.

La sous-officière penche la tête légèrement, hausse les épaules et soupire : l'image parfaite du doute.

— Il faudrait chercher des plantations de tulipes. Pas facile. Pour qu'elles fleurissent à cette époque, elles ont dû séjourner dans un espace fermé et climatisé. Je crois qu'Aitor peut nous en dire plus sur le sujet.

Son collègue ouvre un carnet et consulte des notes griffonnées au stylo-bille.

— Oui, je me suis renseigné, et je vous avoue que c'est une fleur passionnante, qui n'a rien de simple. Au contraire, sa culture exige des soins qui décourageraient toute personne dont la première vertu ne serait pas la patience. – Il adresse un clin d'œil à Cestero ; la sous-officière lui renvoie un sourire : non, elle ne va pas s'y risquer. – Notre assassin, s'il les a cultivées, a eu besoin d'un vrai système de climatisation. Les premières semaines, outre une obscurité presque totale, les bulbes ont besoin d'une température constante de huit degrés centigrades. En plein été. N'oublions pas que pour qu'elles fleurissent à cette époque de l'année, il faut les avoir plantées en pleine période estivale.

— Putains de tulipes… grommelle Txema.

— Oh, ce n'est qu'un début ! Je ne veux pas vous ennuyer, mais on est encore loin du compte… dit Aitor en tournant quelques pages de son carnet. Il faut surveiller l'humidité, la qualité de la terre, la fertilisation… Une fois passée l'étape du froid, il leur faut de la lumière et une température de quatorze degrés. Pendant un bon bout de temps, pour forcer la floraison.

— Qu'on obtient en augmentant encore la température, hasarde Julia.

— Bingo ! Mais pendant quelques heures seulement, pour simuler le jour et la nuit. Pareil avec l'éclairage : pendant les heures de soleil, puissance maximum, et ensuite obscurité totale. – Aitor lit quelques notes tout bas, et hoche la tête. – Compliqué, très compliqué. Ça m'a vraiment donné envie, franchement.

— Moi, même pas en peinture ! s'exclame Cestero.

— Et encore, je ne vous ai pas parlé des maladies, virus et autres problèmes qui peuvent se présenter…

Silvia a griffonné quelques mots sur le tableau et se tourne vers les autres.

— Tout cela nous donne des pistes très intéressantes sur l'assassin que nous recherchons. Il est patient et méticuleux. Il doit prendre soin de ses créations pendant des mois pour obtenir la fleur qu'il souhaite. Ce type ne laisse rien au hasard.

— Ce n'est pas bon pour nous, dit Cestero.

— Il a sûrement négligé quelque chose, l'encourage Julia. On devrait explorer les serres, ou ce genre de lieux.

Aitor tord le nez.

— Il pourrait s'agir d'un simple débarras, d'un garage… S'il a de la lumière et l'air conditionné…

— Et si nous mettions les collègues du commissariat sur le coup ? propose Julia. On ne peut pas s'occuper de tout.

— Ils nous détestent, dit Cestero.

— Ce n'est pas vrai. Ils déplorent simplement le manque de confiance qu'a manifesté la hiérarchie à leur égard dans cette affaire, proteste Julia.

— Qui vous déteste ?

La voix vient du couloir. Tous les regards se tournent dans cette direction.

— Qu'est-ce que tu fais ici ? s'étonne la sous-officière.

Julia ne peut s'empêcher d'éclater de rire.

— Vous vous connaissez ? demande-t-elle en prenant le nouveau venu par l'épaule. Comment peux-tu cavaler à ce point ? Une nouvelle fille au bureau et ce mec lui a déjà mis le grappin dessus.

— Mais… – Cestero n'y comprend rien. – Comment es-tu entré ?

Cette fois, c'est lui qui éclate de rire.

— Je travaille dans ce commissariat. Je fais partie de ceux qui vous détestent, selon toi.

Julia intervient pour nuancer l'explication :

— C'est mon coéquipier. Sorti de là, chacun chez soi. Si on ne m'avait pas affectée à cette unité, je serais avec lui sur je ne sais quelle enquête.

Raúl s'écarte d'elle en feignant l'indignation.

— Pourquoi un tableau si noir ? Alors que je suis un saint homme !

— Le saint des saints, s'exclame Julia en l'embrassant sur la joue. En tant que coéquipier, tu es le meilleur, sur ce point, rien à dire.

— Mais alors, cette histoire de tatouages… ? s'étonne Cestero.

Julia se met à rire. Elle pourrait transcrire toute la conversation que sa chef et Raúl ont eue au bar, à la virgule près. Elle l'a vu en action trop souvent pour se tromper.

— En réalité, c'est mon associé qui gère l'atelier. On l'a créé ensemble, mais quand j'ai été embauché par l'Ertzaintza, il l'a pris en charge entièrement. Je lui donne un coup de main autant que je peux, explique Raúl.

La sous-officière esquisse enfin un sourire et soupire.

— Tu m'as bien eue.

Le tatoueur a un geste de victoire.

— Un agent de la base contre la chef d'une unité spéciale…

Un claquement de langue de Txema rappelle à tout le monde le sérieux de l'endroit. Le sous-officier rajuste son nœud de cravate et leur tourne le dos.

— Prévenez-moi quand vous aurez fini de flirter, qu'on puisse se remettre au travail, dit-il en se plantant devant son ordinateur.

19

24 octobre 2018, mercredi

La vieille tuilerie somnole au bord de la ria. La voie, sur laquelle Natalia Extano est morte assassinée, passe au pied de la grande cheminée en brique, qui ne vomit plus aucune fumée. Depuis des lustres.

Un convoi siffle entre les arbres de la rive et oblige les deux ertzainas à s'arrêter au passage à niveau. Les rails vibrent et lancent d'étranges notes métalliques. Quelques échassiers, pour la plupart des aigrettes, s'envolent, dérangés dans leur repos. La locomotive siffle en passant devant Cestero et Julia, le machiniste les salue d'un geste. Et tout replonge dans un silence qui les invite à traverser, en direction des anciens quais.

Ce sont de simples passerelles en bois, qui se sont parfois affaissées sous le poids des années, et qui s'engagent dans la ria sous la forme de fragiles millepattes. La marée haute du matin permet à peine de voir lesdites pattes, qui se perdent dans un miroir liquide qui renvoie leur reflet. Elles deviendront longues et stylisées quand l'eau se retirera et découvrira le fond vaseux.

— Je venais souvent dans le coin quand j'étais petite. Mon père partageait une barque avec quelques amis et il l'amarrait ici. – Julia pose la main sur le poteau du premier embarcadère, semblable à la douzaine de structures similaires, d'une simplicité élémentaire. – En été, nous passions plus de temps ici qu'à la maison. Je l'accompagnais à la pêche, ou bien je restais avec ma mère à jouer dans l'herbe… Murueta ne me donne que de bons souvenirs.

Cestero sourit. Ses yeux parcourent le plan d'eau et s'arrêtent sur un couple de canards qui patauge sous les roseaux. Au-delà, si loin et si près en même temps, entourées d'une grille en mauvais état, se dressent les structures géantes et les grues des chantiers navals de Murueta. Les bruits qui proviennent de là-bas, tous caractérisés par un rythme fébrile, sont les seuls qui font contrepoint à celui de la nature.

— Excuse-moi, je te raconte ma vie… En réalité, j'avais l'intention de te parler de Luis Olaizola, le commissaire. C'est pourquoi je voulais qu'on sorte du commissariat, avoue Julia d'un air peiné. – Son regard suit aussi les canards pendant quelques minutes. – Ce que je vais t'expliquer me chagrine… Olaizola est un brave homme, il nous a toujours traités avec une attention qu'on rencontre rarement chez un chef. Je ne crois pas qu'on trouverait en Euskadi un commissariat qui ait une meilleure ambiance que celui de Gernika. – Nouvelle pause, nouvelle grimace peinée. – Mais ces derniers temps il n'était plus le même. Obsédé par Natalia Etxano, il n'a pas surmonté la rupture.

— Il m'a dit qu'ils avaient cessé de se voir d'un commun accord.

Julia secoue la tête.

— C'est elle qui l'a quitté. Je ne sais pas pourquoi, mais c'est elle, pas de doute là-dessus. Et ça n'a pas été une rupture amicale. Sinon, pourquoi accabler ce pauvre Olaizola tous les matins sur les ondes comme elle l'a fait jusqu'au jour de sa mort ?

— Pour mettre de la distance. D'après ce que vous dites tous, leur liaison était un secret de polichinelle en Urdaibai. Natalia avait peut-être besoin de crier aux quatre vents qu'elle ne plantait plus les cornes à son mari.

Les canards se sont envolés quand une barque est passée trop près de l'embarcadère. Le pêcheur porte un seau bleu, aussi vieux que sa barque : les prises du jour. Cestero et Julia n'en voient pas le contenu, mais il doit être maigre. La cigarette au coin des lèvres, la barbe blanche et le bonnet de laine donnent à l'homme l'allure qu'on attendrait d'un vieux loup de mer, le figurant idéal dans un film de genre.

— Olaizola a très mal vécu la chose, continue Julia. Il nous a demandé de filer Natalia. Il ne nous a jamais dit pour quelle raison, mais je crois qu'il avait besoin de comprendre pourquoi elle l'avait quitté. Peut-être imaginait-il qu'il y avait quelqu'un d'autre… On a dépensé des fonds du commissariat à des fins personnelles.

— Tu es en train de me dire qu'on a demandé à des agents de suivre la journaliste pas à pas ?

— Jour et nuit, confirme Julia. Pendant des semaines, on a été son ombre.

Cestero fronce les sourcils.

— Alors, le jour où elle a été assassinée, l'un d'entre vous a peut-être vu comment elle a été abordée.

— Non. Quelques jours auparavant, on nous a ordonné de cesser la filature.

— Qui ? Pourquoi ? Vous aviez découvert quelque chose ?

— C'est Luis Olaizola qui nous avait ordonné d'enquêter sur elle. Et rien ne motivait le changement. Rien que nous sachions, en tout cas.

Le pêcheur passe devant elles avec son seau et son panier d'osier. Il salue sobrement, sans mot dire, avant de continuer son chemin lentement. Son pas imprègne l'atmosphère d'un arôme âcre de tabac froid et de poisson.

— Tu crois qu'il a pu la tuer ?

Le doute déforme le visage de Julia, qui presque aussitôt secoue la tête.

— Non. Il en serait incapable. Mais je crois qu'Olaizola s'est laissé aveugler par un problème personnel. Il a détourné des heures de notre travail sur des enquêtes inutiles.

La sous-officière comprend l'allusion.

— Au lieu de s'intéresser au narcotrafic, par exemple ?

— Il n'y avait pas d'agents disponibles. Les restrictions et les filatures de Natalia ont tout gâché, reconnaît Julia. Par deux fois, on a intercepté la vedette qui est supposée transporter la drogue. Sans résultat, bien sûr. On a agi comme un éléphant dans un magasin de porcelaine. Il ne nous manquait plus qu'une pancarte annonçant le jour et l'heure où nous croiserions leur chemin.

— Quand on travaille sans moyens, c'est ainsi que les choses se passent.

Julia approuve en grimaçant.

— Nous ne sommes pas nombreux, et la moitié de l'effectif était monopolisée par des filatures absurdes.

— Et personne ne s'est opposé de front à Olaizola ?

— Je ne suis qu'une agente de base.

— Et les officiers, les sous-officiers… ? Personne n'a eu le courage de dire que c'était à lui de résoudre ses problèmes personnels ?

Julia hausse les épaules. Ses yeux reflètent la honte.

— Nous avions l'impression qu'il savait quelque chose, fruit de leur liaison, et nous voulions croire qu'il essayait d'élucider un point important, pas de surveiller son ex. Nous lui devions cette confiance.

Cestero essaie en vain de se mettre à sa place. Il est clair que Luis Olaizola a créé à Gernika une ambiance de travail peu ordinaire dans un commissariat.

— Nous allons devoir en informer la hiérarchie, dit la sous-officière.

— Il va être suspendu. Pauvre Olaizola, je te jure qu'il ne le mérite pas.

— Certes, mais il n'a pas été très professionnel. Pendant qu'il gaspillait des moyens publics en espionnant la journaliste, une bande de narcos s'implantait sans doute en Urdaibai. Maintenant, nous avons au moins deux morts qui…

— Bon, Olaizola n'est quand même pas coupable de tout, interrompt Julia, choquée.

— Je n'ai pas dit cela, s'empresse de répondre Cestero. Mais à mon avis, il ne peut plus diriger un commissariat.

À l'évidence, il a détourné des moyens et des fonds publics.

La modération qu'elle a réussi à imprimer à ses propos la surprend elle-même. Sa collègue apprécie son commissaire et il n'est pas question de la blesser, mais Cestero croit Olaizola coupable, au moins d'abus de pouvoir et de détournement de sa fonction.

— Il y a autre chose, annonce Julia. Tu sais que la femme du commissaire est l'avocate d'une entreprise de bâtiment qui a beaucoup investi dans l'affaire du nouveau musée ?

Cestero s'étrangle.

— Et c'est maintenant que tu me le dis ?

— Il y a une demi-heure que nous avons découvert ce détail, qui pourrait être un mobile, proteste Julia.

La sous-officière hoche la tête. Elle a raison. Son téléphone vibre. C'est Aitor, il a dû arriver au cimetière, où aura lieu dans quelques heures l'enterrement d'Araceli Arrieta.

— Ane, il est passé avant nous, annonce son collègue.

— Dis-moi que ce n'est pas vrai.

Cestero a l'impression de recevoir une douche froide sur la tête, les épaules, le dos, les jambes... Elle est glacée. Ils auraient dû mettre en place un système de surveillance sur la tombe dès le premier instant. Ils ont trop tardé et de nouveau il a gagné.

Aitor n'essaie pas de la réconforter :

— J'aimerais bien. Il n'y a qu'un bouquet sur la pierre tombale : un bouquet de tulipes, si rouges et si fraîches que ton amie la fleuriste sera bien obligée de dire qu'on vient de les cueillir.

20

24 octobre 2018, mercredi

On entrevoit les nobles pierres du château d'Arteaga entre les arbres qui surveillent la route. La lune décroissante colore le donjon d'un beau ton argenté, idéal pour un chasseur d'instantanés nocturnes qui voudrait en mettre plein la vue sur Instagram. Mais ce n'est pas à cause de ce spectacle que le cœur de Cestero bat plus fort.

Elle coupe le contact de la Renault Clio. Il ne faut pas aller plus loin. Les accords sonores de Belako s'éteignent aussitôt. Elle n'est plus une jeune fille qui chante au volant, mais une ertzaina qui se lance dans une opération risquée.

Machinalement, elle vérifie que son arme réglementaire est chargée et tâte ses poches pour s'assurer qu'elle a emporté son portable. Le donjon s'impose fièrement à travers le parebrise. Une chauve-souris poursuit les insectes auxquels un pauvre réverbère réserve une mort certaine. Pas d'autre mouvement. Cestero n'en attend pas. Les narcotrafiquants ont sûrement choisi un lieu moins exposé comme théâtre des opérations.

— Allons-y, se dit-elle en ouvrant la portière.

Elle parle à haute voix, mais ne s'adresse qu'à elle-même. Il n'y a personne d'autre dans la voiture. Elle se reproche une fois de plus de ne pas avoir sollicité ses collègues. Elle s'apprête à faire une folie. Et elle n'aurait sans doute pas pu compter sur Txema pour une telle opération, mais à coup sûr Aitor et Julia l'auraient suivie si elle le leur avait demandé.

De toute façon, c'est trop tard. Ce n'est pas le moment de remettre en cause son plan.

Elle prend le petit râteau dans le coffre et choisit le sentier qui s'enfonce dans les maremmes, un univers de canaux imbriqués qui serpentent entre des talus où prolifèrent les plantes de rive. Le labyrinthe aquatique se déploie aussitôt devant elle. Il ne va pas être simple de s'orienter. Rien à voir avec les images satellites qu'elle a consultées avant de quitter le commissariat. Un bruit l'oblige à s'arrêter devant une des innombrables bifurcations. De quoi s'agit-il ? D'un martèlement, doux mais constant. Elle tend l'oreille et ne rigole même pas en découvrant qu'elle claque des dents.

Les nuages se sont dissipés, pour plusieurs jours ou pour deux heures, on ne sait, et le froid sévit avec force sur la Réserve de la biosphère. Un froid humide contre lequel il est difficile de lutter, enrobé d'une brume épaisse qui flotte sur les maremmes.

Le plus beau, c'est la lune. Enfin, sa lumière naturelle baigne le paysage, permettant de marcher sans lampes délatrices.

Un vieux moulin à marée apparaît derrière les roseaux. C'est une construction tout en longueur, sur deux niveaux, sorte de pont au-dessus du canal, qui vide un grand étang rempli à marée haute. Les fenêtres de l'étage sont éclairées, c'est là que résident le meunier et sa famille. Le réverbère qui illumine la façade blanche ressemble à ceux qui bordent le chemin goudronné qui y conduit.

Cestero prend note mentalement du lieu. Il faudra interroger les habitants du moulin. Ils ont peut-être vu des mouvements étranges qu'on pourrait associer au trafic supposé de stupéfiants.

L'appel d'un oiseau nocturne déchire le silence. D'autres lui répondent, dans la maremme, une cacophonie discordante qui ne cesse que lorsque les phares d'une voiture se faufilent derrière les roseaux.

L'ertzaina se tapit derrière un buisson. Le véhicule s'arrête à quelques dizaines de mètres de là. Des portières s'ouvrent et se ferment. Des voix basses…

— Bonsoir. Tu t'es perdue ?

Cette voix la pétrifie. Elle ne l'a pas entendu approcher. Sa première impulsion est d'empoigner son pistolet. Elle n'achève pas le geste : surtout ne pas faire capoter son plan au premier obstacle.

— Non… Je viens chercher des palourdes, comme tout le monde, ment-elle en essayant de dissimuler sa nervosité.

La lune imprime un teint blafard au visage de cet homme qui l'observe sans aucune sympathie. Une cicatrice relie une oreille à l'autre en passant par les lèvres, sourire grotesque qui disparaît quand l'intrus avance et que l'ombre de la branche ne se dessine plus sur son visage.

— J'éviterais de rôder la nuit dans le coin. On ne sait jamais sur qui on peut tomber. Pour les palourdes, je te conseille l'autre rive, ajoute le type en montrant le râteau que Cestero a pris bien soin de mettre en évidence.

— Ah… dit Cestero à contrecœur.

Même sans le dessin de la cicatrice, le visage de cet homme n'inspire pas confiance.

Le garde, car c'en est sûrement un, est planté au milieu du sentier. Ses propos n'admettent pas de réplique, malgré leur ton poli, il lui ordonne de rebrousser chemin. En outre, il a une main dans sa poche et l'ertzaina devine qu'il tient une arme.

— Merci du tuyau. Ça va m'éviter de perdre du temps, s'oblige à dire Cestero avant de retourner sur ses pas.

Il n'est pas agréable de sentir ce regard dans son dos. Pas de doute, quelque chose se passe. Elle avance dans les buissons, qui étouffent ses pas. Une fois sûre de ne pas être suivie, elle quitte le chemin principal et s'engage dans un petit sentier.

Elle avance courbée, au milieu de la végétation de la rive. Les roseaux sont hauts et denses, ils offrent une belle cachette. Néanmoins, elle s'arrête souvent pour tendre l'oreille, s'assure qu'il n'y a personne et reprend sa marche. L'orientation est difficile dans ce monde aquatique, elle s'y attendait. Les canaux se succèdent comme autant de vaisseaux capillaires qui transportent la vie jusqu'aux recoins les plus insoupçonnés de la maremme. L'un après l'autre, Cestero les contourne ou les franchit, toujours dans la même direction. La lune, figée dans le ciel, est son seul guide. Elle veut rejoindre les pêcheurs qui n'en sont pas, et qu'elle a repérés quand elle était sur les bancs de sable des ramasseurs de coquillages. Elle pressent qu'elle n'est pas loin.

Soudain, elle s'arrête : des voix, deux hommes, tout proches. Elle se met à genoux, les mains par terre. N'importe quoi, pourvu qu'elle soit invisible. L'odeur de terre humide est plus intense au ras du sol, comme le bruit des pas qui s'approchent.

— Une gamine, avec un tatouage dans le cou et un piercing.

Cestero reconnaît la voix : le garde. Et elle se reconnaît dans cette description.

— Flic ?

— Impossible. Il n'y a pas de flic aussi minuscule. Ils ont une taille minimum réglementaire. C'était une ramasseuse de coquillages. Elle portait un de ces râteaux à dénicher les palourdes. Elle avait l'air un peu novice. Elle a eu la frousse dès qu'elle m'a vu.

— Il va falloir leur taper sur les doigts. Pas question de mettre le pied dans ce coin. Je croyais avoir été clair. Ils ont tout le reste de la ria pour eux. Tu es sûr qu'elle s'est barrée ? – Un silence. – Ah, tu n'en es pas sûr… Allez, fais pas chier. On va voir si elle rôde encore dans le coin.

L'ertzaina se mord la langue jusqu'au sang. Elle a été une inconsciente. Si ces deux-là découvrent sa Clio garée près du château, ils vont s'élancer sur ses traces comme des limiers et ne s'arrêteront qu'après lui avoir mis le grappin dessus.

Elle les entend s'approcher, caresse la crosse de son arme, retient son souffle et essaie d'évaluer à quelle distance ils se trouvent. Difficile à dire à l'oreille, mais en tout cas à moins de dix mètres.

Le cri inopportun d'un héron couvre le bruit des pas. Elle débloque la sécurité de son USP Compact 9 mm.

L'adrénaline éveille tous ses sens et se propage dans tout son être à la vitesse de l'éclair. Dans quelques instants, tout sera foutu.

Elle n'a jamais tué personne. Cette fois, cependant, s'ils la découvrent en train de les espionner, et armée, ils seront sans pitié. C'est le genre !

Le héron s'entête à compliquer son plan. À quelle distance sont-ils ? S'ils ne se sont pas arrêtés, ils doivent se trouver à quelques pas de Cestero. Elle respire à fond, prend appui sur le sol, prête à sauter sur ses pieds.

Le sort en est jeté. C'est elle, ou eux.

Un jour de juillet 1985

— Mon père va jusqu'à l'île d'Izaro à la nage.

— Le mien, il a vu des baleines.

— Ah ouais ? Mais les baleines n'existent que dans les contes !

— C'est faux ! Ici, il n'y en a plus, parce qu'on les a exterminées il y a des années, mais à *Grand Sole*…

On se disputait entre deux plongeons, les vagues déferlaient à côté de nous, et la fraîcheur du Cantabrique nous enlaçait jusqu'à la taille. Nous n'avions pas le droit d'aller au-delà. Les courants, le ressac, les vagues… Les raisons étaient différentes, selon le père ou la mère, mais elles étaient toutes terrifiantes. Ils laissaient un peu de liberté aux plus grands, pas beaucoup, mais suffisamment pour qu'ils jouent dans les vagues. Six ans, c'était encore trop jeune, nous étions condamnés à rester près du rivage.

— On fait un château fort ? proposa Amaia.

Bonne idée ! Et on retourna tous vers le sable. Nous passions ainsi les journées d'été, entre plongeons et constructions sur la plage. Parfois aussi, on jouait aux gendarmes et aux voleurs dans les dunes, ou bien on allait acheter un polo à la camionnette des glaces. Avec un peu de chance, on en gagnait un deuxième, et une chose aussi modeste nous ravissait autant que si nous avions gagné le gros lot à la loterie de Madrid.

Ce jour-là, on était cinq, et le mur extérieur du château fut vite bâti. Même si on l'appelait château, en réalité ce n'était qu'une grande muraille derrière laquelle on se protégeait des vagues. Plus elle était haute, plus la marée montante tarderait à la renverser. La construction de ce jour-là fut de celles dont on se souviendrait tout l'été. Haute et solide. Ou peut-être étaient-ce les vagues qui étaient moins vigoureuses que d'habitude, car elles mirent longtemps à l'anéantir.

Je me rappelle qu'on était derrière la muraille, renforçant un pan qu'une vague avait malmené, quand apparut Ainara. Elle était bouleversée, courait et sautait de joie.

— Moi aussi je vais avoir un petit frère !

— Pour de vrai ? demandai-je en reposant mon seau.

— Oui. À Noël. Et toi, le tien, il va naître quand ?

— En décembre, je crois.

J'avais entendu ma mère évoquer cette date.

— Noël est en décembre. Ils vont peut-être naître le même jour, supposa Gorka.

— Non, le mien va naître avant. Ou plutôt la mienne. Ma mère dit que ce sera une fille.

— Quelle chance ! Moi aussi, je veux que ce soit une fille, protesta Ainara.

— Ils ont choisi quoi, tes parents ? demanda Gorka.

Éclats de rire.

— Ça ne se choisit pas, imbécile.

— Et comment sais-tu que la tienne va naître avant ? demanda Amaia.

— Parce que je sais depuis plusieurs jours que je vais avoir une petite sœur, et qu'Ainara vient seulement de l'apprendre.

On ne peut nier que cette argumentation était parfaitement logique pour des enfants de six ans. Absorbés par la conversation, on ne vit pas la vague qui arrivait avec une telle puissance qu'elle sauta par-dessus la muraille et nous trempa jusqu'aux os. Comme toujours dans ces cas-là, on se mit à pousser des cris et on fila vers le sable sec. En quelques secondes, notre château avait disparu sous les coups de boutoir du Cantabrique.

La mère d'Ainara avait sans doute annoncé la nouvelle aux autres parents, car lorsqu'on vint prendre nos serviettes, ils la félicitaient tous et lui caressaient le ventre, disant qu'on voyait qu'elle avait grossi, mais moi je ne voyais rien de bizarre chez elle. Ni chez ma mère.

— Tenez. Achetez-vous un Popeye. C'est le petit frère d'Ainara qui vous invite, nous dit la femme enceinte en donnant à sa fille deux billets de cent pesetas.

— Supeeeer !

— Youpiiii !

Ainsi se déroula l'après-midi sur la plage de Laida, avec des glaces, des cavalcades et des bains dans les vagues. J'étais heureux, très heureux.

— Bonjour, *ama* ! Tu sais qu'Ainara va aussi avoir un petit frère ? m'exclamai-je quand ma mère arriva à la maison.

Je grillais d'envie de le lui dire. Elle serait contente, sûrement.

Au lieu de répondre, elle me tourna le dos et alla au salon. Je me rappelle que je m'avançai lentement dans le couloir, conscient que ce soir-là ne serait pas de ceux qu'on oublie facilement. On avait beau être en plein été, j'avais l'impression qu'il faisait froid dans la maison. Et c'était vrai, un froid atroce, de ceux qui jaillissent de l'âme et vous paniquent pendant des heures.

— Elle dit qu'il va naître à Noël. Et ma sœur, elle va arriver avant ?

Je prononçai ces mots sans conviction, je redoutais une mauvaise réponse. Mais je n'aurais jamais imaginé qu'elle serait aussi violente.

— Tu étais jaloux, murmura-t-elle.

Elle regardait la télévision éteinte, qui lui renvoyait son propre reflet. Je ne l'avais jamais vue avec des cernes aussi marqués, sans doute à force d'avoir pleuré sans que personne ne la console.

— De qui ? demandai-je en toute innocence. D'Ainara ?

S'ensuivirent quelques minutes de silence. Je n'osais pas aller dans ma chambre, ni ouvrir la bouche, ni même bouger. J'étais debout dans un coin du salon, près de la porte. Pendant que la pendule égrenait son tic-tac avec une lenteur exaspérante, elle ne bougeait pas, affalée sur le canapé, tellement absente que sa présence était un hurlement insupportable. Si elle n'avait pas eu cette respiration profonde et ce léger tremblement des lèvres, on aurait pu croire qu'elle était morte.

— Tu étais jaloux d'elle, n'est-ce pas ? Tu ne pouvais supporter qu'elle prenne ta place. Voilà pourquoi tu l'as tuée.

Je n'y comprenais rien, mais ce que j'entendais était horrible.

— Jaloux de qui ? demandai-je, les cordes vocales inondées de larmes.

J'entrevoyais la gravité du message.

— Tu l'as tuée. Tu es un monstre.

Je ne sais ce qui était le plus douloureux, la haine qu'elle crachait, ou son incapacité à m'adresser un regard.

— Je n'ai tué personne. Où est ma petite sœur ?

J'éclatai en sanglots. Je n'ai jamais été avare de larmes dans ma vie, mais elles ne furent jamais aussi amères que celles de ce jour-là.

Je me rappelle la chaleur du contact de sa peau quand je me précipitai sur son ventre et le serrai dans mes bras pour le couvrir de baisers. Que s'était-il passé avec cette petite sœur qui vivait à l'intérieur ? Où était-elle ? Pourquoi ma mère disait qu'elle était morte ?

Sa chaleur dura à peine quelques secondes, le temps qu'elle se débarrasse de moi à coups de poing et de pied.

— Ne me touche pas ! ordonna-t-elle en se levant. – Cette fois, ses yeux distillaient la haine. – Je ne veux plus jamais te revoir de ma vie. Va-t'en !

Elle sortit du salon, claqua la porte et me laissa seul, abasourdi et brisé.

21

24 octobre 2018, mercredi

Julia s'appuie au chambranle et sonne.

Un picotement lui taquine le ventre. Ce n'était sans doute pas une bonne idée de venir. La porte s'ouvre.

— Julita ! Comment vas-tu, ma chérie ?

L'ertzaina lui lance un regard de reproche.

— Combien de fois faut-il te dire de ne pas m'appeler comme ça ?

Álvaro la serre dans ses bras avec une grimace moqueuse. Le picotement s'intensifie.

— Elle a bien poussé.

— Quoi donc ?

Faussement choqué, l'hôte baisse les yeux et sourit en feignant d'être soulagé :

— Ah, la barbe… c'est vrai, elle est longue, maintenant.

— Ça te va bien. Ça t'allonge le visage.

Álvaro passe les doigts dans sa barbe et la tripote pour qu'elle finisse en pointe.

— J'aime bien. Si on m'avait dit, il y a trois ou quatre ans, que j'allais la laisser pousser, je ne l'aurais pas cru.

— C'est à la mode, aujourd'hui.

— Ah ? C'est un hasard. Tu sais que la mode m'indiffère, se défend-il. – Il s'écarte et l'invite à entrer. – Ne reste pas là, je te laisse dehors comme si tu étais envoyée par je ne sais quel institut de sondage.

Julia s'avance dans le couloir. Elle connaît la maison.

— Qu'est-ce que tu as trafiqué ? s'exclame-t-elle en entrant dans le salon.

Álvaro se met à rire.

— Bienvenue dans ma mine.

Les tripes de plusieurs ordinateurs connectés entre eux envahissent une grande partie de la pièce. Le canapé a été rayé d'un trait de plume. On ne peut pas dire qu'il était une merveille, mais Julia s'était habituée à sa présence.

— Tu es toujours obsédé par le bitcoin ?

Son ami confirme.

— Mais cette fois je m'y mets sérieusement. Je ne vais pas te dire que je m'en mets plein les poches, mais presque. Je suis un mineur du futur.

L'ertzaina regarde avec étonnement cet énorme ordinateur.

— Comment ça marche ?

— Le mineur ? Ouf, difficile à expliquer… L'ordinateur résout des algorithmes pour créer le bitcoin, la monnaie virtuelle qui remplacera celles qui sont émises par les banques centrales de tous les pays.

— Euh, argent du futur ou simple spéculation, ça reste à prouver… Mais comment un ordinateur peut-il fabriquer de la monnaie ?

— De la cryptomonnaie, corrige Álvaro. Tout est régi par des chaînes de blocs. À ce jour, on a déjà trouvé seize millions de bitcoins et cinq millions restent encore à découvrir.

Julia sent que tout cela lui échappe.

— Et cet appareil permet de les dénicher…

— Et de les trouver.

— Mais ils servent à quelque chose ?

Álvaro la dévisage d'un air sceptique.

— Comme les euros. Tu peux acheter de tout, ou les changer contre des monnaies normales : dollars, euros…

Julia hoche la tête. Elle ne comprend toujours pas comment un ordinateur peut générer de l'argent, mais ce n'est pas ce qui l'a amenée dans cette maison.

— On commande le dîner ? demande-t-elle pour changer de sujet.

— Trop tard ! C'est moi qui invite. – Álvaro s'approche de l'écran de l'ordinateur et regarde l'heure. – Bientôt.

— Ne commence pas, proteste Julia. On fait moitié-moitié.

— On verra… Viens, j'ai mis la table à la cuisine.

Julia est ravie. Elle n'a aucune envie de dîner en compagnie de cet appareil dont les ventilateurs respirent comme un énorme dragon furieux.

— Tu as commandé des rouleaux de printemps !

— Bien sûr. Crois-tu que j'aie oublié tes préférés ? Soupe miso. Viêtnam, Japon… Et thaïlandais. Ça te dit, un pad thaï et une salade de papaye bien relevée ?

Les glandes salivaires s'activent. Le malaise perd du terrain, Álvaro sait s'y prendre pour la mettre à l'aise. Un peu trop bien. Après, viennent les rêves et les déceptions.

— Et une glace au thé vert ? demande Julia en le suivant à la cuisine.

— Je n'ai oublié aucun de tes plats fétiches. Qu'est-ce que tu crois ? Même si tu ne viens pas souvent me voir, tu es très présente pour moi, se moque Álvaro en l'invitant à s'asseoir.

Les baguettes à côté des assiettes vides donnent une idée du voyage gastronomique qu'ils s'apprêtent à entreprendre.

La sonnette les interrompt.

— Le livreur ! annonce Álvaro en se dirigeant d'un pas rapide à la porte.

— Laisse-moi payer, je t'assure. Ou moitié-moitié, insiste Julia en se levant.

— Surtout, ne bouge pas d'ici. Aujourd'hui, tu es mon invitée. Une autre fois, ce sera chez toi.

Les grincements de la porte couvrent la voix de son hôte. Puis on entend des formules de politesse, des échanges de pièces et de sacs en papier.

L'ertzaina soupire et se tourne vers la fenêtre. Les réverbères impriment un ton orangé aux contours de la maremme plongée dans l'obscurité. De jour, la vue est superbe, même si elle donne plus sur la mer que sur la ria. Voilà pourquoi elle a choisi de vivre à Mundaka, dans la magie de l'Urdaibai, où tout change d'un kilomètre à l'autre. À Gernika, où se trouve le commissariat, seul un maigre canal rappelle la proximité de la mer, et à Busturia, où vit Álvaro avec sa mine de cryptomonnaie, la maremme a le monopole du paysage, mais à Mundaka le Cantabrique est partout.

— Je suis là. Tout l'après-midi à cuisiner… J'espère que

ça va te plaire, plaisante Álvaro en posant les sacs sur la desserte. Non, ne bouge pas, ajoute-t-il en voyant que Julia va se lever pour l'aider.

Elle sourit intérieurement en le regardant disposer le tout sur des assiettes et des plats. Si elle avait été l'hôtesse, les emballages en plastique se seraient retrouvés directement sur la table.

La soupe miso est encore fumante quand Álvaro pose les bols ornés de sobres dessins d'hirondelles sur la table. Julia y plonge la cuiller. Le soja fermenté assombrit le bouillon comme un nuage d'orage.

— Ça sent la mer, dit-elle avec délice, le nez sur son bol.

— C'est la maremme, se moque Álvaro en montrant la fenêtre. C'est marée descendante.

Julia rit. Bien sûr que non. L'odeur de boue et d'algues à marée basse est bien différente.

— Délicieuse, déclare-t-elle en portant une cuillerée à la bouche.

Son ami l'observe avec sérieux en remuant doucement sa soupe.

— Pourquoi es-tu ici ? demande-t-il finalement. Depuis ce jour-là, je n'ai plus eu de nouvelles de toi. Je t'ai appelée je ne sais combien de fois, et tu n'as jamais décroché… Tu comptes beaucoup pour moi, et je ne voulais surtout pas te faire souffrir.

L'ertzaina lève la main pour lui demander de ne pas poursuivre. Le jour dont parle Álvaro blesse encore son amour-propre. Il n'avait pas été facile de sauter le pas, et encore moins facile de se sentir repoussée. Elle croyait que l'attirance était réciproque. Sinon, pourquoi s'étaient-ils vus pendant des mois presque tous les jours, partageant des confidences et se moquant des soucis du quotidien ?

Parfois, Julia se surprend à penser à lui. Elle se rappelle parfaitement ce jour où ils s'étaient croisés sur la place du marché, après plus d'un lustre sans se voir. Ce qui avait commencé par les retrouvailles de deux anciens camarades de lycée était devenu au fil des semaines une très forte amitié. Jusqu'à ce que l'ertzaina fiche tout par terre. Alors, la déception, la honte et la dévalorisation qu'elle avait connues avec Txema des années auparavant étaient revenues en force. Elle a envie de lui raconter comment elle se sent depuis qu'il est revenu, mais elle hésite et finalement lui cache ses sentiments.

— Je travaille sur l'affaire de la journaliste assassinée. – Julia marque une pause pour voir si son ami sait de quoi elle parle ; l'air grave d'Álvaro lui confirme qu'il est au courant : il ne peut en être autrement, car la région tout entière est en état de choc. – Tu as vu la vidéo de Facebook ?

Son ami secoue la tête. Son visage s'est assombri.

— Je n'ai pas voulu. J'avais ma dose avec tout ce que j'avais visualisé pendant ces deux années, dit-il en baissant les yeux.

Julia acquiesce. Elle n'attendait pas d'autre réponse : il y a quelques mois, il était encore modérateur sur Facebook.

— C'est la raison de ma venue. Je ne comprends pas comment cette retransmission a pu passer sur ce réseau social. Pourquoi a-t-il fallu plus de quarante minutes pour l'éliminer ?

Álvaro hausse les épaules. Ses yeux sont devenus inexpressifs, il doit sûrement revoir les scènes le plus dures qu'il avait été obligé de visionner.

— Ce n'est pas beaucoup. Je devais contrôler les sites de quatre mille personnes par jour. Quarante minutes, ce n'est pas grand-chose.

— Mais c'était une vidéo affreuse. Il y a forcément des gens qui ont signalé son contenu violent.

Le ricanement amer d'Álvaro ne laisse pas présager une réponse positive.

— Violent ? Pourquoi ? Parce qu'une femme attend la mort, assise sur des rails ? – Le mineur de cryptodevises a un geste de déni. – Tu n'imagines pas les horreurs que doit voir un modérateur. Pourquoi crois-tu que j'ai démissionné ? Certaines semaines, j'ai vu des écartèlements, des décapitations, des éventrations... Du brutal.

Julia sent sa nuque se hérisser.

— Qui proposerait ce genre de choses dans son profil ? Qui est derrière la diffusion de ces sortes d'images ? Dans quel but ? Tout cela m'intéresse.

— Qui ? Ce profil n'est pas clair. Toute personne en quête d'un peu de notoriété. J'ai vu des horreurs diffusées par des gens qu'on n'aurait jamais soupçonnés de ce genre de choses.

— Mais de qui parlons-nous, de narcotrafiquants, de terroristes... ?

Au ton de l'ertzaina, on sent qu'elle espère obtenir des détails pour étoffer le profil psychologique de l'assassin.

Álvaro tord le nez et grimace.

— Pas forcément. Bien sûr, les bandes criminelles et les terroristes utilisent les réseaux sociaux pour diffuser leurs messages et leurs menaces, mais tu n'imagines pas la quantité de vidéos mises en ligne par des anonymes comme toi et moi, qui soudain jouent les reporters de guerre. Les vidéos d'accidents de la route avec une fin tragique sont archi-courantes. Dès qu'une vidéo commençait par le défilement d'une route, je me mettais à trembler. Je te le jure, je tremblais réellement. À force, je ne pouvais plus fermer l'œil.

— Il y a vraiment des gens qui veulent voir ces contenus ?

Álvaro hausse les sourcils.

— Tu me poses la question sérieusement ? Dans ce boulot, j'ai constaté que le morbide n'avait pas de limites. Plus le contenu était sanglant, grotesque et déshumanisé, plus les gens le visionnaient. C'est affreux. Combien de gens ont visualisé la mort de la journaliste ? Plus de cent mille, n'est-ce pas ? La voilà, ta réponse.

22

24 octobre 2018, mercredi

Le pistolet de Cestero est pointé dans le vide. Son index, crispé sur la détente, reçoit au dernier moment l'ordre de ne pas tirer. Où sont-ils passés ? Il n'y a autour d'elle que le balancement des arbres bercés par la brise.

Les deux tueurs s'éloignent et se dirigent vers le moulin à marée. Elle braque son arme sur eux, et quand ils disparaissent de sa vue, elle respire, soulagée. Mais pour combien de temps ? Le temps qu'il leur faudra pour tomber sur sa Clio et comprendre qu'elle est toujours dans le coin.

Auparavant, elle veut voir ce qu'il y a au bout du sentier. Elle arrive au bord de la ria, où débouche le labyrinthe de canaux qui évacue l'eau des maremmes à chaque marée basse. Sa progression est compliquée, un piège continuel. Presque à chaque pas, elle doit franchir, sans bruit, un de ces ruisseaux éphémères.

Soudain, elle se fige.

Un sifflement.

Ce n'est pas un oiseau. La triple répétition de cet appel l'incite à écarter cette hypothèse. Il s'agit d'une sorte de code, qui vient du moulin.

Les silhouettes des prétendus pêcheurs se déplacent. Les uns s'accroupissent, les autres ramènent leur ligne… Ils rassemblent leurs affaires et s'en vont. Les gardes ont dû découvrir sa voiture, et ils ne veulent prendre aucun risque. Ce sifflement ressemble à une sonnerie de retraite.

L'ertzaina est tapie derrière un bouquet de roseaux. Le mieux, maintenant, est d'attendre et de prier pour que sa cachette reste introuvable jusqu'à leur départ. Ils ont décidé que rien ne se passerait aujourd'hui.

L'un après l'autre, les hommes défilent devant sa cachette, presque à portée de sa main, avec leurs cannes à pêche et leur panier d'osier. Elle pourrait en arrêter quelques-uns, les emmener au commissariat et leur arracher des aveux. Que se passe-t-il la nuit, en Urdaibai ?

Elle s'abstient. L'essentiel est de sortir vivante de cet endroit. Qu'ils s'en aillent. Elle reviendra. Avec des renforts, cette fois. L'aventure de cette nuit a été une folie que lui reprocheraient tous ses supérieurs.

Six pêcheurs sont passés. Celui qui approche maintenant semble être le dernier. Cestero est partagée. La prudence lui souffle de le laisser filer : ne rien précipiter, ne pas compromettre l'opération, ne pas exposer sa vie ; l'instinct, en revanche, lui souffle de l'interpeller. C'est une occasion en or.

On l'entend : il traîne davantage les pieds que ceux qui l'ont précédé. Un type fatigué, vaincu. C'est incroyable, toutes les informations qu'on obtient en entendant marcher quelqu'un.

Il va arriver à la hauteur de l'ertzaina. Qui écouter, la raison ou l'instinct ? Une décision qui peut tout changer. Elle devrait peut-être rester cachée jusqu'à ce que le bruit des moteurs l'informe que ces hommes ont quitté les lieux.

Oui, c'est le plus sage.

Mais elle a un choc quand le visage du pêcheur prend forme derrière les roseaux. C'est José Manuel, le veuf d'Araceli Arrieta, le type qu'on a sorti de cellule quelques heures plus tôt.

Soudain, les connexions s'accélèrent, ce n'est plus un consommateur quelconque, mais un collaborateur des narcotrafiquants. Voilà qui change tout.

Cestero n'y réfléchit pas à deux fois. Elle lui saute dessus, le plaque au sol et lui met la main sur la bouche.

— Tu te souviens de moi ?

Le mari violent la regarde, ahuri, et prend peur.

— Ici, personne ne me verra si je te colle une balle entre les deux yeux, grogne l'ertzaina en brandissant son arme.

— S'il vous plaît, je ne l'ai pas tuée, se défend José Manuel dès qu'elle le laisse articuler un son.

— Si. Araceli est morte il y a des années, le jour où l'homme qu'elle aimait est devenu son pire cauchemar. Tu l'as tuée. Lentement, sans cesse. Tu l'as tuée chaque fois que tu écrasais un mégot sur elle, chaque fois que tu la frappais, chaque fois que tu jetais par terre le repas qu'elle t'avait préparé, chaque fois que tu la soumettais à la terreur du chantage.

— Je ne l'ai pas jetée par la fenêtre. Je l'aimais.

— Non, bien sûr que non. J'ai vu de mes propres yeux les brûlures sur son torse. Il y a des années que tu la torturais. Tu es un enfoiré, et je vais en finir avec toi.

José Manuel sent la pression croissante de l'arme contre sa tempe et il tremble de tous ses membres : Cestero ne plaisante pas.

— S'il vous plaît, non ! Ce n'était pas moi. La drogue m'a pourri la vie.

— Qu'est-ce que tu trafiques ici ?

La question de l'ertzaina distille une haine viscérale.

— Je pêche.

L'ertzaina augmente la pression du canon.

— Tu te fous de moi. Si tu ne me dis pas la vérité, je te fais sauter la cervelle.

— C'est la vérité. Je pêche. Voilà ma canne.

— Si c'est vrai, tu mérites de mourir. Ta femme à peine enterrée, voilà que tu profites de la vie, crache l'ertzaina avec mépris. Dis-moi ce que tu trafiques ici.

L'homme grimace. La pression du pistolet est douloureuse.

— Je ne peux rien dire. On me tuerait. Je leur dois beaucoup d'argent.

Il ne parle pas, il bafouille, terrorisé.

— C'est pour ça qu'ils ont tué ta femme ? Mais tu leur donnes quand même un coup de main !

— Je n'ai pas le choix. Vous ne soupçonnez pas de quoi ils sont capables, merde !

— Et toi ? Sais-tu de quoi je suis capable ? Ce que je t'ai fait au commissariat prouve que rien ne peut m'empêcher de te descendre ! Poum ! menace Cestero, consciente qu'à tout moment ils vont revenir, étonnés de son retard.

José Manuel ferme les yeux et pleurniche comme un enfant effrayé.

— Vous me protégerez, si je collabore ?

L'ertzaina a une moue écœurée.

— Nous verrons. Ce sont eux qui ont tué ta femme ?

— Je ne sais pas. Possible. Il y a longtemps qu'ils me menacent.

— Pourquoi ?

— Mais putain, je leur dois de l'argent. Je vous l'ai déjà dit !

— Dis donc, sois plus clair, je n'ai pas toute la nuit ! râle Cestero en se tournant vers le sentier.

Personne en vue, mais ils peuvent revenir d'un moment à l'autre.

Le type secoue la tête. Les larmes lui donnent un air pathétique.

— Je parle trop. Je vais avoir des problèmes.

— Tu parles, sinon… Poum ! insiste l'ertzaina.

— Eh bien tirez ! Allez-y, tuez-moi. Je préfère mourir plutôt que d'être torturé par ces mecs.

— Si tu nous dis ce qui se passe, ils ne te toucheront pas.

— Vous êtes sûre de pouvoir tenir parole ?

— Tu n'as pas le choix : me croire ou mourir.

L'homme regarde l'arme du coin de l'œil et soupire, résigné.

— Je suis la dernière roue de la charrette, je ne sais rien.

— En quoi consiste ta mission ?

— Je dois récupérer un colis et le porter au moulin.

Cestero comprend que cette information est cruciale.

— Et ton boulot s'arrête au moulin ?

— J'y dépose le colis et je rentre chez moi. C'est comme ça que je rembourse mes dettes. D'autres sont payés pour ça.

Le moulin est le centre des opérations. Où la drogue sera répartie entre les voitures, les motos et les fourgonnettes de livraison avec un double fond. Un classique.

— Comment sais-tu qu'il va y avoir une livraison ?

— On ne le sait pas. Parfois, il ne s'écoule qu'une journée entre deux livraisons, parfois des semaines… On vient ici, on fait semblant de pêcher et, avec un peu de chance, la vedette passe et laisse tomber les colis. Sinon, on revient le lendemain. Mais aujourd'hui, j'étais sûr d'avoir de la chance, il y avait plus de mouvement que d'habitude. Ce qui signifie généralement qu'il y aura la prime.

— Combien de porteurs êtes-vous ?

— Sept, huit, dix… Ça dépend des jours. C'est bien payé.

— Qui est-ce ? – Voyant qu'il ne comprend pas sa question, Cestero précise : – Les gens du moulin, les chefs.

— Aucune idée. Ils se prétendent galiciens, je n'en sais pas plus. – Cestero accentue la pression du canon ; José Manuel comprend qu'il n'en a pas dit assez long. – Meirás. C'est le nom du boss, un mec sinistre.

L'ertzaina l'enregistre mentalement.

— Et les pêcheurs comme toi ?

— Je ne sais pas… Dans ce boulot, moins on en sait… On les recrute sans doute parmi les braconniers. Ça rapporte plus.

Cestero hoche la tête, satisfaite. Elle en sait assez.

— Maintenant, rejoins les autres et tiens ta langue, sinon tu es un homme mort. Ne crois pas que je vais me donner la peine d'arrêter des ordures dans ton genre.

— De toute façon, je suis mort. Ils ne vont pas me croire. Je me suis attardé trop longtemps. Les autres sont déjà arrivés au moulin.

Cestero sait qu'il a raison. Elle jure entre ses dents avant de lui envoyer de toutes ses forces un coup de pied dans le ventre. L'homme tombe à la renverse dans le canal et patauge désespérément pour ressortir, trempé et couvert de boue de la tête aux pieds. Les buissons de la rive lui ont fait une balafre profonde à la joue droite.

— Maintenant, ils vont te croire. Tu es tellement pathétique qu'ils ne seront pas étonnés que tu aies trébuché et que tu sois tombé à l'eau.

L'homme grommelle une insulte que Cestero ne parvient pas à déchiffrer. Mais elle s'en moque. Elle a obtenu de lui une information qui va lui être très utile quand elle partira demain en Galice, et qui va sans doute mettre un terme à ces assassinats.

23

25 octobre 2018, jeudi

Cestero s'attendait à une ville grise et pluvieuse. Il est rare qu'un lieu vous donne raison dès qu'on a posé le pied sur l'échelle de l'avion. Mais la ville de Vigo n'a pas voulu la décevoir. La pluie fine, que les Galiciens appellent *orballo* et les Basques *sirimiri*, lui arrose le visage pendant les quelques minutes qui la séparent du terminal.

— Sous-officier Cestero ?

Un homme en jeans et doudoune la salue, à côté des gardes civils en uniforme, devant le poste de douane.

— Ane Cestero. Enchantée, dit l'ertzaina en tendant la main.

— Je suis le lieutenant Xosé Pombo. Bienvenue en Galice. Désolé que le temps soit si mauvais.

— Ne t'inquiète pas, je suis habituée. Je viens d'Euskadi.

— C'est vrai, là-bas vous n'êtes pas connus pour votre soleil, plaisante le lieutenant. Ici, le temps n'est pas toujours aussi mauvais. C'est surtout dans les Rías Altas, mais on a collé l'étiquette de la pluie à toute la Galice.

Cestero sourit intérieurement. La cadence plaintive et musicale qui souligne chacune de ses phrases lui rappelle ses nombreux voisins galiciens. Il faut préciser que, dans la seconde moitié du XXe siècle, Pasaia a accueilli des milliers de Galiciens en quête de travail.

Beaucoup disent en plaisantant que le village a l'air d'être la cinquième province de la Galice. Ils n'ont pas toujours tort : on entend souvent la langue de Rosalía de Castro, la grande poétesse galicienne, dans ses ruelles.

— Je t'ai apporté une copie du dossier. Tu veux y jeter un coup d'œil ou tu préfères que je te le résume ? demande le lieutenant en lui donnant un dossier particulièrement épais.

Cestero sent rugir son ventre. Il est presque trois heures de l'après-midi et elle n'a encore rien avalé. Elle avait prévu de manger dans l'avion un de ces sandwichs sans charme que vendent les lignes aériennes au prix du caviar iranien, mais les hôtesses n'ont pu lui proposer que leurs excuses. Un problème de livraison réduisait la nourriture à quelques rafraîchissements et à des sachets de chips.

— Ça te convient, si tu me racontes les points les plus importants de l'enquête pendant qu'on grignote quelque chose ? propose-t-elle en montrant la cafétéria de l'aéroport.

Le lieutenant Pombo s'empare de sa valise.

— Je manque vraiment à tous mes devoirs… Excuse-moi. On va prendre la voiture et aller dans un meilleur endroit. Nous avons largement le temps de nous occuper de cette affaire.

L'énorme chaudron d'eau bouillante occupe une grande partie de l'entrée de l'établissement. La couleur violette de son contenu évoque une étrange potion magique, de même que la tenancière, qui a le visage fané par les ans et les yeux débordant de sagesse, un privilège de l'âge. Elle en sort habilement un poulpe dont elle tranche deux tentacules qu'elle débite dans une écuelle en bois, une généreuse portion de céphalopode qu'elle arrose d'huile, de sel et de piment.

Cestero l'emporte à une table entourée de longs bancs en bois.

— Donne-lui un *albariño*. Pour moi, de l'eau fraîche, demande le lieutenant avant de lui emboîter le pas.

— Non, de l'eau pour moi aussi, rectifie l'ertzaina.

Elle aurait volontiers accompagné sa ration d'un vin blanc galicien, mais ce n'est pas le moment. Au dîner, peut-être.

— Allons, c'est moi qui conduis, insiste le garde civil. C'est un péché de manger ça sans le vin du terroir.

— Non. Je suis en service. – En voyant l'expression confuse de Pombo, elle regrette d'avoir été un peu brutale. – Excuse-moi, je te remercie de cette attention, mais j'aurai tout le temps de boire quelques verres d'*albariño* quand j'aurai déposé ma plaque à l'hôtel.

— Oui, oui. Tu as raison. Excuse mon insistance. Je veux juste que tu te sentes bien en Galice.

Cestero prélève une bouchée dans son écuelle et la porte à la bouche.

— Mmmm… Grandiose.

— Moncha prépare le poulpe divinement. La meilleure *pulpera* de toute la province, s'extasie le lieutenant avant de se tourner vers la porte et de hausser le ton. Hé, Moncha, elle trouve que c'est délicieux ! Et elle est basque, là-bas on sait manger…

La femme, qui protège une robe à fleurs derrière un vieux tablier en toile cirée, hausse les épaules. Son visage, fripé comme un raisin sec, mais maquillé avec grâce, s'éclaire d'un sourire fugace qui fond aussitôt, avec une timidité qui l'oblige à baisser les yeux sur son chaudron.

— Et où ne sait-on pas manger ? – Elle plonge son crochet dans l'eau et en sort un poulpe, encore plus gros que le précédent, qu'elle remet dans la marmite. – Je n'ai aucun mérite, mais j'ai un secret : le poulpe vient toujours de Bueu, pêché dans la ria et acheté à la criée. Et si un jour il n'y en a plus, je préfère fermer plutôt que d'en acheter ailleurs.

— C'est délicieux, reconnaît Cestero en sauçant l'huile au fond de l'assiette.

C'est un poulpe plutôt relevé, de ceux qui piquent la gorge et restent longtemps sur le palais.

Le lieutenant ouvre le dossier et fouille dans les papiers.

— Isabel Otero, la prétendue victime de ton assassin à la tulipe, dit-il en lui montrant une photographie.

L'ertzaina contemple l'expression sereine de cette femme dans son linceul. Si elle n'avait pas été dans son cercueil, on aurait juré qu'elle dormait. Sa pâleur n'est certes pas un signe de vitalité, mais Pombo indique que c'est dû au maquillage de la défunte. Le chapelet qu'elle tient entre ses mains jointes sur sa poitrine ne détonne pas, contrairement au rouge vif de la tulipe posée sur le cadavre.

— Quelles sont les conclusions du médecin légiste ?

Le lieutenant met la photo de côté et sort un rapport du dossier.

— Empoisonnement par tétrodotoxine, dit-il en lui tendant les feuillets. C'est la première fois que nous avons ce genre de chose en Galice. La mort a été rapide, presque inconsciente.

Cestero mâche une bouchée de poulpe en réfléchissant. Son regard balaie le local sans le voir et elle lit sans intérêt les prix des portions, inscrits à la craie sur un tableau.

— Donc, notre victime s'apprête à ressembler à un cadavre et s'installe dans le cercueil. Ensuite, on l'emporte en procession. Pendant combien de temps a-t-elle tourné dans le village ?

— Un peu plus d'une heure. Cette année, huit cercueils participaient. En général, il y en a moins, au maximum cinq, mais avec les incendies de l'an dernier… – Les yeux du lieutenant, fixés sur l'assiette de poulpe, regardent en réalité beaucoup plus loin, ils revoient les souvenirs douloureux de l'automne précédent. – Les gens du coin ont eu très peur. Il y avait de quoi. Si tu avais vu toute la montagne en flammes, les maisons encerclées par le feu… On ne savait plus où donner de la tête.

— Je n'ai jamais connu d'incendie. Ça doit être horrible.

Pombo tourne un regard peiné vers elle et acquiesce avec une grimace d'impuissance.

— En Galice, tu en aurais connu beaucoup. C'est une situation qui se grave dans la rétine. Et ici, dit Pombo en posant le doigt sur son nez. Cette odeur est caractéristique. J'en ai connu trop… Mais jamais comme ceux de l'an dernier, à As Neves, tu te rappelles ? Ces deux femmes qui sont mortes dans les flammes… Pauvres gens. Terrible.

— Vous voulez du café ? l'interrompt la *pulpera* en s'approchant.

— Moi, oui.

— Alors, deux, Moncha, enchaîne Cestero avant de s'excuser parce que son téléphone vibre avec insistance dans son sac. – Elle fronce les sourcils en lisant le nom qui s'affiche sur l'écran. – Salut, Pedro.

Le braconnier de coquillages ne s'embarrasse pas de politesses.

— Qu'est-ce qui te prend de ramasser des palourdes dans la zone où s'activent ces connards ? Et ne me dis pas que ce n'était pas toi… Une gonzesse avec des piercings et des tatouages dans le cou… Tu es dingue ? Ces mecs sont dangereux, ce qu'ils font n'est pas un jeu.

— Je me suis perdue. Je ne connais pas encore très bien la ria.

— Tu t'es perdue ? Merde, ma vieille, tu nous as foutus dans un sacré merdier. Tâche de faire gaffe la prochaine fois ! Et écoute-moi bien : aujourd'hui, tu ne bouges pas de chez toi. Ils ont été on ne peut plus clairs : cette nuit, pas question de glander dans le coin.

Un signal d'alarme se déclenche dans la cervelle de l'ertzaina. Son regard s'arrête sur les affiches en galicien, et sur le garde civil attablé avec elle.

— Aujourd'hui ? demande-t-elle dans l'espoir d'avoir mal compris.

Il est trop tard pour rentrer en Euskadi et diriger un coup de filet en quelques heures.

— Oui, cette nuit. De grâce, écoute-moi. N'essaie pas de te pointer dans la ria. Si tu veux ramasser des palourdes, remets ça à plus tard. Ce n'est pas une plaisanterie.

Cestero a d'autres questions, mais l'appareil ne lui renvoie que le vide de l'appel coupé.

— Tout va bien ? s'enquiert Pombo.

L'ertzaina soupire en se rasseyant, le regard dans le vague.

— À peu près.

Moncha rapporte de la cuisine deux grands verres de la marque Nocilla remplis d'un obscur breuvage fumant.

— J'espère que tu vas aimer le café maison, dit le lieutenant en ouvrant le sucrier.

— Le seul que je n'aime pas, c'est celui du distributeur de mon commissariat, dit Cestero en le portant à ses lèvres. – Son esprit est en Urdaibai. Il faut qu'elle appelle son équipe au plus tôt, tout doit être prêt cette nuit. – Il est excellent, madame.

— Sans sucre ? – La grimace de la *pulpera* mériterait une photo. – Pourtant, j'aime le café, mais je n'ai jamais pu le boire comme ça. Au moins une saccharine… Et vous allez bien prendre une petite gnôle, hein ?

— Merci, Moncha, mais nous sommes en service, s'excuse le lieutenant.

La femme grommelle en débarrassant.

— Où en étions-nous ? demande Pombo quand ils se retrouvent seuls.

— La procession. Comment tout cela est-il arrivé ?

Le lieutenant ferme les yeux pour mieux se rappeler.

— Je te disais que cette année il y avait eu huit cercueils. En réalité, les fidèles qui décident de défiler dans un cercueil rendent grâce d'avoir guéri d'une maladie ou survécu à un accident. À cause des incendies, beaucoup ont voulu manifester leur reconnaissance d'être encore en vie.

— Quand s'est-on rendu compte que la victime était décédée ?

Qu'il y ait beaucoup ou peu de participants ne lui semble pas essentiel.

— À la fin de la procession. Ceux qui portaient le cercueil d'Isabel Otero ont cru qu'elle s'était endormie. Mais elle était morte. Tu imagines la panique…

Cestero porte le café à ses lèvres. La scène est facile à imaginer. Débordement de pleurs, de cris, de suffocations et de ferveur religieuse.

— Comment une telle chose a-t-elle pu se produire ?

Le lieutenant hausse les épaules.

— Ce n'est pas très difficile. Les cercueils sont exposés à l'église des semaines avant cette procession. Celui qui a introduit le poison n'a eu aucune difficulté. Il suffisait de tout préparer quand il n'y avait personne. Au fond, le rembourrage dissimulait l'aiguille hypodermique et le petit réservoir du venin.

— Et en s'installant, la victime s'est injecté elle-même la tétrodotoxine, conclut Cestero. Voilà un crime d'une simplicité déconcertante. Et personne n'a remarqué la tulipe ? On ne sait pas quand elle a été déposée sur la morte ?

Pombo secoue la tête.

— Pense au choc quand on a découvert la mort de cette femme… Comment veux-tu qu'on ait remarqué une fleur en particulier ? Il y en a beaucoup dans une procession.

Cestero vide son café d'un trait. L'amertume lui envahit la bouche.

— Il a bien fallu que l'assassin la dépose à un moment ou à un autre de la procession. Avez-vous visionné les photos et les vidéos pour voir si quelqu'un dans l'assistance avait une tulipe ?

Le lieutenant Pombo fait un signe de tête affirmatif.

— Mes hommes s'en occupent depuis qu'on a eu l'information hier. Mais rien. Pas trace de cette fleur. Pourtant, nous avons regardé des centaines de photos et de vidéos.

L'ertzaina ne s'attendait pas à une autre réponse. Il aurait été naïf de croire que l'assassin se promènerait au vu et au su de tous avec une tulipe.

— Et les fidèles qui portaient le cercueil sur les épaules ? Je suppose que vous leur avez demandé s'ils avaient remarqué quelque chose de bizarre ?

— Rien à signaler de ce côté.

Cestero veut voir ces images.

— J'aurai besoin d'une copie de toutes les photos dont tu disposes.

— Nous allons voir si c'est possible. Veux-tu qu'on aille étudier tout ça tranquillement à la caserne ?

— J'aimerais d'abord aller sur les lieux où elle a été assassinée, et au cimetière.

Pombo ne dissimule pas son étonnement.

— Au cimetière de Santa Marta de Ribarteme ?

— N'est-ce pas là qu'on a enterré la victime ?

— Non. À Cambados. C'est là que réside la famille.

— Alors, à Cambados, décrète Cestero en vidant son verre de café. On commence par où ?

24

25 octobre 2018, jeudi

Les charnières émettent un gémissement déchirant quand Cestero pousse la grille. Ce n'est peut-être que son imagination, mais l'ertzaina ne peut s'empêcher de reconnaître les similitudes entre cette plainte métallique et l'accent galicien.

— C'est par là. Tout droit, indique le lieutenant en consultant le plan que leur a photocopié le gardien du cimetière.

L'ertzaina avance entre les sépultures, un océan de marbre qui évoque des chagrins poignants. Des dizaines de croix, surmontées d'un voile délicat en pierre, sont alignées de part et d'autre, une armée mélancolique qui rappelle aux visiteurs la vanité de l'existence.

Les ruines de l'église de Santa Mariña, inquiétant squelette qui inspire le malaise, surplombent les pierres tombales. Ses arcs gothiques, privés de couverture, tentent de retenir la brume qui a pris la pluie en témoin. Quelques lambeaux osent même enlacer avec effronterie les arcades séculaires.

— Par ici ? demande Cestero.

Pombo s'arrête, trace du doigt un itinéraire sur le papier et approuve.

— Tout droit. Jusqu'aux ruines. Sur quelle hypothèse travaillez-vous ?

Cestero hésite. Tout est trop ouvert. Cependant, elle a une préférence.

— La première hypothèse rattache les crimes au trafic de drogue.

Après un moment de silence, le lieutenant lui exprime son désaccord.

— Nous ne trouvons aucun lien entre la défunte ou son entourage proche et les réseaux de drogue.

— Le nom de Meirás te dit quelque chose ?

— Vaguement, avoue Pombo, toujours derrière elle.

L'ertzaina soupire. Elle commence à en avoir assez des réponses floues du garde civil.

— Nous l'avons repéré en Urdaibai. Nous avons de bonnes raisons de croire qu'il y a établi son point de livraison de la drogue, pour remplacer les rias galiciennes.

— Il fallait que ça arrive ! C'était une question de temps. Nous le suivions de près, ici. Mes collègues des Douanes avaient monté une opération pour démanteler son réseau, mais elle a échoué, parce qu'il y a eu une fuite.

— Une fuite ? De qui ?

— De quelqu'un.

Cestero se mord la langue. Surtout, ne pas s'énerver. Elle a besoin de Pombo.

— De quelqu'un de l'intérieur ? Un des vôtres ?

— Possible. Ces gens ont trop de pouvoir. Leurs tentacules atteignent tous les niveaux. En tout cas, ce Meirás a disparu.

— Maintenant, il est à Gernika, et peut-être mêlé à plusieurs crimes.

— Lui ? Il ne se salirait pas les mains. Je t'assure. Il a dû en charger un de ses hommes.

L'ertzaina le suppose aussi.

— La première victime était une journaliste qui dénonçait activement le narcotrafic.

— Et l'autre, celle qu'on a assassinée en la précipitant dans le vide ?

— Son mari est toxico et nous avons de bonnes raisons de penser qu'il a fait des petits boulots pour le réseau de Meirás.

— Des petits boulots ?

— Il a participé au déchargement et à la dissimulation de colis.

Une vieille dame leur adresse un sourire mélancolique, devant une tombe voisine. Agenouillée devant la pierre tombale, elle la nettoie avec une brosse qu'elle trempe à intervalles réguliers dans un vieux seau rouge. Elle n'est pas la seule. Ici et là, des gens entretiennent leurs sépultures. On est à quelques jours de la Toussaint et personne ne veut que les siens soient remarqués comme ayant été oubliés par leur famille.

— Isabel Otero et son entourage sont clean, dit Pombo. Il n'y a aucun lien entre cette famille et les gens d'Antonio Meirás. Le veuf est un pêcheur à la retraite, et il a un parc à moules qui complète sa pension. Une vie modeste. Rien que de très normal.

Cestero note mentalement le renseignement. Il faut qu'elle voie ce pêcheur.

— Et si cette Isabel avait découvert un truc en rapport

avec la bande de Meirás, et qu'on l'ait assassinée pour l'empêcher de parler ?

— Nous parlons d'une ouvrière qui travaille au centre d'épuration de coquillages de Beluso, pas d'une intrépide reporter de guerre.

— D'accord… Mais il y a des hasards dans la vie. En rentrant chez elle, elle est peut-être tombée sur une chose qu'elle n'aurait pas dû voir.

Pombo tord le nez.

— Là, nous sommes dans le domaine des suppositions gratuites. Notre enquête a conclu à un sabotage contre la procession elle-même. Selon toute probabilité, celui qui a disposé le poison dans le cercueil ne connaissait même pas Isabel Otero. Je parierais que celle-ci est la victime collatérale d'une attaque contre les croyances religieuses. Je ne pense pas qu'il y ait des liens avec votre affaire.

— Mais le cercueil lui était réservé depuis des semaines.

— Cela n'empêche pas qu'on ait pu la choisir au hasard.

L'ertzaina n'est pas d'accord. Il y a des éléments qui ne cadrent pas avec l'attaque que suggère le garde civil.

— Elle aurait été revendiquée. Si un groupe anticlérical voulait transmettre un message, il lui aurait donné de la publicité.

— Il a peut-être eu peur des conséquences de l'événement, et il s'est dégonflé.

Cestero décide de revenir à ses hypothèses.

— Quand Meirás s'est-il enfui ? Cette année ?

Pombo plisse les yeux, songeur.

— À la fin de l'année dernière. Il faudrait la confirmation des Douanes, mais j'en suis presque sûr. C'était au moment de la fermeture de la pêche aux crabes, et lors d'une opération contre le braconnage. Oui, c'était sûrement en novembre.

L'ertzaina aurait préféré qu'on lui dise que le narcotrafiquant s'était enfui une semaine après la procession où la victime avait été assassinée. Tout ne peut pas coller du premier coup.

— J'aimerais interroger le mari.

La mine du garde civil s'assombrit.

— C'est fait. Tout est dans le dossier. Cet homme a assez souffert, je ne pense pas qu'on doive encore l'importuner.

— Mais il y a du nouveau. Tout ce qui s'est passé en Biscaye... La photo qu'un anonyme a envoyée à la presse a établi un lien intéressant entre votre affaire et la nôtre.

— La seule chose qui relie ces deux affaires, c'est cette tulipe. Il pourrait s'agir d'un simple hasard.

Cestero reconnaît qu'il a raison. Si elle se trouve au cimetière, c'est justement pour essayer de rendre crédible le lien entre les crimes. Si elle vérifie qu'on a déposé des tulipes sur sa tombe, le lieutenant devra oublier ses conclusions et rouvrir la boîte aux hypothèses. Ce qui obligera bien entendu à poser de nouvelles questions à l'entourage de la victime.

— C'est celle-là, dit Pombo. La sépulture qui nous intéresse se trouve sous les arcades en ruine.

— Il y a quelqu'un qui la nettoie, annonce Cestero, un peu déçue.

Elle espérait trouver un bouquet de tulipes sur la tombe. Elle était peut-être trop naïve, trois mois se sont écoulés depuis l'assassinat d'Isabel Otero et s'il avait été déposé, on l'avait très certainement jeté depuis tout ce temps.

— Bonjour, dit le lieutenant.

La dame se retourne. Elle n'a guère plus de cinquante ans, et la fatigue se bouscule sous ses yeux en forme de cernes généreux. Elle reste sans expression en les voyant, à part un vague sourire de politesse.

— Ah, lieutenant, comment allez-vous ? Il y a du nouveau ?

Pombo lui tend la main.

— Excusez-moi, je ne vous avais pas reconnue. Je vous présente Ane Cestero, de la police basque.

— Basque ?

Cette fois, c'est l'étonnement qui ride le front de cette femme.

— C'est la sœur de la victime, explique le garde civil en se tournant vers Cestero. Aurora Otero.

— Pilar, Pilar Otero, corrige la sœur.

Le lieutenant se confond en excuses. Il faut mémoriser tant de noms… Ane est bien obligée de lui donner raison. Elle a souvent vécu ce genre de situation.

— J'arrive du Pays basque parce que nous avons trouvé un lien possible entre le crime de votre sœur et un cas récent, dit-elle après avoir serré la main de la femme.

— Je suis au courant. Moi aussi je regarde la télévision, répond Pilar Otero. C'est terrible, ce qui se passe là-bas. Mais ma sœur n'a rien à voir avec ça. Elle a eu la malchance d'être au mauvais endroit au plus mauvais moment. Ce poison visait à prendre la vie de n'importe quel pénitent de la procession. C'était une attaque contre Santa Marta de Ribarteme.

Cestero déplore que les théories de Pombo soient si bien reprises par la famille de la victime.

— J'aimerais vous poser quelques questions, insiste l'ertzaina.

— En réalité, Pilar a déjà répondu à tout. Je ne crois pas qu'il soit nécessaire de l'importuner davantage. Je peux te montrer les transcriptions des interrogatoires, intervient Pombo.

Cestero a une grimace agacée. Elle n'est pas venue en Galice pour consulter des rapports qu'on aurait pu lui envoyer.

— Il serait intéressant…

Le lieutenant ne la laisse pas terminer sa phrase. Il persiste dans son refus. Cestero comprend à demi-mot. Derrière le prétexte de protéger la sœur, il y a probablement la crainte d'être discrédité, que la policière venue de l'extérieur découvre des négligences dans l'enquête qu'il a menée.

— S'il vous plaît, lieutenant. Bien sûr que je veux répondre. Tout ce qu'il faudra pour aider à découvrir l'assassin de ma sœur, décrète Pilar avant de se tourner vers Cestero.

L'ertzaina évite le regard de Pombo. Elle doit profiter de cette fenêtre ouverte.

— Sur le moment, on n'a pas donné à la tulipe l'importance que nous lui accordons aujourd'hui. Son apparition sur le corps de votre sœur s'adaptait à la particularité de cette scène de crime. Dans une procession qui simule un enterrement, n'importe qui aurait pu déposer la fleur en matière d'hommage, c'est courant quand il y a un décès. Mais, ce même genre de fleur ayant servi de signature lors de deux morts violentes survenues récemment en Biscaye, nous avons tendance à penser qu'il s'agit du même assassin.

— Attendez ! J'ai quelque chose qui pourrait vous servir. – Pilar fouille dans un sac-poubelle bleu posé à côté de la tombe, et en extrait un bouquet de fleurs, si vieux et desséché qu'il a perdu toutes ses couleurs. – Je l'ai trouvé ici, avec beaucoup d'autres qui se sont fanées depuis le jour où nous lui avons dit adieu. Je vis à Saint-Jacques-de-Compostelle et je n'avais pas encore pu venir la voir.

Cestero l'examine. Voilà ce qui l'a amenée au cimetière : le bouquet de tulipes. Les doutes qu'elle aurait pu avoir sur les liens avec son enquête viennent de se dissiper. Presque toutes les fleurs ont perdu leurs pétales, mais les rares qui s'accrochent encore aux tiges parlent d'eux-mêmes.

— Sur les tombes des victimes de ces derniers jours, on a trouvé des bouquets de ce genre, annonce-t-elle en fixant le lieutenant. Le lien est évident.

Pombo soupire :

— Sur les deux ?

Cestero hoche la tête avant de s'adresser à Pilar Otero :

— Savez-vous si votre sœur, ou quelqu'un de votre famille, avait un lien quelconque avec le clan Meirás ?

La femme fronce les sourcils et lance un regard inquisiteur au lieutenant.

— C'est qui, ces gens ?

— Des narcotrafiquants de la ria de Arousa, explique

Pombo avant de se tourner vers l'ertzaina. Non, bien sûr que non, ils n'ont rien à voir avec eux. C'est une famille normale. En Galice, on n'est pas tous des trafiquants de drogue. Ce sont des mythes que vous entretenez à l'extérieur.

Cestero se mord la langue. Il vaut mieux ne pas répondre. Elle n'a même pas suggéré une chose pareille.

— Avez-vous remarqué un comportement étrange chez Isabel dans les mois ou les semaines qui ont précédé sa mort ?

Sa sœur répond par la négative d'un air affligé. Sur la tombe, le nom d'Isabel Otero et la date de son décès se détachent sur la pierre vieillie. Les lichens qui dévorent ceux de ses parents n'ont pas encore eu le temps de se manifester. C'est une sépulture triste, comme toutes les autres.

— J'étais contente de recouvrer la santé. J'ai été très malade... Nous voulions fêter cela par un voyage. Il était question d'aller à Paris, elle en a toujours rêvé, nous avons aussi envisagé Bilbao. Nous avions passé notre enfance là-bas et nous n'y étions jamais retournées, et il paraît que tout a tellement changé...

Cette révélation active le cerveau de Cestero : coup de théâtre ! C'est peut-être là que se trouve le lien.

— Je ne savais pas que vous aviez vécu à Bilbao.

Le lieutenant secoue la tête, lèvres pincées. Lui non plus.

— J'y suis née, ma sœur avait déjà deux ans. Nous vivions à Durango. Mon père était ingénieur et travaillait à l'usine à papier d'Amorebieta, explique la femme d'un air détaché.

L'esprit de Cestero dessine vivement une carte de la région. Durango, Amorebieta, la ria d'Urdaibai, tout se passe dans ce triangle de quelques kilomètres carrés.

— Quand êtes-vous revenues en Galice ?

— Plus tard. J'avais seize ans, et ma sœur dix-neuf. Papa est mort et cela n'avait plus de sens de rester là-bas. Maman était triste d'être loin de sa famille.

— De quoi est mort votre père ?

Un sourire triste apparaît sur le visage de la Galicienne, qui se retourne pour lire les noms gravés sur la pierre tombale : ce marbre est beaucoup plus qu'une simple dalle.

— Un accident à l'usine… Ça a été très dur. Il est parti le matin, et n'est jamais revenu. Juste un appel d'un collègue pour nous apprendre la nouvelle… Ils se sont bien comportés. Ils ont donné à maman trente mille pesetas de l'époque, et du travail pour ma sœur. Moi, j'étais trop jeune, à quatorze ans je devais encore aller à l'école.

Le lieutenant attrape Cestero par le bras et l'écarte de quelques mètres.

— Est-il bien nécessaire de fouiller dans les blessures de son passé ? demande-t-il à voix basse.

Cestero lit dans son regard réprobateur que pour lui la réponse est claire.

— Nous avons un lien géographique. Bien sûr qu'il est nécessaire de continuer dans cette voie. Donne-moi encore deux minutes.

Le garde civil soupire. Il n'est pas d'accord, mais accepte à contrecœur qu'elle poursuive.

— Où est décédée votre mère ? demande Cestero après être revenue auprès de la Galicienne.

— Ici, dans son pays. Quatre ans après le décès de papa. Elle n'a pas pu le surmonter. Les médecins ont diagnostiqué un infarctus, mais je suis sûre qu'elle est morte de chagrin. Elle s'éteignait, elle n'était plus que l'ombre de ce qu'elle avait été, une femme forte et bagarreuse. Un peu plus d'un an après notre retour.

Ane a laissé tomber la carte de géographie. Mentalement, elle dessine le schéma de tout cela.

— Et vous êtes revenues toutes les trois en Galice ? Je croyais qu'Isabel avait été engagée à l'usine.

Elle a du mal à imaginer une jeune adulte, avec son travail et sa vie réglée à Durango, abandonnant tout pour suivre sa mère qui retournait dans sa Galice natale.

— Isabel aussi a beaucoup souffert de la disparition de papa.

Cestero se dit que c'était plausible. Il n'était sans doute pas facile de revoir tous les jours la machine qui avait emporté son père, sur son lieu de travail.

— Nous ne voulons pas vous déranger davantage, n'est-ce pas ? intervient Pombo qui veut mettre un terme à la conversation.

La femme secoue la tête. Ses yeux brillent. Elle est près de fondre en larmes.

— Ça ne me dérange pas du tout, lieutenant. C'est d'abord pour aider… Ma pauvre Isabel ! – La première larme apparaît, coule sur sa joue droite et se retrouve sur le revers de sa main. – Ce qui me peine le plus, c'est qu'elle l'a fait pour moi. C'est moi qui aurais dû être dans ce cercueil.

Cestero ne comprend pas ce qu'elle veut dire.

— Pourquoi ?

Pombo lève les bras.

— Je crois que ça suffit. Tout cela se trouve dans les transcriptions des interrogatoires, dit-il avec colère.

Pilar ne l'écoute pas. Elle a besoin de se défouler.

— J'ai guéri d'un cancer, et elle a promis à sainte Marthe de se dévouer à la procession si ma vie était sauve… Elle était très dévote. La pauvre est morte parce que je m'en suis tirée.

— Allons, ne remuons pas les sentiments. – La voix du lieutenant est devenue autoritaire, sa main pousse Cestero vers la sortie. – Désolé, Pilar. Je regrette sincèrement de vous avoir obligée à évoquer tout ça.

Cestero remercie la femme de sa collaboration, laquelle devant ces paroles compréhensives verse encore quelques larmes.

— Trouvez cet assassin, s'il vous plaît. Ma sœur était une gentille femme.

— Nous allons le trouver. N'en doutez pas ; nous allons mettre la main dessus, et votre sœur pourra reposer en paix, lui promet l'ertzaina avant d'emboîter le pas à Pombo entre les sépultures.

25

25 octobre 2018, jeudi

— La décision de votre chef est incroyable ! lance Txema en laissant tomber le portable sur la table.

— Notre… le corrige Julia. – Son collègue fronce les sourcils, il ne comprend pas. – Notre chef. Cestero est aussi ta chef.

L'appel de la sous-officière annonçant que le débarquement aura lieu cette nuit même a fait l'effet d'une bombe dans l'Unité spéciale d'homicides notoires.

— Et alors ? Qu'est-ce que j'ai dit ?

Julia secoue la tête. Peu importe.

— Cestero a toujours été comme ça, explique Aitor. Mais il faut regarder le bon côté. Ce soir, nous allons démanteler une bande de narcotrafiquants. C'est l'essentiel, non ?

Txema est debout, les deux mains sur le dossier de la chaise, et il hausse les sourcils d'un air incrédule.

— L'essentiel, c'est d'appliquer le règlement. Que faisait-elle en pleine nuit au milieu de la ria ? Et seule, par-dessus le marché ! Merde, on aurait pu la descendre ! L'un d'entre vous était-il au courant ?

Julia croise le regard d'Aitor. Non, lui non plus ne savait rien.

— Salut ! – C'est Silvia qui vient d'arriver ; elle pose un feuillet griffonné sur la table. – Julia, toi qui le connais le mieux, tu vas m'aider à compléter le profil psychologique du commissaire. Certains éléments ne cadrent pas avec l'idée que je me suis forgée de notre assassin.

Txema a un rire rentré.

— Laisse tomber, Cestero a semé une belle pagaille ! Mais tu pourrais tirer d'elle un profil intéressant…

Le téléphone sonne, à côté de Julia. Elle allonge le bras et répond. C'est la Brigade d'intervention. On veut parler à la personne responsable pour tout organiser cette nuit. Il reste quelques heures et il n'y a pas de temps à perdre.

— C'est pour toi, dit-elle en tendant le combiné à Txema.

En l'absence de Cestero, c'est lui qui dirige le groupe.

Le regard de l'agente glisse sur la paroi de verre translucide du bureau du commissaire. Elle sait ce qui s'y passe et elle se sent un peu coupable. À Murueta, si elle n'avait pas parlé à Cestero, rien ne serait arrivé. Cependant, elle est convaincue d'avoir bien agi.

Les autres agents du commissariat sont aussi dans l'expectative. Les rares conversations se déroulent à voix basse, avec des coups d'œil discrets vers le bureau. Qu'un intendant visite les installations n'est déjà pas très fréquent, mais que par-dessus le marché il soit accompagné du chef de l'Ertzaintza en personne, c'est du jamais vu à Gernika.

Les jours de Luis Olaizola à la tête de son équipe touchent à leur terme.

— Nous avons besoin d'un agent qui connaisse le terrain, dit Txema en se tournant vers Julia.

Il a déjà raccroché.

— L'Urdaibai ? Moi.

— Oui, je sais. Un autre. Les gars de la Brigade d'intervention m'ont demandé cinq agents. Nous sommes quatre. En qui pouvons-nous avoir confiance dans ce commissariat ? demande le sous-officier en baissant la voix.

Dans une opération contre les trafiquants de drogue, moins il y a de gens dans la confidence, mieux c'est.

Julia fait un rapide inventaire mental de ses collègues. C'est clair, personne n'est meilleur que lui.

— Raúl, annonce-t-elle en indiquant son collègue d'un coup de menton.

Elle n'a pas le temps d'en dire plus. Tous les regards se tournent vers la porte du bureau qui vient de s'ouvrir. Luis Olaizola quitte le lieu qu'il dirigeait depuis plus d'une dizaine d'années. Il est tête basse, effondré.

— Courage, Luis ! s'exclame quelqu'un.

S'ensuivent quelques mots de soutien. Pas beaucoup. Julia est incapable de savoir si l'un d'eux est sorti de sa propre gorge. Elle sent la culpabilité s'enfoncer avec rage dans la blessure ouverte. C'est une dague qui laboure et déchire les chairs.

Elle aura besoin de temps pour pouvoir se pardonner d'avoir bien fait son travail.

26

25 octobre 2018, jeudi

Au moment de descendre de voiture, Cestero comprend qu'elle est dans un lieu qui ne ressemble à aucun autre. Certes, lors de la procession annuelle, fin juillet, Santa Marta de Ribarteme revêt ses plus beaux atours pour être à la hauteur, avec sa procession de cercueils, ses *pulperías* ambulantes et ses musiciens qui répètent pour le bal du soir. Mais quand novembre frappe aux portes, la fête est finie. L'église est muette et domine les vallées où sont réfugiées les maisons de granit accrochées aux lambeaux de brume.

— C'est joli, dit-elle en essayant de ne pas regarder les collines calcinées qui bouchent l'horizon.

Les incendies de l'automne dernier ne sont pas près d'être oubliés.

— C'est la Galice, résume Xosé Pombo.

L'ertzaina pense à la côte découpée, aux rues pavées des villes, aux plages et aux étals débordant de fruits de mer. Toute la Galice est là. Mais ce lieu, auquel la brume et l'isolement confèrent une mystique indiscutable, c'est aussi la Galice. La plus dévote, un territoire de croyances et de mythes ancestraux où la mort et la crainte qu'elle inspire sont au cœur de la vie.

Devant le porche de l'église, un homme en soutane les attend, coiffé d'un chapeau d'une autre époque.

— Le curé, chuchote le lieutenant.

— Ouais.

Cestero fait une estimation rapide : la soixantaine. Il boite légèrement, mais sans canne. Il est maigre, mais ses pommettes sont arrondies et rosées.

— Bienvenue, lieutenant. Et vous, vous devez être de la police basque, salue-t-il en esquissant un sourire affectueux.

L'ertzaina se présente en lui serrant la main :

— Sous-officière Cestero, Ane Cestero.

— Comment allez-vous ? Comment trouvez-vous la Galice ? Vous étiez déjà venue ? Quel dommage, ces incendies de l'an dernier. Un spectacle d'une tristesse… !

Cestero acquiesce avec un air de circonstance. Avant même qu'elle ouvre la bouche, Pombo la devance.

— Pourrions-nous parler dans un endroit plus tranquille ? demande-t-il en montrant l'église.

L'ertzaina ne peut s'empêcher de se retourner, surprise. Qu'y a-t-il de plus tranquille que ce lieu ? La seule personne en vue est une femme qui mène ses deux vaches à coups de baguette. Et elle est à une cinquantaine de mètres.

— Oui, bien sûr. Allons à la sacristie.

— On vous suit, dit Pombo en s'effaçant devant le prêtre.

Les yeux de Cestero mettent quelques secondes à s'habituer à l'obscurité de l'église, une nef unique.

— Santa Marta, annonce le curé en s'arrêtant devant une chapelle.

Il sort un foulard blanc d'un casier et le tend aux policiers.

Xosé Pombo le prend en murmurant un remerciement et, au grand étonnement de Cestero, se met à frotter les pieds et le visage de la sainte. Une génuflexion respectueuse complète le rituel.

Les regards se tournent maintenant vers l'ertzaina. Pombo lui tend le foulard et l'encourage d'un geste à l'imiter.

— Notre sainte a guéri des gens venus de tous les recoins du monde, souligne le prêtre.

Cestero se mord la langue. Le piercing heurte ses incisives, qui relâchent la pression. Son esprit fonctionne à plein régime. Plaire au prêtre par un geste auquel elle ne croit pas, ou rester fidèle à ses principes ?

Le lieutenant capitule et rend le foulard au prêtre, qui le remet dans le casier en secouant la tête.

— Qui n'a pas la foi n'a rien, grommelle-t-il en se dirigeant vers la sacristie.

Une froide lumière tamisée par les rideaux suspendus devant la seule fenêtre éclaire cette pièce aux murs en granit. Plusieurs soutanes et des habits de cérémonie y sont suspendus, à côté de deux tableaux à motifs religieux. Cependant, tout cela disparaît quand le regard de Cestero se pose sur les cercueils appuyés contre le mur du fond.

— Ce sont ceux de la procession ?

Sur les sept bières, une seule attire le regard ; blanche et petite, prête à accueillir un bébé.

— Ce sont les cercueils de l'an dernier. Nous avions huit dévotieux. Un chiffre record. La dévotion à la sainte se répand de plus en plus.

— Huit personnes se sont mises là-dedans ? s'étonne Cestero en frémissant. Quel genre de personnes ?

— Des gens normaux, comme vous et moi. C'est une fête. Ici, il y a de la musique, des *pulperías*, un marché… C'est une procession. Comme toutes les autres, mais spéciale, très spéciale.

— Un peu sinistre, hasarde Cestero.

— Loin de là. À Santa Marta de Ribarteme nous fêtons la vie, sans redouter la mort. Les participants viennent rendre grâce d'être encore vivants. Vous trouvez cela sinistre ?

— Pardon, ce n'était pas le bon mot, reconnaît Cestero.

Le curé accueille ses excuses avec un sourire forcé. À l'évidence, l'ertzaina ne lui est pas sympathique.

— Dans lequel Isabel Otero est-elle décédée ? demande la policière en s'approchant des cercueils.

Le lieutenant l'observe d'un air surpris.

— Dans aucun d'entre eux. C'est une pièce à conviction. Elle est sous scellés.

L'ertzaina laisse échapper un soupir.

— Bien entendu, reconnaît-elle, consciente d'être ridicule.

— C'était un modèle de ce genre, précise le curé en tapotant un cercueil noir orné d'un Christ en croix de laiton. Marisa, tu m'aides à l'ouvrir ?

Une femme émerge de l'ombre. Le plumeau jaune qu'elle tient apporte une touche de couleur dans la sacristie. Comme si elle voulait être assortie au deuil rigoureux de ses vêtements, ses cheveux, rassemblés en chignon très serré, sont noirs comme la nuit. Ses yeux aussi, qui sourient en saluant le lieutenant.

La sacristaine passe le plumeau sur le cercueil avant d'actionner la clé du couvercle, qu'elle soulève avec l'aide du prêtre, découvrant le rembourrage intérieur blanc. Évidemment, ce n'est sans doute pas l'endroit le plus accueillant du monde, encore moins en pleine saison estivale.

— Pendant la procession, les dévotieux ne sont pas enfermés, bien sûr, précise le prêtre.

Cestero passe la main sur le rembourrage. Sous ce tissu si doux se cachait l'arme homicide. L'assassin à la tulipe a employé une méthode ingénieuse pour supprimer sa première victime.

— J'ai cru comprendre que c'était la première année qu'Isabel Otero participait à la procession, dit-elle sans cesser de caresser le cercueil.

— Qui a dit cela ? intervient la sacristaine.

L'ertzaina se tourne vers Pombo, interrogative.

— C'est ce qui figure dans le dossier. C'est moi qui les ai interrogés. Ce n'était pas la première fois ?

La sacristaine hausse les épaules.

— La première, peut-être, ou peut-être pas. En tout cas, la première année qu'elle était dévotieuse, mais je n'ai pas dit qu'elle n'était pas une fidèle parmi les fidèles.

— Elle avait déjà participé, oui ou non ? insiste le lieutenant avec impatience.

La femme reprend son air de doute.

— Comment savoir ?

Cestero rit intérieurement. Pombo reçoit la monnaie de sa pièce. On dirait que les Galiciens peuvent aussi s'énerver devant l'imprécision de leurs congénères.

— En tout cas, elle n'avait jamais participé dans un cercueil, souligne le lieutenant.

— C'est ce que j'ai dit, réplique la sacristaine.

— Quand a-t-on su qu'Isabel Otero serait une des dévotieuses ?

La sacristaine attend un geste d'assentiment du curé avant d'ouvrir un cahier pour consulter la date.

— En mai, on comptait déjà sur elle, annonce-t-elle après avoir feuilleté le cahier.

Cestero soupire.

— Pourquoi est-ce important ? demande Pombo à l'ertzaina.

— Tous les détails le sont. Qui savait qu'Isabel Otero serait dans le cercueil ?

Le curé interroge Pombo du regard avant de prendre la parole.

— Ne disiez-vous pas que c'était une question de hasard ?

— Nous ne pouvons écarter aucune hypothèse, répond le lieutenant. Au début, nous pensions à une attaque d'un mouvement anticlérical visant à semer la panique parmi les fidèles. Mais de nouveaux éléments nous incitent à reconsidérer l'affaire sous un autre angle.

Cestero se réjouit que le garde civil envisage de s'ouvrir à d'autres hypothèses.

— Si Isabel Otero s'est mise dans ce cercueil pour rendre grâce de la guérison de sa sœur, toute sa famille savait depuis le mois de mai qu'elle allait participer à cette procession, dit l'ertzaina.

— Pas seulement. Tout son entourage était au courant, précise Pombo.

Le curé approuve.

— Les dévotieux sont accompagnés de leur famille et de leurs amis. C'est une journée très particulière dans la vie de ces volontaires. Ils vivent leur propre enterrement. Qui ne s'est pas demandé au moins une fois comment serait son départ ?

Cestero n'aime pas cette réponse. Elle ouvre un peu trop l'éventail des suspects.

— S'est-il passé quelque chose de notoire dans les jours qui ont précédé la procession, ou pendant celle-ci ?

— C'est dans le dossier, l'interrompt Pombo. Vous n'avez rien remarqué d'anormal, n'est-ce pas ? ajoute-t-il à l'intention du prêtre.

Le curé se contente de hocher la tête.

— La tulipe vous dit quelque chose ? ajoute Cestero.

Le prêtre et la sacristaine répondent par la négative.

— Je crois que c'est tout. Nous pouvons partir, décide Cestero. – Elle ne tirera rien de plus au clair dans ce hameau écarté de Galice. – Merci de votre aide. Si quelque chose vous revient…

— Si quelque chose vous revient, vous avez mon numéro de téléphone. Appelez-moi, l'interrompt Pombo en tapotant le cercueil.

27

25 octobre 2018, jeudi

Les gouttes de pluie ruissellent sur les épaules de Julia dès que celle-ci aborde l'escalier, au sortir de l'eau. Ce soir, la brise est fraîche et les marches glacées. Heureusement qu'elle a mis le chauffage à fond : elle va bientôt savourer un café bien chaud dans son salon. Plus que nécessaire, et pas seulement pour se réchauffer. Si Cestero a vu juste, cette nuit s'annonce inoubliable.

L'après-midi n'a pas été moins agitée. Après le départ d'Olaizola du commissariat, les informaticiens ont épluché son ordinateur, en quête de preuves de sa mauvaise gestion. Des dizaines de mails sont sortis de l'imprimante. Des messages du commissaire envoyés et reçus ces derniers mois.

Julia a eu l'impression de s'insinuer dans une autre vie en les épluchant avec Aitor. Cependant, la réalité a vite montré qu'ils avaient raison. Nombre de courriers personnels entre Olaizola et sa femme parlaient de Natalia Etxano. Le terrain d'une vieille colonie de vacances, propriété de la Caisse d'épargne, monopolisait ces conversations. Tout montrait que le nouveau siège du

Guggenheim pouvait être érigé sur cette enclave privilégiée de la ria, et l'entreprise de bâtiment qui employait la femme du commissaire s'était empressée de l'acquérir. Par ailleurs, ces échanges parlaient de la journaliste assassinée, laquelle prenait la défense, du haut de sa chaire radiophonique, de l'attribution publique de la colonie de vacances.

À de nombreuses reprises, sa femme l'interroge sur cette affaire ; à de nombreuses reprises, Luis Olaizola lui répond qu'il en a parlé avec Natalia et qu'il envisage d'étaler au grand jour le linge sale de la journaliste si celle-ci n'est pas raisonnable. Il raconte même qu'il l'a mise sous surveillance pour faire pression sur elle et l'obliger à jeter l'éponge.

Des comportements décevants de la part d'un homme que Julia a apprécié et estimé depuis qu'elle est sous ses ordres. Elle a soudain l'impression qu'elle ne le connaît pas. Même l'idée que c'est Natalia qui a quitté le commissaire lui semble douteuse. L'argent et la spéculation urbaine semblent avoir poussé Olaizola à imposer la rupture.

Le peignoir, qui attend sous l'auvent, offre une première étreinte réconfortante à la peau frigorifiée de Julia. Le ciel est éteint, d'un gris si sombre qu'il en est presque noir. Les balises qui signalent les zones de haut-fond ne lancent pas encore leurs éclairs verts et rouges. Habituée à nager la nuit, elle n'a pas trouvé ce bain de début de soirée très agréable. Peut-être parce qu'elle sait que pour une fois ce n'est pas le point final d'une journée compliquée, mais un point-virgule qui précède la partie la plus émouvante de la phrase. L'ennui, c'est que si elle connaît le début de cette phrase, la fin restera jusqu'au bout une inconnue inquiétante.

Elle tourne le dos au Cantabrique et frissonne en imaginant la chaleur qui l'attend derrière cette porte coulissante. Elle tend la main vers la poignée, mais son geste se fige, comme le crépuscule, comme le sang qui coule dans ses veines.

De grandes lettres, écrites sur le verre couvert de buée. Des lettres éphémères, de l'eau condensée. Un message brutal :

TU VAS LE REGRETTER

28

25 octobre 2018, jeudi

Un ciel obscur et bouché pleure sur la ria. Ce sont des larmes fines, presque invisibles, mais Cestero les sent couler sur son visage. La nuit étend son linceul et ne va pas tarder à noircir ce monde où la mer dessine la carte à son gré. Les phares des îles d'Ons et de Sálvora, qui semblent flotter dans la brume, s'allument soudain pour meubler l'horizon. À peine une minute plus tard, apparaissent les balises vertes et rouges qui facilitent la navigation dans cette zone.

Beaucoup de bateaux de pêche rentrent au port, le pont encombré de nasses à poulpes et à crabes. Ils zigzaguent dans un labyrinthe de parcs à moules et de pontons regroupés dans les zones les moins exposées à la houle.

C'est justement de ce côté que Cestero se tourne. Elle attend le retour du veuf d'Isabel Otero. Un bateau bleu, simple, et une immatriculation de Pontevedra qui se termine par 66. Telles sont les indications que des pêcheurs lui ont données à la criée ; ils lui ont dit aussi qu'il est très affecté par la disparition de sa femme.

— Depuis, il ne parle plus à personne, ou presque. Il est effondré et passe ses journées dans son parc à moules, qui ne peut pas lui donner autant de travail, les moules se débrouillent toutes seules. À mon avis, il s'y réfugie pour pleurer tranquillement.

— Et toi, qu'est-ce que tu ferais ? Pareil ! réplique un autre.

— Mais il faut se ressaisir ! On est un bien mauvais marin, si on laisse la mort vous changer la vie. Il faut la regarder en face.

Cestero se rappelle cette conversation, qui s'est déroulée au milieu des cagettes de sardines préparées pour la criée. La mer, au-delà des caps qui referment la ria de Bueu, est sereine comme un lac et seul ose briser le silence le ronron lointain des moteurs des bateaux qui rentrent au bercail.

La mélodie du portable entre en scène. Cestero s'empresse de le prendre dans son sac à dos. À cette heure, le dispositif déployé pour pincer les narcotrafiquants doit être prêt. Dommage qu'elle soit si loin. Elle aurait aimé diriger l'opération. En réalité, son équipe n'a pas grand-chose à faire. C'est la Brigade d'intervention, venue de Berrozi, qui va passer à l'action. Txema et les autres seront spectateurs, guère plus.

— Merde… grommelle-t-elle en voyant le nom de Madrazo sur l'écran.

Si son supérieur l'appelle, ce n'est sûrement pas pour la féliciter. Elle respire à fond et se présente :

— Cestero.

— Comment ça se passe en Galice ? Beaucoup de poulpes ?

En dépit d'un début aimable, l'ertzaina sait que la conversation va prendre un virage à cent quatre-vingts degrés.

— Il pleut, répond-elle sobrement.

Madrazo soupire.

— Il pleut toujours. Comme ici… Ane, tu sais prier ? – Cestero ne répond pas, ce n'est pas nécessaire. – Ce n'est pas ton truc, hein ? Mais tu devrais t'y mettre. Qu'est-ce que c'est que cette histoire ? Il paraît que tu t'es fourrée toute seule dans la gueule du loup ? Merde, Ane, tu diriges une unité spéciale… Qui aurait l'idée de partir en pleine nuit à la chasse aux narcos ? C'est de la folie ! Les louves solitaires, c'est bon au cinéma. L'Ertzaintza travaille en équipe.

— C'était en dehors des heures de service. Qu'est-ce que tu ferais si on te délocalisait et si on te collait à l'hôtel ? Tu te mettrais au lit et tu regarderais la télé ?

— Tu n'as prévenu personne ! On aurait pu te tuer et aucun de tes collègues ne l'aurait su… Et ne me parle pas de l'hôtel. Aitor y est aussi, et il ne s'est pas fourré dans un guêpier. Merde, tu pourrais avoir un peu plus de jugeote… !

La sous-officière observe son propre reflet dans l'eau. C'est une image brisée, mouvante ; les gouttes tombées du ciel la transforment en peinture abstraite.

— Grâce à mon imprudence, nous allons démanteler un réseau de trafiquants de drogue, dit-elle, vexée. Tu devrais m'appeler pour fêter ça, au lieu de me passer un savon.

— Voilà pourquoi je te demande de prier, Ane. Si cette prétendue bande tombe cette nuit, il n'y aura que des félicitations. En revanche, si on t'a mal informée et s'il ne se passe rien, on va te tomber dessus. Que Txema prenne la direction du groupe, ce sera le moindre de tes soucis.

Cestero acquiesce sans desserrer les dents. Elle sait qu'il a raison. Elle peut commencer de prier.

La fin de la conversation est froide, sans courbettes ni mots aimables. Le portable réintègre le sac et le regard de la policière repart sur la mer calme.

De nouveau le silence.

Au loin, une cloche sonne le glas. L'ertzaina essaie de se rappeler l'explication qu'un jour un prêtre lui avait donnée. Si le dernier coup de la série est aigu, c'est une femme qu'on enterre, s'il est grave, c'est un homme. Ou l'inverse ?

Peu importe. Cette plainte métallique saupoudre de tristesse un paysage trop habitué aux adieux. La mer est source de vie et de richesse dans les rias galiciennes, mais elle écrit bien souvent la dernière note de musique de ceux qui essaient de danser au son de ses vagues.

Une embarcation rentre au port. On dirait qu'elle est bleue, mais le crachin et la tombée de la nuit interdisent toute certitude.

— Oui, c'est bien du bleu, murmure Cestero en la voyant s'approcher de la digue extérieure.

Et il vient des parcs. Aucun doute là-dessus. C'est forcément lui.

Instinctivement, elle se retourne pour s'assurer qu'il n'y a personne d'autre sur le quai. Bien sûr, il y a du monde. Des pêcheurs déchargent les prises du jour et les emportent dans une charrette à la criée. Des curieux regardent, les mains dans le dos. Cestero imagine leurs commentaires critiques sur la qualité ou la quantité de poisson. Un classique qui caractérise tous les ports de pêche. Il y a toujours des retraités qui se plaisent à rappeler que lorsqu'ils prenaient la mer, ils rapportaient plus et mieux que la génération qui avait pris la relève.

Il y a aussi les employés du port, et les pêcheurs à la ligne sur les digues. Pas trace, bien sûr, du lieutenant Pombo. Le garde civil n'aimerait pas constater que Cestero ne tient aucun compte de ses instructions.

L'embarcation dépasse les digues. L'immatriculation correspond. Cet homme voûté qui la pilote ne peut être que le mari de la victime. L'ertzaina tripote son piercing, indécise, et s'approche de la jetée où le veuf amarre son embarcation. Ce qu'elle s'apprête à faire est totalement irrégulier. Elle ne peut interroger personne hors de la juridiction de l'Ertzaintza, et la Galice en est très éloignée. Mais elle a besoin de parler avec la famille de la victime, et Pombo ne lui facilite pas les choses.

— Arsenio Vilaboa ? Je suis Ane Cestero, policière.

L'homme lance à peine un regard sur la plaque que lui montre l'ertzaina.

— Il y a du nouveau ?

— J'ai bien peur que non. Je suis désolée pour votre femme.

— Dites-moi plutôt ce que vous voulez.

L'ertzaina est devant un homme écrasé par des mois d'incertitude, par un deuil impossible à porter, faute de coupable à accuser. Pas question de tourner autour du pot ni de lui faire perdre son temps.

— J'ai besoin de votre aide, Arsenio.

L'homme fronce les sourcils. Ses yeux gris ont l'air aussi perdu qu'épuisé.

— Que voulez-vous dire ?

— J'enquête sur plusieurs assassinats de femmes et j'ai de bonnes raisons de croire qu'ils sont liés à celui de votre épouse.

Arsenio Vilaboa acquiesce et saute sur la jetée. Son extrême maigreur est saisissante. Il se laisse aller depuis la disparition de sa femme.

— J'ai bien pensé que vous viendriez, quand j'ai entendu parler de l'assassin à la tulipe. Vous croyez que c'est lui qui m'a volé mon Isabel ?

Cestero soupire. Pas si vite !

— Disons qu'il y a des indices qui rattachent son crime à ceux du Pays basque.

— La fleur, bien sûr, reconnaît Arsenio. Et pas seulement : ce village du tableau de Picasso : Gernika. À la radio, on a dit que les deux crimes de cette semaine ont eu lieu là-bas. Isabel a vécu dans ce coin quand elle était jeune. Ne me demandez pas où exactement, je n'en sais pas autant.

Arsenio Vilaboa lui tourne le dos pour s'amarrer. Cestero ne veut pas le bousculer. Elle n'a pas besoin de le voir pour savoir que les larmes ont brisé toutes les digues de contention.

— Désolée, murmure-t-elle, gênée.

De nouveau, le glas se fraye un passage à travers la pluie. La ria se tait en signe de deuil.

— C'est Antón, du vidéoclub. Il a eu un malaise après dîner, dit l'un de ceux qui préparent les nasses pour le lendemain.

— Il paraît que c'était un infarctus, précise un autre.

— Pauvre garçon. Si jeune…

— Sur le faire-part, ils ont inscrit cinquante-trois ans.

— On est vraiment peu de chose.

Vilaboa s'essuie la joue et se tourne vers Cestero.

— Où est le lieutenant Pombo ?

L'ertzaina se mord les lèvres. Elle n'avait pas prévu cette question.

— Heu…

Une mouette plonge à quelques mètres de là et ressort avec un poisson dans le bec. Son dos argenté brille fugacement quand elle s'envole en direction du toit de la criée, poursuivie par les cris des mouettes. Cestero décide qu'elle ne peut pas lui mentir :

— Pombo mène l'enquête sur la mort de votre femme, et moi sur d'autres victimes qui pourraient avoir le même assassin. Je suis ertzaina, de la police basque, et je suis hors de ma juridiction, ici. Je vous demande de collaborer, pour qu'on puisse arrêter celui qui vous a ravi votre épouse. Aidez-moi avant qu'il soit trop tard pour d'autres femmes.

— J'ai déjà dit à la Garde civile tout ce que je sais.

— En effet, et le lieutenant m'a transmis une copie du dossier. Mais les deux assassinats de cette dernière semaine changent tout.

— Je ne vois pas le changement. Isabel est toujours morte et je ne la reverrai jamais. La procession, c'était il y a presque trois mois. Et qu'avez-vous découvert ? Rien !

En voyant le tremblement de ses lèvres, Cestero craint que le veuf éclate en sanglots.

— C'est la raison de ma présence. Faites-moi confiance. Donnez-moi une chance. Une seule. – Le ton de la policière devient suppliant. – J'ai dans le dossier tout ce que vous avez dit au lieutenant, concernant les journées qui ont précédé la procession. Mais j'ai besoin d'en savoir davantage. Plus vous me donnerez de détails sur la vie de votre épouse, plus j'aurai de chances de trouver ce qui la rattache aux autres victimes.

Arsenio regarde l'eau fixement. Et finit par hocher la tête.

— C'est bon. Par où voulez-vous commencer ?

Cestero le sait très bien.

— Par les années qu'Isabel a passées en Euskadi. Et surtout, la raison pour laquelle elle est retournée en Galice.

Elle est soudain convaincue que c'est la clé de tout.

— Là, je ne sais pas si je pourrai beaucoup vous aider. À l'époque, je ne la connaissais pas encore. C'est à sa sœur que vous devriez parler. Elle a vécu là-bas avec Isabel. Ses parents sont décédés, ne les cherchez pas.

L'ertzaina acquiesce. Elle connaît cette partie de l'histoire. Elle va devoir localiser Pilar Otero. Elle vit à Saint-Jacques-de-Compostelle, a-t-elle dit.

— Et votre femme ne vous a jamais expliqué pourquoi elle avait quitté le Pays basque ?

Arsenio hausse les épaules.

— L'appel de la terre, toujours ! La nostalgie… À vrai dire, Isabel ne parlait jamais de cette époque de sa vie. Elle n'aimait pas l'évoquer. Regarder en arrière ne lui plaisait pas, elle a toujours vécu au présent.

L'ertzaina feint de se contenter de la réponse, mais devine qu'un événement l'a poussée à renoncer à sa vie à Durango. Et cet événement pourrait tout expliquer.

— Le nom de Meirás vous dit quelque chose ? demande-t-elle en se rappelant l'opération qui va bientôt être déclenchée à des centaines de kilomètres de là, dans les maremmes de l'Urdaibai.

— Un narco, n'est-ce pas ? dit le veuf sans beaucoup d'intérêt. Il est bien de Vilagarcía de Arousa ?

Cestero cherche ses mots avant de continuer.

— J'ai des raisons de croire qu'il peut être lié avec l'affaire.

— Le trafiquant ? – Cette fois, Arsenio semble réellement surpris. – C'est impossible. Dans notre famille, on a toujours été très loin de cette merde. Et pourtant, c'est facile de succomber à la tentation, hein ? On prend un paquet ici, on le pose là et on gagne en quelques heures ce qu'on aurait touché en un mois en pêchant jour et nuit.

— Vous écarteriez totalement tout rapport de votre femme avec le réseau de Meirás ?

— Absolument, affirme le veuf sans hésiter une seconde.

C'est bon, il n'y a pas grand-chose d'autre à dire. Cestero regarde le ciel et sent les gouttes sur son visage. Les cloches sonnent encore au loin, et les phares n'arrêtent pas leur valse d'éclairs clignotants. La vie suit son cours dans les rias galiciennes, au moins pour quelques-uns.

29

25 octobre 2018, jeudi

Julia emplit ses poumons des odeurs lourdes de la maremme. Des odeurs de boue et de sel, de terre et de mer. Mais flotte aussi dans l'atmosphère la tension qui anticipe ce qui va se produire. Le gilet pare-balles de l'ertzaina ne parvient pas à la dissiper. Pas plus que la présence d'une vingtaine d'agents de la brillante Brigade d'intervention, déployés en divers endroits de la ria, ou que la patrouille côtière, prête à bloquer toute fuite par la mer.

Le commandant de cette brigade a dit clairement que l'objectif est de cerner les trafiquants et d'attendre qu'ils aient transféré la drogue dans le moulin à marée. Alors, ils leur tomberont dessus.

Les membres de l'Unité spéciale ne doivent bouger sous aucun prétexte, même s'ils voient arriver la vedette pneumatique, même si les faux pêcheurs entrent dans la ria en quête des colis, même s'ils les voient se perdre dans les sentiers de la maremme avec leur chargement sous le bras. Ils doivent rester calmes, imperturbables. Pas un mouvement, tant que la drogue n'est pas arrivée au quartier général des narcotrafiquants. Pour décapiter l'organisation, il faut procéder ainsi. Sinon, les messagers se retrouveront en prison, mais il sera impossible de coincer ceux qui dans le moulin dirigent tout ce trafic.

— C'est amusant qu'ils aient choisi un moulin pour livrer la "farine", dit Txema.

Il est à côté de Julia, contrôlant le dispositif à la terrasse supérieure du château d'Arteaga.

En réalité, ils sont de simples spectateurs. La Brigade d'intervention, avec ses uniformes noirs de la tête aux pieds et ses tactiques presque militaires, prend en charge l'ensemble de l'opération.

— On ne voit pas beaucoup de mouvement. On ne s'est pas trompés de jour ? se demande Julia.

— Pose la question à Cestero. Pour elle, c'est clair : le débarquement aura lieu aujourd'hui. J'espère que nous n'avons pas mobilisé la Brigade d'intervention pour rien.

Julia prend ses jumelles de vision nocturne. Le monde devient vert à travers les lentilles, mais on y voit comme en plein jour. Pas de lumière au moulin, qui semble dormir sur la retenue d'eau de sa lagune. Serait-ce trop tôt. Elle regarde sa montre. Presque minuit. C'est marée descendante. Bientôt, même un hors-bord ne pourra plus s'engager dans la ria sans s'ensabler.

— Les pêcheurs sont à leur poste, annonce Aitor Goenaga à la radio.

Il est en première ligne, sur la côte.

C'est bon signe, mais ça ne suffit pas. D'après Cestero, ils ne savent jamais précisément quand a lieu la livraison de stupéfiants. Ils prennent place dans l'espoir de voir apparaître la vedette qui va larguer la marchandise, et de gagner quelques centaines d'euros en les transportant au moulin. Mais bien souvent, ils repartent bredouilles.

— Au moins, la pluie s'est arrêtée, se réjouit Txema en se frottant les bras pour se réchauffer. Tu ne vas pas me croire, mais à Bruxelles le climat est meilleur qu'ici. Peut-être plus frais, mais moins humide. Ici, on se gèle jusqu'aux os. Sans parler de la pluie…

Julia se contente d'opiner du chef en surveillant les environs à travers ses jumelles. Elle ne cesse de penser au message anonyme qu'elle a lu il y a quelques heures. Son pouls s'accélère au souvenir de sa terreur en ouvrant la porte pour accéder au salon et se précipiter sur son pistolet rangé dans un tiroir. Quand elle a eu fini d'inspecter toute la maison pour voir s'il y avait un intrus, la vitre s'était désembuée. Les lettres avaient disparu, mais le message flottait encore dans l'atmosphère.

— Ne me dis pas que tu y penses encore, lui reproche Txema.

Il a passé une bonne heure chez elle, à chercher des indices dans le salon. Sans succès, bien sûr. Maintenant, c'est la Scientifique qui essaie de dénicher quelque chose.

— Je suis sûre de l'avoir lu.

— Il vaudrait peut-être mieux que tu installes une serrure à cette porte. Tu te sentirais plus en sécurité. N'importe qui peut entrer chez toi par la falaise quand tu nages.

Julia sait qu'il a raison. Ça ne serait pas grand-chose de porter une clé en collier, ou en bracelet, comme lorsqu'on pratique un sport dans un gymnase.

— D'accord.

Et elle reprend sa surveillance.

À la frayeur de cet après-midi s'ajoute l'arrière-goût amer que lui a laissé le départ d'Olaizola.

— Que fabrique-t-il, cet idiot ? On va le repérer, dit Julia quand elle voit quelqu'un s'approcher du moulin à marée.

Txema lui demande les jumelles nocturnes et regarde.

— Il n'est pas des nôtres. Aucun d'entre nous n'est aussi gros… Regarde, la porte est ouverte. Il est sorti du moulin. Il jette un coup d'œil. C'est sans doute un des gardiens dont a parlé Cestero.

— Bon signe. S'ils surveillent, c'est qu'ils ont de bonnes raisons.

Elle entend une voiture, du côté du chemin de terre qui arrive d'Arteaga. Les roseaux s'illuminent sur son passage et la dissimulent avant qu'elle se gare dans un espace plus ouvert, devant la retenue du moulin.

— Une Audi Q7. Noire, annonce Txema avant de lui rendre les jumelles.

Julia la repère vite. Deux silhouettes en descendent et se dirigent vers le bâtiment après avoir échangé quelques mots avec le gros, qui reste en sentinelle. Bientôt, les fenêtres s'allument et se reflètent sur le plan d'eau qui attend patiemment l'ouverture des vannes pour activer les engrenages des meules. Si elle n'avait pas été en planque, armée jusqu'aux dents, elle aurait beaucoup apprécié la beauté de cette image.

— Du nouveau du côté des postes de contrôle ? demande le commandant dans la radio.

— Rien.

— Ici, rien.

— Rien.

Les réponses arrivent, nettes, sans interférences. Txema se tourne vers Julia et claque de la langue.

— Une longue nuit en perspective.

— Et Raúl ? demande l'ertzaina en fronçant les sourcils.

Le tatoueur n'a pas répondu. On lui a confié le poste de contrôle situé sur la plage de Laida, près de l'embouchure de la ria. Il devrait être le premier à voir l'embarcation des trafiquants.

Txema active le micro.

— Laida, tu me reçois ?

Silence.

Les deux ertzainas échangent un regard inquiet.

— Votre attention, Laida… Laida, tout va bien ?

Raúl ne répond pas.

Julia n'a aucun mal à imaginer les dunes plongées dans l'obscurité et les vagues déferlant sur le rivage. Son collègue devrait être là, posté dans les roseaux, prêt à donner le signal que tous attendent. Pourvu qu'il ne lui soit rien arrivé. Parfois, les radios tombent en panne, c'est tout.

— Tu n'aurais pas dû l'envoyer tout seul.

Txema respire bruyamment.

— Facile à dire. De combien d'agents disposons-nous ? Personne ne prévoyait que la plage serait à surveiller. Elle est à presque cinq kilomètres du moulin à marée… D'ailleurs il y a des chances pour qu'on s'inquiète pour rien. – Il presse de nouveau le bouton de la radio. – Laida, tu me reçois ?

Pas de réponse. Julia se ronge les ongles. Ce silence ne lui dit rien qui vaille.

— Quelqu'un peut-il voir la plage de Laida de son poste ? demande la voix du commandant.

Lui aussi commence à s'inquiéter.

— D'ici, tout est tranquille, dit une voix féminine.

C'est une des agentes d'intervention. Julia la situe mentalement devant l'ermitage de San Miguel d'Ereñozar. Du haut de cette montagne pointue, on domine toute l'embouchure de la ria. À défaut d'hélicoptère, qui ne peut voler de nuit, on a une vision aérienne qui permet de localiser à tout moment les acteurs d'une nuit qui se promet d'être palpitante.

Julia se remet à explorer les abords du moulin avec ses lunettes de vision nocturne. Une deuxième sentinelle a rejoint le gros. L'intérieur de l'édifice est éclairé. La porte de la grange est entrouverte. Cette nuit est la bonne, aucun doute là-dessus.

Soudain, le signal vert de la radio s'allume.

— Tout est calme du côté de Laida.

C'est la voix de Raúl.

Txema hoche la tête avec satisfaction.

— Où était-il passé ? se demande Julia.

Son collègue hausse les épaules dans le noir.

— Il est peut-être allé pisser.

Un hibou ulule au loin. Ce n'est pas le seul animal nocturne. Quelques chauves-souris survolent avec insistance le château d'Arteaga, attirées par les insectes qui rôdent autour d'une vieille lanterne accrochée à la façade.

L'attente se prolonge.

— Pourquoi es-tu revenu ? demande Julia.

Elle se répète la question depuis qu'elle a appris que Txema avait quitté Interpol.

— J'en avais marre. Beaucoup de paperasse et peu

d'action. Je passais mes journées devant un ordinateur. C'est du boulot pour les vieux.

Julia se mord la langue pour ne pas lui dire ce qui lui vient à l'esprit.

— Mais c'était ton rêve ! Tu as tout laissé tomber quand on t'a appelé. Tout.

Txema ne répond pas immédiatement. Pas besoin de lire entre les lignes pour comprendre que ce "tout" se réfère à sa relation avec elle. Quatre ans de vie commune jetés par-dessus bord pour un travail qu'il reconnaît maintenant être une merde. Un projet de vie commune oublié du jour au lendemain.

— Ce n'est pas le moment, Julia.

L'ertzaina regarde le moulin à marée. Tout est calme. Les sentinelles bavardent devant la porte et on ne perçoit aucun autre mouvement.

— Non, bien sûr, notre temps est écoulé. Qu'est-ce qui t'a pris, soudain ? J'aimerais comprendre... Il y avait quelqu'un d'autre ? C'est ça ?

— Je te jure que non. Il n'y avait personne. Uniquement mon travail. C'était mon grand défi personnel. Et ça a foiré. Tu crois que je ne le regrette pas ?

Devant son regard blessé, Julia se retient de ne pas fondre en larmes, et elle est très déçue de constater que ses sentiments sont encore à fleur de peau.

La lune apparaît timidement entre les nuages, vers le haut de San Miguel de Ereñozar. Le paysage devient argenté, comme le visage des deux policiers.

— Tu m'as fait beaucoup de mal. Tu le sais ?

— Je ne croyais pas que les choses étaient aussi sérieuses entre nous, franchement. Je t'ai dit que je regrette.

L'ertzaina serre les dents.

— Tu regrettes ? Tu regrettes quoi ? demande-t-elle rageusement. De m'avoir plaquée ou d'avoir perdu quatre années dans un travail de merde ? C'est plutôt ça, non ?

Le soupir de Txema l'énerve encore plus.

— Julia, tu exagères. Ce n'était qu'une rupture, comme il y en a des milliers tous les jours. Les gens vont de l'avant, ce n'est pas la fin du monde.

— Tu as été un lâche, Txema. Un lâche égoïste. Combien de fois t'ai-je appelé ? Combien ? Il est donc si difficile de décrocher le téléphone après quatre ans de vie commune ? lâche Julia hors d'elle.

— Chut… On va t'entendre. Nous sommes en pleine opération.

Au moment où Julia va l'envoyer se faire foutre, la radio se manifeste.

— La vedette arrive, annonce la voix de Raúl.

Soudain, tout le reste devient secondaire, Julia est maintenant une policière en pleine action, un point c'est tout. Les larmes aux yeux, mais avant tout une policière. L'homme qui est à côté d'elle n'est pas celui qui l'a abandonnée après plusieurs années de vie en couple, mais un sous-officier à qui elle doit obéissance.

— Que personne ne devance mon signal, prévient sur les ondes le commandant de la Brigade d'intervention.

Maintenant, tout est silence. Silence et tension.

Le moteur de l'embarcation ne tarde pas à résonner dans la quiétude de la nuit, c'est un ronron constant qui gagne en intensité à mesure qu'il s'approche à grande vitesse.

— Je vois la vedette, annonce Aitor Goneaga. Les pêcheurs se mettent en position… Ils ont jeté le premier colis… Deux, trois… Huit. Ils ont balancé huit colis par-dessus bord.

— Il y a du mouvement au moulin, annonce Txema en regardant dans les jumelles. Une fourgonnette de livraison arrive.

Le bateau avance dans la ria, comme Cestero l'avait prévu. Une manœuvre de diversion destinée à éviter que l'attention se reporte sur les faux pêcheurs.

— Avancez le patrouilleur. Bloquez la sortie, ordonne le commandant de la Brigade d'intervention.

— Reçu. Dans deux minutes, vomit la radio.

— Le premier pêcheur arrive au moulin, annonce une autre voix.

Julia imagine les agents sur le qui-vive, attendant l'ordre de l'assaut. Ils ont fait un bon travail en verrouillant la zone sans que les trafiquants soupçonnent leur présence. Elle admire le talent de la Brigade d'intervention quand il s'agit de mener à bien une opération délicate. Si leur centre d'entraînement n'était pas à Berrozi, un village perdu des montagnes de l'Alava, elle aurait aimé intégrer cette unité. Mais que serait-elle devenue, si loin de la mer pendant des semaines entières ?

— Tous les colis ont été récupérés. Ils sont emmenés au moulin, annonce Goenaga.

Julia sent ses muscles se raidir. Les prochaines minutes vont être décisives.

— L'avant-garde, préparez-vous, ordonne le commandant. À mon signal, on fonce.

Un bruit du moteur déchire soudain la nuit.

— Ils nous ont repérés, annonce quelqu'un à la radio. Ils se barrent.

— Merde... se lamente Txema en arrachant des mains de Julia les jumelles de vision nocturne.

L'agente a eu le temps de voir les chefs sortir du moulin et se précipiter vers l'Audi. Ce qui arrive ensuite se perd dans un enchevêtrement de coups de feu, de dérapages et de projecteurs qui transforment la nuit en jour. Les oiseaux se joignent à la confusion. Par dizaines, ils emplissent le ciel de leurs battements d'ailes et de leurs cris effrayés. Comme si cela ne suffisait pas, la radio vomit des messages codés que seuls les agents de la Brigade peuvent déchiffrer.

— Je vais les intercepter, annonce Julia en voyant que l'Audi se dirige vers le château où Txema et elle assistent à l'opération.

La bande de Meirás est obligée de passer par là pour rejoindre la route.

— Non. Ils sont armés jusqu'aux dents, proteste Txema. Tu n'as pas entendu les rafales d'armes automatiques ? Laisse faire la Brigade d'intervention.

Julia passe la tête entre deux créneaux. La voiture approche. Personne à sa poursuite. Pas de temps à perdre si on veut les empêcher de s'enfuir.

Pendant que Txema lui ordonne de s'arrêter, l'agente dévale l'escalier quatre à quatre et ouvre la porte sans hésiter, au moment où l'Audi passe en trombe devant le château.

— Halte ! ordonne Julia.

Elle sait qu'ils ne peuvent pas l'entendre. Peu importe. Son index se crispe sur la détente jusqu'à ce qu'il ne reste plus une seule balle dans le chargeur.

Un dérapage, et la voiture percute un arbre au bord du chemin : elle a tapé dans le mille. Deux des quatre pneus ont succombé à son tir et le chauffeur a perdu le contrôle du véhicule.

— À plat ventre ! crie quelqu'un derrière elle.

C'est Txema, et loin de se contenter de crier, il la plaque au sol.

Juste à temps. Un éclair accompagne le coup de feu qui sort de la fenêtre brisée de la voiture. S'il n'avait pas été là, on l'aurait tuée.

— Tu es folle, lui reproche son collègue.

La fusillade continue, mais on entend aussi les ordres de déploiement de la Brigade d'intervention. Ils sont là, avec leurs boucliers et leurs casques pare-balles. Ce sont des minutes de suspense, face contre terre, l'adrénaline déchaînée, mais enfin la radio annonce que le clan Meirás a été arrêté.

30

26 octobre 2018, vendredi

Les rues sont mouillées, elles secrètent une tristesse que le ciel bouché de l'aube n'améliore pas. Les commerces alignés sous les arcades de la rue Vilar sont fermés, comme la plupart des gargotes qui à midi deviendront une ruche de touristes et de gens du cru.

Saint-Jacques-de-Compostelle dort encore. Cestero n'a pas fermé l'œil, obsédée par l'opération contre le clan Meirás.

Un véhicule de la voirie promène ses brosses rotatives et son vacarme dans les recoins de la place de las Platerías, masquant le murmure de la fontaine qui apaise la soif des pèlerins depuis des centaines d'années. L'ertzaina boit à un des jets qui sortent des quatre chevaux en granit. Elle a la bouche sèche. Et sommeil. Très sommeil. Elle s'est levée beaucoup trop tôt pour quitter la ria de Pontevedra et rejoindre la capitale de la Galice par le premier car du matin. Elle veut compléter le croquis de la vie d'Isabel Otero avec l'aide de la sœur de la victime, avant son retour à Gernika.

Les cloches sonnent à la cathédrale : sept heures et demie. Ponctuelle. L'ertzaina observe les rues qui convergent vers la petite place. Elle dénombre une demi-douzaine de personnes. L'une lève le rideau d'une boulangerie, l'autre livre la presse à domicile, et de gens pressent le pas. Ces ombres silencieuses dansent dans cette atmosphère éthérée qui façonne les premières lueurs de l'aube d'un monde encore gouverné par la lueur des réverbères. À cette heure matinale, toutes les villes ont en commun l'absence de promeneurs paisibles ; personne ne sort de chez soi avant le chant du coq, à moins de se rendre à son travail.

— *Bos días.*

En entendant ce "bonjour" galicien, Cestero se retourne. Elle reconnaît à peine Pilar Otero. Où sont ces yeux larmoyants et ce visage affligé du cimetière ? La sœur de la défunte n'est plus la même. Le maquillage opère des miracles.

— Merci d'être venue, dit Cestero en lui serrant la main.

— Merci à toi. Le lieutenant sait que tu es ici ?

Le piercing rebondit sur ses incisives. Une réponse incorrecte pourrait gâcher cette rencontre, mais un mensonge ne semble pas le meilleur moyen de commencer. L'eau de la fontaine se charge de remplir ce silence tendu. Elle ne trouve pas d'arguments. Il lui faut de la caféine de toute urgence, ou son esprit sera incapable de poser la moindre question.

— Je peux vous offrir un café ?

Pilar Otero jette un coup d'œil sur sa montre.

— J'ai un quart d'heure. Je dois ouvrir la boutique.

Et de grâce, pas de vouvoiement. J'ai l'impression d'être une vieille.

L'ertzaina la suit dans la rue de Xelmírez. Chaque seconde qui passe sans que Pilar repose sa question sur la présence de Pombo est une victoire. Et beaucoup s'écoulent, en silence, pendant qu'elles marchent entre des âmes qui bâillent et des pierres chargées d'histoire.

— Il faut que tu me racontes tes souvenirs des années que vous avez passées en Euskadi, dit Cestero.

— Tu ne crois pas que ma sœur a été une victime du hasard, n'est-ce pas ? réplique la Galicienne. – La petite musique de ses paroles cadre à la perfection avec ces rues où la mélancolie règne en maître. – J'aimerais croire que le lieutenant a raison, et que ce maudit poison n'était pas destiné à Isabel mais à la procession en général. Dommage que je n'y croie pas. J'ai besoin d'autres réponses.

Une fourgonnette de livraison décharge des miches devant une boulangerie. L'odeur de pain frais imprègne le froid du matin et excite l'estomac de Cestero. Mais d'abord un café.

— C'est ici. Ça ne te dérange pas si je commande pour emporter ? Ainsi, je ne serai pas en retard, dit la Galicienne.

Cestero hausse les épaules. Du moment qu'elle a de la caféine dans le corps, ça lui est égal.

— Pour moi, un double, demande-t-elle au comptoir.

— Et pour toi, Pilar, une noisette ? demande la boulangère.

— Oui, Muxía. Comment va ton Manuel ?

Une grimace lasse précède la réponse.

— Mieux, et il ne le mérite pas. Avec un tel rhume, il continue de fumer ! J'en ai assez de m'inquiéter, il pourrait quand même prendre un peu plus soin de lui.

Les cafés sont fumants, sur le comptoir. Après des adieux rapides, les deux femmes ressortent. Cestero se sent mieux. Elle n'a avalé que deux gorgées de son gobelet en carton, mais la saveur âcre a éveillé ses papilles gustatives et envahi son corps.

— J'en avais besoin. Merci pour cette étape. Maintenant, je suis capable de penser. On commence ?

Pilar hoche la tête affirmativement. Son teint, qui était légèrement orangé, est devenu tout pâle. Les réverbères se sont éteints et la faible tiédeur qu'ils pouvaient diffuser dans les rues s'est envolée en même temps que leur éclat.

— Que veux-tu que je te raconte ? Ne crois pas que j'aie beaucoup de souvenirs de ces années. Le temps a passé, et j'étais toute petite quand nous avons quitté Durango.

— Je le sais, mais tu peux sûrement m'aider. Tu vas voir. – Cestero vide le café d'un trait, prend son carnet et son stylo-bille : elle ne veut laisser passer aucun détail. – Quels souvenirs as-tu de la mort de ton père ? Y a-t-il eu une enquête ?

— Non. Ou alors, maman ne nous en a jamais parlé. C'était un accident. Une presse lui avait happé le bras et… – La femme fait la grimace. – Bon, Une saleté ! Ses collègues ont essayé de le dégager, mais en vain.

— Tu m'as raconté que l'entreprise avait versé une indemnité et donné du travail à ta sœur.

— En effet. Elle s'est mise à travailler peu après la mort de papa. Dans les bureaux. À l'époque, c'était le seul endroit pour les femmes, dans ce genre d'entreprise. Je ne sais pas si elle aimait son travail. Sans doute pas, car elle n'en parlait jamais. Ensuite, il y a eu l'histoire du couvent. C'est le signe qu'elle ne s'y plaisait pas… – Pilar salue de la main un homme qui promène son chien ; un peu plus loin, un curé en soutane ouvre la porte de l'église San Bieito. – Il faut dire que la disparition de papa, c'était un coup dur.

Cestero note tout. Elle analysera plus tard. Pour le moment, c'est le temps des questions. Et il y a un sujet qui en mérite plus d'une.

— Quelle est cette histoire de couvent ? Elle voulait être religieuse ?

Pilar secoue la tête. Pas vraiment. Elle a passé quelques mois à Lourdes, à aider les pèlerins. Il y a beaucoup de personnes âgées, là-bas. Ce n'est pas comme le chemin de Saint-Jacques-de-Compostelle. Pas du tout, même. À Lourdes, il n'y a que des vieux et des estropiés.

— Qu'est-ce qu'elle racontait de cette expérience ?

— Elle n'aimait pas en parler.

— De ça non plus ! Donc, ni de l'usine, ni de Lourdes.

La Galicienne ignore le commentaire.

— Elle est restée plusieurs mois chez les religieuses, dans un couvent de Gernika qui organisait des séjours en France. J'ai même cru que ma sœur finirait nonne. Je me rappelle encore ma joie quand elle est revenue.

— Tu te rappelles le nom du couvent ?

— Pas du tout. D'ailleurs, je ne l'ai sans doute jamais su. C'étaient des religieuses cloîtrées.

— Et le travail à l'usine ? Elle l'a repris à son retour ?

— Non. Je ne crois même pas qu'elle ait essayé. Son

départ avait été très précipité. On ne me racontait rien, j'étais une morveuse, mais là il avait dû se passer quelque chose de bizarre. Une déception amoureuse, un problème à l'usine… – Pilar s'interrompt, pensive, et regarde un pigeon dans le ciel, qui se pose sur l'auvent d'une demeure proche. – Tout est arrivé d'un coup. Un jour, elle est rentrée de la papeterie, elles se sont enfermées dans une pièce, ma mère et elle, et le lendemain elle est partie à Lourdes. Le silence de ce jour-là pendant le dîner et les yeux larmoyants des parents sont encore gravés dans ma mémoire.

Le stylo-bille de Cestero court sur le papier.

— As-tu su ce qui les préoccupait tellement ?

— Non, mais je suis convaincue que ça a influencé la décision d'Isabel d'aller à Lourdes.

Plusieurs hypothèses traversent l'esprit de l'ertzaina. La plus vraisemblable fait d'Isabel Otero la victime d'une sorte de harcèlement, sans doute de la part d'un de ses chefs. À l'époque, quand les droits de la femme étaient une lointaine utopie, aller chez les religieuses était une solution plutôt normale.

— Tu n'en as jamais parlé avec Isabel ? Pas même des années plus tard ?

Cestero est réellement étonnée de cette absence de communication entre les deux sœurs. Elle ne parle guère avec Andoni, mais elle a toujours pensé que les choses auraient été différentes si elle avait eu une sœur.

— Jamais, affirme Pilar. – Elle s'est remise à marcher ; il tombe quelques gouttes, mais elle n'ouvre pas le parapluie suspendu à son bras. – Après cette histoire, Isabel n'a plus été la même. À mon avis, elle avait des remords de ne pas être restée au couvent. Elle en est revenue effondrée. J'ai d'abord cru que c'était à cause de l'expérience vécue au milieu de tous ces malades et de tous ces vieillards, mais pour moi il y avait autre chose. Elle hésitait sans doute à se cloîtrer jusqu'à la fin de ses jours.

Cestero évalue cette possibilité.

— Combien de temps s'est-il écoulé entre le moment où elle est revenue de Lourdes et votre départ de Durango ?

Pilar grommelle entre ses dents, fait des calculs qui arrivent par bribes aux oreilles de Cestero. Finalement, elle se tourne vers l'ertzaina.

— Environ un an. On est arrivées à Vigo en 1981, et ma sœur était revenue de Lourdes en 1979. Je le sais parce que c'était l'année du baccalauréat et mes camarades étaient éblouies quand je leur racontais qu'Isabel était allée en France avec des religieuses.

Cestero griffonne les années sur son carnet.

— Un événement particulier est arrivé pendant cette dernière année, qui aurait provoqué le retour en Galice ?

Pilar secoue la tête.

— Mon seul souvenir, c'est qu'à la maison ce n'était que du chagrin. J'essayais de passer le plus de temps possible loin de ma mère et de ma sœur, parce qu'elles étaient pétries d'amertume. – Soudain, elle s'interrompt et a une grimace honteuse. – Comprenez-moi, à cet âge on ne pense pas à aider. On veut juste passer du bon temps et fuir les problèmes qu'il peut y avoir à la maison… Ma sœur sans travail se traînait comme une âme en peine, maman était effondrée par la mort de papa… Un jour, ma mère a décidé qu'au lieu de rester à Durango et de tirer le diable par la queue, il valait mieux retourner en Galice.

— Vous étiez des adolescentes. Vous deviez avoir des amies, peut-être même un fiancé. Vous n'avez pas protesté ?

Pilar soupire.

— Oh si ! Moi, beaucoup. J'étais née à Durango. Je me sentais basque, pas galicienne. Pour moi, c'était une tragédie.

— Et pour Isabel ?

C'est sa réaction qui compte, se dit Cestero.

— Elle ? Tout lui était égal. Je t'ai dit qu'elle traversait une mauvaise passe. Je pensais même que tout était de sa faute. Si Isabel n'avait pas quitté son travail à la papeterie, on ne se serait pas retrouvées dans cette situation.

On sent la proximité du marché des halles. Il y a du mouvement. Les gens vont et viennent, chargés de légumes, poussant des charrettes pleines de poissons qui écarquillent leurs yeux inexpressifs au milieu de la glace pilée. Les clients vont arriver dans une demi-heure, il faut que tout soit prêt pour l'ouverture.

— Vous voulez de l'ail ? Ils sont de La Manche, ils tiendront toute l'année, leur lance une Gitane qui a décidé de commencer la vente avant l'heure.

— Non merci, lui dit Pilar.

— Allons, ma belle, deux chapelets pour le prix d'un. Regarde comme ils sont gros !

La vendeuse lui montre les gousses d'ail entrelacées qu'elle transporte dans un sac en plastique rempli à craquer.

— Non, vraiment. Je dois ouvrir la boutique, s'excuse

Pilar en montrant une petite quincaillerie de l'autre côté de la rue.

La Gitane grommelle une malédiction entre ses dents et s'éloigne, en quête d'une autre cliente.

— Tu te rappelles si elle avait un petit ami, quand vous viviez à Durango ? demande Cestero.

Elle a encore beaucoup de questions à poser pour compléter une sorte de biographie de la victime.

Pilar introduit la clé dans la serrure de sa boutique en secouant la tête.

— Pas un seul ! Avant qu'elle rencontre Arsenio à trente ans passés, je n'ai pas connaissance que ma sœur ait eu un fiancé. Ni d'amitié particulière, tu sais. Je te dis qu'elle voulait être nonne.

La femme s'écarte pour la laisser entrer. Cestero se demande si elle va la suivre ou prendre congé. Finalement, elle décide de la suivre dans la quincaillerie. Le parquet, abîmé par les piétinements de milliers de personnes, disparaît presque sous les dizaines d'objets qui occupent tous les recoins. C'est une petite boutique, derrière le comptoir s'alignent trois étagères qui forment trois couloirs étroits, chargées d'articles de quincaillerie et de ménage.

— C'est le grand-père de mon mari qui a monté ce commerce. Ce dernier aimerait qu'une de nos filles reprenne la boutique, la quatrième génération. Mais je les encourage à poursuivre leurs études, car cette affaire, c'est de l'esclavage. On vend de moins en moins. Quand les vieux auront disparu, on n'aura plus de clients.

— Isabel n'a pas eu d'enfants ?

Pilar secoue la tête en essayant d'allumer un poêle à gaz butane. L'odeur de gaz envahit l'espace rapidement.

— Elle ne voulait pas en entendre parler. Par la suite, je crois qu'elle l'a regretté, mais c'était trop tard.

Cestero note tout cela dans son carnet, déjà plein de griffonnages qu'elle seule pourra déchiffrer.

— Ta sœur conservait-elle des amis d'enfance et de jeunesse en Euskadi ?

— Non, aucun, affirme Pilar en actionnant le thermostat du poêle ; la chaleur se répand bientôt dans toute la quincaillerie. J'ai un groupe WhatsApp avec des gens de là-bas. Je vais les voir ou ils viennent ici… Comment aurais-je pu effacer d'un trait de plume toute mon enfance ? Contrairement à Isabel. Comme si tout cela avait cessé d'exister pour elle le jour où nous sommes arrivées ici !

L'ertzaina referme son carnet. Elle ne croit pas avoir besoin d'autre chose, du moins pour le moment.

Un jour de mai 1993

J'eus quatorze ans. Mon corps changeait et ma mère ne manquait pas de me le rappeler chaque matin d'un air mécontent. Elle me rejetait avec plus de force que jamais. Je ne crois pas qu'il se soit passé un jour où je n'ai failli lui demander pourquoi elle m'avait eu, si elle n'avait pas l'intention de m'aimer. Mais je n'ai jamais osé lui poser la question. Je redoutais une réponse encore plus douloureuse que la question elle-même.

Ce matin-là, rien à voir : mon père était à la maison. Depuis je ne sais combien d'années, beaucoup trop, mon anniversaire tombait quand il était en mer. Quand on a quatorze ans, on ne rêve plus de souffler les bougies, mais mon père me proposa de préparer un gâteau avec lui, que j'emporterais au collège et partagerais avec mes camarades, pour que ce ne soit pas un jour comme les autres.

Je n'étais pas très enthousiaste, mais je ne voulais pas le décevoir. En outre, il est toujours bon de partager un moment avec la seule personne qui semble vous aimer.

On prépara le chocolat fondu pour fourrer le gâteau, et il y mit aussi mon nom, avec une seringue qui était rangée dans le tiroir des couverts. C'était un gâteau fantastique.

— Et maintenant, régale-toi. N'oublie jamais de fêter ton anniversaire. Nous qui sommes des travailleurs de la mer, nous savons son importance mieux que personne.

— Pourquoi ?

— Parce que c'est un travail dur. Quand on voit mourir tant de compagnons, on apprend à apprécier chaque nouveau jour.

Il n'en dit pas plus, en marin peu habitué à gaspiller ses mots.

Il m'accompagna jusqu'au collège et me serra dans ses bras. Il repartait à *Grand Sole*. Je ne le reverrais pas avant trois semaines.

Le gâteau était encore chaud quand j'entrai dans le laboratoire. Ce matin-là, nous avions un cours de travaux pratiques. Tous les regards se tournèrent vers moi. Il était rare que quelqu'un apporte un petit-déjeuner pour tous. Même si les élèves comprenaient ce que cela signifiait, personne ne me souhaita un bon anniversaire.

— Qu'est-ce que tu fous avec ce gâteau, Rabat-Joie ? demanda Gorka.

Il s'était autoproclamé leader de ma classe. Il avait une grimace méprisante.

— Tu n'as pas l'intention de tout bouffer tout seul ? s'enquit un autre.

— Tu crois ça ? Avec qui le partagerait-il, puisqu'il ne parle à personne ? se moqua Ainara.

— Hé, Larmichette !

Chaque moquerie humiliante était saluée par des éclats de rire. Mais le pire était encore à venir.

Je n'ai jamais su qui lança le premier chiffon imbibé de soude caustique. Je le reçus en pleine figure. Je ne sentis d'abord qu'un froid qui contrastait avec la chaleur de l'humiliation. Puis mes yeux me brûlèrent. Mille coups de poignard effilés s'y enfoncèrent. Jamais jusqu'alors je n'avais éprouvé une telle douleur, et je n'en ai plus jamais ressenti d'aussi violente.

Mes hurlements se joignirent aux ricanements blessants des autres. Je laissai tomber le gâteau, réduit à une masse informe, et courus au lavabo me mettre la tête sous l'eau froide.

31

26 octobre 2018, vendredi

Cestero contemple le cours noir du Sil qui se fraye un chemin dans une contrée de vignobles et de plantations forestières. Des villages solitaires, dont elle ne connaîtra jamais le nom, saupoudrent les collines, qui deviennent des montagnes quand elles dessinent l'horizon. Les cahots du train sont en harmonie avec le paysage de la fenêtre qui lui inspire une tranquillité inaccoutumée. Elle sait aussi que le voyage va être long et lent, aux limites de l'absurde. L'impatience n'est pas une bonne compagnie quand on a presque dix heures de trajet en perspective.

À cause de la grève des contrôleurs aériens, des vols ont été annulés, et ceux qui partent de Galice sont complets. Le vieux train de jour qui relie les rias galiciennes à Euskadi était la meilleure solution pour rentrer à Gernika, un voyage typique d'une autre époque, à une vitesse moyenne d'à peine cinquante kilomètres à l'heure.

La pendule accrochée à la paroi donne un peu plus de midi. Txema doit interroger Meirás. Elle aimerait être là-bas, être celle qui pose les questions. On l'a arrêté grâce à elle, et c'est son collègue qui va en récolter tous les lauriers. L'opération a été un succès. Madrazo l'a appelée pour la féliciter, et le conseiller du ministère de l'Intérieur est satisfait.

Ils ne sont pas les seuls. Les journaux digitaux saluent sur leur portail le démantèlement de la bande de Meirás. Certains oublient même sa condition de suspect en accusant le narcotrafiquant des crimes de ces derniers jours. Cestero sait que ce genre d'ovation n'est qu'un mirage. On ne va pas tarder à lui chercher des poux dans la tête, mais pour l'heure cette bonne nouvelle fait vendre.

— Encore un café, s'il vous plaît, demande-t-elle à l'homme qui assure le service au wagon-restaurant.

L'employé lève le nez de son journal et se tourne vers le percolateur.

— Double ?

Une bonne suggestion. Si la caféine ne la réveille pas, elle va perdre sa journée à somnoler et à regarder par la fenêtre. Et ça, pas question. Il faut trouver un lien entre les victimes. Il y en a un, forcément, et elle doit remonter des années en arrière pour le trouver, à l'époque où Isabel Otero vivait à Durango. Ce qui la déconcerte, c'est qu'un événement aussi ancien soit lié au trafic de drogue.

Et du côté d'Olaizola ? Le lien de l'ex-commissaire avec la spéculation foncière, mis en relief par le désir du Guggenheim d'établir un nouveau siège en Urdaibai, est déconcertant. Elle espère, pour le bien de l'Ertzaintza, qu'il n'est pas mêlé aux assassinats. Elle n'a pas envie d'affronter cet homme, qui semblait brisé à l'enterrement de Natalia Etxano. Elle a trop de questions à lui poser.

Elle ouvre son carnet et relit une fois de plus la biographie de la femme assassinée lors de la procession. Elle a l'impression de la connaître par cœur. Son enfance en Biscaye, ses études de couture et de confection, son travail à l'usine à papier d'Amorebieta, son retour en Galice à l'âge de dix-neuf ans…

— Le voilà, annonce le serveur en déposant la tasse sur le comptoir. Alors, on étudie ?

Les narines de Cestero aspirent l'arôme âpre du café, pendant qu'elle réfléchit à la réponse.

— Plus ou moins, dit-elle sans entrer dans les détails.

Voyant qu'il n'y a aucune conversation à espérer, l'employé du wagon-restaurant retourne à son percolateur et donne un coup de chiffon sur les manettes.

— Nous avons rattrapé le retard. Nous sommes dans les temps, annonce quelqu'un du fond du wagon.

Cestero lève les yeux et croise ceux du contrôleur, qui lui sourit avant de poser sur le comptoir un trousseau de clés.

— On roule presque à vide aujourd'hui, hein ? dit le serveur.

Le contrôleur approuve lentement et consulte ses papiers.

— On arrive bientôt à O Barco de Valdeorras, il y en a quatre qui montent.

— Quatre, répète l'homme au comptoir en posant deux tasses sous le percolateur.

Cestero essaie de se concentrer. Tout est bizarre dans la biographie d'Isabel Otero. Et rien n'est bizarre non plus. Ce départ soudain de l'usine, le séjour à Lourdes… Un événement a changé sa vie. Très probablement, autre chose que la mort de son père.

Elle regarde son portable.

Rien.

Sans nouvelle de ses collègues. Comment se passe l'interrogatoire ?

Elle ouvre WhatsApp et écrit un message à l'intention d'Aitor Goenaga.

Comment ça se passe ?

Deux minutes après, elle a la réponse.

Les narcos nient toute responsabilité dans les assassinats. Il va être difficile de prouver que ce sont eux.

Cestero n'est pas étonnée. Tant qu'on n'aura pas de preuves qu'ils sont impliqués, il sera impossible d'accuser la bande de Meirás d'être derrière ces crimes.

En croisant les dates on pourrait peut-être trouver quelque chose. Elle rallume son téléphone et pianote un message pour Aitor.

Envoie-moi tout ce que nous savons sur la biographie des victimes.

En attendant la réponse, elle boit une bonne gorgée de café. Le Sil somnole derrière la vitre, comme les rares maisons qu'on voit sur ses rives. Personne en vue, à part une poignée de canards sauvages qui sillonnent la rivière et dessinent de longs sillages. La seule chose qui rompt cette paix, c'est le sifflement de la locomotive chaque fois que l'Intercity A Coruña-Bilbao franchit un passage à niveau, et ils sont nombreux.

— Voilà qu'ils recommencent à mettre en cause nos retraites, commente le serveur en ouvrant son journal.

— Parle pour toi. Moi je n'ai plus que deux ans à attendre avant la belle vie. Pour vous, les jeunes, ça va être pire. Je te vois bien bosser jusqu'à quatre-vingts ans, se moque le contrôleur, au comptoir. Tiens, mets-moi un peu de lait froid dans le café, tu me l'as servi bouillant. Sinon, je ne vais pas le boire avant Ponferrada.

L'ertzaina regarde à nouveau l'écran de son portable. Des années de la vie d'Araceli Arrieta défilent sur l'écran. Pendant quelques instants, elle a l'impression d'être une intruse. Comme chaque fois qu'elle étudie une biographie. En outre, derrière ces mots sans âme se cache l'essentiel d'une personne : ses joies et ses peines, ses enthousiasmes et ses déceptions.

Rien ne la frappe dans ces lignes. Il va être compliqué de trouver un lien.

Les quais d'une gare se déroulent derrière la vitre et le convoi s'immobilise. Cestero est tentée de retourner dans son compartiment, en raison de cette inertie qui pousse tout voyageur à protéger sa place, quand d'autres montent en chemin. Mais elle repousse cette idée ; les quais sont presque aussi déserts que les wagons.

— Encore un café ? l'interrompt le serveur en voyant qu'elle a vidé sa tasse.

Cestero secoue la tête.

— Merci, dit-elle au moment où le train démarre.

Les vignes sont de plus en plus rares derrière la vitre, et les céréales d'hiver, qui pointent hardiment leurs jeunes pousses vertes, ne sont pas loin de gagner la partie. Les vastes plaines castillanes approchent.

Elle aimerait en dire autant de la résolution de cette enquête.

32

26 octobre 2018, vendredi

Le tintement des glaçons dans le verre est un contrepoint à la rumeur des vagues qui se brisent au-delà des digues du port. De temps en temps, une mouette qui somnole sur les auvents, le long des quais, pousse un cri irrité, aussitôt repris par ses congénères. Il n'y a pas grand-chose d'autre ce soir à Mundaka, à part la tranquillité typique d'un jour d'octobre qui s'éteint.

Julia regarde Aitor, qui s'éloigne, le téléphone à l'oreille, pour avoir un peu d'intimité. Le sourire niais de son collègue quand il parle à sa fille, ou plutôt à sa belle-fille, lui donne matière à réfléchir. Devrait-elle renoncer à cela ? Elle maudit intérieurement cette épée de Damoclès qu'est l'horloge biologique. Elle sait que son temps s'épuise, que demain il sera peut-être trop tard, et que viendra le temps des regrets. Mais la peur la paralyse. Plus question de souffrir, elle ne supporterait pas de revivre une situation aussi effrayante.

— Je ne peux pas boire ce truc ! Ça emporte la gueule, proteste Txema. Je vais demander qu'on me le change. Goûte le tien, pour voir.

Julia avale une gorgée de son jus de tomate. Le serveur a un peu forcé sur la sauce piquante et elle le sent sur ses lèvres.

— C'est fort, mais buvable.

Txema disparaît à l'intérieur du bar, d'où sort une musique qui rappelle à Julia les fêtes de son adolescence.

— Ah bravo, les hommes du groupe ! Ils nous ont laissées seules. Moi qui voulais trinquer !

Cestero éclate de rire et s'empare de sa cannette de bière.

C'est elle qui a proposé à l'équipe de prendre un verre à Mundaka après le travail. Il faut fêter l'arrestation des trafiquants de drogue.

— Enfin un jour sans pluie. Et il paraît que ça va durer tout le week-end. Je n'en crois pas mes yeux ! s'exclame Silvia en levant au ciel sa bouteille de bière.

Elles sont assises sur la première marche de l'escalier qui donne accès aux bateaux et aux *chipironeras* mouillés dans la rade.

Julia lève la tête. Le vent du sud, une brise légère, donne à la nuit une température agréable et un ciel peu nuageux.

— Enfin ! Tant de pluie, c'est pénible.

— Pénible ! s'exclame la psychologue. Tu veux dire insupportable ! Depuis que je suis ici, tous mes os se rouillent. Je me demande quelle tribu préhistorique a eu l'idée de peupler cette zone, en tout cas la notion de qualité de vie leur était totalement étrangère.

Cestero et Julia sourient. Quand Silvia exagère, elle est imbattable.

— Arrêtez de rigoler ! Vous trouvez ça normal, parce que vous êtes nées ici, mais ça n'est pas sain.

— Tu habites ici depuis quand ? demande Julia.

— Trois ans, et ce n'est pas fini.

Cestero boit une gorgée de sa bière et secoue la tête.

— Moi je ne changerais pas de ville pour les beaux yeux d'un mec, pas folle ! lance-t-elle, le regard errant sur les barques amarrées.

Silvia pose la main sur son épaule.

— Ne parle pas trop vite. Je pensais comme toi, et regarde où je suis. De plus, ça en valait la peine.

La sous-officière proteste, elle ne se laissera pas avoir. Julia ne dit rien. Elle préfère ne pas se poser la question : ses sentiments sont en ébullition.

— Dis donc, Julia, je peux te poser une question personnelle ? demande Cestero.

— Vas-y.

— Que se passe-t-il avec Txema ? Chaque fois que vous vous adressez la parole, il y a des étincelles.

Julia soupire, tôt ou tard, on lui en aurait parlé.

— Nous avons vécu ensemble. Tout allait bien, c'est du moins ce que je croyais. Soudain, tout a basculé. On lui a proposé ce poste à Interpol et il n'a pas vu plus loin. Sa carrière par-ci, sa carrière par-là… Il m'a plaquée pour aller à Bruxelles et je n'ai plus jamais eu de nouvelles de lui. Je l'ai très mal vécu.

— Il n'a plus donné signe de vie ? intervient Silvia d'un air surpris.

— Aucun. Jusqu'au jour où on l'a muté dans le même groupe que moi.

Cestero a une grimace dégoûtée.

— Quelle vacherie, je suis désolée.

— Je regrette surtout que nos différends puissent affecter l'harmonie de l'équipe.

— Penses-tu ! D'ailleurs, je suis ravie qu'on le remette à sa place de temps en temps, dit Cestero.

Julia éclate de rire. Une mouette s'est élancée de l'auvent. Elle a repéré un poisson qui flotte, le ventre en l'air, entre deux *chipironeras*. Les autres ne perdent pas de temps. Elles la suivent bruyamment et soudain la rade est une cacophonie d'oiseaux qui volent en tous sens.

— C'était quand ?

— Il y a quatre ans.

— Qu'éprouves-tu maintenant pour lui ?

La psychologue ne pouvait pas poser une question plus difficile. Que ressent-elle pour Txema ? Elle est tentée de répondre "rien, tout est oublié". C'était sans doute vrai quelques semaines plus tôt, avant que le travail les réunisse. Mais son retour a rouvert la blessure la plus grave de sa vie.

— C'est compliqué, résume-t-elle.

Elle n'a pas envie d'entrer dans les détails.

— Compliqué ? s'énerve Cestero. Mais qu'il aille se faire voir, ma vieille ! Je ne me poserais même pas la question.

— Tu n'as pas de compagnon, n'est-ce pas ? demande Silvia avec un petit rire.

La sous-officière secoue la tête avec conviction.

— Non. Des amis, oui ; un compagnon, non. Sexe et bon temps, mais pas d'engagement.

Elle vide sa bière et fait un signe de tête vers le bar, derrière elle. Txema revient avec son jus de tomate. Il faudra remettre la conversation à plus tard.

— Tu ne veux pas que je te le change ? demande-t-il à Julia. Comment peux-tu boire un truc pareil ? J'avais la bouche en feu.

— Moi, j'aime bien quand c'est relevé.

— Et Aitor ? Il est toujours au téléphone avec son écrivaine ?

Txema cherche son collègue du regard.

Cestero désigne une silhouette à l'extrémité de la digue. L'éclat de l'écran du portable montre qu'il est en pleine vidéoconférence.

— Il doit parler à Sara, comme tous les jours, avant que Leire la couche.

— Quel âge elle a, cette petite ?

— Deux ans et demi, répond la sous-officière après avoir calculé mentalement.

— J'ai lu quelques-uns de ses livres, dit Silvia.

— De Leire Altuna ? Elle est connue, je crois. De quoi parlent-ils ?

— Ce sont des romans policiers. Elle est très bonne. Avant, je crois qu'elle écrivait des histoires d'amour.

— Tu parles d'un changement ! soupire Txema d'un air faussement impressionné. Ah, il a fini !

Aitor revient d'un air détendu, adresse à tous le sourire de l'homme qui se sent observé, et prend sa bière.

— Bon, ça y est, on est tous là ? dit Cestero. Je voulais vous dire que je suis très fière du groupe que je dirige. Vous êtes les meilleurs. Assassinats, trafic de drogue. Nous avons affronté beaucoup de choses ces derniers jours ! – Elle lève sa bouteille pour trinquer. – À nous tous ! À l'Unité spéciale d'homicides notoires !

Le bruit des verres et des bouteilles qui s'entrechoquent s'ajoute aux cris des mouettes, qui chahutent toujours dans la rade. La sous-officière souhaite aussi dans son for intérieur que le veuf d'Araceli Arrieta, l'homme qui la maltraitait, passera un bon moment derrière les barreaux. Pendant l'opération contre les trafiquants, il a été arrêté en possession d'un paquet de drogue, et il va payer le prix fort. Elle aurait aimé qu'il soit condamné pour violence machiste, mais au moins il ne restera pas impuni.

— À toi, Cestero ! Sans tes initiatives, nous n'aurions jamais arrêté la bande de Meirás, ajoute Julia en choquant avec elle son jus de tomate.

Txema est mécontent qu'on lui ait coupé la parole :

— Nous ne devrions pas la féliciter d'avoir couru un risque inutile en s'aventurant seule dans la gueule du loup. Nous sommes une équipe, et les initiatives de Cestero sont critiquables.

— L'orthodoxe est de retour ! réplique Julia. L'essentiel, c'est l'arrestation des trafiquants, tu ne crois pas ? Alors, au lieu de couper les cheveux en quatre, tu ferais mieux de te réjouir.

Un silence tendu s'instaure. Heureusement, Silvia rétablit la bonne ambiance.

— Qu'avez-vous prévu pour le week-end ? Vous rentrez chez vous ? demande la psychologue en s'adressant à Aitor et à Cestero.

— Moi je reste. Demain, j'irai au couvent, je trouverai peut-être les raisons pour lesquelles Isabel Otero a tout quitté pour aller à Lourdes. Aitor va à Pasaia. Il me semble que dimanche il a un concours de beauté, dit Cestero en clignant de l'œil en direction de son ami.

Julia dévisage son collègue, bouche bée :

— Un concours de quoi ?

— C'était un secret, proteste Aitor en donnant une bourrade à sa chef.

— Tu es mannequin ? s'enquiert Txema, vraiment surpris.

— Plus ou moins, dit Cestero en riant.

— Ane, tu exagères… – La grimace amusée d'Aitor contredit ses propos. – Ai-je l'air d'un mannequin ? C'est Antonius, mon labrador. Parfois, je l'inscris à des concours de beauté.

Julia ne peut se retenir de rire. Elle n'est pas la seule. Aitor ne se vexe pas, il se contente de hausser les épaules. Il a l'habitude, sa passion provoque toujours ce genre de réactions.

— Parfois, qu'il dit… ! Mais il n'en manque pas un seul ! Et pourtant, Leire le lui a interdit…, enchaîne Cestero d'un ton moqueur.

— Ne m'oblige pas à dire certaines choses, Ane… – Aitor a pris un air offensé. – Tu leur as raconté que tu es portée sur la batterie ?

— Vous êtes des boîtes à surprises ! s'exclame Silvia.

— C'est un groupe de rock féminin, avec mes amies Nagore et Olaia. On s'appelle The Lamiak.

— Qu'est-ce que c'est ? Des sorcières ? demande Silvia.

— Les lamies… ? – Cestero a du mal à croire qu'une personne qui réside en Euskadi depuis des années n'en ait jamais entendu parler. – Ce sont des sortes de sirènes en pleine terre. Elles ont des pattes de chèvre et sont très séduisantes.

— Gentilles ou méchantes ?

Cestero réfléchit quelques instants. Que répondre ?

— Elles ont un caractère bien à elles. Si on les indispose, elles sont très rancunières, mais elles portent secours à qui en a besoin. On a toujours dit que lors des accouchements elles aident les femmes dans les campagnes… En tout cas, les gens les respectent, ils en ont même peur. Alors, messieurs, méfiez-vous de nous.

Les rires des ertzainas rompent le silence nocturne du quai. Les mouettes s'envolent au milieu des protestations et filent vers la digue, loin de cette joyeuse bande.

— Une autre tournée ? propose Cestero.

Julia accepte. Elle se sent à l'aise. La chef a eu une excellente idée de les inviter à boire un verre après le travail. Même Txema est détendu ; c'est de ce Txema qu'elle était tombée amoureuse, de celui qui sait se moquer de lui-même, pas de ce constipé au nœud de cravate trop serré.

— C'est un peu tard, il vaudrait mieux remettre ça à un autre jour.

C'est Txema, bien sûr. Elle a été victime d'un mirage.

— Tu connais San Juan de Gaztelugatxe ? demande Julia à Cestero. Si tu veux, je t'y emmène demain, après le couvent. C'est très chouette. Et ce dragon dans ton cou sera ravi de visiter le Peyredragon de *Game of Thrones*.

La sous-officière porte la main à son tatouage et soupire au milieu des rires.

— Vous êtes pénibles de n'y voir qu'un dragon. Vous n'avez aucune idée de la mythologie basque… ! Mais c'est entendu, je relève le défi. Pour une fois qu'on n'annonce pas la pluie et qu'on est en congé, il faut en profiter.

— Un samedi ? Vous êtes folles ! intervient Silvia. Allez-y un autre jour. Depuis qu'on a tourné la série, le week-end, c'est un vrai pèlerinage.

Julia fait la grimace.

— Tu as raison. Nous irons en semaine. Ça permettra à Aitor de nous accompagner.

L'interpellé lève la main en guise d'avertissement.

— Hé, on ne va pas rester aussi longtemps ici… ! Dès que nous aurons l'assurance que les narcotrafiquants sont derrière tous ces crimes, Ane et moi, on disparaît.

33

27 octobre 2018, samedi

Un son métallique et strident, semblable à celui des cours d'école, retentit à la porte.

— Quelle sonnette ! On croirait qu'elles ont peur de ne pas l'entendre ! s'affole Julia en retirant la main.

Cestero émet un petit rire.

— Elles doivent être sourdes. Va savoir l'âge de la plus jeune !

Le portail en bois s'ouvre presque aussitôt.

— Oh, les ertzainas les plus jolies de la province… salue un homme doté d'une épaisse tignasse et de lunettes de soleil, qui sort de la pénombre de la loge. – C'est le vendeur de billets de loterie, qui leur propose ceux qu'il a accrochés autour du cou. – Comment pouvez-vous refuser un salaire à vie… ? Entrez, entrez. J'allais partir. Je crois qu'il reste des *amarguillos** pour vous. Les meilleurs de la région.

Il s'est à peine éloigné de quelques pas que Cestero se tourne vers Julia.

* *Amarguillos* : sorte de petit gâteau aux amandes.

— Mais… Ce type est aveugle ? Chaque fois que je le croise, il parle de mon aspect, ce qui ne l'empêche pas de se balader partout avec ses lunettes et sa canne.

— Qui ça ? Crespo ? Allons… Il a une mauvaise vue, il voit très mal, mais il se débrouille. Il est de ma promotion. Un sacré luron, quand on était étudiants, ce mec draguait tout ce qu'il voulait.

Elles sont entrées dans la loge et quelqu'un toussote de l'autre côté du tour pour interrompre leur conversation mondaine.

— Je vous salue Marie, pleine de grâce… dit-elle d'une voix de velours.

— … Le Seigneur est avec vous… répond aussitôt Julia. Bonsoir, ma sœur. Nous sommes ertzainas et nous avons quelques questions à poser à la mère supérieure. Auriez-vous la bonté de lui demander de nous accorder quelques instants ?

— Des policières ? Aïe, mon Dieu… Il est arrivé quelque chose ?

Julia se tourne vers Cestero, qui l'encourage à poursuivre. Entre-temps, la sous-officière jette rapidement un coup d'œil sur cet espace cerné de murs de pierre. Une statue de la Vierge préside, mais c'est le vieux tour en bois encastré dans le mur qui révèle qu'elles se trouvent dans une clôture religieuse.

— Rien de grave. Une affaire de routine, mais nous devons parler à l'abbesse. C'est urgent.

Cestero ne veut pas inquiéter ces femmes à la vie calme, mais elle s'y résoudra s'il n'y a pas moyen de faire autrement.

— Ça ne va pas être possible.

— Pourquoi ? Elle n'est pas au couvent ? demande Cestero.

La religieuse reste imperturbable. On n'entend que sa respiration.

— Elle ne se porte pas bien.

Julia se tourne vers Cestero, l'air contrarié.

— Et personne ne peut répondre à nos questions ? Vous, peut-être… ? dit-elle en se tournant derechef vers la jalousie.

— Mais que pourrait-on vous dire ? Notre vie n'est que prière. Nous ne sortons jamais d'ici.

Cestero va-t-elle devoir solliciter un mandat de perquisition pour poser quelques questions à des religieuses cloîtrées… Une demande délicate, les convictions religieuses d'un magistrat pouvant parfois peser sur ses décisions.

— Ma sœur, on a assassiné une femme qui a été plus ou moins liée à ce couvent, annonce-t-elle, pour mettre un peu de piment dans la conversation.

— Aïe, *ama* ! Une de ces femmes aux tulipes ? demande la nonne.

— Oh, je ne savais pas que les nouvelles arrivaient jusqu'ici ! s'étonne Cestero.

— Vous n'êtes pas la seule, l'excuse la religieuse. Dehors, vous croyez que nous tournons le dos au monde. Mais nous avons la télévision, la radio… Sans parler d'internet et des réseaux sociaux. Il y a quelques mois, nos sœurs du couvent de Hondarribia sont devenues célèbres en envoyant un message de solidarité avec la jeune fille victime de La Manada*. Afin de prier pour les gens qui souffrent, nous devons savoir ce qui se passe à l'extérieur. Et tout va très mal. On se demande même si cela s'arrêtera.

— On ne pourrait pas parler un peu de ce qui nous amène ? intervient Julia.

De nouveau le silence, de nouveau les yeux voilés qui les scrutent à travers la jalousie.

— Accordez-moi un moment. Je vais voir ce que je peux faire.

Les pas s'éloignent doucement.

— Elle ne se porte pas bien, l'imite Cestero à voix basse.

— On va bien trouver quelqu'un à qui parler ! murmure Julia.

Les pas s'arrêtent à l'étage supérieur.

— Je ne savais pas que tu te débrouillais si bien avec les nonnes, plaisante Cestero.

— J'ai fait mes études dans un collège religieux. Une lubie de ma mère. Elle ne rate jamais la messe dominicale.

Cestero ne peut s'empêcher de penser à la sienne. Elle ne l'imagine pas aller à l'église de son propre chef. Elle n'y va que pour les mariages, les enterrements et chaque fois que nécessaire. Un devoir qu'elle a inculqué à ses enfants. Ni Ane ni son frère ne sont croyants, et l'ertzaina ne le regrette pas. Peut-être retournera-t-elle à l'église dans des années, quand elle sentira sa fin toute proche. Peut-être.

— Tu es croyante ?

* Allusion à un viol collectif commis en 2016 par une bande de cinq hommes, surnommée La Manada.

Julia se tourne vers la statue de la Vierge et répond au bout de quelques secondes :

— Non, et si je l'étais, je serais bouddhiste.

On entend de nouveau des pas. Ils sont plusieurs à descendre.

— Comme Richard Gere ?

Julia éclate de rire.

— Plus ou moins. Il y a trois ans, j'ai passé un mois en Thaïlande. Je voulais apprendre à méditer et j'ai fait une retraite dans un temple, en pleine forêt. À Chiang Rai, un endroit où des enfants étaient restés coincés pendant deux semaines avec leur entraîneur au fond d'une grotte…

— Et tu es devenue bouddhiste, conclut Cestero.

Les pas se rapprochent et elles doivent mettre fin à leur conversation.

— Pas à ce point, mais je reconnais que je n'avais jamais éprouvé une telle paix.

Le verrou qui bloque le tour émet un claquement quand quelqu'un l'ouvre de l'autre côté.

— Sœur Carmen va vous aider, indique la voix qui les a accueillies quelques instants plus tôt.

Le tour en bois pivote et émet des grincements qui réclament à cor et à cri un peu d'huile.

— Prenez cette clé et ouvrez la porte. Elle vous attend à l'intérieur.

Julia avance la main et prend la clé.

— Merci ma sœur. Dieu vous le rendra, dit-elle en cherchant la porte dont a parlé la religieuse.

— Je vais prier pour vous, dit la voix en guise d'au revoir. Oui, celle de droite. Elle est fermée à double tour.

Cestero suit sa collègue dans la nouvelle salle. La première image qui lui vient à l'esprit en voyant les grilles qui divisent cette pièce en deux, c'est celle d'une prison. La religieuse d'un côté des barreaux et elle de l'autre, c'est impressionnant, d'autant plus quand on sait que ces femmes se sont enfermées de leur plein gré.

— Je vous salue Marie, pleine de grâce…

— … Le Seigneur est avec vous…

Cette fois, les deux ertzainas ont répondu en même temps.

— Sœur Teresa m'a expliqué que vous vouliez voir l'abbesse. Désolée, mais elle est très malade, elle ne peut pas vous recevoir. J'espère pouvoir vous aider. Je suis sœur Carmen.

Elle est étonnamment jeune. Elle n'a pas quarante ans.

— Nous avons besoin de renseignements sur un événement qui s'est passé en 1979, dit la sous-officière. Une religieuse qui n'était pas encore née à cette date ne nous sera pas d'un grand secours.

— Ah oui, compliqué, reconnaît sœur Carmen. Il y a huit ans que je suis là. J'ai passé mon noviciat à Lerma, et ensuite je suis venue ici. On avait besoin de vocations à Gernika.

— Pouvons-nous parler avec une sœur présente au couvent à cette époque-là ? demande Julia.

L'interpellée hoche la tête, songeuse.

— Un moment.

Elle se lève et quitte la salle.

Ses pas ne vont pas très loin. On entend chuchoter dans le couloir.

— Elle est bien jeune ! souffle Cestero.

— Je me disais pareil, réplique Julia. Qu'est-ce qui peut pousser une fille de son âge à prendre le voile ?

— Va savoir ! Tais-toi, elle revient.

Sœur Carmen réapparaît, mais elle s'écarte pour laisser passer une nonne d'un âge plus conforme à l'image d'une religieuse, selon Cestero.

— Je vous salue Marie, pleine de grâce…

Après le rituel, la nouvelle venue désigne la table sur laquelle s'appuient les ertzainas et gourmande sœur Carmen d'un geste.

— Allons, ma fille, offre-leur quelque chose… Ah, ces jeunes ! Je ne sais pas ce qu'elles ont dans la tête…

— Ne vous inquiétez pas, l'excuse Cestero. Nous voulons seulement vous poser quelques questions.

La femme secoue la tête ostensiblement et s'installe. À travers les barreaux, l'habit laisse deviner des formes girondes. Mais son visage semble moins avenant que celui de la jeune religieuse.

— Asseyez-vous, ordonne-t-elle en indiquant la table qui occupe une grande partie de l'espace réservé aux visiteurs. Autrefois, cette salle était toujours ouverte. Nous donnions à manger aux plus nécessiteux. – La religieuse soupire. – Nous avons dû y renoncer. On nous dérobait tout. – Elle montre un mur nu. – Nous avions là un tableau, une donation d'une artiste locale, de Gernika. Heu, j'ai oublié son nom… Vous la connaissez sûrement. Elle a exposé à Paris… Non ? Ah, vous êtes sans doute trop jeunes. Bref, on l'a emporté. Même le crucifix a disparu… On ne peut plus faire confiance aux gens.

Sœur Carmen revient et glisse un plateau en fer-blanc sous la grille.

— Tu as pensé aux *amarguillos* ?

— Oui, sœur Teresa. Aux *amarguillos* et aux *puños de San Francisco**.

— Donne-leur aussi un peu de vin.

— Non, non. Nous sommes en service, s'excuse Julia.

— Allons, allons… Il se boit comme de l'eau, insiste la vieille religieuse.

Cestero ne peut réprimer un soupir. Pourquoi cette lenteur si désespérante ? Aussi va-t-elle droit au but :

— Nous voulions vous poser des questions sur une jeune femme que vous avez envoyée à Lourdes il y a des années.

La moniale porte un gâteau à la bouche.

— Mmm… Ils sortent du four. Ils sont encore tièdes. Comme je les aime. Assieds-toi, ma fille, assieds-toi avec nous, dit-elle en poussant une chaise vers la jeune religieuse.

Sœur Carmen obéit.

— Je vous demandais… insiste Cestero.

— Je sais, je sais… dit la vieille femme en levant les mains. J'essaie de me rappeler. À mon âge, on n'a plus votre souplesse d'esprit. Attendez d'avoir soixante ans, on verra si vous êtes toujours aussi rapides… Dommage que la mère prieure ne puisse vous recevoir. Elle a toujours eu une excellente mémoire.

— Il paraît qu'elle est malade ? dit Julia.

— Très très malade, confirme la vieille femme d'un air sombre.

— À la suite d'un choc, précise sœur Carmen.

* *Puños de San Francisco* : sorte de petit cake au citron.

— D'un choc ?

La jeune religieuse acquiesce d'un air grave. Sœur Teresa avance sa chaise et baisse la voix, comme si elle confiait un secret.

— On nous a cambriolées. Ce n'est pas la première fois. On pille le tronc de l'église tous les quatre matins. Les gens ne respectent plus rien, il n'y a plus de valeurs. Voler sous le regard du Christ crucifié !

Cestero et Julia échangent un regard interloqué.

— Et la mère supérieure a eu un choc ?

— Cette fois-là, c'était la pire. Ils ont violé la clôture pendant notre sommeil. Ils devaient penser que nous avions des choses très précieuses, car les gens s'imaginent que l'église est pleine de richesses, mais il n'y a rien ici, précise sœur Carmen.

— Je n'ai pas souvenir que vous ayez déposé plainte. Quand était-ce ? intervient Julia en fronçant les sourcils.

— Il y a six mois environ.

— Sept, corrige la jeune religieuse.

— Sept mois, admet sœur Teresa. Bien sûr qu'on n'a pas déposé plainte. Il y a longtemps qu'on y a renoncé. À quoi bon ? On dévalise toujours autant le tronc de l'église ! Et la police se moque éperdument de quelques pauvres religieuses.

— Les cambrioleurs ont volé de l'argent ? demande Cestero.

Les religieuses secouent la tête à l'unisson.

— Ils ne l'ont pas trouvé, se réjouit sœur Carmen.

Un sourire fier illumine son visage.

— Il faut dire que nous n'en avons pas beaucoup. N'allez pas croire que quelques boîtes de pâtes sortent une congrégation de la pauvreté…, s'empresse de préciser la vieille. Juste assez pour se nourrir et assurer un minimum d'entretien, car ce bâtiment est très ancien et le gouvernement ne finance pas les travaux nécessaires.

— Je ne comprends toujours pas ce qui est arrivé à la mère supérieure. Elle a été agressée ? intervient Cestero.

Sœur Teresa tord le nez et grimace de tristesse.

— La pauvre s'est couchée sans aucun symptôme et au matin on l'a trouvée inconsciente. L'ambulance l'a emmenée à l'hôpital, où elle est restée plusieurs semaines. À Basurto. Il y a de très bons médecins… Il n'y a rien à faire. Elle est dans le coma. – À mesure qu'elle avance dans ses explications, la religieuse secoue la tête de plus en plus, écrasée par le chagrin ; à côté d'elle, sœur Carmen prie à voix basse. – Maintenant, on s'occupe d'elle ici. Peut-elle être mieux entourée que par ses sœurs ?

— Je suis désolée, murmure Cestero, de plus en plus abasourdie. – La mine de Julia montre qu'elle aussi est perdue. – Mais quel rapport avec le vol ?

— Tout s'est passé la même nuit, réplique la vieille religieuse. La mère prieure a dû entendre du bruit. À coup sûr, elle s'est levée et a découvert les intrus. Je ne sais pas si elle s'est battue avec eux ou si c'est la frayeur, mais on l'a retrouvée inconsciente dans le couloir. Sœur Carmen s'est levée juste à temps pour voir quelqu'un dévaler l'escalier.

La jeune religieuse approuve.

— Je n'en reviens pas, que vous n'ayez pas porté plainte pour une chose pareille, s'étonne Cestero. On entre par effraction, on vous vole, la mère supérieure est dans le coma, et personne ne réagit… C'est incroyable !

— Si, nous avons réagi : nous l'avons emmenée à l'hôpital, se défend la jeune nonne.

— Et vous n'avez pas prévenu la police… ? insiste Cestero.

— Ils n'ont rien pris. D'ailleurs qu'auriez-vous décidé ? – Sœur Teresa les met au défi, avec ses mots comme avec ses gestes. – De venir, de tout mettre sens dessus dessous, de briser la paix du couvent et de fouiller dans nos affaires. Quoi d'autre ? Rien d'autre, comme toujours !

— Qu'ont dit les médecins ? demande Julia pour interrompre la litanie des reproches.

— Qu'elle est dans le coma. Son cerveau a subi des ravages irréparables. Il a été privé d'oxygène. Le Seigneur en a disposé ainsi, répond sœur Carmen.

— Nous pouvons la voir ? demande Cestero.

Sa voix a perdu toute trace de cordialité.

Sœur Teresa refuse sans hésiter. Sa voix a aussi perdu toute son amabilité.

— Vous n'avez pas besoin de voir une pauvre vieille femme prostrée dans son lit. Sa dignité…

Cestero soutient son regard. Elle n'aime pas du tout cette histoire.

— Nous venions avant tout pour vous poser des questions sur la jeune fille que vous avez envoyée à Lourdes en 1979. Nous avons besoin de savoir ce qui l'a poussée à quitter son travail pour vous rejoindre, rappelle Julia.

Cestero applaudit intérieurement son intervention. Sœur Teresa hoche la tête lentement.

— Nous avons envoyé beaucoup de petites en France. Des âmes vulnérables. Trop de péchés corrompent nos jeunes filles. Les familles nous les confiaient pour les remettre dans le droit chemin, celui qu'indique Notre Seigneur. – La vieille femme boit une gorgée de vin avant de poursuivre. – Quelques mois, parfois une année, loin de chez elles et des tentations mondaines. Il y a tant à faire à Lourdes, tant de malades qui ont besoin d'assistance pendant leur pèlerinage. Là-bas, elles étaient d'un grand secours dans la maison de notre congrégation.

— Vous vous souvenez d'Isabel Otero, fille d'immigrés galiciens ? Nous savons qu'elle est passée dans ce couvent en 1979. Il serait très important que l'une d'entre vous se souvienne d'elle, dit Cestero.

La vieille femme secoue la tête tandis qu'un nouvel *amarguillo* échoue dans sa bouche.

— Comment pourrais-je me souvenir de ce genre de choses ? Tant de filles sont passées ici que je ne pourrais mettre un nom sur une seule d'entre elles.

Le téléphone de Cestero vibre dans la poche de sa veste de jogging. Un message d'Aitor. Il continue de reconstituer la biographie des victimes, et cette fois il est tombé sur un détail important :

Araceli Arrieta a aussi passé plusieurs mois à Lourdes.

La sous-officière en perd le souffle. Elle ne cesse de relire le message. Le couvent est soudain devenu le lien entre les victimes. Elle relève la tête et croise le regard de sœur Teresa.

— Le nom d'Araceli Arrieta vous dit quelque chose ?

La religieuse secoue la tête. Rien du tout.

— N'est-ce pas la femme qu'on a assassinée il y a quelques jours ? intervient sœur Carmen.

Cestero montre l'écran de son téléphone à Julia, qui hausse les sourcils, surprise de ce message. Une nouvelle preuve que l'année coïncide : c'était aussi en 1979.

— Et Natalia Etxano, vous ne la connaissiez pas non plus ? demande Julia.

La sous-officière se réjouit de cette question. Il serait intéressant de savoir si la journaliste était aussi passée par ce couvent.

— Si bien sûr, je l'ai entendue à la radio. Il fallait écouter son émission si on voulait être au courant de ce qui se passe en Urdaibai, dit sœur Teresa.

Cestero serre les dents. Elle a du mal à se maîtriser devant cette femme qui prend toujours la tangente.

— Ma sœur, nous aurons besoin de la liste des femmes que vous avez envoyées à Lourdes, dit Julia.

La vieille dame s'appuie sur les accoudoirs du fauteuil pour se lever.

— Revenez demain. Non, pas demain, c'est le jour du Seigneur. Plutôt lundi. Nous regarderons dans les archives si nous avons conservé quelque chose. Maintenant, je dois vous laisser. Allons-y, sœur Carmen. C'est l'heure de l'angélus.

— Il y a sans doute des vies en danger, insiste Cestero.

La vieille dame se retourne avant de sortir.

— Vous perdez votre temps, ici. Comment pouvez-vous croire que vous allez trouver des réponses à un crime dans un lieu où il n'y a que paix et amour pour son prochain ? N'oubliez pas de fermer en sortant et de laisser la clé dans le tour.

— Nous allons prier pour vous, ajoute sœur Carmen avant de lui emboîter le pas.

Octobre 1995

J'ai un souvenir très vague du jour où tout changea. C'est préférable, car il vaut mieux oublier certains événements si on veut aller de l'avant.

On était encore en octobre, l'année scolaire était devant moi, et cela représentait une montagne que je ne pourrais jamais escalader. Je voulais dormir toute la journée, ne plus jamais me lever. À quoi bon, puisque tout était souffrance.

— Déjà de retour ? s'étonna un jour ma mère en me voyant rentrer. Tu vas quitter cette tête de rabat-joie, une telle tronche dans cette maison, c'est insupportable !

Je faillis lui répliquer que c'était de sa faute. Comment sourire quand on passait ses journées à essuyer reproches et rebuffades ?

Elle ne m'en laissa pas le temps : elle prit son sac et sortit. C'était ainsi tous les soirs. Je répétai ses propres mots :

— Cette tête de rabat-joie…

Ils faisaient mal, surtout parce que c'était le sobriquet que me donnaient mes camarades de classe. Rabat-Joie…

Et plus ils m'appelaient ainsi, plus j'accumulais les réprobations de ma propre mère, et moins j'étais joyeux.

Mais en ce jour d'octobre, j'allais tout changer. J'allais donner à tous une raison de regretter de m'avoir rendu si malheureux. Je voulais qu'ils se sentent coupables, qu'ils portent sur le dos un sac particulièrement lourd jusqu'à la fin de leurs jours.

Je n'eus aucun mal à suspendre la corde au lustre de la salle à manger, le plus haut de la maison. Puis je passai aux toilettes. J'avais entendu dire que les pendus faisaient sur eux et je voulais mourir avec dignité. Je ne voulais pas que ma mort leur donne une raison supplémentaire de se moquer de moi.

En montant les échelons de l'escabeau, en introduisant la tête dans la boucle du nœud coulant, j'imaginais ma mère tombant à genoux devant mon cadavre pendu. Cette image la hanterait à jamais, et chaque jour de sa vie elle regretterait ce qu'elle m'avait infligé.

— Rabat-joie, murmurai-je au milieu des larmes.

J'avais peur de ce qui allait venir. J'avais beaucoup lu sur la pendaison et je savais que si le nœud était mal fait, l'agonie pouvait durer plusieurs minutes. Je ne voulais pas souffrir. En réalité, j'étais terrorisé à l'idée de passer à l'acte. Je voulais seulement en finir et leur faire de la peine.

— Je ne peux pas, murmurai-je entre mes dents.

Je me rappelle mon impuissance quand je dégageai la tête de ce nœud. Je ne voulais pas souffrir. Cette idée me paniquait. J'ouvris la fenêtre. Soudain, cette fin me semblait plus facile. L'air frais me fouetta le visage, mais ne m'apporta aucun réconfort. Cette fois, je ne réfléchis pas. Je fermai les yeux et sautai dans le vide.

Une lumière immense m'attendait en bas. Je pouvais sentir sa chaleur, d'autant plus intense que je m'en rapprochais. C'était peut-être ce *Grand Sole* où mon père passait le plus clair de son temps. J'allais enfin connaître ce lieu de rêve, et le rejoindre.

Le voyage dura à peine quelques secondes. La lumière m'enveloppa, je me fondis en elle. Et il était là, m'entourant de ses bras protecteurs. Je ne me rappelle rien d'autre, sauf que soudain je me sentais aimé, en paix, heureux.

34

27 octobre 2018, samedi

Le vent du nord-ouest rabat les embruns et le sel sur la côte, recouvre son visage et ses mains d'un voile à la fois poisseux et rafraîchissant. La mer est un tout. On y engloutit les souvenirs, les déceptions et les espérances. Les peines aussi, bien sûr ; voilà pourquoi les larmes ont une saveur de mer. Mais cette saveur vient peut-être des larmes de ceux qui se réfugient dans son silence complice ?

La lune est aussi une amie. Elle sait écouter et garder un secret. La mer et la lune, la lune et la mer. Ce soir de la fin du mois d'octobre, sous l'astre argenté qui apparaît derrière le cap d'Ogoño, réunit toutes les conditions pour ouvrir son cœur.

Et il ne s'en prive pas. Il doit mettre de l'ordre dans ses pensées et les comprendre.

Ses jambes pendent au-dessus du vide, en haut de la falaise. Derrière lui, l'église de Santa María, puis les maisons de Mundaka, dans un certain désordre. À ses pieds, les quais désertés par les promeneurs, seuls quelques pêcheurs lancent leur canne sur la digue. Vues du haut de sa solitude, ce sont des ombres inanimées, des pions aux avant-postes, dans cette partie coincée entre le village et le Cantabrique depuis la nuit des temps.

Sa propre partie se déroule favorablement. Trois femmes. Trois. Trois vies sur lesquelles il est intervenu, comme un jour quelqu'un est intervenu sur la sienne. La troisième ne s'est pas passée comme il l'espérait, ce qui froisse son orgueil, mais l'essentiel, c'est qu'il a réussi. Les prochaines fois, il devra être plus vigilant. Au début, il lui suffisait d'accomplir sa mission, maintenant il a compris qu'il devait transmettre son message à beaucoup de gens. Plus il sera choquant et brutal, et plus celui-ci se gravera dans les esprits.

— Narcissisme, se reproche-t-il tout haut.

Il n'aime pas en être conscient, mais c'est ainsi. Pour la première fois de sa vie, il savoure les louanges des autres. Et il aime ça. Avec Natalia, il avait l'impression d'être au septième ciel. Voir le compteur de visualisations de la vidéo monter si vite était la meilleure façon de reconnaître un beau travail. Dommage qu'avec Araceli tout se soit précipité, car il avait prévu une apothéose pour le dénouement.

Sa prochaine œuvre lui vaudra toutes les acclamations. Gernika va recevoir un bon coup de massue, de ceux qu'on n'oublie pas.

Et s'il ratait encore une fois ?

Son inquiétude le déçoit.

Comment peut-il penser qu'il a échoué ?

Il perd de vue l'objectif principal, et ce n'est pas le bon chemin. Il veut ôter la vie de ces femmes, les rayer de la carte. N'est-ce pas ce qu'il a fait avec Araceli ?

Il faut cesser de se flageller. Les mises en scène soignées sont un plus, mais pas le véritable objectif de son labeur.

Cependant, il a beau se répéter le message, celui-ci ne le convainc pas. La déception est lourde. Il ne supporte pas que le mari de la victime accapare une attention imméritée. Pourquoi l'a-t-on arrêté ? N'avait-on pas vu la fleur qu'il avait laissée dans le vase du salon, après avoir poussé Araceli dans le vide ?

— L'assassin à la tulipe, prononce-t-il lentement. Il aime la sonorité du surnom dont on l'a affublé.

Un léger clapotis attire son attention. La voilà, fidèle à son rendez-vous quotidien. Julia, en pleine mer. On dirait qu'elle veut aller jusqu'à l'île d'Izaro. Ses bras s'élèvent en rythme au-dessus de la surface argentée que la lune a façonnée. L'ertzaina est déjà loin quand elle s'arrête et se met sur le dos. Le Cantabrique la berce doucement et laisse entrevoir timidement ses seins nus et le profil de son visage.

— Julia, murmure-t-il, et ses mains amorcent un jeu innocent et pervers : elles semblent caresser, pousser et même bercer la petite Julia qui flotte dans l'eau.

S'il le voulait, il pourrait en finir, il n'aurait qu'à tendre un peu plus l'index et l'enfoncer dans l'eau. C'est merveilleux de pouvoir décider de la vie et de la mort.

Le corps de l'ertzaina se fond lentement dans un halo blanchâtre. La brume se lève. L'air se charge d'humidité. Il regarde la lune, toujours là, présidant la nuit, perchée au sommet d'Ogoño, et elle disparaît lentement derrière les coups de griffe des nuages qui montent de la mer.

Il est temps de partir.

Julia semble être arrivée à la même conclusion. Elle nage à la brasse et perturbe à peine le calme de la mer, elle rentre.

Avant de quitter son poste d'observation, il sort un papier de sa poche. La lune l'éclaire de sa lumière froide. C'est une liste. Il la connaît bien, trop bien. Il pourrait aussi bien la laisser tomber dans l'eau et continuer de la lire de mémoire. Il a déjà rayé les trois premiers noms. Les suivants sont accompagnés d'annotations diverses : adresse, numéro de téléphone et parfois emploi du temps.

Ce sera de plus en plus difficile. Peu importe. Son œuvre devra s'accomplir en l'espace d'une semaine, quand les tulipes auront atteint leur beauté maximum avant de se faner. Personne ne va se mettre en travers de son chemin.

Il respire à fond, remplit ses poumons de sel et d'humidité, et s'en va sans se presser.

Il y a encore beaucoup à faire.

35

28 octobre 2018, dimanche

Cestero essaie de ne pas regarder sous ses pieds. Elle n'a pas le vertige, mais n'aime pas le spectacle de l'abîme. Pour beaucoup de grimpeurs, c'est précisément le meilleur stimulant quand ils sont suspendus à des parois inexpugnables. Mais elle préfère ne pas imaginer ce qu'il y a derrière elle.

— Tout va bien ? demande Raúl, qui est en tête et tend la corde.

Ses mots lui arrivent, ballottés par les vagues qui déferlent tout en bas.

— Bien, souffle la sous-officière, trop occupée à chercher un appui dans une lézarde de la roche pour se perdre en explications.

— À partir d'ici, ça se complique un peu, explique le tatoueur.

— Un peu ? s'inquiète Cestero. – C'est sa première escalade depuis son entorse du poignet, elle ne veut pas forcer, mais elle ne veut pas non plus déchoir devant Raúl. – Heureusement que je t'ai dit que je n'avais rien d'une experte.

— Allons, encore un petit effort et on est arrivés.

Cestero s'en réjouit. Elle se sent fatiguée. Le cap d'Ogoño, avec ses trois cents mètres de falaise abrupte, est trop exigeant. Par chance, Raúl a choisi une voie qui démarre à mi-hauteur de cette masse calcaire, ce qui lui a épargné une bonne moitié de l'escalade.

— Comment as-tu dit que s'appelle cette voie ?

— Les Mouettes. Ça t'étonne ?

Cestero sourit. On ne pouvait rêver meilleur nom. Ces oiseaux sont partout. Ils s'envolent, contrariés, quand les mains des ertzainas s'accrochent aux rebords où ils se posent. Leurs cris deviennent alors la bande sonore plutôt cacophonique d'une escalade qui, par ailleurs, est escortée par le rugissement constant du Cantabrique qui fouette les brisants.

— Parfois, j'ai l'impression qu'elles veulent me donner des coups de bec, avoue-t-elle en regardant du coin de l'œil une mouette qui la lorgne d'un peu trop près.

Elle n'aime pas ces bestioles. Leur bec crochu lui rappelle les sourires maléfiques des contes, surtout avec cette tache rouge qui semble être le sang d'une victime. S'il est une chose qui lui inspire de la méfiance, ce sont ces petits yeux froids, ce regard intelligent et torve.

— Ce n'est pas la saison de la ponte… Quand elles ont des poussins au nid, elles sont capables de tout pour les défendre, dit Raúl en lâchant les pieds et les mains. – Suspendu à la corde dans le vide, il pivote lentement sur lui-même. – N'est-ce pas merveilleux ? As-tu jamais escaladé un site pareil ?

Cestero l'approuve et profite du répit au point de réunion pour se mettre un peu de magnésie sur les mains.

C'est nécessaire, pour avoir la meilleure prise. Le panorama est impressionnant. La plage de Laga s'étale au premier plan. Déserte. Bien sûr, c'est la fin octobre et le ciel est couvert. Non, il y a quelqu'un en bas, qui joue avec son chien. Impossible de discerner si c'est un homme ou une femme, vu de si haut. Non, c'est un homme, la *txapela** l'a trahi.

En attendant que Raúl atteigne le prochain point relais pour reprendre l'ascension, Cestero se tourne vers l'océan. L'île d'Izaro, battue par les vents du nord-ouest et dépourvue de végétation, flotte à la dérive au premier plan. Au-delà, la plateforme de forage de La Gaviota, cette bête métallique construite des lustres plus tôt.

— Tu connais l'histoire de la tuile ? demande Raúl en s'arrêtant à mi-hauteur. Non ? Elle est super. Il y a des années, Bermeo et Mundaka se disputaient la souveraineté de l'île. Après bien des conflits, ils décidèrent de faire une régate. Les premiers arrivés à Izaro en seraient les maîtres.

— Et qui a gagné ?

— Bermeo. Son maire évoque cette régate tous les ans en lançant une tuile à la mer, face à l'île. C'est sa façon symbolique de montrer que les toits du village arrivent jusqu'à Izaro. – Il tend le bras vers la mer. – Tu as vu les surfeurs ? Julia ne doit pas être loin.

Cestero les voit, entre l'embouchure de la ria et Mundaka. Les vagues semblent ridiculement petites de sa hauteur, mais le bruit qu'elles font en déferlant sur les falaises montre qu'il s'agit d'une fausse perception.

* *Txapela* : large béret, typique du Pays basque.

— C'est spectaculaire, reconnaît-elle, émerveillée par le spectacle qu'elle a sous les yeux.

— S'il existe un dieu quelconque, il doit éprouver ce que nous éprouvons du haut de cette falaise. Nous distinguons chaque mouvement de ceux qui sont tout en bas. Regarde, en avançant le doigt, tu pourrais presque les toucher, dit Raúl en joignant le geste à la parole.

La sous-officière acquiesce. Elle ressent même l'angoisse d'un paysage qui retient son souffle, dans l'attente qu'on ait retrouvé l'assassin à la tulipe. Elle pressent que l'arrestation de la bande de Meirás n'a rien résolu.

Raúl la regarde d'un air désolé, à quelques mètres d'elle.

— Même ici, tu ne peux pas décompresser ? C'est dimanche, jour de congé… Oublie un peu ton boulot et profite. N'avons-nous pas démantelé une bande de trafiquants il y a deux jours ? Ça s'arrose ! L'esprit a besoin d'un répit. Je t'ai amenée ici pour que tu oublies tout et que tu respires un peu de liberté.

Cestero a passé la nuit à revoir la biographie de la journaliste assassinée. Elle est particulièrement inquiète de cette année vide qui coïncide avec le séjour des deux autres victimes à Lourdes. Dans l'entourage de Natalia, personne ne sait vraiment où elle était en 1979. Certains ont suggéré un voyage en Angleterre pour apprendre l'anglais, d'autres des cours en Suisse, mais tout cela reste très vague.

— Tu as raison, pardon, murmure-t-elle, moins convaincue qu'elle ne le voudrait.

— C'est à toi que tu dois demander pardon. Oublie ce qui t'a amenée en Urdaibai, au moins pendant quelques minutes. Tu as besoin de t'aérer l'esprit. Ce n'est que ton travail.

Cestero n'est pas d'accord.

— Quand il y a des morts, ce n'est plus seulement un travail.

Raúl s'accroche à une fente et gagne rapidement de la hauteur.

— Ne déforme pas mes propos. Tu prends le problème à l'envers. Comme lorsque tu as frappé ce détenu…

— Oh, je vois que les nouvelles vont vite.

L'ertzaina se passe de la magnésie sur les mains. Un léger nuage de poudre blanche s'éloigne, porté par la brise.

— Plus tu regarderas les affaires de près, plus tu auras du mal à trouver l'assassin. C'est comme regarder d'en haut. Cette perspective permet de découvrir des choses qu'on ne voit pas au ras du sol. Ne minimise pas le recul. Ne minimise pas ta vie. Tombe amoureuse, profite, mène ta vie de façon que ton travail ne soit pas la seule chose importante. – Raúl est arrivé sur un ressaut. – J'étais comme toi quand j'ai commencé mes enquêtes. Je ne vivais plus. Les affaires, c'était tout pour moi, j'en étais obsédé. Jusqu'au jour où je me suis rendu compte que je me pourrissais la vie. On ne nous paie pas pour vingt-quatre heures sur vingt-quatre, on nous paie pour des journées de travail normales. Le reste, c'est notre temps, notre vie.

— Il y a affaires et affaires, objecte Cestero en reprenant l'ascension, une fois que Raúl a assuré un nouveau point relais. – Elle a les orteils endoloris. Les chaussons qu'il lui a prêtés sont un peu justes. – Un cambriolage et des assassinats en série, ce n'est pas la même chose.

Raúl n'est pas d'accord.

— Pourquoi crois-tu que Julia fait du surf ? Elle aussi en avait ras le bol quand elle sortait du travail. Et un jour, plaf ! L'anxiété est arrivée : un sacré coup sur le cigare. Maintenant, elle prend les vagues, elle nage en mer…

— J'aurais dû apporter ma batterie. Voilà ce qui me détend. Tu joues d'un instrument ?

— La musique ne m'a jamais intéressé, avoue le tatoueur.

— J'ai commencé il y a deux ans. Un délire entre copines. Et je te jure qu'il n'y a rien de mieux pour me défouler.

— Rien ? ironise Raúl avec une grimace qui laisse entrevoir le sous-entendu.

— Bon, d'accord… Presque rien, reconnaît Cestero en lui renvoyant sa grimace.

Elle est arrivée sur le ressaut. Son ami pointe le doigt vers le haut.

— Plus que huit mètres.

La sous-officière reprend son souffle et secoue ses bras engourdis. Ses jambes aussi. Demain, elle aura des crampes.

— Allons-y, dit-elle en plongeant la main dans son sac à magnésie.

Quelques minutes plus tard, Cestero a atteint la cime. Le tatoueur lui tend la main pour l'aider à terminer son ascension.

— Bienvenue sur la tour de guet.

En dépit de l'ampleur de la plateforme rocheuse, Cestero ne se sent pas en sécurité. C'est toujours pareil quand elle arrive au terme d'une escalade. Soudain, elle n'a plus rien à quoi se raccrocher. Elle sait que c'est une question de secondes, et qu'ensuite tout redeviendra normal.

— Tu ne m'avais pas prévenue que ce serait aussi dur. J'ai failli ne pas y arriver. Je n'ai pas fait d'escalade depuis des mois. Je ne m'attendais pas à une telle difficulté.

Raúl rit et passe le bras autour de ses épaules. Avec la main, il lui montre l'horizon, une ligne parfaite où le bleu métallisé de la mer se fond dans la lourdeur d'un ciel de plomb.

— C'est là que passait ses journées le guetteur chargé de prévenir les habitants d'Elantxobe quand une baleine s'approchait de la côte. Tu imagines ? D'ici, il les voyait sûrement avant tous les autres villages, et c'était vital, tu sais que ceux qui plantaient le premier harpon dans l'animal en avaient la meilleure part.

— Et les autres ?

— Qui ça ? Les autres villages ? Ils se retiraient. La baleine était réservée aux premiers arrivés. Ne me dis pas que tu ne le savais pas…

— Je t'ai déjà dit que la mer et moi, nous ne faisons pas très bon ménage.

— Mais tu vis à Pasaia, et cette tradition est à l'origine des régates actuelles de traînières. Pour qui es-tu, pour San Juan ou San Pedro ?

— Pour San Juan ! Ceux de l'autre bord ne valent pas un pet de lapin…

La sous-officière l'a dit sur un ton si sérieux que Raúl éclate de rire. L'aviron est sacré à Pasaia, et il faudrait être fou pour soutenir l'équipe de la rive opposée de l'embouchure.

Le tatoueur lui passe le doigt dans le cou, doucement, comme s'il dessinait.

— Et si tu me laissais finir ton Sugaar ? chuchote-t-il en glissant un doigt vers l'épaule.

Cestero le laisse faire. C'est une sensation agréable, qui la détend. Elle ferme les yeux, et sent les odeurs de mer et de chêne, de roche vive et d'air pur. Elle se sent libre, sur cette tour de guet.

Soudain, les doigts de Raúl ont cessé de dessiner, ils caressent son visage et s'attardent sur sa bouche. C'est une caresse délicate, chaude, comme le baiser qui arrive sans prévenir, auquel Cestero répond : elle entrouvre les lèvres et se laisse emporter.

36

28 octobre 2018, dimanche

Julia contemple le sillage laissé par la *chipironera*, un coup de pinceau blanc sur l'immensité de la mer. Les maisons de Mundaka, agglutinées autour du port, deviennent de plus en plus petites. L'église de Santa María dépasse des toits et offre un contrepoint vertical au paysage urbain. Au-delà s'étendent les collines couvertes de pinèdes, une caractéristique de l'Urdaibai.

— D'ici, c'est tellement différent, murmure l'ertzaina.

Álvaro approuve. Il s'affaire à démêler l'équipement.

— Merci d'avoir accepté mon invitation. Je pensais ne plus jamais te revoir sur cette *chipironera*, dit-il à l'ertzaina.

Julia esquisse un sourire poli avant de se tourner vers bâbord. Les falaises de l'île d'Izaro sont à un jet de pierre. Roche décharnée, battue par les vents froids du nord-ouest qui laissent à peine pousser quelques brins d'herbe dans les recoins les moins exposés.

— Tu pourrais vivre ici ? demande son ami.

L'ertzaina sait ce qu'il veut dire. On distingue encore les ruines du vieux couvent. Ces franciscains n'avaient pas une vie facile. La solitude et l'isolement devaient être atroces, dans un endroit pareil. Pourtant, elle pressent que, si elle n'avait pas été rasée par les pirates au XVIIIe siècle, cette retraite monastique serait devenue une destination de week-end privilégiée pour l'âme torturée des citadins d'aujourd'hui.

— Je suis heureuse à Mundaka.

En disant cela, elle essaie de repérer sa maison. Le promontoire sur lequel se dresse l'église la cache en partie, mais on devine ses formes blanches.

— Bien sûr. Moi aussi, je serais incapable de vivre dans un lieu si inhospitalier. Je deviendrais fou, reconnaît Álvaro.

Il a enfin réussi à démêler la ligne. Le petit poisson en silicone suspendu à l'extrémité du fil émet des éclairs brillants quand il le lance dans l'eau. Il n'a plus qu'à s'enfoncer lentement. Quand un calmar affamé se décidera à le croquer, les hameçons dissimulés feront le reste.

— Prends-la, demande-t-il à Julia en lui donnant le fil.

Álvaro coupe le moteur. Il n'y a plus qu'à attendre.

— Je vais beaucoup mieux qu'avant d'embarquer. Pas toi ?

Julia confirme. En réalité, elle ne se sent pas aussi bien qu'elle le prétend. C'est dans cette même embarcation qu'elle avait voulu l'embrasser, quelques mois plus tôt. Elle a encore le rouge aux joues quand elle se rappelle la main d'Álvaro la repoussant doucement, et ses yeux marron la regardant avec un mélange de culpabilité et de tristesse. Dans sa vie, peu de minutes lui avaient semblé aussi longues que celles qui s'étaient écoulées jusqu'à leur retour au port. Des excuses, des justifications, des reproches… Ils se parlèrent beaucoup à l'époque, mais il aurait mieux valu garder le silence. En tout cas, Julia aurait préféré. Chaque mot lui avait fait aussi mal qu'une gifle, chaque mot avait contribué à ne rien éclairer sur ce qui s'était passé. Pourquoi avait-il refusé de s'engager ? Il ne la trouve pas séduisante ? Il ne l'aime pas ?

— Ce sont les ions, explique Álvaro. Depuis que j'ai cet ordinateur monstrueux dans le salon, ma maison est pleine d'ions positifs. Une belle merde ! Ça affecte sacrément le mental ! Je suis plus fatigué, plus abattu, j'ai mal à la tête… Je devrais monter ma mine de bitcoins ailleurs. Cet appareil va peut-être me rendre riche, mais il me ruine la santé.

— Les ions…, répète Julia sans conviction.

— Oui, oui, les ions, insiste son ami. Heureusement que la mer est proche, c'est la plus grande source d'ions négatifs qui existe. Tu vois, j'étais comme une larve ! Un bout de navigation et je me sens comme neuf.

— Je ne sais pas si les ions ont beaucoup d'effet sur moi, mais la mer m'aide à décompresser, dit Julia au moment où elle sent une secousse au bout de la ligne.

Álvaro a vu la ligne bouger et il ne perd pas de temps. Il la lui reprend des mains et la ramène, lentement et sans à-coups.

— C'est un gros, annonce-t-il en sortant le calmar de l'eau. Attention à son encre.

Le premier tir noir rebondit sur la coque de la *chipironera*. La mer s'obscurcit alentour. Peut-être à cause des nuages qui viennent de l'ouest. Il va pleuvoir bientôt. Le céphalopode retombe sur le pont, continue ses jets d'encre et finalement se résigne à sa nouvelle réalité.

— Un sacré *begibaundi*. Combien ? Deux kilos ? demande Julia qui a reculé pour ne pas tacher ses sandales.

— Un kilo et demi, estime son ami. Chouette ! C'est toi qui l'as pêché.

— Je n'y suis pas pour grand-chose.

— Il est à toi, décide Álvaro en relançant la ligne. Si tu veux, on le partage. On mange ensemble ?

Julia pince les lèvres. Elle ne peut pas. Elle a quelque chose à faire.

— Je suis fatiguée. Un autre jour, peut-être. Aujourd'hui, je veux rentrer tôt.

Elle ment. Pourquoi n'ose-t-elle pas lui dire la vérité ?

Álvaro se tourne vers l'île. Le courant les pousse dangereusement vers les rochers. Il tire sur le cordon de démarrage du moteur et oriente le bateau plein est, en direction de Bermeo. En moins d'une minute, ils s'éloignent des brisants. Il y a d'autres *chipironeras* dans les parages, au moins une douzaine, en pleine pêche dominicale. Leur moteur au ralenti écorche le silence, mais on entend surtout les vagues qui se brisent sur la désolation d'Izaro. Julia a l'impression que les *arrantzales* qui les pilotent sont plus attentifs à ce qui se passe dans les embarcations voisines qu'à leur propre ligne.

— Les gens sont ravis. Non seulement vous nous avez débarrassés de ce fou à la tulipe, mais vous avez démantelé un réseau de trafiquants de drogue.

Le regard de Julia se perd au loin. Elle aimerait lui donner raison, mais elle est de moins en moins convaincue du lien entre Meirás et les crimes.

— Je n'ose pas encore crier victoire.

— Mais vous avez bien arrêté tout le clan ?

— Oui, et c'est une bonne nouvelle, mais je ne sais pas si tout est résolu.

Son ami la dévisage d'un air incrédule.

L'ertzaina sent une nouvelle secousse au bout de la ligne. Encore un calmar. La pêche est positive. Elle aimerait pouvoir en dire autant de ses sentiments sur l'affaire.

37

28 octobre 2018, dimanche

Julia boit une gorgée de *txakoli*, et les notes fruitées de ce vin blanc un peu acide caressent ses papilles, qui frémissent légèrement. Elle viderait volontiers son verre d'un trait et s'en servirait un autre, et encore un autre. Et finirait ainsi la bouteille. Tout plutôt que la réalité attablée en face d'elle.

De son côté, Txema n'est pas plus à l'aise. Mais ils savent tous les deux que ce repas est une bonne idée. Ces dernières journées, celles des retrouvailles, n'ont pas été faciles, et il est temps de régler les comptes en dehors des heures de travail.

— Avant tout, je voudrais te demander pardon, commence-t-il en la regardant dans les yeux. Je sais que je me suis comporté comme un parfait connard, et je comprendrais que tu refuses mes excuses. Il y a des décisions dans la vie qui ne sont pas simples…

Julia soupire. Son regard fatigué s'évade par la fenêtre.

Le vieux casino de Mundaka est le cadre de cette rencontre, qui ne prétend pas être romantique. Le mirador, suspendu au-dessus du petit port, offre une belle vue sur la mer.

— Tu as été un égoïste, lui reproche-t-elle.

Les tables voisines sont vides. Tant mieux, la sincérité a plus de place pour s'exprimer.

— Mon plus grand bonheur aurait été de remonter le temps pour que rien de tout cela ne soit arrivé, continue Txema.

Julia secoue la tête.

— Moi aussi, j'aurais préféré passer toutes ces années avec une personne pour qui j'aurais vraiment compté.

Txema claque de la langue, remue sa soupe de poisson et lève les yeux vers elle.

— Je t'en prie, Julia. Je voulais dire le contraire : j'aurais préféré ne pas être obligé de partir, car nous serions toujours ensemble et…

— Ah non, arrête ! N'essaie même pas !

Un serveur apparaît dans l'escalier.

— Vous avez besoin de quelque chose ? Encore un *txakoli* ? De l'eau ?

Non, de rien, juste d'une intimité qu'il leur accorde sur-le-champ.

— Julia, de grâce, laisse-moi finir, s'il te plaît. Tu ne peux pas me bâillonner, j'ai besoin de te le dire. J'éprouve toujours pour toi…

L'ertzaina lève la main pour l'empêcher de continuer.

— J'étais enceinte, Txema. Nous allions être parents, dit-elle froidement.

Le sous-officier la regarde, ébahi.

— Ne me dis pas que…

Julia secoue la tête.

— Ce n'était pas voulu. Soudain, son petit cœur a cessé de battre. Il avait cinq mois. Je l'ai su bien avant que le médecin me le dise. Il est mort dans mon ventre. Tu connais ça ? Et tu connais ça, d'être seule dans un moment pareil ? Non, bien sûr, tu n'en as aucune idée.

— Pourquoi ne m'as-tu rien dit ?

— Pourquoi ? Tu oses me demander pourquoi ? Remarque, tout bien réfléchi, j'aurais pu te l'annoncer par mail et te mettre en copie l'échographie de notre enfant mort, répond Julia hors d'elle.

— Julia, je t'en prie…

Le geste de Txema pour lui demander de parler moins fort l'irrite au plus haut point.

— J'ai perdu un enfant pendant que son père ne se donnait même pas la peine de décrocher quand je l'appelais. Et j'ai pleuré toute seule. Je t'assure que tu ne vivras jamais une situation aussi dure de toute ta vie. Et tu oses me demander de me calmer ?

Elle lit dans les yeux du sous-officier que cette fois le poignard s'est enfoncé profondément.

— Je ne savais pas que tu étais enceinte.

Julia se mord les lèvres pour résister à l'envie de se lever et de partir.

— Tu ne m'as pas laissé le temps de te l'annoncer. Le jour où je l'ai appris, tu étais à Bruxelles depuis un mois. Le reste de l'histoire, tu le connais. Les sonneries qui tombent dans le vide parce que tu ne décroches pas quand je t'appelle…

La cuiller de Txema replonge dans la soupe, son regard aussi.

— J'avais peur de craquer et de revenir, si j'entendais ta voix. Elle seule m'aurait convaincu de revenir. Je suis tellement désolé… Rien ne me rendrait plus heureux que de vivre à tes côtés, de rattraper le temps perdu, d'avoir cet enfant avec toi…

L'ertzaina a les yeux pleins de larmes. Mais qu'est-ce qu'il raconte ? Il l'a vraiment invitée à dîner pour lui plonger la tête dans un océan de doutes ?

— Tu es toujours aussi égoïste, Txema. Un égoïste de merde !

Elle se lève et s'en va.

38

28 octobre 2018, dimanche

Les pieds oscillent au-dessus du tapis d'herbe piétiné par des milliers de voyageurs depuis le Moyen Âge. Le silence est oppressant. Seul le chant d'un rouge-gorge et les gouttes qui tombent de la charpente osent le profaner. Même le ciel n'ose pas hausser la voix ; il se contente de pleurer sous la forme d'un crachin qui trempe tout.

C'est la solitude de la mort. Ce n'est pas la première fois que Cestero la flaire de si près.

— Il n'a pas pu le supporter, murmure l'ertzaina.

À côté d'elle, Julia étouffe à grand-peine un sanglot.

L'image est fascinante. Horrible, bien sûr, comme n'importe quelle mort violente, mais séduisante aussi en un sens. La brise marine se faufile entre les feuilles de la treille qui enlace la charpente. L'automne lui donne de charmants tons rougeâtres qui contrastent avec le vert des grappillons restés sur les sarments après la vendange, supportés par des piliers en pierre qui longent le chemin et servent d'escorte au cadavre.

Luis Olaizola a choisi les poutres qui couvrent le chemin royal pour s'ôter la vie. Une mort typique de l'Urdaibai, il ne pouvait en être autrement, chez une personne tellement liée à cette terre dès ses premiers jours.

— Pauvre Luis, se lamente Julia.

Cestero regarde le défunt en silence. Elle avait tant de questions à lui poser.

— Je l'avais convoqué au commissariat demain à la première heure, dit-elle dans un filet de voix.

— Et il a décidé qu'il avait un rendez-vous plus important cet après-midi, remarque Julia.

Elle a les yeux rougis, comme ceux des autres agents du commissariat de Gernika qui arrivent sur place peu à peu.

— Je suis désolée, dit Cestero.

Elle n'est pas très sûre que ce soient les mots justes, mais elle n'en a pas d'autres.

Julia hoche la tête en silence.

La sous-officière lit encore une fois la lettre que l'ex-commissaire a laissée sur le muret. Olaizola y reconnaît s'être laissé entraîner par l'appât du gain, mais il nie avoir eu le moindre rapport avec une bande de narcotrafiquants. Et encore moins avec un assassinat. Son écrit s'achève sur une plaidoirie bien sentie sur la douleur de la trahison et le véritable sens de l'amitié et de l'amour.

— Je me demande s'il était le mieux placé pour donner des leçons, soupire Cestero.

Julia lui lance un regard choqué. On a mieux à faire qu'à cracher des reproches à un pendu ballotté par la brise.

39

29 octobre 2018, lundi

Julia martelait le tour à coups de poing. Elles l'avaient peut-être oubliée. Il y a combien de temps que cette religieuse est partie chercher sœur Teresa ? Difficile à dire, dans la pénombre de la loge où la seule note de couleur est donnée par la statue larmoyante de la Vierge. En tout cas, c'est trop long. Si Cestero avait été là, elle aurait déjà appuyé plusieurs fois sur la sonnette. Heureusement, elle a préféré rester au commissariat plutôt que de perdre patience.

Elle sourit en pensant à sa collègue. Elle l'aime bien. Au début, elle était gênée par ses impulsions, mais elle commence à s'y habituer. D'ailleurs, elles se complètent assez bien. Cestero ne s'embarrasse pas de manières ; Julia, en revanche, préfère attendre pour analyser calmement les conséquences de chaque acte.

On perçoit un léger murmure à travers le tour. Une litanie sans cesse répétée par un chœur lointain. L'ertzaina essaie d'identifier un mot. Impossible. Mais le rythme est caractéristique.

— Le chapelet, soupire-t-elle.

S'il faut attendre qu'elles aient fini de débiter leur chapelet, elle peut s'armer de patience. Elle repense à Cestero. Cette fois, elle sent que les méthodes de la sous-officière seraient plus efficaces.

Elle appuie sur la sonnette. Pas une fois, mais deux.

Des pas empressés se rapprochent, de l'autre côté du mur.

— Je vous salue Marie, pleine de grâce… dit une voix de velours.

— Le Seigneur est avec vous, répond Julia du bout des lèvres. Ma sœur, il y a une demi-heure que j'attends le retour de sœur Teresa.

— Ah oui, excusez-moi ! Elle m'a priée de vous dire qu'elle n'a rien retrouvé.

Julia respire à fond pour compter jusqu'à dix. Mais elle ne dépasse pas quatre.

— Demandez-lui de venir immédiatement.

Elle est surprise du ton de ses propres paroles.

— Nous sommes en pleine prière.

— Vous ne l'étiez pas quand je vous ai appelée la première fois.

La religieuse réfléchit quelques instants.

— Attendez, dit-elle finalement avant de se retirer.

De nouveau les pas. De nouveau l'attente insupportable.

Julia est abattue. Ce n'est pas le moment de mettre sa patience à l'épreuve. Elle a mal dormi, si on appelle "dormir" fermer les paupières de temps en temps. L'image d'Olaizola pendu sur le chemin royal l'a accompagnée toute la nuit avec un tel réalisme qu'elle avait l'impression de le voir dans sa chambre. Elle a des sensations contradictoires, car c'est elle qui a révélé les irrégularités qui ont débouché sur son éviction. Les hommes de la Scientifique ont confirmé que la seule empreinte trouvée chez elle après l'apparition du message anonyme sur la vitre correspond à celle de l'ex-commissaire. C'est Olaizola qui avait essayé de l'intimider, ce soir-là.

Loin de lui en vouloir, Julia déplore que son ancien chef ait perdu la tête à ce point. Elle sait qu'elle a agi correctement, mais ce n'est pas suffisant pour se sentir à l'aise. Elle a besoin de temps pour digérer.

Enfin, on entend un mouvement de l'autre côté du mur.

— Je vous salue…

Elle reconnaît immédiatement la voix de sœur Teresa, qui ne l'invite même pas à entrer dans la salle des visiteurs, qui ne daigne pas davantage se montrer à la jalousie. Julia doit se contenter de lui parler à travers le tour.

— Vous avez la liste ? demande l'ertzaina sans se donner la peine d'intercaler une formule de politesse.

— Désolée, mais c'est impossible. Les voleurs l'ont emportée. C'est la seule chose qu'ils ont volée la nuit où l'abbesse est tombée malade.

— Ah, encore une affaire que vous n'avez pas dénoncée, déplore Julia. – Son portable sonne dans son sac à dos et l'oblige à hausser le ton pour se faire entendre. – De combien de femmes parlons-nous ?

— Je ne saurais le dire avec précision. Réponds à l'appel, si tu veux.

— Ne vous inquiétez pas. Dites-moi ce que vous savez de ce projet. Il concernait combien de femmes ? Qui l'organisait ?

— Je ne sais pas. La mémoire me fait défaut, sans doute une dizaine par an. En 1980, c'est la dernière année qu'on l'a réalisé, et la première, en 1975. Ou en 1974 ? Je ne sais plus, ma fille, ma pauvre tête... Avec l'âge... !

L'ertzaina soupire. Tout chiffre qui dépasse trois est de mauvais augure.

— Il n'y a pas moyen de savoir qui étaient les filles envoyées à Lourdes ? Retournez tout le couvent s'il le faut. Je suis sûre qu'il y a quelque chose, une correspondance avec les familles, des photographies... N'importe quoi, qui nous serve à leur donner un nom.

— Je vais voir ce que je peux faire.

Cette réponse ne suffit pas. Elle sera mal accueillie au commissariat.

— Il y a sûrement une de vos sœurs qui se rappellera un nom. Je vous en prie, parlez-leur. Nous avons besoin de votre aide.

Le téléphone tient absolument à interrompre leur conversation. Qui qu'il soit, il ne peut plus attendre.

— De cette époque, il ne reste que la mère prieure et moi. Les autres sont arrivées plus tard.

Et la religieuse assure qu'elle va tâcher de l'aider.

L'ertzaina comprend sa propre impuissance.

— Appelez-moi pour me tenir au courant. Je vous laisse ma carte dans le tour.

— Ne t'inquiète pas. Je vais prier pour toi.

Julia ouvre la bouche pour lui dire qu'au lieu de prier, elle devrait plutôt collaborer, mais elle se ravise.

— Un moment ! dit la religieuse quand elle l'entend ouvrir la porte extérieure.

Julia se fige.

— Quelque chose vous revient ? dit-elle, pleine d'espoir.

Le tour se met en mouvement, remplissant la loge de grincements et de craquements.

— Emporte ça. Je suis sûre que cela va mettre un peu de douceur dans votre commissariat.

L'ertzaina est tentée de laisser les gâteaux dans le tour, mais elle se force à les prendre. Une insolence n'améliorerait pas la situation.

Et le portable qui n'arrête pas de sonner.

Le nom de Cestero sur l'écran ne présage rien de bon. C'est elle qui l'a envoyée récupérer la liste.

— Salut, Ane.

— Où es-tu ?

— Je sors du couvent. Je ramène des douceurs pour le petit-déjeuner.

Un juron de la sous-officière sature l'écouteur.

— Tu y es encore ? Je ne le crois pas ! Dis-moi au moins que tu rapportes la liste.

— Je viens de sortir. Maintenant, elles me racontent que les voleurs ont emporté les renseignements que nous cherchons.

— Comme par hasard ! Retourne voir ces intrigantes. Je suis inquiète, parce qu'une autre femme a disparu, à Busturia.

— Quoi ? Quand ?

— Charo Etxebeste. Il y a trois heures qu'elle aurait dû ouvrir son étal sur le marché de Gernika, et elle n'est toujours pas arrivée. Elle a quitté la maison à l'heure habituelle, explique la sous-officière de façon heurtée. Je ne sais pas si je suis parano, mais elle est peut-être entre ses mains, en ce moment. Si mes soupçons sont justes, son nom devrait figurer sur cette liste.

— Attends, j'y retourne.

Julia presse la sonnette de nouveau, qui déclenche un son trident de l'autre côté du tour.

— Je vous salue Marie, pleine de grâce…

C'est la voix de la vieille religieuse.

— Charo Etxebeste, lance l'ertzaina à brûle-pourpoint. Celle-là aussi, vous ne vous en souvenez pas ?

— Je devrais ?

— Cette femme vient de disparaître. Nous craignons qu'elle soit une des filles envoyées à Lourdes.

Nouveau silence de la nonne. Dommage qu'on ne voie pas son visage, sinon on saurait si cette nouvelle lui cause une émotion quelconque.

— Que dit-elle ? réclame Cestero au téléphone.

— Était-ce une de ces filles ? insiste Julia.

Quelques secondes s'écoulent encore avant la réponse.

— Il y a quarante ans de cela. Comment pourrais-je me le rappeler ? Bien sûr qu'on a eu des Charo, des María, des Maite… Etxebeste ? Je ne sais pas. J'aimerais vous aider. Je regrette qu'on nous ait volé ces papiers.

Ses paroles semblent sincères, mais elles ne convainquent pas Julia. Ni Cestero, qui proteste dans l'appareil.

— Dis-lui que s'il se confirme que c'est une des filles de Lourdes, son couvent sera fouillé de fond en comble. J'y veillerai personnellement, crie-t-elle avant de couper la communication.

Julia n'a pas besoin de répéter ses propos à la nonne, qui a tout entendu malgré la distance.

— Nous allons prier pour elle. Nous ne pouvons rien faire d'autre.

40

29 octobre 2018, lundi

Cestero avance d'un pas vif entre les étalages de fruits et de légumes de saison. Il y a des odeurs de forêt : des champignons, des chanterelles et des bolets, proposés par quelques vendeurs. La pomme est omniprésente, il y en a de toutes les couleurs ; la châtaigne aussi est de saison. L'arôme âpre du fromage se faufile par endroits, ainsi que les notes douces du chorizo et du boudin à l'oignon.

— Regardez mes choux. Les premiers de la saison. Et mes choux-fleurs ! propose une vieille femme dans une blouse où se mêlent les bleus et les orangés.

Ane et Aitor lui sourient et poursuivent leur chemin. Ce n'est pas le moment d'admirer les produits du terroir. Chaque seconde perdue peut être fatale à la femme disparue.

— Des noix d'Orozko ! chante une vendeuse, qui dépose quelques fruits secs dans la main de Cestero.

— *Eskerrik asko*, murmure l'ertzaina avant de continuer sa route.

C'est lundi, jour de marché à Gernika, mais pas n'importe lequel. C'est le Dernier Lundi d'octobre, le jour de la foire la plus importante de l'année. Les visiteurs venus de tous les recoins de la Biscaye envahissent les rues où se multiplient les étals. Ils cherchent le meilleur fromage, le cidre à maturité, tous les produits de la ferme. Mais ce matin-là autre chose les préoccupe : les crimes de ces jours derniers ont agi comme un aimant et des milliers de curieux ne parlent que de cela.

— Fromage de Gorbea, des terres d'Arraba, lance une femme en leur tendant une assiette.

Les ertzainas l'écartent d'un geste. Cestero mâche encore les noix de la vendeuse précédente. De nouveau le sourire aimable.

— Il va falloir demander, dit Aitor.

Derrière lui, Radio Euskadi émet son émission matinale dans un studio de fortune installé au milieu des poivrons et des miches.

Cestero hausse les épaules. Il n'y a pas d'autre solution. Autant chercher une aiguille dans une botte de foin. Elle s'adresse à une vendeuse qui s'empresse de lui couper quelques morceaux de pomme qui craquent sous la lame du couteau.

— Goûtez-moi ça. Un produit local, de Kortezubi. Moins de deux euros le kilo.

— Nous cherchons l'éventaire d'une paysanne qui…

— Toi, tu n'es pas d'ici, hein ? dit la femme sur un ton soupçonneux.

L'ertzaina hésite. Qu'est-ce qu'on considère d'ici ou d'ailleurs ?

— Heu, de Pasaia…

— Ouais, le Guipúzcoa… Je me disais bien… Là-bas, ils ont cette manie de dire "paysanne"… Nous on préfère dire "fermière".

Cestero écoute en feignant d'être intéressée. Dans sa course contre la montre, elle n'a pas de temps à consacrer aux batailles sémantiques.

— Fermière, répète Aitor derrière elle. – Au ton de sa voix, on devine le désir forcé de plaire à la femme qui vend ses pommes. – Vous pourriez nous dire où s'installait généralement Charo Etxebeste ?

La femme repose son fruit sur la table et les toise d'un air étonné.

— Des policiers ? Je ne m'en étais pas aperçue, comme vous n'avez pas d'uniforme… – Elle baisse la voix jusqu'à ce qu'elle devienne un murmure. – Mais oui, bien sûr, c'est pour passer inaperçus… Ne vous inquiétez pas, je suis une tombe. A-t-on des nouvelles de Charo ? C'est vrai qu'elle est au pouvoir de l'assassin à la tulipe ? Mon Dieu, nous avons tous le cœur serré.

— Calmez-vous, nous allons la retrouver. Quel est son emplacement ? insiste Cestero.

La paysanne, ou la fermière, selon les goûts et l'origine de chacun, indique l'autre extrémité du marché.

— Là-bas, entre un vendeur de champignons et un berger qui vend des fromages et du lait de brebis. Il prétend que c'est sa propre production, mais moi je me méfierais, ce type ne peut matériellement pas travailler autant.

Les ertzainas la remercient de ses indications, et la femme leur lance un clin d'œil.

— Tenez, on vient de les cueillir, dit-elle en leur tendant deux pommes.

— Non, merci.

La vendeuse se penche par-dessus son étal pour les glisser dans la poche de la veste de Goenaga.

— Pour plus tard. Allons, n'ayez pas honte. Retrouvez-la vivante, s'il vous plaît.

Cestero accueille ses deniers mots avec une montée d'angoisse.

Vivante...

Ont-ils l'espoir de la retrouver en vie ?

Elle se tourne vers son collègue. Et comprend à son air sombre que la fermière l'a également troublé. Inutile de lui demander quelle est sa propre réponse. Jusqu'à présent, l'assassin à la tulipe n'a pas manifesté un grand intérêt pour les enlèvements. Il s'est contenté des meurtres.

Jusqu'à présent.

Certes, il est possible que la disparue ne soit pas entre les mains de l'assassin qui terrorise l'Urdaibai. Elle n'est entre les mains de personne, elle a eu un problème sur la route. Tout ce qu'ils savent, c'est qu'elle n'a pas pris sa place sur le marché, et qu'elle ne répond pas au téléphone. Son fils, qui suit des cours de biologie sur le campus que l'université du Pays basque a ouvert à Leioa, à quarante kilomètres de Gernika, n'a aucune nouvelle non plus. Ce matin, ils ont mis ensemble les primeurs du potager dans la fourgonnette, et ils se sont quittés devant la ferme. Tout était normal, comme chaque lundi. Charo est partie au marché et son fils est resté, devant son petit-déjeuner.

Il était alors sept heures et quart. Quatre heures se sont écoulées ; quatre heures sans nouvelles. Nul ne sait où elle est. Et bien sûr il a paniqué, compte tenu de ce qui est arrivé à toutes ces femmes.

Sale histoire. Surtout quand les victimes d'un assassin en liberté ont l'âge de Charo. La date ne semble pas non plus avoir été choisie au hasard. S'il est un jour dans l'année où les regards des Basques se tournent vers Gernika, c'est bien le Dernier Lundi d'octobre.

Quand les deux ertzainas arrivent à l'endroit indiqué par la fermière, tout le marché est au courant de leur présence. Vendeurs ou clients, peu importe, les regards sont braqués sur les policiers et les chuchotements vont bon train.

— Heureusement que c'était une tombe, dit Aitor.

Cestero a un ricanement amer. Au moins, ils ne sont plus obligés de refuser à chaque pas les invitations à goûter les pommes et les odorants fromages de brebis.

L'éventaire où Charo Etxebeste expose lundi après lundi les produits de son potager est vide. Devant les stands voisins, fromages d'un côté, champignons de l'autre, les clients se désintéressent de leurs achats en voyant apparaître les deux policiers.

— C'est moi qui vous ai appelés, annonce le berger sans attendre qu'on s'adresse à lui. – Les boucles grises de sa barbe en désordre sont assorties à ses cheveux ; une chemise à carreaux retroussée jusqu'aux coudes et de grosses mains puissantes complètent un aspect qui respecte fidèlement tous les stéréotypes. – Je me suis étonné qu'elle n'ait pas prévenu qu'elle ne viendrait pas. La seule fois où elle a manqué un lundi, c'était il y a deux ans. Elle nous a appelés du fond de son lit pour nous annoncer qu'elle avait une crève carabinée. Et pourtant ce n'était pas un jour exceptionnel... En tout cas, elle ne manquerait jamais le Dernier Lundi d'octobre. Ni elle ni aucun d'entre nous. N'est-ce pas, Mari Juli ?

La Mari Juli en question approuve d'un air soucieux. C'est elle qui a les champignons. Elle a délaissé les girolles qu'elle emballait dans un sac en papier pour s'approcher des ertzainas. Elle a les cheveux courts et les hanches larges. Le tablier noir prétend sûrement apporter une touche distinguée aux produits qu'elle vend, disposés avec goût sur des plateaux en osier.

— Ce fou l'a enlevée. Elle ne peut pas avoir quitté la maison et ne pas être arrivée à Gernika. Combien de temps met-on entre sa ferme et le marché ? Dix minutes ? Moins, peut-être.

Le silence qui accueille ses paroles pourrait être découpé par le couteau du fromager. Cestero et Aitor savent qu'elle a raison. Au cours de la petite demi-heure écoulée depuis l'alerte, plusieurs patrouilles ont exploré le parcours emprunté par Charo Etxebeste pour se rendre au marché. Sa fourgonnette s'est volatilisée.

— Et Charo ? demande une cliente qui arrive en traînant son caddie.

— Elle a disparu, répond la vendeuse de champignons. On parlait d'elle à l'instant. Eux, c'est des policiers.

— Ah, mon Dieu ! Qu'est-ce que tu racontes ! L'homme à la tulipe ?

La femme a lâché son caddie et porte les deux mains à sa bouche. On lit l'horreur dans ses yeux.

— Vous la connaissiez ? demande Aitor.

— Vous la connaissez ? corrige Cestero.

Son collègue fait une grimace et s'excuse, tout rouge.

— Bien sûr. Toute ma vie je lui ai acheté des légumes. C'est vrai que ce fou l'a enlevée ?

La cliente s'appuie sur l'étal, bouleversée.

Un demi-cercle de curieux s'est formé autour des policiers. Les premiers micros font leur apparition.

— Quelqu'un se rappelle-t-il des détails bizarres au cours de ces dernières semaines ? Des réflexions, des soucis... Des visiteurs étranges ? demande Cestero en haussant la voix.

Plus ils seront nombreux à l'entendre, plus elle aura des chances de déceler une piste.

Personne ne réagit. Les gens se contentent de s'entre-regarder et de hausser les épaules. Cestero essaie de lire sur les visages, dans les regards... Rien.

— Nous voudrions parler à quelqu'un qui la connaît bien, intervient Aitor.

De nouveau le silence.

— Itziar, la vendeuse de poivrons. Elles étaient ensemble à l'école, dit le vendeur de billets de loterie. – Cestero n'avait pas encore remarqué sa présence. – Suivez-moi, je vais vous conduire auprès d'elle.

Cestero et Aitor la suivent au bout du marché. Ils ne disent rien. Ils savent que c'est un moment clé. S'ils ont la confirmation que Charo Etxebeste était une des filles envoyées à Lourdes, leurs espoirs se noieront au fond d'un puits obscur ; dans le cas contraire, ils seront un peu soulagés.

La radio émet un signal sonore, au fond du sac de Cestero. C'est le commissariat qui appelle. Elle échange un regard avec Aitor. Inquiétude. Bonnes ou mauvaises nouvelles ?

— Cestero, dit-elle en appuyant sur la touche qui active le haut-parleur.

— C'est moi, Txema. On a retrouvé la fourgonnette

de la disparue. J'y vais. La patrouille dit qu'il n'y a pas de signes de violence et qu'elle est pleine de légumes, ce qu'elle emportait au marché. On a trouvé aussi la boîte en métal, avec presque cent euros en monnaie.

— Voilà qui écarte l'hypothèse du vol, commente Cestero. – En réalité, elle l'avait déjà repoussée. – Ici, nous espérons progresser sans tarder. Je te tiens au courant.

Le vendeur de billets se tourne vers la sous-officière et secoue la tête tristement.

— On l'a liquidée.

Cestero préfère ne pas répondre.

Une odeur pénétrante de poivrons grillés imprègne la zone où Itziar, la vendeuse de poivrons, tient son éventaire, qui ne ressemble à aucun autre : ce n'est pas un simple étalage de produits exposés attendant les chalands, mais un grand four tubulaire entouré d'innombrables cageots remplis de poivrons récoltés dans les champs généreux de la Navarre. Crespo les présente :

— Itziar, ce sont les ertzainas, ils sont là à cause de Charo. Sale affaire, on a retrouvé sa fourgonnette.

— Mon Dieu… Et elle ? demande la femme, qui vient d'enfourner plusieurs kilos de poivrons d'une teinte aussi rouge que son rouge à lèvres.

— On s'en occupe, intervient Cestero. On nous a dit que vous étiez à l'école ensemble.

— Et on vous l'a bien dit. Depuis l'âge de six ans jusqu'à nos dix-sept ans.

La femme s'essuie les mains sur son tablier blanc qui réclame une lessive à grands cris.

— Vous avez eu des contacts avec Charo ces jours derniers, vous savez si elle avait des soucis ?

Itziar plisse les lèvres.

— Je l'ai vue pas plus tard qu'hier. Non, avant-hier. Elle revenait de faire les courses et on s'est à peine dit deux mots. Rien d'extraordinaire.

Cestero n'a pas envie de tourner autour du pot. Le temps est compté si la disparue est aux mains de ce misérable.

— Savez-vous si Charo a séjourné à Lourdes quand elle était jeune ?

— Oui, c'était l'année du bac.

— Quand ? En 1979 ?

La femme se tourne vers un homme qui s'est arrêté devant son étal, et elle lui demande de patienter.

— Je ne pourrais pas jurer que c'était cette année-là… Voyons… – Elle fronce les sourcils, lève les yeux au ciel, essaie de se rappeler. – Oui, c'est sans doute à cette époque.

Cestero n'est pas étonnée d'entendre Aitor pousser un soupir. Ils viennent d'aborder le pire des scénarios. Pendant qu'elle continue de poser ses questions, son collègue demande au vendeur de billets de s'écarter de quelques mètres.

— Était-ce Charo qui voulait aller à Lourdes, ou obéissait-elle à ses parents ?

La vendeuse de poivrons tord le nez.

— C'était très bizarre, et même inattendu. Je ne me rappelle pas les détails, mais Charo n'a plus été la même quand elle est revenue.

— En quel sens ?

— Dans tous les sens. C'était une fille gaie, pleine d'enthousiasme, nous étions une bande d'amies à rigoler, nous avions des projets… Après, elle est devenue fuyante, triste. Ces nonnes en ont fait une aigrie.

Cestero s'inquiète. Ça lui rappelle beaucoup trop ce que Pilar Otero a raconté sur sa sœur, à Compostelle.

— Elle vous a dit ce qu'elle avait fait avec les religieuses ? demande-t-elle en haussant le ton, pour couvrir la musique de la fanfare qui passe devant eux.

Itziar secoue la tête.

— Pas à moi. Ce n'était pas un sujet qu'elle avait envie d'aborder. Même des années plus tard, quand par hasard on en parlait.

Cestero essaie de se mettre dans la peau de ces jeunes filles obligées par leur famille d'abandonner la vie de leur âge pour subir une sorte de cure de désintoxication. Quelles fautes graves avaient-elles commises pour se voir imposer ce genre de corvée par leurs parents ?

La radio la réclame. Avant de répondre, elle s'écarte du groupe de curieux qui s'est formé autour de l'étal des piments.

— J'ai le mandat, dit Julia dans l'appareil.

— Tu l'as ? Bon boulot, la félicite la sous-officière. Aitor et moi, nous avons terminé. La disparue est une des filles de Lourdes. Si ces maudites bonnes sœurs avaient collaboré, Charo Etxebeste vendrait maintenant ses blettes comme tous les lundis.

— Je me demande à quoi elles jouent, avoue Julia.

— Il y a du louche dans cette histoire. Que pouvaient-elles trafiquer avec ces filles… ? J'espère que nous allons le découvrir.

— Très certainement. On se retrouve devant leur porte ?

— Dans cinq minutes, décrète Cestero, qui fait signe à son collègue de la rejoindre à la voiture.

Le couvent les attend, et cette fois aucune religieuse ne va se mettre en travers de leur chemin.

41

29 octobre 2018, lundi

La sonnette insiste avec agacement de l'autre côté du tour. Des pas vont et viennent… Les poutres du plafond gémissent selon les mouvements des religieuses à l'étage supérieur. Cependant, aucune ne vient accueillir les ertzainas, qui perdent patience dans la loge.

— On va défoncer la porte ! décide Cestero.

— C'est du bois massif. Il faudrait un bon bélier, dit Aitor en l'examinant.

Julia enfonce presque la sonnette.

— Pourquoi n'ouvrent-elles pas ?

— Parce qu'elles n'en ont rien à foutre. Et elles nous raconteront qu'elles disaient leur chapelet ou je ne sais quoi d'autre. Nous devrions les arrêter pour entrave à une enquête criminelle, s'exclame Cestero en secouant le tour de toutes ses forces.

— Police ! Ouvrez immédiatement, où on vous jette toutes en prison !

Julia remarque un long banc contre le mur. Un bon bélier ! Et pas besoin d'attendre qu'une patrouille en ramène un du commissariat.

— On défonce la porte ?

Cestero confirme d'un air grave. Ils sont à bout de patience.

Les deux policières d'un côté, Aitor de l'autre, le banc prend son élan et heurte la porte de toutes ses forces. Les gonds craquent légèrement.

— Allez, encore une fois !

Après le deuxième essai, on entend des pas de l'autre côté du mur.

— Je vous salue Marie, pleine de grâce…

— Ouvrez cette porte immédiatement, ordonne Cestero.

— Mais enfin… Que se passe-t-il ? Nous sommes en pleine prière…

La sous-officière s'apprête à réitérer son ordre, mais Aitor la devance.

— Nous avons une décision du juge ordonnant une perquisition du couvent, explique-t-il sur un ton amical.

— Vous ne pouvez pas pénétrer dans la clôture.

Cestero ne reconnaît pas si la voix appartient à une des religieuses qu'elle a déjà rencontrées lors de ses visites précédentes. Peu importe. Ses mains se crispent sur le bélier de fortune. Elle continuerait volontiers à défoncer la porte pour donner une bonne leçon à ces intrigantes.

— Posez ce banc, ordonne-t-elle à ses collègues. – Puis elle sort d'une chemise le mandat de la juge et le dépose dans le tour. – Le voici. Ouvrez immédiatement.

— Un instant, je vais chercher mes lunettes. On n'a plus les yeux de sa jeunesse, s'excuse la nonne.

— Elle se fout de nous ! Vous vous en rendez compte ? se lamente Cestero quand elle entend ses pas s'éloigner.

Aitor acquiesce en prenant un air de circonstance.

— Elle nous promène depuis le premier jour, ajoute Julia en tordant le nez.

La sous-officière a du mal à se maîtriser. Le lien entre les crimes de l'assassin à la tulipe et la disparition de Charo Etxebeste se trouve derrière cette porte. Elle ne peut pas laisser une femme qui tourne le dos au monde leur faire perdre un temps précieux.

— Nous lui donnons dix secondes. Si elle ne revient pas, on défonce la porte, dit-elle à ses collègues, mais sa tentative de les calmer s'adresse en réalité à elle-même.

Dix secondes passent. Vingt. Cestero jure entre ses dents et s'empare du banc. Ses bras se raidissent. Cette fois, la porte ne résistera même pas au premier assaut.

Soudain, le tour pivote et le document signé par la juge revient dans la loge.

— Ce papier vous donne l'autorisation de fouiller nos archives et la bibliothèque, en aucun cas d'entrer dans nos cellules ou dans les dépendances du couvent, annonce la religieuse.

Cestero ne l'avait pas entendu revenir.

— En effet, dit-elle à contrecœur. – Tout le monde ne comprend pas aussi bien les arcanes d'une décision judiciaire. – Si vous n'ouvrez pas la porte, on la défonce !

— Oh, de grâce, un peu de sérénité ! Nous sommes trop âgées pour ces frayeurs ! proteste la religieuse en tirant les verrous.

Un sinistre grincement accompagne l'ouverture de la lourde porte. Il n'y a presque pas de lumière de l'autre côté, mais assez pour reconnaître sœur Teresa, qui les avait accueillies avec du vin doux et des gâteaux lors de leur première visite. Cette fois, son air est moins amical.

— Nous avons collaboré chaque fois que vous nous l'avez demandé, se défend-elle. Dites-moi à quoi rime cette violence. Seul le médecin est entré dans la clôture ces cinquante dernières années. Le médecin, et le personnel des pompes funèbres quand Notre Seigneur rappelle l'une de nous auprès de Lui. C'est un manque de respect impardonnable vis-à-vis de la congrégation et de l'Église catholique tout entière.

— Où sont les archives du couvent ? demande Cestero, indifférente à ses reproches.

— Nous n'avons pas grand-chose. Quelques chiffres concernant la vente des gâteaux, c'est à peu près tout.

— Où sont-elles ? Le ton de Cestero ne cherche pas à dissimuler son agacement.

— Vous n'avez qu'à me dire ce que vous voulez consulter et je vous l'apporterai en personne, objecte la religieuse.

— Nous avons déjà essayé ce système. Ne vous inquiétez pas, je vais chercher moi-même. On ne va pas négliger un seul feuillet dans vos archives, lâche la sous-officière en faisant signe à ses collègues de la suivre.

— Très bien. Je vous accompagne. Ici, on s'égare facilement, réplique la sœur Teresa d'un air pincé.

Elle veut évidemment les surveiller. Pour s'assurer qu'ils ne s'écartent pas de la mission fixée et qu'ils ne fouillent que les lieux autorisés par la juge.

L'escalier qui mène à l'étage gémit sous le poids du cortège policier, auquel sœur Teresa impose une lenteur désespérante, sous prétexte qu'elle a ses douleurs. Il flotte une odeur rance, comme celle des vieilles maisons de village qu'on n'ouvre qu'en été. Le papier peint, avec des motifs floraux qui autrefois étaient sans doute très beaux, est hors du temps, déchiré, dévoré par les mites dans les coins. Rien d'étonnant : le visiteur y retrouve jusque dans les moindres détails l'idée qu'on se fait de ce genre de lieux.

Une dizaine de portes, aussi sombres que le parquet, donnent sur le couloir. Quelques-unes sont ouvertes et laissent passer la lumière du jour.

— La bibliothèque est au fond, la porte entrebâillée, indique sœur Teresa. Attendez-moi là-bas. Je vais vous apporter quelque chose pour adoucir vos recherches.

— J'ai l'impression que vos *amarguillos* sont en train de brûler, ironise Cestero en remarquant une odeur caractéristique.

Sœur Teresa a un geste insouciant.

— C'est le fourneau à charbon. On l'utilise encore, pour les *amarguillos*. Avec la cuisinière à gaz, ils ne sont même pas à moitié bons. Vous allez voir comme ils sont savoureux, sortis du four.

Au moment où Cestero va lui dire qu'elle n'est pas obligée de leur apporter des gâteaux, elle comprend que pendant quelques minutes elle ne l'aura plus sur le dos.

La religieuse disparaît dans l'escalier. Elle a soudain retrouvé une agilité surprenante.

— Où sont les autres religieuses ? Cette dame ne vit quand même pas toute seule ? demande Aitor.

— Elles sont en haut, avec les *amarguillos*, suggère Cestero, sarcastique.

Julia plisse le nez avant de pousser une porte entrouverte.

— Elles ne vivent pas si mal. J'ai vu des chambres d'hôtel plus exiguës.

Cestero jette un bref coup d'œil. Sa collègue n'a pas exagéré. Le lit est peut-être un peu petit et le mobilier austère et vieillot, mais l'espace est vaste et, jusqu'à un certain point, accueillant. Seul un Christ en croix rompt la monotonie des murs nus.

— Quel est ce bruit ?

La sous-officière se tourne vers Aitor.

— Lequel ? Je n'entends rien.

Son collègue secoue la tête.

— Rien. J'avais cru entendre quelque chose.

— C'est sans doute les bonnes sœurs à la cuisine. Elles doivent être en révolution. Nous avons pénétré dans la clôture…, plaisante Cestero en se dirigeant vers la bibliothèque.

Elle ne veut pas perdre une seconde. Soudain, Aitor s'immobilise au milieu du couloir :

— Encore, vous n'avez pas entendu, cette fois ?

À côté de lui, Julia opine de la tête. Ils ont tous les deux un air très concentré.

— Ça vient d'une de ces cellules. On dirait une plainte.

Cestero tend l'oreille. Rien.

— Merde, je suis la plus jeune de l'équipe et la plus sourde… Vous me mettez en boîte ?

Des pas dans le couloir l'obligent à se retourner. Sœur Teresa est de retour.

— Vous êtes encore là ? Allons, venez, venez. N'étiez-vous pas pressées ? Voici donc : bibles, évangiles, biographies de saints, l'histoire de l'ordre… Rien qui ressemble de près ou de loin à ce que vous cherchez.

— Nous n'allons rien trouver ici. Sœur Teresa le sait très bien. C'est pourquoi elle nous a laissés seuls, se lamente Julia.

Les voyant tous rassemblés dans la bibliothèque, la religieuse s'éclipse, mais cette fois ses pas s'éteignent plus tôt : au lieu de retourner à la cuisine, elle s'est arrêtée dans une des cellules qui donnent sur le couloir.

— Elles doivent bien ranger leurs paperasses quelque part. Je ne peux pas croire que des femmes qui ne sortent jamais d'ici n'aient pas un registre où tout ce qui s'y passe est consigné, au moins tout ce qui sort de l'ordinaire Et les chiffres ? Cette sorcière n'a-t-elle pas dit qu'elles gardent la comptabilité des pâtisseries ? Où est-elle passée ?

Aitor n'ouvre pas la bouche. Il se penche sur les étagères, recule…

— Là, il manque des livres, dit-il à l'instant précis où la religieuse réapparaît.

La vieille femme tente en vain de prendre un air surpris. À l'évidence, elle cache quelque chose. Finalement, elle feint de se rappeler.

— Ah, les livres de comptes… J'allais les oublier, je vais les chercher.

Cestero ouvre la bouche pour préciser que la comptabilité ne leur suffit pas, mais Aitor lui fait signe d'attendre. Lui et son tact…

À peine une minute plus tard, sœur Teresa revient avec quatre livres de comptes, ceux qui divisent les pages en d'innombrables cases pour noter les achats et les ventes.

— C'est tout ce que nous avons. Le vol… se plaint-elle en les posant sur la table.

Aitor ne perd pas son temps à les ouvrir. Il les prend et les remet sur l'étagère. Cestero approuve fièrement son collègue quand celui-ci allume sa lampe et cherche la trace des cahiers dans l'espace dépourvu de livres. Seule une personne aussi minutieuse que lui pouvait remarquer un tel détail.

— Regardez, ma sœur. Approchez, dit Aitor quand les quatre livres ont repris leur place sur l'étagère.

Sœur Teresa obéit à contrecœur. Ses petites douleurs sont revenues, de nouveau elle se déplace avec une lenteur exaspérante. Cestero se retient de la secouer comme un prunier, et elle reste à distance. Pas besoin d'approcher pour comprendre ce que son collègue a découvert. Elle préfère observer les réactions de la religieuse.

— Vous voyez la trace laissée par les livres dans la poussière ? – La religieuse ne répond pas. – Oui, bien sûr que vous la voyez. Vous voyez aussi que ces cahiers leur correspondent parfaitement. Où se trouvent les autres ? J'estime qu'il en manque au moins six. La poussière dénonce leur absence.

— Tu nous traites de souillons ?

Cestero n'en peut plus. Jusqu'à quand cette femme pense-t-elle se jouer d'eux ? Elle décide d'intervenir :

— Pas du tout. Ce qu'essaie de vous dire très poliment l'agent Goenaga, c'est que si vous ne collaborez pas, nous allons vous arrêter. Et croyez-moi, ma chère sœur Teresa, la clôture de nos cellules ne ressemble pas à la vôtre. Vous y apprendrez vite ce qu'est le vœu de pauvreté.

Le visage de la vieille femme reste impassible. Aucun frémissement des lèvres.

— Je n'ai sans doute pas été assez clair, reprend Aitor

en posant une main sur l'épaule de la religieuse. Il y a quelques heures, peut-être quelques minutes, il y avait ici une série de documents qu'on a enlevés. Les quatre cahiers que vous venez de rapporter en font partie, mais ils n'en constituent pas la totalité. Où avez-vous mis le reste ? Il y a une femme disparue, dont la vie peut dépendre de ce que nous allons trouver ici. Vous comprenez la gravité de l'affaire ?

— Nous prions pour elle. Nos prières…

Cestero, qui a encore dans la main un des *amarguillos* que sœur Teresa a apportés, est sur le point d'exploser, de prendre la religieuse par son habit et de la secouer comme un prunier. Elle porte le gâteau à la bouche pour avoir les deux mains libres, mais elle fronce les sourcils. Il est froid. Ne venait-elle pas de les sortir du four ?

— Ah, merde, elles brûlent les documents ! s'exclame-t-elle en se rappelant l'odeur qui flotte dans tout le couvent.

Sœur Teresa essaie de protester. En vain. Elle veut saisir le bras d'Aitor pour l'empêcher de courir vers ses coreligionnaires, mais trop tard.

Janvier 1996

Après ma tentative de suicide, mon père comprit la situation. Me découvrir en pleine rue, entouré d'un tas de gens attirés par ma chute dans le vide, n'était pas le meilleur accueil après une campagne de pêche d'un mois. Il n'y aurait plus d'école pour moi. Il ne reprocha rien à ma mère, mais il essaya de m'éloigner d'elle. Une saison en mer m'aiderait à m'endurcir. Malheureusement, ma première campagne serait aussi le début de sa maladie, qui nous empêcherait de naviguer ensemble. Cela m'aurait aidé de l'avoir à mes côtés sur le pont, car *Grand Sole* n'était pas le lieu aimable suggéré par son nom. Au contraire, l'Atlantique et ses coups de vent s'alliaient pour créer un environnement hostile. Le *Virgen de Begoña*, avec ses trente mètres de long, n'était qu'une coquille de noix au milieu d'un océan démonté.

— Sainte mère, tu as un drôle de teint ! Malade ? me demanda Pepe quand je montai sur le pont.

C'était un vétéran, à l'aspect rude et à la voix si rauque qu'il semblait perpétuellement aphone.

Je répondis par la négative. Et ce n'était pas un mensonge. Je n'étais pas malade, j'avais surtout une peur terrible depuis qu'on m'avait dit qu'une tempête approchait.

— Ce n'est pas ma meilleure campagne. La mer est de plus en plus exploitée, se lamenta Pepe. Tu arrives trop tard. Ce n'est plus ce que c'était. Avant, chacun tirait plus de cinq cent mille pesetas d'une bonne campagne. – Le marin cracha par-dessus bord. – Maintenant, si tu empoches deux cent mille, c'est déjà le paradis. Et il faut rester toujours plus longtemps ici pour remplir la cale. Avant, on pêchait des merlus en quantité…

— La tempête est arrivée ?

C'était la seule chose qui m'importait à ce moment-là.

La mer était devenue une succession de montagnes qui secouaient notre bateau sans pitié. La proue se dressait inlassablement vers le ciel et, quand la vague s'éloignait, le bateau replongeait précipitamment. Cette impression d'être sans défense, à la merci des caprices de l'océan, me terrifiait.

— La tempête ? Allons donc… C'est un vent de force quatre. La pleine tempête, ce sera force neuf. Peut-être même plus. Et là, il y en aura, des vagues.

Instinctivement, je me retournai, pour voir la terre ferme. Bien sûr, on ne voyait rien. Partis de Bermeo, on avait mis quatre jours pour atteindre la zone de pêche. Avec le moteur à fond. Nous étions au milieu du néant, une grosse dépression atmosphérique menaçait et personne sur le *Virgen de Begoña* ne semblait s'en soucier. Étaient-ils tous devenus fous ? Fallait-il encore rester trois semaines au cœur de cet enfer ?

— Pourquoi ne pas se réfugier dans un port avant l'arrivée de la tempête ?

Pepe me regarda d'un air amusé.

— Oui, bien sûr, tout de suite, cap sur le continent ! plaisanta-t-il, mais une ombre de pitié dans son regard adoucit son ironie. Nous ne pouvons pas rentrer. Allons, n'aie pas peur ! Rien de plus normal à *Grand Sole*. C'est difficile pour tous la première fois, mais le bateau est notre seule sécurité. Et il y en a toujours d'autres, pas loin. Si un pêcheur a des problèmes, les autres accourent aussitôt à son secours.

Ses paroles ne me rassuraient pas du tout. Je voulais m'enfuir et courir jusqu'au bout de mes forces. Mais où aller, il n'y avait que l'eau en furie de tous côtés !

— Comment fais-tu pour ne pas avoir peur ? demandai-je à Pepe.

Son visage baignait dans une aura qui lui donnait l'air d'une apparition mariale, mais je n'en étais pas étonné. En réalité, j'avais pris l'habitude de voir certaines lumières depuis que mes camarades d'école m'avaient jeté ce chiffon imprégné de soude caustique.

Le marin me demanda de descendre avec lui. Pas facile de garder l'équilibre avec un tel tangage. Dans sa cabine, un espace minuscule que partageaient quatre pêcheurs, réplique exacte de celle que j'occupais, il y avait beaucoup de posters de femmes nues, à la poitrine opulente et au postérieur suggestif, qui contrastaient avec une petite niche qui abritait la Vierge del Carmen, la patronne des pêcheurs. Pepe ouvrit son casier et sortit une bouteille de brandy. Il en but avidement une rasade et me la tendit. Les vagues dans la bouteille semblaient moins menaçantes que celles de l'océan.

— Bois un bon coup. Bois et prie. On ne peut rien faire de plus.

S'il espérait me rassurer avec cette réponse, c'était raté.

Je bus. Je n'avais jamais bu d'alcool. La gorge me brûlait et je sentis une chaleur descendre dans l'estomac.

— Je parie que tu te sens mieux !

— Non. – À quoi bon mentir ? – Qui a donné ce nom à cet endroit. Une blague de mauvais goût.

Pepe éclata de rire. On aurait dit une vieille crécelle.

— Grand Sole ? Le nom de cette zone n'a rien à voir avec le soleil. C'est les Français qui l'ont appelé ainsi. *Grande sole*. C'est le genre de poisson qu'on pêche dans le coin. Ou qu'on pêchait, parce qu'il n'en reste plus.

Un marin pointa le nez à la porte de la cabine.

— Tous sur le pont. On a du merlu.

Pepe eut une expression de victoire. Il y avait deux jours que nous étions dans la zone et on n'avait encore rien attrapé. Dans un travail où les gains dépendaient de l'abondance des captures, l'apparition du poisson était la meilleure nouvelle.

— Mais on ne peut pas pêcher en pleine tempête !

Les deux vétérans échangèrent un regard complice. Ils eurent au moins la délicatesse de ne pas éclater de rire.

— Avant, quand la zone était riche, s'il y avait un grain, on se mettait dans sa couchette et on attendait que ça se calme. Plus maintenant. On est bien obligés de pêcher quand on tombe sur un banc. Et si la mer est mauvaise, tant pis pour nous.

Je n'en croyais pas mes oreilles. Il fallait vraiment remonter sur le pont ?

— N'est-ce pas dangereux ? demandai-je en leur emboîtant le pas.

Sur l'échelle, Pepe se retourna. De nouveau, il me lança ce regard paternel qui me mettait du baume au cœur et me rassurait pendant quelques secondes.

— Ce qui est dangereux, c'est de rentrer à la maison sans argent. Travaille d'une main, et accroche-toi solidement de l'autre. Plus d'un s'est retrouvé dans la flotte, emporté par une lame.

— Et tu sais ce que ça veut dire, ajouta l'autre.

Bien sûr que je le savais. À *Grand Sole* tomber à l'eau, c'était mourir d'hypothermie en moins de dix minutes. Me débattre dans les vagues pendant dix minutes… C'était bien long. Pourquoi ne pas mourir tout de suite, et ne plus souffrir ?

Le vent déchaîné qui soulevait des rideaux d'eau salée m'accueillit sur le pont. Le *Virgen de Begoña* était au cœur de la tempête. Le jour mourait et la lumière métallique que filtraient les nuages refilait le témoin à la nuit. Le bateau de pêche gîtait sur bâbord, où les marins s'activaient pour remonter les lignes. Les hameçons revenaient de leur périple sous-marin pleins de merlus qui se tordaient désespérément hors de l'eau. Était-on vraiment obligés de pêcher dans ces conditions ?

La réponse me fut donnée par l'expression des visages de mes compagnons. Ils étaient euphoriques. Le poisson était enfin arrivé, et c'était l'essentiel. Ils se moquaient éperdument de la tempête.

— Toi, va vider les merlus, me dit le patron en me

posant la main sur l'épaule. – C'était un type gentil qui avait toujours un cure-dent entre les lèvres. – Comme ça, tu ne seras pas en première ligne. Les nouveaux sont toujours impressionnés par des journées comme celle-ci.

Je me retrouvai assis par terre, entouré de poissons qui agitaient la queue, agonisants. Des dizaines, des centaines de merlus... Les vider, cela signifiait leur crever la panse à coups de ciseaux et sortir les viscères. Ainsi, on les conservait plus longtemps. Ensuite, il fallait les ranger dans des cagettes blanches, qui arriveraient à la criée pour les enchères.

Bientôt on m'envoya Joxemari, un homme d'âge moyen, au visage allongé et grave. Il parlait peu, mais grâce à ses mains habiles le travail ne s'entassait pas.

— Tu dois être plus rapide. Regarde, comme ça. Parfois, tout le poisson d'une campagne arrive en deux ou trois jours. Tu imagines... ? Dix mille kilos de merlus dans des cagettes comme celles-ci... Ou bien tu te dépêches, ou bien les poissons t'enterrent.

Je me demande comment il pouvait travailler avec une telle célérité, en pleine tempête. Les vagues se succédaient sans trêve. Le vent ne faiblissait pas, sifflant avec rage quand il se heurtait à un élément du bateau. Je n'ai jamais eu aussi peur. Je devais me mordre les lèvres pour ne pas pleurer d'impuissance. Même en voyant mes compagnons aussi sereins, j'étais toujours aussi angoissé.

— Moi aussi, j'ai très mal supporté ma première tempête, me dit Joxemari pour me remonter le moral. Pour quelqu'un qui vient de la terre ferme comme moi, il n'est pas facile d'assister soudain au déchaînement des forces de la mer. Mais des journées comme celle-ci vous tannent le cuir. Tu vas voir, la prochaine fois, tu te sentiras mieux.

J'allais lui dire qu'il n'y aurait pas de prochaine fois, parce que je ne remettrais jamais les pieds sur un bateau, quand je vis son air affolé.

— Attention, accroche-toi !

Je n'en eus pas le temps. La vague nous immergea et m'entraîna sur plusieurs mètres. J'avalai de l'eau et reçus un coup sur la tête, sans doute une des nombreuses caisses de poissons qui se déversèrent autour de nous.

Quand je croyais que le pire était passé, vint le désastre. À *Gran Sole*, la mer est sans pitié.

Le *Virgen de Begoña* s'était incliné dangereusement et la seconde vague l'avait secoué avec une telle virulence que je crus qu'on allait couler. L'écume blanche recouvrit tout. Ceux qui n'avaient pas eu le temps de s'assurer tendaient la main pour essayer de s'accrocher avant la lame suivante. On entendait des cris et des plaintes. On ne pensait plus aux merlus accrochés aux hameçons.

Je crois que je pleurai d'impuissance. Je ne me suis jamais senti aussi près de la mort, pas même le jour où j'ai voulu m'ôter la vie.

— Un homme à la mer ! hurla quelqu'un au milieu du chaos.

Il n'était pas facile de s'entendre, dans cette tempête qui emportait même nos paroles, mais je compris que le naufragé était Pepe.

Grand Sole venait de me prendre mon premier ami.

42

29 octobre 2018, lundi

Cinq religieuses qui brûlent des cahiers dans un fourneau à charbon, ça ne se voit pas tous les jours. Les habits noirs dansent comme des fantômes au milieu du mobilier blanc, et les visages angéliques se tournent vers les policiers, à la fois effrayés et arrogants.

— Plus un geste ! ordonne Cestero qui s'interpose précipitamment entre le fourneau et les religieuses.

Sœur Carmen, la jeune religieuse qui les avait accueillies le premier jour, peut encore lancer une poignée d'enveloppes dans les flammes qui sortent des ouvertures supérieures.

— Que personne ne bouge ! insiste Cestero.

Cette fois, elle a eu le temps de dégainer son arme, qu'elle braque sur la religieuse.

Sœur Carmen et les autres poussent des cris étouffés et lancent des coups d'œil discrets sur les documents qui sont encore sur la table. Des cahiers, des dossiers, des lettres… Il y a de la fumée dans la pièce. Beaucoup. Elle pique les yeux et irrite la gorge.

— L'extincteur ! se rappelle Aitor en sortant dans le couloir.

L'instant d'après, il est de retour et il en vide le contenu dans les flammes.

— Vous êtes fou ! Vous allez nous abîmer le fourneau ! proteste sœur Teresa.

La vieille femme est arrivée derrière lui, essoufflée d'avoir dû monter l'escalier en courant.

Cestero est à bout. Elle ne supporte plus cette nonne. Une femme a disparu et celle-ci ne pense qu'à son fourneau.

— Au diable votre fourneau ! s'exclame-t-elle en la secouant violemment. Que se passe-t-il ici ? Vous allez me l'expliquer, oui ou merde ?

— Ane !

C'est Aitor. Le ton de sa voix est sans ambiguïté : il la rappelle à l'ordre.

Cestero lit la peur dans les yeux fatigués de la religieuse. Elle sent qu'en continuant dans cette voie, elle pourrait l'obliger à cracher la vérité. Mais elle lâche sa prise en se reprochant intérieurement d'avoir perdu la tête une fois de plus. Deux fois en quelques jours. Heureusement, Txema n'est pas là, il est à la tête des opérations de recherche.

Il y a d'autres acteurs dans la cuisine. D'un côté les nonnes, qui assistent bouche bée, pressées les unes contre les autres, à une violence peu commune dans une clôture religieuse. Et de l'autre, Julia, qui ne cherche pas à juger sa supérieure. Elle est à côté du fourneau à charbon, dans lequel elle introduit la main pour en extraire les documents noircis par la combustion et couverts d'écume sèche.

— Merde ! râle-t-elle en secouant le bras.

— Prends garde ! lance Aitor en lui venant en aide. Putain, c'est vrai que c'est chaud… !

Cestero passe en revue les cahiers et dossiers posés sur la table. Il s'agit de registres comptables, de livres de raison, d'archives de correspondance… Un condensé du quotidien conventuel des cinquante dernières années. Elle interpelle sœur Teresa.

— Qu'essayez-vous de nous cacher ?

Cette fois, elle reste à une distance prudente pour ne pas être tentée de la saisir au collet. Si un ertzaina de base ne peut se permettre d'avoir le sang aussi chaud, une sous-officière encore moins. Et si elle ne parvient pas à se maîtriser, cela signifie peut-être que la charge, ou son travail en général, est devenue trop lourde. Elle repousse ces pensées, surtout dans un couvent de Gernika soumis à une fouille réglementaire, en sachant que tôt ou tard elle devra affronter ses propres fantômes.

La religieuse se borne à garder le silence. Elle ne regarde même pas Cestero, elle a les yeux fixés sur les documents que Julia et Aitor parviennent à sortir du fourneau.

— Que nous cachez-vous ? Une femme va mourir si vous ne nous aidez pas !

— Nous ne savons rien. Nous sommes des religieuses cloîtrées, nous prions pour vous tous, nous ne faisons que le bien, argumente une religieuse restée en retrait.

Ses traits andins dénoncent une origine lointaine.

— On ne le dirait pas, dit Aitor en extrayant la spirale d'un cahier du four. Pourquoi détruire des documents si vous n'avez rien à cacher ? Qui vous a donné l'ordre de brûler cela, et pourquoi ?

Cette fois, sœur Teresa ouvre la bouche.

— C'est moi. Les raisons, Dieu seul les connaît. Dans votre système juridique, on appelle ça "protection des données".

— Dieu couvre des assassins ? Une femme va mourir par votre faute ! répète Cestero en s'adressant aux religieuses.

Quelques-unes se détournent, d'autres observent sœur Teresa, attendant sa réponse. C'est évidemment elle qui a pris les rênes après la maladie de la mère supérieure.

— Nous nous contentons de respecter la loi, intervient la vieille femme. Dans les documents que nous détruisons se trouvent des noms, des numéros de téléphone, des adresses et même des numéros de comptes bancaires de gens qui ont collaboré avec le couvent à un moment ou à un autre. Nous pourrions finir en prison si nous les révélions.

Cestero la défie du regard. Se retrancherait-elle derrière une loi organique pour entraver une enquête judiciaire ?

— Aitor, Julia, emballez-moi tout ça. On emporte tout au commissariat, ordonne-t-elle en montrant les documents qui sont sur la table.

— Vous ne pouvez pas ! s'écrie sœur Teresa en posant la main sur ces documents.

La sous-officière sort de sa poche le mandat de la juge et l'agite sous son nez.

— Bien sûr que si. C'est tout pour aujourd'hui. Remerciez-nous de ne pas vous embarquer pour obstruction à la justice. Et ne vous éloignez pas d'ici.

Sœur Teresa lui lance un regard condescendant.

— Où voulez-vous que nous allions ? Nous sommes des religieuses cloîtrées.

Cestero soupire.

— Et remerciez-nous si après tout cela vous ne vous retrouvez pas en prison.

— Il y a des années que je vis dans une cellule. Tu n'arriveras pas à me faire peur, ironise la vieille femme.

La sous-officière avance d'un pas. Un regard d'Aitor lui conseille un peu de retenue.

— Allons-y, c'est tout pour aujourd'hui, annonce Cestero en ravalant sa fierté.

— Nous n'avons pas fini, objecte Julia. Nous devrions d'abord parler à la mère supérieure…, car elle n'est pas dans le coma. Je me trompe ?

Le visage de sœur Teresa, naturellement ridé, vieillit soudain de plusieurs années.

— Comment le sais-tu ? demande la sous-officière.

— C'est bien elle que nous entendions ?

La vieille femme secoue la tête lentement. Tremble-t-elle, ou est-ce une fausse impression ?

— Elle est très malade. Ce choc lui a abîmé le cerveau… Ces derniers jours, elle s'est remise à prononcer quelques mots, mais sans aucune cohérence, dit-elle d'une voix sans force.

— Nous devons lui parler, décide Cestero en quittant la cuisine.

— Attendez ! Ne la dérangez pas, s'il vous plaît. Ça ne servira à rien et ça freinera sa convalescence, supplie sœur Teresa.

Soudain, ce n'est plus la religieuse pleine de défi et hautaine qu'elles connaissaient jusqu'à présent, mais un chaton qui se frotte aux jambes de sa maîtresse. Cestero comprend que c'est le bon choix : il faut interroger la mère supérieure séance tenante. Julia s'arrête dans le couloir et pose la main sur la poignée. Instinctivement, elle retient son souffle, comme si elle voulait empêcher les gonds de gémir ou le bois de craquer. Comme si c'était l'essentiel, au moment d'interroger la convalescente.

— C'est ici. Je suis sûre que les gémissements sortaient de cette cellule.

Cestero approuve.

— Entrons.

— Laissez-la tranquille ! Vous ne respectez donc rien ?

Sœur Teresa est de nouveau très en colère.

— Aitor, empêche-la d'entrer ! dit Cestero avant de pénétrer dans la cellule avec Julia.

— Vous êtes des scélérats !

Les religieuses les plus jeunes, venues des étages supérieurs, découvrent les ertzainas. Leurs lèvres reprennent en chœur les protestations de sœur Teresa.

Une odeur désagréable de maladie et de renfermé flotte dans la cellule. La faible lumière naturelle qui se faufile à travers les fentes de la persienne nimbe le visage de la mère supérieure, étendue dans le lit. De loin, elle a l'air d'un cadavre dans son linceul. Julia a vu des morts qui avaient meilleure mine. Mais le drap blanc qui couvre le corps se soulève légèrement à chaque respiration.

Sur la table, l'eau de la cuvette fume encore. Julia y met un doigt. Elle est chaude. À côté, une éponge et un flacon de savon liquide. Quelqu'un s'apprêtait à laver la malade avant l'arrivée de l'Ertzaintza.

— Ahhh…

Les lèvres entrouvertes de l'abbesse ne bougent pas, mais sa gorge émet la plainte qui a permis à l'agente de repérer sa cellule.

Julia pose une main sur le lit et lance un regard à Cestero, qui l'encourage à continuer.

— Révérende mère, appelle doucement Julia.

La vieille femme ne réagit pas.

— Ma mère, mère supérieure, insiste-t-elle en s'approchant de son visage.

— Ahhh...

Julia fait la grimace. Elle ne va rien en tirer. Sœur Teresa n'a peut-être pas menti sur l'état de santé de l'abbesse.

— Ses paupières ont bougé, dit Cestero, un peu en retrait de sa collègue.

Julia soupire. Encore un essai. Le dernier. Elle passe la main sous le drap et prend le bras de la malade. La peau sur les os.

— Révérende mère... Abbesse... Réveillez-vous, abbesse, supplie-t-elle en secouant la femme avec une brusquerie qu'elle regrette aussitôt.

Sur le crucifix suspendu au chevet du lit, le Christ l'observe fixement, ainsi qu'une sainte, que Julia n'a pas identifiée, dans l'encadrement en argent posé sur la table de nuit. Elle se sent jugée. La plaque de police dans sa poche ne l'autorise pas à perturber le repos de cette vieille femme. Ses parents ne seraient pas fiers de son comportement.

Sans prévenir, au moment où elle va jeter l'éponge, les yeux de la religieuse s'ouvrent tout grand. Elle a l'iris si clair qu'il semble presque blanc.

— Teresa, Teresa… balbutie-t-elle, pendant que sa main osseuse s'accroche au bras de l'ertzaina.

Julia réfrène le réflexe de se dégager, esquisse un sourire timide et caresse le dos de la main de la convalescente.

— Révérende, je suis policière. J'ai quelques questions à vous poser.

La vieille femme ouvre la bouche et grimace d'incompréhension. Elle a l'air vraiment désorientée.

— Teresa… ? murmure-t-elle avant de replonger dans le silence.

Julia ravale sa salive et s'éclaircit la gorge. Agit-elle en toute légalité ? Peut-être, mais moralement elle en doute. Toutefois, une femme a disparu, et cette réalité l'incite à poursuivre.

— Les filles de Lourdes… Vous vous en souvenez ?

La mère supérieure réagit comme si elle avait vu un fantôme. Ses yeux s'ouvrent si grand qu'on dirait qu'ils vont sortir de leurs orbites, et sa bouche se tord en un rictus d'horreur.

— Les enfants… Les enfants… s'exclame-t-elle en se redressant.

Cestero vient à l'aide de Julia pour l'empêcher de sauter du lit.

— Quels enfants ?

La vieille femme se débat pour se dégager de leur emprise. Son visage exprime une véritable épouvante.

— Du calme. Tout va bien. Du calme…

— Teresa, les enfants !

La religieuse enfonce les doigts dans les yeux de Cestero, se libère des ertzainas et se précipite vers la fenêtre fermée. Elle y plaque les mains et tombe à genoux, en larmes.

— Ça suffit ! Laissez-la tranquille !

C'est sœur Teresa. Elle a réussi à franchir la porte. Aitor entre derrière elle et la retient par le bras.

— Sortez d'ici ! ordonne-t-il en essayant de l'entraîner de force.

— Elle est malade ! Laissez-la tranquille !

Sœur Carmen apparaît aussi sur le seuil. Et, derrière elle, d'autres religieuses.

— Que lui faites-vous, misérables !

Julia n'écoute pas. Elle balaie la cellule du regard. Tout est d'un pathétisme implacable. Les religieuses irritées, ses collègues qui les affrontent, cette vieille en chemise de nuit, à genoux, le regard perdu. Quand elle voulait être ertzaina, son rêve n'était pas précisément de se retrouver dans ce genre de situation.

— Je pense que ça suffit pour aujourd'hui, s'entend-elle dire.

Cestero approuve. Elle aussi a vu l'absurdité de cette scène.

— Allons-nous-en. Une femme a disparu. Nous ne pouvons pas perdre une minute de plus, décide la sous-officière pendant que les nonnes les plus jeunes se précipitent pour remettre leur mère supérieure au lit.

— Mon Dieu, les enfants…

Cestero et ses collègues l'entendent encore répéter ces quelques mots pendant qu'ils descendent vers la loge.

43

29 octobre 2018, lundi

Un flash info spécial en pleine émission de soirée. Soudain, les assauts contre les grillages de Melilla, l'élection d'un homme d'extrême droite au Brésil sont bâillonnés. La rédaction de l'ETB, la télévision autonomique basque, vient de découvrir une vraie bombe à retardement, qui éclipse toutes les autres informations.

— L'assassin que l'on surnomme l'assassin à la tulipe vient de revendiquer l'enlèvement de Charo Etxebeste, en publiant cette photographie de la disparue sur Facebook, il y a quelques minutes. – Sur les milliers de téléviseurs branchés, le gros plan d'un pied nu ; à côté, une tulipe rouge, seule note de couleur sur cette image triste. – L'Ertzaintza est au courant et travaille contre la montre pour localiser cette femme. Nous sommes avec le sous-officier Txema Martínez, responsable de l'Unité spéciale d'homicides notoires, en direct du commissariat de Gernika.

— Responsable… s'exclame Cestero. Voilà qu'il s'accroche des galons qui ne sont pas les siens !

— Ce n'est peut-être pas lui, mais la présentatrice, suggère Aitor, assis à côté d'elle devant l'écran partagé en deux : le bulletin d'information, et le réseau social qui filme la victime.

La sous-officière lui accorde le bénéfice du doute. En outre, ce n'est pas le moment d'avoir ce genre de pensées.

— Nous arrivons trop tard. Il l'a eue.

Cestero n'aurait pas osé exprimer ses craintes en présence des autres agents, mais avec Aitor c'est différent. Ils font équipe depuis trop longtemps pour se cacher quoi que ce soit.

— Nous ne pouvons pas admettre une chose pareille, lui reproche son collègue. Elle est vivante, merde ! Et on va la sauver.

Cestero reconnaît qu'il a raison. Pas question de baisser les bras, surtout maintenant.

— Nous avons besoin de renforts. J'en ai parlé au chef des opérations du commissariat. Dans un quart d'heure, tous les agents disponibles seront ici.

Sur ces entrefaites, Julia arrive. En voyant la boîte d'*amarguillos* sur la table, elle comprend tout.

— Et Txema ?

— Il est là… Interviewé à la télé, dit Cestero.

On distingue la silhouette du sous-officier derrière la paroi en verre du bureau où il s'est isolé pour répondre au téléphone.

— Vous me mettez au courant ? demande Julia en regardant l'ordinateur. C'est l'image publiée sur internet ? On dirait une pinède.

Cestero et Aitor regardent le coin de la photographie indiqué par leur collègue. Très juste. Le pied nu de la victime et la tulipe, cette maudite tulipe, ont accaparé jusqu'alors toute leur attention. Au point qu'ils n'ont pas remarqué les fines aiguilles de pin sur le sol.

— En effet, c'est une pinède. Un criminologue l'a déclaré aux informations, annonce Txema, qui sort du bureau.

— Ouais. Julia aussi. Peut-on savoir d'où provient la photo ? D'un réseau social ? Il l'a peut-être prise dans la forêt elle-même, dit Cestero. Voyons les responsables pour avoir l'information le plus vite possible. Il n'y a pas de temps à perdre.

— J'ai un ami qui a travaillé pour Facebook comme modérateur, ça sera peut-être plus rapide, intervient Julia en cherchant le numéro sur son portable.

— En attendant, on peut baliser les recherches, décide Cestero en s'approchant de la carte accrochée au mur.

Deux punaises bleues indiquent les lieux où ont été assassinées Natalia Etxano et Araceli Arrieta. L'ertzaina marque un point à mi-chemin entre les deux et trace un cercle avec un compas. Elle répète l'opération autour de la punaise jaune fixée à l'endroit où a disparu Charo Etxebeste. Deux simples cercles qui, transposés sur le terrain, incluront des quartiers entiers et de vastes zones forestières qui feraient les délices des amateurs de champignons.

— Nous allons d'abord ratisser les pinèdes dans un rayon de huit kilomètres, dit-elle en se tournant vers les autres.

— Pas facile ! réplique Txema. Il n'y a que des pinèdes dans cette zone.

— Uniquement ?

— En grande partie. Les plantations forestières ont

gagné du terrain et les arbres d'origine sont devenus minoritaires. Il nous faudrait des centaines de personnes.

— On va mobiliser la population. Organiser des battues avec des volontaires. En une heure, on va déployer des équipes de recherche dans toutes les pinèdes de l'Urdaibai, décide la sous-officière, consciente de disposer d'effectifs limités.

— Ça peut être dangereux. Un assassin en série dans la nature ; pendant qu'on emmène les gens dans la forêt… Combien d'heures reste-t-il avant la nuit ? Trois ? Je trouve que c'est une folie, objecte Txema.

— Une folie nécessaire. Si quelqu'un a une meilleure idée, j'écoute, le défie Cestero.

Pendant quelques secondes, la tension est palpable.

— Très bien. Nous avons besoin de volontaires, admet enfin le sous-officier. Chaque groupe devra être dirigé par un agent.

Cestero approuve. C'est logique.

— Je veux aussi les pompiers et la Protection civile sur le terrain, ajoute-t-elle.

— Les pompiers se sont déjà proposés, dit un agent au fond de la salle.

Ce n'est pas le seul policier étranger à l'Unité qui assiste à la conversation. Ces dernières minutes, ils sont tous venus, mais ils restent discrets et attendent les instructions.

— Tu appelles la télé ? demande Cestero à Txema. Puisque tu t'es érigé en responsable, tu peux finir le boulot.

Le sous-officier encaisse le coup avec une grimace.

— C'est la journaliste qui l'a dit, pas moi.

— Ouais, coupe Cestero. Il faut aussi appeler Radio Gernika. Il va falloir établir des points de rencontre pour les volontaires.

Julia repose son portable sur la table.

— Álvaro va tenter le coup avec ses ex-collègues. À son avis, ce n'est pas difficile de trouver la localisation exacte.

— Qui est Álvaro ?

— Un bon ami. Il était modérateur à Facebook et je lui ai envoyé un message pour savoir s'il pouvait nous donner un coup de main.

— Et pourquoi ne pas appeler directement le réseau social ?

Txema se tourne vers Cestero, attendant la réponse de la responsable du groupe.

— J'essayais seulement de faciliter les choses, se justifie Julia avant de montrer l'ordinateur. Regardez !

Cestero se frappe le front.

— Quel salaud ! Il sait jouer avec le temps. Il pourrait être scénariste.

Le pied nu est devenu une partie de la jambe. Elle porte un pantalon noir, comme celui que portait Charo Etxebeste quand elle a disparu, quelques heures plus tôt. Cestero pose le doigt sur la cheville de la femme et se retourne, cherchant un visage ami. En vain, Raúl est en congé toute la semaine et il doit être sur son bateau.

— La description qu'on nous a donnée de la disparue inclut le tatouage d'une dent de lion comme celui que tu montres, résume Aitor Goneaga après avoir jeté un coup d'œil sur la déposition. C'est elle.

— On ne devrait pas diffuser ces photos. On joue son jeu. Cette fois, il faut contacter le réseau social, remarque Julia, le regard fixé sur l'écran.

— Je vais demander à la juge de rédiger une requête portant injonction d'interrompre la diffusion, dit Cestero.

Julia tend la main vers l'ordinateur.

— Là, on voit nettement que c'est une pinède. On reconnaît des fragments d'écorce, dit-elle en montrant quelques morceaux irréguliers parmi les aiguilles qui jonchent le sol. – Son portable vibre sur la table : c'est un message d'Álvaro. – Mauvaises nouvelles. Les photos ont été prises par un téléphone qui a désactivé la fonction de partage de la localisation. J'ai le numéro. Je parie tout ce que vous voudrez que c'est celui de la victime.

— Pffft, lâche Cestero. Quel salaud !

— Vous croyez qu'elle est morte ? demande un des ertzainas qui ont rejoint la réunion.

Personne ne répond. Mauvais signe.

— Pas d'hypothèses ! Retrouvons-la d'abord ! Je ne veux pas de ce genre de pensée. Charo Etxebeste est vivante, compris ? Elle est vivante et nous allons la retrouver avant qu'il soit trop tard ! affirme Cestero.

Dommage qu'elle ne croie pas à ses propres paroles.

44

29 octobre 2018, lundi

Appuyée contre la table, Julia regarde le téléviseur d'un air perplexe. La dernière photographie diffusée par l'assassin occupe une grande partie de l'écran fixé au mur. Dans un encadré, un invité gesticule avec colère, et un bandeau en bas de l'écran repasse l'information de dernière heure en courtes phrases alarmistes.

Ce maudit criminel a changé de méthode de diffusion. Depuis que Facebook a bloqué le compte où étaient balancées les deux premières photos de la victime, il s'est adressé aux médias. Les télévisions et les journaux digitaux sont maintenant les destinataires de ses instantanés.

Julia appuie sur une touche de la télécommande. Les chaînes défilent sans montrer de grandes différences. Il y a des variations dans la présentation : on accorde plus ou moins d'importance à l'image des jambes habillées de Charo Etxebeste, à l'étendue de la pinède, mais guère plus. La disparition de celle qui sera sans doute la quatrième victime de l'assassin à la tulipe a bouleversé le pays, et la diffusion de ces photos que le criminel distille au compte-gouttes est une manière efficace de booster l'audience.

— Nous sommes foutus ! s'exclame Txema en écartant le rideau d'une fenêtre. Tu as vu toutes les caméras qui nous attendent devant la porte.

— De vrais vautours. S'ils flairent la charogne, ils rappliquent, déplore Julia en reposant la télécommande sur la table. Je me demande ce que la juge attend pour intervenir. L'enquête est soumise au secret de l'instruction.

La télévision publique basque a cessé de retransmettre les images quand le sous-officier l'a demandé. Mais les autres télévisions continuent.

— Ils doivent être débordés, au tribunal. On ne rencontre pas ce genre de situation tous les jours, dit Txema.

Au loin, on entend les échos d'une fanfare. Et le présentateur d'une épreuve sportive qui a lieu au fronton. Malgré la disparition de Charo Etxebeste, la foire du Dernier Lundi d'octobre continue.

— Heureusement… J'espère ne plus jamais rencontrer de ma vie un salaud de ce genre.

Julia a l'impression que le sous-officier n'est pas d'accord. Il ne le reconnaîtra jamais, en tout cas pas devant des victimes impliquées, mais il est ravi de cette situation. Txema est un chasseur-né, et il est en pleine battue.

— Le service des délits informatiques n'a pu localiser l'origine des courriers qui ont envoyé les photos. Le ravisseur a utilisé un réseau touffu de proxys, comme lorsqu'il a envoyé son image au *Faro de Vigo*, dit le sous-officier en lisant le message qu'il vient de recevoir.

À peine a-t-il fini sa phrase qu'il entend un appel radio. C'est Cestero.

— Aucune trace dans les pinèdes du flanc sud. Comment va la rive gauche ?

— Très verte, dit Txema en se levant pour aller devant la carte. Nous avons à peine exploré dix pour cent du terrain. À ce rythme, nous n'aurons couvert que le tiers des forêts de l'Urdaibai quand la presse recevra la photo complète de la victime.

À côté de lui, Julia fixe des punaises vertes sur la zone explorée par Cestero et ses volontaires. C'est vrai qu'il s'agit d'une portion minime de la carte. Combien de jours faudra-t-il pour explorer toute la région ? Une fois de plus, l'assassin à la tulipe a plusieurs longueurs d'avance.

— Il nous faut encore des volontaires, dit Cestero. Pour sauver la vie de Charo, coûte que coûte. Sollicitez Radio Gernika : que tout le monde sorte de chez soi, et que les gens qui sont à la fête rejoignent les équipes de recherche.

Txema tort le nez.

— Radio Gernika, dis-tu ? Ce journaliste nous donne du fil à retordre. Depuis que nous avons demandé des volontaires, il ne cesse de répéter que les moyens que l'Ertzaintza a consacrés à l'affaire sont dérisoires. D'après lui, si tout cela se passait à Bilbao, il y aurait un agent à chaque coin de rue.

Cestero ne répond pas tout de suite. Cette absence de soutien du média le plus écouté dans la province ne facilite pas les choses, et on n'a jamais trouvé de quoi faire pression sur Aimar Berasarte. Le journaliste est clean, du moins apparemment.

— Alors lancez un appel sur ETB, sur Radio Euskadi et où vous voudrez ! Allez au fronton, arrêtez les compétitions, les lanceurs de pierre… Tout le public doit ratisser les pinèdes, ordonne Cestero.

— C'est le moment des paris sur les attelages de bœufs. Je me demande qui va oser les interrompre, dit Txema. Nous avons déjà demandé des volontaires. Ceux qui n'ont pas rejoint les équipes, ce sont ceux qui s'en sont abstenu.

— Faites au mieux, soupire Cestero.

Son ton n'est plus aussi décidé, elle aussi commence à comprendre que la situation lui échappe.

Txema retourne devant son ordinateur et lit une information sur l'écran :

— Un nouveau groupe de volontaires s'est constitué du côté d'Elantxobe. Nous pourrions aussi attaquer par le nord, annonce-t-il.

Julia fixe une punaise rouge sur cette localité côtière.

— Dis-leur de prendre une lampe. La nuit tombe, ordonne Cestero dans le casque. Qui va les coordonner ?

— Tout le monde est sur le terrain. Je pourrais y aller, suggère Julia.

— Non. Toi, tu restes ici. Le corps n'est rien sans cerveau, nous ne pouvons dégarnir le poste de commandement. J'y vais. La Protection civile va s'occuper du groupe qui était avec moi.

Et aussitôt, elle se met à organiser par radio les volontaires dont elle a la responsabilité. Puis elle coupe la communication.

— Elle devrait être ici. C'est la chef, non ? proteste Txema.

— Oui, mais à sa façon. Elle aime le travail de terrain, dit Julia pour prendre sa défense.

— Si elle n'est pas un bon chef, elle n'a qu'à s'effacer. Sa place est ici, insiste le sous-officier.

— Ne dis pas de bêtises, Txema. Tu devrais être ravi. Cestero sait déléguer. Elle t'a laissé le commandement des opérations. C'est bien ce que tu cherchais quand tu as appelé la hiérarchie pour signaler son faux pas dans la cellule ?

— Tu me traites de mouchard ? D'où sors-tu que c'était moi ? – Il rajuste son nœud de cravate. – Mais ce ne sont pas des façons de diriger. Cestero n'est pas là, et elle continue de donner des ordres au fond d'une pinède perdue du trou du cul du monde.

Julia soupire. Il y a une femme dans une forêt et tous les deux se bouffent le nez sur des détails absurdes, comme un couple mal assorti.

Une sonnerie l'avertit de l'arrivée d'un WhatsApp sur son portable.

Il est d'Álvaro.

Avez-vous remarqué que la lumière est la même sur toutes les photos ? Il les a toutes prises en même temps. Il se joue de nous.

Julia montre l'écran à Txema.

— Il fait chier, ton ami. Il se croit malin ?

L'agente hausse les épaules. Elle ne comprend pas cette hostilité soudaine envers Álvaro. En tout cas, l'essentiel du message, c'est l'observation sur le temps. Ça n'annonce rien de bon, que l'assassin à la tulipe ait pris tous ces instantanés au même moment. Ça ne peut signifier qu'une chose, que la femme disparue est morte, et lui, ou elle, loin de la pinède, confortablement installé dans son fauteuil, savoure le moment de gloire que lui offrent les télévisions du pays tout entier.

— Rien à signaler dans les pinèdes du sud de Busturia, annonce Aitor Goenaga dans la radio.

Txema claque de la langue.

— Il est en train de gagner la partie. On n'a pas pris la bonne direction.

— Et tu suggères quoi ?

Nouveau claquement de langue.

— Sûrement pas ce qu'on est en train de faire. À Interpol…

— Interpol, Interpol… – Julia lui renvoie son mépris. – Je ne sais pas comment on s'y prend à Interpol, mais dans l'Ertzaintza, on travaille avec les moyens du bord. Et si leurs méthodes te réjouissaient tellement, pourquoi es-tu revenu ?

Txema la défie du regard.

— Les chefs m'ont appelé, m'ont parlé de cette nouvelle unité et m'ont dit que c'était mon heure. Je croyais qu'on m'en confierait la direction. Qu'aurais-tu pensé, toi, si on t'avait demandé de quitter Interpol ? – Un claquement de langue succède à la question. – Cestero a été plus méritante… Je ne sais pas. Je te dis seulement que si je commandais ici, aujourd'hui on n'en serait plus à courir après ce fils de pute.

— J'aimerais bien voir ça.

— Salut, je viens récupérer le truc d'Olaizola, interrompt soudain une voix.

Ils se retournent tous les deux. C'est Crespo qui débouche du couloir. Il n'a pas sa canne blanche habituelle, mais il a gardé ses lunettes noires.

— Olaizola ? s'étonne Julia. Vous ne savez pas qu'il est mort ?

— Qu'est-ce que tu veux ? Comment es-tu entré ? crache Txema.

— Par la porte, dit le vendeur de billets de loterie.

— Il a l'autorisation, explique Julia. Il apportait tous les jours ses billets et le commissaire laissait l'argent dans une enveloppe.

Claquement de langue de Txema, soupir et nouveau claquement de langue. Au cas où on ne comprendrait pas qu'il est indigné, il s'ébouriffe les cheveux et secoue la tête désespérément.

— Sors d'ici, je te prie.

— Mais qui va me payer mon billet du vendredi ?

Txema, les deux mains sur la table, inspire bruyamment.

— Crespo, s'il te plaît ! Va-t'en ! Et oublie ce billet. On ne va pas te le payer, intervient Julia en lui montrant le couloir d'un mouvement de menton.

— Je vais regarder dans son bureau. Peut-être…

— Crespo…

Le ton de Julia est sans réplique. Le vendeur de billets hésite, comprend finalement le message et repart par où il était venu.

— Merde, encore une photo, s'exclame soudain le sous-officier.

L'écran montre maintenant le corps de Charo Etxebeste presque entièrement. Il ne manque que la tête et la poitrine. Pas de trace de sang, et la position ne permet aucune déduction. Elle est allongée sur le dos, les mains sur le ventre, comme si elle se reposait. La tige d'une fleur apparaît entre ses mains.

— La prochaine livraison nous donnera une vision d'ensemble.

Txema griffonne quelques calculs rapides sur un bout de papier.

— Dans seize minutes ! annonce-t-il en renvoyant la photo à toutes les unités qui participent à l'opération. Il suit une séquence logique. Chaque nouvel acte de cette pièce de théâtre met moitié moins de temps que le précédent à arriver. Entre la dernière photo et celle-ci se sont écoulées trente-deux minutes. Maintenant, ce sera seize…

Julia l'écoute à peine. Elle scrute chaque centimètre de l'image. Aiguilles de pin, écorces, quelques trèfles…

— Regarde ! s'exclame-t-elle soudain. – Son doigt va laisser une empreinte sur l'écran du portable de Txema, mais c'est sans importance. – Tu le vois ?

Le sous-officier fronce les sourcils et regarde l'angle indiqué par Julia. Puis il suit l'index de sa collègue jusqu'à l'extrémité opposée de l'écran. Ce sont deux morceaux d'écorce plus petits qu'une pièce d'un euro, mais pas n'importe lesquels. Non, le violet de l'un et l'orangé de l'autre ne sont possibles que dans un seul lieu.

— Tu es la meilleure… s'exclame Txema en prenant la radio. Toi seule pouvais remarquer une chose pareille.

Julia prend la carte. Il n'y a aucune patrouille près de la forêt d'Oma*, cette pinède que la main de l'homme

* Dans cette forêt, l'artiste Agustín Ibarrola a peint en 1984 les arbres et les pierres, et créé une œuvre picturale au cœur du minéral et du végétal.

a transformée en gigantesque œuvre d'art en pleine nature.

— Cestero ! se rappelle-t-elle soudain.

Si sa chef est en route pour Elantxobe, elle ne doit pas être loin de cette pinède.

Txema l'a devancée.

— Cestero est déjà à Kortezubi. Dans cinq minutes, elle sera à Oma, annonce-t-il avant de changer de fréquence sur la radio. À toutes les unités : un certain nombre d'indices nous montrent qu'il s'agit de la forêt peinte. Il nous faut des renforts à Oma immédiatement.

Avril 1997

Au bout d'une dizaine de campagnes à *Grand Sole*, la peur devient respect. On savoure même certains moments, et on tombe amoureux de ce grand bleu qui peut aussi bien tout donner que reprendre ce qu'on a de plus précieux : la vie.

C'était ma onzième campagne, et on était au deuxième jour de navigation en direction de la zone de pêche. Le soleil brillait et la mer était calme. Avec beaucoup de mal, j'avais enfin appris à apprécier de telles journées. Jusqu'à la troisième ou quatrième campagne, je souffrais même quand le temps était favorable : la tête me jouait le sale tour de devancer les événements et je craignais qu'à tout moment la météo se retourne contre nous. Maintenant, en revanche, je regardais tranquillement cette masse d'eau dormante qui nous encerclait. À quoi bon lutter, si on ne peut pas lutter ?

Le patron vint me chercher alors qu'on préparait les appâts. J'aimais ce travail, mais on me reprochait toujours de ne pas être aussi rapide que les autres.

"Toi et ta foutue méticulosité… Tu ne vois pas qu'il s'agit seulement de mettre des anchois sur un hameçon ?"

“Si on les mettait tous à ton rythme, on ne pêcherait pas avant une semaine…”

Les reproches se multipliaient. À juste titre, je l’avoue, mais j’ai toujours aimé les choses bien faites. Il faut reconnaître que mes appâts ne se perdaient pas en mer, contrairement à tous les anchois arrachés aux lignes par les vagues et les poissons.

— Suis-moi, me dit le patron.

J’arrivai sur le pont, une pointe d’inquiétude au ventre. Il était peut-être excédé que mon rendement soit si mauvais. Qui aurait dit, un an plus tôt, que la perspective de perdre mon travail en mer m’inquiéterait ? Le *Virgen de Begoña*, que je considérais au début comme une simple prison flottante, m’avait offert la liberté. Grâce à lui, je ne voyais plus ma mère que quelques jours par mois. Nous ne passions jamais plus d’une semaine à terre entre deux campagnes.

— Tu connais Marcial, mon second ? – Comment aurais-je pu ne pas le connaître, sur un bateau où seize marins partageaient un espace minuscule ? – Il s’occupe de la radio et, crois-moi, il s’agit d’un outil vital. Marcial est le meilleur opérateur de toute la zone. Je veux que tu apprennes tout de lui. Nous allons le perdre pendant plusieurs campagnes et tu prendras sa place.

— On va m’opérer des deux genoux, expliqua Marcial en se tapotant les jambes. Je suis parti en mer quand j’avais douze ans et je vais en avoir soixante-deux. On ne sort pas indemne de tant d’années.

Je regardai l’émetteur. Ce n’était pas la première fois que je montais sur le pont, mais je n’avais jamais remarqué cet appareil plein de boutons et de volants.

L'écouteur ressemblait à celui d'un téléphone d'autrefois, avec son fil en spirale et tout le reste à l'avenant. Ça n'avait pas l'air difficile à utiliser.

— Je sais ce que tu penses, dit le patron. Le mode d'emploi de cet appareil est simple. Ce qui est compliqué, et essentiel, c'est de savoir manier les informations qui arrivent par ce canal.

Je me rappelle cette campagne comme étant la meilleure que j'aie passée en mer.

La pêche fut bonne jusqu'au sixième jour, quand les bancs de merlus disparurent. Deux jours après, le moral était en berne sur le *Virgen de Begoña*. Si on ne trouvait plus de poissons, il faudrait rentrer au port avec la cale à moitié vide. Non seulement on ne gagnerait rien, mais on perdrait même de l'argent. Ce qui arrivait parfois. Sur un bateau comme le nôtre, la moitié des gains était pour l'armateur, l'autre moitié pour l'ensemble de l'équipage. Si le combustible et les appâts coûtaient plus que ce qu'on touchait avec le merlu, il fallait payer au lieu d'encaisser. Après trois longues semaines en haute mer, au milieu des vents et de la houle, avoir les poches vides était la pire des nouvelles qu'un marin souhaitait apprendre.

— Allô, l'*Aketze*, l'*Aketze*. Ici le *Virgen de Begoña*. Tu me reçois ? appela Marcial.

L'*Aketze* appartenait au même armateur que notre bateau et travaillait aussi à *Grand Sole*.

— Salut, *Virgen de Begoña*. Bien reçu.

Allô, bien reçu, terminé… Ce n'était pas compliqué de se familiariser avec le langage radio.

— Indiquez-moi votre position.

— Neuf degrés, quarante-cinq minutes, ouest. Terminé.

— Il y a de la pêche ?

Les interférences étaient fréquentes, mais la voix métallique arrivait avec une certaine clarté.

— Pas beaucoup. Deux cents kilos ces quinze dernières heures. Terminé.

— D'accord. On va plus au nord. Les Galiciens pêchent. Terminé, annonça Marcial avant de se tourner vers moi. Avec l'*Aketze* on active le *scrambler*. C'est ce bouton. La conversation est cryptée, aucun autre bateau ne peut la déchiffrer. C'est pourquoi on parle si franchement.

— Et comment sais-tu que les Galiciens sont en train de pêcher ?

L'opérateur radio eut un sourire mystérieux et me lança un clin d'œil. Puis il actionna un bouton et tomba sur un canal non crypté. Pendant quelques minutes, on écouta les conversations entre différents bateaux qui s'activaient sur la zone. Des Galiciens, la plupart basés au port de Celeiro. Ils fêtaient la récente victoire du Deportico de La Corogne.

— Tu saisis l'ambiance ? me demanda Marcial. Ils sont contents. S'ils n'avaient pas de pêche, ils se moqueraient éperdument de la victoire de leur club. Quand le poisson mord, le moral du bord remonte. C'est impossible de le cacher à la radio.

— Il faut être un peu psychologue pour ce boulot.

Marcial me tapota l'épaule.

— Très juste ! Ici, l'important, c'est d'analyser la manière de dire les choses. On ment tous pour se protéger.

Si ça mord, on essaie de le cacher pour empêcher les autres bateaux de rappliquer. Mais il faut savoir interpréter. Si tout va bien, on cherche toujours à faire croire le contraire.

— Tu comprends pourquoi je t'ai dit que Marcial est le meilleur ? intervint le patron.

Le second baissa le volume de la radio.

— Et ce n'est pas tout. Tu vas voir. La fin de la campagne est un grand moment. Tu dois appeler à terre pour connaître les prix à la criée. Parfois, il vaut mieux ne plus pêcher pendant deux ou trois jours et tirer un meilleur prix pour ta pêche, parfois il vaut mieux rester plus longtemps en mer pour ne pas brader le poisson.

En bas, on nous appela pour déjeuner. Mon ventre rugissait. Je crevais d'envie d'une bonne assiettée de pommes de terre à la Rioja.

— J'y vais, dit le capitaine en descendant l'échelle.

Marcial s'attarda quelques instants. Ce n'était pas la première fois que je le voyais prendre ce médicament qu'il venait de dissoudre dans un verre d'eau.

— C'est pour quoi ? Pour les genoux ?

L'opérateur radio me regarda d'un air grave avant de me répondre.

— C'est pour être libre.

Je ne comprenais pas.

— Avec quelques gouttes ?

— C'est beaucoup plus que ça. La mer est très dure. Si tu me permets un conseil, fais des études pendant qu'il est encore temps. Échappe à cette vie. Je n'ai pas eu le choix, comme la plupart de ceux qui sont ici. Tu en as vu beaucoup qui ne se jetaient pas dans les bras de la boisson ? – Je passai mentalement en revue mes camarades d'équipage : le seul que je n'avais pas vu vider une bouteille, c'était Marcial. – Tu n'as pas idée du fric qu'on gagnait dans les années 1980. Certains avaient un peu de cervelle et ils ont économisé. Moi, j'ai tout bu. Pendant les trois ou quatre jours passés à terre entre deux campagnes, j'étais capable de dépenser tout ce que j'avais gagné en trois semaines à *Grand Sole*.

Je ne comprenais toujours pas. Quel rapport entre ce médicament et ce qu'il me racontait ?

— Vous ne voulez pas déjeuner ?

C'était le patron qui nous appelait.

— L'alcool m'a tout pris. Ma famille, mes amis… Ils se sont tous détournés de moi. Je ne leur en veux pas. Pas facile de supporter à longueur de journée un ivrogne qui vit hors de la réalité et qui se fout de son entourage. – Marcial prit le flacon en verre foncé et me le tendit ; le nom du médicament ne me disait rien, ni sa composition : cyanamide. – J'ai touché le fond le jour où plus aucun patron n'a voulu me recruter. Je me suis retrouvé à la rue et sans travail. Heureusement, j'ai fait une cure de désintoxication. Si j'avais suivi cette voie…

— Et les gouttes ? demandai-je, pour qu'il abrège.

Son histoire était terrible, mais les pommes de terre refroidissaient.

— Le médicament coupe les envies d'alcool. Quinze gouttes par jour, pas une de plus. Et n'essaie pas de boire un verre de vin ou un truc plus fort, tu le regretterais amèrement. Le mélange est un poison pour l'organisme. Comme si tu faisais une overdose.

— *Virgen de Begoña*, *Virgen de Begoña*… Ici le port

de Bermeo. Tu me reçois ? cracha la radio au moment où nous allions descendre.

Marcial fit la grimace et remonta. Mauvais présage. Il ne savait pas que l'opérateur radio du port devait nous contacter. Je m'immobilisai au milieu de l'échelle.

— Ici le *Virgen de Begoña*. Parlez.

On entendit une voix métallique après une interférence plutôt stridente. L'appel me concernait, il allait plonger mes journées à venir dans un véritable cauchemar.

45

29 octobre 2018, lundi

Le chemin boueux prend rapidement de l'altitude au milieu des pâturages. Sans sa lampe, elle ne pourrait pas avancer. La nuit est tombée sur l'Urdaibai et la lune ne s'est pas encore montrée.

Cestero est essoufflée. Elle a laissé sa voiture dans le petit bourg d'Oma, une grappe de maisons autour d'un modeste ermitage, et elle file vers la forêt aussi vite qu'elle le peut. Les profils typiques des pins se découpent sur un ciel où percent à peine quelques étoiles.

Il ne pleut plus. Mais l'eau tombée ces derniers jours rend chaque pas de plus en plus exténuant.

Pour la troisième ou quatrième fois, Cestero glisse et tombe. Sa lampe s'éteint et la plonge dans l'obscurité.

— Merde ? Où es-tu passée ?

Elle tâte autour du sentier. Herbe mouillée, terre et ronces. Pas de trace de sa lampe torche.

Elle cherche partout, tâtonne dans la boue à l'aveuglette, sent les baisers ardents des orties… Rien, hormis une montée d'angoisse. Un dérapage absurde lui a arraché sa seule source de lumière.

Le corps de Charo Etxebeste étendu par terre est toujours gravé au fer rouge dans sa rétine. Elle ne peut chercher une seconde de plus. Elle relève la tête. La pinède est à portée de main. Elle doit l'atteindre au plus tôt.

— Le portable, se dit-elle en tâtant sa poche.

Ça ne vaut pas sa Maglite de huit cents lumens, mais c'est mieux que rien.

— Dans six minutes, la nouvelle image, annonce la voix de Julia dans la radio.

Sa voix est métallique et parasitée par des interférences aiguës.

Six minutes. Dans six minutes ils sauront si la disparue est toujours en vie. Aucun des agents qui participent à l'opération n'a gardé espoir, mais personne n'a osé exprimer ses doutes. Pas le temps de penser. Uniquement celui de courir. Comme Cestero.

Elle atteint enfin la lisière de la forêt. Avant de s'y engager, elle jette un dernier coup d'œil sur la vallée. Les lumières aux fenêtres permettent de deviner les maisons d'Oma. Une voiture-patrouille s'approche à grande vitesse du petit hameau. Au loin, sur la côte qui part de Kortezubi, on devine un autre éclat bleu. Dans quelques minutes, elle ne sera plus seule, mais ces quelques minutes pourraient être fatales.

Elle respire à fond, serre les poings et s'engage dans la pinède.

— Quatre minutes, annonce la radio.

La lumière du portable laisse à peine entrevoir les arbres les plus proches, un labyrinthe de troncs qui s'entrecroisent dans leur montée vers le ciel. Les écorces, plissées et crevassées, tel l'épiderme d'un reptile monstrueux, n'ont aucune trace de peinture.

L'espace d'un instant, Cestero craint de s'être trompée de chemin. Non, impossible. Le poteau à côté duquel elle a laissé sa voiture indiquait la direction de la forêt peinte. Elle est sûre d'avoir pris le bon sentier, entre autres raisons parce qu'elle n'en a pas vu d'autre.

Elle accélère. Les battements de son cœur résonnent à ses oreilles. C'est sûrement par là.

— Charooo ! crie-t-elle de toutes ses forces.

Seul le silence répond.

— Charooooo !

Elle fait un pas, un autre, encore un autre. Alors, ils apparaissent. Des yeux gigantesques qui l'observent fixement. Des regards méfiants, curieux, intrigués par sa présence dans cette forêt, dans la solitude de la nuit.

Elle est dans la forêt peinte.

Un frémissement la secoue tout entière. À la lueur du portable, cette armée de vigies peintes sur les écorces est inquiétante. Elle s'immobilise et promène sa lampe autour d'elle. De nouveaux yeux s'animent à l'arrière-plan. Violets, verts, roses, jaunes…

— Charooo ! Tu m'entends ?

Rien.

— Trois minutes ! Où en es-tu, Cestero ? Tu es arrivée dans la pinède ?

L'ertzaina appuie sur le bouton qui active le micro de la radio.

— J'arrive à l'instant, dit-elle, essoufflée par la montée.

— Tu ne la vois toujours pas ?

Cestero ne répond pas. Elle est hors d'haleine. Julia n'insiste pas : elle interprète le silence comme un non.

— Les renforts ne vont pas tarder. Une patrouille approche par en haut et deux autres viennent d'arriver à Oma… Merde, plus que deux minutes pour la nouvelle image. Deux minutes ! le portable de Cestero émet un gémissement, une tonalité grave qui annonce que la batterie est presque déchargée.

— Tiens bon, supplie l'ertzaina à haute voix.

Sa lampe ne va quand même pas s'éteindre maintenant !

Une série de silhouettes prend la relève des yeux scrutateurs. Elles rappellent à la sous-officière les dessins à la craie qui restent par terre après que le juge a ordonné qu'on emporte le cadavre. Mauvais présage, bien sûr.

— Charooo !

Cestero ne cesse d'appeler la disparue et de sonder la pinède avec son faisceau de lumière. Les silhouettes dansent, sorte de sabbat silencieux qui inspire un trouble profond. Il ne manque plus qu'une bande-son macabre pour que la forêt peinte devienne un décor particulièrement grotesque.

Le portable émet un nouveau gémissement. Combien reste-t-il avant que la batterie rende l'âme ? Une poignée de minutes ou de secondes ?

— Une minute, annonce Julia.

Cestero gravit la pente en courant. Charo est forcément quelque part.

Maintenant, les troncs sont drapés d'arcs-en-ciel, un joyeux monde multicolore, mais sinistre dans les ombres de la nuit.

— Vingt secondes.

Dans de tels moments, on a envie de tomber à genoux et de s'abandonner à la réalité. Mais Cestero continue sa course avec la dernière énergie.

Là, il y a quelque chose, entre les troncs.

Un pied…

Non, une jambe.

Deux.

Il n'est pas difficile de reconnaître celles que la photo expose depuis des heures aux regards abasourdis de tout un pays.

— Charo !

Elle l'a trouvée. Pourvu qu'il ne soit pas trop tard.

Il lui reste deux ou trois pas avant d'atteindre le corps allongé sur le sol quand le portable émet une troisième alerte. Cette fois, il s'éteint. Tout devient aussi noir que le café favori de la sous-officière.

La radio bourdonne et Cestero entend une voix qu'elle connaît bien. C'est Julia.

— Ne courez pas ! C'est trop tard. La dernière photo est arrivée.

— Quoi ? lance Aitor.

Sa voix est entrecoupée d'interférences.

— Elle est morte, annonce sa collègue.

Cestero ne l'écoute pas. Elle ne veut pas l'écouter. Elle est tombée à genoux devant la femme qu'ils cherchent depuis des heures et elle palpe son corps dans l'obscurité. La taille, la poitrine, le cou… La tête. La peau du visage de la victime est froide, mauvais signe, mais moins que le coup brutal qui lui a fendu le front. Personne ne pourrait survivre à une telle fracture.

Elle est morte. Depuis des heures. Les légistes en feront le constat, mais pas besoin d'être médecin pour le savoir.

Quatre, déjà quatre ! Combien d'autres devront encore tomber avant qu'on ait retrouvé leur assassin ?

Cestero sent l'impuissance la gagner, les larmes lui brûlent les yeux, telles des flammes de sel. Elle a un rictus de douleur et un cri déchirant jaillit de ses lèvres pour se diluer dans les silences d'une nuit qui la hantera, sait-elle, jusqu'à la fin de ses jours.

46

30 octobre 2018, mardi

Sept heures du matin. L'indicatif des infos du matin s'ajoute au bruit des vagues qui déferlent sur les rochers. Julia ouvre les yeux. C'est l'heure du surf. La première information, cependant, celle que le journaliste développe pendant de longues minutes, lui rappelle que ce matin elle n'a pas le temps d'embrasser la mer. Quatre morts, déjà quatre, une en Galice et trois autour de Gernika. Le sentiment d'insécurité grandit. La radio vous le livre sur un plateau jusqu'à votre lit. Des témoignages saisis sur le vif parlent de la peur, des femmes qui ne sortent qu'accompagnées, et de l'impression qu'on n'est plus protégé. Un porte-parole de l'Ertzaintza promet des renforts et assure que l'enquête a considérablement progressé.

Vraiment ?

Julia voudrait bien croire qu'il va sortir quelque chose des documents pris dans le couvent.

"Les enfants… Les enfants…"

Elle ne peut réprimer un frisson en se rappelant le regard égaré de la mère supérieure.

Le jour se lève. La mer a un beau ton métallique ; le ciel est d'un gris sombre que le lever du soleil teint timidement de rouge, au-delà du cap d'Ogoño. Les silhouettes des lève-tôt chevauchent déjà les vagues. Elle sent l'appel.

Non, pas ce matin.

La solution n'est pas loin. Elle le sait, il n'y a pas une seconde à perdre.

Un jeans, une veste jogging de la fédération basque de surf, et c'est tout. Elle prendra son petit-déjeuner au commissariat.

À cette heure matinale, elle est loin d'imaginer que sa vie va changer radicalement.

— Nous avons fait tout notre possible, dit Cestero en appuyant sur ce "tout". – Elle a les yeux cernés, et ce matin elle ne s'est pas coiffée. – Il ne nous a pas facilité les choses. Par ailleurs, l'autopsie confirme qu'elle était morte avant qu'il ait envoyé la première photo, celle des pieds, aux médias.

Le découragement est général. Le Dernier Lundi d'octobre a semé la défaite dans l'équipe, et il va être difficile de s'en débarrasser. Les renforts sont arrivés, quatre agents de la direction centrale de la police judiciaire, celle à laquelle appartient Txema. Cestero sait que c'est une source d'ennuis. La complicité entre eux et le sous-officier saute aux yeux. Mais elle préfère ne pas y penser maintenant ; avec un peu de chance, elle va boucler l'enquête assez vite.

— Nous ne quitterons pas cette salle tant que nous n'aurons pas trouvé ce que nous cherchons, explique-t-elle en montrant la montagne de cahiers, de lettres et de paperasses rescapées des flammes, au couvent. Nous avons un besoin urgent de la liste complète des femmes envoyées à Lourdes en 1979. Il faut les mettre sous surveillance avant qu'elles subissent le même sort que nos quatre victimes.

— Et s'il y en a des dizaines ?

C'est un des nouveaux qui pose la question. Il a une cravate, comme Txema, lequel approuve avec complaisance l'intervention de son collègue.

— Nous les protégerons toutes, déclare Cestero.

Ses propos n'admettent pas de discussion, même si tout le monde sait qu'une telle chose est impossible, à cause du manque de moyens.

— On gagnerait du temps si on interrogeait le couvent de Lourdes où étaient envoyées ces jeunes filles. Ils ont sûrement conservé une trace de toutes ces volontaires. Elles n'auront pas de mal à être plus coopératives que celles d'ici, suggère Aitor.

Cestero regrette de ne pas y avoir pensé plus tôt. Ils auraient pu gagner un temps précieux, et peut-être sauver la dernière victime.

— Bonne idée. Tu les appelles ? Tu connais un peu le français…

Aitor ne perd pas de temps. Il cherche le numéro sur internet et s'éloigne de quelques mètres pour parler plus tranquillement.

— Merde ! Le répondeur. Il faut laisser un message et elles rappelleront, déplore-t-il quelques secondes plus tard.

— Tu vas devoir aller à Lourdes, décide la sous-officière.

Elle sort de sa poche les clés de sa Renault Clio et les lui lance.

Aitor les rattrape au vol.

Son air boudeur en dit long : il n'aime pas conduire. Cestero le sait, mais, se dit-elle, il sait parler aux religieuses mieux que personne.

— J'ai au moins quatre heures de route.

La sous-officière hausse les épaules.

— Trois, si tu forces un peu.

Elle sait qu'Aitor s'en gardera bien, il respecte toujours les panneaux de signalisation.

Deux heures se sont écoulées depuis son départ. Au commissariat de Gernika, le moral est au plus bas, et l'émission d'Aimar Berasarte que la radio vomit dans un coin de la salle n'arrange rien. L'assassinat de la forêt d'Oma en ce jour si particulier a fourni au journaliste assez de combustible pour enflammer les ondes pendant des mois.

L'enquête ne progresse pas. Cestero se demande même si la liste qu'ils cherchent existe, ou si elle a été brûlée par les religieuses avant que son intervention les empêche de tout jeter dans le fourneau.

— Nous devrions coller sœur Teresa en prison et démolir ce couvent, dit-elle en refermant le cahier qu'elle a examiné page par page. Elle sait en quelle année les couvertures ont été changées, chez quel fournisseur elles achètent la farine…

— Savez-vous que ces religieuses sortent du couvent n'importe quand ? Drôle de clôture ! dit l'un de ceux qui sont arrivés en renfort. – Il examine un carnet relié en cuir. – Ici sont consignées toutes leurs sorties. Quelle religieuse, quel jour, quelle somme elle prélève dans la caisse pour ses frais… Y compris où elle va et pour quel motif.

Cestero y jette un coup d'œil. Certaines dates lui sont familières : celles où ont eu lieu les crimes.

— Une religieuse sort du couvent chaque fois que notre assassin est passé à l'acte. En théorie, elles sont sorties pour un examen médical, pour secourir un proche… Le plus souvent, on retrouve sœur Teresa et sœur Carmen.

Txema claque de la langue.

— Ne me dis pas qu'on va orienter l'enquête sur des religieuses cloîtrées…

— Pas du tout. J'ai seulement donné un renseignement qu'il faudra prendre en compte, répond sèchement Cestero.

Elle en a assez de le voir critiquer systématiquement toutes ses idées.

Julia intervient.

— En 1979 et en 1980, elles enregistrent d'importantes rentrées d'argent. Et dans les cinq années précédentes aussi. Ensuite, les rentrées piquent du nez, annonce l'agente en tendant le livre de comptes à la sous-officière.

Cestero dresse l'oreille. Ce détail pourrait avoir son importance.

— Y a-t-il eu une catastrophe naturelle dans les années où les dons sont les plus substantiels ? Des gens reconnaissants qu'on leur ait sauvé la vie…, avance une nouvelle recrue.

— Ou des inondations avec des morts et de gros dégâts ? suggère un autre.

— Ça, c'était en 1982. En juillet. Ma grand-tante était une des douze victimes de l'inondation. Non, ces rentrées coïncident avec les années où elles ont envoyé ces filles à Lourdes. Les familles devaient les payer pour s'en débarrasser pendant un temps, suggère Txema.

Ses fans approuvent. Cestero reconnaît que le raisonnement se tient. Elle n'imagine pas sœur Teresa prenant l'initiative d'actions désintéressées.

— Pendant sept ans, envoyer de jeunes égarées aider les pèlerins… – Elle réfléchit tout haut. – Sept ans, et pourtant, toutes les victimes se sont retrouvées à Lourdes la même année. Que s'est-il passé en 1979 pour que quelqu'un veuille les éliminer ?

Personne ne répond. C'est la question que tout le monde se pose. En quoi sont-elles différentes ? Quel secret en fait la cible de l'assassin à la tulipe ?

L'appel arrive au moment où Julia épluche la correspondance. Deux dossiers grenat, dont les élastiques ont lâché, à force d'être tendus depuis des années. Deux nouveaux travaillent avec elle. Julia a l'impression qu'ils vont trop vite, mais elle s'abstient de le dire. Ils pensent peut-être que c'est elle qui va trop lentement.

— La plupart des lettres viennent de familles bienfaitrices qui soutiennent le couvent en accordant des dons plutôt généreux, dit-elle après avoir lu une demi-douzaine de missives.

— Classez la correspondance par année. On ne s'intéresse qu'à 1979. Ne perdez pas de temps, ordonne Cestero en consultant l'écran de son portable, qui sonne avec une insistance pénible sur la table. C'est Aitor. Il a peut-être du nouveau.

Julia regarde sa montre. Deux heures et demie. Le temps s'est écoulé comme un filet de sable fin entre les doigts. Il y a presque cinq heures que Goenaga est parti pour Lourdes. C'est un peu court pour qu'il ait obtenu des réponses, mais sait-on jamais.

— Comment cela, rien ? s'étonne Cestero, qui voit que tout le monde est suspendu à ses lèvres.

Elle branche le haut-parleur.

— Rien. Les religieuses disent qu'elles n'ont jamais accueilli ces jeunes filles. Les seules qui sont parfois venues comme volontaires, c'étaient les religieuses du couvent de Gernika. Elles m'ont montré le registre. Tu devines qui s'y trouve ?

— Sœur Teresa, aventure Cestero.

— Bingo ! Et la mère supérieure, qui ne l'était pas encore à l'époque.

— De quelle année parlons-nous ?

— La supérieure en 1974, sœur Teresa en 1981.

Cestero prend note dans son carnet.

— Il doit y avoir une erreur. Elles ne notaient peut-être pas les volontaires qui n'appartenaient pas à leur ordre, suggère la sous-officière en se tournant vers Julia, qui secoue la tête imperceptiblement. Elle n'a pas de questions à poser.

— Je leur ai posé la question, dit Aitor. Et elles ont répondu catégoriquement par la négative. Aucune de ces jeunes filles n'a mis les pieds là-bas. Et croyez-moi, ces religieuses se rappellent même s'il pleuvait le dimanche des Rameaux de 1979.

Cestero le félicite pour son travail et lui demande d'être prudent sur la route. Puis elle lance un coup d'œil circulaire sur son équipe, Julia lit le désarroi sur son visage.

— Appelle la juge, ordonne-t-elle à Txema. Soutire-lui un mandat d'arrêt. Si sœur Teresa a besoin de se voir menottée en première page des journaux pour avouer ce qui se trafiquait avec ces filles, tant pis pour elle. Et on va les interroger, elle, la mère supérieure et toutes les nonnes qui étaient au couvent à cette époque-là.

— On va avoir du mal, dit le sous-officier en décrochant le téléphone.

— Les autres, continuez vos recherches. Il est impossible qu'on ne trouve rien.

Julia se replonge dans la correspondance. C'est étonnant, les sommes d'argent que certaines personnes sont capables de donner à la congrégation. Les lettres comportent parfois les relevés bancaires qui justifient les entrées, mais dans la plupart des cas, on devine que le don se trouvait en espèces dans l'enveloppe.

— Des familles qui paient pour se débarrasser de leur fille… dit Cestero. Que serait-il advenu de ces filles si les parents ne les avaient pas envoyées à Lourdes ?

— Il faudra le demander aux familles. Je ne crois pas que les religieuses aient pu les abuser, dit Julia.

— J'ai quelque chose ! l'interrompt une jeune recrue. – Il consulte un registre à la reliure noircie, un de ceux qui ont échappé in extremis aux flammes du fourneau. –

J'ai une liste de filles, classées par années. De 1974 à 1980.

— Les filles de Lourdes ! Bon Dieu, elles ont bien failli la brûler… s'exclame Cestero.

— Ah, merde ! L'agent auxiliaire montre le reste d'une page arrachée. – Il manque 1979.

— Cette année uniquement ?

L'ertzaina feuillette rapidement le registre et hoche la tête d'un air sombre.

— Les autres y sont toutes.

— Ah, les sal… ! s'exclame Cestero en donnant un coup de poing sur la table.

— Sœur Teresa a dit qu'on leur avait volé la liste de cette année-là. C'était peut-être vrai, intervient Julia.

Elle prend une poignée de lettres et les brandit sous le nez de sa chef.

— Peu importe, avec cette correspondance, on va reconstituer la liste. Ça va prendre un peu de temps, mais les expéditeurs des lettres vont parler d'eux-mêmes.

Cestero approuve lentement. Elle prend un chiffon et efface tout ce qu'il y a sur le tableau.

— Très bien. Tous sur la correspondance, ordonne-t-elle en dessinant une grille avec un feutre noir un peu rétif. Nous allons noter l'expéditeur, la somme donnée et la date du justificatif de la banque. Priorité aux versements de 1979. Ainsi, nous aurons la liste des familles. Ensuite, il faudra contacter chacune d'elles et accorder une protection à la fille qu'elles auront confiée à ces sorcières. C'est la première étape. Pas une mort de plus ! Ensuite, nous nous occuperons de ce meurtrier.

— Ou de cette meurtrière, enchaîne Txema en retournant auprès des autres.

— Ou de cette meurtrière, reconnaît Cestero. – Julia a l'impression qu'elle ne le dit pas du bout des lèvres : la sous-officière s'intéresse de plus en plus à l'hypothèse qu'une femme puisse être derrière ces morts. – Que dit la juge ? Avons-nous le mandat d'arrêt ?

— Le greffier s'en occupe. Dès la fin de l'audience qu'elle préside, il va le lui demander. Il ne promet rien.

Cestero grommelle un juron. Julia lui lance un regard complice et replonge dans les lettres. Elle prend une enveloppe que le temps a colorée d'une vague couleur jaunâtre. Le tampon remonte à juin 1979. Elle est ouverte au couteau, comme toutes les autres. Elle imagine une religieuse empoignant un vieux coupe-papier dans une bibliothèque mal éclairée.

Elle sort la lettre. Il n'y a que des paroles de reconnaissance. "Merci pour ce cadeau du ciel, merci d'avoir apporté le bonheur dans notre foyer." Gratitude et justificatif bancaire avec plusieurs zéros : 80 000 pesetas. On retrouve le même montant dans toutes les lettres.

Elle se lève, prend le feutre et note sur la grille la somme et la date. Puis elle retourne l'enveloppe et regarde l'expéditeur.

— Famille Etxano Garcibuey, lit-elle à haute voix. La journaliste était une des filles de Lourdes.

— Il ne pouvait en être autrement, dit Cestero. Et sœur Teresa le sait. Elles sont sûrement très fières qu'une journaliste célèbre soit passée par leur couvent. Cette nonne est la pire de toutes. Et tout cela est de moins en moins rassurant. Que s'est-il passé cette année-là, pour que quelqu'un veuille éliminer ces femmes ?

Julia griffonne le nom de Natalia Etxano au tableau. Puis elle prend la lettre suivante et lit l'expéditeur.

Ce n'est pas vrai.

Elle le relit.

Non, ce n'est pas vrai. Elle lit tellement de documents de toute nature depuis tellement d'heures que son cerveau doit lui jouer un mauvais tour.

— Combien de morts allons-nous encore tolérer ? Quand allons-nous dire que ça suffit, on ne paie pas des impôts pour être abandonnés à notre sort ? crache Aimar Berasarte du haut de sa chaire radiophonique.

— On ne peut pas éteindre ce putain d'engin ? explose Julia en se tournant vers ses collègues.

Txema fait un signe à un nouveau.

Le silence est un soulagement, mais cela ne change pas le nom de l'expéditeur.

Julia se rassied, prise de vertige.

— Cestero, tu peux me dire ce qui est écrit ici ? dit-elle en lui tendant l'enveloppe.

La sous-officière prend un air étonné, mais sans poser de questions elle prend l'enveloppe et s'apprête à lire le nom de l'expéditeur à haute voix. Les autres observent la scène, intrigués.

Julia sait qu'elle n'aimera pas ce qu'elle va entendre.

— Famille Lizardi Castro.

— Mais c'est toi ! s'exclame Txema.

Julia se relève et s'assied à demi sur une table, abasourdie.

— Mes parents, ma famille, murmure-t-elle, le regard perdu.

Cestero retient son souffle.

— "Merci pour ce cadeau du ciel..." lit-elle, les sourcils froncés. – Un silence, un long silence, puis la question que Julia a largement eu le temps de se poser : – En quelle année es-tu née, Julia ?

47

30 octobre 2018, mardi

Il pourrait passer des heures à admirer ses tulipes. Il est fasciné par leur valse au rythme des courants d'air, si délicate, si fière… Et cet arôme douceâtre qu'elles dégagent, ajouté aux odeurs âcres de la tourbe humide qui leur sert de lit ? C'est une fusion tout simplement enivrante.

Mais le plus beau, c'est la couleur, un rouge d'une telle intensité qu'on croirait que les pétales sont arrosés de sang.

Sa main les caresse lentement. Il adore leur douceur, leur beauté éthérée, leur compagnie silencieuse. Elles sont sa création, il leur a donné la vie. Elles sont là parce qu'il en a ainsi décidé. Il adore voir leurs photos dans les journaux. Pas plus tard qu'hier, un expert hollandais parlait à la télévision de la difficulté d'obtenir de tels hybrides, et il était surpris de la perfection de ces fleurs.

Il sourit. Maintenant, ils le savent tous. Ils sont en présence d'une œuvre grandiose, résultat apothéotique de plusieurs années de travail.

Il a attendu cinq ans que ces graines donnent leur fleur. Cinq ans de soins quotidiens et d'une patience à toute épreuve. D'abord la stratification dans un germoir, puis la transplantation dans la grande cuvette de tourbe. Le contrôle quotidien de l'humidité, de l'éclairage et des variations de température pour simuler le jour et la nuit… Enfin est arrivé le moment rêvé.

Les voilà, avec leur valse élégante.

Elles ne donnent pas encore de signes d'épuisement, mais il sait que cela ne tardera pas.

Son regard se pose sur le thermomètre digital. Quatorze degrés, une nuit éternelle pour elles. La température idéale pour ralentir leur processus vital, pour le prolonger d'une semaine. Son œuvre exige ces trois semaines, sinon il ne pourra pas l'achever et sera obligé d'attendre la floraison suivante. Il n'en est pas question. Lors de sa première tentative, quand la sonde de température s'était déréglée pendant son déplacement en Galice, les fleurs avaient subi un stress climatique dont elles ne s'étaient pas relevées.

Tout bien réfléchi, il ne s'en était pas mal sorti. Sinon, il n'aurait pas pu s'approprier le Dernier Lundi d'octobre. Désormais, personne ne pourra mentionner cette foire sans évoquer son œuvre. Il a inscrit son nom en lettres capitales dans la manifestation la plus importante de l'année. Il a modelé l'histoire à sa guise.

Et il ne va plus échouer. Cette fois, il ne supporterait pas que les tulipes meurent. Pas question d'interrompre encore une fois son œuvre pour laisser aux bulbes le temps de refleurir !

Par chance, elles ne sont pas fanées. Pas encore, mais elles vont bientôt perdre leur éclat naturel. Et elles auront fait leur temps.

Il consulte la liste sur un feuillet jauni avec une certaine inquiétude. Il récite les noms à haute voix. Il y en a de moins en moins. Pourtant, il craint de perdre sa course contre la montre. Ou bien il appuie sur l'accélérateur, ou bien il risque de ne jamais brandir le poing de la victoire.

48

30 octobre 2018, mardi

— Vous m'avez achetée.

Ses parents sont flous. Julia a les yeux noyés de larmes. Les innombrables bibelots en porcelaine et en cristal de Murano que sa mère a disposés dans les endroits les plus insoupçonnés du salon se diluent aussi derrière ce voile de tristesse.

— Ne dis pas cela. C'est très laid, dit sa mère.

Au ton de sa voix, on comprend qu'elle pleure aussi.

— C'est pourtant ce que vous avez fait. Quatre-vingt mille pesetas ! C'est ce que je vaux ? Quatre-vingt mille ridicules pesetas ? Même pas cinq cents euros…

Son père intervient pour la première fois depuis l'arrivée intempestive de Julia, quand elle leur a demandé de s'asseoir sur le canapé.

— Ta mère a raison. Nous ne t'avons pas achetée, nous t'avons adoptée.

Il ne la regarde pas. Il ne le peut pas. Il contemple ses mains, l'air désemparé.

Julia lui montre la photocopie du justificatif bancaire.

— Quatre-vingt mille pesetas. C'est écrit.

— Ce n'est qu'un don. Ton père…

— Non, ce n'est pas mon père, crache Julia.

Elle sèche ses larmes, mais d'autres noient aussitôt son regard.

— De grâce, Julia, pas cela, supplie sa mère d'une voix brisée.

— Vous n'êtes pas mes parents. Pas du tout. C'était une comédie. Quarante ans, quarante, une vie de mensonge…

L'ertzaina se lève, en larmes. Elle est aussi déçue d'eux que d'elle-même. Elle se comporte comme une fille mal élevée, certes, mais c'est nécessaire. Elle doit se défouler.

Son père se lève aussi et lui caresse doucement les épaules, comme lorsqu'elle ne parvenait pas à s'endormir par peur du noir, quand elle était petite.

— Julia, ma chérie, laisse-nous t'expliquer. Tu es ce qu'il y a de plus important dans notre vie. Regarde ta mère. Elle est brisée. Ne lui inflige pas ça… Ne nous fais pas ça, je t'en supplie.

L'ertzaina va s'asseoir à la table où elle a partagé avec eux chaque repas avant de déménager à Mundaka. Elle se rappelle encore les larmes contenues de sa mère le jour où elle a annoncé son départ de la maison. En dépit de sa voix tremblante, cette femme a eu l'aplomb de lui souhaiter le meilleur et d'être contente pour elle. Julia n'a pas vu la suite, mais à coup sûr il y a eu des jours, voire des semaines, d'une tristesse déchirante.

Elle s'essuie les yeux. Pendant quelques secondes, elle a une vision claire, mais elle ne voit que désolation. Tous deux sont assis sur le canapé. Sa mère, le visage entre les mains, la supplie de pardonner. L'image qu'offre son père n'est pas plus flatteuse. C'est la première fois qu'elle le voit pleurer. Même quand son frère est mort, son regretté oncle Mateo, elle ne l'a pas vu verser une larme. Sans doute en a-t-il versé en cachette, dans la solitude de cette montagne qu'il aime tant, mais pas devant les autres. Et pourtant, aujourd'hui, il pleure, les lèvres plissées comme celles d'un bébé. Ce n'est pas tous les jours qu'on vous arrache une fille.

Julia sanglote convulsivement. Elle se sent seule et trahie. Le monde qu'elle a connu toute sa vie s'écroule.

— Nous ne pouvions pas avoir d'enfant. – Les mots de son père, qui maintenant entoure Julia de ses bras, se frayent difficilement un chemin dans sa gorge. – Les médecins ne pouvaient plus rien pour nous. Tu imagines ce que cela signifie pour un couple qui s'aime et qui rêve de mettre au monde beaucoup de filles et de garçons ? Alors que nous étions au désespoir, quelqu'un nous a parlé des religieuses. De ces mères qui ne pouvaient pas s'occuper de leur bébé, de ces femmes pour qui la grossesse était une punition. Le couvent devenait une bénédiction pour tous… Pardonne-nous, ma fille. Nous avons fait ce que nous pensions être le mieux pour toi.

Julia serre les dents. Son regard est fixé sur cette gondole bleu et vert qu'elle-même a rapportée de Venise il y a des années. Elle se rappelle encore le sourire fier de ses parents quand ils lui avaient offert ce voyage pour fêter son succès au bac.

Les religieuses… Peut-elle vraiment en entendre davantage ? Peut-elle entendre toute la vérité ?

— Je t'ai toujours aimée de tout mon cœur, murmure sa mère entre deux sanglots. Julia, s'il te plaît… Nous n'avions pas d'autre solution.

— Qui sont mes parents ?

Elle est étonnée du ton distant de sa propre voix. Et aussi de la rage avec laquelle elle se dégage des bras de son père.

Ses parents échangent un regard et secouent la tête.

— Nous ne l'avons jamais su. Tel était l'accord.

— Ça et l'argent, nuance Julia.

— C'était juste une aide pour le couvent. Comment aurions-nous pu ne pas être reconnaissants à ces braves femmes de nous offrir le bonheur ?

Julia se rappelle les mots de son père sur la lettre qui a tout révélé. "Merci d'avoir apporté le bonheur dans notre foyer…" Elle sent dans sa gorge une remontée de bile rageuse.

— Ces "braves femmes", comme vous dites, sont responsables de l'assassinat de quatre personnes.

Elle sait que ce n'est pas exact, mais c'est ce qu'elle ressent. Elle déteste sœur Teresa, la mère supérieure et toutes les nonnes de ce maudit couvent. Elle espère que Cestero a obtenu le mandat et qu'ils sont sur le chemin de la prison.

"Les enfants… Les enfants…"

Maintenant, elle comprend tout. Cette vieillarde prostrée dans son lit ne délirait pas, elle se rappelait ce qui était sûrement l'épisode le plus important de sa vie après sa prise de voile. Comment se sentait-elle, et comment se sentaient toutes les religieuses, après avoir changé la vie de tant d'enfants, filles et garçons ? Elles ne se sentaient peut-être même pas coupables. Sûrement pas. Elles devaient être fières de ce qu'elles avaient fait.

Son téléphone sonne. Une mélodie joyeuse qui introduit une note discordante dans cette maison où règnent les larmes.

C'est Cestero.

Julia s'éclaircit la voix avant de répondre.

— Salut.

— Tu vas bien ? Tu nous as inquiétés. Tu es partie si soudainement…

— Je vais bien, ment l'agente.

— Alors grouille-toi. Je t'attends au couvent.

— Tu as le mandat ?

— Pas besoin !

— Quoi ?

Cestero ne veut pas entrer dans les détails. Elle prononce quelques mots avant de raccrocher :

— Laisse tout tomber et rapplique. Je crois qu'on a un nouvel assassinat.

Mai 1997

Je me rappellerai toujours cette odeur. Elle me saisit dès que j'ouvris la porte. Un coup de poing silencieux et nauséabond qui se collait aux fosses nasales avec la férocité d'un tigre sautant sur sa proie. L'odeur de la maladie, d'une vie arrivée à son terme.

— Comment va-t-il ?

Ma mère secoua la tête sans oser me regarder. Adossée au mur, elle avait les cheveux en désordre et des cernes profonds, signe de nombreuses nuits blanches.

— Il est mourant.

Elle n'en dit pas plus. Ce n'était pas nécessaire. Deux semaines s'étaient écoulées depuis que la nouvelle était parvenue au *Virgen de Begoña*. Depuis lors, j'avais compté avec impatience chaque kilo de poisson que nos filets attrapaient. Je voulais rentrer au port dès que possible. D'abord avec l'espoir de l'aider dans sa maladie, ensuite avec l'angoisse d'arriver une heure trop tard et de n'avoir pu lui dire adieu.

— Il est conscient ?

— Il t'attend, dit ma mère. Un peu plus, et il était mort et enterré. J'espère n'avoir jamais besoin de ton aide.

À quoi bon répondre ? Vu la nature de notre relation, je n'attendais plus d'elle un mot tendre, mais je reconnais que ses commentaires me faisaient mal. Beaucoup plus que je ne l'avouerai jamais.

Le couloir était interminable. La porte de sa chambre, tout au bout, entrouverte, laissait passer un halo de lumière blafard. J'avais autant envie de la franchir que de prendre mes jambes à mon cou, terrifié à l'idée de ce que j'allais trouver.

— Salut, dis-je en franchissant le seuil.

— Entre. Tu arrives à temps.

Sa voix n'était guère plus qu'un murmure épuisé. Je ne la reconnaissais pas.

De même que ne m'était pas familier ce visage que la santé avait déserté. On aurait dit un crâne à peine recouvert de peau. Même ses yeux étaient différents : enfoncés, inertes.

— On n'arrivait pas à remplir la cale, m'excusai-je. Les merlus et les lottes ne se laissaient pas attraper.

Était-ce l'esquisse d'un sourire, sur ses lèvres ?

— Ne t'excuse pas. Je sais ce qu'est la vie d'un pêcheur, dit-il en fermant les yeux.

Il avait l'air épuisé. Je crus voir une grimace de douleur assombrir son visage.

— Tu as besoin de quelque chose ?

Je ne voulais pas qu'il souffre.

Mon père secoua la tête, de façon presque imperceptible. Il était très faible.

Je ne sais combien de temps on resta silencieux. Il somnolait et je le regardais, le cœur brisé.

— Donne-moi ce livre, demanda-t-il quand il rouvrit les yeux.

— Le vert ? dis-je en désignant un volume consacré à l'aquaculture.

— Non, l'autre. Celui qui a un dos grenat.

— *Le Nom de la rose*. Un roman ? Tu veux que je te le lise ?

— Non. – Il respirait avec difficulté, parler l'épuisait. – Donne-le-moi.

Il essaya de le prendre dans ses mains osseuses et méconnaissables. Qu'étaient devenues ses mains puissantes de marin tanné par mille tempêtes ? Cette maladie injuste les avait dévorées, comme elle avait dévoré le reste.

Mes yeux s'embuèrent en voyant qu'il ne pouvait supporter le poids du livre. Il n'avait plus de force. Je ne voulais pas pleurer devant lui, mais je ne pus m'en empêcher. Comment rester impassible devant l'agonie de son seul référent dans la vie ?

— Ouvre-le. Cherche à l'intérieur, me demanda-t-il quand le livre glissa entre ses doigts moribonds.

Je n'eus pas besoin de chercher. En ouvrant le roman d'Umberto Eco, m'apparut la fleur qui changerait ma vie.

— De quoi s'agit-il ?

Elle était desséchée et ses couleurs avaient disparu, en partie décalquées sur les pages du livre vaguement rougies à l'endroit où elles avaient été en contact avec les pétales.

— C'est une tulipe, murmura mon père. Garde-la précieusement. C'est le seul souvenir qui te reste de ta véritable mère.

— Ma quoi ?

Je ne comprenais pas de quoi il me parlait. Mon père se mit à tousser, si tant est qu'on puisse reconnaître une toux dans ces spasmes ultimes et sans force.

— La femme qui t'a mis au monde, parvint-il à articuler.

Je me tournai vers la porte. Elle était peut-être là, et elle pouvait m'aider à déchiffrer ses paroles.

Il n'y avait personne.

— Que… ?

Une foule de questions se bousculaient dans ma gorge. Elles voulaient toutes sortir, mais en même temps elles redoutaient d'être prononcées.

Il me demanda un peu d'eau. J'approchai le verre de ses lèvres desséchées et l'aidai à se redresser. Je n'oublierai jamais le frémissement qui me parcourut en sentant ses os sous son pyjama. La maladie l'avait entièrement consumé.

Cette gorgée l'épuisa. Il se rallongea et ferma les yeux. Je respectai son rythme et j'attendis, même si l'incertitude me rongeait. Puis il posa de nouveau son regard vitreux sur moi et vomit une vérité qui m'avait été cachée dès ma naissance.

— Nous n'avons pas pu avoir d'enfants. Pourtant nous avons essayé, jusqu'à ce que ta mère tombe dans un puits de tristesse. Des années et des années… – Une pause pour respirer de façon si rauque que je craignais qu'il s'étouffe. – Alors, j'ai entendu parler des religieuses. Sans tergiverser, je t'ai ramené à la maison. Je comptais t'offrir une belle existence. Je suis profondément désolé. Elle t'a toujours considéré comme le grand échec de sa vie. Tu lui rappelles en permanence que son ventre n'a su donner aucun fruit. En outre, il y a le caractère très spécial de ta mère, qui est euphorique et l'instant d'après nous envoie tous en enfer.

Mon regard était fasciné par la tulipe desséchée. J'avais des vertiges. Soudain toute ma vie s'étalait devant moi comme un grand mensonge. Je crois qu'il continua de parler, se confondant en excuses et en explications, mais je ne l'écoutais plus. Mon esprit revoyait chacune des scènes où à cause de ma mère je me sentais l'enfant le moins aimé du monde. Combien de fois m'étais-je isolé pour pleurer en cachette sans parvenir à comprendre la raison d'un tel mépris ?

Maintenant qu'enfin j'avais une explication, je me sentais encore plus mal. J'avais vécu une vie qui n'était pas la mienne.

— La fleur était dans tes langes. Je crois que la femme qui t'a abandonné au couvent l'a laissée en guise d'adieu.

— Qui était-ce ?

Ma voix aussi était devenue rauque, j'avais de la peine à articuler.

— Nous ne l'avons jamais vue.

— Pourquoi m'a-t-elle abandonné ?

Mon père, ou cet être moribond que j'avais appelé ainsi jusqu'à ce jour, mit du temps à répondre. Je crois qu'il hésitait : devait-il mentir pour ne pas me faire plus de mal, ou dire la vérité ? Finalement, c'est moi qui me répondis avec une sincérité ravageuse :

— Parce qu'elle ne m'aimait pas.

49

30 octobre 2018, mardi

Cestero est entourée d'une forêt de micros. Les trois unités mobiles ont déployé leurs paraboles pour la retransmission en direct, mais ce n'est que la partie émergée de l'iceberg. Cette nouvelle mort violente a rameuté devant le couvent la douzaine de journalistes arrivés à Gernika ces derniers jours pour couvrir l'affaire de l'assassin à la tulipe.

En quittant le commissariat, Cestero n'a pu s'empêcher d'allumer la radio, dans la voiture. À part une émission musicale, il n'y a pas un seul recoin du réseau qui ne contribue à semer la panique autour des événements de l'Urdaibai. Le pire, c'est Aimar Berasarte sur Radio Gernika. Un crime présumé au cœur d'une clôture religieuse ouvre la voie aux hypothèses les plus tordues, que certains reporters n'hésitent pas à formuler.

— A-t-on confirmé que l'assassin à la tulipe est une des religieuses ?

— Est-il vrai qu'on a découvert des restes humains dans le couvent ?

La sous-officière se mord la langue pour ne pas répondre. Elle les enverrait promener très volontiers, mais elle ne peut pas se le permettre. Elle parle au nom de toute l'Ertzaintza, elle en est consciente et sent ce lourd fardeau peser sur ses épaules. Elle aurait dû laisser ce rôle à Txema. Ne voulait-il pas être le responsable du groupe ?

Les questions des journalistes s'entrechoquent à ses oreilles, et elle entend encore l'avertissement de Madrazo quand il l'a nommée à la tête de l'Unité spéciale d'homicides notoires : "Tu auras toute la presse sur le dos, traite-la avec tact pour éviter les problèmes."

Elle essaie, même si chaque minute qui passe rend tout plus compliqué.

— L'enquête est soumise au secret de l'instruction, dit-elle en levant les mains pour demander le silence. Je ne peux pas vous donner plus d'informations.

Les journalistes ne sont pas satisfaits. Ils reviennent à la charge avec une nouvelle batterie de questions. Cestero imagine une armée destructrice en ordre de bataille. Dès qu'elle sera retournée dans le couvent, les télévisions et les radios échafauderont les théories les plus échevelées, qui attisent le sentiment d'insécurité. Elle ne peut tolérer une telle chose. Si elle accueille la presse, c'est pour rassurer la population, si possible.

— Je vous demande de nous laisser travailler. Il y a des avancées considérables dans cette affaire. Je peux déjà vous dire que le décès survenu dans le couvent ne porte pas la signature de l'assassin à la tulipe.

— S'il n'est pas lié à cette affaire, pourquoi votre Unité spéciale s'occupe-t-elle de l'enquête ? demande une journaliste qui porte des lunettes d'écaille.

Elle tend brutalement son micro jaune orné du logo d'une radio, et Cestero doit détourner la tête pour l'éviter.

— Pour nous assurer que ces deux affaires sont sans rapport, explique-t-elle avant de faire un pas en arrière. Et maintenant, si vous permettez, je dois reprendre mon travail.

— Sous-officière… demande un jeune homme barbu.

Les questions repartent de plus belle. De partout. Ils veulent tous que l'ertzaina réponde à leur chaîne avant de partir.

Cestero n'en peut plus. Ne comprennent-ils pas qu'en l'accaparant ainsi, ils ne lui laissent pas le temps de trouver l'assassin à la tulipe ? Bien sûr, ils s'en moquent.

— Ça suffit ! Un peu de respect pour le travail de la police, s'il vous plaît, réclame-t-elle, offusquée.

Puis elle tourne les talons et se dirige à nouveau vers le couvent.

Plusieurs ertzainas en uniforme empêchent les reporters de la suivre. Le couvent est une scène de crime et seuls les policiers peuvent y entrer.

— Y aura-t-il d'autres assassinats ?

La question, lancée par un journaliste auquel elle ne peut même pas mettre un visage, flotte encore dans la loge. Cestero sait que c'est un très mauvais point final à son intervention. Le pire. Elle est tentée de revenir pour leur assurer que non. Mais elle reconnaît à contrecœur que rien ne lui permet de tenir cette promesse.

— Alors ? demande Aitor quand il la voit arriver dans la cellule.

— De vrais connards.

Son collègue se prend la tête à deux mains.

— Tu les as envoyés se faire foutre ?

Cestero le rassure :

— Je les ai traités avec un tact exquis.

Aitor ne la croit pas. Elle le lit dans son regard. Mais elle s'en moque.

— Txema est dans la cellule d'en face, il interroge la suspecte, dit l'agent en lui remettant un oreiller dans un sac transparent. Voici l'arme du crime présumée.

Cestero remercie et s'avance vers le lit. La défunte gît, la bouche ouverte, tel un poisson hors de l'eau. Ses lèvres violettes se détachent sur un teint aussi pâle que ses yeux clairs, que la mort a définitivement glacés.

— Tu as le baume ?

Aitor lui donne un petit flacon, que Cestero ouvre pour s'appliquer la pommade sous le nez. Il n'efface pas les odeurs, mais ses notes épicées les dissimulent plutôt bien.

La mère supérieure a perdu le contrôle de ses sphincters. Ce n'est pas exceptionnel, c'est le cas de tous les défunts par asphyxie que Cestero a vus au cours de sa vie.

— Excusez-moi… J'avais quelques points à éclaircir… Ouf, quelle puanteur !

C'est Julia. Elle vient d'arriver. Elle s'approche de la mère supérieure et la contemple en silence. Sur le visage de la policière se dessine une moue de mépris. Ses collègues gardent le silence. Ils savent qu'elle en a besoin.

— C'est la première fois que je suis devant un cadavre et que je n'éprouve aucune pitié, avoue-t-elle. – Ses yeux reflètent toujours la tristesse, autant ou même plus que lorsqu'elle a quitté le commissariat, après avoir vu le nom de ses parents sur la fameuse enveloppe. – Uniquement de la rage. J'avais tant de questions à lui poser…

Cestero lui pose la main sur l'épaule.

— Tout se paie. Regarde-la. Qui aurait prédit qu'elle finirait ses jours étouffée par une des sœurs qu'elle a dirigées pendant tant d'années…

— C'est encore trop peu, objecte Julia, qui regrette aussitôt ses paroles.

— Ne t'inquiète pas, répond Cestero. C'est normal. À ta place, je ne sais pas comme je réagirais. – Elle se tait, pensive, et se reproche de ne pas lui avoir accordé plus de temps : elle n'aurait pas dû lui demander de venir au couvent. – D'ailleurs, tu peux te mettre en congé aujourd'hui, si tu veux. On a reçu des renforts, on peut se débrouiller.

— Non, non. Tout va bien.

Cestero sait que Julia lui ment, comme elle-même mentirait si elle était à sa place.

— N'en fais pas une affaire personnelle. C'est ton travail, tu dois prendre un peu de distance, lui rappelle la sous-officière.

Elle sait que la bonne réaction serait de demander à la hiérarchie de relever l'agente, mais elle ne veut pas perdre une des pierres angulaires de l'équipe.

— Qui… ? demande Julia et se tournant vers le cadavre.

— Sœur Teresa, du moins d'après sœur Carmen, la jeune nonne qui nous a accueillies le premier jour. C'est elle qui a donné l'alarme.

Aitor a quitté la cellule. Deux minutes plus tard, il frappe à la porte ouverte. Toutes deux se tournent vers lui.

— D'après Txema, la suspecte récuse l'accusation. Elle accuse même sœur Carmen de comploter pour prendre le contrôle du couvent, et elle nous accuse d'avoir tué la mère supérieure.

— Nous ? s'exclame Cestero, scandalisée.

— Elle dit que cette femme était très faible quand nous l'avons importunée avec nos questions et que sa santé n'y a pas résisté.

Cestero proteste. Endosser la mort de l'abbesse ? Un comble !

— Vous voulez savoir ce qui s'est passé ici ? – Elle n'attend pas que ses subordonnés répondent et elle énonce une hypothèse qui a pris forme quand elle a mis le pied dans le couvent. – Quelqu'un au tribunal a prévenu l'évêché que nous allions procéder à des interrogatoires et à des arrestations. Malheureusement, la nouvelle est arrivée au couvent avant que le commissariat ait reçu le mandat. Sœur Teresa, prise de panique à l'idée que la mère supérieure en dise trop long, l'a liquidée pour nous empêcher de l'interroger.

— Et, pas de chance, sœur Carmen l'a surprise ! Sinon, on aurait pu croire à une mort naturelle, complète Aitor.

Julia n'a rien à objecter à la théorie de ses collègues.

— Amenez sœur Carmen. Elle est à la bibliothèque. Voyons ce qu'elle nous raconte, dit Cestero.

— Tu veux vraiment l'interroger ici ? s'étonne Aitor, dont le regard se pose alternativement sur sa chef et sur le cadavre de l'abbesse.

— Tu vois un meilleur endroit pour reconstituer ce qui s'est passé ?

Son collègue hausse les épaules. Une minute plus tard, il revient en compagnie de sœur Carmen.

La jeune religieuse est livide. Ses traits, arrondis et harmonieux, sont dévastés par un chagrin qui ne semble pas simulé.

— Nous te présentons nos condoléances, dit Julia.

Cestero approuve d'un air peiné. Elle observe la religieuse. Elle veut voir sa réaction devant le cadavre de la supérieure. Et ce qu'elle voit ne l'étonne pas du tout.

— J'ai essayé de l'arrêter… C'était impossible. Le démon est entré en elle, sœur Teresa n'a pas cette force, assure sœur Carmen en s'approchant du lit. – Elle ne manifeste pas le moindre dégoût devant la puanteur qui flotte dans l'atmosphère, elle observe la défunte avec compassion. – La pauvre… Elle se remettait. Hier, elle nous a appelées par notre nom.

Elle tend la main vers le cadavre. Julia la retient par le bras.

— J'allais lui fermer les yeux, s'excuse la religieuse. La pauvre !

— Dites-nous tout ce que vous vous rappelez. Pourquoi êtes-vous entrée dans la cellule de l'abbesse ? Vous avez entendu quelque chose qui vous a inquiétée ?

Sœur Carmen secoue la tête.

— Je voulais passer un moment avec elle. Depuis qu'elle est tombée malade, après le choc de ce vol, je viens autant que je le peux lui lire la Bible et les Évangiles. L'abbesse adore lire… – Elle porte la main sur son visage, horrifiée. – Adorait, pardon… Comme tout cela est difficile…

Ses pleurs, presque enfantins, se répercutent dans tous les recoins de la chambre.

— Où se trouvait sœur Teresa quand vous avez ouvert la porte ? demande Julia.

Cestero met son portable sur silencieux : il sonne avec insistance. C'est sa mère. Bizarre, en général elle n'appelle pas pendant les heures de travail.

La religieuse se mouche.

— Ici, indique-t-elle en se plaçant au chevet du lit. J'ai d'abord vu les jambes de la mère supérieure se débattre sous le drap. Puis j'ai vu sœur Teresa. Elle me tournait le dos et l'étouffait avec un oreiller, comme au cinéma.

— Et vous avez essayé de l'éloigner de la mère supérieure ? dit Cestero.

— Je l'ai tirée, poussée, je lui ai donné des coups de poing… J'ai fait tout ce que j'ai pu. – Ses lèvres se crispent et elle se remet à pleurer. – Si j'avais appelé mes sœurs au secours, elle serait encore en vie… J'ai été incapable de la sauver.

Julia lui passe le bras autour des épaules et lui donne un autre mouchoir.

— Calmez-vous. Vous avez fait de votre mieux. Vu l'état de faiblesse de l'abbesse, c'était une victime facile.

Aitor, silencieux jusqu'alors, s'approche de Julia.

— Comment expliques-tu qu'une jeune religieuse soit incapable de freiner une vieille femme aux forces manifestement diminuées ?

Cestero, au fond de la pièce, hoche la tête. Elle aussi aurait posé cette question. C'est la seule chose qui ne colle pas dans toute cette histoire.

— Le démon… Ce n'était pas sœur Teresa qui agissait.

Aitor échange un regard complice avec sa chef. Difficile de douter de ce genre de chose en présence d'une religieuse.

Changement de tactique. L'ertzaina mobilise toute son artillerie :

— Savez-vous que dans ce couvent on vendait des bébés ?

La jeune femme la regarde, horrifiée. Ou bien c'est une grande actrice, ou bien elle n'est pas au courant. Cestero penche pour la deuxième hypothèse, la religieuse ne semble pas en condition de jouer un rôle.

— Ta chère abbesse, sœur Teresa, et quelques autres, arrachaient les nouveau-nés à leur mère pour les vendre à des familles qui ne pouvaient pas en avoir, ajoute Julia.

Sœur Carmen se prend la tête à deux mains. Les yeux écarquillés, elle se tourne vers Cestero, cherchant la confirmation d'une accusation aussi grave. La sous-officière acquiesce d'un air grave.

— C'est faux, impossible ! Ce sont de bonnes personnes, elles ne font que du bien, balbutie la religieuse.

Elle parle sans conviction. Elle voudrait croire à ses propres paroles, mais sa foi a volé en éclats.

D'un geste, Cestero met fin à l'interrogatoire.

— Ça suffit pour le moment. Aitor, ramène-la à la bibliothèque. Si vous vous rappelez quoi que ce soit d'utile, prévenez-nous, ma sœur.

— Une dernière question, dit Aitor. Nous savons que vous êtes sortie du couvent assez souvent ces dernières semaines. Y a-t-il une raison à ces sorties ?

Sœur Carmen regarde ses mains, les ouvre et les referme, et esquisse une grimace de douleur.

— Des examens médicaux. J'ai des douleurs dans les articulations. Rhumatisme, arthrose… On n'en trouve pas la raison, mais j'ai quelque chose. Je n'ai pas besoin qu'un médecin me le dise pour le savoir.

Cestero et son collègue se regardent. Ce dernier prend la religieuse par le bras et la raccompagne à la bibliothèque.

Maintenant, c'est sœur Teresa qui se trouve dans la cellule de la victime. Les mains menottées dans le dos, les joues ruisselantes de larmes. Txema pose les questions, et pour le moment n'obtient que ses dénégations.

— Vous vous trompez. J'aimais notre abbesse. Je suis son bras droit depuis une quarantaine d'années, nous étions très proches. Je l'adorais.

— Personne ne vous dit le contraire, dit Cestero un peu en retrait.

La religieuse fronce les sourcils, désarçonnée. Le coup a été rude.

— Sœur Carmen, cette intrigante… Nous avions confiance en elle, la seule vocation jeune dans un pays où les filles pensent plus à se soûler qu'à aimer leur prochain.

— Toujours le même refrain… ! dit Txema à ses collègues. – Il grommelle et se tourne de nouveau vers la religieuse : – Écoutez, je commence à en avoir assez de votre cirque. Savez-vous ce que nous allons trouver ici, demande-t-il en lui montrant l'oreiller dans son sac. Des traces d'ADN qui vont vous dénoncer. Vous n'y couperez pas. Nos collègues de la Scientifique sont très bons, bien meilleurs que vous ne le souhaiteriez. Ils trouveront des traces de votre épiderme. Savez-vous ce qu'est une empreinte génétique ? Nous avons la vôtre, et vous allez passer le restant de vos jours derrière les barreaux.

La religieuse regarde le crucifix accroché au chevet du lit. Ses lèvres tremblent, elle prie en silence. Les vibrations du portable de Cestero entrent en scène.

— Des aveux allégeraient la peine, suggère la sous-officière.

Pas de réponse. Juste une litanie inaudible.

— Combien de bébés avez-vous volés ? demande Julia.

La tension dans sa question est à couper au couteau.

— Aucun ! s'exclame sœur Teresa, oubliant aussitôt ses prières.

— Nous avons des preuves. Pendant des années, vous…

La religieuse ne la laisse pas terminer.

— Vous n'avez rien ! Rien ! Quelques lettres et des dons… Ce ne sont pas des preuves !

— C'est pourquoi vous l'avez tuée, n'est-ce pas ? – Cestero a repris les rênes. – Vous aviez peur qu'elle soit trop bavarde. Dans des conditions normales, vous n'auriez pas bougé, mais l'abbesse n'était plus la même.

Sœur Teresa ne réagit pas tout de suite.

— Sornettes ! C'est vous qui l'avez tuée. Sa santé chancelante n'a pas supporté la pression à laquelle vous l'avez soumise hier.

En réalité, ce qu'elle dit est sans importance. Cestero a ce qu'il lui faut. Elle sait que cette vieille femme est coupable d'assassinat. Elle dira ce qu'elle voudra, mais ses actes la dénoncent. Cette expression de dégoût quand elle a pris de plein fouet la puanteur de la cellule n'a été que le commencement, elle n'a pas accordé un seul regard à la défunte. Elle redoute de croiser ces yeux fatigués auxquels elle a arraché la vie.

— Txema ! appelle quelqu'un derrière la porte. – C'est un des nouveaux, du commissariat d'Erandio, qui perquisitionnent le couvent, à la recherche d'éventuelles preuves. – Je crois que vous devriez venir voir quelque chose immédiatement.

50

30 octobre 2018, mardi

Une pièce sans fenêtre ni aération. Aux murs, de petits carreaux blancs. Au plafond, la lumière froide d'un tube fluorescent qui clignote. Le bourdonnement, agaçant et constant, vient du starter de la lampe. Ça sent le produit chimique, émanant d'un des flacons alignés sur les étagères. Julia entend un commentaire à côté d'elle :

— Pauvres femmes ! – C'est Cestero, qui tripote les courroies de la table d'accouchement, destinées à immobiliser les parturientes. – On dirait vraiment un chevalet de torture. – La sous-officière se tourne vers sa collègue et porte la main à la bouche. – Oh, pardon ! Je ne me rendais pas compte…

Julia lui répond de ne pas s'inquiéter, qu'elle va bien, même si visiblement il n'en est rien. Mais peu importe.

Elle se trouve à l'endroit où tout a commencé. Le cœur déchiré, elle imagine sa mère, une mère dont les traits se diluent dans une brume épaisse qu'elle espère bien dissiper un jour, attachée à cette rude couchette métallique. Combien de femmes ont connu cette horreur, combien se sont retrouvées dans cette pièce sinistre, pieds et mains liés, pour mettre au monde des bébés qui ne seraient jamais les leurs ?

Tout dans cet endroit est horrible, d'une froideur extrême. Il n'y a pas trace d'humanité. Julia frissonne en voyant le seau en fer-blanc au pied de la table d'accouchement. Au fil des années, la couleur écarlate des taches de sang qui l'émaillent s'est estompée. Si ses collègues de la Scientifique les analysaient, ils trouveraient peut-être son ADN.

— Qui assistait aux accouchements, un médecin ou les religieuses elles-mêmes ? se demande Cestero pendant qu'elle examine un tabouret rouillé. Posée dessus, une boîte de biscuits décolorée contenant des forceps et un bistouri.

— Elles, répond Julia.

— Pauvres femmes, répète Cestero.

Julia pense la même chose. Elle a de la haine pour sœur Teresa, pour la morte aux yeux bleus, pour toutes celles qui ont rendu possible ce genre de choses. Elle cherche une consolation, mais ne trouve rien dans cette salle des horreurs. Même l'énorme crucifix accroché au mur ne lui apporte aucune sérénité, bien au contraire.

— Et cette porte ?

Cestero se trouve dans un angle de cette salle, à côté de deux berceaux couverts de poussière. Elle actionne le loquet sans succès.

— Elle est fermée à clé, explique l'agent qui l'avait prévenue de la découverte de la salle d'accouchement.

— Je vais chercher sœur Teresa. Elle va l'ouvrir, décide Aitor.

À peine est-il parti que Cestero donne un premier coup de pied dans la serrure. Julia la retient par le bras.

— C'est à moi de le faire !

Elle en a besoin. Si elle ne libère pas sa rage, elle va suffoquer. Cestero s'écarte pour laisser Julia défoncer la porte. Un craquement, un autre, encore un autre… La porte s'ouvre violemment et rebondit contre le mur d'un couloir obscur.

— Vous êtes folles, s'exclame Aitor en allumant sa lampe.

Il est revenu quand il a entendu les coups de pied.

Il éclaire un couloir de quelques mètres qui donne sur quatre chambres. L'interrupteur ne réagit pas, Aitor avance avec sa lampe.

L'odeur d'humidité est si forte que Julia plisse le nez.

— Depuis combien de temps cet endroit est-il fermé ?

— Vous avez vu ces portes ? dit Cestero.

Elle pousse la première, qui émet un léger grincement. Elles sont en bois massif, solides et d'une épaisseur considérable. Cependant, le plus déconcertant, ce sont les serrures, disposées pour qu'on puisse fermer de l'extérieur, et non de l'intérieur.

Elles défendent l'entrée de quatre petites cellules équipées d'un mobilier élémentaire : un grabat, un lavabo et une modeste table. Les murs transpirent d'humidité et sont parfois couverts de champignons noirs. L'atmosphère est pesante et manque d'oxygène.

— C'est une prison, comprend Julia. – Son cœur se déchire devant cette certitude. – Une prison pour femmes enceintes. Bien sûr qu'on ne les trouve pas sur les registres de Lourdes… Elles les enfermaient dans ce sous-sol jusqu'à l'accouchement.

— C'est brutal, on a du mal à respirer là-dedans, grogne Aitor.

Julia entre dans la cellule d'en face. Sur la table, une bible qu'elle caresse. Sa mère l'a peut-être touchée, il y a presque quarante ans. Son cœur saigne de l'imaginer enfermée là pendant des mois. Tiens, quelque chose entre les pages de ce livre ? Des feuillets pliés, des lignes serrées, aucun espace laissé en blanc. Pauvres femmes, on les empêchait sûrement d'écrire.

Cestero passe la tête et soupire avant de retourner dans le couloir.

— Ce sont vraiment des saloperies de monstres, dit la sous-officière. Aitor, demande à Txema de descendre avec sœur Teresa. Elle a un tas de choses à nous expliquer.

— Vous ne comprenez donc pas. Nous nous contentions d'aider. C'est à cela que nous avons consacré notre vie, à aider notre prochain.

Sœur Teresa est assise sur le tabouret où peut-être, des années en arrière, elle avait assisté une parturiente.

Julia réfrène son envie de l'attraper par son habit et de la secouer jusqu'à ce qu'elle avoue tout.

— Depuis quand faire du trafic de nouveau-nés s'appelle "aider" ? demande Cestero. Elle a son portable à la main. Elle semble inquiète de ce qu'elle lit sur l'écran.

— Vous ne comprenez rien, crache sœur Teresa.

Le dédain de la religieuse agace Julia au plus haut point. C'est la première fois de sa carrière qu'un détenu se montre aussi sûr de soi. En général, les menottes calment plutôt leurs ardeurs.

— Vous pourriez peut-être nous aider à comprendre, intervient Aitor.

Julia envie la sérénité de son collègue.

Sœur Teresa acquiesce lentement. Puis elle se tourne vers le policier, le seul qui semble avoir l'esprit ouvert.

— Ces années-là ont été une catastrophe pour la morale de cette province. Les rares qui ont coiffé le voile ont sauvé leur âme, mais beaucoup ont succombé à la tentation. La construction de la plateforme La Gaviota : un désastre ! Tous ces Américains qui se prenaient pour des ingénieurs… Pensez-vous ! C'étaient des phraseurs abjects pour qui nos villages étaient leur harem personnel. Combien de filles sont-elles tombées dans leurs griffes, attirées par l'exotisme ou par des promesses d'amour jamais tenues ?

Julia échange un regard avec Cestero. Elle aussi a reconnu des accents douloureux derrière ces paroles. C'est donc le dépit qui a poussé sœur Teresa à entrer au couvent. Difficile de l'imaginer jeune, les cheveux au vent, flirtant avec un de ces étrangers de passage.

— C'était un malheur pour leur famille, poursuit la religieuse. Vous ne le voyez donc pas ? Des gens bien, respectueux de la morale chrétienne, qui soudain voyaient leur réputation mise à mal parce que leurs filles tombaient enceintes d'on ne savait qui… – Elle marque une pause pour renforcer son message avant de reprendre. – Heureusement, nous étions là pour les sauver.

Julia serre les poings.

— En réalité, vous empêchiez ces enfants de grandir avec leur mère ! explose-t-elle sans pouvoir dissimuler sa rage.

La religieuse nie formellement.

— Au contraire. Nous offrions à ces petits une vie meilleure. Vous vous voyez naître dans une famille qui ne vous aime pas, avec une mère dont votre venue a détruit la vie ?

— Qui étiez-vous donc, pour décider à la place de ces filles ?

— Ce n'était pas nous qui décidions. C'étaient elles qui venaient à la congrégation pour solliciter notre aide.

— En ce cas, pourquoi les enfermer comme des bêtes ? lui reproche Julia en montrant le couloir obscur qui s'ouvre derrière cette porte.

La religieuse hésite quelques instants.

— Parce que certaines d'entre elles avaient l'esprit égaré, elles ne comprenaient pas que la décision de leur famille était la meilleure solution pour elles. Quand elles ressortaient de là, personne ne savait qu'elles avaient été enceintes. Au contraire, elles étaient allées à Lourdes accomplir un travail louable qui leur valait les applaudissements de la société.

— C'étaient leurs familles qui décidaient pour elles. Pas les jeunes femmes enceintes, insiste Julia.

Sœur Teresa soupire d'un air condescendant.

— Comment ces pauvres filles pouvaient-elles savoir ce qui leur convenait ? La plupart d'entre elles n'étaient même pas majeures. Figurez-vous qu'au fil des années presque toutes sont revenues nous remercier de ce qu'on avait fait pour elles.

Julia veut répondre, mais Cestero la devance.

— Nous prendrons tout le temps d'éclairer cette histoire. Pour le moment, nous avons un assassin en liberté et nous ne pouvons pas perdre une seconde, lui rappelle-t-elle en lui donnant une tape affectueuse sur le bras.

Julia est d'accord, honteuse. Elle a laissé ses sentiments reléguer l'affaire au second plan. Elle essaie de reprendre l'initiative

— Combien de femmes ont accouché ici en 1979 ?

Cette fois, Cestero approuve. Sœur Teresa se contente de secouer la tête d'un air sombre.

— Je ne m'en souviens pas.

— Combien ? insiste la sous-officière sur un ton autoritaire.

La religieuse pince les lèvres, esquisse une grimace de mépris et hausse les épaules. Une telle assurance, une telle froideur, c'est déconcertant.

Julia détourne le regard pour calmer sa rage. C'est une mission impossible, tout ce qu'elle voit autour d'elle lui rappelle l'injustice qui a sévi entre ces quatre murs. La table d'accouchement, les forceps, les bistouris rouillés, les traces de fluides corporels…

Aitor lui tapote amicalement l'épaule, s'accroupit devant sœur Teresa, pose les mains sur les genoux de la religieuse et la regarde dans les yeux.

— Ma sœur, je vous en prie. L'assassin à la tulipe les exécute l'une après l'autre. Une à une, des vies volées pour avoir commis le péché discutable d'avoir accouché dans cette salle. Avec Charo Etxebeste, nous avons quatre femmes assassinées. Aidez-nous à sauver les autres. Nous avons besoin de savoir qui elles étaient pour pouvoir leur sauver la vie. S'il vous plaît.

La vieille femme serre les dents, déglutit avec difficulté et se signe. Puis elle ouvre la bouche :

— Cette année-là, huit bébés sont nés.

51

30 octobre 2018, mardi

Les pavés de la seule rue de Pasaia San Juan sont trempés. La pluie, qui tombe à contrecœur mais sans trêve, leur donne une patine mélancolique reflétée par la lumière des réverbères. On ne voit pas une âme, quelques habitants descendent les poubelles ou rentrent après la journée de travail. Rien de plus normal, par ces soirées d'automne humides.

Cestero marche en silence, sans se presser, de façon presque inconsciente, comme s'il s'agissait de retarder le plus possible la confrontation avec une réalité qu'elle a toujours détestée depuis qu'elle a l'usage de la raison.

Son père, Mariano, n'est pas de ceux qui frappent. Non, ses mauvais traitements sont plus subtils, mais pas moins douloureux. Chez lui, tout est basé sur le mot, et pas seulement sur ceux qui sortent de ses lèvres et semblent souvent forgés par le diable en personne, mais sur ceux qu'il ne prononce pas. Ses silences sont aussi pernicieux que la plus brutale des raclées, surtout quand ils arrivent après une bordée de menaces, d'extorsions et de mépris.

Cestero ne le supporte pas. Combien de fois, dès son plus jeune âge, a-t-elle souhaité qu'il meure, qu'il s'en aille un jour et ne revienne que sous la forme d'un appel froid annonçant qu'un accident lui a coûté la vie ? Combien de fois a-t-elle supplié sa mère de le dénoncer, ou au moins de quitter ce monstre qui l'enterre vivante ?

Et soudain, voilà que c'est arrivé. Mari Feli, sa mère, a sauté le pas : elle va divorcer. Quelle est la goutte qui a fait déborder le vase ? Qu'importe, cette goutte a permis de mettre fin à une relation destructrice, fondée sur des rôles malsains, hérités de la société depuis la nuit des temps.

— Salut, Ane.

C'est un voisin qui sort de son immeuble avec sa canne à pêche, un de ces nombreux *arrantzales* qui taquinent le bouchon sur le chemin de Puntas jusqu'au petit matin.

— Bonne pêche, Inazio.

Simple courtoisie. Peu importe s'il revient bredouille, l'essentiel, pour lui comme pour tous les autres, c'est de s'isoler pendant quelques heures avec une mer qu'ils aiment.

Contre toute attente, Cestero ne se sent pas heureuse d'aller chez sa mère. Tant d'années à attendre cet événement, et maintenant elle se sent perdue. Les souvenirs des engueulades malmènent cruellement les tympans de sa mémoire. La douleur s'est réveillée en voiture, dans les quatre-vingts kilomètres qui séparent Gernika de Pasaia San Juan. L'impuissance aussi. Elle a quitté la maison à vingt-quatre ans, lasse de défendre une mère écrasée sous les humiliations et qui pourtant ne voulait surtout pas porter plainte pour mauvais traitements, et moins encore divorcer.

“Il m’a promis qu’il ne jouera plus. Ton père n’est pas un méchant homme, mais il a des réactions violentes…”

Cestero en a eu marre d’écouter les mêmes excuses chaque fois que Mariano dépensait dans les machines à sous l’argent avec lequel Mari Feli devait payer la nourriture et l’école de ses enfants. Et les régates, ces maudites régates de traînières… Combien d’argent a-t-il gaspillé en pariant sur l’embarcation rose, celle de San Juan ?

Maintenant, cinq ans après ce jour où l’ertzaina avait décidé de tourner le dos à tout et de partir, tous ces souvenirs reviennent. Cette fois, il semble que la porte ne s’est ouverte que pour se refermer définitivement, mais auparavant il faudra évacuer beaucoup de sacs remplis de reproches, de culpabilités et autres poubelles de l’âme. Les valises de Mariano à la porte ne résolvent pas tout. Ce serait l’idéal, mais ce n’est pas le cas ; ce n’est jamais le cas.

Elle est arrivée devant la maison de ses parents. Elle sonne. La porte s’ouvre et le sourire qui se dessine dure à peine quelques secondes.

— Ma fille… dit sa mère en la prenant dans ses bras. – C’est une femme menue, Cestero lui ressemble beaucoup, physiquement en tout cas. – Je t’aime, ma chérie.

Cestero s’étrangle. Elle ne se sent pas à l’aise, et s’en rendre compte n’arrange rien. Le fossé qui les sépare s’est creusé à mesure que l’ertzaina insistait pour qu’elle quitte son mari violent. Un long travail les attend, un travail qu’elles ne pourront peut-être jamais mener à son terme. Les effets des mauvais traitements ne se dissipent pas comme par magie quand le problème a été éliminé, au contraire ils perdurent encore longtemps, comme la puanteur des poubelles bien après que le camion les a emportées. L'ertzaina le sait. Elle le constate trop souvent à son travail, et cela lui brise le cœur.

— Moi aussi je t'aime, *ama*, dit Cestero en serrant sa mère dans ses bras. Que s'est-il passé ? Il t'a battue ?

Mari Feli secoue la tête sans la relever. Son visage exprime une grande tristesse et un fond de honte qui agace Cestero. C'est cette expression qu'elle retrouve immanquablement chez les femmes victimes de mauvais traitements. Le pire, chez ces monstres qui annihilent leur femme, c'est qu'ils leur insufflent une culpabilité totale.

— Il a tout joué. Je devais aller à Séville ce week-end avec des amies... J'ai voulu retirer un peu des économies que m'a laissées ton grand-père à sa mort, mais le compte était vide.

— Mais cet argent était à ton nom. Un héritage ! Comme a-t-il pu faire ça ? Nous devrions porter plainte.

Sa mère soupire, lève les yeux pendant quelques timides secondes, mais les baisse presque aussitôt.

— Ton père avait la signature. Je lui avais donné mon autorisation, au cas où il m'arriverait quelque chose. En cas de décès, ce sont toujours des complications pour la famille, et je ne voulais pas vous donner des migraines.

Là, c'est Cestero qui soupire, ou plutôt qui renâcle.

— Et voilà le résultat... ! Drôle d'idée...

Mari Feli se tasse un peu plus sur elle-même en entendant le reproche de sa fille. Cestero regrette ses propos : au lieu de lui jeter ses erreurs à la figure, elle devrait l'épauler. Sa mère a enfin décidé de divorcer, et elle a besoin de son soutien. Et si elle est à Pasaia ce soir, c'est justement pour l'aider dans ses premiers pas sans son mari.

— Tu n'as pas à avoir honte, *ama*. Ça aurait pu arriver à n'importe qui.

En réalité, ce n'est pas ce qu'elle pense. Combien de fois sa mère est-elle retombée dans les mêmes erreurs, combien de fois son père lui a volé l'argent qu'elle avait gagné, combien de fois l'a-t-il culpabilisée après qu'elle a découvert ses comptes à zéro ou son portefeuille vide.

— Il m'avait juré de ne plus jamais jouer. Cette fois, il semblait parler sérieusement.

"Une fois de plus", se dit Cestero.

Mais elle se retient de l'exprimer à haute voix. C'est la dernière des choses que Mari Feli a besoin d'entendre en ce moment.

— C'est un grand pas de fait, reconnaît l'ertzaina en prenant les mains de sa mère dans les siennes.

— Il y a longtemps que j'aurais dû le faire.

— Tu devais attendre d'être prête ! la rassure l'ertzaina.

Vraiment ? Mari Feli est-elle prête à affronter un divorce ? L'ertzaina n'en est pas certaine, il suffit de voir cet air perdu… Elle aura besoin de ses enfants auprès d'elle.

— Où est Andoni ? demande Ane en constatant l'absence de son frère.

— Il est allé dîner avec des amis.

Cestero se mord la langue pour ne pas dire ce qui lui traverse l'esprit. Il faut qu'elle ait une conversation sérieuse avec Andoni. Ce n'est pas le moment de se cacher la tête comme une autruche. À l'âge de son frère, dix-neuf ans, elle affrontait son père quand il dépassait les bornes. Ce n'était pas agréable, mais il fallait bien que quelqu'un ose.

— Il devrait être là, avec toi.

— Ne l'accuse pas, proteste Mari Feli avec indulgence.

— Tu n'as pas à le protéger, ce n'est plus un bébé !

Cette fois, Cestero n'a pas eu le temps de se mordre la langue.

Sa mère esquisse un sourire contraint et hoche la tête. Ane sait que ce n'est qu'un masque. Andoni sera toujours son petit. C'est sur lui qu'elle s'est repliée quand les humiliations sont devenues insupportables. Il était encore un bébé, et Mari Feli a cherché dans ses petits bras la chaleur que son mari lui refusait. C'est sans doute pour cette raison que Cestero a grandi très vite : une sœur aînée qui comblait le vide laissé par un père plus soucieux d'oublier ses dettes de jeu que de s'occuper de ses enfants.

— Je suis tellement désolée de vous avoir négligés…

La mère bat sa coulpe. Le regard devient fuyant, encore plus honteux.

Ane proteste, furieuse. Elle connaît trop bien cette réaction. Elle la retrouve chaque fois qu'une femme arrive au commissariat pour dénoncer des mauvais traitements. Rares sont celles qui s'y rendent la première fois que leur mari la méprise ou la frappe. Quand elle se décide, il est souvent trop tard, et l'estime de soi a subi des blessures difficiles à cicatriser.

— Tu n'as négligé personne. Personne ! dit-elle en la prenant dans ses bras.

Sa mère s'écarte.

— Je te prépare quelque chose à dîner ? Une omelette ? demande-t-elle d'une voix tremblante.

— Rien. Je ne suis pas venue pour te donner un travail supplémentaire. Je vais me préparer quelque chose.

— Allons, tu devrais retrouver tes amies et prendre quelques *pintxos*. Histoire d'oublier un peu tout… Tu dois être à bout, avec mes problèmes et l'affaire de Gernika.

Cestero préfère mentir :

— Mais non ! Je vais rester ici, avec toi.

— Vas-y, je t'assure. Tout va bien, je suis juste un peu fatiguée. Je vais me coucher bientôt et tu vas te retrouver toute seule ! Accorde-moi ce plaisir, va prendre un peu l'air.

Ane regarde l'heure. Mari Feli a peut-être raison.

— Tu es sûre ?

— Mais oui, ma fille. Décompresse. S'il te plaît.

Cestero lui en est reconnaissante. Passer un moment avec ses amies lui fera du bien.

— Mais je vais dormir ici, annonce-t-elle avant de se diriger vers la porte.

— Pas la peine. Tout va bien. Tu peux rentrer chez toi tranquillement.

L'ertzaina ne répond pas. Elle dormira chez sa mère, cela n'admet pas de discussion. Pas pour que Mari Feli se sente en sécurité ; non, mais parce que son père lui fait peur. Elle redoute qu'il débarque en pleine nuit pour se venger, parce qu'elle a mis ses valises devant la porte.

52

30 octobre 2018, mardi

Julia laisse tomber ses vêtements sur le lit. La journée a été dure. En croyant que le tourbillon d'émotions suscité par le retour de Txema serait la plus grosse torpille sous sa ligne de flottaison, elle se trompait lourdement. Les événements d'aujourd'hui ont été dévastateurs. Ce soir, plus que jamais elle a besoin de son étreinte avec la mer. Comment sa vie a-t-elle pu changer à ce point en quelques heures ? Elle se sent trahie, blessée au plus profond d'elle-même : près de quarante années vécues dans le mensonge.

Pourquoi ses parents biologiques l'ont-ils abandonnée ?

Elle a conscience qu'elle ne trouvera sans doute jamais la réponse à cette question. Et c'est douloureux. Elle aimerait comprendre.

Quels sont ces papiers qui dépassent de la poche arrière de son jeans ?

Elle se souvient : cette bible dans une cellule. Quelques feuillets soigneusement pliés pour échapper aux regards inquisiteurs de ses geôlières.

Les mots s'alignent sur ces pages que le temps a jaunies. Une petite écriture, ronde et belle. À certains endroits, on devine des larmes, des gouttes irrégulières qui dissolvent l'encre et compliquent la lecture.

Avec la certitude qu'elle va découvrir un texte douloureux, Julia s'assied sur le lit et porte le regard sur la première ligne. L'air frais qui entre par la fenêtre ouverte hérisse sa peau nue, mais plus rien n'a d'importance dès que ses yeux se mettent à lire.

Encore une journée passée entre ces murs si tristes. Combien de temps peut-on tenir sans voir le soleil ? Aujourd'hui, cette religieuse au visage fripé m'a promis que demain on me laissera aller au jardin. Je compte les heures et toi aussi, je le sais. Enfin un peu d'air pur, un peu d'espace : enfin marcher sans se heurter constamment à un mur froid et nu.

Méritons-nous cette punition ? Quel péché terrible ai-je commis ? Et toi ? Où est ta faute ?

Seulement aimer ; aimer et rêver de quelqu'un qui maintenant est très loin. J'ai le cœur déchiré de savoir que je ne le serrerai sans doute plus jamais dans mes bras.

Je ne suis pas la seule dans cette prison. J'entends d'autres filles pleurer et se lamenter dans les cellules voisines. Elles aussi doivent m'entendre. Mais quand je ferme les yeux et parviens à m'isoler, je n'entends que toi, ma seule joie, ma seule force pour endurer cette réclusion.

J'ai peur de ce qui va arriver quand tu viendras ; cette religieuse aux yeux très clairs, que les autres appellent mère, m'a dit que je pourrai bientôt rentrer chez moi, sans mon problème.

Je la déteste. Je ne supporte ni son regard méprisant ni ses commentaires sur les faiblesses de la chair. Quelle importance si je suis trop jeune pour t'avoir ? Pourquoi mes parents ont-ils décidé de m'imposer une telle souffrance ?

Je te sens bouger. Tu n'es plus seulement un petit poisson dans mon ventre. Tu es là, tu me caresses de l'intérieur, tu m'encourages quand j'en ai besoin. En te sentant, se dessine dans mon esprit le visage de ton père. Quels mois merveilleux nous avons vécus ensemble. Si intenses que je m'en souviendrai toute ma vie. Jamais je n'avais aimé aussi fort. Il est retourné dans son pays avant que j'aie pu lui annoncer ton existence. Il aurait été tellement ravi de le savoir, j'en suis sûre. Et cette certitude que d'une certaine façon il est avec moi m'aide à tenir le coup.

53

30 octobre 2018, mardi

L'Itsaspe est plus vide que d'habitude et il n'y a plus beaucoup de *pintxos* au comptoir. Cestero regarde la pendule suspendue entre les bouteilles d'alcool. Plus de dix heures du soir, l'hiver est aux portes et il pleut. Prenez tous ces ingrédients, mélangez-les dans un shaker, et vous comprendrez que les gens fréquentent beaucoup moins les bars après le travail.

La femme qui gaspille ses pièces dans la machine à sous lui rappelle son père. Où peut-il bien être ? Un ami a dû lui ouvrir sa porte. Juan Mari, cet avocat si porté sur la bouteille, vit séparé depuis des années. Il ne serait pas étonnant que son père l'ait contacté.

— Il y a des jours qu'on ne t'a pas vue, Ane. Un demi ? lui lance la jeune serveuse au crâne rasé, derrière le comptoir.

— Carrément une bouteille. Et une part d'omelette au thon, s'il te plaît.

— La cuisine est fermée. Tout ce qui reste est sur le comptoir, s'excuse-t-elle en décapsulant la bière.

Cestero regarde les *pintxos*. Pas très variés, mais ça suffira. Une part de thon aux anchois et une portion d'omelette aux pommes de terre vont occuper son estomac.

Elle boit une gorgée au goulot et lance un coup d'œil à la ronde. La femme qui s'escrime sur la machine à sous est toujours là. Une habituée. Combien de fois, quand elle était petite, a-t-elle vu son père dans cette situation, et attendu, honteuse, qu'il ait épuisé ses pièces pour qu'il s'occupe d'elle ?

Deux garçons d'une vingtaine d'années sont adossés au mur du fond. Ils la saluent d'un geste léger, auquel elle répond. Ils se roulent un joint. En tant qu'ertzaina, elle devrait les en empêcher, mais ce n'est pas sa guerre. S'ils ne dérangent personne… Un homme est assis au comptoir et essaie de draguer la serveuse sans voir qu'elle s'en fiche. La différence d'âge et de style est abyssale, mais le client est de ceux qui considèrent qu'une fille, quand elle a un air décalé, des piercings et des tatouages, est une fille facile. Il n'abandonnera que si la serveuse l'envoie sur les roses, ce qui ne suffira peut-être même pas. Cestero ne le sait que trop bien, car elle s'est déjà frottée à ce genre de comportement.

Elle tient encore son portable. Elle a pu joindre Raúl, avec difficulté, quand elle a constaté que Charo aussi avait un tatouage. Le tatoueur profite de ses jours de congé pour plonger. Il a reconnu la rose qui ornait la peau d'Araceli. Il l'avait dessinée des années auparavant, comme la fleur de lotus de Natalia. À propos de la dent de lion de Charo, il ne peut ni écarter ni confirmer qu'elle est sortie de son atelier. Cestero soupire. La réponse ne lui suffit pas, en outre elle a eu l'impression qu'il était sur la défensive. Soudain, elle entend une voix derrière elle.

— Je croyais que tu devais rester plus longtemps en Urdaibai.

C'est Olaia.

— J'y retourne demain, dit l'ertzaina en l'embrassant. Merci d'être venue.

— C'est la moindre des choses. Comment vas-tu ?

— Moi, bien. Ma mère, plutôt flapie, mais à la longue ça devrait aller.

— Bien sûr que oui. Il était temps ! Et ça s'est passé comment ? Elle l'a foutu dehors ? demande son amie en faisant signe à la serveuse de lui donner la même chose qu'à Cestero.

— Plus ou moins. Il venait de dépenser une fortune. Il faut dire que ma mère n'apprend rien : après tout ce qu'elle a vécu avec lui, elle lui donne la signature d'un compte où est déposé l'héritage de mes grands-parents. Cet argent lui appartenait.

— Ne l'accuse pas. Tu sais mieux que moi comment se passent ces choses. Les accros de ce genre sont de grands manipulateurs.

Cestero sent la main chaleureuse d'Olaia sur ses épaules. Ça la détend.

— Elle a appelé une amie avocate qui va s'occuper de son divorce.

— Génial. Un sale moment. Vu toutes les démarches qui l'attendent, heureusement que l'initiative vient d'elle, sans pression extérieure.

Cestero boit une gorgée, pensive.

— Elle aurait pu se décider plus tôt. À quoi bon tant d'années de calvaire !

— Ça n'a rien de facile, répond son amie en entourant les épaules de l'ertzaina.

— Non, bien sûr. Il nous rend tous cinglés. L'autre jour, j'ai perdu la tête. J'ai cogné sur un détenu. Je croyais qu'il avait tué sa femme.

— Oh, quelle folie ! Tu devrais te chercher un autre boulot.

Cestero ne se pose même pas la question. Et ce n'est pas la première fois que ses amies le lui suggèrent.

— Quand je suis en présence d'un mari violent, je pète un plomb. Ça me rappelle trop mon père. Comme si j'en faisais une affaire personnelle. – Un profond soupir émaille ses regrets. – Je suis policière, je ne peux pas me permettre de craquer.

La porte du bar s'ouvre et laisse entrer la fraîcheur du soir. Cestero sent sa gorge se nouer. Comme chaque fois qu'elle a dû l'affronter. Peut-être parce qu'elle se heurte à des arguments irrationnels, peut-être parce que tout dialogue est impossible. Alors, il faut renoncer à la raison et se mettre à son niveau, ou lui tourner le dos.

— Tu dois être contente… C'est de ta faute. Tu lui as bien monté la tête ! Depuis des années. Comme si j'étais un monstre ! Je joue de temps en temps ? Et alors ? Ça arrive à tout le monde !

À chaque mot, son père crache sa rage. Il est furieux et, comme toujours, il a trouvé la coupable. Il est victime de médisances, en aucun cas de ses mauvais comportements ou de son addiction au jeu. Et le pire de tout, c'est qu'il croit dur comme fer à sa propre version des faits.

Ce n'est pas grave d'acheter de temps en temps un billet de loterie ou de remplir une grille de loto, pense Cestero, mais c'est inadmissible de mettre au clou ce que tu ne possèdes même pas, d'affamer ta famille parce que tu joues jusqu'au dernier centime. Il y a un nom pour ça : la ludopathie.

— Tu as un problème, *aita*.

— Bien sûr que j'en ai un. C'est toi, mon problème. Tout ça pour avoir mis ta mère enceinte. Je n'aurais jamais dû me la taper un soir de bringue.

Ce n'est pas la première fois que Cestero entend ce genre de propos. La main d'Olaia presse fortement le bras de l'ertzaina.

— Tu es… Tu es… – Cestero ne trouve pas de mots pour exprimer ce qu'elle ressent ; impuissance, vide, dégoût, tristesse… Trop de sentiments qui se bousculent dans la gorge. – Cherche de l'aide, *aita*. Sinon, tu vas mal finir.

Mariano a un rire amer.

— C'est à toi d'en chercher. Moi je n'en ai pas besoin. Tu sais où je vais vivre maintenant, hein ? demande-t-il avec une grimace de mépris. – Cestero a compris, et les paroles de son père le lui confirment. – Dans ton appartement. Ou plus exactement dans celui de ta grand-mère, de ma propre mère. Alors je te prie de dégager, car il n'y a de la place que pour ton frère et pour moi.

Cestero serre les poings. Elle le haït. La rage lui noie les yeux, mais elle n'a pas l'intention de lui faire cadeau d'une seule larme.

— Allons-nous-en, Ane.

C'est Olaia qui la tire par le bras.

L'ertzaina résiste. Elle a tant de choses à reprocher à cet homme, qui reste un inconnu pour elle. Tant de comptes à régler avec lui. Mais à quoi bon ? Son regard se tourne vers les autres clients. Ils assistent à la dispute, plus ou moins discrètement. Elle ne veut pas basculer dans le morbide, ni devenir la vedette des commérages du coin.

— Tu es une merde, crache-t-elle avec autant d'impuissance que d'indignation, avant de tourner les talons et de sortir avec Olaia.

Le halo fragile qui entoure les réverbères de cette place tournée vers le Cantabrique l'oblige à passer les mains sur les yeux pour sécher ses larmes.

— Ne l'écoute pas. Il a bu, dit Olaia pour lui remonter le moral.

Elles s'avancent jusqu'au bord de l'eau.

— C'est un con. Il ne va donc jamais nous foutre la paix ?

Enfin, Cestero pleure sans aucune retenue.

— Viens chez moi. J'ai largement la place, propose son amie.

Elle la serre dans ses bras, c'est réconfortant, mais ça n'apaise pas le flot d'émotions qui habite l'ertzaina.

— Impossible. Je vais dormir chez ma mère. Je me méfie, il est capable de débarquer à point d'heure et de gueuler ses menaces. Ça ne serait pas la première fois. Toute petite, il m'arrivait de dormir avec un couteau sous mon oreiller. J'avais peur qu'il nous attaque en pleine nuit.

Olaia la serre encore plus fort contre elle. Comme Olaia sent bon, comme toujours, comme un linge propre mis à sécher !

— Bien sûr. Prends soin de ton *ama*. Au début, elle va avoir besoin de toi. Qu'elle sente que vous ne la laissez pas tomber. Mais plus tard tu viendras chez moi. La colocation nous fera du bien à toutes les deux.

Cestero se tourne vers le balcon de l'appartement de sa grand-mère, où elle a vécu ses plus belles années. La lumière bleutée qui tremble derrière les vitres est celle d'une télévision. Pas besoin de se torturer les neurones pour imaginer son frère affalé sur le canapé, entouré de copains et d'emballages de pizzas. Il ne manque plus que son père pour que le tableau soit dramatique. Comment tout a-t-il pu se déglinguer en si peu de temps ?

— Je vais louer quelque chose. Je ne veux être un poids mort pour personne, dit-elle dans un filet de voix.

Olaia la prend par les épaules et la secoue pour l'obliger à la regarder dans les yeux.

— Ne dis pas de bêtises, Ane ! Je vis dans un appartement de quatre-vingts mètres carrés qui pourrait accueillir une famille entière. Tu me rendrais un fier service si tu venais. Avec qui d'autre partager un appartement qu'avec sa meilleure amie ?

Olaia vit seule depuis un bout de temps, presque autant que Cestero. Quand elles ont loué la maison, Elisa et elle, il y a des années, elles ne pensaient pas que leur vie commune serait si orageuse. À cause de la jalousie de sa compagne, qui ne supportait pas de la voir avec d'autres femmes, leur quotidien était devenu un cauchemar qui avait pris fin le jour où Elisa avait fait ses valises pour ne plus jamais revenir.

— Toi, tout ce que tu veux, c'est m'obliger à manger ces

salades bizarres que tu prépares avec tes algues et tes graines, plaisante Cestero.

Son amie éclate de rire.

— Tu pourras manger tout ce que tu voudras. Promis. Et même, si tu veux, je me mettrai à la viande. N'importe quoi, pourvu que tu viennes. Et surtout, ne va pas chercher des intentions cachées : je n'aime pas mélanger les amours et l'amitié.

L'ertzaina a un sourire sincère. Des amies comme Olaia méritent qu'on aille de l'avant.

54

31 octobre 2018, mercredi

Le Cantabrique est agité. Les vagues, que le soleil naissant inonde d'un chaud vernis rouge, chevauchent dans un ordre quasiment militaire vers les bancs de sable étalés au pied du cap d'Ogoño. Sur leur chemin s'interposent les digues du port de Mundaka et les obstacles naturels contre lesquels elles se brisent depuis des millions d'années en tentant de se frayer un passage. Santa Catalina, l'ermitage et la pointe du même nom, est le plus exposé de tous ces obstacles. Là, l'écume blanche des brisants s'élance jusqu'aux murs de l'église, gardienne solitaire de la côte à cette heure matinale.

Julia n'a pas choisi le lieu au hasard. Elle veut être loin de tout, et le plus près possible de la mer.

— *Egun on*, madame lève-tôt, la salue Cestero.

Elle referme la portière de sa Clio et descend les quelques marches de pierre qui mènent à la petite place en terre battue où se dresse l'ermitage. Un sacré endroit. Spectaculaire.

— Excuse-moi de t'avoir réveillée si tôt, dit Julia en l'accueillant.

Deux heures auparavant, quand il faisait encore nuit, elle a appelé la sous-officière. La décision qu'elle a prise lui fend le cœur, mais c'est la bonne.

Cestero pose la main sur son épaule.

— Ne t'inquiète pas. Je ne dormais pas. Je n'ai pas eu une nuit très facile… Raconte-moi. J'espère que ce n'est pas ce que je pressens.

Une mouette proteste, sur un rocher voisin. Une autre répond avec colère de l'autre côté de l'ermitage.

Julia remplit ses poumons. Que ferait-elle sans la force ni la sérénité de cet air imprégné de sel.

— Je laisse tomber l'enquête.

Ça y est, elle l'a dit. Elle craignait d'avoir plus de mal à lâcher le morceau.

Cestero soupire, le regard dans le vague :

— Je ne peux pas l'accepter. Tu es très bonne, Julia. Nous travaillons très bien ensemble, et je compte beaucoup sur toi.

— Mais je ne peux pas continuer. Tu le sais mieux que moi. Le règlement… – Elle ne s'attendait pas à ce que sa chef lui rende les choses si difficiles. – J'ai un lien personnel avec l'affaire, on pourrait même invalider les preuves que je trouverais.

La sous-officière contemple encore la mer quelques instants. Puis elle acquiesce imperceptiblement et se tourne vers Julia.

— Quand veux-tu arrêter ?

— Tout de suite.

L'expression du visage de Cestero dit tout.

— Sans toi, l'Unité ne sera plus la même.

— Vous trouverez une solution, tu verras. On t'enverra

quelqu'un de meilleur que moi, et qui ne sera pas impliqué personnellement.

— Quatre femmes assassinées sur les huit qui ont accouché dans cette salle, la même année, ça ne laisse pas trop de place au doute. Ne t'inquiète pas, ce n'est pas une obsession de ta part. C'est la piste qu'il faut suivre.

Un voilier apparaît derrière l'île d'Izaro et cache pendant quelques instants la plateforme de forage qui se profile à l'horizon. Julia le regarde avec une pointe de mélancolie. Dans son enfance, elle affirmait qu'un jour elle ferait le tour du monde sur un voilier comme celui-ci, comme Julio Villar sur son Mistral. Cependant, les années épluchent le calendrier à une vitesse vertigineuse et son rêve se dissipe peu à peu dans l'oubli. Il y avait des mois qu'elle n'y pensait plus. Sa réapparition est peut-être un signe.

— Les religieuses…, pense-t-elle à haute voix. Pourquoi quelqu'un veut-il réduire au silence des femmes qui ont été obligées de laisser leur bébé dans le couvent ?

— C'est exactement la question sur laquelle nous devons travailler, celle que je pense poser ce matin au commissariat.

— Je vois tellement d'hypothèses…

— Vas-y, commence, lui demande Cestero en ouvrant son carnet à une page nouvelle.

— Un des couples à qui les bébés comme moi ont été vendus redoute que la mère biologique de l'enfant dénonce ce qui s'est passé.

— Si longtemps après, objecte Cestero, qui, pourtant, note sa remarque. Une autre ?

— Les religieuses prennent peur après le vol de la liste.

Elles craignent qu'une des vraies mères essaie de localiser sa fille et elles veulent éviter à tout prix qu'on sache ce qui se passait dans le couvent.

Cestero prend note.

— Dans cette hypothèse, le vol au couvent ne cadre pas. N'oublions pas que quelqu'un a prétendument emporté la liste concernant l'année qui nous intéresse. Ça ne peut pas être un hasard, c'est en rapport avec les crimes, précise-t-elle en relevant le nez de son carnet.

Julia reconnaît qu'elle a raison. Elle n'y avait pas pensé. Quoi qu'il en soit, elles admettent toutes les deux comme une évidence un événement dont elles ignorent tout.

— Et si ce vol n'avait pas eu lieu ? Et si ce n'était qu'une tentative de détourner notre attention de la congrégation ?

La sous-officière regarde la mer en silence. Elle digère une hypothèse qui semble la convaincre.

— Tu me laisses ajouter une autre hypothèse ? Un des enfants volés veut la peau de sa mère biologique. La raison ? Aucune idée, ça me dépasse. À la question de savoir pourquoi il ne s'adresse pas directement à elle, je crois que tu peux y répondre toi-même.

— Il a une liste des mères auxquelles on a volé leur enfant l'année où il est né, mais cet enfant ne peut pas savoir qui est la sienne.

— Un enfant comme toi.

Cette fois, Julia secoue la tête.

— Non, pas comme moi. Celui qui a cambriolé le couvent pour voler la liste doit pouvoir retrouver tous les noms dans l'annuaire. Nous, nous ne les avons pas. Il a un avantage. Mais je ne suis pas convaincue. Pourquoi assassiner sa mère biologique, alors qu'on ne la connaît même pas.

Cestero hausse les épaules.

Il faudra poser la question à Silvia. L'analyse psychologique, c'est son affaire. – Elle griffonne quelques mots et se tourne vers sa collègue. – D'autres idées ?

Julia semble désabusée :

— En réalité, on pourrait se creuser la cervelle jusqu'à demain ! Nous sommes plutôt perdues.

— Non. – Cette négation de la sous-officière est ferme. – Nous avons beaucoup de clés. Il nous reste à rassembler les pièces du puzzle.

— Et pendant ce temps, l'assassin pourrait tuer de nouveau, dit Julia.

Elle sent dans son ventre le frisson de l'angoisse. Sa mère biologique est au centre d'une cible macabre. Elle pourrait mourir à tout moment, si elle n'est pas déjà au nombre des femmes assassinées.

— C'est ton portable ?

Julia le prend dans la poche de son jeans. Si tôt, ce n'est sûrement pas le commissariat. Non, en outre sa chef est avec elle. C'est son père. Sur la photo du message de WhatsApp, il est souriant, devant un feu de la Saint-Jean, rien à voir avec l'homme accablé de tristesse qu'elle a quitté la veille.

Pardonne-nous, ma fille. Tu nous manques.

Cestero lit le trouble sur le visage de sa collègue. Elle lui laisse le temps de remettre le portable dans sa poche sans répondre, la prend par les bras et l'oblige à la regarder dans les yeux.

— Toi, comment te sens-tu ?

Si Julia soutenait son regard, elle éclaterait en sanglots.

— Je ne sais pas. Je suis tellement fatiguée que je ne peux même plus penser.

Cestero la secoue affectueusement et leurs regards se fondent.

— Nous allons l'arrêter avant qu'il se remette à tuer. Et tu connaîtras bientôt ta mère biologique. Saine et sauve.

Julia essaie de se défendre. Sa mère, c'est secondaire. L'essentiel, c'est qu'il n'y ait plus de victime, quelle qu'elle soit. Elle déteste se rendre compte qu'elle a beau l'affirmer, elle n'en est pas convaincue.

— J'ai une mission pour toi.

— Je ne travaille plus sur l'affaire, n'oublie pas.

— Je le sais. C'est mon dernier ordre et je n'admettrai pas de réplique, dit sa chef, le plus sérieusement du monde. Prends ta planche et file surfer. Et n'essaie même pas d'arriver au commissariat avant dix heures.

Julia ouvre la bouche pour protester, mais Cestero lui cloue le bec.

— Qui commande, ici ? Fais-moi le plaisir de décompresser. Tu ne peux pas continuer comme ça, sinon tu vas le payer cher, ça dépassera même tes moyens. Allez, va prendre quelques vagues, et après je te permettrai de laisser tomber l'enquête.

Julia sourit. Elle aime bien travailler avec Cestero. Sans avoir le temps de marmonner un remerciement, celle-ci la prend dans les bras. Julia se blottit contre elle. Elle a besoin de chaleur. Ça ne dure que quelques secondes, mais c'est suffisant pour comprendre qu'elle n'est pas seule.

Octobre 2000

Grand Sole devint mon refuge ; la mer et ses tempêtes, en quelque sorte des amis. Là, elle était hors de ma vue pendant des semaines entières. Sa présence ruinait mon moral. Je n'avais pas besoin d'un miroir pour constater qu'en mer mon visage cessait d'être triste. Loin d'elle, je pouvais réellement être moi.

— Qui aurait dit que tu finirais par t'habituer à ces tempêtes, commenta Marcial pendant que nous remontions les fils.

Nous avions assez de merlus pour que le moral à bord soit bon.

Les vagues fouettaient la coque cruellement. Le *Virgen de Begoña* gîtait dangereusement. Après tant de campagnes, je savais que c'était normal en pleine pêche, mais la sensation d'être au bord du naufrage à tout moment n'a rien d'agréable.

Je ne m'étais pas habitué, et je ne m'habituerais jamais. Ces dernières années, deux membres de l'équipage avaient disparu dans ce genre de tempêtes. Ces victimes m'étaient proches, mais la zone avait pris d'autres vies, comme celles des quinze marins d'un bateau galicien qui avait coulé quelques semaines plus tôt.

— J'ai seulement appris que la peur ne sert à rien, quand on est à la merci de la mer.

Grand Sole était inhumain. Je comptais les jours où je pourrais l'abandonner définitivement. Ce que ne savait pas l'opérateur radio, c'était que vivre avec ma mère était encore pire. Il ne connaissait pas non plus mes projets. C'était ma dernière campagne. Quand nous rentrerions au port, je prendrais définitivement congé de la vie en haute mer. J'avais ce dont j'avais besoin. Jour après jour, semaine après semaine, j'avais fait une ample provision de sa cyanamide. Il n'avait pas été difficile de la remplacer par de l'eau, dans son flacon. Certes, il aurait été ravi de savoir qu'un simple placebo l'avait guéri de son addiction. Mais j'avais accumulé dans mon casier les doses suffisantes pour venir à bout lentement de la vie d'une personne.

Et c'était justement ce que je m'apprêtais à mettre en œuvre.

55

31 octobre 2018, mercredi

Ce matin, la porte métallique du commissariat de Gernika est plus lourde que d'habitude. L'air aussi semble plus vicié. Malgré tout, Cestero s'oblige à sourire à l'ertzaina en faction à l'entrée, et elle se dirige vers le département des enquêtes.

— *Egun on*, lance-t-elle aux personnes présentes.

Au premier rang se trouvent les hommes de son équipe : Txema et Aitor. Les trois agents en renfort sont derrière, avec les quatre ertzainas des unités dépendant du commissariat. Chacun devant son ordinateur. Parmi eux, Raúl, qui lui lance un clin d'œil sans décoller son téléphone de l'oreille.

Cestero balaie la salle du regard. Elle a du mal à imaginer Julia dans les rangs du fond, travaillant sur une affaire quelconque. Elle va beaucoup lui manquer dans son Unité.

— Tu es en retard, lui reproche Txema en lui montrant sa montre. D'une heure et trois minutes exactement.

— Désolée. Des problèmes familiaux, essaie de s'excuser Cestero.

— Tu as la tête ailleurs, décrète Txema. Ne devrais-tu pas prendre quelques jours de congé pour les résoudre ?

Cestero essaie de trouver une bonne réponse, en vain. Son collègue a raison. Les problèmes de ses parents ne pouvaient pas éclater à un plus mauvais moment.

— Pardon. J'ai passé la nuit à Pasaia et j'ai mal évalué le déplacement. Il y avait un contrôle de la Garde civile au péage de Durango… Tu imagines le bouchon…

— Ce n'était peut-être pas le bon jour pour retourner chez toi ! Il faudrait qu'on travaille jour et nuit pour retrouver ces femmes en danger.

— C'était une urgence, dit la sous-officière.

Elle aimerait bien l'envoyer au diable, mais ce serait une erreur, elle le sait. Le reproche de son collègue est fondé.

— Julia n'est pas arrivée non plus. Tu as de ses nouvelles ?

— Oui, elle abandonne l'affaire.

— Un billet ? lance une voix dans son dos.

Cestero serre les dents et ferme les yeux pour essayer de maîtriser son agacement.

— Non.

— Aujourd'hui, j'ai tous les gagnants, insiste Crespo.

La sous-officière est tentée de lui débiter un sermon sur le mal que le jeu répand dans la société, mais le sourire de cet homme la désarme.

— Non merci, est la seule réponse qui lui vient.

Le vendeur de billets de loterie va jusqu'aux tables du fond. Un agent lui en achète deux, un pour ce jour et un autre pour le tirage de vendredi. Ils discutent quelques instants sur le match de l'Athletic et se séparent.

— Personne d'autre ? Ah, on peut dire que les flics ont la belle vie, ils ne veulent même pas être millionnaires, plaisante le livreur de chance en quittant la salle.

Cestero le regarde disparaître au fond du couloir, puis elle se tourne vers ses collègues et secoue la tête.

— Et vous allez me dire que ça, c'est normal.

Txema claque de la langue.

— Bien sûr que non. Ce commissariat est une maison de passe. C'est la faute d'Olaizola, qui a voulu qu'il en soit ainsi. Je n'aimerais pas être son successeur. Il aura beaucoup d'ailes à rogner.

— Eh vous, doucement… les interpelle Raúl dans les rangées du fond. Ne soyez pas si dur. Vous êtes dans un commissariat de village. Ici, il ne se passe jamais rien. Pourquoi ce pauvre Crespo n'aurait-il pas le droit d'entrer pour vendre ses billets ? Il ne fait de mal à personne.

— Allons, Raúl ! Ne défends pas l'indéfendable. Il a accès à l'Unité spéciale, proteste Cestero. – Elle tapote du poing un tableau blanc où est griffonné un croquis avec des noms et des données concernant une autre affaire. – Ici, il y a des renseignements importants, des preuves, des conversations… Personne ne devrait mettre les pieds ici.

— Il ne verrait pas un âne dans un jeu de quilles, défend le tatoueur.

Cestero ne veut pas s'égarer dans une discussion manifestement absurde. Il existe des règles, et on sait que toute personne étrangère à l'Ertzaintza ne peut se balader dans un commissariat.

— Tu n'étais pas en congé, cette semaine ?

— Si, je suis juste de passage. J'avais un truc à finir, explique Raúl en montrant son ordinateur.

La sous-officière approuve. Même Raúl est capable de sacrifier parfois ses congés pour finir un boulot.

— On commence ? demande-t-elle en s'asseyant avec ses collègues.

— Elle va vraiment abandonner l'affaire ? demande Txema.

— Qui va abandonner ? intervient Silvia, qui vient de rejoindre le groupe.

— Julia. C'est le règlement. C'est ennuyeux, mais on n'y peut rien, résume Cestero avant de changer de sujet. Où en sommes-nous ? Avez-vous pu localiser les femmes de la liste ?

Aitor étale le dossier sur la table. La liste des éventuelles filles de Lourdes est aujourd'hui pleine d'annotations en marge et de ratures. Elle n'est pas complète, mais à ce rythme elles seront bientôt toutes recensées.

— Auparavant, je veux vous montrer quelque chose, annonce-t-il en tendant un mail à Cestero. J'ai envoyé un échantillon des tulipes à l'Aranzadi, la Société des sciences. Nous avons eu de la chance. Cette société ne s'occupe que de la flore sauvage du Pays basque, mais il y a des années elle a aidé à documenter une thèse sur l'hybridation des tulipes. Et elle a pu identifier notre fleur. Il s'agit d'un hybride provenant de deux variétés. La *'Red Emperor'*, une des plus appréciées par les connaisseurs. – Aitor s'interrompt pour laisser à son auditoire le temps de digérer cette information. – La création d'hybrides est une constante tout au long de l'histoire de ces fleurs, et le plus grand défi auquel se mesurent ceux qui les cultivent. Comme vous devez le penser, il n'est pas facile de s'en procurer.

La psychologue prend des notes sur son carnet.

— Tiens, tiens ! Notre assassin joue les petits dieux ! Il ôte une vie d'un côté, et en crée une autre dans l'intention de s'immortaliser lui-même. Et attention à la variété choisie pour l'hybridation : *Empereur Rouge*... Un mégalo pur jus.

Txema lâche un de ses claquements de langues favori.

— Nous avons affaire à un cinglé, déclare-t-il sur un ton écœuré.

— C'était assez clair depuis le début, dit Cestero, qui se penche sur le document que lui a remis Aitor. Ici aussi il est question de saisons, n'est-ce pas ?

— Oui. Je crois avoir compris pourquoi il a changé le rythme de ses crimes. Le premier, celui de la procession, a eu lieu trois mois avant le second assassinat. Les deux suivants se sont produits à une cadence de quatre et six jours, respectivement. Pourquoi ? – Aitor marque un temps d'arrêt pour montrer un graphique. – Il a eu un problème avec sa plantation, ce qui l'a empêché de suivre son plan. Les tulipes se sont abîmées, il a fallu attendre des mois pour une nouvelle floraison.

— Sans tulipe, pas de signature, souligne Silvia. Il planifie froidement ses mouvements. À coup sûr, il sait parfaitement quand il va frapper à nouveau, et avant de se retrouver sans fleurs.

— De combien de temps dispose-t-il ? demande Cestero.

— Une fois développée, la tulipe vit entre deux et trois semaines.

Cestero consulte le calendrier.

— Ainsi, dans les dix prochains jours, on pourrait avoir d'autres victimes, conclut-elle devant un Aitor qui acquiesce d'un air dégoûté. Nous devons être plus rapides que ce salaud. On examine la liste ?

Aitor dit qu'il n'a pas encore pu localiser les quatre femmes restantes. Ce n'est pas facile. On ne dispose que des noms et prénoms des pères et mères qui ont confié leur fille au couvent pour que les religieuses les débarrassent d'un problème qui encombrait leur famille. Les noms des filles de Lourdes et leur situation actuelle sont un mystère à résoudre à partir de ces données. Et pour l'une d'elles, on ne dispose même pas de cette information. Peut-être sa famille n'avait-elle jamais payé. Peut-être la lettre avait-elle été la proie des flammes avant qu'ils puissent intervenir.

— Ça ne doit pas être très difficile, dit Txema.

— Ça l'est, se défend Aitor. Tu sais combien de personnes portent le nom de Goienetxe Sánchez en Biscaye ? Plus d'une vingtaine. Et si nous sortons du territoire, ça se multiplie.

— Il faut trouver les parents qui les ont envoyées au couvent. Cela semble plus facile, propose Cestero.

Aitor fait la grimace.

— J'y ai réfléchi, mais nous parlons de gens qui auraient maintenant entre quatre-vingts et cent ans. Beaucoup ne sont plus là. – Il souligne un nom sur les papiers. – Je crois que j'en ai trouvé une : María Dolores Sánchez. Elle a été admise à Oizpe, la résidence du troisième âge de Munitibar. Quatre-vingt-douze ans… Il faudrait essayer de lui parler. Sauf erreur de ma part, c'est la mère d'une des filles de Lourdes.

Cestero approuve, fière de son collègue. Il a sûrement passé la nuit au commissariat, à croiser toutes sortes d'informations. Personne n'est plus méticuleux que lui.

— Tu y vas, Txema ? demande la sous-officière.

Pas besoin de sa réponse. Il suffit de voir son air dégoûté pour comprendre qu'il n'a aucune envie d'aller dans cette maison de retraite.

— Allons, plus vite tu l'auras fait, et plus vite nous pourrons protéger quelques-unes de ces femmes en danger, insiste Cestero.

Cette fois, le ton de sa voix ne laisse aucune place au doute : il s'agit d'un ordre.

Txema prend un air grave, rajuste son nœud de cravate et prend son portable sur la table. En enfilant sa veste, il foudroie Cestero du regard, laquelle ne se laisse pas démonter. Pas question qu'on mette en doute son autorité.

— Il n'est pas méchant, dit Aitor après le départ de son collègue.

— Je n'ai jamais dit le contraire, s'étonne Cestero.

Aitor pose la main sur son épaule et baisse la voix :

— Écoute-moi : il n'est pas question pour moi d'être un chef. Je supporte des supérieurs en tout genre depuis plus longtemps que toi, et laisse-moi te dire une chose : tu peux arriver à être la meilleure, mais tu as encore des choses à apprendre.

Cestero a l'estomac noué. Laisse-t-il entendre qu'elle ne sait pas s'y prendre ? Venant de quelqu'un comme Aitor Goenaga, le reproche est douloureux.

— Tu te rappelles quand Madrazo nous envoyait faire des choses sans nous donner la moindre explication ?

Cestero, va ici ; et toi, Aitor, va là. Tu te sentais comment ?

— Pas contente, reconnaît la sous-officière.

— Alors, essaie de te mettre dans la peau de Txema. Il est blessé, parce que vous avez le même grade, mais que la hiérarchie t'a choisie pour diriger l'Unité. Traite-le avec plus de tact.

— Et pourquoi l'aurait-on pris, lui ? C'est un macho !

— Je ne crois pas que ce soit un problème de machisme. Ce mec vient d'Interpol et se croit mieux préparé que toi. C'est tout.

— Et je serais censée le laisser choisir ? Cet interrogatoire m'intéresse, pas celui-là…

Aitor serre encore plus la main posée sur son épaule.

— Non… Mais change de positionnement, Ane. Par exemple : "Txema, si tu allais voir la vieille dame ? Je suis sûre qu'avec ton expérience tu es plus à même qu'aucun de nous d'obtenir d'elle l'info dont nous avons besoin."

Cestero ferme les yeux et approuve. Aitor a raison. Il est toujours là quand il s'agit de relations humaines. Diriger un groupe, ce n'est pas seulement donner des ordres, mais aussi savoir comment les donner.

Elle est fatiguée. Elle s'est levée tôt parce qu'elle venait de Pasaia, et elle ne s'en remet pas. En outre, l'odeur de café qui flotte dans la salle engendre une sensation désagréable de dépendance. Elle en voudrait bien un.

— Accorde-moi une seconde, s'excuse-t-elle en quittant la salle.

À peine a-t-elle fait quatre pas dans le couloir qu'elle se rappelle qu'il n'y a pas de machine à café dans ce commissariat. Et elle ne veut surtout pas appeler le bar pour qu'on lui en apporte un. Elle va devoir prendre un Coca. Ah non, maintenant qu'elle y pense, elle a monté un café dans un gobelet. Elle ne se rappelle pas l'avoir fini. Où l'a-t-elle laissé ? Mais oui, près de son ordi, avec son sac.

Avant de revenir, elle passe par les toilettes, ouvre le robinet d'eau froide et se rince le visage.

En revenant dans la salle d'enquête, il se passe quelque chose d'étrange. Les agents, qui parlaient avec animation et même riaient quand la sous-officière était encore dans le couloir, se taisent subitement. Quelques-uns l'observent du coin de l'œil, d'autres feignent de rédiger un rapport ou d'éplucher un dossier. Cestero a l'impression d'être la prof qui entre dans une salle de classe où les élèves viennent de faire un truc interdit.

— Qu'est-ce qui vous arrive ? demande-t-elle sur un ton plutôt sec.

Aitor tourne son ordinateur vers elle pour lui montrer.

— Ça.

La sous-officière se penche et lit sur l'écran.

LE TEMPS DES AMOURS DANS L'ÉQUIPE ENQUÊTRICE

Le jour se lève une fois de plus sur l'Urdaibai, consterné par la mort violente de trois habitantes de la région, quatre si l'on compte la victime décédée en Galice, et cinq si on ajoute la religieuse morte au couvent. Jusqu'à présent, la seule arrestation liée à l'affaire est justement celle d'une religieuse cloîtrée qui, selon des sources judiciaires, ne peut pas être la personne surnommée "l'assassin à la tulipe". Les timides avancées policières contribuent à accentuer le climat d'insécurité à Gernika et dans ses environs.

Et pendant que les habitants retiennent leur souffle sans savoir qui et quand sera la prochaine victime, l'équipe enquêtrice trouve le temps de se promener au bord de la mer. La photographie qui accompagne ces lignes a été prise ce matin près de l'ermitage de Santa Catalina ; on y voit deux agentes du groupe en pleine déclaration d'amour. Il serait néanmoins préférable pour tout le monde qu'elles remettent leur idylle à plus tard et consacrent leur temps à prêter l'oreille aux clameurs d'un pays qui veut que l'assassin à la tulipe ne puisse plus jamais passer à l'action.

— Qui a publié cette merde ? explose Cestero quand elle se reconnaît sur la photo qui illustre l'article.

Elle est tellement furieuse qu'elle n'a pas vu Raúl s'approcher derrière elle.

— Bon Dieu… Mais c'est Julia et toi ! s'exclame le tatoueur, le doigt pointé sur l'écran. Wouahhh, vous prenez votre pied !

Cestero le foudroie du regard. On entend des rires étouffés.

— On ne se pelotait pas. La photo a été prise par traîtrise. J'essayais simplement de lui remonter le moral.

Raúl regarde l'image encore une fois.

— Ah, voilà comment tu devrais me remonter le moral ! ajoute-t-il tout bas.

La sous-officière veut protester. Elles ne se sont pas embrassées. Elle l'a seulement serrée dans ses bras, mais le photographe a appuyé sur le déclencheur au bon moment pour avoir un instantané trompeur.

— Va te faire foutre.

Elle ne trouve rien d'autre à dire. Elle n'a pas à se justifier.

— Allons, pas besoin de le prendre comme ça…

— C'est le blog de Radio Gernika, celui qui a publié les photos de Julia en train de surfer, remarque l'agent qui lui a montré l'article.

— Ce fils de… grogne Cestero. On va l'arrêter. N'est-il pas interdit de publier des photos de policiers ?

— Vous n'aviez pas l'air d'être en service, intervient Raúl.

— Aucune importance. En la circonstance, c'est de la diffamation, une atteinte à l'honneur… On doit sûrement pouvoir le pincer, argumente Cestero avec un arrière-goût d'impuissance : elle sait que ça va être difficile.

— Ce mec passe ses matinées à semer la panique, intervient un autre policier. Chaque fois que les choses tournent mal, il invite des auditeurs dans ses émissions. Et cette affaire lui vaut des records d'audience. Voilà ce qui devrait être interdit.

— Il faudrait répandre le bruit qu'on enquête sur lui en tant que suspect, propose quelqu'un.

Cestero songe qu'il a raison. C'est déjà assez compliqué comme ça sans qu'un journaliste vienne en plus embourber la situation.

Elle n'a pas le temps de prendre une décision, car son portable se met à sonner. Elle le sort de sa poche et regarde l'écran.

C'est le laboratoire.

Les autres l'observent, intrigués, en voyant son air gêné.

— Un moment, lance-t-elle en se dirigeant vers la salle d'interrogatoire.

Là, elle pourra parler sans que personne écoute la conversation.

La sonnerie persiste pendant qu'elle reprend son souffle. Elle craint de ne pas aimer du tout ce qu'elle va entendre.

56

31 octobre 2018, mercredi

Le courant emporte le bateau. Lentement, doux comme une caresse. La brise est légère. Elle vient de la mer, remonte l'estuaire et le courant. De temps en temps, elle souffle plus fort et freine le fragile esquif, qui parfois même recule de quelques mètres, à peine plus, avant de reprendre sa course vers l'océan.

Il n'atteindra pas le Cantabrique, sûrement pas.

L'offrande continue sa route incertaine. Elle a dépassé le dernier embarcadère de Murueta et s'éloigne de la rive, cap au centre de l'estuaire. Les tulipes penchent au-dessus du plat-bord et apportent une note de couleur au ciel gris et aux brumes qui enveloppent la ria. Le ton triste des cendres qui, il y a deux heures à peine, étaient dispersées du haut d'un ponton en bois. Il a assisté à la cérémonie de loin, avec ses jumelles, mais les pleurs des proches l'émeuvent encore. Ils disaient que Charo était une brave femme. Peut-être. Mais ça n'a pas toujours été le cas.

Un couple de canards s'approche en curieux. La femelle, plus petite et nerveuse, approche le bec du bateau et le picore. Une fleur tombe à l'eau et surnage, désemparée. Les autres résistent encore, mais la petite embarcation menace de sombrer. Elle ne survivra pas à de nouvelles attaques.

— Hé, fichez le camp ! Allez, ouste !

Il chasse les canards en battant des mains.

Effrayés, les volatiles s'envolent bruyamment, rasent l'eau et disparaissent derrière un bouquet de roseaux.

Le blanc du papier s'assombrit à mesure qu'il s'imprègne d'eau. Il est presque gris et gîte dangereusement. Il ne va pas tarder à couler.

Une pirogue passe non loin de la rive, jaune : une autre touche de couleur. La rameuse n'est pas du genre à saluer. Elle a des oreillettes et s'applique à avancer en rythme, étrangère à la beauté qui l'entoure. C'est fréquent, quand l'entraînement devient une routine.

Elle dessine un sillage, un V qui s'amplifie à mesure que les ondes se perdent au loin. Sa rencontre avec le bateau en papier est mortelle. Incapable de surmonter cette houle, le cargo éphémère bascule et ses plis se décomposent. La feuille redevient bout de papier. Les tulipes s'en éloignent. Chacune dans sa direction, au gré du courant.

Au loin, la cloche d'une église appelle à la messe. Les roseaux répondent en s'agitant sous les rafales de vent. Il se met à trembler de froid. Il remonte la fermeture à glissière de son blouson jusqu'en haut.

Pas un instant à perdre. Ils vont trop vite, ils sont sur ses talons et il ne peut les laisser ruiner son œuvre avant son achèvement. La tristesse lui met les larmes aux yeux, la rage lui noue le ventre.

Les tulipes ont disparu. Les mains dans les poches, il s'éloigne du débarcadère.

Il est temps de passer à la suivante.

57

31 octobre 2018, mercredi

Les gouttes de pluie caressent son visage et ses seins avec délicatesse. Une sensation agréable. Ce soir, le Cantabrique est froid. Pas de lune, ou plutôt une lune tapie derrière d'épais nuages qui versent de grosses larmes sur l'harmonie d'une mer d'huile. Pas idéal pour surfer, mais les bonnes conditions pour retrouver la paix que les derniers événements lui ont arrachée.

L'esprit de Julia est un océan de doutes. Elle se sent coupable d'avoir fait souffrir ses parents adoptifs. Ils voulaient le meilleur pour elle, et ils lui ont offert une vie et une tendresse rares dans les familles. En outre, ils lui ont révélé une vérité dont elle avait besoin à cet instant précis de sa vie : la maternité, consanguine ou pas, c'est la maternité. Peut-être un jour saura-t-elle plus clairement ce qu'elle veut, et, si la nature n'y met pas du sien, au moins pourra-t-elle aimer un enfant, d'où qu'il vienne. Inutile d'être pressée.

Txema s'insinue dans ses pensées. Depuis qu'elle a décidé de laisser tomber l'enquête, son collègue lui a envoyé plusieurs messages. Il veut lui parler, lui redonner courage, l'accompagner dans ce moment compliqué.

Il lui a proposé un dîner, une balade… Mais elle ne se sent pas prête à le revoir en dehors du boulot. Elle ne veut plus entendre ses justifications. Le repas au casino de Mundaka l'a bouleversée et elle préfère être seule.

Elle ouvre les yeux. Respire. Depuis combien de temps fait-elle la planche en pleine mer ? Le froid, qui se répand peu à peu dans tout son corps, lui dit que c'est déjà trop. Elle doit rentrer. Les lumières de Mundaka ont l'air proches, la silhouette de l'église de Santa María aussi. Elle ne s'est pas trop éloignée. Soudain, elle sursaute : la fenêtre de sa chambre est éclairée. Elle ne se rappelle pas l'avoir laissée allumée. Ça lui arrive parfois. Mais après ce message sur la porte du salon, ce genre de chose a de quoi inquiéter.

— Personne n'est entré, se dit-elle à haute voix, pour essayer de se rassurer.

Ses mots sont sans effet. Le regard fixé sur sa fenêtre, elle essaie de voir à travers le rideau s'il y a quelqu'un.

"Que t'arrive-t-il ? Détends-toi. C'est une lampe que tu as oublié d'éteindre, se reproche-t-elle, intérieurement. Tu as laissé tomber l'enquête, alors pourquoi te boufferait-elle la vie ?"

Mais ce n'est pas seulement une enquête. C'est beaucoup plus, cette fois. Quelqu'un tue des femmes, dont l'une pourrait être sa mère biologique. Nagore, Araceli, Charo… L'une d'elles pourrait être celle qui l'a mise au monde dans cette salle blafarde et froide du couvent !

Elle se mordille la joue gauche. Elle a beaucoup de questions à poser à une mère qu'elle n'a pas connue… Finalement, pas tant que ça… Elles se résument toutes à une seule : m'aimait-elle ?

Les brasses la rapprochent lentement de la côte. Elle ne veut pas profaner le calme d'une mer que seule la pluie a l'audace de braver : légères blessures. Mais peut-être hésite-t-elle à rejoindre une maison où elle risque de tomber sur un intrus ?

Elle déteste cette impression de se sentir observée, elle déteste se surprendre à regarder des photos des victimes, à l'affût d'une ressemblance avec elle-même. Elle en a marre de tout et craint que le pire soit encore à venir.

Elle a beau envisager le mobile des crimes sous tous les angles, elle n'arrive à rien. Sœur Teresa cache des informations qui pourraient les conduire à l'assassin. Cette religieuse détient les clés de l'affaire. Dommage que son arrestation ne l'ait pas poussée à avouer. Elle est dure comme de la pierre, froide comme un glaçon. La Scientifique a trouvé sur l'oreiller des traces de son épiderme qui l'incrimineraient dans la mort de l'abbesse. Par ailleurs, l'autopsie a révélé que la mort s'est produite par asphyxie provoquée.

Elle a atteint la côte. Sa maison est toute proche. Quelques marches creusées dans le rocher la séparent de cette lumière qui a gâché sa baignade du soir. Dès que son corps quitte l'étreinte de la mer, la brise nocturne lui arrache des frissons. Elle gravit les marches en tremblant. La porte coulissante est poussée, mais non verrouillée, comme tous les soirs. Elle n'a pas encore eu le temps de poser une serrure.

Le feutre du peignoir lui apporte une chaleur très superficielle. Cette lumière à la fenêtre l'angoisse ; elle ne veut pas le reconnaître, mais elle a peur.

Le salon est plongé dans le noir, comme toujours, quand elle revient de nager, mais jamais elle n'a été tenaillée par une telle panique en traversant cette pièce pour actionner l'interrupteur. D'ailleurs, au lieu de la traverser, elle ouvre un tiroir où elle range son arme et s'avance vers la clarté de la chambre.

"Tu l'as laissée allumée. C'est tout", se répète-t-elle encore une fois.

En pure perte. Elle ne sera tranquille qu'après avoir inspecté toute la maison.

Soudain, un coup de sonnette. Nouvelle frayeur. Il n'est pas tard, même pas huit heures du soir, mais elle n'attend pas de visite.

L'estomac se noue encore plus. Sa main se crispe sur la crosse du pistolet. L'index caresse la détente. Les secondes s'écoulent lentement, très lentement, et ses battements de cœur lui martèlent les tempes.

Julia avance jusqu'à sa porte dans le plus parfait silence, regarde par le judas et fronce les sourcils. Que fait-elle ici à une heure pareille ? Étrange visite. Mais ses muscles se détendent en voyant sa collègue.

— Salut, dit-elle en ouvrant, après avoir allumé la pièce.

— Diable, tu te méfies des visites ! s'exclame Cestero en voyant son arme.

Julia prend un air honteux.

— Heu, j'ai été surprise. J'allais me doucher.

Cestero a le visage trempé, comme ses cheveux, qui ont perdu presque toutes leurs boucles et qui retombent à plat sur ses épaules. La veste en jeans, peu adaptée à une averse pareille, ruisselle aussi sur le paillasson.

— Tu laisses entrer ton amante, ou je passe la nuit sur le palier ? demande la sous-officière avec une grimace amusée.

— Oh oui, excuse-moi.

Julia s'écarte, mais elle ne peut s'empêcher de jeter un coup d'œil dans la rue. Personne en vue.

— L'eau est bonne ?

— Oui, un peu fraîche, mais agréable. – Julia ne se perd pas dans les détails, elle sait qu'elle a posé la question par politesse ; Cestero n'est pas venue chez elle à une heure aussi tardive pour connaître la température de la mer. – Accorde-moi une minute, je vais te donner de quoi te changer.

— Ne t'inquiète pas, ce n'est rien ?

Julia ne l'écoute pas. Elle veut seulement poursuivre l'inspection de son appartement. Première étape : sa chambre. Le pistolet lui redonne un peu confiance, mais moins que la présence de Cestero.

Elle regarde sous le lit, derrière le rideau… Personne.

Elle pousse un soupir de soulagement.

La salle de bains. La chambre des invités, la cuisine… Tout est en ordre. Personne n'est entré. Son esprit hésite : doit-elle s'en réjouir ou regretter de s'être angoissée pour rien ?

En fin de compte, ce n'est pas elle qui est en danger, mais la femme qui l'a mise au monde, si elle n'est pas déjà morte comme les autres.

Elle retourne au salon avec un jogging de la fédération basque de surf.

— Je pense que ça va t'aller, dit-elle en le tendant à Cestero. Tu veux une bière ? J'en ai une au frais.

— Non, non. Je suis en voiture.

— Mais tu n'es pas obligée. Tu peux rester dormir, si tu veux.

Cestero secoue la tête en enlevant sa veste.

— Il ne manquerait plus que ça. Tu imagines ce salaud de Radio Gernika ? Une véritable aubaine…

Le rire de Cestero est contagieux : Julia imagine déjà les gros titres.

— C'est un vrai con. Maintenant que je ne fais plus partie du groupe, il va arrêter de rôder par ici.

La sous-officière s'assied sur le canapé en cuir blanc, à côté de Julia, qui grelotte. Elle a besoin de sa douche chaude qui l'aide tous les soirs à retrouver sa température corporelle après sa baignade. Elle pourrait demander à Cestero de l'attendre quelques minutes, mais elle trop intriguée par sa visite.

— Comment te sens-tu ? demande la visiteuse.

— Bien, répond Julia, mais ses yeux ne savent pas mentir.

Cestero la dévisage, puis lui tend un dossier blanc.

— Aucune des victimes n'est ta mère.

— Mais comment… ?

La voix de Julia tremble, mais ce n'est plus de froid cette fois.

— J'ai demandé un test de maternité à partir de l'ADN des femmes assassinées et du tien. Tout cela est officieux, mais je crois que c'était la moindre des choses. Tu as le droit de savoir.

Julia regarde sa collègue à travers un voile de larmes, incapable d'articuler un mot. Elle finit par articuler un “merci”.

— Pas besoin de me remercier. Tu ne pouvais pas continuer de te demander si elle était morte. J'espère que tu pourras la retrouver bientôt.

— Et en vie.

— Très certainement. Nous ne tolérerons pas un assassinat de plus. Aitor a fini de relire la correspondance du couvent. Nous avons huit couples qui ont acheté des bébés en 1979. – La sous-officière s'éclaircit la gorge. – Huit bébés volés.

— Quatre mères ont été assassinées. Il en reste autant à retrouver. Ça ne va pas être facile. Il a beaucoup d'avance sur nous, déplore Julia.

— Mais maintenant, nous avons le nom des familles. Il nous reste à croiser ces noms avec les listes du recensement et nous pourrons les mettre sous protection.

Julia entrevoit une lueur d'espoir.

— Nous avons le nom de toutes ces femmes ?

— Pas d'elles, mais de leurs parents, qui étaient en correspondance avec le couvent. Et aussi l'adresse qu'ils avaient à l'époque. Il n'y en a qu'une dont nous n'avons pas les coordonnées.

— Pourquoi ?

— Seules sept familles des filles de Lourdes ont envoyé par courrier leur don au couvent. Nous ne savons rien de la huitième. Peut-être n'a-t-elle pas payé, ou peut-être a-t-elle réglé en mains propres.

Julia est dégoûtée par la combine lucrative de ces religieuses qui encaissent des deux côtés, comme si un nouveau-né était une marchandise.

— Bref, c'est délicat et ça promet de ne pas être facile, dit sa chef en lui caressant la joue.

Une chaleur réconfortante qui déconcerte Julia. Elle a soudain conscience d'être bien seule depuis quelques jours. Le surf et ses baignades nocturnes l'ont aidée à rester à flot, mais l'immensité de la mer ne peut pas remplacer une amie. Et Cestero vient de lui montrer ce qu'est une amie.

— Et où en es-tu, avec tes parents ? demande la sous-officière, qui hésite sur le dernier mot. Je veux dire…

— Oui, mes parents. Ce sont mes parents, reprend Julia. Ils sont anéantis. Je suis passée les voir avant de rentrer. Ce n'est pas de leur faute, ils voulaient avoir des enfants et la nature les en empêchait. Ils ont écouté la voix du cœur et d'autres ont réalisé leur vœu.

Cestero hoche la tête, lèvres serrées. Encore une fois, Julia reconnaît la fierté dans son regard.

— Tu leur as pardonné.

— Je n'avais pas de raison de leur en vouloir. Ils ne le méritaient pas. Aujourd'hui, ils m'ont raconté comment ça s'était passé. Comme nous le pensions, elles leur ont dit que ces femmes nous abandonnaient. Que personne ne voulait s'occuper de nous. Le jour de la naissance qui figure sur ma carte d'identité et à l'état civil est en réalité le jour de mon adoption. Les religieuses fabriquaient de faux papiers. Ou plus exactement c'est la mère supérieure, assassinée hier, qui s'occupait de tout.

— Et sœur Teresa ?

— Ils n'en ont jamais entendu parler. C'était sans doute une sœur comme les autres dans le couvent à l'époque. Quel âge pouvait-elle avoir quand on m'a adoptée ?

— Vingt-deux ou vingt-trois ans, calcule Cestero de tête. Ont-ils eu des contacts avec ta mère biologique ?

— Jamais. On ne leur a même pas donné ma date de naissance exacte. D'après ma mère, je devais avoir au moins deux mois quand ils m'ont eue.

— Elles gardaient ces filles avec les nouveau-nés pour qu'elles les allaitent les premières semaines, afin de vendre des bébés en parfaite santé. – Cestero met la main devant sa bouche. – Désolée.

— Ne t'excuse pas. C'est bien ce qu'elles faisaient. Elles nous vendaient. Le pire, c'est que ces religieuses croyaient sans doute que c'était une bonne action.

Cestero proteste.

— On va même trouver qu'elles méritent d'être béatifiées, s'indigne-t-elle en regardant sa montre. – Elle doit partir, si elle ne veut pas arriver trop tard à Pasaia. – Je m'en vais. On se voit demain.

— Reste à dîner. Je prépare quelque chose en vitesse.

La sous-officière est sur le point d'accepter, c'est écrit dans ses yeux. Mais un nouveau regard sur sa montre l'oblige à décliner l'invitation.

— Je dois partir. Une conversation m'attend, que j'aurais dû avoir depuis un bout de temps.

La sonnette couvre ses derniers mots.

— Tu attends quelqu'un ? demande Cestero.

Elle a remarqué l'air étonné de Julia.

— Non. Vous êtes tous de mèche !

L'agente se lève et se dirige vers la porte. Pendant ces quelques pas, son esprit dessine le visage de Txema. Elle souhaite de toutes ses forces que ce ne soit pas lui. La dernière des choses qu'elle souhaite en ce moment est de remettre de l'huile sur le feu où bouillonnent ses sentiments.

— Surprise… lance Álvaro quand la porte s'ouvre : il tient à la main un plateau de sushis. – Tu n'as pas encore dîné, j'espère !

Julia l'invite à entrer.

— Tu es trempé. Comment es-tu venu ? En moto ? Tiens, je te présente ma chef, Ane Cestero. Voici Álvaro, l'ami qui travaillait à Facebook dont je t'ai parlé.

La sous-officière se lève pour embrasser le nouveau venu.

— En réalité, j'allais partir, dit Cestero en prenant sa veste.

Álvaro se confond en excuses :

— Non, non. Pas question. C'est moi qui m'en vais. Je ne voulais pas déranger. Je m'inquiétais seulement pour Julia. Mais je vois qu'elle est en bonne compagnie.

— Allons, je vous laisse tranquilles, insiste la sous-officière. Une longue nuit m'attend.

Julia la raccompagne et elles s'étreignent pendant une bonne minute.

— Merci, merci infiniment, Ane, dit-elle avant de la laisser partir dans la nuit obscure de Mundaka.

58

31 octobre 2018, mercredi

La traînière s'approche à une allure soutenue. Au début, c'était à peine une ombre lointaine, un mille-pattes qui marchait à la surface de l'eau ; maintenant, elle prend forme. Les silhouettes des douze rameuses se découpent face à la barreuse, dont les instructions se répercutent dans l'embouchure drapée de nuit.

— *Bat, bi. Bat, bi. Arraun, arraun**.

Cestero la regarde sans réagir. À Pasaia, il ne pleut pas, même les étoiles osent se faufiler entre les nuages. Elle pourrait la classer parmi les belles nuits, si elle était assise sur cet embarcadère oublié pour profiter de la vue. Son frère est en retard, lui non plus n'a pas très envie d'avoir cette conversation longtemps différée.

— Du nerf, les filles, à ce rythme, l'équipe de San Juan va nous passer devant !

Les mots de la barreuse se distinguent nettement quand la traînière passe devant la vieille jetée. Un bras se lève au troisième rang et s'agite dans l'obscurité. Les

* "Un, deux. Un, deux. Ramez, ramez…"

réverbères de la place proche permettent à l'ertzaina de mettre un visage sur la rameuse qui la salue avec effusion. C'est Leire, Leire Altuna, l'écrivaine ; la fiancée d'Aitor Goenaga. Elle semble se remettre de la mort du père de sa fille. Que serait-elle devenue si la petite Sara et Aitor ne l'avaient pas entourée ? Certes, c'est une forte femme, mais sans eux sortir la tête de l'eau aurait été encore plus difficile.

Sa pensée s'envole maintenant vers l'Urdaibai. Julia l'inquiète. Il doit être difficile d'être soudain éjecté d'une enquête qui peut éclairer un moment crucial de sa propre vie. Elle mériterait qu'on l'aide davantage. Elle ne fait plus partie de l'équipe depuis la veille et elle lui manque déjà beaucoup. Cestero aurait dû accepter son invitation à dîner. Mais elle l'a laissée avec un ami. Dîner avec lui l'a sûrement réconfortée.

Presque à son insu, elle s'est mise à fredonner. Ce qui lui arrive souvent quand elle pense à sa collègue ; elle prend son portable et lui envoie un message auquel elle ajoute un lien pour qu'elle écoute la chanson :

Je n'écouterai plus jamais cette chanson
Sans penser à toi :
Des mots pour Julia.
Car en dépit des chagrins tu auras des amis ;)

La structure en bois de l'embarcadère se met à vibrer. Des pas résonnent sur les planches. Cestero se retourne ; Andoni arrive.

— Tu as choisi un drôle d'endroit ! Comme si on était un couple d'amoureux ! se moque son frère.

L'ertzaina a un rire sans joie. Cet appontement tordu par le poids des années a été le théâtre de ses premières cigarettes en cachette, il y a longtemps. Aujourd'hui, elle ne fume plus. Tournant le dos aux maisons de San Juan et face à la rive de San Pedro, cet endroit a toujours été un recoin intime et à l'écart, non loin de la maison.

— Ici, nous sommes tranquilles. Loin du grabuge de l'autre jour, à l'Itsaspe, dit-elle sans préciser.

— Hier, tout le monde en parlait. C'est vrai qu'il t'a frappée ?

Cestero soupire. Elle déteste cette manie des villages.

— Tu ne connais pas les gens ? Tu les crois encore ? Ils exagèrent toujours. Tu jettes une pierre dans l'eau et ils diront que tu as essayé de couler un cargo à coups de canon.

Son frère s'assied à côté d'elle. La pétarade caractéristique d'un bateau à moteur rompt le silence. Ils ne disent rien pendant quelques minutes, suivant du regard les allées et venues du petit bac qui transporte les passagers d'une rive à l'autre de l'embouchure. Les maisons de San Pedro, sur le rivage opposé, parlent d'une journée qui s'achève. De nombreuses fenêtres sont éclairées. C'est l'heure de dîner, comme le rappellent aussi les odeurs des cuisines de San Juan, qui se répandent jusqu'à l'embarcadère.

— Que voulais-tu me dire ? demande Andoni en mettant une cigarette entre ses lèvres.

L'éclat orangé de sa première bouffée illumine son visage.

Cestero serre les dents. Elle sait qu'elle doit se dominer, retenir ses mots et la rage qui les a nourris. Dans le cas contraire, le faible lien qui les unit va se briser.

— Tu trouves normal que je doive rentrer tous les jours de Gernika pour que l'*ama* ne dorme pas seule ? Tu n'as rien à faire de toute la journée. C'est donc un si grand sacrifice de retourner quelques jours chez toi ?

Nous y voilà. Elle a lâché le morceau. Elle n'est pas douée pour le tact. Elle ferme les yeux, se mord la lèvre et attend la réaction.

Son frère soupire.

— On se disputerait. Elle ne me laisse pas un instant de répit. Elle critique tout ce que je fais.

— Tu crois qu'à ton âge je ne fumais pas ? Bien sûr que si ! Avec un joint en prime de temps en temps. Nous avons tous été des rebelles. Mais jamais l'idée ne me serait venue d'allumer une cigarette à la maison. Ni à dix-neuf ans, ni à vingt-trois. Enfin, merde, c'est normal que l'*ama* se fâche dans ces conditions. Elle ne veut pas que son fils se ruine la santé. – L'ertzaina tapote du plat de la main un des piliers en bois qui soutiennent l'embarcadère. – Si tu savais combien de fois je suis venue ici fumer en cachette… !

— Toi aussi, tu t'es barrée de la maison, lui reproche Andoni.

— C'était différent. J'en avais marre de vivre la dictature de la peur, marre qu'elle laisse notre père l'extorquer et l'insulter, marre de l'entendre pleurer en cachette et de l'encourager, sans succès, à porter plainte pour mauvais traitements.

Andoni ne répond pas tout de suite. La faible houle qui remonte dans l'embouchure se traduit par un léger clapotis quand elle atteint les fondations des maisons voisines, une bande-son qui en toute autre circonstance aurait eu des vertus relaxantes.

— Il est malade.

Cestero suit du regard une *chipironera* qui va accoster sur la rive opposée. On entend à peine le moteur, un murmure étouffé.

— Bien sûr qu'il est malade. C'est un ludopathe, et il a besoin d'une aide qu'il n'a pas l'intention de demander. Mais cela ne l'excuse pas. C'est un mari violent. Tu sais ce que je déplore ? demande l'ertzaina en ramassant une brindille. – Son frère ne répond pas, il attend. – De ne pas avoir été capable de dénoncer au commissariat ce qui se passait chez nous.

— Et pourquoi tu ne l'as pas fait ?

Ane hausse les épaules.

— Par respect pour elle. Je voulais qu'elle gagne elle-même sa liberté. L'*ama* ne cessait de lui pardonner. Des humiliations insupportables qui finissaient par un faux repentir. – Elle donne ces explications avec une pointe de culpabilité, comme si quelqu'un la transperçait avec la brindille qu'elle tripote. – J'ai eu tort. Si tant de femmes meurent sous les coups de leur conjoint, c'est justement parce que l'entourage n'ose pas porter plainte à la place des victimes.

— L'*aita* ne l'aurait pas tuée. Ce n'est pas son genre.

— Personne n'est de ce genre, jusqu'au jour où il est trop tard.

Cestero a vu beaucoup plus de dénouements funestes qu'elle n'en aurait imaginés, depuis qu'elle est ertzaina.

Andoni ne réagit pas. Il a un air grave, pensif, les yeux dans le vague et les lèvres crispées. Il n'est pas le même quand il fume un joint, avachi sur le canapé. Non, soudain il semble plus mûr. Lui aussi finira par grandir trop vite. C'est la punition des enfants de parents violents. Pas de temps pour l'enfance, ni pour l'adolescence, ils n'ont droit qu'à une maturité à laquelle personne ne les a préparés.

— Je vais aller dormir chez elle. Au moins jusqu'à ce que tu sois revenue de Gernika, dit-il finalement.

59

1er novembre 2018, jeudi

C'est une modeste maison de pêcheurs, une des rares qui donnent sur le Cantabrique, non loin du port de Mundaka. La façade a besoin d'être rafraîchie, les écaillures enlaidissent le blanc radieux si bien assorti aux fenêtres peintes en vert. La porte est de la même couleur, sans aucun doute celle de la coque du bateau de la famille, si elle a un bateau. Oui, ce genre de maison en a sûrement un. Une *chipironera*, c'est le plus gros qu'on trouve à Mundaka.

Julia est vaguement inquiète. Sa main droite effleure la sonnette. Le nom de l'expéditeur sur la lettre conservée par les nonnes ne laisse aucune place au doute : sa mère biologique est peut-être là. Elle respire lentement, mais l'estomac est toujours noué.

"Tu m'aimais ? M'as-tu jamais aimée ? Pourquoi m'as-tu abandonnée ?" Les questions s'accumulent. Saura-t-elle les formuler à haute voix ?

La sonnette dérange la sérénité du matin. C'est un appel strident, et même irritant, qui déclenche aussitôt des pas derrière la porte.

— Qui est-ce ?

Julia essaie d'identifier un ton familier dans sa voix. Elle est douce, un peu froissée par les années, mais en tout cas agréable. Troublée, bien sûr ; il n'est pas courant qu'on sonne à votre porte avant huit heures.

— Bonjour Anabel. Je suis Julia Lizardi. J'aimerais vous parler, s'il vous plaît.

— Julia… ? Même les jours fériés on cherche à nous vendre quelque chose ? Je n'ai besoin de rien, merci.

L'ertzaina appuie sur la poignée. Elle est froide et humide, à cause de la rosée nocturne.

— Attendez. Je suis policière, j'ai juste quelques questions à vous poser.

— Encore des questions ? Ce que j'ai expliqué à votre collègue ne suffit donc pas ?

— Il reste quelques détails à élucider.

Elle espère poser d'autres questions que celles de Cestero ou d'Aitor.

La femme ne répond pas tout de suite, et la porte est toujours fermée. Les pas s'éloignent. Le rideau de la fenêtre voisine s'écarte : un visage la scrute avec méfiance. Julia esquisse un sourire poli et lui montre sa plaque. Elle sait qu'elle ne devrait pas, ce n'est pas une visite officielle, elle est là pour des raisons personnelles : elle est une femme en quête de réponses.

Les pas reviennent ouvrir et le visage entrevu à la fenêtre s'expose maintenant sans la protection des carreaux. C'est une femme menue, au regard fatigué, moins âgée que ne le pensait Julia. Quel âge a-t-elle, cinquante-trois ans, cinquante-quatre… ? En tout cas, guère plus.

— *Egun on*. Pardonnez ma méfiance, mais une femme seule ne peut se fier à personne, dit-elle en jetant un coup d'œil dehors. – Elle semble se détendre quand elle voit que l'ertzaina est seule. – En quoi puis-je vous aider ?

Julia a du mal à parler. Elle scrute chaque trait, chaque expression de cette femme qui pourrait être sa mère. Elle n'imaginait pas la rencontre de cette façon. En réalité, elle ne l'imaginait pas du tout. En se présentant comme policière, elle a renversé quelques barrières mais en a dressé d'autres, les plus humaines.

— Vous avez eu une fille au couvent de la place de los Fueros ? demande Julia sans détour.

Elle ne peut s'y prendre autrement, elle n'a pas la force de trouver des formes plus enrobées.

En quelques secondes, la femme vieillit de plusieurs années. Un passé qu'elle a tenté d'enterrer toute sa vie vient de ressusciter et la secoue avec violence.

— Entrez.

Une accueillante odeur de café enveloppe Julia. La cuisine donne directement sur le hall et la cafetière fume sur le plan de travail.

— Je l'ai déjà dit à votre collègue. Ce n'est pas moi que vous cherchez, mais ma sœur, Begoña. – Elle ouvre une armoire et prend une enveloppe jaunie remplie de vieilles photos. – Asseyez-vous.

L'ertzaina éprouve une sensation étrange. Elle frissonne. Est-ce la déception de ne pas avoir trouvé sa mère, ou le soulagement de ne pas avoir à poser des questions déchirantes ? Un peu des deux, sûrement.

— J'ai trouvé ces photos après le passage de l'autre

ertzaina. J'étais bouleversée. Il y avait des années que je n'avais pas parlé de Begoña.

— J'aimerais réentendre l'histoire que vous avez racontée à mon collègue, s'il vous plaît.

Anabel sert deux tasses et s'assied à la table. Ses mains fouillent l'enveloppe en tremblant et en sortent la photo d'une fille assez jeune, une quinzaine d'années, qui sourit à l'appareil sur sa balançoire. C'est Begoña. Elle boit une gorgée, soupire, en boit une autre. Julia voudrait en savoir plus, mais elle respecte ses silences.

— Notre famille n'a plus jamais été la même après cette histoire. – Le regard perdu, elle remue son café ; la petite cuiller tinte contre la tasse ; Julia prend la photo et cherche des ressemblances avec le visage qu'elle voit dans sa glace tous les matins. – Je dirais même qu'on n'a plus jamais été une famille. Les cicatrices ne se sont jamais refermées.

L'ertzaina veut lui demander des détails. Que s'est-il passé exactement ? Où est sa sœur ? L'a-t-on forcée à se séparer du bébé, ou bien c'est elle qui a pris cette décision ?

Elle s'abstient de poser ces questions. Elle a l'intuition qu'il vaut mieux laisser parler Anabel. Cette femme a besoin de se défouler et la meilleure façon d'obtenir des informations, c'est d'écouter.

— Pour moi, Begoña était tout. Elle avait quatre ans de plus. Imaginez ce que cela représente pour une fillette. Quand elle a disparu, j'en avais treize. Avec elle est parti le miroir dans lequel je me regardais. Je vous jure que j'ai détesté mes parents à cause de ça. De toutes mes forces.

Disparue ? Julia n'écoute plus, toute son attention se centre sur ce mot. Begoña Larzabal Villa, la femme qui pourrait être sa mère, disparue ! Elle se rappelle les lettres qu'elle avait trouvées dans une bible, au couvent, et elle frissonne.

— C'était une autre époque. Nous étions deux sœurs et trois frères, continue Anabel après plusieurs soupirs et plusieurs gorgées de café. La différence était abyssale. Eux, ils étaient libres, mais pas nous. Martín, Josean et José Mari pouvaient entrer ou sortir quand ils voulaient, Begoña et moi devions justifier chacun de nos actes ; ils pouvaient fréquenter les filles et les emmener n'importe où, alors que nous devions pour ainsi dire déposer une demande pour une promenade avec un ami. Aujourd'hui, c'est inimaginable. Une autre époque… – Anabel secoue la tête d'un air résigné ; son regard tourné vers la fenêtre ne voit pas cette *chipironera* qui rentre au port, non, il cherche beaucoup plus loin, dans les brumes des souvenirs qui l'obligent à pincer les lèvres en grimaçant. – Et dans ce monde tellement injuste avec les femmes, Begoña a eu la malchance de tomber enceinte. Je vous laisse imaginer la suite…

Le nœud dans la gorge empêche Julia de déglutir. Bien sûr, elle imagine le calvaire que la honte familiale a imposé à sa mère, car à l'évidence c'est elle, cette Begoña, qui lui sourit sur la photo. Son empathie avec la situation qu'Anabel vient de lui décrire est telle qu'elle n'envisage même plus que la femme qui l'a mise au monde soit une des trois autres femmes qu'on n'a pas encore pu localiser.

— On l'a obligée à abandonner son bébé ? murmure l'ertzaina en essayant de résumer la situation.

— Je n'avais jamais vu ma mère aussi furieuse. Elle ne cessait de pleurer et de répéter que Begoña avait apporté la honte dans notre maison. Comment les gens du village pourraient-ils nous respecter si nos filles se glissaient dans le lit du premier venu ? Ce furent des semaines très pénibles. Et même des années, car si je suis toujours seule, c'est parce que cette histoire m'a mis dans la tête que les hommes étaient le démon incarné. Je n'ai jamais pu en fréquenter un seul sans me rappeler qu'un de ses semblables avait détruit la vie de ma sœur.

Julia hésite à lui dire que les coupables du malheur de Begoña, c'étaient les religieuses qui lui avaient arraché son bébé ; elles et la honte de parents qui n'avaient jamais su se mettre à sa place.

— Et votre père ?

Anabel hausse les épaules et secoue la tête.

— Presque jamais là. Il était contremaître dans une carrière de Markina et les tours étaient très longs. Cette grossesse l'avait sacrément énervé… Begoña était sa préférée. Ce fut une grosse désillusion. Il faut le comprendre, les choses n'étaient pas comme aujourd'hui. Je n'accuse pas mes parents, plus maintenant, j'accuse toute une société arriérée qui diabolisait ceux qui sortaient des toutes-puissantes valeurs chrétiennes.

— Comment puis-je rencontrer votre sœur ?

Julia n'en attend plus rien d'autre. Le récit s'étiole, Anabel n'abordera jamais toute seule le temps des réponses. Pas question de perdre son temps. Pendant qu'elles sirotent leur café, confortablement attablées, l'assassin frappe peut-être déjà à la porte de Begoña.

— J'aimerais le savoir. J'ignore même si elle est encore

en vie. Il y a trente-huit ans que je suis sans nouvelles. Elle a été incapable de revenir à la maison. Elle nous a sûrement haïs de l'avoir abandonnée dans ce couvent.

— Elle n'a jamais essayé de reprendre contact avec vous ?

Anabel soupire. De nouveau, son regard se perd au-delà de la fenêtre.

— Jamais. Mon frère aîné a essayé de la retrouver, il est même allé à l'émission de Lobatón sur les disparus. Il y a eu des appels disant qu'on l'avait vue à Santander, au Ferrol, à Avilès… Tout ça pour rien. J'ai perdu espoir de la retrouver. Elle s'est peut-être suicidée le jour de sa disparition, ou plus tard… Je me demande si elle a pu surmonter ça.

La déception se fraye un chemin jusqu'au cœur de Julia. Elle a besoin de parler à sa mère, de la connaître, de savoir qui elle est.

— C'est à une fille que votre sœur a donné le jour ?

Anabel serre les dents, tend la main vers la cafetière et remplit son verre de liquide fumant. Les souvenirs dans lesquels elle fouille sont douloureux, mais elle ne verse pas une larme. Elle en a sans doute trop versé tout au long de sa vie.

— Nous ne l'avons jamais su. – La femme observe une longue pause, fronce les sourcils et se tourne vers l'ertzaina. – Mais tout cela est-il vraiment nécessaire ? J'ai déjà tout raconté à votre collègue il y a des semaines.

Julia sent tous les signaux d'alarme se déclencher.

— Quand ?

Anabel cherche instinctivement la réponse sur le calendrier mural, plisse les yeux et calcule tout bas.

— Il y a environ deux mois. Un peu avant le déjeuner, parce qu'il est arrivé au moment où je cuisinais. C'était un ertzaina très aimable. En civil, comme vous. Je croyais que les policiers étaient toujours en uniforme, mais je vois que je me trompais.

Le pouls de Julia bat à tout rompre. Il y a deux mois, aucun de ses collègues n'avait rendu visite à cette femme. Et cela ne signifiait qu'une chose…

— Il est entré chez vous ?

— Oui. Il s'est assis sur cette même chaise, et il a pris un café, comme vous.

Anabel explique les détails sans remarquer le ton pressant des questions de la policière.

Celle-ci ne perd pas de temps. Elle compose le numéro de Cestero. Les sonneries se succèdent. Elle est sûre que l'appel va s'éteindre avant que sa chef réponde.

— Allons, Cestero, décroche !

Rien, pas de réponse. Elle doit être en ligne. Il faut d'urgence rameuter tout le commissariat dans cette maison.

Il a plus de chance avec Txema : deux sonneries avant d'entendre la voix du sous-officier dans l'écouteur.

— Salut, Julia. Je t'ai appelée plusieurs fois… Comment vas-tu ?

Julia ne perd pas son temps en formules creuses. Pour la première fois, on a quelqu'un qui a vu l'assassin, et on pourrait même retrouver des empreintes digitales ou biologiques dans cette cuisine.

— Écoute, Txema. Je suis à Mundaka. Ne pose pas de questions. Rappliquez le plus vite possible, avec la Scientifique. Il est venu ici.

60

1er novembre 2018, jeudi

L'aiguille trace lentement sur sa peau un dessin que, les yeux fermés, elle essaie de deviner. C'est la première fois qu'elle se laisse tatouer à l'aveugle. Elle ne saurait dire pourquoi, mais elle a confiance. Elle n'a demandé qu'une chose à Raúl, d'éviter le tape-à-l'œil pour compléter Sugaar.

— Ça fait mal ?

Cestero dit non de la tête. La douleur est plus supportable que lorsqu'on lui a tatoué des zones plus sensibles. En tout cas, ce n'est rien, comparé au suspense de l'attente. La police scientifique cherche depuis des heures des empreintes et des traces d'ADN chez cette femme de Mundaka. Jusqu'à présent, on n'a trouvé qu'un cheveu qui appartient probablement à l'assassin. Rien d'autre. Même le portrait-robot ne semble pas très concluant, car la dame est si nerveuse qu'elle ne cesse de modifier sa description. Aucune des compositions qu'on lui a montrées ne lui semble convaincante.

Et maintenant ?

Il y a encore trois filles de Lourdes à localiser. Trois. La quatrième, sœur de la femme dont on inspecte la maison, a disparu depuis trop longtemps. Si l'assassin s'est présenté là en demandant à voir Begoña, c'est qu'il a les mêmes informations que l'Ertzaintza. Cela permet de l'oublier provisoirement et de se concentrer sur les trois autres. Aitor coordonne le groupe qui croise la correspondance du couvent avec le recensement et l'état civil. Il a sûrement du nouveau.

— J'ai encore du mal à admettre l'initiative de Julia de ce matin, dit Raúl. C'est la meilleure du commissariat. Je ne la vois pas braver les règles.

— Va savoir ce que nous ferions, si nous étions à sa place !

— Et comment s'est-elle débrouillée pour dénicher cette femme avant vous ?

— Elle a la liste que nous avons élaborée à partir de la correspondance du couvent, explique Cestero. Elle a exploré des bases de données et des annuaires, comme le fait Aitor pour localiser toutes ces familles. Ajoute à cela une nuit blanche, un peu de chance, et tu as la réponse.

— Elle est très bonne. Je suis son collègue depuis longtemps et elle arrive encore à me surprendre.

L'épiderme de Cestero se hérisse au passage de l'aiguille. Douleur ou plaisir ? Pour Cestero, la limite entre ces deux sensations est floue. La chair semble s'animer, se tordre, supplier dans un hurlement muet qui éveille les sens.

— Ce n'est pas du travail bâclé. Heureusement, on a oublié quelques détails, pour que je puisse les compléter.

Tu ne m'as pas encore dit où on te l'a fait, commente Raúl, toujours penché sur son dessin.

— À Barcelone, murmure Cestero.

— On t'a tatoué Sugaar à Barcelone ? Vraiment ? Mais les Catalans ne connaissent rien à la mythologie basque ?

— Je leur ai donné un dessin de ce que je voulais.

— Voilà pourquoi ça ressemble plus à un dragon qu'à un serpent… Je savais bien que ce n'était pas quelqu'un d'ici. Dans la région, personne n'a ce style. Il est vraiment bon.

— Bonne, corrige la sous-officière. C'est une femme. Elle a son atelier à Gracia, dans une ruelle où règne une ambiance de village. Tu aimerais beaucoup la connaître.

— Jolie ?

Cestero a un rire complice et secoue la tête. Raúl est incorrigible. Ou alors, c'est un rôle qu'il sait admirablement bien jouer…

— Je n'ai posé aucune question, mais j'ai cru comprendre que j'aurais été mieux accueillie que toi.

— En plus, elle a bon goût… ! sourit le tatoueur en lui caressant le cou. J'adore ta peau. Je te l'ai déjà dit ?

Cestero se laisse aller. Elle aime sa présence. Raúl est habile de ses mains : du bout des doigts, il provoque hérissements et frissons.

— Je t'ai déjà dit que j'adore tes mains ? murmure l'ertzaina, les yeux toujours fermés.

Ses lèvres entrouvertes dessinent un sourire. Non sans mal, elle résiste au désir de se tourner vers lui et d'achever le baiser interrompu à Ogoño.

Le souffle de Raúl réchauffe sa nuque, et ses mains entreprennent un voyage descendant. Les caresses dans le dos de la policière deviennent un lent massage sensuel. L'odeur d'encre et de désinfectant qui flotte dans l'établissement se magnifie dans ce soudain empire des sens.

Les mains du tatoueur remontent au visage de Cestero, le pressent et obligent l'ertzaina à ouvrir les paupières.

— La déesse Mari ! s'exclame-t-elle en se regardant dans la glace. C'est génial !

— On ne te dira plus que c'est un dragon.

Les cheveux de la dame d'Anboto, répandus sur le dos de Sugaar, s'éparpillent vers l'épaule de la sous-officière. Un travail à la fois délicat et puissant.

— La couleur des cheveux de la déesse, je l'ai empruntée à tes yeux. Je t'ai déjà dit que je les adore ? Ils ont des tonalités incroyables. On dirait du miel.

— Ma peau, mes yeux… Y a-t-il quelque chose que tu n'aimes pas ? dit Cestero sur un ton moqueur.

Raúl émet un rire nasal. Son regard est plein de désir.

— J'aime tout de toi.

Leurs lèvres se rencontrent. Il apporte à ce long baiser humide un goût de menthe, une bouche chaude et expérimentée. Comme ses mains, qui descendent vers les seins de Cestero et les délivrent du soutien-gorge sans la moindre hésitation. L'ertzaina laisse échapper un gémissement quand Raúl la presse contre la couchette et approche les lèvres de ses mamelons. Les piercings en forme d'anneau qui les auréolent réclament l'attention du tatoueur, qui joue avec la langue et les lèvres jusqu'à ce qu'ils durcissent.

— C'est la raison pour laquelle tu voulais me tatouer ? demande Cestero entre deux gémissements.

Plus bas, elle sent une chaleur, une chaleur humide.

Raúl libère momentanément sa bouche et lui sourit.

— Tu ne l'avais pas compris ?

Le rire nerveux d'Ane cède la place aux gémissements quand elle sent le souffle de son ami atteindre le nombril et continuer au-delà. Quand la bouche arrive à destination, Cestero se laisse aller, son esprit se relâche et son corps s'abandonne au plaisir. La langue et les lèvres qui jouent avec elle lui offrent un moment inoubliable.

— À mon tour, maintenant, exige l'ertzaina d'une voix haletante en le prenant par les cheveux et en l'obligeant à la regarder dans les yeux.

Le tatoueur la défie, le regard chargé de passion, pendant qu'elle le débarrasse de ses vêtements, lui mordille le cou, la poitrine et le torse, ciselé par la pratique de l'escalade. Avant qu'elle ait eu le temps de continuer sa descente, Raúl la soulève et ils échangent un long baiser.

— Je te veux dessus, demande son ami.

Son regard fébrile annonce la fin des préliminaires.

Cestero éclate de rire. Elle se retrouve soudain à califourchon sur lui. Ses hanches commencent à s'agiter, d'abord doucement, puis de plus en plus vite. Gémissements, sueur, bouches qui se dévorent, regards enflammés…

— Merde… ! s'exclame Cestero.

Sur la table, son téléphone vibre.

— Ne décroche pas.

La sous-officière n'obéit pas. Elle continuerait volontiers à s'activer, mais c'est peut-être le commissariat. Peut-être du nouveau dans la maison de Mundaka.

— C'est mon frère, annonce-t-elle avec une pointe d'inquiétude. Je t'écoute, Andoni.

Dans la seconde qui s'écoule avant d'entendre la voix qui arrive de Pasaia, l'esprit de l'ertzaina a tout le temps de voir défiler ses craintes. Que s'est-il passé pour qu'il l'appelle ? Ça ne lui arrive jamais.

— Ane, hier je t'ai promis que j'irais vivre chez elle tant que tu serais à Gernika…

Cestero râle. Il l'a interrompue pour ça ?

— Et aujourd'hui tu as un plan ?

— Comment tu le sais ? Hugo nous a invités. Il organise une fête et…

— D'accord, d'accord. Ne m'en dis pas plus. J'ai compris. J'irai.

Son frère n'a pas le temps de lui demander de ne pas s'énerver, car Cestero a coupé la communication et est revenue auprès de Raúl, qui attend, étendu sur la couchette.

— Où en étions-nous ?

Hier, on m'a autorisée à me promener dans le jardin. Le printemps est arrivé. Les tulipes ont fleuri. Je les ai regardées un bon moment. Si fragiles. Si éphémères. Et elles valsaient, bercées par la brise.

L'une d'elles s'est brisée et elles m'ont permis de la rapporter dans ma cellule. La voici devant moi, pendant que j'écris sur ce pupitre où on me force à lire la Bible pendant des heures. J'ai du chagrin de la voir se faner, mais le rouge encore intense de ses pétales réjouit ce sombre lieu où les seules couleurs sont le gris des murs et le marron des meubles et des crucifix. Elle sent la noix fraîchement ramassée, un parfum si subtil qu'on le remarque à peine. Ses pétales sont imprégnés de brise marine, et cette odeur m'aide à m'envoler loin d'ici. Mon cœur fait escale sur cette plateforme de forage que ton père a construite face à notre côte, pour que nous puissions toujours penser à lui. Mais je vais plus loin, de l'autre côté de l'océan. L'Amérique, la terre de ton père. Tu nous imagines, nous promener toutes les deux, main dans la main, devant la statue de la Liberté ? Je pense à ta main minuscule et grassouillette et mes larmes viennent. Je ne te connais pas encore, et pourtant tu es déjà tout pour moi.

Maintenant, tes coups de pied. Tu n'aimes pas que je passe tant d'heures assise sur ce banc. Ou alors tu veux me rappeler que je ne suis pas seule ? Ne t'inquiète pas. Je sais que je ne le suis pas. Elles n'arriveront pas à me faire perdre espoir.

61

1er novembre 2018, jeudi

La clé tourne au premier essai dans la serrure. Il n'y a presque pas de lumière dans la ruelle, il n'y a en jamais eu. Les réverbères qui éclairent l'unique rue de San Juan atteignent à peine le recoin par où on accède à la maison de sa mère. Mais Cestero connaît la porte au millimètre près, comme ces gens qui ont passé toute leur vie dans le même foyer. Pas toute, car l'ertzaina vit depuis plusieurs années dans l'appartement de la place, détail sans importance quand on a passé son enfance et son adolescence dans la maison qu'elle vient d'ouvrir.

— Bonsoir, *ama*, lance-t-elle en entrant.

Pas de réponse.

Cestero regarde l'heure, étonnée. C'est l'heure du dîner, elle devrait être là.

— *Ama*, insiste-t-elle en haussant le ton.

Soudain, elle se met sur ses gardes. C'est une sensation qu'elle ne connaît que trop bien, telle une vieille amie qu'elle n'a pas vue depuis longtemps, mais dont elle prévoit le comportement. Elle déteste sentir de nouveau cette contraction dans le ventre, cette tension des muscles, ce pouls qui s'accélère.

— Tout va bien, Ane, se dit-elle entre ses dents.

Elle aimerait le croire, mais elle cohabite depuis trop longtemps avec des situations que personne ne méritерait de vivre. Tant de fois elle a ouvert la porte en redoutant que son père crache les mêmes humiliations que la veille, tant de fois elle s'est recroquevillée d'impuissance et de peur en l'entendant arriver.

Pendant qu'elle accroche les clés au tableau orné d'une marine, elle essaie de se détendre. Sa mère est sans doute sortie. Les boutiques sont fermées à cette heure, mais elle est peut-être au bar. Non, impossible ! Il y a longtemps qu'elle ne l'a pas vue dans un bar ! D'ailleurs, y a-t-elle jamais mis les pieds ? Elle doit être chez une voisine. Mais oui, c'est sûrement ça.

— *Ama !* appelle-t-elle encore une fois.

Il lui a semblé entendre un bruit.

"C'est impossible. Détends-toi, Ane, ne sois pas parano."

Cette fois, elle entend des pas. Il y a quelqu'un.

Instinctivement, elle se colle au mur. Sa main cherche son arme, en vain. Elle l'a laissée au commissariat.

— Qui est là ? *Ama ? Aita ?* – La tension s'insinue dans ses mots, se bousculent sur ses lèvres. – C'est toi, Andoni ?

Seule réponse, le silence. Puis on entend le ronflement d'un moteur sous les fenêtres de la cuisine, qui n'ont jamais bien fermé. C'est une *chipironera* qui rentre du travail, sous les falaises de Jaizkibel. Pas besoin de la voir pour le savoir. Elle a entendu des milliers de ces longues chaloupes au cours de sa vie.

Un grincement. Bref mais reconnaissable.

— Halte, police ! Qui va là ?

Les mains jointes instinctivement devant sa poitrine, comme si elle tenait un pistolet, elle avance dans le noir vers la chambre de ses parents. Elle est sûre que le bruit provenait de là. Le cœur de l'ertzaina bat à tout rompre. Elle ne s'arrête même pas pour allumer, pas question de perdre une seconde tant qu'elle ne sera pas sûre qu'il n'est rien arrivé à sa mère.

D'un revers de la main, l'ertzaina allume. Les yeux mettent quelques secondes à s'adapter. Un tiroir de la commode ouvert et les boîtes à bijoux renversées sur le lit disent tout. Le malaise la dévore de l'intérieur. Une fois de plus, elle se sent brisée. Mais plus question de rester les bras croisés. Elle commence par envoyer un message au commissariat d'Errenteria. Elle a besoin de soutien le plus vite possible.

— Sors de là. – L'eau de toilette de son père, dont il a toujours abusé comme s'il prétendait ainsi dissimuler ses misères, le dénonce. Il est caché derrière la porte. Ses jambes dépassent sous un peignoir qui pend du cintre. – Que lui as-tu fait ?

Cestero l'attrape par le cou et le plaque sur le lit. Elle plante les genoux dans son dos et lui tort les deux bras en arrière.

— Putain, que lui as-tu fait ? Où est-elle ?

— Rien, balbutie Mariano. – Il a du mal à tourner la tête pour voir sa fille, aussi terrorisé que déconcerté. – J'étais venu récupérer mes affaires.

— Où tu l'as mise ? Où ?

Cestero lève le poing droit et prend son élan pour le frapper à la tête. Toute la rage contenue pendant des années est entre ses doigts qui se crispent avec hargne. Son regard se voile, sa raison vacille.

— Je ne sais pas, elle n'est pas encore arrivée, sanglote son père.

— Mensonge ! Dis-moi où tu l'as mise, dis-le-moi !

Le poing s'ouvre. Elle ne l'a pas frappé, mais la main agrippe le cou de son père, et l'autre main la rejoint. Le visage, coincé sur le lit, se teint de rouge à mesure que Cestero l'étrangle. Elle va le tuer, elle le sait, et elle sait que ça va lui causer des problèmes, mais elle est incapable de s'arrêter.

— Ane ! Que fais-tu ? Mon Dieu, arrête !

C'est la voix de sa mère, debout derrière elle, en manteau.

Les mains de l'ertzaina mettent encore quelques secondes à lâcher le cou de son père, qui se met à tousser en respirant bruyamment.

— Où étais-tu ? demande Cestero.

— À la maison de la culture. Je suis allée à une conférence avec Marisa, explique Mari Feli. Toi ici, Mariano ?

Son père ne tousse plus. La couleur de sa peau redevient normale, en tout cas elle est passée du pourpre à un rouge plus ordinaire.

— Tu es folle, crache-t-il avec mépris.

On voit encore les marques des doigts de sa fille dans son cou.

Cestero avale sa salive. Elle a failli le tuer. Quelques secondes de plus et il était trop tard. Elle ne peut pas continuer comme ça. Elle se promet de demander une aide. Elle en a besoin, si elle ne veut pas mal finir.

— Pourquoi es-tu ici ? interroge-t-elle en essayant d'afficher une froideur qu'elle est loin d'éprouver.

— Je te l'ai dit, je suis venu récupérer mes affaires.

Mariano s'est levé et se dirige vers la porte. Les boîtes à bijoux sont toujours sur le lit, béantes.

— Halte ! ordonne Cestero. Vide tes poches.

Son père se retourne. Son expression traduit-elle la peur ou le mépris ? Il secoue la tête et continue d'avancer.

— Arrête, ne bouge plus…

— Sinon… ? l'interrompt son père sans ralentir.

Cestero regarde ses mains nues, et se réjouit d'avoir laissé son pistolet à l'armurerie. Elle aurait sans doute eu une réaction qu'elle aurait regretté toute sa vie.

— Laisse-le, Ane. Qu'il s'en aille ! Il ne recommencera pas, intervient sa mère.

— Vas-y, maintenant, fais la gentille ! Tu lui as lavé le cerveau depuis toute petite pour qu'elle croie que c'est moi le méchant. Tu me prends pour un idiot ? s'écrie Mariano avec une grimace de dégoût.

L'ertzaina est hors d'elle. Sa mâchoire se crispe, elle va craquer.

— Si tu quittes cette pièce avec les bijoux, je te jure que je te tue, lance-t-elle en mâchant chaque mot.

Son père s'immobilise, se racle la gorge entre chaque respiration. Il comprend que ce n'est pas une plaisanterie. Il vide ses poches par terre avec une moue dégoûtée. Des colliers, des bagues, des bracelets…

— Les bijoux de ma mère ! s'exclame Mari Feli en s'agenouillant pour les ramasser.

— Tu m'as obligé à ramper pour emprunter de l'argent aux amis, pendant que tu avais ici des milliers d'euros en breloques. Tu es une traînée, comme ta mère, qui m'avait promis que si je t'épousais je ne manquerais de rien. Tu m'as pourri la vie ! Tu me l'as volée !

La voix de Mariano distille un mépris qui glace le sang.

— Où sont les clés ? Comment es-tu entré ? demande Cestero.

— C'est chez moi. Si j'ai décidé d'occuper pendant un temps l'appartement de ma mère, je peux quand même revenir dans ma propre maison, répond Mariano avec une mauvaise foi blessante.

— Pose les clés sur le lit. Et ne remets plus les pieds ici. Compris ?

Cestero vomit ses mots sans retenue. Ils lui sortent des tripes.

Son père ricane. La courbe de ses lèvres est éloquente.

— Tu as vécu un tas d'années chez ta grand-mère sans me payer de loyer. C'est ainsi que tu me remercies ? crache-t-il d'une voix glacée.

Ensuite, tout se passe à la vitesse de l'éclair et dans une brume d'irréalité. Un coup de sonnette, le visage de Mariano se fige : quelque chose ne tourne pas rond. Mais il ouvre la porte. Ce sont des policiers.

— Qu'as-tu fait ? crache-t-il en se tournant vers sa fille.

L'ertzaina ne répond pas. Ses cordes vocales sont paralysées, mais elle parvient à s'adresser à ses collègues.

— Passez-lui les menottes et embarquez-le. – Puis elle se tourne vers son père, le nœud dans sa gorge est presque insupportable ; ce qu'elle est sur le point de dire va la briser, mais la réconcilier enfin avec elle-même. Il y a trop longtemps qu'elle aurait dû le faire. – Mariano Cestero, je t'arrête pour délit systémique de violence de genre.

Septembre 2001

Une, deux, trois… Les gouttes tombaient dans le consommé à une cadence qui inspirait la sérénité.

Le but était proche. C'était peut-être la dernière dose nécessaire pour atteindre l'objectif.

Sensation étrange : à mesure que l'intoxication avec le médicament contre l'alcoolisme détruisait les organes de ma mère adoptive, ma propre vie s'épanouissait. J'avais l'impression d'être une tulipe qui émerge du bulbe pour montrer au monde ses plus belles couleurs.

J'avais besoin de cette vengeance pour aller de l'avant.

Tant d'années de souffrance ne devaient pas rester sans réponse.

— Ta soupe, lui dis-je en approchant l'assiette du lit.

Ce déchet humain, effet de l'intoxication, parvint à peine à entrouvrir ses lèvres violettes pour balbutier un vague remerciement. Elle ne les décolla pas quand j'approchai la cuiller. Elle était sans forces.

— Il faut que tu manges, la grondai-je avec un faux sourire.

Elle regardait la file de voitures qui avançait lentement sur le périphérique. Nous n'avions pas la chambre la mieux orientée de l'hôpital de Cruces.

— Non, dit-elle en détournant la tête.

La porte s'ouvrit et l'aide-soignante qui avait apporté le plateau entra. Elle avait les cheveux courts, blonds, et les joues roses.

— Le repas n'est pas fini ?

— Elle n'en veut pas.

— Ce n'est pas possible. Elle doit manger. Au moins la soupe, qui est très bonne. Allons, je vais vous aider, me dit la femme en me prenant l'assiette des mains.

Je m'assis au pied du lit et savourai le spectacle : l'aide-soignante, qui portait l'insigne de l'Osakidetza* sur son uniforme rose, empoisonnait ma mère à chaque cuillerée. L'apothéose, le point d'orgue d'un plan parfait. Et dire que j'avais désespérément essayé de ne pas l'hospitaliser…

— Bravo ! dit la femme quand ma mère eut fini sa soupe. Maintenant, on se repose, vous l'avez bien mérité, trésor.

Et l'aide-soignante m'adressa un sourire attristé quand elle sortit avec le plateau.

— Comment allez-vous ? Mieux ? s'intéressa le médecin en lui caressant le dos de la main.

Ma mère soupira. Non, bien sûr qu'elle n'allait pas mieux. Il suffisait de voir son teint grisâtre. Ces dernières heures, son état avait empiré. Sa fin était proche.

* Service de santé officiel du Pays basque.

— Vous avez mal là ? Et là ?

Le docteur exerçait une légère pression sur l'abdomen de ma mère, qui avait à peine la force de se plaindre, mais la douleur était évidente. L'angoisse se dessinait sur le visage de la moribonde à chaque palpation.

Le médecin me lança un regard résigné et m'entraîna dans le couloir.

— J'aimerais avoir de meilleures nouvelles à vous donner, me dit-il, la main sur mon épaule. Elle a une insuffisance hépatique grave qui affecte le fonctionnement des organes. Le scanner montre une inflammation généralisée et l'analytique est sans appel. En vérité, c'est un miracle qu'avec de tels résultats elle soit encore consciente.

— Sauvez-la, s'il vous plaît, le suppliai-je en caressant le flacon de cyanamide au fond de ma poche.

Le docteur pinça les lèvres et baissa la tête.

— Je crains qu'on ne puisse faire mieux. Elle ne réagit pas au traitement. Je suis vraiment désolé. L'essentiel est qu'elle ne souffre pas. à la moindre alerte, appelez-nous.

Je dissimulai à grand-peine l'euphorie qui me gagnait. Heureusement, Marcial m'avait appris des années auparavant à cacher mon humeur quand je communiquais par radio.

— Combien de temps lui reste-t-il ?

— Quelques heures. Au mieux quelques jours.

Je hochai la tête, le regard fixé au sol. Je craignais que mes yeux dénoncent mes véritables sentiments.

— Courage ! – Il me pressa légèrement l'épaule. – Retournez dans la chambre. Accompagnez-la, qu'elle ne soit pas seule dans cette circonstance. Et dites-lui combien vous l'aimez. Si elle doit s'en aller, au moins qu'elle soit entourée de ceux qui vont la regretter le plus.

Je le remerciai. Il s'éloigna vers les ascenseurs et je rentrai dans la chambre. Ma mère se tourna vers la porte. Ses yeux cherchaient ma compassion. Je souris, non pour la réconforter, mais pour m'assurer que son état ne m'affectait pas.

Elle balbutia quelques mots que je ne compris pas. Peut-être voulait-elle s'excuser de tout le mal qu'elle m'avait fait, peut-être avait-elle besoin de mon pardon, maintenant qu'elle se savait sur son lit de mort.

Ce qu'elle voulait me dire ne m'intéressait pas. Je pris mon blouson et sortis sans lui adresser un seul mot. Elle ne méritait qu'une fin : la solitude au moment de son départ.

Et c'était tout ce que j'avais l'intention de lui accorder.

62

1er novembre 2018, jeudi

Les baguettes martèlent les cymbales et rebondissent sur les tambours. Le pied droit marque le rythme sur la grosse caisse. Une frénésie hallucinée qui met Cestero en nage. Les battements de son propre cœur se joignent à la musique. Elle sent qu'elle en fait partie, comme toujours quand elle joue de la batterie.

Les tulipes, les religieuses, son père… Tout se dissout comme une goutte d'encre dans l'immensité de l'océan. Il n'y a plus qu'elle et la musique, la musique et elle. Et rien d'autre.

Elle est tellement absorbée par le rythme qu'elle n'a même pas un sourire à l'arrivée d'Olaia, qui l'encourage d'un geste à ne pas s'arrêter. Quand Cestero la regarde une deuxième fois, son amie a déjà la guitare entre les mains. Elles n'ont pas besoin de se parler pour savoir quel air interpréter. La grosse caisse de l'ertzaina crée un rythme aussitôt rejoint par les accords d'Olaia. Et par sa voix, bien sûr. Son amie est la chanteuse du groupe.

C'est un air de Berri Txarrak, un de leurs groupes préférés. Pendant ces quelques minutes, Cestero se sent heureuse. Elle chante à tue-tête. Ce n'est pas habituel : en général, c'est le rôle de son amie, mais aujourd'hui elle en a besoin.

— Si quelqu'un décide d'habiter au-dessus, il va porter plainte, dit Olaia en plaquant le dernier accord.

Cestero rit. Elle a raison. Heureusement qu'on leur a prêté ce sous-sol crasseux dans une des dernières maisons du village avant la mer. Sinon, ces concerts improvisés n'existeraient pas.

— Depuis quand tu viens répéter sans nous prévenir ? demande Olaia.

— Je ne répétais pas. Je me défoulais.

— Tu en avais besoin, on dirait… Tu tapais si fort ! C'était plus du heavy metal que du rock ! On l'entendait de chez moi.

Cestero pose les baguettes sur les tambours et se lève.

— J'ai porté plainte contre mon père.

Olaia n'hésite pas. Ses bras enveloppent l'ertzaina, qui pose la tête contre la poitrine de son amie.

— Bravo. Avec ce genre de type, il ne faudrait pas avoir votre patience.

— Ouais, ma vieille, mais ce n'est pas facile. Il n'en est pas à son coup d'essai. Et ce n'était peut-être pas si grave aujourd'hui.

Olaia pose les mains sur les épaules de Cestero pour l'obliger à la regarder dans les yeux.

— Ça, surtout pas ! Il ne manquerait plus que tu te sentes coupable après tout ce qu'il vous a fait.

L'ertzaina approuve sans conviction.

— Ane, surtout pas ! C'est peut-être ton père, mais il ne méritait rien d'autre.

Cestero soupire.

— Tu as raison.

Elle est très déçue de constater que sa réaction ressemble à celle des victimes de violence de genre quand elles portent plainte contre leur agresseur. Elle s'attendait à mieux de sa part. Cela aussi la déçoit. Elle devrait être moins exigeante, car elle aussi est une victime de mauvais traitements. Ce genre de choses doit être digéré calmement.

— Une autre ? demande Olaia en montrant la batterie.

— Bien sûr ! Je ne vais quand même pas te laisser rentrer chez toi aussi vite ! se moque Cestero en lui donnant une bourrade affectueuse.

— Du moment que tu me libères avant neuf heures du matin… Je ne crois pas que mes élèves aient très envie d'être privés de leur cours de gym ! plaisante Olaia en passant les doigts sur les cordes, en quête d'un premier accord.

— Une autre de Berri Txarrak ?

— Je pensais à Belako… On essaie avec *Over the Edge* ? propose l'ertzaina.

— Toi, tu aimes quand ça balance, hein ?

Elles échangent un regard complice. *Over the Edge*, "Par-dessus bord". Elle sait pourquoi elle l'a choisie.

— J'ai plein de choses à jeter… Au fait, Olaia, ta proposition tient toujours ?

— Laquelle ?

— Celle d'aller vivre avec toi.

Le sourire de son amie est lumineux.

— Je crois qu'aucune nouvelle ne pourrait me rendre plus heureuse, et je te promets que tu ne le regretteras pas.

63

2 novembre 2018, vendredi

Sous la lumière froide du jour, la forêt est monochrome. Les tons dorés de l'automne sont encore endormis, attendant qu'un timide rayon de soleil leur redonne vie. Julia contemple le paysage sans le voir. Elle n'est pas à Lamiaran, la vallée des lamies, pour savourer de beaux paysages, elle se borne à chercher des réponses à des questions qui la torturent depuis des jours. Elle sait qu'elle ne devrait pas être là.

Juste quelques minutes. Elle sent que Cestero la comprendra. Elle a besoin de parler à Sara avant que la froideur propre aux interrogatoires policiers empêche une fille de questionner sa mère biologique, après toute une vie.

Désolée. J'ai recommencé. Je voulais parler en tête à tête avec elle. Je dois comprendre pourquoi. C'est Sara Carretero, et elle vit à Lamiaran. J'attendrai avec elle votre arrivée.

Elle relit une dernière fois le message qu'elle a écrit à sa chef et appuie sur la touche “envoyer”. Elle n'a pas beaucoup de temps : dans un quart d'heure au maximum, elle aura la moitié du commissariat sur le dos.

La maison se profile entre les arbres à travers le pare-brise. C'est un grand édifice, façade chaulée et porche généreux, comme il se doit dans les manoirs qui saupoudrent l'Urdaibai. Julia n'a aucun mal à imaginer que cet endroit est sa maison natale : beau et chargé de symbolisme.

Lamiaran… À Mundaka, on dit que c'est le lieu où habitent les lamies, ces créatures mythologiques à torse de femme et pattes de chèvre. De plus, Julia entend dire depuis son enfance qu'on attribue aux maîtres de cet endroit des alliances avec ces fées énigmatiques. Normal ! À force de vivre dans une maison solitaire, à plus d'un kilomètre du hameau le plus proche…

L'ertzaina décide de ne pas perdre de temps. Il n'est pas encore huit heures, mais une seule seconde peut être vitale si l'assassin à la tulipe a aussi trouvé l'adresse.

Quel est ce bruit ? Une portière. Et le moteur d'une voiture, et les craquements du gravier sous ses roues.

Sans perdre de vue le chemin, Julia tend le bras et tâte le siège du copilote. Cette fois, elle n'a pas l'intention de se passer de son pistolet.

Son cœur a un choc.

Où est l'arme ?

Elle regarde sur sa droite et voit son étui au pied du siège. Elle le ramasse, mais entrevoit dans le rétroviseur l'arrière d'un 4×4 BMW qui s'éloigne à grande vitesse en direction de Mundaka.

Il n'est pas non plus dans son étui. Elle a dû le laisser dans son casier.

L'ertzaina hésite : se diriger vers la maison ou prendre la voiture en chasse ? C'est peut-être l'assassin à la tulipe. Il a pu la devancer et enlever la femme qu'elle a l'intention de voir. Mais elle aurait du mal à rejoindre le 4×4 sur une piste pleine d'ornières, avec son Opel Corsa.

Elle ouvre la portière et s'élance vers la maison : aucun mouvement, sauf une fenêtre éclairée, au rez-de-chaussée.

Pourvu qu'il ne soit pas trop tard pour Sara !

Trop pressée, elle ne remarque pas la fourgonnette blanche garée sous les arbres, le long du chemin.

La sonnette s'entend à peine, mais la porte ne tarde pas à s'ouvrir.

C'est une femme séduisante. Grande, blonde et mince. Un beau visage. Impossible de ne pas penser aux lamies qui donnent leur nom à ce lieu.

— Je croyais que c'était mon mari. Il vient de partir, murmure la femme en se tournant vers le chemin. – Puis elle lance un regard inquisiteur à Julia. – Nous nous connaissons ?

L'ertzaina sent que toutes les questions qu'elle avait préparées se dessèchent au fond de sa gorge. Elle la connaît ? Que répondre ? Qu'elle est la fille que cette femme a mise au monde au couvent ?

Elle n'a pas le temps de décider. Les yeux de Sara prennent un air affolé. Julia ne comprend pas. Elle entend un bruit derrière elle.

Des pas.

Quand l'ertzaina se retourne, il est trop tard. La main qui recouvre son visage éteint la lumière et tout devient noir.

Un jour de mai 2012

Je n'oublierai jamais ce jour.

Tant d'efforts, tant d'échecs, tant de larmes d'impuissance… Et enfin j'avais réussi.

Deux capsules. Seulement deux sur une plantation qui comptait plus d'une vingtaine de tulipes. Les autres avaient fané, comme lors de mes tentatives précédentes. Mais cette fois, enfin, j'avais réussi.

Je me rappelle la délicatesse du bistouri déchirant les capsules, et la fine pluie de graines sortant de leur ventre généreux. Si minuscules et si nombreuses que je n'en croyais pas mes yeux.

Je les comptai, une par une. Deux cent seize graines. Beaucoup de futures tulipes.

Je crois que je pleurai d'émotion, mais je ne pourrais pas le jurer.

C'était ma création. Je leur avais donné vie, une nouvelle variété de tulipe qui me survivrait et rendrait mon nom immortel, comme celui de tant d'autres qui avaient réussi avant moi.

La tâche n'avait pas été facile. Mon entêtement à choisir la *'Red Emperor'* pour réussir l'hybridation n'avait pas facilité les choses. C'était une belle tulipe, son nom avait une sonorité sans égale, mais ce n'était pas la variété la plus simple pour un croisement. Aucune importance, j'étais prêt à tenter ma chance autant qu'il le faudrait.

Combien de fois employai-je ce pinceau pour porter le pollen des tulipes d'une variété sur celui d'une autre ? Combien de fleurs moururent sans donner de graines ? Tant d'essais infructueux, que j'avais fini par croire que je n'obtiendrais jamais l'hybride dont je rêvais.

Ce fut une idée brillante de solliciter la Société des sciences. Les jeunes femmes de la section de botanique m'apprirent tout sur la pollinisation croisée. Grâce à elles, toutes ces vaines tentatives devinrent le succès de ce matin de mai.

Je me rappelle encore, comme si c'était hier, l'enthousiasme avec lequel elles m'avaient reçu dans cet ancien établissement psychiatrique du haut de Zorroaga, à Saint-Sébastien, où était situé leur siège. Je passai des matinées entières dans leur laboratoire, au milieu des jardinières et des microscopes. Le faux prétexte selon lequel je préparais un doctorat sur l'hybridation des tulipes les captiva, et elles se mirent en quatre pour m'aider.

J'appris tout avec elles, entre autres que la patience est la meilleure collaboratrice quand on s'occupe des fleurs. Et surtout des tulipes.

Est-il une plante plus capricieuse ? Il ne lui faut pas moins de cinq années de soins délicats pour fleurir quand on part des graines.

Tel était le grand défi auquel je m'étais mesuré.

J'avais obtenu les graines. Mon hybride était né. Maintenant restait le plus difficile : porter ces graines jusqu'à la floraison.

La première phase de mon plan s'achevait. La seconde commençait.

64

2 novembre 2018, vendredi

— C'est incroyable, elle a remis ça ! Incroyable ! s'exclame Txema, la main sur le front.

Combien de fois n'a-t-il pas claqué de la langue en chemin depuis le départ du commissariat.

Cestero mordille son piercing pour ne pas jeter de l'huile sur le feu. Elle est furieuse. Julia a agi de façon inconsciente et téméraire.

— Mettez-vous à sa place, supplie Silvia sur la banquette arrière. Elle s'est retrouvée dans une situation pas facile à vivre.

— Je n'aurais pas eu ce genre de comportement, je te le garantis, grogne Txema.

Cestero ne desserre pas les dents. Elle sait très bien qu'elle aurait réagi comme sa collègue. En tout cas, elle devra en informer ses supérieurs, et cela débouchera peut-être sur une mesure disciplinaire.

Le gravier de la piste qui mène au manoir de Lamiaran rebondit sur les flancs de la voiture, qui dérape dans les virages.

— Elle ne répond toujours pas, dit Txema en reposant le portable sur le tableau de bord.

— Du calme, nous arrivons, annonce Cestero quand elle aperçoit entre les arbres une maison blanche à deux niveaux. Regarde, sa voiture est là.

— Merde ! s'exclame Txema en montrant des pots de fleurs brisés devant la porte du manoir, grande ouverte. Ça n'annonce rien de bon.

— Toi, attends dans la voiture, ordonne Cestero à la psychologue avant de courir derrière son collègue, son arme à la main.

Txema est déjà dans la maison.

— Julia ! Julia ! Sa voix résonne jusqu'à l'étage.

Cestero inspecte le rez-de-chaussée. La table du petit-déjeuner est toujours mise. Le café ne fume plus, il semble froid, comme le toast tartiné de confiture dans l'assiette.

— En haut, il n'y a personne non plus, dit Txema en redescendant.

— Et aucun signe de violence, ajoute Cestero. S'il est arrivé quelque chose ici, ça s'est passé à l'extérieur.

— Ces pots de fleurs cassés… murmure Txema en ressortant.

— Tu crois qu'elles ont été enlevées ? demande Ane.

Elle pourrait répondre à sa propre question, mais elle nourrit l'espoir que son collègue sera moins pessimiste.

Hélas, Txema approuve. Il se penche sur les pots et passe la main sur la terre répandue.

— Bien sûr que oui. Je te raconte ce qui s'est passé ? Julia sonne. Sara ouvre et toutes les deux échangent quelques mots dans l'entrée. L'assassin à la tulipe doit être caché pas loin, prêt à attaquer celle qui deviendra sa cinquième victime. Et comment réagit-il en découvrant que Julia la met au courant ? Il les attaque toutes les deux. Il chloroforme la première par surprise. La deuxième tente de s'enfuir, d'où la bagarre.

La sous-officière branche sa radio et alerte le commissariat. Il faut des renforts, et des barrages sur toutes les routes. Chaque minute perdue risque d'être fatale.

Elle n'a pas fini de parler qu'elle sent son téléphone vibrer dans sa poche. Un message de WhatsApp. Elle regarde précipitamment qui appelle. Ce n'est pas Julia, mais Aitor.

— Merde, merde ! s'exclame-t-elle en montrant l'écran à Txema.

Une des femmes est inconnue, mais ils connaissent bien l'autre : Julia. Elles semblent dormir paisiblement sur la photo, mais le bâillon dément cette hypothèse.

— Où a-t-il déniché cette photo ? demande Txema, hors de lui.

Cestero n'a pas le temps de poser la question, car le portable se remet à vibrer. C'est encore Aitor.

— Le mec a gaffé, annonce-t-il. Je ne sais pas quelle était son intention, mais il a lancé la photo sur son propre Twitter, où elle est restée pendant quelques secondes. Heureusement, nous l'avons piquée avant qu'il l'efface.

— Mais de qui parles-tu ? demande Cestero.

— D'Aimar Berasarte, le journaliste.

65

2 novembre 2018, vendredi

C'est un bruit soutenu, un moteur qui tourne à régime constant, sur un rythme qui pousse à la somnolence. Ou bien est-ce le chloroforme ? L'odeur lui colle au nez. Et ce n'est pas le pire. Elle a aussi des contusions aux jambes et à la hanche, sans doute les conséquences des coups reçus quand il l'a transportée au lieu où il la séquestre.

Car elle n'est pas à Lamiaran. Non, dans la vallée des lamies, on a les odeurs de feuilles mortes et de forêt. Des nuances d'herbe fraîche et de bouses de vache seraient compréhensibles, et même le parfum âpre d'une fumée de cheminée.

Rien de tout cela. Elle est ailleurs.

Les odeurs de mer lui parviennent nettement, pénétrantes, chargées de sel. Elle ne sait pas où il l'a amenée, mais le Cantabrique n'est pas loin. Un autre parfum flotte dans l'atmosphère, plus subtil, à peine perceptible. Châtaigne, noix... ? Elle essaie de l'identifier, mais les vertiges s'accentuent. Le vrombissement du moteur persiste, persiste, persiste... Elle réprime à grand-peine une nausée qui lui renvoie un arrière-goût amer dans la bouche. Elle est endolorie, groggy. Qu'est devenue cette femme qui pourrait être sa mère ?

Elle a peur. Forcément ! Ce n'est pas tous les jours qu'on vous attache les pieds et les mains. Sans parler des yeux et de la bouche bâillonnés avec une sorte d'adhésif. Peur aussi du sort réservé à cette femme élégante, à peine entrevue sur le seuil. Elle n'a eu que quelques secondes pour voir ses traits, pour entendre sa voix, mais elle ne les oubliera plus. Était-ce le visage de sa mère qu'elle a vu, avant de succomber au somnifère ?

Le sommeil terrasse ses idées et Julia retombe dans les griffes d'une somnolence agitée.

Combien d'heures se sont-elles écoulées ? Le vrombissement est toujours là. Et l'odeur de mer, mais les notes sont plus douceâtres. C'est la boue. En une fraction de seconde, Julia comprend ce que cela signifie. Jamais chez elle il n'y aurait une odeur pareille. Que la marée soit haute ou basse, à Mundaka l'odeur du Cantabrique ne contient jamais ce genre de nuances. Non, à l'endroit où l'estuaire devient mer ouverte, il n'y a qu'une odeur de sel. De sel et d'algues si la marée très basse met à découvert le pied des falaises, une odeur à laquelle s'ajoute celle de crème à bronzer en été. Mais jamais de boue. Elle est donc très en amont de la ria, où la marée basse façonne le paysage des maremmes et des bourbiers. Ce n'est pas grand-chose, surtout quand on est attachée et bâillonnée, mais être capable de localiser la zone où elle se trouve lui redonne confiance.

Un bruit la met en alerte. Le moteur est là, bien sûr. Pourtant, il lui a semblé entendre une plainte. Elle dresse l'oreille. Rien. Cela venait peut-être de sa propre gorge.

Elle a mal partout.

Aux contusions s'ajoutent maintenant les crampes, car elle n'a pas changé de position depuis des heures. Depuis combien de temps est-elle détenue ? Elle pense à Cestero, à Txema, à Aitor et aux autres. Le commissariat est-il à sa recherche, ou ignore-t-il encore sa disparition ? Ils sont sûrement au courant, bien sûr. Et la femme, cette mère qu'elle a vue fugacement avant l'attaque ? L'impuissance la submerge. Si elle était arrivée dans cette maison un peu plus tôt, elle aurait sauvé la vie de Sara Carretero. Une demi-heure, peut-être moins, aurait suffi pour devancer l'assassin.

Qu'a-t-il fait d'elle ? Julia imagine sans effort une fin atroce devant des dizaines de milliers de spectateurs horrifiés, branchés de façon morbide sur le crime par l'intermédiaire de Facebook Live ou d'une application du même genre.

C'est injuste. Une mort l'est toujours, et encore plus une mort violente. Mais cette fois c'est encore plus effrayant. Qu'ont donc fait ces femmes pour mériter un tel sort, à part connaître le déchirement de voir leur bébé vendu aux enchères ?

On entend de nouveau la plainte dans l'obscurité de ce monde invisible. Pas de doute, cette fois. Elle n'est pas sortie de ses cordes vocales.

Il y a quelqu'un à côté elle.

66

2 novembre 2018, vendredi

— Incroyable. Ce salaud s'est joué de nous, se lamente Txema, les yeux brillants.

Cestero ne peut dire le contraire. Le journaliste leur a donné mille et une raisons d'enquêter sur lui. Ce qu'ils ont fait, mais il les a toujours devancés.

— Aimar Berasarte a exactement le caractère narcissique que nous attribuons à l'assassin à la tulipe, remarque Silvia.

La sous-officière n'a pas besoin d'être une grande psychologue pour savoir qu'elle a raison. Le présentateur de Radio Gernika est le suspect idéal, et jusqu'à présent son parcours était un sans-faute. Heureusement, il a laissé traîner un indice, grâce à son goût pour les réseaux sociaux.

— Je ne veux pas non plus me concentrer exclusivement sur lui, songe-t-elle à haute voix. Cette photo en fait le principal suspect, mais il pourrait l'avoir reçue. Voyons si Aitor a trouvé quelque chose.

— En ce cas, pourquoi la supprimer au moment de la partager ? intervient Silvia.

Txema claque de la langue :

— Je vous jure que si ce journaliste de merde touche à un cheveu de Julia, je le démolis !

Cestero détourne le regard. Elle est gênée de voir son collègue dans cet état. Qu'est devenu le Txema flegmatique, adepte des manières raffinées d'Interpol ?

— Malheureusement, elle ne les a pas protégées ! murmure Cestero en montrant l'*eguzkilore*, la fleur de chardon sylvestre, accrochée à la porte du manoir.

— On va pincer ce porc, grommelle Txema qui examine les traces de pneus dans le gravier.

Son regard balaie le sol et imprime mentalement un croquis détaillé qui, Cestero en est convaincue, sera d'une grande utilité. Le sous-officier ne sait peut-être pas bien obéir, mais il n'a pas son pareil pour analyser une scène de crime.

— Ane Cestero, dit-elle en portant soudain son téléphone à l'oreille.

— Aimar Berasarte n'est pas en Urdaibai, annonce Aitor. Il a pris un congé et est parti.

Cestero grommelle un juron.

— Où peut-il être ? Il faut immédiatement le localiser. Tu as son numéro de portable ?

— J'ai déjà appelé. Il est hors couverture. D'après la station de radio, il est dans les Pyrénées, en randonnée.

Cestero se tourne vers Txema.

— Drôle de hasard... ! Le présentateur est dans les Pyrénées, sans réseau.

Le sous-officier claque de la langue et secoue la tête.

— Je parierais n'importe quoi que ce salaud est à moins de dix kilomètres d'ici. Tu pourrais envoyer quelqu'un chez lui et lancer un mandat d'arrêt. Tu veux que j'y aille ?

Cestero est étonnée des bonnes intentions de Txema. C'est la première fois qu'il se met aussi clairement à sa disposition. On dirait que la disparition de Julia l'a changé.

— Non. Toi, tu restes avec moi, Txema. On va envoyer une patrouille, décide-t-elle en reprenant son téléphone pour transmettre l'ordre à Aitor.

Puis elle glisse son portable dans sa poche et se penche, à côté de son collègue.

— Comment vois-tu la scène ?

Du bout des doigts, Txema effleure un sillon dans le gravier.

— Elles étaient inconscientes quand il les a traînées jusqu'à un véhicule qui était garé ici. Ça se voit très nettement, il y a ici deux talons qui laissent leur empreinte, et deux autres un peu plus loin. Je peux affirmer sans risque de me tromper qu'il s'agit d'une grosse voiture. Un 4×4 ou même une fourgonnette.

Cestero visualise dans son esprit la scène décrite par son collègue. Elle n'a pas une seule objection. Tout s'est déroulé exactement de cette façon.

— Jusqu'à présent, il n'avait enlevé aucune de ses victimes, songe-t-elle à haute voix. Aussi bien Natalia que Charo ont été assassinées une heure tout au plus après avoir été abordées. Avec Araceli, tout a été immédiat, et avec la Galicienne il n'y a même pas eu de contact personnel. Cela pourrait signifier qu'il ne dispose pas de local pour les cacher.

— Ou qu'il n'en a pas besoin, parce qu'il se contente de

les tuer, nuance Txema. Merde, Julia… Quelle idée d'aller se jeter dans la gueule du loup !

Les deux théories se tiennent. Ce n'est pas très important. Cestero sait qu'il faut réagir, et vite.

— Qu'on dresse des barrages sur toutes les routes de la région ! Aucune voiture ne doit échapper aux inspections. Je ne sais pas ce que la hiérarchie attend pour rameuter ici tous les ertzainas d'Euskadi.

67

2 novembre 2018, vendredi

Le gémissement se répète à intervalles réguliers ; on dirait un son guttural, un appel au secours étouffé par un bâillon. C'est une femme, Julia le sait, elle peut même lui donner un visage. Celui qu'elle a entrevu quand s'est ouverte cette porte devant laquelle elle a perdu connaissance. Malheureusement, cette femme n'a pas pu s'enfermer dans la maison ni appeler à l'aide. L'assassin à la tulipe les a enlevées toutes les deux. Car, même si elle ne peut la voir, elle devine l'origine de ces gémissements : Sara Carretero, une femme qui est peut-être sa mère biologique.

— Mmmfffhhh !

Sa compagne de captivité appelle à l'aide. La réponse de Julia n'est pas mieux articulée.

Elle s'en veut beaucoup. Elle imagine la colère de sa chef, mais elle se sent surtout coupable de ne pas s'être présentée avec une patrouille dans cette maison solitaire de Lamiaran. Car alors, Sara serait maintenant sous haute protection, au lieu de se retrouver dans une cave glacée près de la ria.

— Mmmfffhhh !

Julia essaie de remuer les bras. Ils sont attachés dans le dos. Douloureux, mais moins que son épaule droite. Ses jambes sont engourdies, et elle a une crampe. Elle essaie de les écarter, mais elle est étroitement ligotée. Elle peut quand même se retourner, ce qui la soulage un peu. Contrairement à ce qu'elle croyait, elle n'est attachée à rien. On l'a posée par terre comme un vulgaire paquet.

Où est le misérable qui les détient ?

Peut-être tout près de là, et il les observe à leur insu. Non, il prépare une mise en scène brutale pour leur arracher la vie. Qu'aura-t-il imaginé, cette fois ? Cette question lui donne le vertige. Et elle se sent coupable, bien sûr. Sa maladresse a condamné cette femme à une mort certaine. Quelle inconscience !

— Mmmfffhhh !

Julia se retourne vers la source de la plainte et tente d'arriver jusqu'à Sara. Son épaule heurte le pied d'une table, ou un obstacle analogue. Rien de très douloureux, mais elle est obligée de se contorsionner pour la contourner et se rapprocher de sa mère hypothétique.

Enfin, les voilà nez à nez.

— Mmmfffhhh !

Malgré les vêtements, le contact est agréable, chaud. Cette femme est attachée, elle aussi. Sinon, elle l'aurait caressée pour la rassurer, comme le font toutes les mères, ou bien elle l'aurait aidée à se débarrasser de ses liens. Julia pose la tête sur le torse de sa compagne de captivité et, même sans ses cajoleries, elle sent un réconfort. D'où proviennent les sanglots, de Sara, d'elle-même, ou des deux ?

Julia sent une fois de plus remonter la culpabilité. Comment a-t-elle pu être aussi irresponsable ? Elle aurait dû venir à Lamiaran avec une patrouille, et on aurait arrêté l'assassin à la tulipe.

Elle a été égoïste.

— Mmmfffhhh !

À la différence de son bâillon, très serré sur sa nuque, la bande qui l'empêche de voir ne semble pas entourer sa tête. L'adhésif ne dépasse pas les tempes.

Cette découverte lui redonne de l'espoir. Pourrait-elle s'en débarrasser, et voir où elle est, au lieu d'être plongée dans le noir absolu ? Ça ne va pas l'aider à s'évader, mais elle aura une idée de l'endroit où elles sont.

Le béton rugueux devient leur allié. Sur le ventre, elle se met à frotter la tempe droite contre le sol. L'extrémité de la bande ne tarde pas à se décoller. D'un centimètre à peine, mais c'est déjà une victoire.

“Allons, encore un peu”, s'impose-t-elle en serrant les dents.

L'adhésif cède à chaque nouvelle tentative. Sa peau aussi. Le béton est trop abrasif et lui racle le visage sans pitié. Elle sent les gouttes de sang lui caresser le front, et la douleur déchirante de la tempe à vif, qui lui arrachent des larmes. Ou est-ce l'impuissance de se voir dans cette situation ?

Les gémissements de sa compagne de captivité deviennent de plus en plus déchirants. Elle souffre pour Julia, elle pourrait presque la voir.

Encore un petit peu.

Elle colle de nouveau son visage contre le sol, respire à fond et racle sa tempe contre le béton brut. Ses cordes vocales laissent échapper un hurlement que ses lèvres fermées étouffent.

Soudain, au moment où elle va jeter l'éponge, un rayon de lumière violette se glisse du côté de son œil droit.

Et elle découvre cette femme, allongée sur le côté, qui l'observe : en effet, Sara n'a rien sur ses yeux bouffis de larmes. Pour le reste, il n'y a pas beaucoup de différence. Elle est ligotée comme l'ertzaina, et bâillonnée.

Dans les jolis yeux de Sara Carretero, on lit un mélange de pitié et de peur, et une fatigue qui n'est pas encore de son âge. La tension à laquelle la soumet cette captivité y est pour quelque chose, mais pas seulement, car Julia se rappelle avoir eu cette même impression quand cette mère hypothétique lui a ouvert la porte le matin même. Mais cette rencontre à Lamiaran remonte peut-être à plusieurs jours…

La lumière est étrange, émise par des lampes violettes suspendues au plafond, qui n'est pas très haut. Une structure métallique soutient un grand bac peu profond d'où émergent des dizaines de tulipes, rouges comme la passion et comme le sang des victimes à qui elles sont destinées.

Julia regarde autour d'elle : une porte métallique, simple, et les murs dépourvus de toute décoration. Même pas un enduit sur les blocs de béton. Un soupirail en haut d'un mur laisse passer la faible clarté d'une journée brumeuse. Et elle découvre l'origine du vrombissement : la turbine d'une climatisation. Julia se rappelle les plantations de marijuana que ses collègues trouvent parfois, mais en la circonstance il s'agit de tulipes qui valsent au gré des courants d'air.

— Mmmfffhhh !

La femme essaie de lui parler.

Soudain, la porte s'ouvre. Le temps s'arrête, comme le sang dans les veines de Julia quand elle reconnaît le visage de son ravisseur. Les questions se bousculent dans la bouche de l'ertzaina. Le bâillon les empêche de franchir ses lèvres.

— Qu'as-tu fait ? Quelle idiote ! Tu ne devais pas me voir… se lamente le nouveau venu en se prenant la tête à deux mains. Maintenant, je vais être obligé de te tuer.

Aujourd'hui, j'ai été réveillée par les pleurs d'un bébé. Mes mains angoissées se sont empressées de te palper. Non, tu n'es pas encore arrivé. Ensuite cette vieille religieuse m'a apporté le petit-déjeuner. Toujours ces maudits amarguillos. *Je n'en avalerai plus jamais quand je sortirai d'ici. Au moins, elle est un peu plus aimable que les autres. Elle me caresse le dos, le bras… Un peu d'humanité est la bienvenue, en ce lieu où l'espoir se perd comme l'eau d'un ruisseau entre les doigts.*

Excuse-moi d'écrire de façon aussi désordonnée… Je te parlais du bébé qui pleurait. Celui d'une fille qui occupe la cellule du fond du couloir. Je ne sais pas son nom et on ne m'a jamais laissée la voir, mais je suis ravie pour elle. Puissé-je bientôt te serrer aussi dans mes bras.

La supérieure est la pire. Si jeune, et en même temps si méchante. Ses yeux me font trembler, me communiquent un froid qui ne vient pas seulement de leur couleur si claire, mais du plus profond de son être. Aujourd'hui, pendant qu'on m'accompagnait au jardin, je l'ai vue en grande conversation avec un couple d'âge moyen. Ils me regardaient par la fenêtre. Dans leurs yeux, j'ai lu l'espoir qui a déserté les miens depuis quelques semaines. Je commence à comprendre ce qui se passe ici. C'est horrible, le malheur des unes fait le bonheur des autres…

68

2 novembre 2018, vendredi

— Qui et pourquoi ?

Madrazo observe le tableau, les bras croisés. Il est venu à Gernika dès qu'il a appris l'enlèvement de Julia.

Les noms des victimes sont en majuscules ; d'autres données sur elles, en minuscules, griffonnées à mesure qu'on les a trouvées.

— Nous essayons de localiser Aimar Berasarte. Je crois que la compagnie téléphonique va nous fournir aujourd'hui la dernière géolocalisation de son téléphone portable, dit Cestero.

Silvia est avec eux. Tous trois sont devant le tableau. Quelques mètres plus loin, se démenant avec le clavier et la souris, Aitor cherche des infos sur l'ordinateur. Les autres travaillent sur le terrain, il n'y a pas de temps à perdre pour retrouver ces deux femmes. La colère s'étend comme une traînée de poudre. Car la peur et l'insécurité sont devenues, avec les dernières nouvelles de Lamiaran, une indignation face à l'inaction policière. Et il y a un peu trop d'appels d'en haut qui s'intéressent aux avancées de l'affaire. S'intéresser est un euphémisme, ce ne sont que des pressions : le délégué à l'Intérieur a besoin d'annoncer du nouveau lors de la conférence de presse qu'il a convoquée ; le *Lehendakari* en personne va venir en Urdaibai dans les prochaines heures… Comme si ça aidait… Il faudra consacrer à sa protection des agents qui auraient pu participer aux recherches.

— Vous croyez que l'objectif est de liquider toutes les femmes qui ont accouché au couvent en 1979 ? demande Madrazo.

Cestero confirme. Étrange situation : son supérieur est-il là en tant que chef, ou en tant que simple observateur envoyé par les politiques ? En réalité, peu importe, si cela peut servir à résoudre l'affaire.

— Du côté du couvent, il n'y a plus aucun doute. Et il n'est pas loin d'atteindre son objectif. Si nos calculs sont exacts, il y a encore deux filles de Lourdes à localiser, explique Cestero.

Silvia prend la parole :

— Je pense aux tulipes. C'est une signature chargée de symbole. Ces fleurs majestueuses, qui ont régné pendant des siècles dans les jardins du monde entier, sont le fruit du hasard, mais aussi d'un système prodigieux de sélection et de résistance. Les bulbes survivent pendant de longs mois et emmagasinent les nutriments nécessaires pour fleurir même dans les pires conditions. C'est une sorte de grossesse, d'ailleurs elles reçoivent le nom de "tulipes mères". Je suis sûre que l'assassin le sait et qu'il les a choisies pour cette raison. Et s'il était un de ces enfants nés dans ce couvent ? Un traumatisme qui aurait pu donner ce genre de réaction.

Cestero relit les noms pour la énième fois. Inutilement. Elle pourrait réciter les yeux fermés tout ce qui figure sur ce tableau. L'hypothèse de la psychologue, ce n'est pas la première fois qu'elle lui traverse l'esprit.

— Pourquoi un de ces enfants irait… ?

Mais son esprit se fige. Les insultes de son père se répercutent crûment dans les recoins les plus insoupçonnés de souvenirs qu'elle ne pourra jamais effacer de son esprit. Combien de fois, petite fille, a-t-elle souhaité ne pas être née dans une famille où règnent les cris, les pleurs et le mépris ?

Silvia hoche la tête à côté d'elle. Elle semble avoir lu dans ses pensées.

— Aitor, laisse tomber tes recherches, ordonne Cestero. C'est un de ces enfants. Nous avons huit assassins possibles. Oublie la liste des femmes donatrices et concentre-toi sur les familles réceptrices. Localise-les et regarde s'il y a des plaintes pour mauvais traitements ou un antécédent violent lié à l'une d'entre elles.

L'harmonieux visage enfantin de son collègue se trouble. Lui aussi a du mal à admettre qu'un de ces enfants puisse être derrière une telle horreur.

— Je m'y mets à l'instant. Mais attends une seconde… On vient d'appeler d'Oizpe, la résidence de troisième âge où tu as envoyé Txema. La vieille dame ne se souvient toujours de rien, mais une aide-soignante raconte que parfois, dans ses moments de lucidité, cette dame mentionne sa fille, dit-il en montrant le nom qu'il a noté sur une feuille. Cette fille de Lourdes est restée au couvent. Après avoir accouché là-bas, elle a fait son noviciat et a pris le voile.

Cestero fronce les sourcils.

— Celestina García Sánchez, lit-elle à haute voix. Mais ce n'est pas nouveau, nous avions déjà ce nom.

— Regarde plus à droite : le nom qu'elle a adopté quand elle est devenue religieuse.

Aitor lui montre maintenant un nom plus court, que Cestero reconnaît aussitôt.

— Sœur Teresa !

Aitor hoche la tête lentement.

— Voilà pourquoi elle tenait tant à ce qu'on ne découvre pas ce qui se passait là-bas. Aucune religieuse ne doit savoir que dans sa jeunesse sœur Teresa était une de ces brebis égarées qu'elle méprise tellement.

— Nier, l'autodéfense classique ! remarque Silvia. Ça cadre bien avec la personnalité de cette femme.

Cestero décroche le téléphone et appelle Txema, qui travaille avec le chef des opérations du commissariat pour organiser le dispositif de recherche. Elle veut qu'on mette la religieuse sous haute surveillance jour et nuit. Si Aitor l'a identifiée, pourquoi pas l'assassin à la tulipe ? Le pénitencier de Basauri, où elle a été internée, va lui sauver la vie. Les barreaux vont devenir sa meilleure protection. Mais pas question de courir le moindre risque, tant qu'on n'a pas mis la main sur lui.

— Et que la gardienne ne la lâche pas d'une semelle, même aux toilettes ! insiste-t-elle avant de raccrocher. – Puis elle pose la main sur l'épaule d'Aitor. – Occupe-toi des enfants, vas-y. Nous ne pouvons même plus prendre le temps de respirer. La vie de Sara et de Julia est entre nos mains.

— Et Txema, il s'est calmé ? demande Madrazo.

Cestero pince les lèvres.

— Pas du tout. La disparition de Julia l'a beaucoup affecté. Finalement, on va découvrir que sous sa carapace il y a un bon collègue. Il ne discute aucun de mes ordres. Au contraire. Son seul objectif, et le nôtre à tous, c'est de les retrouver au plus vite. J'aurais préféré qu'il en soit ainsi dès le premier jour.

— Regardez ! – C'est Aitor qui les interrompt en tournant l'écran vers eux. – J'ai autre chose. Vous savez que nous avons huit familles réceptrices de bébés. Or nous n'avons retrouvé que sept mères biologiques ! J'ai comparé les livres de comptes avec la correspondance du couvent. Il n'y a plus aucune fille de Lourdes à identifier. L'une d'elles a donné naissance à deux bébés. Des jumeaux… En mai 1979, pour être précis.

Madrazo applaudit lentement.

— Tu es un crack, mon vieux.

Cestero réfléchit. Cela signifie qu'il reste une femme à trouver, ce qui ne va pas être facile, d'après sa sœur : il y a trop d'années que personne n'a plus de nouvelles de Begoña Larzabal.

— Tu veux dire qu'il faut seulement protéger la religieuse que nous avons mise en prison ?

En réalité, la réponse est inutile : il sait qu'il n'y a pas de meilleure nouvelle, car on a besoin de mobiliser tous les agents pour retrouver les deux femmes enlevées le matin même.

69

2 novembre 2018, vendredi

— Ça n'était pas prévu… Comment as-tu réussi à enlever le bandeau sur tes yeux ? – L'assassin à la tulipe se penche sur Julia et approche la main de son visage, sans le toucher. – Merde, mais tu saignes ! Tu ne pouvais pas attendre tranquillement ? C'est tout ce que je te demandais… !

L'ertzaina n'en revient pas. Que fait-il ici ? Incroyable ! C'est un rêve, un cauchemar. Lui, il est du côté des gentils, de son côté, pas de l'autre. En le voyant entrer, elle a été soulagée, elle croyait qu'on les avait localisées et qu'on venait les libérer. Mais la réalité l'a rattrapée dans toute sa brutalité.

Elle ferme les yeux de toutes ses forces et les rouvre. L'image n'a pas changé : les appareils de la climatisation, les tulipes alignées comme une armée silencieuse sur les plateaux, cette femme ligotée par terre… Et lui, qui la dévisage toujours d'un air contrarié.

— Mmmmhhh ! proteste Julia, les yeux baissés sur son bâillon. Elle a besoin qu'il l'en débarrasse. Elle a tant de questions à lui poser. Tant, ou une seule ? Elle pourrait tout ramener à deux syllabes : pourquoi ?

Car elle n'y comprend rien. On dirait une plaisanterie macabre. Surtout avec cette lumière violette qui vous projette dans un cauchemar étrange.

Il comprend le message, mais dit non de la tête.

— Je n'ai pas l'intention de t'écouter. Tu as déjà assez compliqué les choses en me voyant. Et maintenant, comment suis-je censé réagir ? demande l'assassin à la tulipe. Je n'ai rien contre toi, au contraire. Toi aussi, tu as connu les mêmes choses que moi. Nous sommes tous les deux les fleurs d'une même plante malade. J'avais l'intention de te libérer après en avoir fini avec elle. Mais maintenant, ce n'est plus possible.

Ses propos malmènent encore plus la raison de Julia. Ils ne cadrent pas dans sa bouche. Tout est trop douloureux, venant de lui.

Pourquoi ?

Les deux syllabes remontent dans sa gorge une fois de plus. Elle essaie de les hurler malgré le bâillon, mais n'émet qu'un balbutiement angoissé.

— Tu m'as compliqué les choses. Si tout s'était passé comme prévu, à cette heure elle serait déjà morte, dit l'assassin en désignant d'un coup de menton cette femme qui assiste à la conversation d'un air terrifié. Et mon œuvre serait presque achevée. Le dernier acte était déjà en marche, il nous ramènerait à la source de notre malheur et hisserait cette maudite religieuse sur les autels de son infamie sous la forme d'une dernière apothéose. Mais je ne vais pas m'arrêter en chemin. Non. Vous aurez l'immense honneur de savourer un dénouement spectaculaire dont le monde se souviendra.

Sara Carretero se débat et crie, malgré son bâillon. Ses yeux implorent pitié et versent des larmes qui tracent des cercles obscurs sur le ciment.

— Tu ne pleurais pas, quand tu m'as abandonné dans cet immonde couvent, s'exclame l'assassin.

Julia sent son cœur éclater en mille morceaux. Ils ont le même âge. Elle commence à comprendre. Il est comme elle, un de ces bébés arrachés à leur mère par des religieuses qui comprenaient de travers la charité chrétienne qu'elles professaient.

Même dans les hypothèses les plus tordues pour trouver le mobile de ces crimes, jamais ils n'avaient soupçonné un des bébés nés au couvent.

Pourquoi ?

Pour quelle raison, cette vengeance ?

Cette fois, elle aurait bien besoin d'arracher son bâillon et de lui demander quels sont ses mobiles.

Julia a lu les lettres de l'une de ces femmes. Comment peut-il être aussi sûr que sa mère n'a pas pleuré quand elle s'est séparée de son bébé ? Et que les autres mères n'ont pas abandonné à contrecœur le fruit de leur ventre ?

C'est un monstre, un maudit monstre.

— Mmmfffjjjhhh ! insiste l'ertzaina en forçant les lèvres sous la bande adhésive.

Rien à faire, le bâillon lui entoure la tête, bien serré. Si cet homme qui la regarde, mi-soucieux mi-déçu, ne lui libère pas la bouche, elle ne pourra plus jamais parler. Soudain, elle prend conscience qu'elle va mourir sans pouvoir poser aucune des questions qu'elle voudrait vomir. Elle ne veut pas mourir, bien sûr que non, encore moins sans comprendre pourquoi tout cela est arrivé.

— Tu veux des réponses, je le sais. J'ai passé des années à les chercher, crache l'assassin à la tulipe. Tu ne devrais pas en avoir besoin. Tu as vécu les mêmes choses que moi. Notre mère nous a abandonnés. Combien de fois t'es-tu demandé pourquoi, depuis que tu le sais ? Tous les jours, n'est-ce pas ? – Sans cesser de parler, il se met à couper délicatement les plus belles tulipes. Un bouquet prend forme dans sa main gauche. – Par égoïsme. Elle a préféré vivre sa vie au lieu de se consacrer à l'enfant qu'elle a mis au monde.

Julia croise le regard de Sara, qui s'empresse de secouer la tête. Les yeux de la femme la supplient de la croire. Elle en a besoin. Elle va mourir, mais elle a besoin que ce soit dans la paix, délivrée de toute la faute qui a entaché une grande partie de sa vie.

— Mensonge ! essaie de crier Julia.

A-t-il compris, ou n'a-t-il perçu qu'un gémissement de plus ?

L'assassin ne semble pas avoir compris le message. Il continue sa tâche de jardinier de précision. L'une après l'autre, avec un flegme aux antipodes de la tension qui règne dans ce sous-sol transformé en cachot, il coupe les fleurs et les dispose en bouquet.

— As-tu remarqué leur parfum subtil ? demande-t-il, le nez plongé dans les pétales. Elles sont si belles... Sais-tu que les tulipes ont aussi des enfants ? Comme toutes les fleurs, elles peuvent se reproduire par l'intermédiaire de leurs graines, mais aussi de leur bulbe. Quand ces derniers tombaient malades à cause des champignons, naissaient des fleurs différentes, semées de veines colorées, comme des blessures ou des griffures. Les botanistes en parlaient comme de tulipes ratées, mais ces variétés étaient encore plus belles et spéciales que l'original qui les avait engendrées. On s'inclinait devant leur beauté et on dépensait des sommes astronomiques pour les avoir. Je suis le père et le créateur de ces tulipes qui accompagneront votre départ. Il m'a fallu des années de travail et d'échecs, mais le grand jour est arrivé et je n'abandonne pas mes enfants.

Julia ferme les yeux. Il est fou. Bien sûr. Il faut être fou pour traiter ainsi ces femmes.

— Tu n'es pas prévue dans mon œuvre. Tu vas devoir attendre. Tu n'auras pas non plus une fin aussi cinématographique. Désolé. Tiens, sens, dit-il en approchant de Julia le bouquet de tulipes. Je parie que tu n'avais encore jamais remarqué leur odeur ?

L'ertzaina détourne la tête. Elle ne veut pas. Comment peut-on avoir l'esprit aussi tordu ?

— Tu ne sais pas ce que tu perds. Figure-toi que ma mère les aime beaucoup. Beaucoup. C'est sa fleur préférée. C'est pourquoi je lui dis adieu avec elles. Rouge, comme le sang du prince Farhad, qui s'est jeté du haut de la plus haute falaise de son royaume en apprenant que sa bien-aimée Shirin était morte. Et sais-tu ce qui est né de ses gouttes de sang ? Des tulipes rouges, exactement ! Comme celles-ci. – Il se tourne vers ses captives avec un sourire inquiétant. – Maintenant, c'est votre tour. Peut-être se passera-t-il la même chose avec votre sang.

Il est fou. Julia cherche le regard de la femme qui gémit à côté d'elle. Elle y lit le désespoir et l'incompréhension d'une personne qui se sait condamnée. Et un appel à l'aide auquel elle ne peut répondre. Elle se sent impuissante. Que font Cestero et les autres, à l'extérieur de ces murs froids et dépouillés de toute décoration ?

Elle n'a pas le temps de répondre à sa question. Son ravisseur interrompt ses pensées et lui montre un petit flacon. Il en imbibe un mouchoir et soulève la nuque de l'ertzaina pour la forcer à inhaler.

— Maintenant, vous allez vous reposer. La valse va bientôt commencer.

Et l'obscurité revient.

70

2 novembre 2018, vendredi

Les bancs de sable et la mer s'amusent à dessiner un beau tableau impressionniste qui met en harmonie les tons dorés et bleus du Cantabrique. Ce sont les caprices de la marée basse, cette heure magique où l'embouchure de la ria prend l'aspect d'un album photos. Pas de touristes, cet après-midi, phénomène étrange dans un mirador en général très fréquenté. Mais on est en novembre et il n'est pas rare que les seuls véhicules entre Sukarrieta et Mundaka soient des fourgonnettes de livraison, des gens qui vont au travail ou qui en reviennent.

Il est accoudé sur la froide balustrade de pierre, et la brise saline lui caresse le visage. Un temps étrange, automnal, à la fois agréable et instable. Le ciel est trop bas, les nuages caressent les hauteurs d'Ogoño et de San Pedro de Atxarre, et le soleil se faufile dans les interstices, à peine bleuté, pour inonder d'une patine d'irréalité l'île d'Izaro toute proche. Un bateau de pêche bleu s'affaire non loin de là et il entend le ronron de son moteur, mêlé aux vagues qui se brisent sur la plage de Laida.

On dirait une journée tranquille, agréable. Pourtant, la tempête en lui est près de déborder. Tout s'est précipité par la faute de Julia. Si elle n'était pas entrée en scène au plus mauvais moment, tous les ertzainas de Biscaye ne passeraient pas la région au peigne fin pour retrouver leur collègue. La disparition de ces deux femmes a déclenché une alerte générale. Personne ne parle d'autre chose, ni la radio ni les habitants horrifiés par tous ces assassinats dans un endroit habituellement paisible. Et l'Ertzaintxa ne tolérera pas une victime de plus. La présence d'une collègue parmi les disparues influe aussi. Mais il a bien été obligé de l'emmener. Il ne pouvait pas la laisser prévenir cette femme, la cinquième de la liste. Sinon, c'était l'échec définitif de son plan.

Ce n'est pas grave. Tout a été longuement préparé, aucun risque d'échec. Il doit seulement devancer le dénouement de quelques jours et compléter sa grande mise en scène, qui restera gravée dans toutes les mémoires. Sublime, comme les précédentes. Comme presque toutes les précédentes, en réalité, sauf avec Araceli Arrieta. Il avait envisagé un dénouement plus cinématographique, avec retransmission en direct. Malheureusement, un imprévu de dernière heure avait tout gâché. Pourquoi n'était-elle pas allée faire les courses avec son mari, comme toutes les semaines ? Il avait prévu de l'attendre dans sa cuisine et de la maîtriser à son retour, encombrée de sacs de l'Eroski, parce que son shooté de mari allait toujours au bar quand elle remontait, chargée comme une mule. Il se rappelle encore le visage effrayé de la femme voyant un étranger entrer chez elle. Sans doute le reflet de sa propre frayeur quand il l'avait vue au milieu du couloir. Aracela était plus costaude qu'elle n'en avait l'air. Il n'eut pas le temps de l'anesthésier. Comme elle résistait, il s'était borné à la précipiter dans le puits de lumière avant d'abandonner précipitamment les lieux.

Cette fois, il ne veut rien laisser au hasard. Si l'ertzaina était arrivée cinq minutes plus tard, elle aurait trouvé la maison vide. Cette femme, la cinquième de la liste, serait morte sur les embarcadères de Murueta, qui plaisent tant à ceux qui postent des photos sur Instagram avec une impudeur typique du XXIe siècle.

Il va aborder l'épisode San Juan de Gaztelugatxe. Un ermitage accroché en haut d'un îlot qui communique avec la terre ferme par une sorte de muraille de Chine en miniature. Il n'avait pas prévu l'événement si tôt, mais il connaît en détail l'instant où la marée atteindrait le niveau nécessaire… Le Cantabrique serait son complice, une mer impétueuse dont le niveau varie de presque cinq mètres en six heures, comme une baignoire gigantesque qui se remplirait et se viderait régulièrement. Il est surexcité à l'idée de savoir cet instant si proche.

Il n'a pas le temps de s'en réjouir. Une patrouille de l'Ertzaintza s'est garée au bord de la route et les policiers s'avancent vers le mirador. Les battements de son cœur s'affolent et il se retient de prendre la fuite. Il ne les connaît pas, ils ne viennent pas du commissariat de Gernika. Il s'agit sans doute de renforts venus de la région après la double disparition de ce matin.

— Bonjour, dit-il quand ils sont si proches que le bonjour est devenu inévitable.

— *Egun on,* répond l'un d'eux.

L'autre se contente de hocher de tête.

Il retient son souffle. Ils passent devant lui et vont s'accouder à la balustrade, comme n'importe quel touriste.

Le plus jeune allume une cigarette et aspire une longue bouffée.

— Marée basse, annonce-t-il. Quand elle est haute, elle recouvre tout et on ne voit plus que la langue de sable de la plage de Laida. Ou de Laga ? Je ne sais plus, l'une des deux, je ne me rappelle jamais laquelle. L'autre est plus loin. Tu vois ce banc de sable, au pied du cap d'Ogoño ?

— Incroyable ! s'exclame l'autre. En été, ça doit être noir de monde !

Un soulagement soudain l'envahit quand il comprend qu'ils profitent seulement d'une pause. Il ferme les yeux, se félicite intérieurement et respire lentement plusieurs fois de suite pour retrouver son calme.

Un dernier regard du côté des ertzainas, absorbés par le paysage et leur téléphone portable, et il se dirige vers sa fourgonnette. Il imagine le regard de ces deux-là fixés sur son dos, et essaie de ne pas avoir l'air bizarre. Il doit s'éloigner d'eux le plus vite possible, mais sans éveiller les soupçons.

— Elle est à vous ? demande soudain un des policiers.

Il parle de la fourgonnette, bien sûr.

Son cœur bat la chamade, son sang se glace et ses mots s'égarent avant d'avoir atteint ses lèvres. S'ils le fouillent, ils vont trouver le chloroforme dans sa poche.

— Euh… Oui. Elle est à moi.

Les pas des ertzainas sur le gravier ressemblant à ceux d'un dinosaure qui s'approcherait de sa proie.

— Ouvrez le hayon, je vous prie.

Il est obligé d'obéir. Toute tentative de fuite est vouée à l'échec.

— C'est à cause de ces femmes ? demande-t-il d'un air faussement détaché.

Les ertzainas ne répondent pas. Ils attendent simplement qu'il ouvre avec sa clé.

Le véhicule est vide. Quelques heures plus tôt, ils auraient découvert les deux femmes à l'intérieur. Vivantes, oui, mais anesthésiées. Tout aurait brutalement pris fin, sans qu'il ait pu accomplir sa mission.

Le plus jeune des policiers, qui a fini sa cigarette, se dirige à l'avant du véhicule. Il ouvre la portière du passager et jette un rapide coup d'œil. Pourquoi s'attarde-t-il si longtemps sur la carte posée sur le siège ? Heureusement, il n'y a aucune marque sur les endroits choisis pour déposer les victimes.

— Vous êtes d'ici ? demande le policier.

Il retient sa respiration. Bonne question, et réponse délicate. S'il est de l'Urdaibai, pourquoi avoir la carte d'une zone qu'il devrait bien connaître ?

— Plus ou moins, mais il m'arrive encore de me perdre. Trop de routes secondaires.

Au regard que l'ertzaina échange avec son collègue, il comprend qu'il a gaffé. L'agent ne parlait pas de la carte. C'était une question en l'air.

Il plonge la main dans sa poche. Le contact du flacon de chloroforme lui donne une sensation de sécurité. Mais ce n'est qu'une illusion. Affronter des femmes désorientées ou deux policiers armés, ce n'est pas la même chose.

— Ça ne va pas ?

Il déglutit. Bien sûr que non. Il a tué quatre femmes et en a enlevé deux autres, ligotées à côté d'une plantation de tulipes. Dans ces conditions, comment ne pas être nerveux quand deux ertzainas inspectent la fourgonnette où il a transporté presque toutes ses victimes ?

— Bah, ce n'est rien. Je n'ai pas l'habitude que l'Ertzaintza fouille ma fourgonnette.

Le plus jeune minimise l'incident.

— Allons, on ne fouille pas. On jette juste un coup d'œil. Nous sommes ici pour vous aider.

L'autre referme la portière du véhicule.

— Vous pouvez partir.

71

2 novembre 2018, vendredi

Julia émerge des brumes d'un cauchemar étrange. Le chloroforme provoque des hallucinations terribles, mais moins terribles que la réalité à laquelle elle est confrontée.

Les tulipes sont toujours là, de même que le vrombissement des climatiseurs et les odeurs de maremme. En revanche, Sara Carretero a disparu. À la place qu'elle occupait, il ne reste que les traces de ses larmes sur le ciment.

Julia est dévorée par la culpabilité. C'est elle qui a condamné cette femme à mort. Elle a déçu tout le monde : Cestero, ses collègues, sa mère hypothétique… Elle se rappelle les feuillets trouvés au couvent, dans une bible. Où peut bien se trouver cette femme, maintenant ? Julia ne peut s'empêcher de penser à Txema. Il n'a jamais su qu'elle était enceinte. Elle croit que son repentir est sincère. La culpabilité revient en force la déchirer.

Une policière ne devrait jamais mettre son intérêt personnel au-dessus des gens qu'elle doit protéger.

Elle a été une égoïste, et elle ne pourra jamais se le pardonner.

Elle avait besoin de comprendre, oui. Ce n'est pas facile de savoir que votre mère vous a abandonnée dans un couvent et ne s'est plus jamais occupée de vous. Mais rechercher la réponse n'aurait pas dû l'inciter à négliger la protection dont avait besoin l'éventuelle victime d'un assassin en série. À quelle heure avait-elle découvert que la propriétaire du manoir de Lamiaran était une de celles qu'on avait baptisées "filles de Lourdes" ? Vers cinq heures du matin ? À peu près. Mais à cet instant précis, l'obligation d'une ertzaina était d'en informer l'équipe de nuit et de monter un dispositif immédiat de protection.

Et qu'avait-elle fait ?

Elle avait attendu à la fenêtre que le jour se lève pour aller la voir… Compter les étoiles, suivre les feux de position des cargos qui passaient au loin et regarder sans arrêt sa montre en attendant une heure raisonnable pour lui rendre visite.

Et tout s'est déglingué. Résultat : Sara Carretero va mourir, si ce n'est déjà fait. La certitude qu'il pourrait s'agir de sa propre mère la traverse encore une fois.

Elle l'a condamnée à mort.

La culpabilité lui inonde les yeux. Elle a l'estomac noué. Elle confond même les regrets avec la faim. Non, bien sûr qu'elle n'a pas envie de manger. Loin de là !

Étrangères à la torture qu'elle s'inflige, les tulipes continuent leur valse. Elles réagissent aux molles caresses du ventilateur par de légères oscillations qui n'inspirent aucune harmonie. Qu'elles lui auraient inspirée si Julia avait pu rêver des champs de Hollande et échapper à sa réalité. Mais tout est trop douloureux pour qu'elle s'en détache et s'envole loin de sa prison. Même un grand maître du yoga et de la méditation n'y parviendrait pas.

Les larmes dessinent des cercles sur le ciment, comme auparavant celles de Sara. Le terme approche, et le plus vite sera le mieux. Combien de temps lui reste-t-il ? Quelques minutes, quelques heures ? Elle n'aurait jamais imaginé qu'elle supplierait un dieu, auquel elle ne croit pas, de réduire ce délai au minimum. Elle ne veut plus souffrir.

72

2 novembre 2018, vendredi

Cestero pousse la porte du bar. Elle a un besoin urgent de caféine. Le serveur l'apostrophe :

— Tiens, voilà notre ertzaina vedette !

C'est fréquent, depuis que le blog de Radio Gernika a diffusé la photographie de Julia devant l'ermitage de Santa Catalina.

— Donne-moi donc un café double.

— Des nouvelles des disparues ? demande l'homme en haussant la voix pour couvrir le bruit du moulin à café.

Cestero se tourne vers la télévision. Elle reconnaît aussitôt l'hôtel de ville de Gernika et son chêne, symbole du peuple basque. Micro en main, la journaliste interviewe les habitants. Le son est coupé, mais pas besoin d'entendre pour comprendre l'indignation distillée dans ses propos.

— Enfin, quand même, on prend l'affaire au sérieux, dit le seul client, un homme qui leur adresse à peine un regard, devant sa machine à sous. Tout ça parce qu'on a enlevé une des leurs.

— Faux. On se décarcasse depuis le premier jour, réplique Cestero.

Elle en a marre d'entendre toujours les mêmes reproches. L'homme lance une grimace moqueuse au serveur sans quitter sa machine des yeux :

— Que veux-tu qu'elle dise d'autre, hein ?

La sous-officière se mord la langue. Elle ne supporte pas ce genre de type. Elle en a trop vu, comme toutes les femmes confrontées à des machos qui ne supportent pas qu'une femme soit à leur niveau. Il se comporterait autrement si l'ertzaina qui venait d'entrer avait été un homme.

Le marc de café irrite la gorge de Cestero. L'émission est en direct de Gernika. Ce n'est pas facile de travailler sous une telle pression, qui pourtant est fondée. Le sentiment d'insécurité se justifie pleinement.

— On va les retrouver vivantes, ou bien il les a déjà tuées ? demande le serveur en essuyant une tasse avec son torchon.

Encore la pression. Au moins, ce matin le vendeur de billets de loterie n'est pas là. Il ne manquerait plus que lui et ses commérages à la mode d'autrefois.

— Des nouvelles de Raúl ? demande l'ertzaina, évitant de répondre à la question.

Le serveur secoue la tête, s'essuie les mains dans le torchon qu'il étend soigneusement sur le séchoir.

— Attends… Hier, je l'ai entendu demander à Manolo de lui prêter sa barque. Aujourd'hui, il est en congé, non ?

— Oui.

— Alors, inutile d'aller chercher plus loin. Il plonge.

Cestero en est arrivée à la même conclusion. C'est le collègue de Julia, et elle aimerait pouvoir compter sur lui. Elle pourrait au moins partager l'angoisse qui l'envahit.

Elle soupire et sort quelques pièces.

— Garde la monnaie.

Elle les pose sur le comptoir, qu'elle tapote en guise d'au revoir. Le froid de la rue la frappe au visage. C'est là que la réalité l'attend ; la réalité et la pression collective de tout un pays qui retient son souffle.

— Allez, file-moi de la monnaie, la machine est en forme, lance l'homme devant la machine à sous.

Cette voix âpre devient soudain celle de son père. Elle n'a pas besoin de forcer pour l'imaginer dans un bar quelconque de Pasaia à dépenser l'argent qui aurait permis à sa famille de mener une existence plus aisée.

Cette réalité aussi l'attend, comme elle l'a attendue tous les jours de sa vie, et elle ne pourra jamais l'oublier, même quand elle aura quitté Gernika.

Il n'y a pas grand monde dehors. L'ambiance n'est pas celle d'une journée normale. Où sont ces gens qui font les courses de bonne heure ? Ceux qui bavardent aux carrefours, le journal sous le bras ? Les boutiques sont plus désertes que de coutume. Personne à la poissonnerie, et à la boucherie un seul chaland attend sa commande. Tout le monde doit être suspendu à sa radio ou à sa télévision. L'Urdaibai a beau être très étendu, c'est un gros village, et la plupart des habitants ont un lien, de famille ou d'amitié, avec une des disparues.

Cestero se sent coupable, désorientée. L'affaire lui échappe. L'assassin à la tulipe a gagné la partie. La hiérarchie l'a surestimée en lui confiant la direction d'une équipe aussi spéciale. Elle a déçu Madrazo, qui avait parié sur elle ; elle a déçu tout le monde, et surtout ces femmes qui sont maintenant mortes et enterrées.

“Il ne manquait plus que ça”, se dit-elle en voyant le déploiement des médias devant le commissariat.

Elle n'a aucune envie de les affronter. Que pourrait-elle leur dire, qu'elle se demande par quel bout prendre l'affaire ? Qu'elle attend de l'assassin qu'il commette une erreur avant d'avoir liquidé toutes les femmes figurant sur sa cible macabre ?

Ses pas l'emmènent un peu au hasard. Un camion-poubelle de tri sélectif la sort brutalement de ses méditations. Le fracas de centaines de récipients en verre tombant dans le conteneur réveille aussi les mouettes qui, juchées sur un auvent, espionnent la vie. Leurs cris irritent la matinée.

D'autres bruits. Le train. Il s'arrête devant Cestero. Les portières s'ouvrent et vomissent une poignée de voyageurs. Soudain, elle se retrouve à l'intérieur. La chaleur du wagon la réconforte. Elle n'a même pas regardé sa destination. Sans importance. Elle a besoin d'être seule, de mettre de l'ordre dans son esprit.

Aujourd'hui, j'ai connu l'horreur. La pire journée de ma vie. Je mourais d'envie de te voir, de te serrer dans mes bras, de te connaître après tant de mois d'attente, tant de mois à espérer voir le reflet des yeux verts de ton père dans les tiens… Et enfin le moment était venu.

Je cherchais du regard un visage ami qui m'inspire un peu de sérénité. Mais il n'y avait que ces corbeaux perfides voletant autour de cet horrible chevalet de torture, dans leurs habits noirs, l'air indifférent. Le froid du métal me blessait le dos, les courroies m'immobilisaient les poignets et les chevilles.

C'est alors que j'ai éprouvé une douleur intense, celle des contractions qui se répétaient à un rythme de plus en plus oppressant. Mais le pire était ailleurs. Le pire, c'était d'entendre les coassements de la mère supérieure me disant que bientôt je rentrerais chez moi et que je reprendrais ma vie comme si je n'avais jamais péché. Je ne sais pas ce qui m'a horrifié le plus, son message ou son ton faussement amical. Si j'avais encore un doute sur ce qui allait advenir, il s'est dissipé à l'instant. Et pour la première fois j'ai souhaité que tu n'arrives jamais.

La douleur a encore augmenté et j'ai cru que mes jambes allaient me couper en deux. Les liens m'empêchaient de les resserrer. Malgré tous les efforts. J'avais besoin de te retenir en moi, je ne voulais pas que ces sorcières posent leurs sales griffes sur toi. C'était étrange, d'un côté je voulais t'avoir, regarder ton visage et nous fondre dans une étreinte qui me réconforte. De l'autre, je redoutais que ce soit le début de la fin.

Tout s'est passé très vite. Je ne me rappelle même pas la douleur physique de l'accouchement. Elles se sont occupées de la renvoyer immédiatement dans l'oubli, quand elles ont dit que tu étais une fille et qu'elles t'ont tapé sur les fesses pour te faire pleurer. Je les ai suppliées de me laisser te serrer contre moi. Je voulais te voir, te sentir. J'essayais de me redresser et de tendre les bras pour sentir ta chaleur, qui était la mienne quelques instants plus tôt, mais elles n'ont pas desserré mes liens. Je ne me rappelle pas m'être jamais sentie plus écrasée par le chagrin.

Je ne sais toujours pas comment tu es, je ne sais pas si je te connaîtrai un jour. On t'a emmenée je ne sais où, pendant que je me répandais en gémissements angoissés. Ensuite, je me suis endormie dans cette salle d'accouchement et on m'a ramenée dans ma cellule. Elles disent que j'ai besoin de me reposer. Comment veulent-elles que je me repose, alors que je ne sais même pas si ma petite va bien ? Oui, comment ? Alors que je ne sais même pas si je te connaîtrai un jour ?

73

3 novembre 2018, samedi

Le paysage défile derrière la fenêtre. Le canal qu'on voit durant les premières minutes débouche sur une immense étendue de maremmes et d'îlots sableux. Un paysage magnifique que Cestero regarde à peine. Les yeux dans le vague, elle ne voit pas le cormoran plonger à quelques mètres de la voie et remonter à la surface avec un poisson argenté dans le bec. Elle n'entend pas non plus les conversations des rares voyageurs, qui tournent toutes autour du seul sujet possible.

Rien, le vide.

Il y a des effectifs partout, qui essaient de localiser ce misérable Aimar Berasarte. Question de temps. Cependant, Ane n'est pas rassurée. Un détail leur échappe. Elle a revu avec Aitor la chronologie des faits et ils ont constaté que le présentateur a un alibi pour les assassinats d'Araceli et de Charo. Des milliers d'auditeurs l'ont entendu en direct.

Les embarcadères et la tuilerie de Murueta défilent maintenant derrière la fenêtre. Le sentiment de culpabilité grandit. À cette heure, Julia, qu'elle a aussi déçue, est peut-être morte.

— Julia, murmure-t-elle d'une voix douce.

Son lien avec l'affaire secoue soudain l'ertzaina. Et si sa collègue n'avait pas été enlevée, si c'était elle, la criminelle qu'ils recherchent ? La fille qui va jusqu'au bout, jusqu'à tuer sa propre mère biologique…

Le train s'est arrêté à San Kristobal. Trois femmes descendent, un homme monte, lunettes et *txapela*, tous âgés. Quelques immeubles très hauts, le genre de ceux qu'on avait construits à la hâte dans les années 1960 pour héberger des travailleurs venus de loin, enlaidissent un moment le paysage.

Non. Impossible. Julia n'a rien d'une meurtrière.

Elle compose une fois de plus le numéro du tatoueur. Elle n'entend qu'une longue succession de tonalités qui la laisse sans réponse. Comme les fois précédentes.

— Merde !

Ce silence ne lui dit rien qui vaille. À coup sûr, Raúl est au fond de l'eau, au milieu des crabes et des congres, et il ignore encore ce qui arrive à Julia. Quand il l'apprendra, il ne se pardonnera jamais de ne pas avoir participé aux opérations de recherche.

Cependant, elle ne peut s'ôter de la tête que trois des victimes avaient des tatouages. Peut-être aussi la Galicienne. Elle aurait dû creuser cette piste. Julia aussi a un *eguzkilore*, la fleur du chardon sylvestre. Elle se reproche de ne pas avoir donné à cette piste toute son importance.

Elle se lève. Le bonhomme coiffé de sa *txapela* et les deux autres voyageuses qui occupent le wagon la regardent avec curiosité. Pas besoin qu'elles ouvrent la bouche pour savoir ce qu'elles pensent. Elle n'est pas d'ici… C'est l'inconvénient des trains régionaux, tout le monde se connaît.

Elle va jusqu'au bout du wagon, soupire et revient à sa place. Que faire ? Elle reprend son téléphone. Cette fois, elle compose le numéro d'Aitor. Où en est la recherche sur la progéniture des filles de Lourdes ? Elle ne veut pas se l'avouer, mais elle a peur que le nom de Raúl y apparaisse.

— Goenaga, se présente son collègue.

— Du nouveau ?

— Oui. On vient de repérer Aimar Berasarte dans les Pyrénées. On a localisé le signal de son téléphone et une patrouille de la Garde civile s'y dirige. Pas de trace de Julia ni de Sara. Dans le refuge de montagne, on a confirmé qu'il y est arrivé jeudi soir. Il n'a pas pu les enlever.

— Merde, je me disais bien que cette escapade en montagne pouvait être une diversion de plus pour nous égarer… déplore Cestero. Où en sont les identifications ?

— En bonne voie. J'ai déjà retrouvé quatre enfants. Cinq, en comptant Julia. Deux vivent à Bilbao, une à Markina et la troisième ici même, à Gernika. J'ai donné l'ordre de les contacter. Celle de Markina, nous l'avons, elle est à son poste de travail dans une usine de vélos. Pour les autres, nous ne devrions pas tarder à en savoir plus.

Cestero se réjouit de la célérité de son collègue.

— Une chose… Raúl, le tatoueur, ne serait-il pas un des enfants du couvent ? Au moment où elle formule la question, elle se sent coupable. Que lui arrive-t-il ? Est-elle perdue au point de soupçonner les plus insoupçonnables ?

— Raúl ? Notre collègue ? – Aitor pianote sur le clavier de l'ordinateur pendant quelques instants. – Non, pas lui. En outre, il n'est pas né en 1979. Pourquoi ?

— Pour rien, s'empresse de répondre Cestero.

Le signal sonore qui annonce la fermeture des portières s'intercale dans la conversation.

— Où es-tu ? Tu ne devais pas descendre prendre un café et remonter ? demande son collègue.

— Si… Je te raconterai plus tard, dit l'ertzaina sobrement.

Pendant qu'elle parlait, le paysage s'est doucement assoupi. La mer passe du bleu au noir et le vert des chênaies s'éteint sur l'île de Txatxarramendi et sur les flancs de l'Atxarre. La seule à l'emporter sur l'obscurité qui se fraye un chemin, c'est la teinte dorée du sable, qui par endroits émerge pour former des îlots éphémères. L'embouchure est proche ; la nuit aussi.

Une idée germe dans l'esprit de l'ertzaina, une petite lueur qui clignote dans un recoin de sa tête. Elle n'a pas encore réussi à l'isoler, mais elle sent sa présence. C'est un souvenir, un bout de conversation qu'elle essaie de ramener au présent. Il s'agit d'un détail qu'elle a négligé sur le moment et qui cherche maintenant à prendre de l'ampleur. Elle ferme les yeux, ça peut l'aider à se concentrer.

— *Arratsalde on.*

Cestero se retourne, étonnée, vers la personne qui la salue. Pendant quelques secondes, elle a du mal à remettre ce petit homme à barbe blanche et veste bleu marine qui tend la main pour vérifier son billet.

— Je suis ertzaina, s'excuse-t-elle, et elle explique qu'elle n'en a pas.

— Moi, je suis contrôleur.

Pas l'ombre d'un sourire sur le visage de cet homme. Cestero lui montre sa plaque.

— Je suis en service.

L'employé d'Euskotren soupire. Il griffonne quelque chose sur un carnet à souche.

— Où allez-vous ?

L'ertzaina se tourne vers la fenêtre.

— Où va le train ?

Le type hausse les sourcils et lui lance un regard incrédule. Puis il ajoute quelque chose sur son carnet et arrache une feuille.

— Je vous donne un billet jusqu'à Bermeo. Faites comme vous voulez.

Cestero sort son portefeuille.

— Combien… ?

Le contrôleur repousse l'argent qu'elle lui tend.

— Oubliez… Mais la prochaine fois, munissez-vous d'un titre de transport. C'est obligatoire. Sinon, en cas d'accident les assurances s'en lavent les mains. – Avant de s'éloigner, il pose la main sur l'épaule de Cestero, son regard s'est embué. – Retrouvez-les, et arrêtez ce monstre.

L'ertzaina le regarde s'éloigner dans le couloir. Il est grand. Pas gros, mais grand. Il doit peser plus de cent kilos et passe avec difficulté entre les sièges. Elle est émue de l'avoir vu au bord des larmes. Ce que cette région doit supporter n'est pas facile, heureusement qu'en dépit de l'acharnement de beaucoup de journalistes à mettre le feu aux poudres, il n'y a pas encore eu de réactions d'hostilité contre l'Ertzaintza.

Le contrôleur bavarde avec l'homme à la *txapela*. Ni le temps ni le match de l'Athletic ne sont à l'ordre du jour… Ils n'ont de mots que pour les femmes disparues. Cestero se sent de plus en plus violemment habitée par la culpabilité. Combien de femmes ont-elles été assassinées depuis qu'elle a pris cette affaire en main ?

Beaucoup.

Une seule, c'était déjà trop, mais il y en a eu d'autres.

— Ça suffit, se reproche-t-elle à haute voix.

Il faut qu'elle cesse de se flageller. Elle doit agir, pas se lamenter.

Un troupeau de moutons attend devant un passage à niveau. C'est l'heure de rentrer au bercail. La bergère lève la main pour saluer un passager connu.

Cestero lui sourit machinalement avant de refermer les yeux. Pourquoi cette sensation d'avoir laissé échapper un fil ? Il est à portée de main. Ce contrôleur a surgi au mauvais moment. Elle se met à respirer lentement, il faut chasser le fouillis d'idées contradictoires qui la bombardent. Les conversations et les cahots du train passent au second plan. Ses neurones s'activent.

Voilà. Elle le tient. Un détail infime, peut-être insignifiant, peut-être crucial.

Pendant qu'elle compose de nouveau le dernier numéro qu'elle a appelé, elle se reproche de ne pas y avoir pensé plus tôt.

— Goenaga, dit le destinataire.

Cestero ne perd pas de temps à se présenter.

— Il y a quelques jours, tu as parlé d'une thèse sur l'hybridation des tulipes, à laquelle avait collaboré la Société des sciences.

— Oui, c'est ce qu'on m'a dit.

— Je veux tout savoir sur l'auteur de cette étude. Qui c'est, où il vit… ? Tout ! Compris ?

— Un samedi ? J'aurai de la chance si j'arrive à contacter quelqu'un… Tu veux aussi savoir s'il s'agit d'un des enfants nés dans ce couvent, hein ?

— Exactement !

Comme tout est simple entre collègues, quand on se comprend, les mots sont presque superflus.

Le train s'est arrêté. Pas de quai en vue, uniquement la mer et la longue langue de sable que les cartes nomment la plage de Laida. Le contrôleur se penche à la fenêtre, sourcils froncés, et se dirige vers la locomotive. L'ertzaina a l'estomac noué. Elle pense à Julia et à Sara. Et à Natalia Etxano. Elle voit défiler devant ses yeux chaque photogramme de la retransmission de son assassinat.

— Encore ! proteste une des femmes.

Elle s'est levée et essaie de découvrir par la fenêtre ce qui a obligé le convoi à s'arrêter.

L'homme à la *txapela* n'a pas l'air inquiet. Il est plongé dans son journal.

Cestero serre les dents. Cet arrêt inattendu ne lui dit rien qui vaille. Elle est tentée d'aller aux renseignements quand une secousse annonce que le train repart.

Le message d'Aitor lui parvient quand les arbres recommencent à défiler à la fenêtre. Il a eu de la chance. La Société des sciences ne lui a pas seulement donné son nom, mais a aussi envoyé une photographie qui lui avait permis de délivrer la carte donnant accès à leurs locaux.

Cestero lit le nom, qui ne lui dit rien. Aitor assure qu'il n'apparaît pas dans la liste des enfants adoptés. Cela ne veut rien dire, il a pu donner une fausse identité. Il serait étrange qu'une personne qui a tout préparé aussi minutieusement ne l'ait pas fait.

La photo n'est pas de bonne qualité. Elle montre un homme d'une trentaine d'années, un air sympathique, des yeux noirs, un joli sourire. Cestero l'examine, sourcils froncés. Ce visage lui dit quelque chose.

Le piercing de la langue de l'ertzaina s'agite avec inquiétude et rebondit sur les incisives et les molaires. Ses neurones à plein régime échangent des informations. Elle est sûre de l'avoir déjà vu. Oui, mais quand ? Et où ?

Elle l'imagine avec une barbe, une moustache, chauve... Mille compositions différentes se succèdent dans son esprit. Il y a six ans que cette photo est arrivée à la Société des sciences, ce type a peut-être beaucoup changé.

— Merde ! s'exclame-t-elle soudain. – Elle compose le numéro d'Aitor. – C'est Álvaro, l'ami de Julia, celui qui a bossé pour Facebook !

Elle se lève. Il faut descendre de ce train.

— Álvaro Orduña ? Je l'ai sur la liste. Il est né au couvent en 1979.

Cestero fonce vers la portière. Les voyageurs se tournent vers elle, intrigués. Le train ralentit. Les panneaux de la gare de Mundaka apparaissent devant les fenêtres.

— Ce salaud s'est joué de nous, se lamente la sous-officière, pleine d'amertume. Qu'une patrouille passe me prendre. Et trouve-moi où habite ce fils de pute. Fini de jouer !

74

3 novembre 2018, samedi

— Tu m'as pourri la vie. Tu le sais ? Tu aurais pu continuer comme si de rien n'était, mais pas moi. Je ne comprendrai jamais pourquoi tu as fait ça, et je ne veux pas le savoir. Je n'enlèverai pas ton bâillon, tu me vomirais un tas de mensonges et d'excuses sans fondement !

La fourgonnette avance lentement sur le chemin de terre. Tous phares éteints, bien sûr. Peut-être devrait-il les allumer ? Il n'est pas facile de prendre la bonne décision, même si d'après les messages internes du commissariat de Gernika, il n'y a des barrages que sur les routes principales. Quelques patrouilles explorent les chemins vicinaux et les nombreux hameaux qui parsèment le paysage de l'Urdaibai. Ce sont celles qui l'inquiètent. S'il tombe sur l'une d'elles, il est foutu.

Une fourgonnette sans phares attirerait trop l'attention. Il vaut mieux les allumer.

Sur le moment, la clarté l'aveugle. Il freine, pour laisser le temps à ses yeux de s'habituer. Puis il accélère. Maintenant, il peut aller plus vite, sans crainte de quitter la piste ou d'emporter une clôture.

Il doit se dépêcher. Le ciel veut s'éclaircir, côté est. Le paysage est toujours plongé dans le noir, mais les nuages se teintent déjà de tons métalliques. Bientôt, cet oiseau de fer s'envolera et tout risque de se compliquer.

Il a choisi la nuit, parce qu'à ce moment-là l'hélicoptère de l'Ertzaintza ne peut pas décoller. C'est incompréhensible, car l'appareil est techniquement au point, mais il n'a pas les autorisations nécessaires. La bureaucratie lui facilite les choses.

Au moins jusqu'au lever du jour.

— Une maison… annonce-t-il en voyant une façade au loin. C'est ici qu'est né le père d'Iñaki, un de mes camarades sur le *Virgen de Begoña*. Mais tu t'en fous, toi ! Tu ne t'es jamais fait du souci pour moi de toute ta vie ! Et tu voudrais savoir maintenant qui sont mes amis… ?

Il y a une fenêtre allumée à l'étage. La journée commence pour tout le monde.

Il ralentit. Surtout, ne pas faire trop de bruit. Heureusement, cet habitant est un lève-tôt qui se prépare à partir au travail, pas un oisif qui s'accoude à la fenêtre pour regarder passer la vie. Parce qu'une fourgonnette sur ce chemin rural, si tôt le matin, lui semblerait par trop bizarre.

— Tout cela n'est pas facile, qu'est-ce que tu crois ! murmure-t-il d'un air contrarié.

Il laisse la maison et la tension derrière lui, et traverse une pinède. Sur son portable, la carte satellite annonce que Bermeo est tout près. Il arrive au terme de la première étape du transfert, à l'issue du tissu enchevêtré de chemins qui sillonnent l'Urdaibai jusque dans les moindres recoins. La suivante sera plus exposée, mais il est sûr qu'il n'y aura pas de contrôle de police. À l'écart de la ria, la situation devrait être plus détendue.

— Mon cousin s'est marié dans ce restaurant. Ma tante, ou plus exactement ma fausse tante, s'est toujours mieux comportée avec moi que cette sorcière, explique-t-il quand la fourgonnette passe devant une autre maison.

Quelque chose devant la porte l'incite à s'arrêter.

— Je reviens, dit-il en sautant du véhicule.

Il rapporte un sac de farine contenant une douzaine de baguettes bien chaudes. Elles sentent bon. L'estomac se contorsionne, plaintif.

— Tu en voudrais, hein ? demande-t-il en arrachant un quignon.

La seule réponse qui lui parvient de l'arrière, c'est un ronflement sourd.

Délicieux. Il revoit soudain son père lui reprochant de manger le pain chaud, quand il était petit. Mais impossible de se rappeler s'il avait vraiment mal au ventre, comme l'affirmaient les adultes.

Maintenant, il va pouvoir le vérifier.

Les immeubles de Bermeo lui souhaitent la bienvenue. Quelques passants dans les rues. Pas beaucoup, mais plus qu'il ne s'y attendait. Bien sûr, il est déjà sept heures du matin. Tant mieux, plus il y a de mouvement, moins il a de risques d'être remarqué. Les fourgonnettes de livraison, stationnées devant les commerces, le rassurent aussi. La sienne n'est pas la seule.

Il y a du mouvement à l'arrière. Sara s'est réveillée et essaie de se détacher. Malgré son bâillon, elle appelle à l'aide. Vaine tentative.

— Du calme. Tout va bien. On arrive. Bientôt tout sera fini pour toi.

Les balbutiements d'angoisse deviennent plus forts, comme les coups désespérés contre la carrosserie du véhicule. Si elle continue, il va falloir lui administrer une nouvelle dose.

Combien de fois peut-on inhaler du chloroforme sans que le corps dise assez et que tout s'arrête ? Il n'aimerait pas qu'elle meure à cause du narcotique : la fin qu'il lui a réservée perdrait tout son intérêt.

Il y a un lotissement à la sortie de Bermeo. Bientôt, le carrefour où il quitte la grand-route pour monter au cap de Matxitxako. De nouveau, il va s'engager dans les chemins qui serpentent au milieu de maisons isolées.

— Merde…

Ils sont là.

Les gyrophares projettent des reflets bleus sur les fenêtres voisines, où on devine parfois les mouvements du jour naissant ; beaucoup d'autres sont encore dans la nuit.

Son cœur s'affole. La silhouette des ertzainas au milieu de la route. L'un d'eux, avec son bâton jaune, ordonne à un 4×4 de s'arrêter. Derrière, une fourgonnette d'une entreprise de maçonnerie. Ensuite, c'est son tour.

Il est effrayé de voir ses propres mains crispées sur le volant. Impossible de se présenter ainsi au contrôle.

Faire demi-tour ? Non, trop tard. Il attirerait l'attention des ertzainas.

— Mmmmggghhh !

— Ferme-la ! ordonne-t-il en se retournant.

L'impuissance se mêle à la panique et menace de le paralyser complètement. Son œuvre est compromise. Comment va-t-il franchir le contrôle avec une femme bâillonnée qui trépigne à l'arrière ?

Le 4×4 a franchi le barrage. C'est maintenant le tour de la fourgonnette qui est devant lui. Le temps s'épuise. Les ertzainas braquent leur lampe à l'intérieur, quelques secondes, et laissent le maçon repartir.

— Mmmmgggrrr !

— Mais boucle-la, bon Dieu !

L'anxiété le met en ébullition. Il éprouve soudain le besoin d'ouvrir la portière et de s'enfuir à toutes jambes. Mais à quoi bon ?

Non, il ne peut pas tout abandonner en cet instant précis. Il doit achever son œuvre.

Le pain !

Il l'avait oublié.

Il active les feux d'urgence, gare la fourgonnette sur le bas-côté et prend deux baguettes dans le sac. Son cœur bat si fort qu'il l'entend. À une vingtaine de pas de lui, les ertzainas aussi risquent d'entendre ses palpitations angoissées.

Première étape, sortir de la fourgonnette. Il s'exécute, le plus naturellement possible, mais il a l'impression de clamer aux quatre vents qu'il est coupable. Puis il se dirige vers une maison au hasard et dépose les baguettes sur le rebord de la fenêtre la plus proche de la porte. Comme s'il était le livreur d'une boulangerie, non ?

— Mmmggg !

L'appel au secours lui parvient avec netteté, et pourtant il est déjà à une certaine distance du véhicule.

De nouveau, cette envie de prendre les jambes à son cou.

Les ertzainas ne semblent rien entendre.

Un nouveau gémissement, qui inclut cette fois des coups sur la carrosserie.

— *Hegoak ebaki banizkio, nirea izango zen, ez zuen aldegingo**…

Il entend sa propre voix, tremblante, déformée par la peur. Mais il ne trouve rien de mieux que de fredonner cet air pour essayer de couvrir le bruit.

Les policiers le regardent. Il leur sourit et les salue. Que faire d'autre ?

— Mmmggghhh !

— … *ez zen gehiago txoria izango. Eta nik…*

Mais sa prestation l'angoisse. Il n'est pas vraisemblable qu'un livreur chante à tue-tête à une heure aussi matinale.

Il tâte la poche de son pantalon. Le flacon est là. Il se penche à l'arrière de la fourgonnette et colle une fois de plus un chiffon imbibé de chloroforme sur le nez de la femme. Elle se débat désespérément, mais sombre au bout de quelques secondes dans une profonde torpeur.

Le soulagement est immédiat. Tous ses muscles se détendent. Pourtant, le problème est toujours là : des ertzainas à quelques pas de lui. Il doit continuer de jouer la comédie s'il veut rendre sa stratégie crédible.

Il prend une autre baguette et se dirige vers une des villas adossées du trottoir d'en face. Cette fois, c'est plus

* Extrait d'une des chansons les plus populaires d'Euskadi, écrite en basque par Joxean Artze et mise en musique par Mikel Laboa : *Txoria txori*. Voir le texte intégral et sa traduction à la fin du glossaire.

facile. Le sac en plastique contenant le journal, qu'un livreur a accroché à la poignée de la porte, va aussi accueillir le pain.

— Que fais-tu ?

Cette voix lui glace le sang.

Que répondre à ce monsieur en robe de chambre penché à la fenêtre de sa cuisine ? Les ertzainas n'entendent peut-être pas la conversation, mais ils voient tout. Pas question de retourner à la fourgonnette, le pain à la main.

— Et voilà ! Je vous apporte une baguette de pain toute chaude. Gracieusement offerte par la boulangerie Osintxu. Nous venons d'ouvrir à Itsasbegi et nous essayons de nous faire connaître.

Il dit ce qui lui passe par la tête, et cette idée le ravit. Il est sûr d'avoir sauvé la situation.

— Avec qui parles-tu à une heure pareille ? demande une voix de femme du fond de la cuisine.

— Un type qui livre du pain. Il dit qu'on a ouvert une boulangerie et il nous offre une baguette.

Pourquoi cet idiot se fait-il prier ? C'est donc si difficile d'accepter ce cadeau, de souhaiter bonne chance à ce commerce et de retourner tranquillement à son petit-déjeuner ?

— Prenez-la, s'il vous plaît. Vous allez voir les bonnes tartines que vous allez déguster au petit-déjeuner. C'est du pain bio, insiste-t-il en coinçant la baguette entre les barreaux de la fenêtre. À Osintxu, nous sommes sûrs que vous n'en voudrez plus d'autre après l'avoir goûté.

Il déteste l'air soupçonneux de cet homme à sa fenêtre. S'il réagit de cette façon quand on lui offre une baguette gratis, comment accueillera-t-il les témoins de Jéhovah ?

— Prends-lui donc sa baguette, tu refroidis toute la maison ! râle la femme.

Enfin, le type en robe de chambre grommelle un vague remerciement et prend le cadeau.

— Et n'oubliez pas votre journal, ajoute le prétendu livreur avant de retourner à sa fourgonnette.

La seule réponse est le claquement de la fenêtre qui se referme.

— … *eta nik, txoria nuen maite*…

Il n'a plus à chanter pour couvrir les gémissements, mais il s'oblige à continuer. Son comportement doit avoir une certaine cohérence. Pas facile. Non, ce n'est simple pour personne de chanter la gorge nouée et la bouche sèche.

— En route ! lance-t-il en s'installant sur le siège du conducteur.

Il démarre. Son cœur se remet à battre plus vite, et ses mains se crispent. Son champ de vision se rétrécit. Il ne voit plus que ce bâton lumineux qui va et vient dans l'obscurité. Le reste se fond dans une brume incertaine. Il ferme les yeux pour essayer de mieux voir. En vain, il y a toujours cette lumière jaune.

De plus, il y a le visage de l'ertzaina qui brandit le bâton. Un jeune, imberbe, qui dit quelque chose d'incompréhensible. Il lui demande de s'arrêter.

Il appuie sur le frein. Maintenant, on va inspecter l'arrière et découvrir la femme sous anesthésie. Il aurait dû faire demi-tour avant qu'il soit trop tard.

— *Egun on*, salue-t-il en baissant la vitre.

Sa langue ne répond plus, ou est-ce simplement une plaisanterie de son imagination ?

L'agent répond au salut et oriente sa lampe sur les pains qui dépassent du sac.

— Alors, on livre le petit-déjeuner ?

L'autre ertzaina, assis dans la voiture-patrouille, est penché sur son portable. Il appelle peut-être des renforts.

— Du pain. Je livre le pain dans les maisons isolées, murmure-t-il à grand-peine.

Il a la bouche tellement sèche qu'il a du mal à articuler.

— Ça sent bon, dit le jeune homme en se caressant le ventre.

Il est clair que le policier essaie de gagner du temps. Il trame quelque chose. Et l'autre est toujours sur son portable.

Dans un éclair de lucidité, il allonge le bras vers le sac.

— Tenez, prenez cette baguette. J'en ai toujours en trop. Histoire de tuer la faim, vous devez travailler depuis un bout de temps !

Il a réussi à tout dire sans bafouiller.

— Merci. Mmm, il est tout chaud… Sûr que vous n'aurez pas de problèmes ? dit l'ertzaina, reconnaissant.

— Allons donc ! C'est pour vous.

Le jeune ne perd pas de temps. Il a déjà un morceau dans la bouche. Le faisceau de sa lampe balaie distraitement l'intérieur de la fourgonnette. D'où il est, il ne peut voir la femme enlevée, mais ce sera la fin de tout quand il lui demandera d'ouvrir le hayon.

— Roulez, dit le policier. Et bonne livraison. Vous allez loin ?

— Non, Eneperi et San Pelayo. Après, j'ouvre la boutique.

Pas plus difficile que ça !

— Bonne journée, dit l'homme en uniforme en reculant.

— Pareillement, répond-il avec un sourire poli.

Il a trop appuyé sur l'accélérateur. Inutile d'être aussi brusque. Si on ne le soupçonne toujours pas, c'est un miracle. Non, ils ne semblent pas troublés. Ils ont l'air tranquilles, dans le rétroviseur, l'un avec son portable et l'autre avec sa baguette. Quelques secondes plus tard, le barrage policier, c'est du passé, dévoré par les eucalyptus qui bordent la route de Matxitxako.

Au carrefour, le clignotant gauche de la fourgonnette indique qu'il va s'engager dans le chemin vicinal qui se faufile entre les maisons. Mais au dernier moment il choisit de rester sur la route principale. Il est peu vraisemblable qu'il y ait d'autres contrôles avant sa destination.

Le ciel n'est plus noir, mais bleu pâle. Le ton rosé des nuages annonce le lever du soleil.

— On arrive. C'est bientôt fini, lance-t-il en se retournant légèrement. Je suis sûr que tu ne me faisais pas confiance. Mais tu vois, tu peux être fière, tu n'as pas mis au monde un idiot.

Sara ne répond pas. Sa respiration régulière s'entend à peine, couverte par les bruits du moteur.

— C'est entièrement de la faute de Julia. Si elle n'avait pas mis son nez chez toi, on n'en serait pas là. Elle a rallongé tes souffrances pour rien. Tu sais qu'elle aussi pourrait être ta fille ? Et tu trouves injuste de faire notre connaissance dans ces conditions, au dernier moment ?

Alors imagine ce que c'est, pour nous, de passer sa vie à chercher des réponses qui ne viendront jamais.

Un nouveau carrefour indique la direction du phare de Matxitxako. Un cadre grandiose, pour ôter la vie de cette femme. Mais moins que celui qu'il a choisi.

— Tu sais le pire de tout ? dit-il avec une pointe de chagrin. Je vais être obligé de tuer ma propre sœur. J'ai toujours rêvé d'en avoir une. Elle m'aurait aimé et je lui aurais aussi donné mon amour. Je l'aurais guérie de tous les maux de ce monde, délivrée de toutes les personnes cruelles qui auraient essayé de lui faire du mal comme on m'en a fait.

Le repeuplement forestier s'efface et bientôt le Cantabrique occupe le premier plan. Deux bateaux de pêche rentrent au port de Bermeo après une nuit en mer. Une nuée de mouettes, qu'on devine bruyantes malgré la distance, se disputent les déchets que les *arrantzales* jettent par-dessus bord avant d'accoster. Une de ces scènes qui, en d'autres circonstances, auraient mobilisé toute son attention, peut-être même aurait-il pris une photographie. En revanche, ce matin, le spectacle ne lui inspire rien. Il n'a qu'une idée : arriver le plus vite possible à l'endroit choisi.

— Au moins, j'ai donné ce qu'il méritait à ce salaud qui a souillé le nom de Julia. Ce journaliste doit avoir maintenant toute l'Ertzaintza sur ses talons. Il n'est pas très difficile de manipuler un compte Twitter, pour quelqu'un qui, comme moi, a passé la moitié de son existence sur des ordinateurs.

Il regarde le ciel. Une belle journée en perspective, des nuages hauts, qui virent au rose, et un vent du sud. Ça n'a guère d'influence sur son plan, qui ne dépend que de la mer. L'heure lui rappelle qu'il doit se dépêcher. La marée monte et il sera bientôt trop tard pour mener à bien son œuvre.

Quand San Juan de Gaztelugatxe entre dans son champ de vision, la brume l'oblige à cligner des yeux pour effacer les larmes qu'elle provoque. Pourquoi a-t-il fallu que Julia s'en mêle ? Il se sent brisé, effrité, quand il pense qu'il va devoir la tuer, elle aussi.

— Nous sommes arrivés. Tu n'es pas à plaindre. Si je devais choisir un endroit où mourir, pour moi ce serait l'évidence. Maintenant, chaque fois que quelqu'un verra une carte postale de cet endroit, il se rappellera ce qui t'est arrivé ici. Je t'offre l'immortalité.

Une petite route fraîchement goudronnée descend vers la baie où semble flotter Gaztelugatxe. L'îlot est un rocher massif, où quelques taches d'herbe ne parviennent pas à le dépouiller de sa pureté. Autour, la mer est blanche d'écume, résultat de l'assaut incessant des vagues résolues à l'abattre. C'est une scène naturelle pleine de dramatisme, surtout à cette heure où la solitude l'enveloppe entièrement. La main de l'homme y a tendu un pont jusqu'à la terre ferme, enchaîné à un sentier empierré qui conduit en haut du piton. L'ermitage le plus maritime qu'on puisse concevoir domine le tout.

Combien de familles sont-elles venues ici prier pour leurs proches disparus après une tempête, entre ces murs imprégnés de sel ? Beaucoup. Et pourtant, jamais la sienne n'y serait venue si la mer l'avait englouti.

Un jour de mars 2018

Le mur transpirait d'humidité, comme les pavés qui brillaient à la lueur des réverbères. Pas de voix, pas de présence, à part les gouttes qui se détachaient du bord des toits. Un camion-benne ajoutait un bruit lointain, par moments.

Je regardai encore une fois dans toutes les directions pour m'assurer qu'il n'y avait personne dans le voisinage. La rue était déserte ; la nuit, idéale ; et l'heure, trois heures du matin, aussi.

— Allons-y !

Et j'escaladai la maçonnerie en m'accrochant aux fissures.

Quelques secondes plus tard, j'atterris dans le jardin, au milieu de choux d'une grosseur respectable. Je compris vite que ma crainte qu'elles aient un chien qui dénonce ma présence était sans objet. Aucun animal en vue.

Je courais vers le bâtiment principal du couvent quand je vis un spectacle qui m'arrêta net.

Elles étaient belles, toutes pareilles, fières, d'une couleur qui, en dépit de l'obscurité, semblait aussi rouge que le sang.

Je les caressai. Leur léger parfum de noix se répandait à la faveur de la fraîcheur nocturne. C'étaient des *'Early Abba'*, une variété précoce qui ne demandait pas trop de soins. Leur double rangée de pétales les rendait parfaitement identifiables. Ce furent les premières tulipes que je plantai : j'avais reconnu la fleur que ma mère avait glissée dans mes vêtements en m'abandonnant. Je fus déçu de constater qu'elle l'avait peut-être coupée sur ce même parterre.

Les variétés simples comme celle-ci ne me motivaient plus. J'avais créé une variété dont ma mère aurait pu être fière. Je voulais lui prouver que le fils qu'elle avait abandonné était très méritant. *'Emperor's Mum'*. J'aimais le nom que je lui avais donné. C'était le résultat d'un travail soigné, de longues attentes et de beaucoup de déceptions. Enfin, mes graines avaient réussi à fleurir. Maintenant, je disposais de bulbes, qui dormaient en attendant que j'entame la partie la plus intense de la fête que j'avais préparée.

Et cette nuit était déterminante. Si tout se passait comme prévu au couvent, je devais attendre les quatre mois de floraison de mes plantes avant le feu d'artifice final.

J'avançais. La porte du potager qui donnait dans le bâtiment n'était pas fermée à clé. Ces nonnes me facilitaient les choses.

— Salut, chuchotai-je dans le couloir vide.

On sentait un mélange étrange de maçonnerie, d'encens et de vieille bâtisse. Le sol était en pierre, dans cette partie noble du couvent. L'espace comprenait l'église, une petite zone d'accueil pour les visiteurs et le vestibule. Il était étrange de voir le tour, du côté de la clôture. Je ne sais combien de fois je m'étais retrouvé de l'autre côté de ce mécanisme giratoire. Ma mère aimait beaucoup les gâteaux des religieuses, et c'était toujours moi qui allais les acheter.

Je n'éprouvais aucune pitié quand je pensais à elle. Je la revoyais, clouée sur son lit de l'hôpital de Cruces, s'éteignant à une vitesse qui avait surpris les médecins eux-mêmes. Elle était morte seule, bien sûr, en toute justice. Et elle reposait dans un caveau provisoire du cimetière.

Sa mort n'avait été que le début. J'abordais maintenant la seconde partie de ma vengeance, la meilleure.

La première complication survint quand je posai le pied sur l'escalier. Les archives du couvent se trouvaient au premier étage, si le plan que je m'étais procuré ne se trompait pas. Mais les cellules des religieuses aussi.

Les craquements du vieux bois résonnèrent dans tout le bâtiment. Et pas seulement sur la première marche. Chaque pas déclenchait de tels grincements et craquements que forcément les religieuses se rendraient compte de la présence d'un intrus dans le couvent.

Je me retournai pour repartir par où j'étais venu.

Et aussitôt je me maudis. Je n'allais pas renoncer au moment de toucher au but. Ce n'étaient que des religieuses. Au pire elles prendraient peur en me voyant et s'enfuiraient en courant.

Je montai et arrivai devant un long couloir où s'alignaient des portes de chaque côté, toutes fermées. On ne percevait aucun mouvement. L'obscurité était presque complète.

"Les cellules", me dis-je.

Je devais aller jusqu'au bout du couloir pour entrer aux archives. Ce qui revenait à se jeter dans la gueule du loup.

Je retins mon souffle pour m'assurer qu'il n'y avait d'autre bruit que celui de mes battements de cœur, si violents que je craignais qu'ils réveillent les religieuses qui dormaient derrière ces portes.

"Ce ne sont que des nonnes", me répétai-je intérieurement.

Pour alléger mes pas, je me déchaussai et me dirigeai vers la bibliothèque.

On entendait des ronflements, des toux et même des chuchotements à l'intérieur des cellules. Partout sur les murs, des crucifix et des saintes qui me donnaient la chair de poule. Je me sentais observé.

Même ambiance quand j'entrai dans les archives et allumai ma lampe. La Vierge Marie qui présidait dans cette salle était si réelle que ses yeux me suivaient partout. Son ombre dansait sur le mur en suivant le faisceau de lumière.

Les étagères offraient un curieux mélange de biographies de saints et de livres de gastronomie. Au lieu de perdre mon temps à lire les titres, j'explorai avec ma lampe les étagères et crus que je repartirais bredouille. Mais tout était là, dans un coin sans aucun charme. Les reliures en peau où les titres étaient gravés en lettres d'or devenaient soudain des cahiers à spirale et des dossiers bleus bourrés de documents.

Je mis un bout de temps à les éplucher. Ces femmes gardaient tout, depuis les factures des cierges pascals jusqu'aux vieilles recettes de pâtes qu'elles ne fabriquaient plus.

Il était presque cinq heures du matin quand je trouvai enfin ce que je cherchais : un livre de comptes rempli de généreuses colonnes de prénoms et de noms.

Donateurs. Récepteurs.

L'en-tête de chaque liste ne pouvait être plus hypocrite. Comment pouvait-on appeler ainsi celles qui abandonnaient un bébé ou ceux qui l'acquéraient ?

Je tournai les pages et tombai sur l'année 1979, l'année de ma naissance.

Voilà ce que je cherchais.

D'un côté, le nom des mères qui avaient abandonné leur progéniture au couvent ; de l'autre, les couples qui nous avaient achetés. Je reconnus le nom de mes parents adoptifs sur cette seconde liste.

J'étais euphorique. Quand mes tulipes fleuriraient, je pourrais supprimer la femme qui m'avait trahi et refusé la vie qui m'était promise.

Mais ça n'allait pas être facile. Le nom des bébés ne figurait pas sur la liste, ni leur date de naissance. Impossible d'établir un lien avec moi. Laquelle de ces sept mères était la mienne ?

— Bon Dieu ! grommelai-je entre mes dents.

Un bruit m'alerta. J'éteignis ma lampe et attendis. Rien, hormis un ronflement étouffé, au loin. Pas de mouvement non plus dans le couloir. Une fausse alarme, mais elle signifiait que je ne pouvais pas m'attarder.

J'arrachai la page du registre qui m'intéressait et remis tout en place.

Au moment où je sortais dans le couloir, un grincement me figea sur place.

La porte d'une cellule s'ouvrait.

De nouveau mon cœur battait la chamade. Une silhouette apparut. À peine une ombre. Qui s'arrêta en me voyant. Sans doute aussi effrayée que moi.

Je n'avais pas prévu ce genre de situation. La religieuse s'interposait entre la sortie et moi. Ou bien je la renversais en m'enfuyant, ou bien je ne pouvais sortir du couvent. J'avais les informations que je voulais, ces religieuses ne m'empêcheraient pas de réaliser mon plan.

Au moment de l'écarter d'un coup d'épaule, je la reconnus. C'était la mère supérieure. J'éprouvai soudain une rage irrationnelle. Cette vieille femme avait dirigé ce couvent toute sa vie. J'imaginai la scène, le jour où elle m'avait donné à un marin qui voulait rendre heureuse son épouse, laquelle m'avait détesté dès le premier jour.

Tout alla si vite que j'en fus moi-même surpris. Je la saisis à la gorge et quand je la lâchai elle avait les yeux révulsés. Elle ne respirait plus. Je l'avais tuée. Du moins, je le croyais.

Je regardai autour de moi, craignant que cette empoignade ait réveillé du monde.

Personne.

J'étais devenu l'égal de Dieu. Je décidais du droit de vivre, ou pas, de chacun. Et cette fois tout avait été beaucoup plus facile qu'avec ma mère, qu'il avait fallu empoisonner pendant des mois.

À ce moment-là, en voyant la religieuse à terre, dans la pénombre de ce couloir, je compris que l'œuvre que je m'apprêtais à réaliser devait être de plus grande ampleur. Si j'ignorais laquelle des femmes de la liste était ma mère, je n'avais qu'une seule solution. Et elle me ravissait.

Je les liquiderais toutes.

Ma vengeance serait grandiose.

75

3 novembre 2018, samedi

Julia est au bord d'une falaise dont la base se perd dans les brumes qui flottent au ras de l'eau. C'est haut, personne ne survivrait à une telle chute. Le pire, c'est qu'elle sait exactement ce qui l'attend. Elle a fait son temps, comme Sara et les autres femmes, dont la seule faute était d'être une des mères possibles d'un assassin.

— C'est ton tour, entend-elle dans son dos.

C'est sa voix. Elle a cru longtemps que c'était celle d'un ami. Elle sait maintenant que non. Il se contentait de l'utiliser.

Une main se pose sur sa nuque, dont la chaleur est une illusion. Cette main va la pousser vers sa fin. Au moins, il a choisi la mer pour la tuer. Elle n'aurait pas choisi un meilleur endroit pour mourir. C'est peut-être vrai, qu'ils sont frère et sœur.

Elle ne le saura jamais. Dès que les vagues l'étreindront, tout en bas, tout sera fini et ses questions resteront sans réponses.

— *Agur*, Julia. C'est toi qui m'as obligé, dit son assassin.

La voix est brisée, mais la main qui la pousse dans le vide est ferme.

La chute est rapide, propre, elle n'a pas le temps d'y penser. Tout est fini. Cette fois, ce n'est pas comme le jour où elle avait fait de l'élastique dans les Pyrénées. Non, cette fois, aucun lien ne freine le voyage au dernier moment. La fin du trajet est très différente, et se rapproche sans pitié.

Son visage entre en contact avec la mer. L'eau envahit ses fosses nasales et lui coupe la respiration. Pétrie d'angoisse, elle veut nager. Impossible, elle a les bras attachés dans le dos.

— Julia ! Julia !

D'où viennent ces cris ?

— Hé, Julia !

On lui tapote le visage. Elle entrouvre les paupières et voit une ombre au-dessus d'elle, qui n'a pas d'yeux, pas de bouche. Les contours sont flous.

— Elle est droguée. Elle va se rendormir. Arrosez-la encore !

Un nouveau seau d'eau sur la figure. On lui a enlevé la bande adhésive et elle peut enfin tousser.

Elle rouvre les yeux. Cette fois, les formes se précisent. Cestero la regarde avec inquiétude, mais elle sourit. À côté d'elle, Txema a les yeux humides.

— L'ambulance arrive, annonce un agent en uniforme, la radio à la main.

— Inutile. Ce n'est que du chloroforme.

Julia est étonnée d'entendre sa propre voix. On croirait qu'elle a bu. Elle a les paupières lourdes. Elle a encore besoin de dormir.

— Tu dormiras plus tard, lui dit Cestero en la secouant par les épaules. – Les autres agents s'empressent de la libérer de ses liens. – Dis-nous où est Sara.

Julia se retourne. À l'endroit où était sa compagne de captivité, plus personne. Le sous-sol est vide. Elle est seule avec les ertzainas. Et avec les tulipes, bien sûr, qui poursuivent leur valse sereine, indifférentes à tout. De l'autre côté de la lucarne, pas de lumière, il fait nuit noire.

— Il l'a emmenée, dit-elle en se souvenant vaguement.

— Où ?

Ses yeux se ferment. Cestero redevient une ombre.

— Julia ! Où est Sara ? Ce salaud a sûrement dit quelque chose ! Où l'a-t-il emmenée ?

L'agente n'a pas la force de garder les yeux ouverts.

— Dans la maison du dragon et de Daenerys, balbutie-t-elle dans les brumes du sommeil, en caressant maladroitement le nouveau tatouage de Cestero.

— Elle est droguée, déplore Txema. Elle ne peut rien nous dire.

— Quel dragon ? Sugaar ? – La sous-officière continue de la secouer. – Allons, Julia ! Ce n'est pas le moment de parler de tatouages. Il faut sauver cette femme !

Les paupières de Julia s'entrouvrent. Elle a mal à la tête. C'est ce foutu moteur de la ventilation. Qui est cette femme qui l'empêche de dormir ? Ah oui… Cestero. Le dragon… La maison du dragon.

— Le rocher du dragon. C'est ce qu'il a dit.

Cestero a l'air perplexe. Maintenant, c'est elle qui caresse son tatouage.

— S'agirait-il d'une allusion aux lamies ? Sara vivait à Lamiaran…

Julia secoue la tête. La douleur s'intensifie avec le mouvement. Txema essaie de la soutenir pour la soulager.

— Le rocher du dragon.

Cestero la dévisage quelques secondes en silence, se frappe le front et sourit :

— Merde, prévenez toutes les unités… s'exclame-t-elle en activant la radio. Ce salaud veut la tuer à Gaztelugatxe. Le rocher du dragon, le "Peyredragon" de *Game of Thrones*. Je veux tout le monde là-bas, tout de suite. Alertez aussi les unités aériennes et maritimes.

Julia sent la chaleur du baiser de Cestero sur son front. Et elle sombre dans le sommeil, un sommeil agité, mais plein d'espoir.

76

3 novembre 2018, samedi

La sonnerie de la cloche perturbe le silence du matin. L'éclat métallique du ciel se fond avec celui de la mer, qui retrouve son habituel ton bleu-vert à mesure que la lumière devient plus vive. Les vagues fouettent avec la force de la marée montante les falaises de l'îlot de Gaztelugatxe et de l'îlot voisin d'Aketxe, plus petit, et qui n'est pas relié au continent par un pont.

Des dizaines, peut-être des centaines de mouettes s'envolent, contrariées par ce réveil métallique inattendu. Leurs cris étouffent tout autre son et soudain il n'y a plus ni vagues ni rien. Le monde entier est devenu un ricanement strident et chaotique.

Il tire sur la corde encore une fois et la cloche de nouveau se fraye un passage. Le jour se lève, salué par les odeurs de sel et de fraîcheur, par les odeurs d'algues sèches et de rochers trempés. Et de vie. Des odeurs de vie, on pourrait le résumer ainsi. En haut de San Juan de Gaztelugatxe, le monde semble s'être arrêté.

Personne en vue.

Elle, uniquement.

L'adhésif lui interdit d'appeler à l'aide. Elle a les yeux écarquillés et une grimace éperdue de terreur. Elle sait ce qui l'attend.

Il n'a aucune pitié pour elle. Il n'en a eu aucune pour les femmes qu'il a condamnées à mort. Pourtant, les larmes affleurent à ses yeux. Comme les fois précédentes. Il ne pleure pas sur ses victimes, mais sur lui-même. Il aimerait être fort pour affronter la vérité. Pourquoi l'a-t-elle abandonné, pourquoi l'a-t-elle condamné à vivre une enfance qui ne lui était pas destinée ? Il ne le saura jamais. Il ne veut pas le savoir. La vérité serait sans doute douloureuse. Il ne peut prendre le risque qu'elle soit différente de celle qu'il s'est forgée pendant toutes ces années de souffrance. Elle l'a abandonné dans ce couvent par égoïsme, c'est tout. Voilà pourquoi elle mérite la mort. Il n'était responsable de rien, et elle l'a tué de son vivant, elle l'a enseveli dans une tombe appelée foyer, où il n'a connu que mépris et douleur.

Ding, dong…

La cloche continue de sonner ; le portable, qu'il tient à la main, retransmet en direct la plainte métallique. Cette tulipe qu'il a fixée sur la porte de l'ermitage, une belle image ! Le rouge vif contraste avec les murs et la sobre obscurité de la pierre.

— Bienvenue, murmure-t-il en regardant le compteur des visiteurs.

Malgré l'heure matinale, trois mille personnes assistent déjà à la retransmission sur internet. Et ce n'est qu'un début. Pour une fois dans sa vie, il se sent important.

Il regarde cette femme qui pourrait être sa mère, tente de braquer la caméra sur elle pour offrir à ses visiteurs l'horreur de son angoisse. C'est ce qu'ils attendent, personne ne se branche sur le réseau social pour voir une cloche.

Non, ce serait une folie. Il offrirait aux ertzainas une piste qui pourrait sauver la vie de Sara.

Il pleure. Cette fois sans retenue. Julia a tout gâché, elle l'oblige à prendre la décision la plus difficile de sa vie. Et il déteste savoir qu'il est plus faible qu'il ne le croyait.

Est-ce une sirène qu'il entend ?

Le son est de plus en plus net. De même que la vision d'une voiture noire dévalant la route à toute vitesse. Ses larmes amplifient le halo bleu d'un gyrophare installé sur le véhicule.

Ils arrivent un peu tôt. Il attendait une marée, mais pas celle-ci, et il n'a pas encore accompli son œuvre. Ils vont tout gâcher, comme Julia.

J'aime passer le nez sur ta petite tête et sentir tes cheveux blonds, comme ceux de ton père. Il adorerait savoir qu'après son retour en Amérique un peu de lui est resté de ce côté-ci de l'océan. C'est quelqu'un de bien, pas le genre d'homme qui se désintéresse de ses enfants. Je suis sûre qu'il t'aime, d'une façon ou d'une autre il saura que tu existes, quelque chose dans son cœur le lui aura dit, et il t'aime, il t'aime de tout son cœur, comme moi. Tu as changé ma vie. Tu me rends heureuse, grâce à toi je me sens si pleine que je n'ai besoin de rien d'autre.

On t'a amenée le lendemain de ta naissance, alors que j'avais perdu tout espoir. J'ai encore honte de me souvenir de moi à genoux remerciant la mère supérieure d'avoir eu pitié de nous. Maintenant, je sais que c'était la procédure habituelle, dans ce lieu inhumain.

Il y a quelques jours, j'ai entendu des cris dans la cellule du fond. Des pleurs déchirants qui me brisaient le cœur. Parce que je sais ce que cela signifie. Ce n'était pas un bébé affamé ou en manque de câlins. C'était une femme comme moi, et son heure était arrivée. Son problème, ce problème dont nous parle sans arrêt la mère supérieure, venait de disparaître. Elle n'aurait plus une petite tête dans laquelle plonger le nez ni une petite frimousse satisfaite à contempler pendant la tétée.

Pardonne-moi d'inonder ton visage serein de mes larmes, pardonne-moi de te serrer si fort, au point de te réveiller en sursaut. Je ne peux m'en empêcher. À la seule idée qu'un jour elles viendront te chercher et que tout sera fini, je suis anéantie. Je mourrai de l'intérieur, tu sais !

Je les hais de toutes mes forces. Pourquoi m'infligent-elles ça ? Pourquoi mes parents ont-ils décidé de me punir de la sorte ? Je ne pourrai jamais leur pardonner qu'ils m'arrachent ce que j'aime le plus au monde.

Jamais.

Je ne retournerai jamais dans ce que j'appelais mon foyer. Quand je sortirai d'ici, quand ces monstres avec leurs crucifix t'auront emportée et m'auront arraché la vie, je m'en irai. Si loin que personne ne pourra plus me retrouver.

Un de ces jours, le bruit de la porte me réveillera et ton petit berceau sera vide. Quand ce moment viendra, je crois que je n'aurai même plus la force d'écrire. Qui sait si ce ne sont pas les derniers mots que j'écris de ma vie. Je n'imagine pas un avenir sans toi.

Je sais que tu ne pourras jamais lire cette lettre, mais j'espère que d'une façon ou d'une autre tu arriveras à savoir que je t'aime de toute mon âme. Quand on t'arrachera à mes bras, je ne pourrai plus jamais sourire. J'espère que tu pourras être heureuse.

Où que tu sois, où que la vie te mène, j'espère que tu sauras que je t'aime comme jamais auparavant j'ai aimé ni n'aimerai de toute ma vie !

Des cris, j'entends des cris dehors. Une serrure. C'est celle de ma cellule.

Elles arrivent, ma fille. Elles sont là.

77

3 novembre 2018, samedi

Cestero saute de la voiture avant qu'elle s'arrête. Elle sait qu'une seule seconde peut être fatale quand l'épée de Damoclès est suspendue au-dessus d'une vie. Elle voit sur son portable la cloche qui occupe tout l'écran. Ses sonneries sont maintenant en stéréo : d'un côté le haut-parleur de l'appareil, et de l'autre l'ermitage lui-même.

— Allons-y, tout le monde en haut avec moi. Aitor, relance les unités aériennes et maritimes. Ils devraient déjà être là… Nous le tenons. Je ne sais pas ce qu'il trame, mais il ne nous échappera pas, dit la sous-officière en se tournant vers ses collègues.

Deux voitures-patrouilles descendent la route à pleine vitesse. Leurs sirènes envahissent le calme tendu de la baie et couvrent la plainte métallique de la cloche. Quand l'hélicoptère et la vedette seront là, San Juan de Gaztelugatxe sera devenu une souricière parfaite.

Pourtant, quelque chose ne colle pas. Pourquoi ce suicide ? Pourquoi les attendrait-il dans un lieu sans issue ?

— Je le veux vivant, prévient Cestero. – Et elle est agacée de constater qu'elle parle plus à elle-même qu'aux autres. – Priorité absolue à la vie de Sara, que personne ne la mette en danger.

Une précision inutile. Les protocoles d'intervention en cas d'enlèvement sont très clairs, la priorité est toujours de préserver la vie de la personne enlevée. Le reste est secondaire.

Le téléphone sonne. C'est Madrazo. Il est en chemin. Il supplie Cestero de ne rien précipiter, et lui demande en même temps de libérer Sara à tout prix. On ne peut pas se permettre une victime supplémentaire, surtout avec toutes les télévisions du pays retransmettant en direct ce qui se passe à Gaztelugatxe.

— Nous devrions appeler les sapeurs, suggère Txema, plus détendu depuis qu'il a vu que Julia était en vie. Tout cela est très bizarre.

Cestero se mord les lèvres et ferme les yeux. Il a raison, c'est peut-être un piège.

— Impossible. Combien de temps mettraient-ils pour arriver ? La vie de cette femme tient à une poignée de secondes. Doucement, commençons par un examen visuel de l'ermitage, et on y entre aussitôt après.

D'autres sirènes : une ambulance.

Sur le pont en pierre sinueux qui relie le parking à l'îlot retentissent les premières enjambées des ertzainas dans leur course vers le sommet. La cloche sonne toujours, les vagues masquent en partie le son, ainsi que les cris des mouettes portées par les courants d'air.

Cestero lève les yeux. Il est là, sous un ciel pâle, saupoudré de quelques nuages dorés, une image à vous couper le souffle. Comment le destin peut-il cacher des plaisanteries aussi macabres ? Elle comptait visiter

Gaztelugatxe un jour prochain, et c'est là qu'elle se trouve, sur une scène de crime.

— Quelles sont ses intentions ? se demande Txema à côté d'elle.

Le vent soulève sa cravate comme si c'était une bannière.

— Aucune idée. On dirait un dénouement, on dirait qu'il va se rendre. Je ne comprends pas. S'il a l'intention de liquider toutes les mères de 1979, il en manque encore deux. Ça ne tient pas debout !

— Ce salaud ne se rend pas, dit le sous-officier. Il nous tend un piège.

Cestero manque de souffle pour répondre. Combien de marches ont-ils montées, cent, cent cinquante ? Et combien en reste-t-il avant d'arriver en haut ?

— Mais il n'a pas d'échappatoire. Piège ou non, il est coincé.

Une croix métallique apparaît derrière un virage de la montée. Et une autre, et encore une autre.

— Un chemin de croix, la crucifixion du Christ, dit Txema en devinant ses pensées. Ce salaud se joue de nous. La mort attend, là-haut. La dernière station.

Cestero ne discute pas. Elle est d'accord. Reste à savoir quelle mort. Celle de Sara Carretero ou celle du ravisseur ? Quels sont les plans de ce misérable ?

— Nous allons le neutraliser. Personne ne va mourir ici. Personne !

Il ne reste plus qu'une volée de marches avant le sommet. Il vaut mieux respirer un peu avant de l'affronter, sinon ils n'auront pas le dessus.

Est-il armé ?

— Où est ce putain d'hélicoptère ? Il en met du temps !

Vu d'avion, on verrait ce qui se passe devant l'ermitage. Tout ce qu'ils savent pour le moment vient de la vidéo qu'émet le ravisseur en personne ; ça, et les battements rythmés de la cloche.

— On y va, on lui saute dessus ? dit Txema.

Avec sa chemise blanche et sa cravate au vent, on dirait un de ces agents fédéraux qu'on voit dans les films américains.

Cestero fait rapidement le point de la situation. Elle a six agents avec elle, y compris Aitor et Txema. Un autre fourgon amène en ce moment même des renforts, en provenance de Bermeo. Deux ambulances sont garées en bas. Et quelle est cette fourgonnette avec une antenne parabolique repliée qui descend la route ?

— Ah, la télé ! soupire-t-elle. Txema, occupe-toi de couper leur émission, je ne veux pas de spectacle télévisé là-haut. Les autres, couvrez-moi. On va l'avoir. Proprement. S'il n'est pas armé, je ne veux pas un seul coup de feu. Compris ?

Ils répondent tous oui. Curieux mélange ; les uns en uniforme, les autres en civil… Peu importe, ils sont tous des ertzainas et ils ont leur arme réglementaire. Elle ne sait pas ce que trame l'assassin à la tulipe, mais s'il espère s'en sortir, il se trompe lourdement.

— On y va !

L'écho des pas se mêle aux battements de cœur qui résonnent dans les tympans de Cestero. Quatorze marches, quatorze pas vers une rencontre qu'elle n'a pas organisée. Non, c'est l'assassin qui a fixé le rendez-vous.

Ce qui la met sur son terrain, mais il est trop tard pour reculer.

Trois marches, deux…

Elle est accueillie sur la petite esplanade par l'empreinte que la tradition attribue à la venue de saint Jean-Baptiste.

— Halte ! ordonne-t-elle.

Elle s'immobilise et retient ceux qui la suivent. Elle vient de penser aux explosifs. Tout est beaucoup trop bizarre.

— Vous en avez mis, du temps, dit Álvaro Orduña avec un certain détachement.

Sa main cesse d'actionner la corde qui agite la cloche, les sonneries s'éteignent.

— Où est-elle ? demande Cestero en balayant le lieu d'un bref coup d'œil.

Pas d'explosif en vue. Pas de trace de la femme disparue.

Álvaro se contente de sourire. Ce n'est pas un sourire de victoire, ni même de joie ; il est triste, défait.

— Où l'as-tu cachée ?

La sous-officière pointe son arme sur lui.

— Ça, c'est votre boulot, non ? se moque-t-il en tendant les poignets joints pour collaborer à son arrestation.

Cestero ne perd pas de temps. Elle confie à ceux qui la suivent le soin de lui passer les menottes. L'ermitage est le seul lieu possible. Pas d'autre cachette sur ce sommet. La porte est fermée à clé. Un, deux, trois coups de pied dans la serrure et le battant cède. L'espace intérieur est petit, et la lumière du jour rend la lampe inutile.

La proue d'une chaloupe occupe l'autel, et des maquettes de navires sont suspendues à la charpente. Quelques bancs, des cierges éteints. C'est tout.

— Il n'y a personne ici, dit Aitor, qui ressort aussitôt. Ce salaud l'a balancée du haut de la falaise.

La sous-officière le suit. La rage et l'impuissance se bousculent dans sa tête et cherchent à sortir.

— Où est Sara ? Où ? crache-t-elle au détenu en l'attrapant par les revers de la chemise.

Álvaro hausse les épaules. De nouveau ce sourire triste. Il se tourne vers la mer. La tension engourdit les bras de Cestero, qui a du mal à se retenir de l'étrangler.

Le bateau de la base de Bermeo approche. Raúl est à bord et fait des signes. Il a rejoint les sauveteurs dès qu'on a pu le contacter. La disparition de Julia l'a beaucoup affecté. Comme tous les autres.

L'hélicoptère apparaît presque en même temps, derrière les collines couvertes de pinèdes penchées sur la mer.

Tout n'est peut-être pas perdu. Par air et par mer, il va être plus facile de repérer la femme.

— Il est peu probable qu'elle ait survécu à une telle chute, dit Txema en se penchant au bord de la falaise.

Six agents ratissent les environs et épient le Cantabrique, du haut du rocher.

Cestero sait que son collègue a raison. S'il l'a précipitée de là-haut, elle aura rebondi sur les rochers. Et si elle est tombée dans l'eau directement, elle n'en a sans doute pas réchappé non plus. Qui pourrait survivre à un tel impact ? Un plongeon de quatre-vingts mètres !

Cette fois, elle attrape le détenu par le cou.

— Qu'as-tu fait d'elle ? Dis-le-moi ou je te tue !

Les mains de Cestero se crispent avec une telle puissance que le visage de l'homme vire au rouge. Elle est furieuse. Elle se sent capable de tenir parole et d'ôter la vie de ce misérable.

— Ane ! entend-elle dans son dos.

Aitor Goenaga, bien sûr, son ange gardien.

Cestero se tourne vers ses collègues. Ils observent tous la scène. Certains regards expriment même une approbation. Elle est étonnée de la lire dans celui de Txema.

— Ane, tu es bien meilleure que tu ne le crois. Nous sommes arrivés jusqu'ici grâce à toi, lui dit le sous-officier. Ne te salis pas les mains avec ce type. Tu lui rendrais service. C'est la prison à perpète qui l'attend.

Est-ce vraiment Txema qui vient de poser sa main sur son épaule ? Est-ce lui qui veut l'empêcher de commettre une grosse faute, au lieu d'attendre dans son coin le moment de prendre la direction de l'équipe ?

— Dis-moi où est Sara !

La sous-officière reconnaît à peine sa voix déformée par la rage.

Libéré de l'étreinte mortelle, Álvaro tombe à genoux et tousse bruyamment. Sa respiration est un râle angoissé qui couvre le roulement des vagues.

— Allons, parle ! ordonne Txema. – Lui aussi est hors de lui, il n'a plus ce ton toujours impassible. – Qu'as-tu fait d'elle ?

Le bruit de l'hélicoptère, qui vole très bas, l'oblige à parler fort. Le détenu ne sourit plus. Il gagne du temps.

— La mer l'a emportée, murmure-t-il dans un filet de voix.

Cestero lit la colère dans l'expression de Txema. Elle ne l'a jamais vu dans cet état. On dirait qu'il va frapper le détenu. Mais le sous-officier se retient au moment où son poing droit va décharger sa rage sur le visage d'Álvaro.

— Tu l'as poussée ? Tu es un fils de chienne ! s'exclame Txema en se penchant au-dessus du vide.

Les autres l'imitent. L'écume de la houle revêt de blanc la mer en furie. Si Sara est tombée à cet endroit, il n'y a pas de doute, elle est morte.

— Quand l'as-tu poussée dans le vide ? Tu l'as attachée ? demande Cestero.

Elle ne veut pas perdre espoir. Pas encore.

Álvaro a l'air hébété, la tête baissée. Il ne l'écoute pas. La sous-officière répète sa question, l'attrape par les cheveux et l'oblige à la regarder en face.

— La mer l'a emportée.

Pourquoi pleure-t-il, maintenant ? Car ce sont bien des larmes qui perlent à ses yeux.

— Tu es une merde ! crache Cestero en le poussant par terre. – Puis elle se tourne vers les agents en uniforme. – Emmenez-le. Je ne veux plus le voir.

Álvaro n'oppose aucune résistance. Escorté par deux agents, il descend vers les voitures-patrouilles. L'unité mobile de télévision a déployé son antenne, tout est prêt pour les infos du matin. Le cameraman, posté sur le pont de pierre, braque son objectif sur le bateau de sauvetage de l'Ertzaintza. Le déploiement des forces policières dans la baie de Gaztelugatxe est impressionnant. Ceux qui regardent le petit écran ne peuvent plus parler de mollesse. Et pourtant, ils n'ont pas pu sauver Sara Carretero. Cestero se sent coupable. La satisfaction d'avoir arrêté l'assassin se dilue devant la course contre la montre qui se déroule sous ses yeux. Où est la femme disparue ? L'ertzaina va mobiliser les plongeurs pour voir si le corps est au fond de l'eau.

Elle déteste penser à Sara comme à un cadavre. Sinon, à quoi bon espérer ? Tant qu'on n'a pas retrouvé le corps, il faut considérer qu'elle est toujours en vie.

Devant une des croix qui bordent le chemin, l'assassin à la tulipe se tourne vers elle. Cette fois, il a un pâle sourire qui crucifie l'orgueil de Cestero.

— Victime localisée, annonce Raúl dans la radio. – La sous-officière cherche du regard le bateau pneumatique de sauvetage, tout près du rivage, du côté du pont qui relie le rocher de Gaztelugatxe à la terre ferme. – Attachée à un pilier. Elle est en train de se noyer.

La voix métallique de son collègue va résonner dans les tympans de Cestero pendant les minutes suivantes. Les ordres se succèdent, jaillissent de sa gorge à une vitesse vertigineuse. Ils ne sont certes pas nécessaires. Chacun sait ce qu'il a à faire. Et il le fait. Sauver Sara Carretero ! Le reste n'existe plus.

Le rugissement des vagues dans la baie n'existe plus, le rotor de l'unité aérienne n'existe plus, les cris des agents qui veulent détacher la victime n'existent plus… Même le champ visuel de Cestero se resserre, il n'y a plus que le visage de cette femme au regard d'égarée que la houle engloutit de seconde en seconde.

Le bateau de la patrouille essaie vainement de se rapprocher. Il coulerait contre les rochers. L'hélicoptère n'est pas non plus d'un grand secours sous ces piliers de pierre. Cestero demande une corde. Elle est sur le pont, elle va descendre. Txema, à côté d'elle, a arraché sa cravate, il a l'air bizarre en manches de chemise. Pourquoi a-t-il ce couteau entre les dents ?

Un agent essaie d'empêcher le sous-officier de sauter à l'eau. C'est une folie, avec toutes ces vagues.

Trop tard. Txema nage déjà au milieu de l'écume blanche implacable, la mer le secoue comme une poupée de chiffon. Si personne ne s'interpose, il va mourir noyé, comme Sara Carretero.

Cestero se met à descendre, accrochée à la corde que des agents maintiennent à quelques dizaines de centimètres au-dessus de la mer. Mais en s'approchant de la victime, ses espoirs s'amenuisent. Le Cantabrique fouette le pont avec rage et la tête de la femme est violemment malmenée chaque fois qu'une vague l'atteint. Au mieux, elle est inconsciente ; au pire, la houle l'a tuée.

— Plus bas, vite ! ordonne Cestero aux agents qui contrôlent la corde.

Elle n'a pas fini sa phrase qu'elle voit Txema saisir Sara. Les mains de son collègue s'activent et coupent les liens de la victime. Où a-t-il trouvé toute cette énergie, après s'être tant débattu pour résister aux flots déchaînés ?

— C'est bon, remonte-la ! s'exclame-t-il en aidant Cestero à attacher la corde à la victime.

La voix de Txema est à peine un souffle, qui s'éteint brutalement quand une vague l'engloutit.

— Txema ! crie la sous-officière en même temps que la corde la remonte. Txema !

Pas de réponse, hormis le rugissement d'une mer qui n'apprécie pas le réveil agité de ce matin de novembre.

78

5 novembre 2018, lundi

— Il était convaincu que tu étais sa sœur.

La brise marine, au sommet de San Pedro de Atxarre, soulève la chevelure de Julia. Des mèches lui balaient le visage et encadrent ses lèvres crispées.

— Ce n'est pas le cas ?

— Non, bien sûr que non, dit Cestero. Mais Álvaro Orduña y croyait ferme, c'est pourquoi il s'est sacrifié, à Gaztelugatxe. Il était incapable de te tuer.

Julia ne la regarde pas. Elle suit les dessins capricieux que la mer et le sable de la plage de Laida créent dans l'embouchure.

— Il voulait tuer sa mère, pas sa sœur.

Un aigle plane au-dessus de la ria, à quelques mètres de l'ermitage où elles se trouvent. Cestero observe sa progression silencieuse : il est prêt à fondre sur sa proie à la moindre distraction.

— Parce que c'est sa mère qu'il déteste, déclare la sous-officière.

— Mais pourquoi ?

C'est la question que Cestero n'a cessé de poser au détenu.

— Il a eu une enfance pourrie, c'est du moins ce qu'on peut déduire des fichiers trouvés par la Scientifique dans son ordinateur. Outre des centaines de documents d'une violence extrême qui ont sans doute affiné son goût pour la mise en scène, il écrivait depuis un certain temps des textes qu'il avait l'intention de publier sur Facebook après avoir parachevé son œuvre. Il se sentait important et souhaitait expliquer lui-même comment il était devenu l'assassin à la tulipe. Dans ces écrits, il raconte que sa mère adoptive avait des troubles bipolaires et qu'elle le rendait responsable de sa stérilité. Il a grandi dans le mépris, et sans la présence d'un père, qui passait une grande partie de l'année en haute mer. Quand il a découvert qu'ils n'étaient pas ses parents biologiques…

— Il a accusé celle qui l'avait abandonné au couvent de l'avoir condamné à une vie merdique, enchaîne Julia. – Elle pousse un soupir. – Mais était-ce une raison pour la tuer ?

Maintenant, c'est Cestero qui tarde à répondre. Un train, comme celui qui avait pris la vie de Natalia Etxano, sillonne le paysage, là-bas, petite chenille métallique serpentant entre les maremmes et les hameaux.

— L'esprit humain est retors. D'après Silvia, l'enfance d'Álvaro Orduña était caractérisée par ce que les psychologues appellent un attachement insécure ambivalent. Il pouvait trouver de la tendresse chez sa mère aussi bien qu'un mépris absolu. Et ce type de relation est destructeur pour l'esprit en formation d'un enfant.

Julia soupire. Il n'est pas facile de digérer tout ce qu'ils ont vécu ces derniers jours, et il y a des blessures que ne cicatriseront jamais complètement.

— Comment va Sara ?

— Mieux. Je ne crois pas qu'elle ait envie de voir la mer avant longtemps, et je ne le lui reproche pas. Elle sort de l'hôpital dans deux jours.

— Txema serait heureux. Il lui a sauvé la vie.

— Aujourd'hui, elle a demandé de ses nouvelles. Elle veut le remercier.

Le paysage se voile soudain. Il devient un enchevêtrement de couleurs et de lumières informes. La sous-officière ne s'inquiète pas, ce sont des larmes. Elle se frotte les yeux. L'Urdaibai se déploie de nouveau devant elle, pendant quelques secondes, le temps que le chagrin les noie de nouveau.

— Il a été très courageux, reconnaît Julia.

Ses mots sont hachés, ternis par le deuil.

Cestero ne dit rien. Elle ne peut pas. Elle n'a pas besoin de fermer les yeux pour revoir son collègue coupant les liens de Sara Carretero au milieu de l'écume blanche. Et soudain il a disparu. Malgré la mobilisation générale, pendant que les médecins ranimaient la noyée, il a été impossible de le retrouver. C'est Raúl qui a découvert son cadavre au fond de la mer. Le courant l'avait entraîné aux pieds de la statue sous-marine de la Vierge, qui occupe le centre de la baie de Gaztelugatxe.

La sous-officière se mord la lèvre. La générosité dont a fait preuve Txema en sautant dans cette mer démontée est la plus belle leçon d'humanité qu'aucun ertzaina n'a jamais donnée.

Combien de temps sont-elles restées silencieuses ? La marée descend, des îlots dorés qui étaient sous l'eau affleurent maintenant, et le train a disparu, dévoré par une gare lointaine.

— Il s'est joué de nous et il a gagné. On ne l'a arrêté que lorsqu'il l'a bien voulu, déplore Julia.

Cestero secoue la tête.

— Ce n'est pas vrai. Ton apparition à Lamiaran l'a obligé à se rendre. Sinon, il aurait continué de tuer jusqu'à la dernière toutes les femmes auxquelles ces religieuses avaient arraché le bébé.

— En définitive, ce n'était pas si mal que je ne respecte pas le protocole.

Cestero a un sourire triste.

— Bien sûr que si, mais grâce à toi on en est venus à bout. Et c'est toi qui nous as menés à Gaztelugatxe. Si tu n'avais pas parlé du rocher du dragon, Sara serait morte. Elle te doit aussi la vie.

Maintenant, Julia se tourne vers sa chef. Elle la regarde fixement et la supplie du regard d'être sincère.

— C'est ma mère ?

— Non. Désolée.

Julia serre les dents, sans cacher sa déception.

— Pourquoi faisaient-elles une chose pareille ?

Et son regard s'envole de nouveau vers la ria étalée devant elle.

— Les religieuses étaient bien au-dessus du bien et du mal. Elles jouaient à être Dieu. Elles décidaient qui serait mère et qui ne le serait pas. Et par ailleurs elles en tiraient profit. De l'argent et des faveurs, car elles rendaient service à beaucoup de familles puissantes qui restaient débitrices du couvent pendant toute leur vie.

— C'est horrible.

— En effet.

— Dis-moi que je ne suis pas la fille de cette religieuse.

Le regard de Cestero suit un voilier qui apparaît derrière l'île d'Izaro. La brise le pousse lentement, sans hâte et en silence. Où sont les mouettes, qui habituellement encombrent l'espace de leurs cris irrités ? Disparues. Sans doute au large, en quête d'une nourriture plus difficile à trouver le long de la côte.

— Non, tu n'es pas sa fille. – Le document que la sous-officière tend à Julia le confirme. – Sœur Teresa est la mère d'Álvaro Orduña, l'assassin à la tulipe.

Julia ne manifeste aucune émotion.

— Il n'a même pas réussi à tuer celle qu'il voulait, dit-elle sur un ton neutre. – Aucune manifestation, aucune tristesse, elle essaie seulement de digérer cette information. – Et ma mère ?

Cestero lui indique une autre ligne sur le feuillet.

— Ta mère est la sœur disparue d'Anabel Larzabal. Votre ADN a des similitudes concordantes.

Julia hoche la tête. Elle contemple les vagues qui déferlent devant Mundaka. Si loin, elles semblent petites, à peine quelques copeaux sur le bleu de la mer, et on ne voit même pas les surfeurs, qui à cette heure doivent être des dizaines.

— Begoña Larzabal Villa, murmure-t-elle finalement, la voix teintée de tristesse. Elle doit être morte ?

Cestero ne sait que répondre. Tant d'années sans nouvelles, mauvais présage. Mais ce n'est pas ce que sa collègue a besoin d'entendre.

— Sûrement pas. Elle doit être quelque part, loin d'ici. Qu'aurais-tu fait, si on t'avait enfermée dans un couvent pour te voler ton bébé ? Tu aurais filé à l'autre bout du monde, pour ne plus voir personne et repartir à zéro.

Julia hoche la tête encore une fois :

— Un jour, je la retrouverai.

— J'en suis persuadée.

L'aigle, posé sur les branches dénudées d'un arbre proche, épie le paysage, comme n'importe quel randonneur.

— Et maintenant ? demande Julia.

Elle a les yeux brillants, mais elle ne pleure pas.

— Maintenant, la vie continue. Espérons que nous n'aurons pas à reformer ce groupe. Sinon, cela signifierait qu'il y a d'autres crimes qui exigent la mobilisation d'une unité spéciale.

— Espérons, dit Julia avec ferveur.

Mais elles savent toutes les deux que c'est un souhait qui risque de ne pas se réaliser.

79

Décembre 2018

Le vieil abattoir de Durango n'est pas complet, mais presque. C'est un lieu particulier, au pied de l'Anboto, la montagne où les légendes situent la demeure de Mari, la grande déesse de la mythologie basque. Pour le premier des deux concerts de The Lamiak, Olaia ne pouvait rêver meilleur endroit. Cette fois, ce n'est pas le bar d'un vague cousin ou une prestation après un dîner chez des copines. Non, cette fois c'est du sérieux, et tout s'est bien passé. On les a bissées et le public en redemande.

— Celle-ci, elle m'oblige à l'écouter tous les jours dans la voiture, dit Aitor quand elles attaquent *Over the Edge*.

— C'est une des chansons favorites d'Ane. Tu n'entendras pas souvent des œuvres plus puissantes pour dénoncer les pères violents. Dommage que ce soit en anglais et que beaucoup d'énergumènes ne la comprennent pas, répond Madrazo en haussant la voix pour se faire entendre malgré les percussions. Une fois, elle m'a emmené voir Belako au BBK LIVE. Ça finira par te plaire.

— Ce serait bien que tout le monde soit aussi sensibilisé sur ce sujet que Cestero, intervient Leire Altuna, la compagne d'Aitor, qui n'a pas voulu rater le concert de son amie.

Julia acquiesce sobrement. Rares sont les semaines où elle ne doit pas intervenir après un appel lié à une violence de genre, une VG, comme on dit en argot policier.

— Je ne savais pas qu'elles jouaient aussi bien.

Ils sont tellement absorbés par leur conversation qu'ils n'ont pas remarqué que la chanson a pris fin et que Cestero a quitté la scène.

— Ça alors, vous êtes venus me voir ? s'exclame l'ertzaina en arrivant auprès d'eux.

Elle est heureuse, en sueur, mais en pleine forme.

— Penses-tu… ! Des voisins nous ont appelés pour qu'on déniche qui est à l'origine de tout ce boucan, se moque Julia en lui donnant une bourrade affectueuse.

— Moi je suis juste de passage, je vais à Mundaka où Julia m'a promis de me montrer demain ses spots de surf préférés, plaisante Madrazo en clignant de l'œil à la fanatique de l'Urdaibai.

Leire Altuna prend une des baguettes de Cestero et tape doucement sur une bouteille de bière.

— Si tu continues à taper sur les cymbales avec autant d'enthousiasme, tu vas finir par réveiller Mari en personne. À ta place, je ferais gaffe…

Cestero éclate de rire.

— Tu as vu que maintenant je la porte ici, avec Sugaar ?

— Wouah, superbe ! s'exclame l'écrivaine en passant le doigt sur son cou.

— C'est lui qu'il faut féliciter ! – Cestero passe le bras autour de l'épaule de Raúl. – Il peut t'en faire un. Ça te dit ?

Leire hausse les épaules. Pourquoi pas ?

— Tu sais qu'elle s'est remise à écrire ? dit Aitor à Cestero.

— Vraiment ? Ça s'arrose ! dit Ane en trinquant avec Leire. Un polar ou une histoire romantique ?

— Suspense, roman noir, répond l'écrivaine.

Cestero approuve, ravie.

— Tu aurais dû être ertzaina... Recrute-la pour notre Unité spéciale, plaisante-t-elle en se tournant vers Madrazo.

— Pourquoi pas ? réplique le sous-officier. Nous ne pourrions avoir de meilleure conseillère.

On entend quelques accords sur scène. Olaia et Nagore la réclament.

— À Txema, dit Julia en levant son verre.

Il n'y a pas un jour où une situation ne lui rappelle son collègue. Dommage que la médaille décernée par le ministère de l'Intérieur ne le ramène pas à la vie.

Les autres l'imitent. Les mines s'allongent.

— C'était un bon policier. Notre Unité spéciale est boiteuse sans lui, dit Cestero.

Madrazo approuve.

— J'y ai réfléchi, annonce l'officier.

Son regard se tourne vers Raúl. Pendant quelques instants, tous croient qu'il va annoncer que le tatoueur rejoint l'équipe, mais Madrazo ne dit rien. Ce n'est pas le moment.

Les copines de The Lamiak jouent de plus en plus fort. Et la mélodie exige à grands cris des percussions.

— J'arrive ! s'exclame Cestero en remontant sur scène. – Mais auparavant, elle s'immobilise et pointe Julia du doigt. – Celle-ci, je te la dédie, à la meilleure collègue que j'ai jamais eue depuis la fin de ma formation.

Après avoir échangé quelques mots avec les lamies, l'ertzaina s'installe à la batterie et donne le rythme avec la grosse caisse. Les mains suivent les baguettes. Les accords de la guitare et de la basse se répandent soudain dans l'ancien abattoir. Le public retient son souffle, les projecteurs entrent dans la danse. Le plus lumineux, le jaune, offre sa lumière à Cestero ; les autres, d'une tonalité plus joyeuse, cherchent Olaia et Nagore. Julia reconnaît les premières mesures. *Des mots pour Julia*, la chanson que Cestero lui a fait découvrir quelques semaines plus tôt. Elle se reconnaît dans les paroles. Il semble que Goytisolo, le poète, ait pensé à elle quand il a écrit ces lignes, l'anathème de la naissance de Julia.

La vie est belle, tu verras,
Car en dépit des chagrins
Des amis tu auras…

Julia renvoie un sourire à la femme résolue qui met toutes ses forces dans la batterie. Cestero est aussi la meilleure avec qui elle ait jamais travaillé.

Elle sait qu'elle n'est pas près de la perdre de vue. Un jour, l'Unité spéciale d'homicides notoires devra se mobiliser à nouveau.

Et beaucoup plus tôt qu'aucune d'entre elles ne le souhaiterait.

GLOSSAIRE

Aita : le père, papa. Les *aitas* : les parents.
Ama : la mère, maman.
Arrantzales : pêcheurs.
Arratsalde on : bonsoir.
Arraun : ramez.
Bat, bi… : un, deux…
Begibaundi : calmar.
Bos días : bonjour (en galicien).
Egun on : bonjour.
Eguzkilore : fleur du chardon sylvestre.
Ertzaina : agent de l'Ertzaintza.
Ertzaintza : police autonome basque placée sous la tutelle du gouvernement régional.
Eskerrik asko : merci beaucoup.
Euskadi : en langue basque, le Pays basque, une des dix-sept communautés régionales (en espagnol, *autonomías*) de l'Espagne.
Lehendakari : terme basque pour désigner le président du gouvernement d'Euskadi.
Pintxos : sortes de tapas servis au comptoir dans les bars.
Txakoli : vin blanc légèrement acide.
Txikito : petit verre de vin nouveau.
Zorionak, ama : Bonne fête, maman.

EXORIA TXORI	L'OISEAU
Hegoak ebaki banizkio	Si je lui avais coupé les ailes
nirea izango zen,	Il aurait été à moi,
ez zuen aldegingo.	Et ne se serait pas échappé.
Hegoak ebaki banizkio	Si je lui avais coupé les ailes
nirea izango zen,	Il aurait été à moi,
ez zuen aldegingo.	Il ne se serait pas échappé.
Bainan, honela	Mais alors,
ez zen gehiago txoria izango.	Il aurait cessé d'être oiseau.
Bainan, honela	Mais alors,
ez zen gehiago txoria izango.	Il aurait cessé d'être oiseau.
Eta nik,	Et moi,
txoria nuen maite.	J'aimais l'oiseau.
Eta nik,	Et moi,
txoria nuen maite.	J'aimais l'oiseau.

OUVRAGE RÉALISÉ
PAR L'ATELIER GRAPHIQUE ACTES SUD
REPRODUIT ET ACHEVÉ D'IMPRIMER
EN FÉVRIER 2023
PAR NORMANDIE ROTO IMPRESSION S.A.S.
À LONRAI
POUR LE COMPTE DES ÉDITIONS
ACTES SUD
LE MÉJAN
PLACE NINA-BERBEROVA
13200 ARLES

DÉPÔT LÉGAL
1re ÉDITION : MAI 2022

N° impr. : 2300839
(Imprimé en France)